Zu diesem Buch

«Elizabeth Goudge hat auch hierzulande ein Stammpublikum, das schon immer auf ihren nächsten Roman wartet, ‹Enzianhügel› heißt er» (Süddeutscher Rundfunk).

«Es ist ein guter historischer Roman, den wir hier von der Autorin erhalten. Die bekannten und geschätzten Qualitäten: Liebevolle Zeichnung der Personen, tiefer englischer Humor, verschmitzt, gekonnte Landschaftsschilderung, spannende Entwicklung der Erzählung finden sich auch in diesem Buch und beweisen das Format von Elizabeth Goudge ... Es handelt sich um einen neuen, um einen guten, um einen uneingeschränkt empfehlenswerten Roman» (Deutsche Tagespost).

«Üppiges Lesefutter ist es, was die auf diesem Gebiet erfahrene englische Autorin Elizabeth Goudge wieder zu bieten hat. Im Mittelpunkt: Stella, einziges Kind eines adligen französischen Emigrantenpaares, das unter dramatischen Umständen zur Zeit der Französischen Revolution nach England flieht. Ein Schiffsunglück trennt Stella von ihren Eltern, sie wächst bei guten Bauersleuten auf. Und schon findet sich am Fuße des Enzianhügels auch der junge Zachary, der eben dem verhaßten Seemannsleben entflohen ist. Mit Humor erzählt, mit schönen Schilderungen der Landschaft an der Südküste Englands: Viel Roman fürs Geld» (Neue Hannoversche Presse).

Elizabeth Goudge wurde am 14. April 1900 in Wells (England) als Tochter des Direktors eines Theologenkonvikts geboren. Sie besuchte die Kunstschule an der Universität Reading und wurde Kunstgewerbelehrerin, bis schließlich das Schreiben zu ihrem Beruf wurde. Ihr erster Roman, «Inselzauber», erschien 1934. Seither sind ihre Romane in über vier Millionen Exemplaren in der ganzen Welt erschienen, so die Eliot-Familien-Trilogie «Der Vogel im Baum», «Das Gasthaus am Fluß» (rororo Nr. 4085) und «Das Herz der Familie» (rororo Nr. 4147), dann «Das Mädchen vom Meer» (rororo Nr. 4296), «Der grüne Delphin» (rororo Nr. 4472) und «Das Testament des Mr. Adam» (rororo Nr. 5673). Als rororo-Taschenbücher liegen weiterhin vor: «Die weiße Hexe» (Nr. 5822), «Das Erbe der Miss Lindsay» (Nr. 5955), «Die Stadt der Glocken» (Nr. 12222), «Unter den Türmen von Oxford» (Nr. 12342) und «Regenbogen meines Lebens» (Nr. 12432).

Elizabeth Goudge

Enzianhügel

Roman

Aus dem Englischen von
G. M. Tschiedel

rororo

Rowohlt

Die Originalausgabe erschien unter dem Titel
«Gentian Hill» im Verlag Hodder & Stoughton, London
Das Werk erschien erstmals deutsch 1950
im Morgarten-Verlag Conzett & Huber, Zürich
Umschlagbild Detlev Nitschke
Umschlagtypographie Manfred Waller

17.–19. Tausend August 1989

Veröffentlicht im Rowohlt Taschenbuch Verlag GmbH,
Reinbek bei Hamburg, August 1986

Satz Bembo (Linotron 202)
Gesamtherstellung Clausen & Bosse, Leck
Printed in Germany
1280-ISBN 3 499 15786 1

Erstes Buch

Der Gutshof

1. Kapitel

I

An einem klaren Augustabend landete, von sanfter Brise getragen, die Flotte in der Torbay. Der Anblick war so bezaubernd, daß die Männer und Frauen der um die Bucht liegenden Fischerdörfer die Schiffe voll Erstaunen anstarrten, eine kurze Weile ihr arbeitsreiches Leben unterbrachen, um stillzustehen und zu beobachten; während sie die Augen mit den Händen schützten, trachtete ein jeder nach seiner Art – bewußt oder unbewußt –, dies Bild seinem Gedächtnis ganz tief einzuprägen, um es lebenslänglich als Schatz bewahren zu können.

Seit England mit dem Frankreich Napoleons im Krieg war, kam die Flotte häufig nach der Torbay. Admiral Hardy von der «Victory» kannte die Bucht gut. Admiral Rodney war von der Torbay aus in die Schlacht der Heiligen-Inseln gezogen. Dreimal in einem Jahr hatte der Earl von St. Vincent in der Bucht vor Anker gelegen und war hier von Nelson besucht worden. Doch keine jener stattlichen Ein- und Ausfahrten hatte die ungewöhnliche Schönheit dieser stillen, unaufdringlichen Ankunft der beiden Linienschiffe und der vier Fregatten, im nahezu letzten Augenblick eines prachtvollen Sonnenuntergangs, des schönsten des ganzen Jahres.

Das scheidende Abendlicht bestrahlte die Wälle der grünen Hügel im Westen, füllte die üppig bewachsenen Täler mit flüssigem Gold, um sich dann in einer Art Hingabe aller Herrlichkeit in Himmelsraum und Meer zu verlieren. Kleine Wellen kräuselten das Wasser, auf dem das zarte Muster der Federwolken lag, die das Licht wie lebhafte Feuerflämmchen reflektierten, so fein wie Filigran über dem glänzenden Metallgrund des golden überfluteten Meeres und Himmels. Tiefe Ruhe herrschte ringsumher. Kein Ton war vernehmbar, weder von der See noch vom Ufer; selbst die weißen Möwen mit ihren goldgeränderten Flügeln glitten still dahin. Die Wellenbögen des goldenen Wassers, im gleichmäßigen Rhythmus der Ebbe vor- und zurückgespült, schäumten lautlos über den blinkenden Sand. Ihr leises Anschlagen an die Mole und den Rumpf der Fischerboote verlor sich in der weiten Stille. In diesen allesumfassenden Frieden, dieses Leuchten, fuhren die großen Segler ein, und für jenen kurzen, unvergeßlichen Augenblick schienen sie die Schönheit in sich aufzunehmen wie die Sonne den Tau.

Jeder Eichenholzrumpf, stark gewölbt und doch so herrlich in der Bewegung, strahlte, vom Rot der Kupferplatten knapp über der Wasserlinie bis zum Zitronengelb der unteren Geschützdecks. Die bemalten Achterhütten, die Goldverzierungen des Hecks und die Galionsbilder, die blanken Kajütenluken blitzten und funkelten. Und dennoch wurden die glänzenden Schiffskörper fast in den Schatten gestellt von der aufstrebenden Vollkommenheit der ragenden Maste, der schwellenden riesigen Segel, die leicht wie Blüten das goldene Licht in ihren Wölbungen einfingen und doch eine so beängstigende Stärke besaßen. Flaggen flatterten von überall, und im Kielwasser eines jeden Fahrzeugs schimmerte der weiße Gischt wie Schnee.

Der Augenblick ging vorüber, das strahlende Licht verzog sich hinter die Hügel, noch ein schnelles Aufflackern der Farben als letzter Höhepunkt der Herrlichkeit, dann verblaßten sie. Sachte glitten die großen Schiffe vorwärts, jedes seinem Ankerplatz zu, wo sie zur Ruhe kamen. Der Abend sank herab. Da und dort gab es Licht auf den Decks, verstreute Feuer auch am Ufer, zarten Schein am Himmel, und immer noch brach nichts die absolute Stille, den tiefen Frieden. Die Leute am Ufer sahen nun Geisterschiffe und die an Bord weiße Gespensterdörfer die Küste entlang schimmern. Nach Menschenart sehnte sich jeder an die Stelle des andern; denn dort, wo man nicht ist, sucht man das Glück.

Seekadett Antony Louis Mary O'Connell an Bord der Führerfregatte machte keine Ausnahme von der Regel. Im Augenblick erduldete er gerade die Strafe, die Kadetten zukam, wenn sie während der Wache einschliefen. Er war an die Takelage gefesselt, Arme und Beine gespreizt. Sein Kopf brannte, und der Körper zitterte von dem Kübel kalten Wassers, das man über ihn ausgegossen hatte. Jeder Nerv war zum Bersten gespannt, und in seinem Herzen tobten schwarzer Aufruhr, Wut und Verzweiflung. Denn er war mit empörender Ungerechtigkeit behandelt worden! «Festbinden und Hochhängen» war die korrekte Strafe für sein Vergehen, und er hätte sie stoisch über sich ergehen lassen, wäre nicht «Begießen» noch dazugekommen, ein Sturzbad mit kaltem Wasser. Obgleich das ebenfalls eine anerkannte Strafe für Einschlafen während der Wache war, sollte sie nicht mit der andern zusammen vollzogen werden. Entweder Festbinden oder Begießen, aber nicht beides, war Marinebrauch. Doch auf diesem Schiff herrschte keine Gerechtigkeit. Es war ein übler Kasten. In der britischen Marine gab es nicht viele schlechte Schiffe, aber doch einige, und dies war so eines. Tatsächlich, Seekadett O'Connell meinte, es sei überhaupt kein Schiff, sondern der Abgrund der Hölle. Es hatte den Teufel zum Kapitän, Scheusale zu Offizieren und eine Armee Ratten als Matrosen. O'Connell versuchte, seine Lage ein wenig zu erleichtern – sofort schoß ihm ein brennender Schmerz das Rückgrat hinauf bis in den Hinterkopf. Er stöhnte und fluchte leise, aber anhaltend. Gerade acht Wochen war er nun bei der Marine, und aus all dem Jammer dieser Zeit konnte er nur das eine auf der Haben-Seite buchen: er hatte sich einen so reichen, beweglichen und kräftigen Wortschatz angeeignet, daß er alles übertraf, was er sich je hatte träumen lassen. Immer schon war er ein Freund von Kraftausdrükken gewesen, nun waren sie seine einzige Befriedigung.

Nichts in den fünfzehn Jahren von Anthony Louis Mary O'Connells Leben, bevor er in die Marine eintrat, hatte ihn für diese Hölle der letzten beiden Monate vorbereitet. Er wurde in der kultivierten, stolzen Stadt Bath von einer adeligen, autokratischen irischen Großmutter aufgezogen, die, fromm katholisch, zugleich eine Dame von unfehlbarem Geschmack war. Sie besaß keinen Reichtum, bewegte sich aber in einer Gesellschaft, in der eine modische Perücke nichts galt, wenn unter ihr ein mittelmäßiger Geist hauste, und wo ein Gast, die Violine unter dem Arm, willkommener war als jemand mit einer Handvoll Gold in der Tasche. Lady O'Connell hatte Dr. Johnson gekannt, mit Mrs. Delany Tee getrunken und war mit Fanny Burney eng befreundet gewesen.

Anthony, einziges Kind ihres einzigen Sohnes, gleichfalls eines Anthonys – der eine Französin geheiratet hatte, mit dieser in Frankreich lebte und zu Beginn der Schreckenszeit dort mit ihr zugrunde ging –, war Lady O'Connells ganzer Lebensinhalt. Gerade ihre innige Frömmigkeit veranlaßte sie, ihn in einer Weichheit zu erziehen, die sich als höchste Grausamkeit auswirken sollte. Er war wie sein Vater – sensitiv, klug und äußerst beeindruckbar. Der ältere Anthony war nach Harrow geschickt worden und hatte unter dem

Einfluß eines blendenden freigeistigen Lehrers den katholischen Glauben verloren. Dann war er nach Oxford gegangen und hatte sich so sehr dem Wein und Kartenspiel ergeben, daß seines Vaters Hinterlassenschaft bald in nichts zerrann. Durch einen hilfsbereiten Onkel auf Reisen geschickt, verlor er sein Herz an ein französisches Mädchen, verließ dieser Frau zuliebe Mutter und Heimat und kam infolge eines tollkühnen Heldenstücks ganz unnötig um sein Leben. Als königstreue Flüchtlinge seinen kleinen Sohn zu Lady O'Connell brachten, schwor sie, daß dem zweiten Anthony kein ähnliches Schicksal widerfahren solle. Die schlechten Einflüsse von Schule und Universität durften ihm nicht nahe kommen. Sie ließ ihn daheim durch Privatlehrer unterrichten, wachte mit argwöhnischen Augen über allen Freundschaften, jedem Kontakt, und unterband alle, sobald sie darin irgendeine Gefahr witterte. Doch im übrigen war Anthonys Erziehung nicht gänzlich unheilvoll, denn der Unterricht war gut; er hatte eine rasche Auffassungsgabe und war nicht faul, so daß es ihm gelang, viel zu lernen, auch ohne den Anreiz des Wetteiferns mit Kameraden. Zudem war er musikalisch, und die Freunde seiner Großmutter, Männer und Frauen von Geist und Lebensart, gaben ihm Gelegenheit, sich viel Liebenswertes anzueignen ... Aber rein nichts in seiner ersten Erziehung stählte ihn für das, was ihm nach Lady O'Connells Tod widerfuhr.

Sie hatte alle Gefahren ins Auge gefaßt, die Anthony möglicherweise begegnen könnten, nur nicht die Gefahr ihres eigenen Ablebens vor Anthonys Erwachsensein. Da sie gesund war, dachte sie nicht an den Tod. Sie war überzeugt, neunzig Jahre alt zu werden wie ihre Mutter. Nun starb sie plötzlich mit siebzig, und die Vormundschaft für Anthony ging auf ihren angeheirateten Neffen über, auf Kapitän Rupert O'Connell, den Sohn des hilfreichen Onkels, der den älteren Anthony auf Reisen geschickt hatte – einen Mann, den sie nur ein- oder zweimal in ihrem Leben gesehen hatte.

Um Kapitän O'Connell Gerechtigkeit widerfahren zu lassen, muß man sagen, daß er sein Bestes tat, um dem völlig mittellosen Anthony auf die Beine zu helfen. Er holte ihn auf sein eigenes Schiff und machte ihn zum Seekadetten. Dadurch ermöglichte er ihm, sein Brot zu verdienen und vielleicht Rang und Ehren zu erlangen, wenn etwas in ihm steckte. Nachdem er Anthony so untergebracht, nahm er keine weitere Notiz von ihm; dies war wohl nicht unklug; denn irgendwelche Zeichen von Protektion hätten dem Jungen das Leben nur noch schwerer gemacht.

Und Anthonys Geschick war schon so jämmerlich, wie es kaum schlimmer hätte sein können. Drangsaliert werden, ist das Schicksal jedes neugebackenen Seekadetten; aber die Tatsache, daß Anthony der Vetter eines gehaßten Kapitäns war, genügte, um ihm Extrazulagen zu versetzen: so konnte man sich für dessen Brutalitäten an Anthony rächen. Dazu kam noch die Seekrankheit, die er nicht loswurde. Ferner dieser lächerliche Aufwand an Vornamen, Mary inbegriffen, die alle katholischen O'Connells zu Ehren der Heiligen Jungfrau trugen; vergeblich hatte er sich bemüht, sie zu verbergen. Des weiteren noch der Rosenkranz, von dem man ihm gesagt hatte, er müsse ihn stets um den Hals tragen, und den er sich beharrlich weigerte abzulegen. Nicht, daß er ihm wirklich bisher etwas bedeutet hätte, aber zum Teufel, er mochte ihn nicht über Bord werfen wegen einer Handvoll dreckiger, rauflustiger Rohlinge, die keine Ahnung von den Verpflichtungen eines Gentleman der Familientradition gegenüber hatten.

Und endlich war da noch das Mißgeschick seines Alters. Wäre er jünger gewesen, hätte er zu den «Kleinen» gezählt, Buben von elf Jahren an aufwärts, die ihre Hängematten im Geschützraum aufmachten, ihre Mahlzeiten allein einnahmen, nur betreut von einem Kanonier, der auch ihre Kleider in Ordnung hielt. Sie wurden von einem Lehrer oder vom Schiffskaplan unterrichtet und genossen ein gewisses Maß an Schutz. Aber er war gerade etwas zu alt, um unter die «Kleinen» eingereiht zu werden; er war der Jüngste der «Alten» und mußte in einem stinkenden Loch unterhalb der Wasserlinie, im hinteren Raumdeck, mit den älteren Kadetten und Schiffsmaaten essen und schlafen. Die Dinge, die er hier sah, hörte und erlitt, waren schlimm genug, einen Jungen um den Verstand zu bringen, dem Laster und Grausamkeit bisher nur leere Worte waren, deren genaue Bedeutung er sich nicht zu ergründen bemüht hatte. Trotzdem harrte er irgendwie aus. Es lag eine gewisse Hartnäckigkeit in ihm, die er früher nicht an sich bemerkt hatte und die er nun dankbar entdeckte; denn er wußte, daß er von Natur aus nicht tapfer sei: Wie sich ein Ertrinkender an einem Balken hält, so klammerte er sich an die Gesetze des Anstands und schwor, es so lange zu tun, wie er die Kraft dazu habe. Wenn das nicht mehr der Fall war – was dann? Aber nicht oft faßte er diese Möglichkeit ins Auge; denn schon in den ersten Wochen hatte er gelernt, seinen Gedanken nicht freien Lauf zu lassen, sich nicht in Angst und Schrecken zu verlieren, sondern einfach durchzuhalten. Wenn ein Mensch nicht mehr durchzuhalten vermag, ist er der Verantwortlichkeit für die Folgen enthoben. Es wäre leichter gewesen, wenn er richtig hätte schlafen können, nicht nur diese kurzen Fieberträume, im Lärm und Gestank des Cockpits. Heute hatte er endlich einmal geschlafen, aber während der Wache, und darum war er nun an die Takelage gebunden.

Die Strafe dauerte zwei Stunden, aber er hätte schwören mögen, daß es vier gewesen seien. Die Schmerzen in Rücken und Kopf waren derart, daß er die Augen schloß, damit ihn nicht Übelkeit befiele. Er hatte herausgefunden, daß es einem weniger schlecht wurde, wenn man das Heben und Sinken des Schiffes nicht sah. Für einen Augenblick verlor er die Besinnung, um dann wieder in eine Art Alptraum zu fallen, der ihm nun schon wohlbekannt war. Im Dunkel der geschlossenen Augenlider zogen die erlittenen Schrekken vorüber: Jener Tag, als die ganze Mannschaft in Reih und Glied aufgestellt wurde, um dem Auspeitschen eines armen Teufels an der Laufplanke beizuwohnen; er war gestorben. Einer jener unglücklichen Matrosen, die Mast um Mast aufrichten mußten, wenn die Segel gesetzt oder gerefft wurden, während der Kapitän unten in allen Tonarten fluchte, weil das Äußerste, das sie hergaben, immer noch nicht genug war; und dann das Totpeitschen dieses Mannes, der zuletzt fertig geworden war. Jener Tag, an dem ein Matrose, in Todesangst vor solcher Strafe, den Halt verlor und in die Tiefe stürzte. All diese Bilder aus der Wirklichkeit und andere, die ihm seine allzu rege Phantasie ausmalte. Noch hatte er nicht an einer Schlacht teilgenommen, und es graute ihm unsagbar davor. Er würde sich dann, so glaubte er, in seiner wahren Gestalt zeigen – ein Feigling. Bereits spann er all die Möglichkeiten aus, mittels derer man ihn prüfen könnte – und er würde natürlich versagen. Sein ganzes Leben hatte er sich vor so vielen Dingen gefürchtet, vor Lärm und Schmerz, vor dem Tode, besonders aber vor dem Eingeschlossen- oder Eingesperrtwerden. Es war zum Teil diese Angst, die ihm das Leben auf dem Meer so verhaßt machte. Das Schiff erschien ihm wie ein Gefängnis und das Achter-Raumdeck eine Gefangenenzelle. Man konnte nicht entfliehen. Und so sollte es nun sein Leben lang weitergehen, Eingeschlossensein, Angst und Schmerz. Wieviel besser war es, zu sterben! Mach deine Augen auf, du Narr, schau nicht mehr diese Bilder an ... Aber er konnte nicht. Die Augen schienen zugeklebt. Öffne sie, du Narr! Besser, du seiest seekrank, als hier noch länger hinzusehn.

Seekadett O'Connell riß sich mit einem Ruck zusammen, starrte, blinzelte, holte tief Atem und starrte von neuem. In sein Elend versunken, hatte er das Einlaufen des Schiffs in die Bucht nicht bemerkt. Er schlug gerade die Augen auf, als die Männer am Ufer, aufs Meer hinaus schauend, die Schiffe in jenem goldenen Augenblick der Vollkommenheit gesichtet hatten. Da bot sich ihm, mit dem Blick auf die Küste, ein Bild, das er nie mehr vergessen sollte.

Er sah die Hügel sich um die Bucht wellen, die waldigen Täler von Gold erfüllt, dahinter den goldenen Himmel und das strahlende Licht. Und gerade gegenüber, in so einer grünen Hügelschale, jenseits des goldenen Wassers, erblickte er ein Fischerdorf, einen kleinen Ort, friedlich und auf seine Weise vollendet. Er nahm an, es sei das Dorf, das sie Torquay nannten. Nach einem Halbmond von Sand kam erst ein grünes Feld, dann eine niedrige Steinmauer. Hinter dieser standen in bäumereichen Gärten ein halbes Dutzend weißgetünchter Häuschen; träge ringelte sich der Rauch aus den Kaminen. Rechts von den Behausungen schlängelte sich ein Bach unter einer Steinbrücke, durchquerte das Feld und verlor sich ins Meer. Anthony mutmaßte, daß das weißgetünchte Haus nahe der Brücke ein Gasthof sein könnte, da er gerade noch das baumelnde Schild wahrnahm. Ein Stück entfernt von Brücke und Gasthaus lag rechter Hand ein Schiffsbauhof und dann der Hafen mit einer Reihe sauberer kleiner Häuser. Ein paar Fischerboote und ein größeres Fahrzeug lagen im Hafen verankert, und über ihnen kreisten die Möwen.

Anthony starrte nach dem Ufer. Die Augen schmerzten ihn, sein Herz schlug heftig. Würden sie an Land dürfen? Er wußte, daß man den Matrosen nicht an Land zu gehen erlaubte, wenn ein Schiff im Hafen vor Anker ging – von ganz besonderen Ausnahmefällen abgesehen –; die Gefahr der Fahnenflucht war zu groß. Aber er war Seekadett, ein Offizier. Sicher bekamen die Offiziere Urlaub. Schon begann er sich auszudenken, wie es sein würde ... Er saß im Boot und glitt der Freiheit näher und näher. Dann kletterte er die Stufen der Hafenmauer hinauf. Endlich auf festem Land, befreit von der Seekrankheit, überschritt er die Brücke, trank im Gasthaus ein Glas Milch und erging sich in einem der Blumengärten. Dann folgte er dem Bach aufwärts in das bewaldete Tal hinter dem Dorf, wo es kühl und still war, wanderte an dem Wässerlein entlang weiter bis zu dem Haus oberhalb der Siedlung, dem alten, strohgedeckten, von Efeu umrankten. Murmeln des Bächleins erfüllte das Tal; im Hintergrund lag der purpurne Hügel und darinnen ...

Ein stechender Schmerz schoß ihm wieder durch die rechte Hüfte. Doch rührte er diesmal nur von dem wohlgemeinten Puff des jungen Leutnants her, der ihn herunterholen wollte und die Taue um seine Füße lockerte – aber er traf gerade einen der vielen blauen Flecken, die seinen Körper bedeckten. «Komm mit, Mary, mein Mädel, du hast deine zwei Stunden abgedient.»

«Herr Leutnant!» keuchte Anthony. «Werden wir an Land gehen – ich meine – die Offiziere?»

«Verflucht noch mal, wen meinst du mit den Offizieren? Doch nicht dich, Mary. Keine kleinen Mädels, die auf Wache einschlafen. Und das nächste Mal, wenn dein Kopf wieder zu wackeln anfängt, weißt du wohl, was es da gibt? Auf eine Kanone gelegt und ein Dutzend Hiebe mit dem Riemen!»

Der Leutnant half dem Kadetten O'Connell aus der Takelage, ließ ihn fallen, doch nicht bösartig, und Anthony landete mit dem Gesicht auf Deck, während der andere seinen eigenen Angelegenheiten nachging. O'Connell blieb eine Weile liegen; es war ihm übel und schwindlig zumute. Er hörte acht Glockenschläge und wußte, daß er das Abendbrot versäumt hatte; doch in Anbetracht sowohl seiner inneren Gefühle wie des Schiffsessens empfand er es nicht als Unglück. Er sehnte sich lediglich nach etwas Trinkbarem. Im Cockpit gab es Trinkwasser – wenn er nur dahin gelangen konnte. Acht Glockenschläge. Bis zwölf Uhr mußte er nun hinunter, bis seine Mitternachtswache begann. Das Achterdeck war die Hölle, aber es gab dort Wasser – sogar Grog, falls er Glück hatte, und wenn sie ihn in Ruhe ließen, konnte er still in seiner Hängematte liegen. Er rappelte sich hoch, kroch auf Händen und Knien ein wenig weiter, kam dann mit Hilfe eines in der Nähe liegenden Balkens auf die Beine und schleppte sich schließlich hinunter aufs Orlopdeck und weiter zum Cockpit und der Kadettenmesse.

In dem schmutzigen Loch, nicht höher als fünf Fuß, und zwölf im Quadrat, waren eingepfercht ein Tisch – den die Seekadetten für ihre Mahlzeiten, der Schiffsarzt für Operationen benutzte, wenn das Schiff im Kampf lag –, die Schränke der jungen Mannschaft, ihre Hängematten und die Leute selber. Der Rauch aus den unteren Bilgen, gemischt mit dem Geruch von ranziger Butter und verschimmeltem Käse aus der nahe gelegenen Vorratskammer des Proviantmeisters, war scheußlich. Als Anthony den Raum betrat, fragte er sich wie immer, wie er das vier tödliche Stunden lang aushalten sollte. Der Lärm war heute noch besonders arg; denn die Älteren ließen sich gerade zu ihrem nächtlichen Rumgelage am Tisch nieder, und die Jüngeren kletterten in die Hängematten. Anthonys Erscheinen gab das Signal für die üblichen Hallos und Auspfiffe, abgesehen davon, wurde er aber an diesem Abend nicht weiter gequält. Obgleich die Männer im Achterdeck rauhe Kerle waren, konnten sie doch beurteilen, wann jemand genug hatte. Keiner half ihm in die Hängematte oder bot ihm einen Trunk an; seine Bemühungen erheiterten sie sehr, doch ließen sie ihn in Ruhe, als er am Ziel seiner Anstrengungen angelangt war.

Und erstaunlicherweise fiel er nach ungefähr einer Stunde des Elends, trotz schmerzender Glieder und ungeachtet seines Brummschädels, in eine Art Fieberschlaf. Als er daraus plötzlich erwachte, befand er sich in einem eigenartigen Geisteszustand.

Ein Erwachsener würde sie als leise Versuchung empfunden haben, diese Stimmung, die einen in schlafloser Nachtstunde befallen mag, wenn die Lebenskraft ihren Tiefstand erreicht hat. Weil es dem Menschen plötzlich vorkommt, als könne er einfach nicht mehr weiter, scheinen alle Werte ihren Sinn verloren zu haben. Durchhalten, vielleicht vor einer halben Stunde noch als das Richtigste erkannt, erweist sich nun als lächerlich; Flucht, die man eine kleine Weile zuvor verabscheut hätte, scheint jetzt die einzig vernünftige Handlungsweise. Der Mensch, der bereits Erfahrungen gemacht hat, weiß, daß sein Leben weitergeht, wenn er es sich auch im Augenblick nicht vorstellen kann. Er ist sicher, daß es irgendwie weitergehen wird, falls er nur noch die Kraft hat, die Richtung zu wählen. Dieser plötzliche Umsturz der Werte kann wie eine Versuchung sein, den Moment zum voraus festzulegen, in dem ein Mensch nicht mehr imstande ist, seinen Weg zu wählen, womit er der Verantwortung für das Kommende entbunden wird. Wenn der erfahrene Mann sich in einer solchen Lage befindet, packt er den Stier bei den Hörnern und macht das Unmögliche möglich.

Aber Anthony hatte noch keine Erfahrung gesammelt, und ihm schien alles sehr einfach. Er war sich keiner Versuchung bewußt. Sein Geist war völlig klar. Er hatte durchgehalten, solange er konnte, und nun würde er Schluß machen.

2

Fünf Minuten später, ehe irgendwelche Zweifel Zeit gehabt hätten aufzutauchen, wurde die Mitternachtswache aufgerufen, und Anthony fiel aus seiner Hängematte, völlig angekleidet, so wie er sie bestiegen hatte. Mühsam stolperte er an Deck. Es war eine ruhige Nacht. Ein leichter Seenebel hatte sich nach Sonnenuntergang erhoben, so daß er die Lage von Torquay einzig durch den Lichterschein der noch in Gasthaus und Hafen brennenden Laternen erkennen konnte. Keine für eine Flucht geeignetere Nacht konnte ihm geboten werden. Der matte Schimmer genügte, um ihm den Weg zu weisen, aber ihn selbst würde man im Wasser nicht sehen können. Er wußte genau, was er im Begriff war zu tun. Sein Geist hatte jene außerordentliche Klarheit, die manchmal bei übergroßer Müdigkeit eintritt, ehe Verwirrung wie eine wollene Decke die Gedanken erstickt.

Bei gutem Wetter, mit dem Schiff in heimatlichem Gewässer verankert, wurde die Mitternachtswache zu einer bloßen Formalität. Der diensttuende Offizier an der Achterhütte, die Posten und der Steuermann waren von einer friedlichen Unaufmerksamkeit. Lag man an Anker und drohte nichts Gefährliches, dann gab es keine Bootsmannsmaate, die einen bei ihrer üblichen Runde mit den Startern kitzelten, sobald man am Einschlafen war. Kein Laut ließ sich vernehmen, nur das Glucksen des Wassers gegen die Breitseite und der gelegentliche Ruf eines Postens «Alles in Ordnung». Anthony und ein anderer Seekadett hatten Wache auf Vorderdeck.

O'Connell wartete geduldig, achtsam auf seine Pflicht bis zur allerletzten Stunde, in der die Wachsamkeit auf ein Mindestmaß herabsank und er sich völlig unbeobachtet fühlte. Er entledigte sich seines kurzen dunkelblauen Rockes mit den Messingknöpfen, der Nankingweste, des schwarzen, seidenen Halstuchs und verstaute sie zusammen mit seinem Dreispitz und dem Dolch in einer Ecke. In Hosen und dem gefältelten weißen Leinenhemd, die leichten, absatzlosen schwarzen Schuhe in die Taschen gestopft, kroch er durch die Hauptluke auf das untere Deck und dann weiter zum Geschützdeck. Das Wetter war so ausgezeichnet, daß man die Stückpforten offengelassen hatte, und er war schlank genug, um ohne Schwierigkeit durch eine hindurchzuschlüpfen. Eine Sekunde klammerte er sich an und ließ sich dann fallen.

Er hatte gedacht, daß die Entfernung bis zur Wasseroberfläche nur ganz gering sei und es keinen argen Platsch geben würde; aber der Lärm, den er machte, klang in seinen Ohren wie der Schuß einer Haubitze. Als er jedoch, halb erstickt von Meerwasser und Angst, wieder an die Oberfläche kam, hörte er keine Rufe hinter sich. So nahm er an, daß, falls jemand das Aufklatschen gehört habe, man wohl meinen konnte, es sei der Koch gewesen, der Abfälle ausgeleert habe; denn die Arbeit in der Schiffsküche fing schon um vier Uhr morgens an. Beruhigt strebte er dem Ufer zu; die Hafenlaternen zeigten ihm die Richtung. Anthony war ein guter Schwimmer und hatte es sich nicht schwer vorgestellt; aber jetzt stieg zum zweitenmal Angst in ihm auf; denn seine steifen, schmerzenden Glieder waren wie Blei. Auch dieser Schrecken ging vorbei; Ertrinken oder jenes Dorf – einerlei welches, beides bedeutete Freiheit.

Er kam bis ans Land und hängte sich mehr tot als lebendig an einen eisernen Ring in der Hafenmauer, neben einer kleinen Treppe. Dann gelangte er irgendwie auf die Stufen und kroch empor. Obgleich es noch dunkel war, fand er sich doch zurecht, da er sich an den Anblick des Dorfes vom Abend zuvor erinnerte, und ging am Hafen weiter bis zum Schiffsbauhof. Im Schutz eines halbfertigen Fischerbootes wand er, so gut er konnte, das Wasser aus Hose und Hemd, zog seine durchweichten Schuhe an und legte sich nieder, um die Morgendämmerung abzuwarten.

Sie kam bald, brachte Wiederbelebung, Ruhe und jenes Verschmelzen von Licht, Lauten und Düften, das man nur in Augenblicken tiefsten Friedens wahrnimmt. Die Rufe der erwachten Möwen, das leise Plätschern der See gegen die Hafenmauer, der murmelnde Bach, das Geräusch einer sich öffnenden Tür, aus der ein Lied erklang, eine Kirchenglocke, die die Stunde schlug, all das gehörte zu dem immer stärker werdenden perlenden Licht. Weiter war da ein zarter Geruch von Seetang, von gebackenem Brot und dieser unbeschreiblich frische Duft der Morgenfrühe gemischt aus taufeuchten Blumen, Holzrauch und nassen Feldern. Auch das gehörte zu den Lauten und dem Licht, und alle vereint strömten Anthony entgegen, umhüllten ihn wie ein warmer Mantel, so daß er für kurze Zeit vergaß, wie er vor Kälte bebte. Er fühlte ein inneres Glühen – die Wärme eines neuen Tages und neuen Lebens.

Der Augenblick ging vorbei, und Anthony schlotterte wieder vor Kälte, doch blieb er innerlich ruhig. Vorsichtig verließ er sein Versteck und schaute sich um. Die Welt erstrahlte nun in klarem Licht. Er mußte die Augen beschatten, die aufgehende Sonne stieg wie ein Feuerball aus dem Meer. Seiner Majestät Schiffe, die in bunter Pracht auf dem glitzernden Wasser ruhten, sahen in ihrer Schönheit fast überirdisch aus; wer hätte ahnen können, welch Elend sich hinter diesem Glanz verbarg. Plötzlich war Anthonys Sicherheit wieder erschüttert; denn aus tausend Augen schienen ihn die Schiffe zu suchen. Er blickte schnell weg auf die weißen Häuschen in den Gärten, auf den Bach, der sich wie ein silbernes Band unter der Steinbrücke hin durch die Felder schlängelte, zu den grünen Hügeln, den bewaldeten Tälern. Nun bemerkte er, daß jenes Tal, das er im Geiste durchwandert hatte, nicht unbewohnt war. Da gab es zwischen den Bäumen weiße Häuser, die sehr vornehm aussahen. Er entdeckte, daß der Ort weitaus größer war, als er angenommen hatte; es war beinahe etwas wie ein Mode-Badeort. Er würde nicht wagen, unter diesen steifen Villen nach seinem efeuumrankten Häuschen zu suchen; denn sie machten ihm den Eindruck, als seien sie gerade jene Art Heimstätten, die Marineoffiziere auf Urlaub wählen. Obgleich seine Nankinghosen und das gefältelte Seekadettenhemd von Schmutz starrten, waren sie doch für ein geübtes Auge durchaus erkennbar, und jeder wußte, daß die Auspeitschungen von eingefangenen Deserteuren tödlich verliefen. Irgendwie mußte er versuchen, etwas zu essen zu bekommen; aber er würde es sich von armen Leuten erbetteln, bei denen, sollten sie ihn erkennen, ein Verrat weniger wahrscheinlich war.

Jetzt stieg Rauch auf aus dem Kamin des Wirtshauses, aus dessen offener Haustür der herrliche Geruch von gebackenem Brot und der Gesang gekommen war: eine schöne Männerstimme, begleitet von einer Gitarre. Es war keine englische Stimme. Anthony mutmaßte, daß sich ein fremder Seemann dort aufhielt, und als er sich umschaute, war er gar nicht erstaunt, ein portugiesisches Kaperschiff zwischen den englischen Fischerbooten verankert zu sehen. Die kleinen Piratenfahrzeuge der Verbündeten hatten ein eigenes

Geschick, sich überall durchzuschnüffeln, und dieses, ramponiert wie es war, schien entweder vom Sturm oder Feind arg hergenommen und sollte wohl im Hafen wieder instand gesetzt werden. Matrosen in einem fremden Hafen waren immer freigebig, sie würden ihr Frühstück mit ihm teilen. Vielleicht war es dumm, nicht gleich aus dem Dorf zu fliehen, ehe er etwas zu essen fand; aber er wußte, daß er ohne das nicht weiter käme.

Das strohgedeckte, weißgetünchte Gasthaus lag in einem freundlichen Garten knapp hinter der Steinbrücke und hieß «Zum Vogel in der Hand», wie aus dem baumelnden gemalten Schild zu entnehmen war.

Schwindlig und elend, wie ihm war, von solchem Ohrensausen geplagt, daß er kaum das Gitarrespiel hörte, lehnte sich Anthony an den Türpfosten und sah hinein. Ein halbes Dutzend sonnengebräunter Matrosen, goldene Ringe in den Ohren und bunte Tücher um die Köpfe, saßen um den Tisch und kauten Brot und Speck, die sie mit reichlichen Mengen Bier hinunterspülten. Der Sänger, ein junger Mann, hatte fertiggegessen, befeuchtete jedoch seine Kehle nach jedem Lied. Die Hemden der Männer waren sauber, ihre Gesichter rasiert, und sie schienen höchst gut gelaunt. Der Küchenboden war mit Sand bestreut, ein helles Feuer brannte im Kamin, und eine rotbackige Frau versah ihre Morgenarbeit, als ob es ihr Freude machte. Herzliche Fröhlichkeit lag über der Szene, eine Aufforderung, in Freundschaft daran teilzunehmen. Anthony ließ den Türpfosten los und plumpste in den Raum, wie ein nach Luft schnappender Fisch vom Dollbord eines Bootes in das wiederbelebende Wasser fällt.

Als er wieder zu sich kam, lag er auf der Bank neben dem Feuer – die Frau, ein Glas in der Hand, beugte sich über ihn. «Trink nur aus, mein Lieber», nötigte sie ihn, und es klirrte, als sie ihm das Glas an die Zähne drückte. Anthony schluckte den feurigen Inhalt hinunter, saß bald danach auf, rieb sich die Augen und lächelte etwas dumm. «Durch und durch naß und hungrig», stellte die Frau fest. «Bleib hier sitzen, mein Junge, trockne dich und iß ordentlich.» Sie brachte Brot, Speck und heiße Milch, und Anthony tat, wie ihm geheißen, während er sich dankbar der freundlichen Anteilnahme der Männer um den Tisch und der Mütterlichkeit der Frau bewußt wurde – Balsam nach den Roheiten der letzten Wochen.

«Einer von euch?» fragte die Frau. «Auf eigne Faust losgezogen?

Er hat heidnische Perlen um den Hals, das arme Wurm.» Anthonys Hemd war aufgegangen, man konnte seinen Rosenkranz sehen. Sie reichte ihm noch ein Stück Brot, nahm die Kügelchen in die Hand und ließ sie mit liebenswürdiger Verachtung wieder fallen. Die portugiesischen Seeleute, die sie kaum verstanden, schüttelten die Köpfe und lächelten Anthony kameradschaftlich zu – er bemerkte, daß sie alle Rosenkränze trugen. Anscheinend war das Fest, in das er hineingeraten war, ein religiöses. Er lächelte zurück, während er kaute, und fühlte sich eins mit ihnen, was immer sie auch feierten.

«Komisch», sagte die Frau. «Seit Jahrhunderten ist kein papistisches Schiff in der Torbay gelandet; aber immer müssen ein paar Matrosen ausgebootet werden, um ihre heidnischen Possen in der St.-Michael-Kapelle zu treiben. Weder sie noch wir ahnen, warum, es ist einmal so. Wohl so etwas wie eine Wallfahrt. Es heißt Danksagung. Aber mich wundert, ob sie wissen, wofür.»

«Flucht», kam als zaghafter Vorschlag von Anthonys Lippen.

Die Frau sah ihn nachdenklich an. «Es heißt, daß diese Kapelle von einem Seemann erbaut worden sei, den man bei starkem Sturm vor dem Ertrinken gerettet habe. Aber ich weiß die Geschichte nicht genau. Wohl so eine Art alte Legende. Vor vielen hundert Jahren war das, und ich habe keine Zeit für solchen Unsinn. Willst du noch etwas essen, mein Junge? Es scheint, du kannst ein bißchen Englisch? Wie heißt du?»

«Anthony.» Er sprach immer noch leise und scheu, und der Name war der Frau nicht geläufig.

«Zachary», wiederholte sie. «Wie eigenartig, daß man einem armen papistischen ausländischen Burschen einen guten alten englischen Namen angehängt hat.»

Er verbesserte sie nicht. Zachary, überlegte er, ist so gut wie irgendein anderer Name für mich in einem neuen Leben. Anthony war tot. Nun war er Zachary. Die Männer standen auf, und er ebenfalls; denn für diese Wallfahrt gehörte er zu ihnen.

Die Frau wandte sich zur Tür, um ihnen den Weg zu zeigen. «Überquert die Fleete-Brücke und geht Canes' Lane entlang», sagte sie, «dann bergauf über die Klippen bei Ladybird Walk und dann seht ihr schon die Torre-Kirche und St.-Michael-Kapelle. Ihr könnt nicht fehlgehen.»

3

Die kleine Schar ging über die Brücke und folgte der Gasse entlang der Steinmauer, vorbei an den fünf weißen Häusern in den zierlichen Gärten. Die portugiesischen Matrosen waren fröhlich, sangen, lachten und schwatzten miteinander. Sie beugten sich über die Gartenmauern, brachen Tamarisken- und Fuchsienzweige und steckten sie sich hinter die Ohren. Einer von ihnen warf Zachary ein Blumensträußchen zu – der arme Kerl hängte sich an sie wie ein verlorenes Hündchen und trachtete, ihre schützende Masse zwischen sich und dem Meer zu halten. Denn jetzt, wo er wieder im Freien war, ängstigten ihn die Augen des Schiffes von neuem. Das Essen und die Güte der Menschen hatten ihn mit frischer Kraft erfüllt; aber immer noch fühlte er sich schwach im Kopf und schwer in den Beinen, als ob Lehmklumpen seinen nassen Füßen anhafteten. Mit Schrecken gewahrte er, daß es keinen Weg um die mächtige Felsenklippe gab, die Torquay im Süden abschloß. Sie mußten sie erklimmen, den kleinen Steig benutzen, den die Wirtin Ladybird Walk genannt hatte. Trotzdem folgte er den andern weiter; denn in seinem Geist hatte kein anderer Gedanke Platz als der, dorthin zu gehen, wo sie hin wollten.

Der Pfad führte steil bergauf durch Felsen und Stechginster. Wo immer es etwas Erde zum Wurzelfassen gab, klammerten sich auch verkrümmte Ebereschen an den Hang. Zachary war zu sehr beschäftigt, sich weiterzuschleppen, um während des Kletterns sich umzuschauen. Als sie aber die Höhe der Klippe erreicht hatten, blieb er mit den andern stehen, setzte sich auf einen Felsen, stützte den Kopf in die Hände und holte Atem. Rund um ihn ertönten Ausrufe des Entzückens. Nun stand auch er auf und blickte um sich.

Es war unbeschreiblich schön. Er konnte die ganze herrliche Weite der Bucht betrachten, die grünen, waldigen Hügel in der Runde, im Westen Höhenzüge purpurnen Heidelandes, scharf und hell vom Himmel abgehoben. Zwischen der Bucht und den fernen Mooren sah er das Auf und Ab von Hügeln und Tälern, aufgeteilt in grünes Weideland, erntereife Felder, Viehkoppeln und Obstgärten. Wie konnte er sich die friedlichen Dörfer, Kirchen und Bauernsitze dazwischen vorstellen! Das Herz tat ihm weh im Gedanken an diese stillen Gehöfte. Er wußte wenig vom Landleben – Bath und das

Elend der letzten paar Wochen war alles, was er kannte. Aber wenn er nur zu einem jener Höfe gelangen könnte, würde er dort sicher sein und Frieden haben. Irgendein Bauer gäbe ihm gewiß Arbeit; es konnte nicht schwer sein, pflügen zu lernen, Kühe zu melken und Schafe zu scheren. Er beschloß, landeinwärts zu wandern, sobald die Wallfahrt zu Ende war. Später würde er dann herausfinden, ob es das efeuumrankte Häuschen wirklich gab.

Zachary riß sich endlich los von dem Gedanken an den stillen Ort, wo er eine Freistatt zu finden hoffte, und sah hinab auf das Bild im Süden. Da lag ein wundervolles Haus mit etwas, das der Ruine einer großen Abtei glich, umgeben von Gärten, Obstwiesen und einer Parklandschaft, in der Hirsche ästen – das Ganze von einem starken Deich im Osten geschützt.

Zwischen der Abtei und dem Klippengipfel, auf dem sie sich befanden, lagen zwei Hügel. Der nähere der beiden war niedrig, grün und bewaldet, durch die Bäume lugten ein paar Hüttchen und eine alte graue Kirche; auf dem Friedhof grasten Schafe. Es mußte die Glocke dieser Kirche gewesen sein, die Zachary gehört hatte; denn nun schlug sie die Stunde hell und wohltönend, und ihr Klang verband sich mit dem Blöken der Herde. Der andere Hügel war felsig und steil. Auf einer Kuppe lag die St.-Michael-Kapelle, das Ziel ihrer Wallfahrt. Möwen umkreisten das Kirchlein. Es war so alt und verwittert, daß es wie ein Teil des Felsens aussah, den es bekrönte. Eigenartig verloren wirkte es inmitten der friedsamen, idyllischen Landschaft. Auf einem Felsen mitten in der See würde es sich mehr daheim fühlen, dachte Zachary. Trotzdem war es ein Altar, der einem vom Sturm erretteten Seemann entsprach, und ein geeigneter Ort für andere Seeleute, die in Tagen der Gefahr ihr Leben in der Hand hielten. Obgleich man an diesem goldenen Augustmorgen – mit den farbenfrohen Schlachtschiffen, die auf der schimmernden See zu schlafen schienen – vergessen konnte, daß sich die Hälfte der Völker Europas im Krieg befand und England um sein Leben kämpfte, wurde man sich dessen doch bewußt, wenn man die Kapelle betrachtete. Sie machte den Eindruck von Wachsamkeit und Ausdauer. Es war, als ob St. Michael selbst mit gezogenem Schwert da oben stehe, um über dem herrlichen Land zu wachen.

Stumm zog die kleine Schar den schmalen Pfad in das grüne Tal hinab, umging den Hügel, worauf die Kirche inmitten der Bäume stand, und erreichte den Fuß der Kalksteinwand, die sie erklettern mußten, um zur Kapelle zu gelangen. Es war ein steiler Felshang; aber die Füße von unzähligen Pilgern hatten einen Steig ausgetreten, und es gab Steine und Büsche als Handgriffe. Die Kapelle auf dem Gipfel stammte aus dem dreizehnten Jahrhundert und war ein eigenartiger, kahler Bau ohne Tür im gewölbten Eingang, ohne Glasscheiben in den schmalen Fenstern. Der Fußboden bestand aus rohen Felsplatten und neigte sich stark nach Osten. Die Tiefe der Mauern betrug drei Fuß, und das Tonnengewölbe der Decke war aus kleinen Steinen geformt. Beide zeigten noch einzelne Spuren des ursprünglichen Verputzes. In einer Nische der Südmauer war ein schlichtes Wasserbecken angebracht, was darauf deutete, daß hier einst ein Altar gestanden hatte. Die Nordwand wies zwei leere Nischen auf, dazwischen eine Steinhauerarbeit, die einer Bourbonenlilie ähnlich sah. Der kleine feste Bau glich gegenwärtig weniger einem von Menschenhand errichteten Altar als einer Höhle, die Wind und Regen aus dem massiven Felsen geformt hatten, um aller vom Wetter verschlagenen Kreatur Schutz zu bieten. Augenscheinlich hatte der Sturm die letzten Nächte durch den Raum gefegt; denn er war frisch und rein. Das kleine Gotteshaus strömte die zwingende Kraft jener Orte aus, in denen sich die Menschen seit Generationen dem Gebet, und nur dem Gebet, hingegeben haben.

Ehrfürchtig durchschritten die Seeleute, einer nach dem andern, den Torbogen der Nordmauer, knieten auf den rauhen Felsquadern nieder und dankten, daß ihr Schiff erhalten geblieben und sie selbst heil davongekommen waren. Eine kleine Weile vernahm man nur das Klicken der Rosenkranzperlen, den Schrei der Möwen, die um die Kapelle kreisten, und ihren Flügelschlag. Zachary kniete gerade unter dem Eingang und nahm den Rosenkranz vom Hals. Die Perlen glitten durch seine Finger, aber sein müder Geist war leer; er dankte und betete für nichts Bestimmtes, empfand nur wohltuend die Sicherheit des Ortes. Er ließ den Blick durch die schmalen Fenster schweifen und sah nur den Himmel und die Möwen. Die Schiffe konnte er von hier aus nicht wahrnehmen, und deren suchende Augen konnten wiederum ihn nicht finden. In dieser uneinnehmbaren Steinzelle, hoch über dem felsigen Abgrund, war er geschützt vor ihnen.

In einem seligen Gefühl der Geborgenheit schwelgend, verließ Zachary die Kapelle nicht, als die andern gingen, sondern blieb mit geschlossenen Augen innerhalb des Eingangs. Die Rosenkranzperlen glitten weiter durch seine Finger. «Heilige Maria, Mutter Gottes, bitte für uns Sünder, jetzt und in der Stunde unseres Todes.» Das mechanische Wiederholen der Worte beruhigte ihn, aber er war sich ihrer kaum bewußt. Was er vernahm, schien von der Kapelle selber gesprochen zu sein, von dem Felsboden, den dicken Mauern, den Quadern des Gewölbes. «Der Herr ist meine Burg, mein Fels und mein Halt.» Jeder Stein rief es in Siegesfreude, aber der Triumph hatte eine ätzende Schärfe, als ob sich die Worte in sein Hirn brannten, so daß sonderbarerweise, als das Frohlocken andauerte, der Schmerz seines geschundenen, mißhandelten Körpers allmählich auch seine Seele durchdrang. Was hatte er verbrochen? Unaufhörlich wiederholte sich die Frage, vermischte sich mit den Stimmen der Steine, bis er sie klar erfaßte. Er war desertiert, durchgebrannt, hatte Rettung in der Flucht gefunden, anstatt – was zu sein? Eine uneinnehmbare Burg, ein Kernpunkt der Stille, inmitten eines Wirbels von Angst und Schmerz. Zacharys Lippen bewegten sich, die Perlen glitten durch die Finger, sein Gesicht war unbeweglich. Plötzlich erhob sich ein Aufruhr von trotzigen Stimmen in seiner Seele, um die aufsteigende Anklage der stummen Steine zu überschreien. «Ich konnte nicht weitermachen, sage ich euch. Es war nicht möglich. Fleisch und Blut konnten es nicht mehr aushalten. Ich sage euch, ich konnte einfach nicht mehr!»

Aber die Steine verstummten nicht, und mit einemmal war die Kapelle nicht mehr ein Zufluchtsort, sondern das, was er am meisten fürchtete – ein Gefängnis. Die Mauern schlossen sich über ihm zusammen, kamen näher und näher. In der nächsten Minute würden sie ihn mit ihren steinernen Händen packen, ihn für immer zum Gefangenen machen ... Er mußte hinaus! Hinaus! ...

Zachary öffnete die Augen, stand auf, und jetzt erst gewahrte er, daß er nicht allein in der Kapelle war. Ein weißhaariger, blasser Mann in Schwarz kniete gebetversunken vor der Stelle, wo einst der Altar gestanden haben mußte. Er war wohl die ganze Zeit dagewesen; aber Zachary, der hinter den Seeleuten eingetreten war, hatte ihn nicht gesehen. Er verharrte still, atmete schnell, seine seltsame Angst wuchs beim Betrachten der regungslosen Gestalt. Da wandte der Mann den Kopf und sah ihn an. Ein Blick von unendlicher Güte traf ihn. Aber in seinem Schrecken sah Zachary nicht dies, nur die marmorne Weiße des Gesichts. Ihm war, als ob die Kapelle selber menschliche Gestalt angenommen habe, mit Händen, die ihn fassen, festhalten wollten. Sofort kam wieder Leben in seine Glieder, er sprang durch das Tor und um die Ecke, drückte sich eng an die Außenmauer – denn wenn er sich einen Augenblick von ihr löste, würden ihn die Augen der Fregatte erspähen. An der dem Landinnern zugewandten Seite der Kapelle, deren Masse sich nun zwischen ihn und das Meer schob, lehnte er an der Mauer, die Fenster vermeidend, durch die ihn der Mann hätte sehen können. Da stand er mit zitternden Beinen, schweißtriefend, bis langsam die Urteilskraft über die Dinge – gesunder Menschenverstand genannt – wiederkehrte.

«Narr!» sagte er zu sich selbst. «Verrückter Narr! Fieberkrank und verrückt. Bist gerade zur rechten Zeit aus diesem verdammten Schiff entkommen. Geh landwärts und such den Bauernhof. Schnurstracks landwärts. Dort wirst du sicher sein.»

Zachary ließ sich auf dem Kies nieder und ruhte ein wenig aus. Seine Augen schweiften über die wunderbare farbige Weite der welligen Hügel. Es war warm hier in der Sonne, und die Kraft kehrte wieder. Dann stand er auf und begann den Felsen hinunterzuklettern.

2. Kapitel

I

Als Stella erwachsen war, lächelte sie manches Mal über die Leute, die versuchten, sich an ihr erstes Erlebnis in dieser Welt zu erinnern und denen es nur selten glückte, es mit Bestimmtheit festzustellen. Bei ihr bestand keinerlei Zweifel, weder über ihr erstes noch über das darauffolgende Erlebnis, und sie wußte ganz genau, daß sich beide am gleichen Tag ereignet hatten – am 22. September 1796, als sie zwei Jahre zählte. Die Geschehnisse waren einander völlig entgegengesetzt, vielleicht hatten sie gerade deshalb Stella so tief beeindruckt. Das erste, obgleich von barmherziger Unbestimmtheit, war dennoch grauenerregend und verfolgte sie immer wieder während ihrer ganzen Kindheit, in Angstträumen oder Fieber; eine Erinnerung an Lärm, Feuer, schmale Arme, die sie umschlungen hielten und deren krampfhafter Druck sie schmerzte, dann das Dunkel von Wassermengen, die über ihr zusammenschlugen. Die zweite Erfahrung war barmherziger und wohltuend; tiefe Stille, Sternenlicht über einem schlafenden Garten, sanft kühlende Luft auf heißem Gesicht, und dann fühlte sie Mutter Spriggs Arme, nicht fest und drückend wie jene anderen, sondern sicher und behaglich, wie Mutter Sprigg selbst.

«Bin ich dein richtiges Kind, Mutter?» fragte sie eines Tages, als sie zehn Jahre alt war. Die beiden saßen vor dem Kaminfeuer, allein; denn Seraphine, die Katze, schlief mit ihren Jungen im Körbchen. Die Kerzen waren angezündet und das Feuer brannte hell. Obgleich man erst Anfang September schrieb, war der Abend frostig. Stella säumte ihr Mustertuch, während Mutter Sprigg an einer bunten Flicken-Steppdecke stichelte. Es war ein schöner Abend. Sie hatten die Vorhänge nicht zugezogen, draußen breitete die Sonne ein goldenes Tuch über die starren Formen der alten Obstbäume. Kein Laut war vernehmbar außer dem Knistern der Flammen, dem Tikken der Großvateruhr und dem leichten Klicken, wenn Mutter Spriggs flinke Nadel den Fingerhut berührte. Stellas Nadel war nicht so rasch, und daher gab es kein Geräusch. Fleißig, aber langsam durchstach sie das Mustertuch, folgte dem mühseligen und schmerzensreichen Pfad der Pflicht und hielt von Zeit zu Zeit inne, während sie an ihrem Finger lutschte und die arme Mutter Sprigg mit einer neuen Frage bestürmte.

«Behüte!» rief diese nun, wobei die Decke ihren Händen entglitt. Gewöhnlich gelang es ihr, weiterzunähen, wenn Stellas Wissensdurst sie bedrängte, obgleich die Pein geistiger Anstrengung manchmal ihr rosiges Gesicht in Falten zog. Aber diese Frage brachte ihre hausfrauliche Tätigkeit zu so völligem Stillstand, daß Stella sie mit kugelrunden Augen erstaunt betrachtete. Nur ein einziges Mal hatte das kleine Mädchen Mutter Sprigg so sitzen sehen, so ganz tatenlos, die plumpen Hände über der Arbeit im Schoß gefaltet, die Augen auf das Feuer gerichtet, und das war, als der Stier Vater Sprigg aufgespießt hatte und Doktor Crane sie in die Küche hinunterschickte, um dort sein Urteil abzuwarten. Es war ein gnädiges Geschick, daß Vater Spriggs Zustand sich besserte, dachte Stella damals; denn sonst wäre Mutter ewig so sitzengeblieben, mit dem Blick ins Feuer. Das instinktive Gefühl des Kindes erfaßte schon früh, daß Mutter immer auf solche Art dem Schmerz ins

Auge sehen würde: ohne zu jammern, indem sie einfach unbeweglich blieb. Hatte Stella irgend etwas Schlimmes gesagt? Sie streckte ihre kleine braune Hand aus – die Blutströpfchen auf dem zerstochenen Finger glänzten im Kerzenlicht wie winzige Rubine – und legte sie auf die abgearbeiteten, dicken roten in Mutter Spriggs Schoß. «Mutter?» tönte es leise und fragend.

Mutter Sprigg gab ihrem Kopf den jähen, energischen Ruck, der die Brille (sie trug diese nur bei Naharbeit) etwas von der knopfigen Nase herunterrutschen ließ, und sah über den Rand hinaus das Kind neben sich auf dem Schemel an.

«Warum fragst du, Liebling?» flüsterte sie. Aber noch während sie dies fragte, wußte sie die Antwort. Das Kind war nun alt genug, um die Unterschiede zu bemerken; die feine Hand auf ihrer eigenen plumpen war einer von vielen.

«Ich erinnere mich, daß ich von anderswo hergekommen bin», sagte Stella, «dort war es nicht wie hier.»

«Woran erinnerst du dich, Kind?» forschte Mutter Sprigg weiter.

«An Lärm, Feuer und dunkles Wasser, und an Arme, die weh taten», flüsterte Stella, als ob sie Eile hätte, den Gedanken loszuwerden; dann sagte sie langsam und innig: «Und nachher war es still im Garten, Mutter, und deine Hände waren lieb mit mir.» Nie in ihrem Leben konnte Stella überschwenglich im Danken sein; sie stellte fest, was man für sie getan, und ließ es dabei bewenden. Aber dadurch, daß sie genau wußte, wofür, erhielt ihr klarer Tatsachenbericht viel mehr Wert als irgendein wirrer Gefühlserguß. Ruhe und Behaglichkeit. In kommenden Jahren würde Mutter Sprigg sich erinnern, was sie dem Kinde Stella gewesen, die Berührung der zarten Hände spüren und empfinden, daß darin mehr Herzlichkeit lag als in Umarmungen und Küssen. Sie würde die Gewißheit haben, daß sie Stella Wertvolles gegeben und in ihr wachgerufen hatte, und sie würde froh darüber sein.

Und nun machte ihre augenblickliche Qual dem Bewußtsein Platz, daß diese Frage kommen mußte. Sie war zu guter Stunde gekommen. Die beiden waren allein, ruhig, das Kind groß genug, um die Wahrheit zu hören, jedoch noch nicht in dem Alter, da bereits erfahrenes Leid den Kummer vertieft.

«Nein, du bist nicht mein Kind», sagte Mutter Sprigg. «Aber weiß Gott, du bist mir so lieb, als wärst du's. Vor etwa acht Jahren hat man dich hierhergebracht, Liebling, ein kleines, zweijähriges

Ding. Ich saß gerade vor dem Feuer, wie jetzt, flickte an einem Hemd, etwas besorgt, weil Vater noch nicht von Plymouth heimgekommen war. ‹Mittwoch, um acht Uhr, bin ich wieder da, Martha›, hatte er gesagt, aber die Großvateruhr schlug zehn, und ich saß immer noch an meiner Flickerei. Es war Nacht, und die Schläge der Uhr tönten schwer und laut wie eine Glocke. Ich war aufgeregt, muß ich gestehen. In dem Jahr damals bestand Invasionsgefahr, wir erwarteten die Landung der Franzosen. Täglich verließen Truppenschiffe Plymouth, mit Männern und Kanonen beladen, um nach Irland zu segeln; denn man wußte nicht, wo dieser Schuft Bony zuschlagen würde, dort oder hier. Dein Vater war nach Plymouth geritten, um seinem Soldatenbruder auf der Fregatte ‹Amphion› Lebewohl zu sagen. Es sollte ein großartiges Abschiedsfest an Bord geben. Vater war am Dienstag vor Tagesgrauen in aller Eile abgeritten, weil er sich verschlafen hatte und befürchtete, zu den Festlichkeiten zu spät zu kommen – und Gott sei Dank, er kam zu spät.»

«Warum, was war denn geschehen?» fragte Stella.

«Die ‹Amphion› flog in die Luft, mein Liebes, mit all den Frauen und Bräuten und kleinen Kindern der Männer, die an Bord waren. Man sagt, ein Kanonier, der gerade Munition stahl, hätte ein Licht fallen lassen. Es war entsetzlich. Dreihundert Männer, Frauen und Kinder kamen um, der Bruder deines Vaters war unter ihnen. Als dein Vater durch Plymouth kam, hörte er die Explosion, und als er die Hoe erreichte, fischten sie gerade die Verunglückten aus dem Wasser. Vater legte Hand an, wo er konnte. Nie hat er eine arme junge Frau vergessen, die er aus dem Wasser ziehen half. Er sagte, sie sei wunderschön gewesen, sogar im Tod. Ein Matrose hatte sie hochgehalten, um sie vor dem Ertrinken zu retten; aber sie starb, während er sie hielt – ein Schock vielleicht, oder irgendeine Verletzung – ich weiß es nicht. Sie trug ein grünes Kleid und ein goldenes Medaillon um den Hals, und ihre Arme umschlossen noch eng den Körper ihres kleinen Kindes.»

«War das ich?» flüsterte Stella.

«Ja ... als dein Vater dich sah, verlor er den Kopf. Siehst du, mein Liebes, wir hatten eine Kleine, die starb, als sie so alt war wie du damals. Es war unser einziges Kind, und dein Vater war verzweifelt über den Verlust, er konnte ihn nie recht überwinden. Als er dich dort sah, und ein paar rohe Kerle dich aus den Armen deiner toten Mutter zu lösen versuchten, riß er dich einfach aus ihren Händen und nahm dich mit sich. Einer der Männer sagte: ‹Das Kind ist tot›, aber obwohl du naß und kalt wie ein kleiner Fisch warst, wußte er, daß du noch lebtest. Er war so aufgeregt, daß er dem Mann gar nicht antwortete, er rannte einfach mit dir davon, ohne irgendwelche Erklärung. Ein Wirtshaus war in der Nähe, er brachte dich dahin, bat die Wirtin, sich deiner anzunehmen, und eilte zum Unglücksort zurück, um weiter bei den Rettungsarbeiten zu helfen und seinen Bruder zu suchen ... Er war nicht unter den Geretteten, der arme Bill ... Am nächsten Tag, als du frisch und munter warst und niemand wußte, wer du seiest, packte er dich in seinen Mantel und ritt mit dir heim. Stunde um Stunde trabte er durch Zwielicht und Dunkel, halb irrsinnig von dem Schreck und allem, was geschehen. Aber du warst die ganze Zeit unglaublich brav und weintest kein einziges Mal.»

Stella lachte plötzlich ihr helles, glückliches Lachen, das Entzükken aller, die es je hörten. Mutter Sprigg spürte, daß ihre Hoffnung sie nicht getrogen hatte. Obgleich das Kind außerordentlich zartfühlend und empfindsam war, ließ seine Jugend es doch noch nicht die ganze Tragik der Geschichte erfassen.

«Warst du nicht erstaunt, Mutter, als Vater so mit mir daheim ankam?»

«Man hätte mich mit einer Feder umstoßen können», erklärte Mutter Sprigg, die ganz vergnügt wurde, angesteckt durch das Lachen des Kindes. «Ich hörte Bess in der Gasse traben, rannte hinaus und durch den Garten ans Tor. ‹Da bist du ja, Mutter›, sagte Vater, beugte sich herab, und schon lagst du in meinen Armen. Du hattest geschlafen, warst aber aufgewacht und schautest um dich; erst in den Garten, dann in mein Gesicht, und dann kuscheltest du dich zurecht und schliefst wieder ein. Am nächsten Morgen warst du mit den Vögeln munter und tatest so, als ob du dein ganzes Leben bereits in Weekaborough Farm verbracht hättest.»

«Und hat nie jemand versucht, mich von hier wegzuholen?»

«Nein, Liebling. Natürlich habe ich Vater nach Plymouth zurückgeschickt, um Nachforschungen anzustellen; denn wie er mit dir auf und davon gegangen, war nichts anderes als Kindsraub gewesen. Aber er hörte von keinerlei Verwandten. Niemand schien zu wissen, wer deine arme Mutter war. In ihrer Tasche befand sich nur ein gesticktes Taschentuch und dein kleines Korallen-Halsband, in ihrem Medaillon nur eine dunkle Haarlocke und ein Zettelchen mit ein paar fremdländischen Worten, die aber keiner lesen konnte. Dein Vater hat dafür gesorgt, daß sie ein rechtes Begräbnis bekam, dann nahm er Taschentuch, Medaillon und Halskettchen an sich und ritt, so schnell er konnte, heim, um mir zu sagen, daß du nun unser seiest, unser Kind, unsere Stella.»

Das spitze Kinn mit den feinen Händen umfassend, saß das Kind und starrte ins Feuer. Nicht ein Wort des Mitleids für seine richtige Mutter, seine Gedanken schienen sich nur mit der Frau neben sich zu befassen.

«Mutter, hieß das kleine Mädchen, das gestorben war, auch Stella?»

«Nein, Liebling, sie hat Eliza geheißen, nach meiner Mutter. Aber da dein Vater ganz närrisch über dich war, mußtest du einen außergewöhnlichen Namen bekommen. Du hättest sternhelle Augen gehabt, sagte er, als du ihn das erste Mal ansahst, und helles Sternenlicht lag auf deinem Gesichtchen, als ich dich an jenem Abend in die Arme nahm. So nannten wir dich Stella, obgleich es meiner Ansicht nach ja nicht gerade sehr gut zu Sprigg paßt. ‹Macht nichts›, sagte dein Vater. ‹Das Mädchen wird meinen Namen gegen einen andern vertauschen, sobald es heiratsfähig ist, inzwischen ist es meine Stella, mein Unglückssprößling, geboren am ersten Juni mit Kerzlein in den Augen.›»

«Und warum soll ich Kerzlein in den Augen haben, weil ich am ersten Juni geboren bin? Und wieso weißt du, daß ich wirklich am ersten Juni Geburtstag habe?» fragte Stella. Ihr Verstand war ebenso klar wie einbildungsreich. Sie schwelgte in phantastischen Vorstellungen, wenn diese nur auf vernünftiger Basis beruhten, wie eine schöne Blume mit fest in der Erde verhafteten, gesunden Wurzeln; sie durften nicht einfach lose herumflattern.

«Niemand weiß genau, wann du geboren wurdest, Liebling, aber du schienst gerade zwei Jahre alt zu sein, als du zu uns kamst. Der erste Juni 1794 war der ‹Ruhmreiche Erste›, der Tag, an dem die Flotte mit sechs eroberten französischen Kriegsschiffen Plymouth Sound anlief, und in jedem Fenster eines jeden Hauses strahlte eine Kerze. Sie brannten die ganze Nacht hindurch, ein prächtiger Anblick. Dein Vater sah das Schauspiel und konnte es nie vergessen. ‹Gerade, als ob alle Sterne vom Himmel heruntergefallen wären›, sagte er, ‹bis die Morgendämmerung hereinbrach und sie verlöschten.›»

«Die Kerzen der Nacht sind ausgebrannt, und ein fröhlicher Tag schaut über nebelbedeckte Bergspitzen», zitierte Stella. Ihre Stimme tönte eigenartig tief und reif für ein Kind.

«Wie?» frug Mutter Sprigg scharf. «Hast du wieder irgendeinen alten Schmöker gelesen?»

Es gab wenige Dinge, die Mutter Sprigg ärgerlich machten; nur wenn Stella Doktor Cranes alte Bücher verschlang, wurde sie böse. Der Arzt war ihr bester Freund und hatte Stellas Erziehung in die Hand genommen; aber Doktor Cranes und Mutter Spriggs Ansichten über Bildung deckten sich keinesfalls. Lesen, Schreiben und Rechnen war alles, was der Doktor dem Kind beizubringen hatte, fand Mutter Sprigg. Wenn sie selbst es dann noch mit den häuslichen Arbeiten vertraut machte, so genügten diese Kenntnisse für eine Bauerntochter. Doktor Crane dagegen war anderer Meinung; ein Mensch sollte sich alles Wissen aneignen, dessen er fähig ist. Stella war mit ihm völlig einverstanden. Wenn sie sich über seine Bücher machte, lernte sie viel und schnell und verbarg ihre Fortschritte, so gut sie konnte. Aber Mutter Sprigg merkte es immer, wenn das Kind in den Büchern des Doktors gelesen hatte, es wiederholte dann meist kleine Brocken mit jener eigenartig unkindlichen Stimme. Und dann schalt Mutter Sprigg, sie wußte selbst nicht, warum; vielleicht, weil Stellas Wissensdurst für sie irgendeine unerklärliche Drohung enthielt, die sie ängstlich machte; und sie schalt stets, wenn sie Angst hatte.

Stella, das Kinn in die Hand gestützt, antwortete nicht. Sie blieb immer stumm, wenn sie ausgezankt wurde, doch lag darin kein Trotz, nur ein sanfter, sichtbarer Entschluß, ihren eigenen Weg gehen zu wollen. In solchen Fällen schüttelte sie die Scheltworte ab, wie ein Entlein das Wasser von seinem Gefieder – nichts blieb davon zurück. Mutter Sprigg seufzte in stiller Gekränktheit, mußte aber doch lächeln, als Stella den Kopf hob, ihren Schemel näher an sie heranrückte und zu ihr wie ein fröhlicher Elf aufblickte, das Gesichtchen von so strahlender Heiterkeit übergossen, daß die beiden Grübchen in den Wangen sichtbar wurden. Auch dies war charakteristisch für Stella; sobald sie ihren Willen durchgesetzt hatte, strengte sie sich schnell an, um den letzten Rest des Ärgers zu zerstreuen. Und wenn Stella Unangenehmes verwischte, war das wie die Sonne, die die Wolken vertrieb – leichten Herzens vergaß man alles Vorhergegangene.

Der plötzliche Einbruch von Doktor Crane in diesen stillen Abend zerrann in nichts, und auch Stellas Lachen verschwand, ebenso wie ihre vorherige eigenartige Reife. Sie war wieder nur mehr ein liebevolles, ernstes Mädchen, legte die Hand auf Mutter Spriggs Knie und sagte leise: «*Du* bist meine Mutter.» Nun schien sie auch das, was sie wissen wollte, beiseite zu lassen; denn sie glättete ihr Röckchen, betrachtete den zerstochenen Finger und lutschte ein wenig daran. Dann seufzte sie, griff nach dem Fingerhut und begann wieder an ihrem Mustertuch zu nähen. Auch Mutter Sprigg nahm ihre Decke auf, rückte die Brille zurecht und suchte mit einem erleichterten Atemzug ein Stück roten Sammets aus... Vorüber waren Frage und Antwort, vor denen sie sich so lange schon gefürchtet hatte, und alles war wirklich gutgegangen... Aber ein sonderbares Seelchen blieb sie doch, diese liebe Stella! Mutter Sprigg wußte nicht ganz genau, wie sie sich vorgestellt hatte, daß die Kleine die Geschichte aufnehmen würde, jedenfalls nicht so ruhig und selbstverständlich.

2

Die Bäuerin und das Elfenkind waren ein entzückender Gegensatz, wie sie so beisammensaßen in der Stille des Herbstabends, in dem ineinanderfließenden Licht von Sonnenuntergang, Kerzen- und Feuerschein, vor dem großen Kamin der schönen Bauernküche. Mutter Sprigg stand in den Fünfzigern, hatte aber ihr ganzes Leben lang so hart gearbeitet, daß sie älter aussah. Sie war klein, untersetzt und rundlich, ihr rotes Gesicht wettergebräunt, ihre Hände plump und abgearbeitet. Schönheit konnte man an ihr nicht preisen; aber ein unendlich liebes Lächeln und die Güte ihrer runden braunen Augen umgaben sie stets wie eine Aura von beinahe himmlischer Mütterlichkeit – der Heiligenschein jener Frauen, die ihr einziges Kind verloren haben und nun Mutter für alle geworden sind, oft weit liebevoller als Mütter, die ein Dutzend Kinder ihr eigen nennen. Mutter Sprigg war eine erquickliche Person, selbstlos, tüchtig, voll gesunden Menschenverstands, ohne irgendwelche körperlichen oder geistigen Ecken. Ihr ganzes Wesen hatte sich, wie ihre Mütterlichkeit, mit den Jahren so geläutert, daß es schon beinahe unirdisch gut zu sein schien. Dazu kam noch ihre Ordnung und

Sauberkeit. Für Mutter Sprigg bedeutete ordentlich und sauber sein nicht einfach das Gegenteil von Unordnung und Schmutz. Diese Eigenschaften waren bei ihr zu solcher Vollkommenheit entwikkelt, daß sie fast geistig wirkten, indem ihre fleckenlosen Schürzen, das tadellos sauber geschrubbte Äußere gleichsam als sichtbare Zeichen unsichtbarer Anmut erschienen. Natürlich hatte sie auch ihre Fehler, Ansätze zu Eifersucht – wen sie liebte, wollte sie ganz für sich haben –, dazu eine scharfe Zunge dort, wo vorsätzliche Dummheit und Schlamperei das Maß normaler Duldsamkeit überstiegen. Aber ihre Schwächen lagen nur an der Oberfläche, man wußte, daß sie durch und durch gesund und gut war wie eine reife Nuß.

Obgleich die Mode Mutter Sprigg vollkommen gleichgültig ließ, hatte sie doch ein Auge für Linie und Farbe. Ihr Kleid aus hausgesponnener Dartmoor-Wolle war gut geschnitten, vom warmen Braun herbstlicher Buchenblätter; die Falten des weiten Rockes fielen schön und schwer, wenn sie kerzengerade auf ihrem steiflehnigen Stuhl saß. Schürze, Halstuch und Häubchen waren aus feinstem Batist und weiß wie Schnee.

Sie wußte auch das Elflein Stella richtig anzuziehen. Des Kindes kurzärmeliges Hängekleidchen war aus grünem Baumwollstoff, frisch und abstehend, mit einer großen Tasche darauf, doch ohne Verzierung, außer einem weißen Krägelchen um den Hals. Um die Mitte trug es ein weißes Schürzchen gebunden, die dunklen Locken kurz geschnitten wie die eines Knaben, ohne Band. Falbeln und Rüschen standen Stella nicht; denn sie war kein sehr weibliches Kind. Groß für ihr Alter, zartknochig, saß ihr schon geformter Kopf fast stolz auf dem schlanken Hals. Die übliche plumpe Ungeschicktheit anderer Kinder fehlte bei ihr. Die raschen, anmutigen Bewegungen waren eher die eines freien Waldtieres – Reh oder Gazelle – als eines kleinen Mädchens. Das herzförmige Gesicht war schmal und braun, die Wangen zart gefärbt, das Näschen gerade und keck, die Oberlippe kurz und energisch, der Mund wie ein Cupidobogen geformt und das Kinn winzig, jedoch recht zielbewußt gespitzt. Obgleich das Gesichtlein so mager war, saß doch ein Grübchen auf jeder Backe. Der Blick der leuchtenden dunkelgrauen Augen richtete sich gerade auf die Menschen, und es war oft nicht leicht, ihm standzuhalten. Um den feinen Bogen der korallenroten Lippen spielte meistens ein leises Lachen. Für ein so junges

Wesen war Stella von erstaunlicher Grazie. Doktor Crane und die vernarrten Pflegeeltern fanden sie reizend; bei den Dorfbewohnern aber galt sie durchaus nicht als schön. Sie spielte selten mit den andern Kindern; denn diese mochten sie nicht. Völlig ungerechterweise behaupteten sie, daß Stella eingebildet sei. Das war sie nicht im mindesten; aber sie redete eine andere Sprache, weshalb sie scheu war und sich ihnen fernhielt. Manchmal grübelte die Kleine betrübt über diesen innern Abgrund; aber wie sehr sie sich auch bemühte, er war nicht zu überbrücken. Und so blieb sie, den anderen unbekannt, ein wenig einsam.

3

Draußen waren die Vögel verstummt und das Licht matt geworden, Stella schien es, als ob die Obstbäume näher an das Haus heran kämen, sich in Reih und Glied stellten, um sie gegen die Gefahren der Nacht zu schützen. Die Kerzen und die Flammen der brennenden Apfelbaumscheite, nun die alleinigen Lichtspender, atmeten und wuchsen wie lebendige Wesen. Langsam und triumphierend bekam die geräumige alte Küche ihr wahres Aussehen. Tagsüber erfüllte sie die Arbeit auf dem Bauernhof mit Geschäftigkeit und Lärm, die fröhliche helle Welt außerhalb der Fenster lenkte die Aufmerksamkeit auf sich; bald würde die Last von Dunkelheit und Träumen ihr Leben ersticken. Aber diese Pause zwischen Tag und Nacht, zwischen Arbeit und Schlaf, war ihre Stunde. Stella sah auf, ließ die Augen durch den Raum schweifen und erkannte in ihm einen Freund. Die Küche war für sie das Gesicht des Hauses, es drückte dessen Persönlichkeit besser aus als Mauern, Dach und Kamine, die den Körper bildeten, und zu dieser Stunde lächelte es. Stella fühlte, daß Weekaborough Farm, dieses rauhe, starke, alte Lebewesen, ihr Heim war, ihre Festung und ihr Freund.

Die Küche war der Wohnraum des Bauernhofs; denn das kleine getäfelte Wohnzimmer auf der anderen Seite der mit Fliesen belegten Diele wurde nur selten benützt. Sie war geräumig, ungefähr quadratisch, doch voller Winkel und Nischen, wie eine Höhle, hatte zwei breite, unterteilte Fenster mit tiefen Bänken in der langen Westmauer und ein kleineres Fenster nach Süden. Die Wände waren weiß getüncht, und die ebenfalls weiß getünchte Decke war von starken dunklen Eichenbalken durchzogen, in denen eiserne Haken für Schinken und getrocknete Kräuter steckten. Die Einrichtung – der riesige Küchentisch, der Geschirrschrank, Ruhebank und steiflehnige Stühle – war aus Eichenholz, altersgeschwärzt und glänzend. Die Steinfliesen des Bodens leuchteten weiß vom Schrubben seit Jahrhunderten, und unter dem Tisch standen die aus dem großen Brunnen im Hof gefüllten Wassereimer.

Aber das Glanzstück der ganzen Küche war der Kamin, der fast die ganze Nordwand des Raumes ausfüllte und nahezu ein Zimmer für sich bildete. Er war so tief, daß es rechts und links Platz für zwei Sitzgelegenheiten gab; quer über der Öffnung lag ein kräftiger Eichenbalken mit einem kleinen roten Vorhang daran. Das Holzfeuer ging niemals aus, weder im Winter noch im Sommer. Allmorgendlich scharrte Vater Sprigg, der stets zuerst unten war, die Asche zusammen, legte frisches Holz auf und schürte mit dem Blasebalg die Glut. Auf jeder Seite befand sich ein Feuerbock, an dem die Bratspieße und die Hängearme für Kessel und Töpfe baumelten. Eben entströmten dem Feuerplatz köstliche Gerüche; Zwiebelsuppe dampfte in einem der aufgehängten Kessel, und Äpfel brieten in einer Schüssel auf der heißen Asche.

Sämtliche Winkel und Nischen dieses bezaubernden Höhlenraumes beherbergten unvorhergesehene Dinge: den Backofen in der Tiefe der Mauer, die alte Großvateruhr unter dem reizvollen Gewölbebogen, Mutter Spriggs Spinnrad, die Wärmepfannen, geheime Schränke, angefüllt mit hausgemachten Weinen, und in den verborgensten Behältnissen, unter den beiden Sitzplätzen sowie in Mauervertiefungen (die man durch Herausnehmen von Steinen hergestellt hatte) gab es noch Großartigeres: Regale mit Gepökeltem, Eingemachtem, Messingleuchtern und Trinkkrügen. Die Fensterbänke der Westwand konnte man aufklappen, in deren einer bewahrte Stella ihr Mustertuch und einige kleine Schätze auf, in der anderen versorgte Mutter Sprigg ihren Nähkasten und die gerade in Arbeit befindliche Flickendecke. Stella besaß kein Nähkörbchen, und dies war ihr einziger großer Kummer. Wie sehr wünschte sie sich eines, mit kleinen Abteilungen darin, mit einem Schmirgelkissen für die Nadeln und einem echt silbernen Fingerhut. Aber Mutter Sprigg fand, daß ihr Messingfingerhut und das kleine Nähschächtelchen für ihre Künste vollauf genügten. Stella war überzeugt, sie würde sofort wundervoll nähen können, wenn sie nur erst einmal eine Nähschatulle samt silbernem Fingerhut besäße.

Obgleich die unregelmäßige Form der großen Küche an eine Höhle erinnerte, lag jeder Gedanke an Feuchtigkeit oder Dunkel fern. Die bei Tag hereinströmende Sonne und das ständige Feuer im Kamin ließen ihn nicht aufkommen. Auch waren da viele Farben, das blaugemusterte Geschirr im Küchenschrank, die roten Flickenläufer auf dem Boden, die ebenfalls roten Fenstervorhänge, und immer Körbe mit Äpfeln und Pflaumen und goldgelben Kürbissen, je nach Jahreszeit. Neben dem Kamin führte eine Tür nach dem gegenüberliegenden Gang zu den Milch-, Vorrats- und Speisekammern, eine andere in der östlichen Wand ging auf den fliesenbedeckten Vorraum und zur Eingangstür. An windigen Tagen war es zugig in der Küche, und der Feuerrauch fegte hindurch; aber Mutter Sprigg und Stella waren an Zug und Rauch gewöhnt wie an das ständige Schwatzen, Lärmen, Kommen und Gehen der Bauern und Nachbarn. All das gehörte zum täglichen Leben, zu dem festen Netz, das seinen Hintergrund bildete ... Jedoch in dieser Stunde des Zwielichts waren die Türen geschlossen, und der Rauch nahm seinen Weg durch den Kamin zu den Sternen hinauf, die man wahrnehmen konnte, wenn man von unten durch den großen Rauchfang hinaufspähte. Im Augenblick gab es kein Hin und Her, völlig in Ruhe zeigte der Raum sein wahres Gesicht und lächelte die beiden an.

«Ich wünschte nur, es würde länger dauern», meinte Stella.

«Was, mein Liebling?» fragte Mutter Sprigg.

«Nun, du und ich, hier beim Sitzen und Nähen mit Seraphine und ihren Jungen und das liebe Haus um uns.»

«Weekaborough Farm», sagte Mutter Sprigg sanft. «Hier ist dein Vater geboren und aufgewachsen, er hat das Haus nie länger als eine Nacht allein gelassen. Vor fünfunddreißig Jahren kam ich als Braut hierher. Auch ich habe es nie einen Tag verlassen und werde es wohl auch nie tun.»

«Aber ich schon», erwiderte Stella entschieden. «Ich möchte allerlei Orte in der Welt aufsuchen. Doch wo ich auch sein werde, die Küche von Weekaborough wird immer der Mittelpunkt bleiben, wie die Nabe beim Karrenrad. Und die Straßen und Seewege werden nur Speichen sein, die mich hierher zurückführen.»

Mutter Sprigg sah scharf nach dem Kind hinüber. Schon hatte

sich wieder so ein Gegensatz offenbart; Stellas abenteuerlicher Wandergeist war etwas, das sie nicht fassen konnte. Und des Kindes Eigenart zu reden, weit entfernte Dinge miteinander zu verbinden, wie dieses Wagenrad mit der Küche (nach Mutter Spriggs Auffassung ein höchst ungeeigneter Ort dafür), machte einen schwindlig im Kopf. Aber, abgesehen von ihrer Unternehmungslust, die sie hie und da auf beunruhigendste Art, Gott weiß wohin, davonstürmen ließ, war Stella ein braves kleines Mädel, das niemals umherlief, ehe sie ihre Arbeit getan hatte, und nie Dinge an den falschen Platz brachte, außer in ihren Gesprächen. Mutter Sprigg liebte sie über alles in der Welt.

3. Kapitel

I

Kräftige Männerschritte in der Diele und ein fröhlicher Zuruf kündeten Vater Spriggs Heimkehr an. Die stille Stunde war vorüber, nun hieß es sich für Abendessen und Zubettgehen rüsten. Die Arbeiten wurden zusammengerollt und versorgt. Während Mutter Sprigg geschäftig den Tisch deckte, stürzte Stella wie von einer Schleuder geschnellt nach vorn und in Vater Spriggs Arme. Ihr Pflegevater war der einzige Mensch, dem gegenüber sie sich überschwenglich gebärdete, nicht weil sie ihn am liebsten hatte (sie liebte ihn innig, aber nicht mehr als die Mutter), sondern weil Vater Sprigg selbst so stürmisch war, daß man mit ihm nicht anders sein konnte.

Vater Sprigg glich einem starken, belebenden Wind, der den Menschen ungestüm in den Rücken bläst, so daß selbst die steifsten laufen und springen und nach ihren Hüten greifen müssen. Er war sechs Fuß hoch, breit gebaut, und seine Schultern waren trotz seiner sechzig Jahre nur leicht gebeugt von einem halben Jahrhundert schwerer Arbeit. Das wettergebräunte Gesicht umrandete ein rötlichgrauer, zottiger Backenbart, die blauen Augen blitzten wie helle Fensterchen unter dem rötlichen Dach der dicken Brauen. Der Kopf war kahl, abgesehen von einem rotbraunen Haarschopf, der ihn umrahmte wie der Backenbart das Gesicht. Er hatte noch sämtliche Zähne und war ein kräftiger Esser. Von cholerischem Temperament, wie die meisten Rothaarigen, verband Vater Sprigg dennoch damit große Geduld und außerordentlichen Mut. Obgleich seine Sprache in Zeiten des Mißgeschicks alle Gottesfürchtigen in weitem Umkreis für seine Seele fürchten ließ, hielt er in einer Art dem Unglück stand, die dem größten Heiligen zur Ehre gereicht hätte. Außerdem war er ein wirklich kluger Mann, ein guter Bienenvater und Schafzüchter, und was er über Bienen und Schafe nicht wußte, war nicht wissenswert. Von sämtlichen Zweigen der Landwirtschaft verstand er genausoviel wie seine tüchtigsten Untergebenen. Als Vater Sprigg Weekaborough Farm von seinem Vater übernahm, war der Hof völlig heruntergewirtschaftet. Innerhalb von zehn Jahren hatte er ihn zu einem der ertragreichsten Bauerngüter der Gegend gemacht. Er war ein nachsichtiger, liebender Gatte und Vater, ein gerechter, wenn auch strenger Herr, ein guter Patriot und Christ; aber vor allem war er Bauer. Familie, Vaterland und Gott wurde eben in dieser Reihenfolge und zu den entsprechenden Stunden Tribut gezollt: bei den Mahlzeiten und dem Zubettgehen, den festgesetzten Zusammenkünften der Landwehr von Süd-Devon, beim Abendgebet und Sonntagsgottesdienst. Doch durfte keine dieser Pflichten die ernste Aufgabe seines Lebens als Landmann beeinträchtigen.

Vater Sprigg kleidete sich gut, doch legte er keinen Wert auf Mode, genau wie seine Frau. Seine verschiedenen Anzüge, für Sonntag, Hochzeit, Taufe und Begräbnisse, der Jagdrock, das Kirchweih- und Marktgewand, die Uniform, alle waren sie aus feinem Tuch, gut gearbeitet, mit dazupassenden Westen. Aber einige hatten bereits seinem Vater gehört, und nur die Uniform war weniger als zwanzig Jahre alt. Sämtliche Bekleidungen wurden sorgfältig in dem großen Eichenschrank im Schlafzimmer aufbewahrt. Mutter Sprigg bürstete und glättete sie liebevoll vor und nach dem Tragen, so daß sie sich kaum abnutzten, ebensowenig wie die verschiedenen Arbeitskittel, die Großmutter, Mutter und Frau ihm nacheinander bestickt hatten. Die handgenähten Blusen bestanden aus so dicht gewobenem Material, daß ihnen weder Wetter noch grobe Arbeit etwas anhaben konnten. Jedes dieser Kleidungsstücke war ein Kunstwerk, und die heutigen Frauen würden sich bei dem Gedanken entsetzen, daß man sie zur Bauernarbeit trug. Nicht so

Mutter Sprigg, die sie andauernd wusch und glättete, um sie immer wieder beschmutzt und zerdrückt zurückzubekommen. Sie und ihr Mann empfanden die Arbeit auf dem Hof nicht als ein Tun um des Lebensunterhalts willen, sondern als das Leben selbst, etwas Stolzes, das sie mit Freude erfüllte. Ohne sich dessen bewußt zu sein, umgaben sie ihr Tagewerk mit beinahe religiöser Pracht und Zeremonie. Deshalb waren der Arbeit schöne Kleider zugedacht, uralte Festlichkeiten waren mit ihr verknüpft, jeder Teil hatte seine eigenen Gebräuche, von denen nicht um Haaresbreite abgewichen werden durfte. Und diese besonderen Kleider, Feste und Zeremonien hatten ihre Jahreszeiten, gerade wie das Korn und die Früchte der Erde. Sie waren dem Weltrhythmus angeschlossen, dem Auf- und Untergang des Mond- und Sonnenlichts, dem Rauschen von Regen und Wind, dem Fallen von Schnee und Tau.

Vater Sprigg schien gewissermaßen die Verkörperung dieser herrlichen Einheit. Wenn man ihn ansah, wurde man so vieler Tugenden gewahr – Anstand, Klugheit und Kraft –, die sich alle so gut ergänzten und die Waage hielten, daß man keine entwickelter wünschte, sonst hätte sie die Harmonie seines Wesens zerstört. Sogar das cholerische Temperament war, wie die heiße Erntesonne, nicht etwas, das man sich wegdenken konnte, weil es sich so erfolgreich auswirkte. Denn nie wurde Vater Sprigg gewöhnlich. Oft ging er zu weit, aber niemals war er kleinlich. Er mochte, mitten in der Arbeit und mit ebensowenig persönlicher Feindschaft wie ein Sturmwind oder eine Lawine, einen Menschen in Grund und Boden vernichten, aber ihn niemals mit boshaften Nadelstichen oder vorsätzlichem Sarkasmus verletzen oder ihn des kleinsten Bruchteils dessen berauben, das des anderen Eigentum war.

Auf die empfindsame Stella, mit ihrer Lebensfreude und Unternehmungslust, wirkte die elementare Natur ihres Pflegevaters sehr stark. Sie sprang an ihm hoch in seine Arme, in der gleichen Art, wie sie sich manchmal in die Wiese warf, die Arme weit ausgestreckt und die Wangen an die warme Erde gedrückt; beide Orte gaben ihr das befriedigende Gefühl, eins zu sein mit allem, was es gab. Jedermann meinte, daß es Vater Sprigg sei, den sie am meisten liebte; sie wußten nicht, daß die Kleine dort am wenigsten ihre Empfindungen zur Schau trug, wo sie am tiefsten fühlte.

«Hallo, Mädel!» rief Vater Sprigg aus, und fing das schmale Geschoß mit seiner Körpermasse auf, als habe es nicht mehr Gewicht als ein Spatz. «Ruhig, Schatz, du wirfst mich ja um!»

Das war ein beliebter Scherz der beiden. Lachend lehnte Stella ihre Wange an Vater Spriggs Arbeitskittel und genoß den Geruch von Holzrauch, der ihm anhaftete. Holzrauch war mit der beste der herbstlichen Düfte, fast ebensogut wie der von Brombeeren oder Kürbiskonfitüre. Dann beugte sie sich über Vater Spriggs Arm und spähte nach dem Schatten hinter ihm. «Hodge?» flüsterte sie leise und streckte die eine Hand herab. Eine kalte Nase berührte ihre Handfläche, dann fühlte sie die Liebkosung einer warmen Zunge. Der Hund Hodge war also da, und die Kleine stieß einen erleichterten und befriedigten Seufzer aus. Hodge stand ihrem Herzen besonders nahe, aber er war ein großer Raufer, und sie lebte ständig in Angst, es könnte einmal ein Gegner sich als zu stark für seinen wirklich beträchtlichen Mut erweisen. Gottlob war er wieder einmal sicher innerhalb der Mauern ihrer Festung, und sie brauchte sich bis zum nächsten Morgen nicht um ihn zu sorgen.

Ein köstlicher Geruch von Zwiebeln drang durch den Spalt der Küchentür, und alle drei traten rasch ein. Mutter Sprigg verteilte gerade die Suppe in die braunen Schalen auf dem Tisch. Seraphine regte sich in ihrem Körbchen, und Madge, die Magd, kam aus der Milchkammer mit Butter und Käse und einem großen blauen Teller voll dicker Sahne. Solomon Doddridge, der Pflüger, war durch die Hintertür eingetreten – während Vater Sprigg den Haupteingang benutzt hatte – und saß auf dem einen der Kaminplätze, links vom Feuer. Das war sein Stammsitz; die knotigen Hände ruhten auf den Knien, die kurze Tonpfeife im Mundwinkel. Von allen Arbeitern des Hofes schliefen nur er und Madge im Haus. Zusammen mit Vater und Mutter Sprigg, Stella, Seraphine und Hodge bildeten sie eine innig verbundene Gemeinschaft, von einer Treue, die, obgleich niemals durch Worte ausgedrückt, jedem doch so völlig im Blute saß, daß sie auch stets entsprechend handelten. Was Seraphine anbelangte, so zog auch sie daraus Vorteil, mit derselben Sicherheit, mit der man auf der festen Erde geht und weiß, ohne weiter darüber nachzudenken, daß sie nicht nachgeben wird.

Der alte Sol hatte keine Ahnung, wie alt er war, er erinnerte sich nicht an seinen Geburtstag, wußte nicht, ob er getauft worden war oder nicht. Er konnte von sich nur sagen, daß er zeit seines Lebens als Junge und Mann auf Weekaborough Farm gearbeitet, gegessen und geschlafen hatte und auf dem Hof wohl auch sterben würde. Vielleicht war ihm einmal mehr über sein Leben bekannt gewesen, aber er besann sich eben an nichts mehr; denn unbekannt, wie ihm sein Alter war, mußte es allem Anschein nach doch ganz beträchtlich sein. Er erinnerte sich aber noch an die Geburt von Vater Sprigg, daß er damals die erste Jugend bereits hinter sich hatte und ihn das Rheuma ab und zu zwickte. Nun hatte ihn dieser Rheumatismus zu einem Faßreifen gekrümmt. Wenn er aufstand und sich auf seinen Stock stützte, fand Stella, daß er dem alten Maulbeerbaum im Garten glich, dessen Hauptast bestimmt wieder in die Erde gewachsen wäre, hätte man ihn nicht mit einem gegabelten Stock hochgestützt. In der Tat, der alte Sol machte eher den Eindruck eines Baumes als den eines Menschen. Beine und Arme ähnelten dürren, alten Ästen, sein Gesicht war braun und gefurcht wie Rinde, der graue Stoppelbart wie das Moos auf den ältesten Apfelbäumen. Seine Stimme, so viele Jahre dem schlechten Wetter ausgesetzt, klang wie das Krächzen eines Raben, und das völlige Fehlen der Zähne beeinträchtigte die Aussprache sehr. Aber seine dunklen Augen leuchteten wie die eines Rotkehlchens, und sein Sinn für Humor war eine ständige Quelle des Vergnügens. Obgleich es unfaßlich schien, war er immer noch imstande, einen Pflug zu führen und im Verein mit der Altstimme seines Ackerknechts die schönen, geheimnisvollen Lieder zu singen, mit denen die Pflüger der Grafschaft Devon ihre Gespanne antrieben. Tatsächlich, ohne Sols Gesang weigerten sich die Ochsen von Weekaborough zu arbeiten. Sobald die Töne aussetzten, standen sie in ihren Furchen still, während die Möwen dann hinter dem Pflug kreisten. Die Melodie schien sie alle in Bewegung zu erhalten, so wie die Sage geht, daß der Gesang der Sterne die treibende Kraft des Weltalls sei.

Die Herkunft von Madge war ganz klar. Eines von vielen Kindern, war sie nach dem Tod der Eltern als Zehnjährige in das Armenhaus gesteckt worden. Vor zwanzig Jahren war sie dann nach Weekaborough Farm gekommen und hatte seitdem dort gearbeitet. Vater und Mutter Sprigg waren die ersten Menschen, die ihr Gutes erwiesen hatten, ihnen und Stella war sie blind ergeben. Das dralle, sommersprossige, stupsnäsige Frauenzimmer lachte viel, sang zu seiner Arbeit, sprach jedoch wenig. Niemand hatte es fertiggebracht, sie Lesen und Schreiben zu lehren oder gar zwei von fünf ohne Katastrophe abzuziehen. Aber in den Künsten des Einmachens und der Milchkammer gab es im ganzen Westland nicht ihresgleichen.

Seraphine war ein weiches, getigertes Tierchen von außergewöhnlich wohlerzogenem Wesen. Während drei Stallkatzen den Außendienst der Rattenjagd versahen, war sie die einzige Hauskatze. Man hatte gedacht, daß sie sich um die Mäuse im Haus kümmern würde, aber sie hatte so viel mit dem Aufziehen ihrer Jungen zu tun, daß sie nur selten Zeit für den Mäusefang fand. Keine Katze hatte je so viele Junge in die Welt gesetzt wie Seraphine. Am Tag ihrer Ankunft auf dem Hof, noch als ganz kleines Kätzchen, hatte Vater Sprigg zufällig beim Abendgebet den Spruch vorgelesen: «Seid fruchtbar und mehret euch» – scheinbar hatte Seraphine ihn sich sehr zu Herzen genommen.

Schwer ist es, dem Hund Hodge gerecht zu werden. Vor acht Jahren war ein vornehmer Rassehund, der auf den Namen Agamemnon hörte, aus einem der großen Häuser der Nachbarschaft, Cokkington Court, entsprungen und auf Entdeckungsreisen gegangen. Es war ein ungewöhnlich schöner Frühling, und der feine Herr von Unruhe geplagt. Als er so über einen blühenden Heckenweg nahe Weekaborough Farm spazierte, sah er durch eine Öffnung Vater Sprigg und dessen Schäferhündin Gypsy, welche die Lämmer beaufsichtigten, die auf der mit Gänseblümchen übersäten Wiese herumsprangen. Gypsy war ein wundervolles Tier mit dunklen, schmelzend weichen Augen, einem buschigen Schwanz, Füßen, wie man sie auf Wappenbildern sieht, und langem, schwarzem, seidigem Haar – nur auf der Brust war es gelblichweiß. Gypsy warf gerade einen Blick über die Schulter, als Agamemnon durch die Heckenlücke spähte; ihre Blicke trafen sich, und nun war es um Agamemnon geschehen. Die Geschichte von Cophetua und dem Bettlermädchen wiederholte sich, und Hodge war das Ergebnis; oder besser gesagt eines davon, denn die vier anderen wurden ertränkt.

Man hätte annehmen können, daß der Sprößling eines so eleganten Aristokraten und einer so schönen Bettlermaid ein wundervolles Wesen sein würde. Aber unglückseligerweise war dies nicht der Fall; denn Hodge zeigte keinerlei Unterscheidungsvermögen und wußte nicht, was wohin gehörte. Die cremefarbige Weste, das Erbstück seiner Mutter, trug er nicht über der Brust, sondern auf dem Rücken, wo sie sich auf dem weichen braunen Fell, einem Erbteil des Vaters, eigenartig ausnahm. Er hatte seines Vaters Gestalt und dessen würdevolles Benehmen, was sich aber seltsam vertrug mit dem lächerlichen, buschigen Schwanz und den langen, weichen Ohren, die auf jeder Seite der großen, gewölbten Stirn herabbaumelten. Seine Augen waren die des Vaters, gelbbraun und etwas düster, dafür hatte er um den Mund einen Zug großer Sanftheit. Hodges Charakter war von außerordentlicher Vornehmheit; er war klug, tapfer, liebevoll, treu, geduldig, ritterlich und wählerisch in seinen persönlichen Angelegenheiten. Nur einen Fehler hatte er – er war ein unverbesserlicher Raufer. Seine Ritterlichkeit verbot ihm, Tiere anzugreifen, die kleiner waren als er selbst, und da er ein großer Hund war, wirkte sich diese Beschränkung günstig auf die Zahl seiner Kämpfe aus. Aber er konnte keinen gleich großen oder größeren Hund sehen, ohne auf ihn loszugehen. Er stand nun in mittlerem Alter, sein Körper war mit Narben alter Wunden bedeckt, ein Ohr war zerrissen und ein Auge ständig halb geschlossen. Diese Andenken an bestandene Kämpfe unterstrichen noch sein Aussehen, das in jüngeren Jahren ungewöhnlich genannt werden konnte, ihn nun aber zu einer Art Vagabunden stempelte, was sich gar nicht mit der Noblesse seines Wesens vertrug. Infolgedessen wurde er oft von Menschen mißverstanden, die ihn nicht genau kannten. Nicht so Stella. Sie wußte besser als alle anderen, daß Hodge Goldes wert war.

Während des Abendessens wurde wenig gesprochen, alle waren müde nach einem Tag harter Arbeit, der für die Erwachsenen um vier Uhr morgens begonnen hatte. Das karge Gespräch drehte sich um einen Landstreicher, der Vater Sprigg im Obstgarten um Arbeit angegangen hatte.

«Noch nie habe ich eine ähnliche Vogelscheuche gesehen», sagte Vater Sprigg. «Sah aus, als hätte er nicht genug Kraft, um einen Sack Kartoffeln auszugraben. Meiner Ansicht nach ein Taugenichts.»

«Hättest du ihm nicht Arbeit geben können, Vater?» fragte Stella voll Mitleid. Sie konnte den Gedanken nicht ertragen, daß jemand, und sei es nur ein Taugenichts, von Weekaborough weggejagt wurde. «Oder Essen?»

«Nein», erwiderte Vater Sprigg kurz. «Meinem Eindruck nach von der Aushebung weg oder einem Gefangenenlager entsprungen. Ich habe nicht die Absicht, mit der Behörde in Konflikt zu kommen.»

«Hat Hodge ihn für einen Landstreicher gehalten?» fragte Stella wieder.

«Hodge war nicht dabei», entgegnete Vater Sprigg. «Hodge war mit Sol die Kühe heimholen gegangen. Was meinst du, ist mein Urteil nicht ebensogut wie das von Hodge?»

Stella öffnete den Mund, um zu sagen, daß es ihrer Meinung nach nicht der Fall sei, aber Mutter Sprigg fiel ihr ins Wort. «Na, Liebling, genug, iß deine Suppe fertig!»

Stella tat, wie ihr befohlen; denn Mutter Spriggs Zwiebelsuppe war eine der besonderen Glanzleistungen ihrer Kochkunst, und es wäre eine Sünde gewesen, sie anders als in achtungsvoller Stille zu verzehren ... Außer Zwiebeln und Fleischbrühe kamen noch Haferflocken, Gewürznelken, Lorbeerblätter und frische Milch hinein ... Die gebratenen Äpfel waren wie weißer Schaum, und die Farbe des verdickten Rahms von zartestem Gelb.

Mutter und Vater Sprigg, Stella und Madge saßen um den Tisch; Hodge und Seraphine, rechts und links von dem Kind, warteten auf die kleinen Brocken, die es den beiden Freunden immer irgendwie zuzuschmuggeln verstand. Sol verblieb in seiner Ecke, die Suppenschale auf dem Knie. Er hatte seine eigene Art, die Nahrung aufzunehmen, und man fand es besser, wenn dies in einer gewissen Zurückgezogenheit vor sich ging. Aber er nahm an dem wenigen, das gesprochen wurde, teil, und dann und wann tönte anerkennendes Kichern aus der Kaminecke. Dieses Kichern gehörte ebenso zu den charakteristischen Lauten von Weekaborough wie Madges Singen, Hodges tiefes, glockenartiges Bellen, das Schlagen der Großvateruhr, das Knacken, wenn Mutter Spriggs Nadel den Fingerhut berührte, das Stapfen von Vater Spriggs schweren Schuhen auf dem Steinboden und das Rauschen des Windes in den Apfelbäumen. In kommenden Jahren, fern von Weekaborough, würde Stella sich dieser Laute erinnern und ihr Gedächtnis sie zu einem Musikstück verschmelzen, wie ein Schlummerlied, das sie dann geradewegs zurück in diese Küche versetzte. Im Augenblick erfaßte sie natürlich kaum, wie glücklich und von Liebe umgeben sie war, aber sie strahlte wie eine Rose, als sie so im sanften Kerzenlicht dasaß und ihre Äpfel mit Rahm verzehrte.

2

Nach dem Abendessen räumten Mutter Sprigg, Madge und Stella schnell den Tisch ab, während Vater Sprigg sich ernst räusperte, bedächtigen Schrittes zum Küchenschrank ging, die Bibel aus der blauen Suppenterrine nahm, die niemals etwas anderes enthalten hatte als dies Buch, und sie dann sorgfältig auf den Tisch vor seinem Stuhl niederlegte. Danach setzte er sich, nahm die Brille ab, putzte sie mit dem roten Schnupftuch, rückte sie auf der Nase zurecht, befeuchtete die Finger und schlug die Seiten um, bis er zu der gepreßten Nelke kam, welche die richtige Stelle anzeigte. Mutter Sprigg, Madge und Stella nahmen ebenfalls am Tisch Platz, die Hände andächtig im Schoß gefaltet, und Sol im Kaminwinkel hielt die Hand an das rechte Ohr.

Es gab nur zwei Bücher auf dem Hof, die Bibel und das Familiengebetbuch, und jeden Abend las Vater Sprigg seinem Haushalt ein Kapitel aus der Bibel vor. Gründlich arbeitete er sich von der Genesis bis zur Offenbarung durch, packte schwierige Worte mit dem gleichen Mut an wie eine Hürde auf der Jagd, und stürmte so schnell und grimmig wie sein eigener Stier durch die unzarteren Stellen des Alten Testaments. Wohl fühlte er sich dagegen im Neuen Testament mit seinen Gleichnissen vom Säen, Reifen und Ernten und mit den Hirten auf den Feldern. Aber obwohl er sich stotternd und mit puterroten Ohren durch sämtliche Kapitel der Evangelien quälte, vor Kummer gedemütigt von seiner Unfähigkeit, solch ein Buch so zu lesen, wie es sich gehörte, ließ er dennoch auf keiner Seite das geringste aus.

Was seine Frau, Magde und Sol von all dem hatten, was es ihm selber bedeutete – es wäre schwer zu sagen gewesen. Vielleicht war es für jene nur ein Schlafmittel, wie für ihn eine der Pflichten, die seit Generationen dem Hausherrn obliegen und geduldig von ihm erfüllt werden müssen.

Doch Stella fand diese abendliche Lesung herrlich, begeisternd und qualvoll zugleich. Mit niedergeschlagenen Augen und gefalteten Händen saß sie ernst da und gab kein äußeres Zeichen von Erregtheit. Aber das Blut sauste in ihren Ohren beim Anhören der alten Geschichten von Krieg und Abenteuer, Mord und plötzlichem Sterben. Sie war einer der Trompeter, die bei den Wällen von Jericho bliesen, stand mit der Wache auf dem Turm, sah die Staubwolke in der Ferne aufwirbeln und hörte laut die schrecklichen Nachrichten verkünden ... «Ihr Heranrasen ist wie das von Jehu, Sohn des Nimsi – denn er rast fürchterlich.» Angehaltenen Atems beobachtete sie die schaurig böse Frau Isebel, wie sie sich das Gesicht bemalte, ihr Haar schmückte und aus dem Fenster schaute, um ihren Mörder zu begrüßen. Mit David klagte sie über Absalom: «Wollte Gott, daß ich an deiner Statt gestorben wäre, mein Sohn, mein Sohn.» Als Elias lauschte sie der stillen, sanften Stimme, die hinter dem Wirbelwind und dem Feuer herkam, erstarrte über die mächtigen Seraphim wie Jesaja, war bei Daniel in der Löwengrube und weinte mit Ruth in den Ährenfeldern – weit von daheim.

Das Neue Testament konnte sie indessen kaum ertragen, so groß war ihr Zorn über das, was sie Ihm angetan. Weder konnte sie sich recht an dem Kind in der Krippe freuen noch an den Weisen mit ihren Geschenken, auch nicht an den Kleinen, die Er segnete, und den geheilten Kranken – alles um dessentwillen, das kommen sollte. Von diesem mit Dornen statt Gold gekrönten König, der hilflos an seinem Kreuz hing, ging eine Art Würde und Macht aus, die sie noch nicht zu verstehen wagte; sie wurde nur fast krank und zornig darüber. Auch von den Auferstehungsberichten war sie nicht sehr erbaut, in ihren Augen waren das Geistergeschichten, die sie erschreckten. Hie und da hatte sie aber ein Gefühl, daß dieser Teil der Bibel, vor dem sie sich jetzt so fürchtete, ihr eines Tages mehr bedeuten würde als alle übrigen zusammen. Doch lag jene Zeit noch in weiter Ferne. In der Apostelgeschichte und den Episteln erholte sie sich wieder, was aber auch der ganze Gewinn blieb; denn der erzählerische Teil war dürftig. Dafür lebte sie aber im Buch der Offenbarung wieder ganz auf, war das Kind im Märchenland geheimnisvoller Tiere und wohnte in der aus Edelsteinen erbauten Stadt.

Doch das ganze Buch hindurch, sogar in den schrecklichen Teilen, ergriff sie zuweilen die Sprache plötzlich wie ein Rausch. Vater Spriggs merkwürdiges Lesen störte sie nicht im mindesten. Es war, als ob seine rauhe Stimme die Worte wie Teile von geringem Wert unsanft in die Luft warf, von wo sie augenblicks verwandelt niederfielen wie die Töne eines Glockenspiels oder Regentropfen, von Sonnenschein durchzittert. Fernsicht über Fernsicht eröffnete sich in unerreichbarer Schönheit. Es blieb Stella ein Geheimnis, daß so etwas mit bloßen Worten geschehen konnte. Sie stellte sich vor, daß die Schöpfer jener Sätze sie so zur Aufnahme ihrer Visionen geformt hatten, wie man ein Kästchen herstellt, das einen Schatz bewahren soll. Vater Spriggs Stimme war der in seinem Loch knarrende Schlüssel, durch den sich das Kästchen öffnete, worauf sie frei wurden. Aber dies Wortbild half ihr nicht sehr weit. Jenes Verwandeln in der Luft blieb ebenso unerklärlich wie die unerwartete Veränderung in ihr selbst, wenn im Augenblick des magischen Herabsinkens ihr sonst so gehemmtes Ich plötzlich zu strahlen anfing und ihr Geist sich, leicht wie ein Vogel, in ihr erhob. Oft fragte sie sich, ob die andern dasselbe fühlten. Doch noch nie hatte sie ihre Umgebung daraufhin angesehen, ob sich ihre Gesichter wohl veränderten, sobald die Helle von oben herabkam. Aber wahrscheinlich nicht – und auch ihr eigenes kaum. Gewiß war das eine jener seltsamen Erfahrungen, von denen die Menschen nicht zueinander sprechen. Obwohl Worte ein Kästchen sein konnten, das Gesichte enthielt und das gleichzeitig die Eigenschaft besaß, sie daraus entlassen zu können, schienen sie doch sehr wenig brauchbar, wenn man versuchte, einem andern zu erklären, was es war, das sie in Freiheit setzten. Worte waren eigenartig, entschied Stella, einerseits mächtig und dann wieder ganz schwach.

In den letzten Tagen war Vater Sprigg durch das Deuteronomium gewatet, und Mutter Sprigg und Madge hatten ein wenig geschlummert. Nicht so Stella. Da war Og, der König von Basan, gewesen, der letzte unter den Riesen, und seine Riesenbettstatt. Und dann die Ammoniter, die in den Bergen wohnten und herabkamen und dich jagten wie ein Schwarm Bienen, so daß es umkehren hieß und du weintest vor dem Herrn. Seit Tagen hatten Og und die Amoriter Stellas Einbildungskraft in Beschlag genommen. Und nun heute nacht, im elften Kapitel, glänzten die hochgeschleuderten Worte, und das Helle kam wieder zu ihr. «Es ist ein Land der Berge und Auen, die der Regen vom Himmel tränkt. Auf welch Land der Herr, dein Gott, achthat und die Augen des Herrn, deines Gottes, immerdar sehen, von Anfang des Jahrs bis ans Ende.»

Es war ihr eigenes Westland, das Stella sah: seine runden grünen Hügel, auf denen die Schafe weideten, und die Flüsse, die sich zwischen ihnen dahinwanden, unten in den geschützten Tälern die Obstgärten und rötlichen Felder, die Heimstätten und alten grauen Kirchen. Sie sah Sonnenschein und Regenschauer über das Land ziehen, den großen Regenbogen am Himmel. Es schien, als höbe sich die Erde empor, um Sonne und Regen zu trinken. Als sie näher hinsah, war es ihr, als ob sogar das grüne Korn aus den Furchen emporstiege. Die Obstgärten überbordeten in Blüten, der Duft all der Blumen, der Gesang zahlloser Vögel zog wie Weihrauch zu Gott hinauf, dessen Augen dies Leben erschaffen hatten, als sie es anschauten. Aber es gab auch eine andere Seite des Bildes – eine schreckliche. Wenn Gott des Ganzen überdrüssig wurde, die Welt nicht mehr ansah – das wäre das Ende von Licht und Leben. Dunkelheit und Chaos müßten wieder hereinbrechen. Aber Gott würde nicht müde werden. Vom Jahresanfang bis zum Ende strömte das Licht seiner Augen herab, und das Leben der Erde wogt hinauf. Geblendet sah Stella Licht und Leben sich begegnen, vermischen, schaute wieder hin und erblickte die vertraute Landschaft verwandelt, sah sie ein anderes Land werden, dasselbe, doch irgendwie verändert. Symbol war Gegenwärtigkeit, Schatten Wirklichkeit geworden, und was einmal Traum gewesen, war nun Leben in dem gelobten Land.

Die Helle schwand, und zum erstenmal schaute sie die andern an. Zuerst den alten Sol; seine Haltung war nicht mehr die gleiche. Er lehnte jetzt seitwärts, um sein Ohr und die gewölbte, die Muschel vergrößernde Hand näher an Vater Spriggs Stimme zu bringen. Auch hatte er den Kopf ein wenig erhoben, wie man es tut, um etwas Entferntes zu betrachten. Dann heftete sie ihren Blick auf Madge und Mutter Sprigg. Diese war eingeschlafen, und Madges Gesicht zeigte den merkwürdig leeren Blick, den es immer hatte, wenn sie nicht in emsiger Arbeit aufging, die ihr Leben war. Wieder schaute Stella zum alten Sol zurück. Diesmal fühlte er, wie sie ihn anstarrte, und sah sie auch an, worauf sie sich zulächelten. So sah also der alte Sol die Dinge auch. Natürlich. Sie hätte es wissen können. Das Lied, mit dem er die Ochsen so rhythmisch führte, war aus einem andern Land in diese Welt gekommen.

Vater Sprigg schloß das Buch, und alle senkten die Köpfe, während er das Vaterunser sprach. «Amen», sagte er mit einer Stimme wie ein Donnerschlag. Dann stieß er einen riesigen Seufzer tiefen Befriedigtseins aus, blähte die Brust auf und reckte die Schultern. Wieder einmal hatte er eine unangenehme Pflicht rühmlich zu Ende geführt, und die aus Märtyrertum und Tugend gemischten Gefühle, die ihm dies gab, weiteten sein Selbstgefühl angenehm. Mutter Sprigg rieb den Schlaf aus den Augen, und in Madges Blick dämmerte wieder Verstehen auf, während sie aufstand, um den Tisch für das morgige Frühstück zu decken.

Stella sprang auf die Füße wie ein Gummiball – wieder ganz zurückgekehrt in diese Welt. «Seraphine! Hodge! Ich bring sie hinaus», sagte sie. Da die geliebten Tiere im Haus schliefen, wurden sie ein paar Minuten vor dem Zubettgehen ins Freie geführt, und dieser Brauch folgte gleich auf das Abendgebet. Seraphine im Arm und Hodge auf den Fersen, flog sie durch die Tür links vom Kamin den Gang hinunter, an Speise- und Geschirrkammer, Milch- und Vorratsraum vorbei, der offenen Hintertür zu. Hier ließ sie die Katze auf das Hofpflaster springen, gab Hodge einen tüchtigen Stoß in die Flanken (keines nahm ihr diese allabendliche Behandlung übel), stürzte in die Geschirrkammer und ergriff einen Napf und Teller.

Damit sprang sie in den Raum, wo die Milch stand, und füllte das Gefäß halb, indem sie aus jedem vollen Krug ein wenig Milch in eine Tasse schöpfte, damit man nichts vermisse. Dann ging sie zum Speiseschrank, wo sie sich etwas länger aufhielt, nahm von jeder Schüssel ein bißchen und häufte alles auf den Teller. Schließlich trug sie Teller und Schüssel sehr sorgfältig auf den Hof hinaus und verbarg sie im Schatten hinter dem Aufsteigblock. Während sie das tat, hörte sie ein leises Kichern hinter sich, roch ein Tabakräuchlein und wußte, daß es der alte Sol war, der darauf wartete, die Hintertür schließen zu können. Wenn er auch merkte, was sie allnächtlich tat, würde er sie doch nicht verraten. Sie wandte sich wieder zum hinteren Ausgang, nun sehr ernst und mit erhobenem Kopf. «Hodge!» rief sie in das Dunkel des eingefriedeten Platzes in der Hofmitte. «Seraphine!» Sie erschienen und folgten ihr hinein. Der Hochmut verließ sie aber wieder, als sie bei dem alten Mann vorbeikam. «Gute Nacht, Sol», flüsterte sie, tat einen leichten Hupf wie ein Vogel und berührte seine Wange so sanft, daß er nicht wußte, ob sie ihn nun geküßt oder nur mit der Fingerspitze gestreichelt hatte. Er brummte liebevoll, aber schon war sie weiter und kam etwas atemlos in der Küche an. Sie war nur so kurze Zeit fortgewesen, daß sie Vater Sprigg noch beim Uhraufziehen und Madge noch beim Tischdecken antraf, während Mutter Sprigg eben erst die Schlafzimmerleuchter für Stella und Madge herrichtete. Die Eltern und Sol gingen noch nicht gleich zu Bett, sondern saßen noch etwa eine Stunde vor dem Feuer, um über die Begebenheiten des Tages zu plaudern. Stella gab ihnen den Gutenachtkuß, nahm die Kerze und ging auf die Diele hinaus, von Hodge gefolgt. Seit er klein war, hatte er immer auf ihrem Schlafzimmerteppich gelegen, eine Gewohnheit, die Vater und Mutter Sprigg höchlichst mißfiel. Mit jener ruhigen und freundlichen Hartnäckigkeit aber, in der sie eine wahre Meisterin war und gegen die sie sich machtlos fühlten, beachtete Stella die Mißbilligung nicht.

Ins obere Stockwerk die Treppe hinauf zu Bett zu gehen war etwas, das ihr Spaß machte. Es lag ein gewisser Genuß in dieser Minute, in der man das Erdgeschoß des Hauses verließ, wo sich die tägliche Arbeit mit der sie begleitenden Hast und Aufregung abspielte – vielleicht auch mit Mißverständnissen und Sorgen –, und nun von all dem fort hinaufzusteigen, wie ein Engel in den Himmel. Die Menschen, die in kleineren Behausungen leben mußten, wo man auf gleichem Boden arbeitete und schlief, taten ihr leid. Sie konnten sich des langsamen Emporsteigens zu Ruhe und Frieden nicht erfreuen.

Sehr bedächtig ging sie die alte Eichentreppe in die Höhe und stellte sich unterdessen vor, ein Engel zu sein. Sie freute sich an dem Gegensatz zwischen ihren jetzigen geruhsamen Schritten und der Eile von vorhin sowie an der Aussicht auf weitere Taten, die ihrer noch vor dem Schlafengehen harrten. Das Kerzenlicht warf seinen flackernden Schein auf die glänzenden Stufen und die dunkle Holztäfelung zu beiden Seiten. Ein Fenster mit tiefer Sitznische lag vor ihr, dort, wo sich die Treppe zu dem Gang weitete, der sich über die Länge des Hauses hinzog; da hindurch konnte sie den mit Sternen übersäten Himmel sehen. Die Nacht war sehr still. Außer dem Rascheln einer Maus in der Holzverkleidung war kein Laut zu hören, als sie oben angelangt war. Hodge kam herzu und legte den Kopf an ihre Seite. So standen sie volle fünf Minuten bewegungslos und ruhig, ein paar Schnaufer von Hodge ausgenommen. Stella dachte an nichts Besonderes – sie nahm nur das Sternenlicht und den Frieden in sich auf, um sie tief einsinken zu lassen, damit sie jene Harmonie ganz erfülle, in der ihre Seele wurzelte wie ein Baum. Unternehmungsfrohe Geister neigen dazu, sich heißzulaufen, aber Stella hatte früh gelernt, sich wieder zu erfrischen. Hodge ebenfalls. Bei ihm ging es durch die Nase, und der Duft von Sternenlicht war für ihn besonders erholsam. Als Stella sich plötzlich herumschwang und durch den Gang sauste, zögerte er noch zu einem letzten schnüffelnden Atemzug, ehe er sich ebenfalls umwandte und hinter ihr hertrottete.

4. Kapitel

1

Stellas Behausung war ein Kämmerchen neben dem großen Schlafzimmer ihrer Pflegeeltern; sie mußte durch dieses hindurch, um in ihr eigenes Reich zu gelangen. Das schöne Schlafgemach hatte ihr stets ausnehmend gefallen; das riesige Himmelbett mit kastanienbraunen Vorhängen und dem prächtigen Aufsatz, die geschwungene Kommode aus glänzendem Mahagoni. Ihr eigener kleiner Schlafraum war zierlich, wie das Innere einer Blume oder Muschel; denn Mutter Sprigg hatte das Bett mit weißen Musselinvorhängen und einer Steppdecke in zarten Farben versehen. Der blaßgrüne Schrank, der kleine Stuhl und das Schemelchen für Waschbecken und Krug waren Vater Spriggs eigenstes Erzeugnis. An den Fenstern hingen geblümte Gardinen, die Wände waren weiß getüncht. Als Farbflecke wirkten einzig der lustige Flickenteppich, auf welchem Hodge zu schlafen pflegte, und der rote Kapuzenmantel seiner kleinen Herrin, der an einem Nagel hinter der Tür hing.

Stella machte keine Anstalten, zu Bett zu gehen; im Gegenteil, sie zog den Mantel an und öffnete das Fenster. Es war ein Dachfensterchen, das wie ein fröhliches Auge aus dem Strohdach des Hauses schaute – das Stroh war alt, an manchen Stellen wellig – unter dem Fenster fiel es schräg abwärts, nicht steiler als bei einem Heuschober und auch ebenso leicht zu erklimmen. Fast allabendlich kletterte Stella auf das Dach; denn sie konnte gleich gut klettern wie laufen. Genau wie Hodge. Von seinen ersten Gehversuchen an war er Stella auf allen ihren Wegen gefolgt, und diese führten oft zu so merkwürdigen Orten, daß er sich im Laufe der Jahre zu seinen von der Natur verliehenen Hundeeigenschaften noch die von einigen anderen Tieren dazuerworben hatte. Abgesehen davon, daß er kletterte wie ein Eichhörnchen, konnte er sich im Verein mit Stella wie ein Wurm ringeln, wie eine Kröte hüpfen und sich wie ein Igel zusammenrollen. Das alles verstanden sie so ausgezeichnet, daß man sie fast nie erwischte, mochten sie auch tun, was sie wollten.

Die beiden schlüpften durch das Fenster und ließen sich behende herab, die Zehen in das feste alte Strohwerk bohrend. Wo das Dach aufhörte, umklammerte eine Glyzinie, ebenso alt wie das Haus selbst, dessen Mauern mit ihrem Stamm, wie ein dickes, verknotetes Seil. Stella, die mit den Füßen voran hinabrutschte, fand sie so leicht benutzbar wie eine Leiter. Hodge, Nase voraus, gelang es schwerer, aber die Kleine hielt ihn am Genick gepackt, und so ging es.

Schnell waren sie unten im Hof, wo Stella den Brockenteller hinter dem Aufsteigblock ergriff und ihn mit in das hintere Ende des Hofes nahm. Dort erwartete sie Daniel, der Kettenhund, in seiner Hütte. Sein Kinn ruhte auf den ausgestreckten Vorderpfoten, die Augen leuchteten. Sobald er die beiden erblickte, stürzte er aus der Hütte, so weit die Kette reichte, und hatte in einer Sekunde den Inhalt des Tellers verschlungen, als ob er in seinem ganzen Leben noch keine ordentliche Mahlzeit gehabt habe. Gleich allen anderen Tieren in Weekaborough Farm genoß er genügend Futter und Pflege, allerdings ohne verwöhnt zu werden; aber er war unersättlich und sah immer unbeschreiblich aus. Man hätte ihn mit allen Leckerbissen der Vorratskammer füttern, ihn bürsten können, bis der Arm schmerzte, täglich baden, er hätte sein unmögliches Aussehen nicht eingebüßt. Er war schwarz und schmutzig, sämtliche Knochen standen ihm heraus, die Beine bildeten eigenartige Winkel, die Zunge hing aus einer Ecke des Mauls, und der lange, zerzauste Schwanz wippte unentwegt in die Höhe. Eine ständige Sorgenfalte lag auf Daniels Stirn, und seine Ohren flatterten im Wind wie Sinnbilder der Trübsal. Vor drei Jahren war er in Weekaborough Farm gelandet, Hodge hatte ihn als winziges Hündchen irgendwo aufgegabelt, ins Maul genommen und heimgebracht. Er war nicht viel wert und schien etwas schwach im Kopf zu sein, aber dank seiner zutraulichen und gutmütigen Art hatte ihn jedermann gern.

Während er fraß, die Brocken hastig mit der schlabbernden, langen Zunge zusammenscharrte, den ruppigen Schwanz wie ein Windmühlenrad im Kreise schwang, beobachteten Stella und Hodge den Außenseiter. Etwas wie demütige Abbitte lag in ihren Augen. Klassenunterschiede waren ihnen verhaßt. Es schien ihnen ungerecht, daß es Haus- und Hofhunde und Haus- und Hofkatzen gab. Warum durften Hodge und Seraphine im Haus schlafen, von der ganzen Familie verwöhnt, während für Daniel und die Stallkatzen ein Verbot bestand, die Schwelle der Hintertür zu betreten.

Daniels verheerendes Äußere und schwache geistige Fähigkeiten waren nicht seine Schuld, und die Stallkatzen wären ebenso weich und glatt wie Seraphine gewesen, hätten sie die gleichen Vorteile genießen können. Es war einfach nicht recht, und sobald Daniel die letzten Reste seiner Mahlzeit weggeputzt hatte, kniete Stella neben ihn auf das Hofpflaster, zupfte sanft an seinen unglücklichen Ohren und glättete die Sorgenfalten. «Mach dir nichts draus, Daniel», flüsterte sie, «morgen nehm ich dich auf einen Spaziergang mit.» Im Gegensatz zu Hodge schien er nie zu verstehen, was sie sagte, konnte aber dem Klang ihrer Stimme entnehmen, daß sie ihm etwas Gutes versprach. So kroch er wieder in seine Hütte – diesmal von der verkehrten Seite, weshalb sein Schwanz aus der Öffnung hing und draußen Kreise schlug, was bei ihm immer ein Zeichen von Glücklichsein bedeutete.

Stella holte nun den Napf Milch hinter dem Aufsteigklotz hervor und trug ihn behutsam über den Hof zur Stalltür, die Hodge für sie öffnete, indem er sich auf die Hinterbeine stellte und mit der Nase auf die Klinke drückte. Der Stall war niemals abgesperrt, ebensowenig wie die Hintertür des Bauernhauses. Beide führten in den Hof, der im Norden und Süden von den Stallungen und dem Haus, im Osten und Westen von dicken Mauern eingeschlossen war. In der östlichen Mauer befanden sich starke Tore, deren eiserne Barren man nachts durch einen quer darübergelegten Baumstamm sicherte. Der Hof war in dieser Art angelegt, damit in Kriegszeiten die ganze Viehhabe hineingetrieben und geschützt werden konnte.

In der Nacht war der Stall wie verzaubert – die Beleuchtung matt und geheimnisvoll, die braunroten und goldenen Farbtöne des Tageslichts übergossen von silbrigem Mondschein, der durch die schmalen, hohen, nicht verglasten Fenster eindrang. Das Mondlicht verwandelte die Farben derart, daß sie nur mehr deren täuschender Abglanz waren und das Herz mit einer Art Trauer erfüllten. Sie ähnelten jetzt jenem Spektrum, das zuweilen den Mond gleich der zarten Nachahmung eines Aprilregenbogens umgibt. Die Schatten waren tief, weich wie Sammet, nicht hart wie Tageslichtschatten. Die Laute klangen unterdrückt. Ein Atmen und Knistern schwebte leicht über der Stille der Nacht, wie die Mondstrahlen über den Samtschatten. Das Heu in den Krippen duftete einschläfernd, und der Geruch der sauberen, starken Tiere, die

Stella verschwommen in ihren Ständen ruhen sah, war gut und gesund.

In Weekaborough gab es zwei Ochsen, Moses und Abraham, die zum Pflügen und zum Ziehen der Kufenkarren zur Erntezeit benutzt wurden, zwei kleine, flinke Devon-Arbeitspferde, Sem und Ham, ein Falbe und ein Fuchs, und Vater Spriggs schöne alte Mähre Beß. Stella kannte alle gut und liebte sie sehr. Doch hielt sie sich jetzt nicht weiter auf, um mit ihnen zu reden; denn sie waren müde nach des Tages harter Arbeit, und sie selbst in Eile. Sie beäugte nur liebevoll die glänzenden Flanken und wedelnden Schweife und lief zur leeren Stallecke, wo die Katzen lagen und zu dieser Stunde schon ungeduldig auf ihre Milch warteten. Die Kleine konnte die grünlichen Augen im Dunkeln leuchten sehen. Sobald sie den Tieren nahe kam, rannten diese ihr entgegen, umstrichen sie und schmiegten sich, laut miauend und mit gesträubten Schnurrhaaren, an ihre Beine. Die Schwänze ragten in die Höhe, die Pfötchen tapsten in gleichmäßigem Takt mit dem orgelnden Gesumme der schwingenden Töne. Wenn die vollbesetzte Musikkapelle der Kirche – Trommel, Tamburin, Klarinette, Oboe, Bratsche und Baßgeige – alle zusammen sich zu dem Old Hundredth* vereinigten, erinnerte das Stella stets an die Stallkatzen beim Anblick der Milch. In beiden Fällen war es, als ob Körper, Instrument und Geist derart gleichgeschaltet seien, daß der Körper nicht nur die Musik machte, sondern schlechthin Musik war. Man konnte nicht mehr unterscheiden, wo das eine begann und das andere aufhörte, alles erweckte den Eindruck eines einzigen Ganzen.

Das Kind stellte die Schale auf den Boden; einen Augenblick herrschte völlige Stille, genau wie in der Kirche nach dem Amen, wenn sich die Leute für die Predigt zurechtsetzen. Die Katzen tauchten mit dem Kinn in die Milch und schlabberten sie in stiller Wonne auf. Stella, deren Hand leicht auf Hodges Rücken lag, betrachtete ihre Schützlinge. Sie hießen Sadrach, Mesach und Abednego, eine klägliche Gesellschaft, von vielen Schlachten gezeichnet. Die Kleine hatte ihnen, wie allen andern Tieren in Weekaborough Farm, Namen gegeben, die aus ihrem geliebten Alten Testament stammten. Sadrach war schwarz, ihm fehlte die Schwanzspitze.

* Name einer bekannten Hymne.

Mesach war rötlich und hatte ein Ohr verloren. Den ebenfalls schwarzen Abednego sollte ein weißes Fleckchen unter dem Kinn zieren; doch gelang es ihm nie, trotz größter Anstrengung, es mit der Zunge zu erwischen und zu reinigen, weshalb die Farbe unbestimmbar blieb. Der arme Kerl setzte die Säuberungsversuche dauernd fort und litt daher an einem steifen Hals. Sie sollten alle Hauskatzen sein, dachte Stella mitleidig. Warum mußten sie im Freien leben, Ratten fangen und so schmutzig und zerzaust aussehen? Katzen waren nicht dazu da, draußen den Ratten nachzustellen, sie sollten im Haus Mäusefang treiben. Es war einfach ungerecht. Stella tat, was sie nur konnte, um diese Unbill gutzumachen, aber sie blieb leider bestehen.

2

Eine höchst eigenartige Empfindung in ihrem linken Arm ließ Stella aufmerken – ein merkwürdiges Prickeln, das bis ins Gehirn drang und plötzliches Angstgefühl auslöste. Das Haar auf Hodges Rücken begann sich unter ihrer Hand zu sträuben, ein lautes Knurren drang aus den Tiefen seiner Kehle. Die Kleine sah den Hund an. Er hatte den Kopf gehoben, die Augen starr auf das kleine Fenster über der Krippe gerichtet. Es war eine der Öffnungen, die den Raum mit der Außenwelt verbanden und das Mondlicht hereinließen. Eines Mannes Kopf hatte sich zwischen sie und den Mondschein gedrängt, der viereckige Fensterrahmen umgab ihn wie ein Bild. Stella hatte den Eindruck eines schmalen Gesichtes, wild und dunkel, dann packte sie eine derartige Angst, daß alles wie ausgewischt schien und sie nichts mehr sah. Doch hörte sie das Hundeknurren und fühlte Hodges steifes Haar unter ihrer Hand. Da sie ein tapferes Mädchen war, schrie sie nicht auf, sondern stand ganz still und bekämpfte ihren panischen Schrecken. Als der Nebel vor ihren Augen verschwand, war das dunkle Gesicht immer noch da, und sie konnte ihrer Furcht einen Namen geben.

«Bony», flüsterte sie.

Endlich war es eingetroffen. Die Franzosen waren gelandet. Aufgewachsen in der Angst vor einer Invasion, gab dies ihrem glücklichen Leben auf dem Hof ständig einen dunklen Hintergrund. Der

Englische Kanal, die einzige Barriere zwischen England und den Feinden, war nur wenige Meilen entfernt. Ihr ganzes Leben lang war sie nie in die Kirche gegangen, ohne die Lanzen zu sehen, die dort für den Fall einer feindlichen Landung aufgestapelt standen. Sie hatte gesehen, wie die Männer exerzierten, Vater Sprigg war auch dabei, und hatte schreckliche Geschichten über die gewaltsamen Aushebungen gehört. Von den Fenstern des Bauerngutes aus konnte sie Beacon Hill sehen, wo einer der großen Scheiterhaufen stand, der angezündet werden sollte, sobald die Franzosen kamen, um die Nachricht durch das Land weiterzugeben ... Immer hielt dort ein Mann Wache, den Blick auf das Meer ... In jenem Winter, als die feindlichen Transportschiffe in den Häfen warteten, um Tausende von Soldaten über den Kanal zu bringen, war sie erst ein kleines Kind gewesen, doch erinnerte sie sich des großen Sturmes, der sie gerettet hatte, und des Dankgottesdienstes in der Kirche. Den ärgsten Invasionsschrecken gab es aber vor einem Jahr. Da hieß es, daß einhundertfünfzigtausend Franzosen in Boulogne zusammengezogen seien und daß Bony Torquay als den besten Landungsort gewählt habe. Vater Sprigg verließ damals den Hof; denn die Miliz von Süd-Devon versah den Wachedienst bei den Küstenbatterien. Man hatte Vorkehrungen getroffen, um die Kinder und alten Leute nach Dartmoor zu bringen, und Stella war dabei, als man den größten Wagen für die Reise bereitmachte. Mutter Sprigg ging mit ganz weißem Gesicht und zusammengepreßten Lippen umher, Madge weinte. Doch war das Furchtbare nicht eingetroffen ... Und nun war es geschehen, in dieser stillen Septembernacht, als alle so sicher und glücklich schienen. Jenes dunkle Gesicht dort oben war das eines Franzosen, und bald würden Hunderte von Soldaten an die geschlossenen Türen des Stallhofes hämmern, der schwere Baumstamm, der ihn verschloß, würde dem Ansturm nachgeben, und sie alle würden getötet werden.

Stellas Angst schwand ebenso schnell, wie sie gekommen. Hodge hatte sie ihr erst übermittelt, nun war er es, der ihr Sicherheit gab. Die Haare auf seinem Rücken glätteten sich wieder, und er hörte auf zu knurren. Immer noch sah er nach dem Fenster, wedelte aber mit dem Schwanz.

«Verflucht noch einmal!» krächzte eine empörte Stimme über ihr. «Die ganze Milch für eine Bande räudiger alter Katzen! Und mein Magen ist so leer, daß er mir im Leib herumschlappt und am

Rückgrat klebenbleibt.» Der nächtliche Besucher hielt inne und schien gewisse Bedenken betreffs weiterer drastischer Ausdrucksweise zu haben. Er bemerkte plötzlich, daß da unten ein kleines Mädchen stand. «Warum bist du nicht im Bett?» beendigte er seine Auslassungen, die heisere, krächzende Stimme brach auf einmal mit Gequieke ab.

Dieser Kehllaut verriet ihn. Das war ja gar kein Mann, am allerwenigsten ein Franzose. Das war nur ein Junge, ein englischer Junge, der noch nicht einmal den Stimmbruch überstanden hatte. Ein schmutziger, verdächtig aussehender Bursche mit sonnengebräuntem Gesicht, wilden, leuchtenden, dunklen Augen und glattem schwarzem Haar, das ihm unordentlich in die Stirn fiel.

«Warum bist denn *du* nicht im Bett?» erwiderte Stella schlagfertig.

Der Bub lachte, die weißen Zähne blitzten im braunen Gesicht.

«Ja, weißt du, mein Bett ist die Leeseite von einem Heuschober. Ich muß nicht hinein, wenn ich keine Lust habe.»

«Wie bist du auf das Fenster hinaufgekommen?» fragte Stella; denn sie dachte an die hohe Außenmauer, die senkrecht von dem Sträßchen aufstieg.

«Bin die Mauer raufgeklettert», sagte der Junge. «Es sind genug Ritzen drin. Dachte, ich würde hineinkommen und etwas zu essen finden. Aber das Fenster ist zu schmal.»

Stella bemerkte, daß die Hände, die sich an den Fensterstock klammerten, weiß und blutleer waren. Wie ein Affe hing der Bursche da, hielt sich mit Fingern und Zehen, und sie fühlte Respekt für jemand, dessen akrobatische Fähigkeiten den ihren gleichkamen, ja sie sogar noch übertrafen; glaubte sie doch nicht, daß sie selbst diese Mauer hätte erklettern können. Außerdem wedelte Hodge neben ihr immer stärker mit dem Schwanz, und sie wußte, daß seine Menschenkenntnis unfehlbar war.

«Wenn du nicht heruntergehst, werden deine Finger steif, und du wirst fallen», sagte die Kleine. «Laß dich wieder auf den Weg hinunter, und ich bring dir etwas zu essen.»

«Wirklich? Wirst du mir nicht den Bauern auf die Fersen hetzen? Er hat mich schon einmal weggeschickt. Nächstes Mal wird er mich beim Kragen nehmen und zu den Aushebungstruppen stekken.»

Der Junge sah Stella an. Seine dunklen Augen versuchten, sie zu durchschauen. Sie antwortete nicht. Nach ein paar Sekunden aber wandte sie ihm den Blick zu, gerade, ohne mit der Wimper zu zukken und ein bißchen ärgerlich über seine Frage. Dann schaute sie hinunter auf Sadrach, Mesach und Abednego, deren rosa Zungen mit Ausdauer die letzten Tropfen Milch rund um die leere Schale verfolgten. Das Kind beugte sich herab und streichelte sanft ihre Köpfe, wie sie es allabendlich tat, nahm den schmutzigen, schäbigen Abednego in den Arm und drückte ihn einen Augenblick an die Brust. Das Gesicht des Jungen im Fenster zog sich zusammen wie bei einem Kind, das weinen will, dann verschwand er plötzlich. Das kleine Mädchen hatte die Katzen liebkost, wie sie es immer tat, hatte ihm kein Schauspiel geben wollen. Alle Worte der Welt hätten ihm nicht klarer sagen können, wie leidenschaftlich besorgt sie für alle umherirrenden Wesen war, die außerhalb jenes warmen, hellen Kreises leben mußten, der Liebe und Heim umschließt. Sie würde ihn nicht verraten. Sie nicht. Eher würde sie sterben. Von dem Augenblick an liebte er Stella.

3

Zum zweitenmal in dieser Nacht plünderte Stella die Vorratskammer, und nun hatte sie doch Angst, daß man ihren Diebstahl bemerken werde. Mutter Sprigg war eine freigebige Hausfrau, und die Übergriffe zugunsten Daniels und der Katzen spielten keine Rolle in Anbetracht der Vorratsfülle; sie schien sie nie zu bemerken. Diesmal jedoch, dachte Stella, könne sie den Verlust nicht übersehen; denn eine große Taubenpastete war verschwunden, ein dickes Stück Brot, Käse und mehrere Äpfel. Aber sie wollte die Folgen auf sich nehmen. Dieser Junge da draußen, ärmer und verlassener als Daniel und die Katzen, mußte gefüttert werden.

Sie ging wieder in den Hof, beladen mit einem vollen Teller und einem Krug Milch, und steuerte geradewegs auf das verriegelte Tor zu. Dort stellte sie das Essen auf das Steinpflaster und überdachte das Problem. Wie sollte sie es anstellen, den schweren Baumstamm wegzurücken? Es mußte irgendwie geschafft werden; denn an die vordere Haustür konnte sie nicht gelangen, ohne entweder das Dach bis zu ihrem Zimmer wieder hinaufzuklettern – was nicht in Frage kam, da sie die Hände nicht frei hatte – oder die Küche zu durchqueren, wo Vater und Mutter Sprigg saßen. Ihre Pflegeeltern waren gütig; aber während dieser letzten gefahrvollen Jahre hatte es so viel Unangenehmes mit Meuterern, Spionen, Deserteuren und entsprungenen Häftlingen gegeben, daß sie nun irgendwelchen unbekannten Vagabunden wenig Verständnis entgegenbrachten. Blieb also nur das Hoftor; Stella nahm alle Energie zusammen und machte sich ans Werk, bückte sich und versuchte mit Rücken und Kopf den Baumstamm zu heben. Hodge tat ebenso, gemeinsam zerrten, drückten und keuchten die beiden, bis sie am Ende ihrer Kräfte waren. Aber sie schafften es. Endlich hatten sie den Stamm vom Barren losbekommen, und Stella ließ ihn ohne allzuviel Lärm auf den Boden fallen. Aber es war ihr übel und schwindlig zumute, das Blut hämmerte in den Ohren, der Atem ging stoßweise und schmerzhaft, sie konnte gerade noch das große Tor aufstoßen. Mit Milchkrug und Teller stapfte sie hinaus auf die Wiese, die den Hof nordseits umschloß. Eine Karrenspur führte nach dem Tor gegen die kleine Straße, die sich hinter den Ställen entlang zog und die westliche Grenze von Weekaborough Farm bildete.

Diese Wiese, bewohnt von den Weekaborough-Schweinen, war ein hübscher Ort; da und dort standen vereinzelte alte Mostäpfelbäume, ein Bächlein schlängelte sich hindurch. Stella eilte die Karrenspur entlang bis zu dem hohen Tor. Es unterbrach die Dornenhecke und hatte ein Vorlegeschloß. Die Kleine stellte sich auf die Fußspitzen und schob Krug und Teller auf einen der massigen, alten Steinpfeiler, die das Tor rechts und links stützten. Dann kletterte sie hinauf, Hodge hinter sich her zerrend, und fiel auf der anderen Seite in das Gras, von dem das Sträßlein eingefaßt war. Gewöhnlich fiel sie nicht so vom Tor herunter, sie kletterte hinauf und herab wie ein Affe, aber sie war immer noch schwindlig von dem Kampf mit dem Baumstamm.

Starke knochige Arme stellten sie wieder auf die Beine, und für einen kurzen Augenblick riefen diese ihre erste Erinnerung wach, als ihre Mutter sie so fest in die Arme geschlossen hatte. Ihr Herz krampfte sich in plötzlichem Schmerz zusammen, so daß sie noch atemloser wurde.

«Warum hast du denn nicht gerufen?» fragte der Junge. «Wenn ich gewußt hätte, von welcher Richtung du kommst, hätt'st du mir ja das Futter durch die Barren reichen können, ohne so auf die Nase zu fallen.»

«Jemand hätte uns hören können», keuchte Stella. «Und seit der Meuterei und allem anderen haben die Leute hier Angst vor Fremden.»

Der Junge hielt die Kleine noch immer fest, sah auf sie herab; seine harten Hände umfaßten ihre Arme oberhalb der Ellenbogen. «Und hast *du* keine Angst vor Fremden?»

«Manchmal schon. Aber nicht vor dir, nur in der ersten Minute, als ich dachte, du wärst Bony. Nachher wußte ich genau, daß du nichts Böses im Schilde führtest. Hodge hat es mir gesagt.»

Einen Moment lang wandte er den Blick von ihr weg und zu Hodge, der neben seiner kleinen Freundin stand und mit dem Schwanz wedelte. Junge und Hund betrachteten einander lange und anerkennend, von Mann zu Mann. Dann nahm ihn Stella wieder in Anspruch. Der Mond schien so hell, daß er das schmale Gesichtchen gut sehen konnte. Es war stark gerötet, die Kapuze des Mantels von den kurzen, knabenhaften Locken herabgeglitten. Auf der Stirn standen Schweißperlen.

«Du schwitzest ja wie toll!» rief er aus.

«Das kommt von dem Baumstamm und dem Toröffnen», erwiderte Stella.

«Du, so ein kleines Ding», murmelte er. Dann hob er das Kind auf, trug es zu der alten Eiche nahe beim Tor und setzte es dorthin, wo die verknoteten Wurzeln einen bequemen Armstuhl für so ein zartes Persönchen abgaben. Danach holte er Teller und Krug vom Pfeiler und kam zurück. Sein Gang war eigenartig, als sei er schief gewachsen und der Grund unter seinen Füßen rotglühend. Nun saßen alle beide auf dem Boden, Hodge neben ihnen. Aber obgleich der Junge behauptet hatte, am Verhungern zu sein, schien er es mit dem Essen nicht so eilig zu haben. Er rückte das Essen neben seinen Füßen zurecht und betrachtete es ebenso wie David seinerzeit wohl die Schale kalten Wassers, die man ihm in die Höhle gebracht hatte. Gottlob hatte er mehr gesunden Menschenverstand als David. Der Tribut, den er aus tiefstem Herzen dem Anstand zollte, währte nur einen kurzen Augenblick; als er ihn vollbracht hatte, wandte er sich wieder Stella zu, sagte leise «Danke» und fiel wie ein Wolf über die Taubenpastete her.

Jedoch wie ein wohlerzogener, vornehmer Wolf. Wäre Stella älter gewesen, hätte sie diesen ungewöhnlichen Landstreicher voll verwirrter Überlegungen betrachtet. Die Welt war jedoch für Stella noch so reich an Überraschungen, daß alle gewöhnlichen Begebenheiten des Lebens ihr wie wunderbare Märchen vorkamen und anderseits Märchenhaftes ihr nicht ungewöhnlich schien. Alles und alle Menschen waren so erstaunlich, daß ein bißchen mehr davon sie gar nicht aus der Fassung brachte. Außerdem, wenn sie auch noch nie jemand wie diesen Jungen gesehen hatte, fühlte sie sich doch ganz wohl in seiner Gesellschaft. Zum erstenmal in ihrem Leben traf sie ein Wesen, das ihrer Art verwandt war; sie empfand dabei eine gewisse Sicherheit; weniger körperliche Sicherheit als die Gewißheit gegenseitigen Verstehens, die immer vorhanden ist, wenn zwei Menschen aus dem gleichen Holz geschnitzt sind. Obgleich sie Vater und Mutter Sprigg innig liebte, hatte sie in ihrer Gegenwart noch nie dies ausgesprochene Gefühl von Sicherheit gehabt. Der gähnende Abgrund, der sie von den Dorfkindern trennte, schrumpfte zu einem kleinen Riß zwischen ihr und den Pflegeeltern zusammen – aber er war vorhanden. Zwischen ihr und diesem fremden Jungen gab es keinen. Es war merkwürdig. Als sie sich ihm zuwandte, meinte sie seltsamerweise sich selbst zu sehen ... Und doch wußte sie genau, daß sie anders aussah ... Hoffentlich hatte sie recht damit; denn er sah beinahe so verboten aus wie der arme alte Daniel. Sicher, überlegte sie mitleidig, ist es, weil beide immer draußen leben müssen.

Der Junge war groß, sein zerfetztes Hemd und die zerrissenen Hosen flatterten um einen so abgemagerten Körper, daß er sich auf dem Feld gut als Vogelscheuche hätte aufstellen können. Das war aber die einzige Ähnlichkeit mit einer solchen. In der Tat, hätte ein scharfsichtiger Erwachsener den Burschen ein zweites Mal angesehen, er würde den Vergleich sofort verworfen und eher an hohes, vom Wind geschütteltes Schilfrohr oder an ein erschrecktes, noch nicht eingerittenes Füllen gedacht haben, aber nicht an etwas so dauernd stocksteifes Ruhiges wie eine Vogelscheuche. Selbst während dieses verhältnismäßigen Stilleseins, da er sich vollkommen in die Taubenpastete vertiefte, zeigte der Junge feines Empfinden und Schicklichkeitsgefühl. Im Augenblick war letzteres etwas unbeholfen, aber man erkannte die Erziehung. Die Empfindsamkeit drückte sich in hartnäckiger Abwehr gegen jede Gefühlsäußerung und unruhigen Bewegungen aus; befreit von Widerwärtigkeiten, hätte sie sich in weichem Entgegenkommen entspannt. Die körperlichen Kontraste waren auffallend. Das unordentliche Haar fiel über eine breite Stirn, die Haut war ungemein weiß, wo die Sonne ihr nichts hatte anhaben können. Dichte, schwarze Augenbrauen beschatteten den düstern Blick der dunklen Augen, aber die Flügel der schmalen Adlernase zitterten wie die eines erschreckten Pferdes. Obgleich die Lippen einen Zug von Halsstarrigkeit annehmen konnten, wurden sie sanft und weich, wenn er lachte. Die Hände hatten gebrochene Nägel und schwielige Handflächen, doch waren sie fein geformt. Die Füße konnte man nicht sehen, blutigschmutzige Binden aus zerrissenen Lappen umhüllten sie. Der Junge beendete seine Mahlzeit und wischte die Finger sorgfältig am Gras ab.

«Hast du ein Taschentuch?» fragte er Stella.

Sie fischte ein zartes Batisttüchlein aus der Tasche, gab es ihm; laut und befriedigt blies er die Nase hinein.

«Das war beinahe das schlimmste», sagte er.

«Was?» erkundigte sich Stella.

«Das In-die-Luft-Blasen.»

«Der alte Sol, unser Pflüger, hat niemals ein Taschentuch und kann es wunderbar, so ...», erwiderte Stella und gab eine Vorstellung – eine ernste, ganz reizende Vorstellung, ohne dabei irgendwie gewöhnlich auszusehen.

«Es braucht Übung», meinte der Junge. «Würde es dir etwas ausmachen, bitte – darf ich dein Taschentuch behalten?»

Bisher hatte es kein Pathos in seinem Benehmen gegeben, aber in dieser scheuen Bitte zeigte sich ein Anflug davon. Dann verschwand es wieder, als die Kleine bejahend nickte. Lachend steckte er das Taschentuch ein.

«Mein Name ist Stella Sprigg. Wie heißt du?» Gleich allen Kindern waren ihr Namen außerordentlich wichtig. Der Taufname verband einen mit Gott, der Familienname mit dem Vater. Wenn man beide Namen besaß, hatte man seinen Platz in der Welt, konnte sicher dahinwandeln, mit einer stützenden Hand auf jeder Seite. Hatte man gar keinen Namen, war es schlimm um einen bestellt, man hatte keinen Halt und gehörte nirgends hin. Besaß man nur einen Namen, war es etwas Halbes.

«Zachary», sagte der Junge.

«Nur Zachary?»

«Nur Zachary.»

«Du hast nur einen Taufnamen?»

«Ja, das ist alles.»

Stella betrachtete den Jungen kummervoll. Er war nur in der Hand Gottes. Er war einseitig. Sie hatte es an seiner Haltung bemerkt, als sie ihn das erste Mal gehen sah. Dann fiel ihr ein, daß ohne Vater und Mutter Sprigg auch sie einseitig wäre, da ihre namenlose Mutter gestorben war. Diese Erinnerung vertiefte noch ihr Gefühl von Zusammengehörigkeit mit Zachary. Sie streckte ihre kleine Hand aus und legte sie auf sein Knie.

«Weißt du, woher du stammst?» fragte sie neugierig. Die Namen Sprigg und Weekaborough waren in ihrem Geist untrennbar verbunden; sie kam aus Weekaborough, weil sie eine Sprigg war. Sich jemand ohne Namen vorzustellen, der von irgendwoher kam, war ihr ganz unmöglich.

«Vom Mond», antwortete Zachary schnell, «hast du mich nicht dort oben gesehen?»

Stella lächelte beglückt. Sie liebte das Mondlicht. Als sie noch kleiner war und sich nach einem Spielkameraden sehnte, hatte sie sich oft gewünscht, der Mann im Mond möchte herunterkommen und mit ihr spielen.

«Zachary Mond», sagte sie vergnügt und fühlte ihn auf der anderen Seite ein wenig besser gestützt. Sanft und vorsichtig umfaßte Zachary die kleine Hand auf seinem Knie, als wäre sie ein Vögelchen; drehte sie um und legte beide Handflächen aufeinander wie die Schalen einer Muschel. «Ich komme vom Mond und du bist ein Stern», sagte er. «Es ist ganz in Ordnung, nicht wahr, daß wir uns das erste Mal in der Nacht treffen.» Dann hob er mit leichter Gebärde ihre Hand von seinem Knie, just als ob er das Vögelchen wieder freigeben wollte. «Daß du noch so spät auf bist, ist aber nicht recht.»

Mühsam erhob sich der Junge – der Boden unter ihm schien immer noch brennend heiß zu sein – und nahm Krug und Teller auf. Genau wie Daniel und die Katzen putzte er die letzten Tropfen und Krümel der Mahlzeit zusammen. Dann reichte er dem Kind seine freie Hand. «Komm, Stella. Ich helfe dir über das Tor.»

Plötzlich war er richtig erwachsen, was Stella niedergeschlagen machte. Aber gehorsam erhob sie sich, legte ihre Hand in die seine, und stumm gingen sie nebeneinanderher. Zachary in schiefer Haltung wie zuvor, Stella leichtbeschwingt wie eine Elfe. Hodge sprang hinter ihnen drein. Als sie das hohe geschlossene Tor erreichten, half Zachary der Kleinen und dem Hund hinüber und reichte Krug und Teller nach. «Danke», sagte er. «Seit ich den Mond verlassen habe, gab es kein so herrliches Essen mehr. Leb wohl, Stern, leb wohl, Hodge.»

In seinem Ton lag klare Bestimmtheit, und Stella war es schrecklich zumute, gerade als ob die eine Hälfte einer Muschel von der andern getrennt würde ... «Nein, Zachary!» bat sie. «Nein!»

Ihr Kinn reichte gerade bis zum oberen Rand des Tores. Sie preßte es darauf und umklammerte den Balken mit den Händen. Hodge zwängte den Kopf zwischen die unteren Barren und winselte kläglich. Zachary ließ den Blick von dem schmalen Gesichtchen und der Reihe kleiner Fingerspitzen zu dem pelzigen Kameraden unterhalb gleiten, als wenn er sich ihren Anblick recht einprägen wolle.

«Was nein, Stella?»

«Nicht leb wohl», erwiderte sie.

Sein Gesicht verdüsterte sich. Als die Kleine zu ihm emporsah, bemerkte sie dunkle Schatten darauf, wie beim Mond. Zachary tat einen scharfen Atemzug, als ob er noch etwas sagen wollte, doch dann schien er sich anders zu besinnen. Die Züge nahmen einen strengen Ausdruck an, und ohne sie eines weiteren Blickes zu würdigen, wandte er sich ab und verschwand hinter der dichten Dornhecke. Stella rief ihm kein Wort nach; denn sie kannte diesen Ausdruck in Männergesichtern. Vater Sprigg hatte ihn auch, wenn er ihr Geschichten erzählte und dann plötzlich genug davon bekam, sie von seinen Knien weg auf den Boden stellte und zum Melken ging. Bei solchen Gelegenheiten rannte sie Vater Sprigg nie nach. Sie wußte gefühlsmäßig, daß Männer nicht ständig Frauen um sich haben wollen. Gewisse Bezirke ihres Lebens bewahren sie für sich, wollen nicht durch unbefugte Eingriffe mißleitet werden.

Aber als Stella langsam durch die Wiese heimwärts wanderte, Hodge mit eingezogenem Schwanz an ihrer Seite, stolperte sie einige Male, weil sie weinte. Wegen Zachary. Sie war sicher, daß weder der Ort, woher er gekommen – als er in dieser mondbeleuchteten, geisterhaften Stunde erschien –, noch der Ort, dem er sich jetzt zuwandte, gute Aufenthalte waren ... Und er könnte doch hierbleiben, wenn Vater Sprigg ihn nicht fortgejagt hätte ... Ihm erging es wie dem armen Vogel, der einmal aus dem Dunkel draußen ins Haus geflogen kam, als es geschneit hatte. Er kreiste ein paarmal in der erleuchteten Küche und flog dann wieder hinaus.

Obgleich sie vor Mitleid aufgeschrien hatte, verschwand er schnell, und die kalte Nacht war zu unergründlich, als daß sie ihm hätte helfen können.

4

Aber Stella war ein Kind, das selten weinte. Als sie das große Hoftor erreicht hatte, rieb sie sich die Tränen aus den Augen und beherrschte die Lage wieder völlig. Auch Hodges Schwanz, so abhängig von ihren Stimmungen wie die Kompaßnadel vom magnetischen Norden, richtete sich langsam wieder auf. Aber beide waren müde und konnten den Baumstamm nicht heben, um ihn wieder an Ort und Stelle zu bringen.

«Es geht nicht, Hodge», stöhnte Stella nach zehn Minuten fruchtloser Anstrengung. «Wir schaffen es nicht.»

Der Hund schnaufte erschöpft Zustimmung. Es brauchte viel, um die beiden kleinzukriegen, aber sie wußten stets, wenn der Augenblick der Niederlage gekommen war, und vergeudeten keine Kraft in nutzlosem Kampf. Sie ließen den Stamm auf dem Pflaster liegen; dann tat Stella Krug und Teller hinter den Aufsteigklotz, von wo sie beide am Morgen wieder wegholen würde, wonach sie sich an den Aufstieg über das Strohdach zu Stellas Schlafzimmer machten. Diesmal fiel er ihnen viel schwerer als sonst, aber sie bewältigten ihn und landeten erschöpft auf dem Fußboden.

«Still, Hodge!» flüsterte die Kleine; denn ein feiner Lichtstreifen war unten an der Tür sichtbar, und Murmeln von schläfrigen Stimmen drang aus dem großen Schlafzimmer. Sie mußten lange ausgeblieben sein; denn die Eltern waren bereits im Bett. Manchmal schaute Mutter Sprigg noch zu Stella hinein, aber an diesem Abend anscheinend nicht; Stella dankte dem Himmel für ihr Glück, während sie sich leise und schnell auszog. Am Morgen, mit der verschwundenen Taubenpastete und dem weggeschobenen Baumstamm, würde sich natürlich allerlei ereignen, aber es war doch sehr angenehm, daß es nicht schon heute nacht losging. Für heute wünschte sie sich Frieden und Ruhe. Eine Flut von Gefühlen war während der gewohnten Geschehnisse des Abends und nach dem Erlebnis mit Zachary stundenlang eingedämmt geblieben. Diese würden jetzt frei werden und sie überwältigen.

Stella schlüpfte in ihr Bett, legte sich nieder und schloß die Augen. Hodge schlief für gewöhnlich am Fußende des Bettes, heute aber legte er sich ganz nah bei ihr hin, so daß sie mit der Hand seinen weichen Kopf streicheln konnte. Das beruhigte sie immer und löste in ihr ein Gefühl aus, als wäre sie ein kleines Schiff, das sicher an ein großes festgebunden sei. Wie böses schwarzes Wasser würden die Gefühle sie herumwirbeln, aber nicht losreißen können.

Ihre Mutter, ihre rechte Mutter, in dem schönen grünen Kleid – gegen die Flut des dunklen Wassers sah sie das tote Antlitz ganz klar wie auf einem Bild. Es war weiß und überschattet, wie Zacharys, als er Abschied nahm. Mutter Sprigg glaubte, Stella sei zu jung, um Kummer über die lange zurückliegende, erzählte Begebenheit zu fühlen. Aber darin hatte sie sich geirrt ... Stella war weit über ihre Jahre hinaus reif, feinfühlig und liebefähig und besaß die hohe Kunst der Verstellung um des Geliebten willen. All das ging über Mutter Spriggs Verständnis. «Du bist meine richtige Mutter», hatte das Kind gesagt. Niemals würde es seine Pflegemutter durch ein Wort oder einen Blick fühlen lassen, daß es ihrer Mütterlichkeit an etwas mangelte. In diesem Augenblick sehnte sie sich nach den Armen ihrer wirklichen Mutter wie noch nie in ihrem Leben und schreckte zurück vor dem Grauen über deren Tod. Und alles ohne die Wohltat einer Erfahrung, rein durch gefühlsmäßiges Verstehen, das sowohl Segen wie Fluch des phantasiebegabten Menschen ist.

Stella zitterte vor Kälte und Müdigkeit, als sie so ausgestreckt im Bett lag und auf das von Mond- und Sternenlicht erhellte Fensterviereck starrte. Sie schwitzte am ganzen Körper, ihr Nachthemd war durch und durch feucht, als hätte sie Fieber. Obgleich todmüde, konnte sie doch nicht die Augen schließen, ihre Lider schienen wie festgeklebt. Sie war plötzlich ihre Mutter, die im kalten Wasser ertrank und ihr Kind zu retten versuchte. Sie war Zachary, mager und hungrig, die Füße in blutige Fetzen gewickelt. Sie war beide zugleich, die aus unbekannter Dunkelheit kamen und wieder im Dunkel verschwanden. Indem sie sich in diese beiden hineinversetzte, suchte sie ihnen zu helfen wie Daniel und den Stallkatzen, wenn sie mit ihnen nachts ihr Geächtetsein teilte. Aber es hatte nicht viel Sinn, dachte sie. Nur für eine kurze Weile, zwischen zwei Dunkelheiten, konnte sie sich mit ihnen eins fühlen. Sie konnte ihnen nicht in die Finsternis draußen folgen, weil sie sich nicht in ihr auskannte. Und doch wünschte sie zu verstehen. Obschon es schrecklich war, das Leben der beiden nachzuleben, quälte es sie noch mehr, wenn sie es nicht tat. Sie begann wieder zu weinen, doch lautlos. Langsam und schwer tropften die Tränen aus den Augenwinkeln, hinterließen trockene, brennende Spuren auf den Wangen, bis sie das Kissen erreichten. Daniel und die Katzen hatten ihr Mitgefühl geweckt, aber nicht mehr. Wenn ihre Daseinsbedingungen auch verbessert werden sollten, lebten sie nicht wirklich schlecht. Nun aber ging es um Mitleiden. Ihr war, als ob ihr Lebensblut versickerte.

Da muß Schluß gemacht werden, dachte Hodge, sonst verblutet sie mir noch. Er wußte genau, was die Kleine fühlte, ihre Hand auf seinem Kopf übermittelte es ihm. Er sprang auf das Bett (etwas, das er noch niemals getan hatte), quetschte sich zwischen die Mauer und das Mädchen und drückte seine kalte Schnauze an ihr Ohr ... Eine Träne tropfte darauf, und er nieste gereizt ... Plötzlich begann die Kleine zu lachen, ein ersticktes, von Schluchzen unterbrochenes, aber doch ein Lachen. Für den Augenblick war die Wunde gestillt. Komischer Kerl, dieser Hodge – warm, beruhigend und komisch. Stella drehte sich ihm zu und schlang einen Arm um seinen Rücken. Ihre Augenlider, die vorher so festgeklebt gewesen, zuckten ein wenig, schlossen sich, und bald darauf war sie eingeschlafen.

5. Kapitel

I

Am nächsten Morgen erwachte Stella jäh durch irgendein Geräusch unter ihrem Fenster. Es war noch sehr früh. Das September-Dämmerlicht kroch langsam wie ein Verschwörer in das Kämmerchen, als ob die Nacht noch Wache stünde und man sich vorsehen müßte, um nicht ertappt und wieder fortgeschickt zu werden. Stella liebte diese Art Morgendämmerung. Es war ein graues Licht; denn die Schatten der Nacht hatten es im Vorbeischweben gestreift, doch gab es Silber- und Goldglanz darin, als ob es einen mit Sternen besäten Sonnenstrahl enthielte. Ein Weilchen beobachtete Stella entzückt das Licht, vergaß die Verzweiflung der letzten Nacht und spann an den Traumbildern weiter.

Sie konnte sich nicht erinnern, wo sie im Schlaf gewesen war, hatte nur ständig die Worte «noch nicht, noch nicht» im Ohr, als ob sie irgendwo angelangt und wieder zurückgeschickt worden wäre. Doch das Morgenlicht hatte mehr Erfolg als sie, schlüpfte der Nacht siegesfroh durch die Finger, brachte die Zuversicht kommender Ereignisse mit, die alles Schwere zerstreuen würden, und verbreitete ähnlichen Frieden, wie Stella ihn an jenem fernen Ort verspürt hatte. Dann vernahm sie wieder das Geräusch von vorher, wurde ganz munter und erinnerte sich an die Verzweiflung der letzten Nacht. Sie faßte die Schwierigkeiten des kommenden Tages ins Auge, ließ sich aber nicht davon erdrücken; denn zeitlose Schönheit lag zwischen den beiden und hielt sie durch ihre stärkere Macht auseinander.

Die Ursache des Lärms war Vater Sprigg, der einen seiner Wutanfälle hatte und den alten Sol im Hof unten anschnauzte.

«Du verschlafener alter Faselhans!» schrie er, in eine etwas mildere Tonart zurückfallend, nachdem eine Flut von gottlosen Flüchen den Hof erfüllt hatte. «Du fauler alter Hohlkopf! Gehst schlafen und läßt das Hoftor sperrangelweit offen, wo die ganze Gegend voller Meuterer und Landstreicher steckt. Noch gestern beim Essen hab ich gesagt, daß so ein Taugenichts herumlungert. Dir können wir's nicht danken, alter Lump, wenn unser Weibervolk nicht erdrosselt in den Betten liegt. Eine ganze Taubenpastete ist verschwunden, und die Frau ist außer sich, daß ein Dieb in die Vorratskammer konnte. Wärst du nicht so ein altes Gerippe, würde ich's dir so mit der Peitsche versetzen, daß nichts mehr für dein Begräbnis übrigbliebe, du besoffener Lumpenkerl!»

«Gar kein Grund zum Wütendsein, Herr», antwortete der alte Sol gleichmütig, als Vater Sprigg nach Atem rang. «Meiner Seel', weiß Gott, wer das Tor offengelassen hat, ich nich'. Madge un' ich haben es wie immer geschlossen un' vermacht. Wenn die Zigeuner den Barren runtergestoßen haben, ist es nich' meine Schuld. Ich hab meine Pflicht getan wie immer, als Jung' un' Mann, fünfzig Jahr lang un' mehr ...»

«Alter Esel!» unterbrach ihn Vater Sprigg. «Zigeuner, sagst du? Solches Gefasel! Ich bin ein geduldiger Mann, Sol Doddridge, aber Mangel an Pflichtgefühl bringt mich so in Wut, daß ...»

Sol zeigte mit dem Daumen nach oben. Stella lehnte aus dem Fenster und rief: «Ich habe es getan, Vater! Ich war es!»

«Was?» stieß Vater Sprigg hervor, krebsrot und schwitzend. Fast erstickte er bei dem Versuch, seinen Zorn hinunterzuwürgen. «*Du* hast das Tor offengelassen, du kleine Drahtpuppe?»

«Ja», erwiderte Stella. «Nicht Sol, ich war es. Ich hab den Barren heruntergehoben und konnte ihn nicht mehr raufbekommen. Auch die Taubenpastete und die Milch aus der Kammer hab ich genommen und sie dem armen, zerlumpten Jungen gegeben.»

Beide Männer starrten sie erstaunt an. Vater Sprigg nahm sein Taschentuch und wischte sich über die Stirn.

«Ich bin stark», erklärte Stella. «Hodge hat mir geholfen.»

Der Hund stand jetzt auf den Hinterbeinen neben ihr; das kleine Fenster umrahmte seine haarige Physiognomie dicht bei ihrem Gesicht. Vater Sprigg keuchte, tat einen pfeifenden, erschreckten Atemzug, drehte sich und ließ seine reuige Hand wie einen großen Schinken auf Sols Schulter fallen. Wenn er auch rasch in Wut geriet, war er doch ebensoschnell bereit, falls er sich irrte, alles wiedergutzumachen. «Ein kleiner Spatz wie sie», stieß er bewundernd hervor, als Stella vom Fenster verschwand, um sich anzukleiden.

Aber als sich die beiden beim Frühstück trafen, war die Bewunderung verflogen, und sein Ärger flammte erneut auf. Wenn Stella sich nochmals so etwas erlaubte, würde er sie richtig verhauen, wie alt sie auch sei, erklärte er zwischen zwei ausgiebigen Löffeln Haferbrei. Es war kein Schreckschuß, er meinte wirklich, was er sagte. Hatte sie nicht diese verfluchten Stallkatzen zum Verwöhnen und diesen Knochenhaufen von Daniel – ein dummer Kerl, den es nicht lohnte, durchzufüttern und den man nur ihr zuliebe behielt? Aber nein, sie mußte auch noch teures Essen an irgendeinen dreckigen Gauner vergeuden, der sie alle in ihren Betten hätte ermorden können. Er hielt ein, um einen großen Brotbrocken in den Mund zu stopfen, und Mutter Sprigg fuhr fort, wo er aufgehört hatte. Stella hatte sie noch nie so erregt gesehen. Hatte sie dem Kind nicht immer wieder eingeschärft, niemals mit Fremden zu sprechen, besonders nicht mit so verdächtig aussehenden? Es hätte ihr Furchtbares zustoßen können, nur durch ihre eigene Schuld, und es wäre eine gerechte Strafe für so offensichtlichen Ungehorsam gewesen. Hier murmelten Madge und der alte Sol ihr Einverständnis und schüttelten traurig die Köpfe. Seraphine, die beim Feuer ihre Jungen hütete, drehte dem Kind den Rücken. Nur Hodge, der neben Stellas Stuhl saß, drückte den Kopf fest an ihr Knie und war auf ihrer Seite.

Aber Stella verzehrte ruhig ihren Brei und war gar nicht aufgeregt. Sie wußte ganz genau, daß diese allgemeine Mißbilligung ihren Grund nur in großer Liebe hatte. Wenn es keine Gefahr gegeben hätte, wären sie nicht so böse gewesen. Aber sie sagte nicht, daß es ihr leid tat, weil das nicht der Fall war. Sie wußte, daß sie ganz richtig gehandelt hatte, als sie Zachary fütterte. Sie wußte, daß Menschen, die in einem Haus leben dürfen, immer den Leuten draußen helfen sollten. Aber sie war betrübt, nicht um Verzeihung bitten zu können, sah sie doch, daß ihr Schweigen Vater und Mutter Sprigg furchtbar ärgerte.

«Für diesmal soll sie keine Schläge bekommen, Vater, weil du es nicht willst», sagte Mutter Sprigg, «bestraft muß sie aber doch werden. Heut ist der Morgen, an dem sie zum Doktor in ihre Stunden geht. Nun wird sie daheimbleiben; einerseits als Strafe und anderseits, um sie vor diesem Gauner zu beschützen, falls er sich noch hier herumtreibt.»

Stella sah rasch auf und ließ den Löffel fallen. Sie war zutiefst getroffen. Ihre Stunden bei Dr. Crane waren die kostbarsten der ganzen Woche, und Mutter Sprigg wußte es. Das Gesichtchen, der Pflegemutter zugewandt, war weiß und gefaßt. Mutter Sprigg war eifersüchtig auf ihre Stunden, fürchtete sie aus irgendwelchem Grund, und nun nützte sie diese notwendige Strafe als Gelegenheit aus, Stella am Lernen zu hindern. Das war nicht recht. Die Kleine stand auf, ging zu dem Schränkchen unter dem Fensterplatz, wo sie ihre Schätze versorgt hielt, und kam mit dem Lineal zurück, das Dr. Crane ihr geschenkt hatte.

«Vater», sagte sie, und stellte sich ihm gerade gegenüber, «bitte, ich möchte meine Stunden nicht versäumen. Wenn Mutter nicht wünscht, daß ich allein gehe, kann Sol mich ins Dorf begleiten. Du hast gestern gesagt, Bess müsse zum Schmied gebracht werden. Und Dr. Crane wird mich im Wagen heimführen, bevor er die Patienten besucht. Bitte, Vater, gib mir lieber ein paar Klapse, statt mich daheimzubehalten. Schlage mich nur, so stark, wie du kannst.» Sie legte das Lineal neben seinen Teller und hielt ihm ihre zarten, kleinen Handflächen hin. Dann überlegte sie. «Die linke Hand, Vater, weil ich mit der rechten die Feder halten muß.» Sie brachte die rechte Hand hinter dem Rücken in Sicherheit und streckte die linke vor. «Schlag fest, Vater!»

Obgleich man in einer Zeit lebte, in der körperliche Züchtigung für Kinder sehr beliebt war, hatte Vater Sprigg Stella noch nie geschlagen. Er liebte die Kleine viel zu sehr. In diesem Augenblick jedoch, ihrem entschlossenen Ausdruck mit einem Blick tiefer Achtung begegnend, drehte er sich auf dem Stuhl herum und gab es ihr, fest und hart, bis ihre kleine Handfläche dunkelrot anlief und das Lineal – nicht für körperliche Züchtigung geschaffen – in seiner Hand brach. Sofort warf er es in eine Ecke, fluchte, stand auf und verließ den Raum. Mutter Sprigg hatte ihn niemals so nahe an Tränen gesehen.

«Weichherzig», sagte Mutter Sprigg. «Das ist er. Weichherzig. Setz dich sofort hin, Stella, und iß dein Frühstück fertig.»

Die alte Frau war sehr aufgeregt. Nicht nur, daß ihr moralisches Ansehen durch ihren Mann und Stella erschüttert worden war – die Kleine hatte ihr zum erstenmal ganz deutlich gezeigt, was ihr diese Stunden bedeuteten. Trotzdem konnte sie ihrem Liebling nicht lange böse sein, und als Stella hinaufging, um ihren Mantel zu holen, folgte sie ihr mit einem Salbentopf und Verbandlappen in das Kämmerchen. «Mein Liebling, Liebes», murmelte sie, als Stella die Hand hinhielt, an der sich weiße Striemen zeigten und die an einer Stelle aus einem Riß blutete. «Armer kleiner Kerl! Er hat es dir so arg gegeben, als wärst du ein Meuterer, der eingesperrt gehörte.»

«Ich habe ihn drum gebeten», erwiderte Stella. Die Hand tat ihr furchtbar weh, aber sie war froh darüber. Zachary hatte blutbefleckte Lappen um die Füße, und nun freute sie sich, daß auch sie einen blutigen Verband hatte, wenn er auch nur ganz wenig blutig war. Auf diese Weise kamen ihr der Junge und ihre Mutter etwas näher, jetzt fühlte sie sich nicht mehr körperlich so wohl wie gestern um diese Zeit. Dann hob sie ihr Gesicht zu Mutter Sprigg empor, und die beiden herzten und küßten sich. «Von allen hier hab ich dich am liebsten, Mutter», sagte Stella. «Ich liebe dich sehr, ich hab dich am liebsten ...» – dann schwieg sie eine Sekunde, die Wahrheit verlangte ihr Recht, «nach Hodge.»

Dann sauste sie aus dem Zimmer, die Treppe hinab; Mutter Sprigg blieb lachend zurück. Was war sie doch für ein köstliches Ding. Ein reines Kind noch, das noch lange bei ihr bleiben und von ihr betreut werden würde, trotz dieser verflixten Lernerei.

Den Tag über waren Stella und Hodge öfter getrennt; denn Hodge mußte Vater Sprigg auf allerhand Wegen in der Wirtschaft begleiten. «Aber Daniel muß mit mir kommen», erklärte Stella dem alten Sol, als er Bess aus dem Stall führte. Sol brummte und beschwerte sich. Daniel wirbelte und sprang herum, verwickelte sich in die Kette und winselte in seiner Herzensangst wie ein armer Geist.

«Ja», sagte die Kleine fest. «Ich habe es ihm versprochen.» Stellas Bestimmtheit war etwas, wogegen der alte Sol sich machtlos fühlte. Er band Daniel los, worauf dieser wie ein Verrückter um den Hof jagte und zwei Eimer voll Wasser umwarf, die Madge gerade aus dem Brunnen gefüllt hatte. Dann hob der alte Mann Stella auf die Mähre. Rasch verschwanden sie durch das Hoftor auf die Pizzle-Wiese und überließen die Eimer den andern.

In ihrer Wonne, auf Bess' Rücken zu thronen, vergaß Stella die schmerzende Hand. Das alte Pferd, dem ein Eisen fehlte, stapfte langsam und bedächtig durch die Wiese. Es war ein herrliches Tier, trotz vorgerückten Alters immer noch imstande, Vater Spriggs Gewicht durch alle Jagdgründe zu tragen und dort in achtbarer Weise seinen Verpflichtungen nachzukommen. Trotzdem war Bess gar nicht hochmütig. Selbst im Besitz des jetzt fehlenden Hufeisens wäre sie vorsichtig gegangen, mit dem Kind auf dem Rücken und dem lahmen alten Sol an der Seite. So vornehm war ihr Charakter, daß sie sich geduldig mit Daniels Benehmen abfand, der laut bellend herumschwirrte. Der Hund meinte es gut, aber er kam einem dauernd unter die Füße. Das schöne Wetter stieg Daniel immer zu Kopf.

Es war wundervoll auf der Pizzle-Wiese an diesem einzig schönen Septembermorgen. Oben, in der entferntesten Ecke, sprudelte eine Quelle – die Pixie- oder Pigsiequelle, von der die Wiese ihren Namen hatte – unter einem alten Hagedornbaum hervor, floß als kleines Bächlein hindurch, füllte den Trog in der Wiesenmitte, um dann wieder geheimnisvoll im Boden zu verschwinden, von wo aus sie den Brunnen im Hof und den Ententeich im Obstgarten speiste. Im Frühling bedeckte den Hagedorn und die alten Apfelbäume im Gras eine Unmenge weißer Blüten; Vergißmeinnicht und Himmelsschlüssel säumten den Fluß. Aber Stella fand es heute mindestens ebenso hübsch mit den tiefroten Beerenbüscheln des

Weißdorns, indes die goldenen Blätter der Apfelbäume leise zu Boden fielen. Die meisten Äpfel kamen in die Obstpresse, aber ein paar lagen im Gras, wo die schwarzen Schweine zufrieden unter ihnen wühlten.

Sol öffnete das Tor, und sie gingen auf die Straße hinaus, die den Hügel steil hinauf zum Dorfe führte. Stella fragte sich, ob Zachary wohl letzte Nacht diesen Weg gekommen sei, und schaute zärtlich zu dem alten Eichbaum hinüber, auf dessen bequemen Wurzeln sie zusammen gesessen waren. Dies Jahr hatten die Blätter sehr früh zu fallen angefangen, der alte Baum war schon mit Gold überzogen. In der dichten Hecke weiter unten leuchteten die Hagebutten scharlachrot, und die Schlehen hatten einen purpurnen Schimmer, bereits reif genug, um für Mutter Spriggs berühmten Schwarzdorn-Schnaps gepflückt zu werden.

Die alte, ausgefahrene Straße war mit der Zeit immer tiefer in die Erde zwischen den steilen Abhängen eingesunken; so konnten sie wenig von dem umliegenden Land sehen, bis sie den Gipfel des Hügels fast erreicht hatten. Hier hielten sie an, damit sich Sol, der ganz außer Atem war, wieder erholen könne, und blickten den Weg zurück, den sie gekommen waren. Ihren Augen bot sich hier ein so liebliches Bild, daß sich Stellas Wangen rosig färbten, wie immer, wenn sie etwas sehr entzückte. Sogar der alte Sol brummte beifällig, und Bess stand still wie eine Statue – selbst Daniel blieb ein Weilchen ruhig und aufmerksam neben ihr.

Da war Weekaborough Farm im Tale unten, im Schutz niederer runder Hügel, unter denen Beacon Hill wie ein freundlicher, beschirmender Riese in den Himmel emporstieß. Ein wenig entfernt von Beacon Hill, auf einer Anhöhe in den Wäldern, lag ein altes Schloß, Berry Pomeroy Castle. Stella konnte es nicht sehen, wußte aber, wo es war, und grüßte es in Gedanken. Zur Rechten sahen sie durch eine Lichtung in den Hügeln über weite Wälder und Felder bis zu dem großartigen Schutzwall der Hochmoore, die sich gegen Westen erhoben, während im Osten, durch eine andere Hügellücke, das Meer zu sehen war. Die Türkisfarbe der See, das Gelb und Smaragd der Herbstfelder und Wiesen, die purpurnen und braunroten Töne der Moore, der klarblaue Himmel – alle glühten sie durch den silbernen Dunst des herbstlichen Sonnenlichts wie die Farben eines Opals, lebhaft und warm, aber so sanft, daß man sich zu gleicher Zeit belebt und beruhigt fühlte.

Weekaborough Farm erschien Stella, die den Hof so liebte, als Mittelpunkt all der Schönheit. Sie konnte ihn zu ihren Füßen liegen sehen, verkleinert durch die Entfernung und doch mit der verschärfenden Eigenschaft all jener Dinge begabt, die man von weitem sieht. Dies winzige Reich, das sie in die Hände hätte nehmen können, erfüllte sie jetzt mit einer Ehrfurcht wie nie zuvor, solange sie in ihm lebte und ein Teil von ihm war ... Heimathaus ... Es zeigt dir sein Gesicht, wenn du ruhig darinnen sitzest, vielleicht in jenem Augenblick, da der Tag sich zur Nacht neigt, aber seinen Geist, seinen ewigen Sinn kann es dir nur enthüllen, wenn du ein wenig entfernt stehst, bereit, es zu verlassen, oder dann, wenn du gerade wiederkehrst, in jenen Übergangsaugenblicken, in denen eine größere Welt dich fordert oder entläßt. Zu eben diesen Zeiten, wenn einem für eine kleine Weile nichts gehört, man selbst auch niemandem zugehörig ist, lassen sich die Dinge ganz klar erkennen.

Die ehrfürchtige Pause ging vorüber, und Stella sah die näheren Einzelheiten mit Entzücken: die weißen, strohgedeckten Hofgebäude, den Garten im Süden voller Herbstblumen, die große Baumwiese im Westen, den Gemüsegarten im Osten sowie den ummauerten Gartenteil, in dem die Bienenkörbe standen. Außer Pizzle Meadow gehörten Vater Sprigg noch einige Felder und zwei runde grüne Hügel, wo Schafe und Großvieh grasen konnten. Einer der Hügel, Bowerly Hill, südlich des Hofes, war von einem alten, windzerzausten Eibenbaum gekrönt, den Stella sehr liebte. Der andere, Taffety Hill, auf dessen Gipfel sie jetzt waren, besaß ein Nußgehölz und Dickichte voller Brombeeren. Dies ganze Königreich war von einem großen Erdwall, den Steine flankierten, umgeben. Das war eine jener Danmonian-Einfriedungen, die seit Menschengedenken die Besitzungen voneinander trennten ... Dr. Crane hatte Stella gesagt, daß das Wort Devon von Danmonian käme, was tiefe Höhlen bedeutete, und die Danmonier, zu denen sie gehörte, waren die Bewohner der Bergschluchten ... Vater Spriggs Einfriedung hatte riesige Ausmaße, sie war acht Fuß tief und fast ebenso hoch. Am oberen Ende verschmälerte sie sich auf vier Fuß Breite und war mit Unterholz, Eiche, Esche, Birke und Haselstaude gedeckt. Diese Einfriedungen schützten vor Wind und bewahrten das Vieh vor dem Verirren. Heutzutage meinten die Leute, daß sie vielleicht bald wieder ihre alte Bestimmung erhalten würden, als Schutz gegen eine eindringende Armee ... Männer, die mit ihren Flinten dahinter lagen, befanden sich in starker Stellung.

«Aber sie werden nicht kommen!» rief Stella plötzlich. «Sag, Sol, sie werden nicht kommen!»

«Laß sie nur kommen!» brummte Sol wild. «Laß sie nur kommen, wir werden es ihnen schon zeigen. Wir und die andern.»

Bei der Erwähnung der «anderen» begann Stella zu zittern. Sie war ein tapferes kleines Mädel, aber vor drei Dingen hatte sie schreckliche Angst, vor Gewittern, Ratten und den «anderen».

Inzwischen hatte Sol aus seiner Tasche einen merkwürdig aussehenden Gegenstand hervorgeholt, in Form und Umfang einem großen Lorbeerblatt ähnlich. An dem einen Ende war ein langer Strick befestigt, den der alte Mann um seinen Finger wickelte. Nun begann er das Ding herumzuwirbeln. Einen Augenblick lang geschah nichts, aber Stella, die wußte, was kommen würde, biß die Zähne zusammen, schloß die Augen und hielt die Hände vor die Ohren. Denn das war Sols Rassel, ein Besitz, der sich seit undenklichen Zeiten vom Vater auf den Sohn vererbte. Viele Landjungen in Devon besaßen solche alten Instrumente und machten damit unheimlichen, fürchterlichen Lärm. Sol jedoch hatte seine Leidenschaft für das Ding bis ins hohe Alter bewahrt. Er drückte damit seine tiefsten Gefühle aus. So wie ein anderer Geige spielt oder ein Gedicht macht, schwang Sol seine Rassel.

Erst gab es ein tiefes Summen, mit einem eigenartig schrillen Unterton, das lauter und lauter wurde, bis es wie das Brausen eines mächtigen Windes klang. Es war ein grauenhafter, beinahe höllischer Lärm, als ob beschwingte Dämonen über Stellas Kopf zwischen ihr und dem Himmel daherfegten. Sie schloß immer die Augen, nur um die «andern» nicht zu sehen, wenn Sol sein Instrument zur Beschwörung schwang. Dr. Crane hatte ihr einmal gesagt, daß es die Rassel in vielen Ländern der Erde gäbe; man benutzte sie als heiliges Instrument im Zusammenhang mit heidnischen Mysterien. Im alten Griechenland brauchte man sie schon für solche Zwecke ... Auch in England, vor vielen, vielen Jahren.

«An was für eine heidnische Lehre denkt Sol, wenn er seine Rassel schwingt?» hatte Stella gefragt.

«Er hat es vergessen», antwortete der Arzt.

«Wen meint er wohl, wenn er ‹die anderen› sagt?»

«Das hat er auch vergessen.»

Das schreckliche Tosen erstarb, die furchtbaren Erscheinungen, die einstigen Verteidiger des Landes, verschwanden gleichzeitig. Sol steckte die Rassel wieder in die Tasche, und Stella, zitternd vor Erleichterung, nahm die Hände von den Ohren und öffnete die Augen. Bess und Daniel hatten alles über sich ergehen lassen. Ihnen waren ‹die anderen› ebenso vertraut wie Sol. Nur Stella hatte Furcht.

Sol drehte sich kurz um und öffnete das Tor gegen die Straße, die hier den Heckenwall unterbrach. Als sie das Tor durchschritten, hatten sie Vater Spriggs Besitz verlassen.

Die Straße führte hügelabwärts in ein einsames Tal zum Dorf Gentian Hill. Dieses Tal war auch so ein kleines Königreich für sich, aber von ganz anderer Art als Weekaborough. Da gab es keine von frischen Winden durchfegten Einschnitte in den umliegenden Hügeln, durch welche man das Moor oder die See erblicken konnte. Die Bäume waren daher nicht gekrümmt wie im Weekaborough-Tal, die Blumen kamen früher heraus und waren üppiger. Bei heißem Wetter konnte es unten in Gentian Hill sehr schwül sein, und regnete es, war es oft überschwemmt, da dann der Fluß nahe der Ortschaft aus seinem Bett trat.

Aber es war ein entzückendes Dorf, von Obstbäumen umgeben. Die strohgedeckten kleinen Häuser lagen in blumenübersäten Gärten, grüne Farne wuchsen auf den niederen Umfassungsmauern. Die schöne alte Kirche mit ihrem hohen Turm bekrönte den Erdhügel, der dem Dorf den Namen gab, und Enziane wuchsen auf dem Friedhof. Um das Gotteshaus lagen der «Gasthof zur Kirche», die Pfarrei, Dr. Cranes Haus, die Schmiede und der Kaufladen. Dieser Teil des Ortes wurde als höchst achtbar angesehen. Dann gab es aber noch ein Nebendorf, von dem eigentlichen Gentian Hill durch eine Anhöhe getrennt, deren Gipfel ein kleiner dichter Wald bedeckte, Hangman's Wald. Diese Siedlung war weniger geschätzt. Dort standen ein paar sehr alte, schiefe Häuschen, mitten in spaßigen, aber schlecht gehaltenen Gärten bunt durcheinander, als ob sie betrunken wären. In ihrer Mitte lag ein altes Gasthaus mit dicken Mauern und schadhaftem Strohdach. Sein buntbemaltes Schild stellte ein blutrotes, vollständig getakeltes Schiff dar, das gegen eine purpurne See ankämpfte. Trotz des prächtigen schwingenden Schildes wurde das Haus nie «Gasthof zum Schiff» genannt, sondern Smoky-Haus, und die verrufene kleine Häusergruppe schlechtweg Smoky.

Die Bewohner von Gentian Hill lebten fast alle schon seit Generationen dort und verließen es selten. Die Smoky-Leute jedoch waren ein unruhiges Volk, bald da, bald dort. Die Steuereinnehmer hatten stets ein Auge auf Smoky und desgleichen die Wildhüter der angrenzenden Reviere. Gentian Hill sprach immer mit gönnerhafter Mißbilligung von Smoky, ließ es aber nie im Stich. Es gab in Gentian Hill bestimmte Häuser, in denen ein von Unglück verfolgter Smoky-Mann sicher war, aufgenommen zu werden und Zuflucht zu finden. Und nicht wenige unter den wohlhabenderen Hausbesitzern versteckten in ihren geheimen Schränken einen Vorrat von Branntwein und Tabak.

Aber nicht alle Behausungen in Gentian Hill waren wohlhabend. In jener Zeit, da die Löhne der Landarbeiter kaum genügten, um sich und ihre Familien kärglich durchzubringen, bargen die weißgekalkten, rundlichen Mauern und Strohdächer so manchen Häuschens eine Armut, die Dr. Crane – der ihre Folgen zu bekämpfen hatte – vor seiner Schülerin Stella möglichst zu verbergen suchte. Er kannte ihre Empfindsamkeit, ihr außergewöhnliches Mitfühlen und wünschte, ihr das Leiden der Welt nur allmählich zu enthüllen.

3

Dr. Crane lebte allein in seinem kleinen, dunklen, von Kletterpflanzen umwachsenen Haus, betreut von dem alten Matrosendiener Tom Pearse, und duldete niemand anderen um sich. Er war beinahe sein ganzes Leben lang Schiffsarzt gewesen und nährte einen herzhaften Widerwillen gegen alles Weibliche. Nicht, daß er Frauen haßte, die krank waren – vorausgesetzt, daß ihr Leiden ein ernsthaftes war – denn dann betrachtete er sie nicht länger als Frauen, sondern als leidende Körper, für die er so tiefes Mitgefühl empfand, daß sie ihm fast geheiligt erschienen. Hatten sie Stellas Alter, dann waren sie eben keine Frauen, sondern einfach Kinder, obwohl er in seinem Innern für diese niemals das Wort «einfach» gebrauchte. Der alte Arzt verehrte die Kindheit ebenso, wie er den Sternenhimmel, das vom Wind durchwehte Korn, unberührten Schnee, und alle gesunden, frischen Dinge anbetete.

Die Liebe dieses eigenartigen alten Mannes war höchst widerspruchsvoll; denn er schenkte sie mit gleicher Leidenschaft sowohl dem Ideal als dessen Gegensatz – dem unversehrten Ganzen wie dem Gebrochenen, das am Wegrand lag. Aber für vorsichtige Menschen, die nicht aus Angst um den Gestürzten laufen konnten, die ihre Fenster gegen frische Luft geschlossen hielten und ihre Seelen, Herzen oder Börsen behutsam vor dem möglichen Eingriff einer schmerzhaften Wahrheit oder des Mitgefühls hüteten – für die Ausweichenden, Gleisnerischen, die Tagediebe und Egoisten hatte er lediglich eine so beißende Verachtung, daß nur wenige solcher Patienten ihn ein zweites Mal riefen. Das machte ihm nichts aus. Er wurde langsam alt und zog einen kleinen Patientenkreis vor. Es gab ja auch viele von der guten Sorte. Auf einen Simulanten, meinte er, kämen fünfzig Menschen, die ihre Schmerzen wie eine Fahne tapfer trügen, und auf einen Knauserer ein Dutzend Leute, die ihr letztes Geldstück hergeben würden, ohne ahnen zu lassen, daß es aus leerer Tasche kam. Dr. Crane hatte eine Vorliebe für junge Wesen, deren Geist und Herz er mit allen ihm zu Gebote stehenden Mitteln bearbeitete. Stella war noch sehr klein, als sie zu ihm kam, und so schnell als nur irgend möglich suchte er ihren Geist zu formen, ehe das häusliche Leben ihn ganz aufsaugen konnte. Aber ihr Herz ließ er völlig unberührt, weil er selbst, aus irgendeinem Grunde, mit verwundetem Herzen auf die Welt gekommen war. Seiner Ansicht nach brauchte dieses Organ Salben und keinen Hammer.

Stella trennte sich von Sol vor des Doktors Gartentor und lief mit dem sie umspringenden Daniel den gepflasterten Weg zwischen Rosmarin- und Lavendelbüschen bis zu der offenen Haustür. Dort blieb sie stehen und packte den Hund am Halsband.

«Komm schon herein!» schrie der Arzt ungeduldig aus dem Dunkel des Hauses. «Trödle nicht so! Wenn du meinst, dein Geist sei bereits gebildet genug, um so auf der Schwelle des Unterrichts herumzubummeln, dann sage es mir, und ich werde meine Zeit nicht weiter mit dir vergeuden. Aber wenn ...»

«Ich habe Daniel mitgenommen», unterbrach ihn Stella, die vor dem Doktor ebensowenig Angst hatte wie vor Vater Sprigg. Denn wirkte die Wut des einen belebend wie ein Südweststurm, so besaß die Gereiztheit des andern die erfrischenden Eigenschaften eines seiner eigenen Heilmittel. «Ich weiß nicht, was ich mit ihm anfangen soll.»

«Bei allen Teufeln, warum hast du dies verrückte dumme Vieh zu einer Unterrichtsstunde über den Tod des Sokrates mitgebracht?»

«Ich mußte es. Ich hatte es ihm versprochen.»

«Dann bring ihn herein und binde ihn am Tischbein fest.»

Stella bugsierte Daniel vorsichtig über die peinlich gescheuerten Fliesen des dunklen kleinen Vorraums bis zur offenen Tür des Studierzimmers. Nur bei ganz schlechtem Wetter hielt Dr. Crane vielleicht eine seiner Türen geschlossen. Des Arztes passionierte Gastfreundschaft fand ihresgleichen nur in seiner Leidenschaft für frische Luft. Das Studierzimmer war ebenso sauber wie der Vorraum, aber Gott sei Dank nicht ganz so dunkel und leer. Steinfliesen bildeten den Fußboden, und eine Unzahl Bücher bedeckten die Wände. In der Mitte stand ein Tisch aus spanischem Kastanienholz, mit zwei wundervoll geschnitzten Stühlen zu beiden Seiten. Einer davon, der den Rücken gegen das Fenster kehrte und keine Kissen hatte, war des Doktors Sitz. Aber der dem Licht zugewandte Sessel war recht behaglich gepolstert. Patienten, Schüler und viele Leute, die des Arztes Rat auch in andern Fragen als beruflichen einholten, saßen auf diesem Stuhl. Während sie ihre Schwierigkeiten in die beruhigende Tiefe seines verstehenden Schweigens ergossen, beobachtete er ihre Gesichter in dem weichen Licht, das durch die fleckenlosen Musselinvorhänge des Fensters drang. Und er lernte mehr aus den Schatten um die Augen und dem Ausdruck des Mundes als durch die Flut verwirrter Worte, die seine Ohren umschwirrten. Trotzdem hörte er aufmerksam zu, erfaßte schnell sowohl die zögernd hervorgebrachte Wahrheit wie die glatten Ausflüchte. Ungeachtet seiner angeborenen Ungeduld unterbrach er seine Besucher niemals, ehe das letzte Wort gesprochen war. Er wußte, daß so ein Sturzbach von Worten, wie ausfließendes Blut, Gift wegwaschen konnte.

Das Zimmer hatte einen Kamin und daneben einen mit Tannenzapfen gefüllten Korbfeuerrost. Pfeifen, Tabakdosen und Medizinflaschen waren auf dem Kaminsims aufgestapelt, darüber hing ein Kupferstich, der einen der drei Helden des Doktors darstellte: Lord Nelson, seinen einstigen Schiffskameraden. Der Schreibtisch stand in einer Ecke des Zimmers, in der andern ein großer, verschlossener Schrank für Arzneien, Verbandszeug und Schienen. Ein Stich von Shakespeare und einer von der Büste des Sokrates – seinen zwei anderen Helden – hingen darüber. Der Doktor besaß keinen Operationsraum, er lebte, studierte, unterrichtete und heilte in diesem Zimmer. Aber auf der anderen Seite der Halle befand sich ein Eß- und Wohnzimmer, das als Warteraum für die Patienten diente. Der alte Herr nahm darin nie seine Mahlzeiten ein, außer wenn er Gäste hatte; er tat es stets an seinem Studiertisch, umgeben von seinen Büchern, und studierte, während er aß. Sein Hunger nach Wissen ließ ihm keine Ruhe, war seine Plage und Freude zugleich.

Als Stella eintrat, sah der Arzt von dem dicken Band auf, worin er gerade las, zeigte auf den Stuhl gegenüber und vertiefte sich weiter in die Lektüre. Die Kleine band Daniel an das Tischbein, setzte sich und wartete geduldig, bis er mit seinem Abschnitt zu Ende war und sich ihr widmen konnte. «Höre nie mitten in einem Absatz auf», hatte er einmal zu ihr gesagt, «außer es gehe um Wohl oder Wehe eines Mitmenschen – oder um deinen eigenen plötzlichen Tod. Beende eine Sache so vollkommen als nur möglich, ehe du deine Aufmerksamkeit einer anderen zuwendest, selbst wenn es der Einbruch des Feindes wäre, und lasse gleiches Recht für die andern gelten. Geteilte Aufmerksamkeit führt zu geistiger Verschwommenheit und macht die Leute frühzeitig greisenhaft. Du bist gewarnt, Stella, ein für allemal.»

Und er hatte diese Bemerkung nicht wiederholen müssen. Stella unterbrach ihn niemals. Sogar an dem Tage, als sie eine Wespe in die Wange gestochen hatte, las sie ruhig den Shakespeare-Vers zu Ende, ehe sie die Erlaubnis erbat, in der Küche eine rohe Zwiebel zu holen, um die gestochene Stelle einzureiben. Kein Lob wurde ihr für diese heroische Tat zuteil. Dr. Cranes Meinung war, daß der Wunsch nach Lob für bloße Pflichterfüllung eine besonders weibliche Schwäche sei, und er wollte Stella darin nicht ermuntern.

Während er den Absatz fertiglas, saß die Kleine still und aufrecht in ihrem Stuhl und studierte liebevoll seine Erscheinung. Sie konnte das Gesicht nicht genau sehen, da er das Licht im Rücken hatte. Aber auf dem Fenster hinter ihm zeichnete sich die Silhouette seines rauhen alten Kopfes und die mächtigen breiten Schultern wunderbar ab. Obgleich er beinahe siebzig Jahre zählte, war sein borstiges stahlgraues Haar immer noch dicht und üppig; nur an den Schläfen trat es ein wenig nach hinten, und er trug es, ordentlich zurückgebürstet, als kleinen Zopf im Nacken. Die heißen Sonnenstrahlen hatten während seines Seemannslebens die Haut mahagonifarben gebräunt, und mancherlei harte Erlebnisse hatten sie wie mit einem

Stechbohrer durchfurcht. Er besaß eine hohe, gewölbte Stirn, eine große, unschön gekrümmte Nase, die sich ein wenig nach rechts bog, und dunkle, durchdringende Augen unter buschigen Brauen. Der Kiefer machte einen streitlustigen Eindruck, der Mund jedoch war beweglich und feinfühlig. Dr. Crane ging stets sorgfältig rasiert, und die großen weichen Hände waren sehr gepflegt. Seine gutgeschnittenen, schäbigen Anzüge sahen ordentlich gebürstet aus, und die riesige Halsbinde leuchtete blütenweiß. Es gab einige kleine Eitelkeiten an ihm: ein Augenglas an einem feinen Seidenbändchen, eine Anzahl schöner alter Siegel, die an seiner Uhrkette hingen, und die frische Blume, die er stets im Knopfloch trug. Wie er so dasaß, erweckten sein bedeutender Kopf, die breiten Schultern und langen Arme den Eindruck, als sei er ein außergewöhnlich großer Mann. Stand er jedoch auf, so sah man, daß er sehr klein von Gestalt war. Seine gekrümmten Beine konnte man beinahe schon als mißgestaltet bezeichnen, und außerdem trug er einen kleinen Buckel. Als junger Mann mußte der Doktor peinlich grotesk ausgesehen haben. Aber nun im Alter schienen gerade seine Gebrechen das Eindrucksvolle an ihm zu verstärken, indem sie und die ruhige Hoheit des Gesichtsausdrucks Zeugnis dafür ablegten, daß hier ein Mann stand, der den Kampf gegen einen ungleich stärkeren Gegner gewonnen hatte.

Nun war Dr. Crane am Ende des Abschnitts angelangt; er schloß das Buch, sah auf und begegnete dem zärtlichen Blick des Kindes ihm gegenüber. Manche Leute schlugen die Augen nieder, wenn sie sein Blick traf. Andere begannen unruhig zu werden, sobald sie den enthüllenden Strahl auf ihren Gesichtern spürten. Stella tat keines von beiden. Sie hatte nichts zu verbergen. Das stille, liebliche Gesichtchen schien das Licht seiner Augen zurückzustrahlen, wie die Oberfläche eines Teiches, dem man bis auf den Grund sehen kann. Des alten Mannes Züge zogen sich jäh zusammen. Gott, wie liebte er dieses Kind. Er, als Arzt und Chirurg, hätte seine geschickte Rechte hergegeben, um die Kleine so zu erhalten, wie sie war, unverdorben und glücklich. Glücklich? Aber sie war es ja gar nicht. Obgleich sie jetzt lächelte, daß die beiden Grübchen sichtbar wurden, war sie nicht die Stella der letzten Unterrichtsstunde. Es fehlten die Lichter in ihren Augen. Das schmale braune Gesicht zeigte eine unbekannte Reife, ein sehnsüchtiger Zug lag um den Mund, den er noch nie bemerkt hatte. Irgendein neues Erlebnis war ihr widerfahren. Man hatte ihr von einem alten Kummer erzählt, oder sie war mit einem Menschen in Not zusammengetroffen; ihrem Wesen entsprechend hatte sie in jener Vergangenheit gelebt oder mit dem Unglücklichen gelitten. Der Arzt sagte nichts. Es lag nicht in seiner Art, Vertrauen durch Fragen zu gewinnen, es wurde ihm stets durch die unausgesprochene Aufforderung seines großen Mitfühlens geschenkt. Aber er beschloß plötzlich, jedwede Bemerkung über den Tod des Sokrates zu unterlassen. Er hatte mit der Kleinen sorgsam ausgewählte Stellen aus Phaidon durchgenommen. Aber heute würde er ihr nichts über das Sterben jenes «höchst edlen, sanftmütigen und hervorragenden Mannes» erzählen. Statt dessen schlug er das offene Buch vor sich zu, hielt das Glas an die Augen und sah sie heiter an. «Möchtest du eine Geschichtsstunde im Wagen nehmen, Stella?»

Das Gesichtchen der Kleinen erstrahlte in Seligkeit. Ab und zu, als besonderen Hochgenuß, wenn der Doktor einen entfernt wohnenden Patienten zu besuchen oder etwas Geschäftliches in einem der Nachbardörfer zu erledigen hatte, nahm er sie mit sich. Und während sie dahinfuhren, erzählte er von der historischen Vergangenheit des schönen Landes, plauderte von den Legenden, die sich mit den Häusern, Kirchen, Quellen und Brücken verbanden, an denen sie vorbeikamen. Er war der geborene Erzähler. Ebenso Stella. Diese gemeinsame Vorliebe für Geschichten hatte sie zu seiner Schülerin gemacht.

4

Vor drei Jahren, als der Doktor eines Abends den Hof verlassen wollte , nachdem er Mutter Sprigg besucht hatte, die an einer plötzlich auftretenden, schlimmen Kolik litt, fand er Stella am Tor des Blumengartens. Sie sah nach den Sternen hinauf. Es war schon kalt und dunkel, und ohne das allgemeine Durcheinander im Haus hätte man sie längst schon vor einer Stunde zu Bett geschickt. So stand sie aber noch da, den Mantel leicht übergeworfen, fühlte sich anscheinend weder verlassen noch ängstlich und war völlig versunken in die Herrlichkeit über ihr. «Das ist der Große Bär», teilte sie ihm mit. «Ich habe mir eine Geschichte über ihn ausgedacht. Soll ich sie Ihnen erzählen?»

Er wollte sie gerne hören und war entzückt, als das Kind ihm eine lustige kleine Geschichte zum besten gab. Dann zeigte es auf einen anderen, glänzenden Stern. «Wie heißt der?»

«Das ist der Jäger Orion», sagte der Arzt. «Siehst du, der Große Bär hat ein Auge auf ihn, aus Angst, erschossen zu werden. Die da sind Castor und Pollux, zwei Brüder, berühmt wegen ihrer innigen Liebe zueinander. Um die Erinnerung an sie unsterblich zu machen, reihte Zeus sie unter die Sterne ein.»

«Gibt es noch andere Leute und Tiere unter den Sternen?» fragte die Kleine.

«Sehr viele», erwiderte er. «Komm einmal zu mir in den nächsten Tagen, dann lese ich dir eine Geschichte über einen Mann namens Trygaeus vor, der einen Ausflug in den Himmel unternommen hat und herausfand, daß wir alle nach unserem Tod zu Sternen werden.»

Danach hatte er der Kleinen befohlen, der Kälte wegen ins Haus zu laufen, und war heimgekehrt, ohne weiter über die kleine Begebenheit nachzudenken. Aber am folgenden Tag, als er sich nach seinen Patientenbesuchen gerade zu einer Tasse heißen Tees, Toast und Butter in seinem Studierzimmer niederlassen wollte, klopfte es an die Tür. Er machte auf und fand Stella mit Hodge an der Schwelle. Ihr roter Mantel leuchtete wie eine Mohnblume aus der Dämmerung. «Tut dir etwas weh?» erkundigte er sich. «Nein», antwortete die Kleine. «Ich komme nur, um das über Trygaeus zu hören.» Sie wußte den Namen noch ganz genau. Doktor Crane nahm sein Augenglas und betrachtete sie angelegentlich. Er hatte sie immer als aufgewecktes kleines Mädchen gern gehabt, jetzt aber kam sie ihm ganz erwachsen vor.

«Wer hat dich hergebracht?» wollte er wissen.

«Hodge», antwortete sie.

«Du bist aber noch nie hier gewesen. Wie hast du mein Haus gefunden?»

«Ich habe im Dorf danach gefragt», erwiderte Stella. «Bitte, darf ich hereinkommen und jetzt etwas über Trygaeus erfahren?»

Der Arzt schickte seinen Diener Pearse nach dem Hof, um das Ehepaar Sprigg zu benachrichtigen, daß die Kleine bei ihm sei, nahm sie und Hodge ins kerzenerleuchtete Studierzimmer und fütterte die beiden mit Tee und gebuttertem Toast. Sie aßen sehr ordentlich, sprachen wenig, fühlten sich aber völlig daheim. Nachher rückte der Arzt die Stühle ans Kaminfeuer – Hodge lag zu ihren Füßen – und schlug den «Frieden» des Aristophanes auf. Er und Stella machten mit Trygaeus die Reise in den Himmel und wieder zurück und hatten allerhand Erlebnisse mit den strahlenden Geistern, die vielleicht eher Doktor Cranes Phantasie entstammten, als von Aristophanes waren. Zum Beispiel das Zusammentreffen mit jenen sieben kleinen Mädchen, den Plejaden, gab es sicher nicht in dem Buch. Stella lachte sehr über die Geschichte und stellte eine Unmenge Fragen. «Wer ist der Mond?» war eine davon.

«Die Persönlichkeit des Mondes konnte nie mit absoluter Sicherheit festgestellt werden», war die ernsthafte Antwort. «Die Inder sagen, er sei ein vornehmer Hase gewesen, der auf Erden ein so vorbildliches Leben geführt hatte, daß er im Himmel in ein riesiges Licht verwandelt wurde. Die Eskimos wiederum wollen wissen, er sei ein junges Mädchen; wir halten ihn für einen Mann, einen alten Mann, der ein Reisigbündel trägt.»

«Ich glaube, er ist ein Junge», bemerkte Stella. «Ein Junge, nicht viel größer als ich, mit einem Sack voll Spielzeug auf dem Rücken. Ich wollte, er käme herunter, um mit mir zu spielen. Kommen die Sternmenschen je wieder auf die Erde zurück?»

«Auch darüber kann ich dir keine genaue Auskunft geben», sagte der Doktor, «doch scheint es mir nicht unmöglich.» Er setzte nochmals sein Augenglas zurecht und betrachtete die Kleine gedankenvoll. Die letzte Bemerkung ließ ihn vermuten, daß sie ein einsames Kind war. Mutter Sprigg hatte ihm erzählt, daß zwischen ihr und den Dorfkindern kein sehr gutes Einvernehmen bestand; ein Versuch, sie in die Ortsschule zu schicken, war mißglückt und fallengelassen worden. Sie hatte zu schnell und leicht gelernt, und die anderen Kinder quälten sie deshalb.

«Das ist eine andere Sprache, nicht Englisch», sagte Stella und legte ihre schmale braune Hand auf das Buch, welches immer noch auf des Doktors Knie ruhte. «Was ist es?»

«Griechisch», erwiderte der alte Mann.

«Lesen Sie mir ein bißchen daraus vor», befahl die Kleine.

Der Arzt war ein begeisterter Klassiker und sprach ihr möglichst deutlich ein paar griechische Sätze vor.

«Das gefällt mir», meinte Stella. «Bitte, Herr Doktor, würden Sie mich diese Sprache lernen lassen?»

An jenem Abend brachte er die Kleine heim und bat Mutter

Sprigg, sie unterrichten zu dürfen. Er hatte es sich so fest vorgenommen, daß Mutter Sprigg, die sich immer noch etwas geschwächt von ihrer Kolik fühlte, einverstanden war, ohne ernstlich über die Sache nachzudenken – ein Umstand, den sie später bereute.

Aber Stella und der Doktor hatten nichts zu bereuen. Von diesem Tage an bestand zwischen ihnen eine der vollkommensten menschlichen Bindungen, jene zwischen Lehrer und Schüler, die aus der gemeinsamen Liebe zum Studium eine Liebe zueinander erblühen läßt, so bar jeglicher Selbstsucht und persönlicher Leidenschaft, wie es eben nur dieses Gefühl sein kann. Denn Lehrer und Schüler wollen nichts anderes voneinander als gegenseitige Hingabe an das gemeinschaftliche Ziel.

6. Kapitel

I

Stella zog den Mantel wieder an und band Daniel vom Tischbein los, während Dr. Crane Tom Pearse beauftragte, das Pferd anzuspannen. Zehn Minuten später – nachdem sie dem alten Sol in der Hufschmiede eingeschärft hatten, nicht auf Stella zu warten – fuhren die beiden durch das Dorf dem Meer entgegen. Stellas Gesichtchen glühte vor Freude. Obgleich sie nur einige Meilen von der See entfernt lebte, sah sie diese nur selten, außer von ferne. Vater und Mutter Sprigg hatten keine Zeit für Vergnügungsfahrten. Sie fühlten sich so vollkommen eins mit der sie umgebenden schönen Natur, daß sie sie nie besonders betrachteten. Das ferne Rollen der See in stürmischen Nächten, der Meerwind, der durch die offenen Fenster blies, war ebenso ein Teil ihrer selbst wie ihr eigener Atem. An das Meer zu gehen, nur um es anzusehen, hätten sie einfach für Schwachsinn gehalten. Aber Stella hatte die Gabe des Staunens mit in die Wiege bekommen, und die Tatsache, daß etwas ein Teil von ihr selbst war, hinderte sie nicht, ihn mit Ehrfurcht und Entzücken anzuschauen. Es gab Zeiten, in denen sie sich selbst als das erstaunlichste aller Dinge erschien.

Der Kleinen – an die langsam sich fortbewegenden Arbeitspferde und Fuhrwerke des Hofes gewöhnt – kam die Fahrt im Cabriolet wie ein Fliegen vor. Der Sitz zwischen den zwei großen Rädern, durch Ledergurte über den gebogenen Federn gehalten, schwang wundervoll auf und ab, indes Äskulap, des Doktors schöner grauer Wallach, frisch dahintrabte. Der Arzt, in seinem braunen Kragenmantel, den hohen Biberhut an einer Seite etwas aufgebogen, das Augenglas eingeklemmt, fuhr gut, und Stella, die kerzengerade in ihrem roten Mantel an seiner Seite saß, war sich entzückt bewußt, ein Teil dieses eleganten Gefährts zu sein. Daniel, auf dem Boden zwischen den beiden, steckte die Nase unter der Decke hervor, die ihre Knie bedeckte, sein schrilles, aufgeregtes Winseln durchschnitt die Luft, er peitschte ihre Beine mit dem Schwanz, benahm sich aber sonst anständig. Hodge an seiner Stelle wäre ganz ruhig gelegen, hätte nicht einen Laut von sich gegeben; aber Hodge war eben ein Herr, und Daniel war keiner.

Sie durchfuhren das Dorf. Der Doktor beantwortete die freundlichen Grüße der Bewohner, indem er die Peitsche an den Hutrand hielt, und verlangsamte das Tempo, als sie zu dem steilen, ausgefahrenen Karrenweg kamen, der durch den Hangman-Wald führte. Der Name bezog sich auf die Galgen, die bis vor kurzem noch an der nahe Straßenkreuzung gestanden hatten. Es war wirklich ein schöner Wald, Eichen, Eschen und Birken wuchsen nahe beieinander, darunter ein dichtes Gestrüpp von Brombeer- und Haselnußstauden. Dennoch hatte er einen schlechten Ruf, und es hieß, er sei nach Sonnenuntergang der Schlupfwinkel für Wegelagerer. Heute sah er aber wundervoll aus. Das Sonnenlicht fiel auf das Gold der knorrigen Eichen und die schlanken, silbrigen Stämme der Birken wie auf die roten Blätter der Brombeerranken. Stella, wohlgeborgen im Wagen, wunderte sich, daß es Leute gab, die einen so lieblichen Ort mieden.

Sie nahmen die Höhe und befanden sich wieder im offenen Land, rollten zwischen grünen Wiesen Smoky entgegen. Stella durfte niemals allein nach Smoky gehen, weshalb der Anblick der weißen Häuschen, die verloren und doch lustig in den Dahliengärten herumzuschwanken schienen, des grell bemalten, im Winde flatternden Wirtshausschildes sie bis ins Innerste erbeben ließ. Auch hier hatte der Doktor Freunde. Eine kleine alte Frau, die in einem Gärtlein Wäsche aufhängte, lächelte ihm zu; ein rotbärtiger Riese von weltmännischem, aber verdächtigem Aussehen, in einer Matrosenhose und zerlumptem Hemd, lehnte in der Tür des Gasthauses, winkte mit der Tonpfeife in die Richtung des Doktors und rief ihm einen Gruß zu. Vor diesen beiden zog der Arzt den Hut, ohne irgendwelches Zeichen von Spott in seinem Benehmen. «Großmutter Bogan – eine brave Frau, wennschon die Leute sagen, sie sei eine Hexe», erklärte er. «Und unter allen Gaunern meiner Bekanntschaft – weiß Gott, sie sind recht zahlreich – würde ich George Spratt auswählen, um mir aus einer kitzligen Lage zu helfen!»

Nun fuhren sie ganz langsam die Straße bergab; zu beiden Seiten umsäumten sie hohe Böschungen mit Stechginster und sturmgekrümmten Eichen, deren Äste ein Gewölbe bildeten. Es ging so steil hinunter, daß man zwischen den grauen, mit Flechten bedeckten Zweigen das Meer sehen konnte – blaßblau und aquamarinfarben, weich wie Seide, mit goldenen Lichtern darauf. Dann wandte sich die Straße nach links, wurde ebener, machte einen Bogen um den Hügel herum, die Böschung endete in einer niederen Steinmauer, und die Torbay lag ausgebreitet zu ihren Füßen. Dr. Crane hielt den Wagen an. «Schau nach Herzenslust, Stella», sagte er freundlich. «Ich bin von einem Ende des Mittelmeers zum anderen gesegelt, habe aber nirgends einen so herrlichen Anblick wie hier getroffen. Meiner Meinung nach können es die Bucht von Neapel, die Küsten Korsikas und Griechenlands nicht mit dieser hier aufnehmen. Bleib ruhig. Schau soviel du magst.»

Die Küste bog sich wie ein Halbmond um das glänzende Meer, von den Felsen hinter Torquay zu den amethystfarbenen Höhen von Berry Head über dem alten Hafen von Brixham. Die Sicht war so klar, daß sie auch noch die hohen alten Häuser von Brixham, die den felsigen Hang hinter dem Hafen hinaufkletterten, wahrnehmen konnten, dazu die prächtigen Schiffskörper und hohen Masten zweier Fregatten, die dort vor Anker lagen und deren Segel herabhingen, um zu trocknen. Torquay sah aus wie ein Märchenort, den man mit einer Hand hätte umfassen können. Die Gruppe kleiner Häuschen dicht am Meer, großartig «der Strand» benannt, der Schiffsbauerhof und Hafen, alles war ganz deutlich erkennbar. Jetzt, da die Flotte so oft nach der Torbay kam, baute man dort nette Häuschen für die Frauen der Offiziere, ein wenig landeinwärts, hinter den Bäumen versteckt. Der reizende kleine Ort war von Hügeln umgeben: Warbury, Waldon, Lincombe, Peaked Tor, Park Hill und Beacon Hill. In den tiefen lieblichen Tälern zwischen den Hügeln sangen im Frühling die Vögel so lärmend, daß man meinte, die Hügel selbst sängen.

Wenn man von Torquay die Bucht entlang kam, umsäumten Sandsteinfelsen und grünes Weideland das Meer mit einem Band aus Rot und Grün. In den Feldern zwischen Torre Abbey und der See graste Rotwild hinter dem starken Deich, den Abt George Carey errichtet hatte, um sein Land gegen das Wasser hin zu schützen. Stella konnte gerade noch die Abtei zwischen den Bäumen erkennen, mit der Torre-Kirche und der St.-Michaels-Kapelle, die von ihrem Hügel herabsahen. Die alte Mole des kleinen Weilers Livermead lief in der Mitte der Bucht ins Meer hinaus, genau dort, wo einst ein Wald von der See überschwemmt worden war. Stella durchdrang stets ein Schauern, sobald ihr dieser Wald in den Sinn kam, und manchmal, wenn sie abends nicht einschlafen konnte, dachte sie sich Geschichten über ihn aus ... Sie fragte sich, ob darin vielleicht eine kleine Kapelle gestanden habe, wie die St.-Michaels-Kapelle oberhalb der Abtei, und ob man in stürmischen Nächten wohl die Glocke im Turm läuten gehört habe ... In der Nähe der Sandbank von Torre Abbey konnte man bei Ebbe noch heute die Wurzeln von Bäumen sehen, und Fischer fanden in ihren Netzen immer noch ab und zu Teile von Hirschgeweihen verstrickt.

Von dem Häuflein Hütten, aus dem Livermead bestand, liefen zwei Straßen durch Felder und Dickicht einerseits nach Cockington, andererseits zu dem Dörfchen Paignton. Letzteres, linker Hand gelegen, war viel älter als Torquay und betrachtete den reizenden kleinen Ort mit seinem blütenreichen Strand als Emporkömmling. Paignton war berühmt für allerhand Dinge; für seinen Kohl, seine wundervolle Kirche aus dem fünfzehnten Jahrhundert und für den Palast des Bischofs von Exeter, der inmitten einer großen Wiese neben der Kirche stand und unter dessen Fenstern Schafe das Gras abrupften. Manche Leute erzählten, daß Miles Coverdale, Bischof von Exeter, hier seine Bibelübersetzung gemacht habe. Ob das nun stimmte oder nicht, jedenfalls war es ein Ort der Ruhe und des Friedens, und so auch der alte Hafen mit seinen strohgedeckten, dichtgedrängten Häuschen.

«Das Meer sieht so sanft aus», sagte Stella endlich, «man würde nicht denken, daß es schwarz und grausam werden und Menschen verschlingen kann, nicht wahr?»

Der Doktor sah sie scharf an, dann trieb er das Pferd mit der Peitsche an, und sie fuhren die Straße hinab.

«Wohin fahren wir?» wollte Stella wissen.

«Ich muß einen Kranken in Torre Abbey besuchen», gab der Arzt zur Antwort.

«Torre Abbey», rief die Kleine. Es war das größte Haus in der Nachbarschaft, noch größer als Cockington Court. Für Stella bedeutete das, als ob der Doktor gesagt hätte, sie führen nach Windsor Castle. «Ist Sir George oder seine Frau krank?»

«Sie würden nicht einen alten ausgedienten Arzt rufen, wenn sie es wären», lachte Dr. Crane. «Wir geben es nicht so nobel, mein Schatz. Sie haben einen Diener, einen ehemaligen Schiffskameraden von mir. Er ist krank und leidet an dem Wahn, daß nur ich ihn wieder auf die Beine bringen könne. Ich habe ihm einmal geholfen, als wir beide unter Nelson auf der ‹Agamemnon› Dienst taten – damals wurde er während der Belagerung von Bastia hoch in die Luft geschleudert. Ich bezweifle sehr, ob er das je überwunden hat, der arme Teufel.»

Der Arzt hielt kurz inne. Er sprach nie zu Stella von den Greueln des Krieges. Diesmal aber war es mit Absicht geschehen. Nach dem, was sie ihm über das Meer gesagt hatte, glaubte er zu ahnen, was sie bedrückte.

«Ist es sehr schrecklich, in die Luft geworfen zu werden?» fragte sie mit hoher, gepreßter Stimme.

Er hatte also recht geraten, sie wußte um den Tod ihrer Mutter. Besorgt blickte er die Kleine an. Ihr Gesicht sah bleich aus vor dem Hintergrund des schimmernden Meeres und blauen Himmels, und der alte Mann war sehr ärgerlich. Man hatte es ihr viel zu früh erzählt. So oft hatte er Mutter Sprigg gebeten, ihr nichts zu sagen, ehe sie mindestens zwölf Jahre alt sei. Diese aber, eifersüchtig auf seinen Einfluß bei dem Kind, blieb hartnäckig darauf bestehen, daß sie am besten beurteilen könne, wann Stella alles zu erklären sei. Der Doktor sprach kein Wort, bis sie die Höhe erreichten und die Straße weiterholperten, die durch Wiesen und Wäldchen nach der Abtei führte. Dann sagte er: «So weißt du also von deiner Mutter?»

Stella nickte. Sie merkte, daß er durch sein Mitfühlen ihr Vertrauen zu gewinnen suchte, und war froh, es ihm geben zu können. «Ich fragte Mutter Sprigg danach. Irgendwie spürte ich, daß ich nicht Mutter Spriggs richtiges Kind bin ... ich konnte mich an andere Dinge erinnern ... und so fragte ich eben.»

«Und als du von deiner rechten Mutter hörtest, warst du unglücklich, nicht wahr?»

«Zuerst war es nicht so schlimm. Aber nachher, als ich Zachary Mond gesehen hatte, und als er wieder fortgegangen war und ich im Bett lag, schien alles so wirklich.» Sie suchte ein wenig verzweifelt nach Worten. «Gerade, als ob ich in ihrer Haut steckte. Nur war es noch schrecklicher, wenn ich nicht in ihnen war.»

«Wer ist Zachary Mond?» erkundigte sich der Doktor.

Stella erzählte ihm von Zachary. Sie sagte ihm nicht, daß er ihr wie die andere Hälfte ihres Wesens erschienen war; denn dafür fand sie nicht den rechten Ausdruck. Er erfuhr nur den realen Teil des Erlebnisses. Da er Stella dazu erzogen hatte, Geschichten richtig zu erzählen, ließ sie auch nicht die geringste Kleinigkeit aus – von Hodges Haar an, das sich unter ihrer Hand sträubte, bis zu Zacharys hinkendem Fortgehen in die finstere Nacht.

«Weg, in das Dunkel, wie deine Mutter», sagte der Arzt still, als sie geendet hatte. «Irgendwohin, außerhalb des Lebens, das du kennst, wohin du ihnen nicht folgen und nicht länger sie selbst sein kannst. Und, nicht wahr, es ist noch härter, nicht sie selbst sein zu können, als das Gegenteil?»

Stella sah zu ihm auf, nickte und machte große erstaunte Augen, weil er sie so gut verstand. Dr. Crane zermarterte sich den Kopf, wie er dem Kind am besten helfen könne. «Ich glaube, ich weiß, wie dir zumute ist, mein Herz. Wenn man fühlt, was mit Menschen geschieht, kann man im Geiste sie selbst sein und ihnen Gesellschaft leisten. Aber wenn sie an einem Ort sind, wo man nicht ahnt, was ihnen begegnet, kann man es nicht. Immerhin muß man nicht ganz genau wissen, was die Menschen tun und fühlen, um ihnen helfen zu können. Dein eigenes Leben erscheint dir wie ein kleines beleuchtetes Zimmer, rundherum tiefe Finsternis, und du kannst in dieser Dunkelheit nicht sehen, was sich dort ereignet. Aber Licht und Wärme können aus deinem Kämmerchen in die Nacht draußen gelangen, wenn du dein Fenster nicht selbstsüchtig zumachst, ein warmes Feuer unterhältst und so viele frohe Kerzen ansteckst als nur möglich. Verstehst du, was ich meine?»

Stella nickte langsam. «Ja, Sie meinen, meine Mutter wäre glücklicher, wenn ich glücklich bin?»

«Das war's, was ich meinte. Und dieser Zachary Mond und alle anderen unglücklichen Strolche werden tapferer sein, wenn du deinen Mut bewahrst. Du wirst vielleicht finden, daß so etwas wunderlich klingt, aber es ist die Wahrheit. Hast du Schläge bekommen, weil du den jungen Strauchdieb gefüttert hast?»

Stella wußte nicht, daß der Doktor ihre verbundene Hand bemerkt hatte. Aber sie war ihm natürlich nicht entgangen. Er sah immer alles. «Ich habe Vater Sprigg gebeten, mich zu schlagen, statt mir zu verbieten, meine Stunden zu nehmen. Er wollte zuerst nicht, dann tat er es aber doch.»

Dr. Crane gab durch ein Nicken zu verstehen, daß er sowohl Stella als Vater Sprigg Anerkennung zollte.

«Aber Zachary ist kein Strauchdieb und auch kein Strolch», fuhr die Kleine fort.

«Was ist er dann?» fragte der Arzt. Er versuchte, sich über diesen Zachary etwas Klarheit zu verschaffen, der dem Knaben auf dem Mond so rätselhaft glich, den sich schon die dreijährige Stella als Spielkameraden gewünscht hatte. Die beiden schimpflichen Bezeichnungen waren lediglich ein Lockmittel gewesen.

«Er hatte zerrissene Kleider, aber man konnte sehen, daß er nicht gewöhnt war, in Lumpen zu gehen. Und dann bat er mich um mein Taschentuch, weil er nicht geschickt genug ist, sich ohne ein solches die Nase zu putzen, wie der alte Sol es tut. Außerdem hat er nur um Essen gebeten, weil ihm vor lauter Hunger der Magen schlapp war, er mußte einfach etwas zu essen kriegen. Er wollte kein Geld; Strolche betteln immer um Geld. Und er aß nicht wie Sol und Madge oder auch Vater Sprigg; es war, ja, es war so die Art, wie Sie essen.» Stella musterte den Doktor gedankenvoll, dann nickte sie. «Ja, er war wie Sie.»

«Was? Er hatte eine gebrochene Nase, ein Augenglas und das Gesicht voller Falten?»

«Nein, nicht wie Sie zum Ansehen.» Sie zerbrach sich den Kopf, dann stieß sie auf die Art der Ähnlichkeit ... «Man konnte ihm glauben. Hodge wußte es, hörte auf zu knurren und wedelte gleich danach mit dem Schwanz. Aber ich denke, ich hätte es auch bald gemerkt, selbst wenn Hodge nicht dabeigewesen wäre. Wissen Sie, so wie einem bei Menschen wie Ihnen und Zachary zumute ist – man fühlt sich sicher.»

Dr. Crane nahm den Hut ab, in Anerkennung des schönsten

Kompliments, das ihm je von einer Dame zuteil geworden war, und fand, daß er nun genug über Zachary wußte, um sich dieses unglücklichen jungen Mannes etwas anzunehmen. Er brannte darauf, seine Bekanntschaft zu machen. Rasch wechselte er den Gesprächsstoff.

«Nun, mein Schatz, kränke dich nicht weiter. Was immer auch deine Mutter leiden mußte, es ist längst vorbei, für immer. Sie ist glücklich, wo sie ist, und wird es noch mehr sein, wenn sie weiß, daß du es auch bist. Was diesen Zachary anbelangt, so scheint er ein außerordentlich begabter junger Mann zu sein, imstande, sich eine Mahlzeit und ein Taschentuch zu verschaffen, wenn er es braucht. Gewiß wird er früher oder später wieder auf die Beine kommen. Außerdem habe ich dir gesagt, wie du ihm mittlerweile helfen kannst ... Das ist die Abtei. Hast du je die Geschichte ihres Baues gehört?»

Stella sah auf und schüttelte den Lockenkopf. Die Aussicht auf eine Geschichte ließ die Lichter in ihren Augen wieder aufleuchten. Nun waren sie bei den Feldern angelangt, in denen sie vorher das Rotwild hatten äsen sehen. Die Straße wand sich zwischen Eichen und Birken dahin, mächtigen Baumriesen, die sich aber alle durch den vom Meer her wehenden Wind nach einer Seite bogen. Rechter Hand konnte man durch die Bäume den starken Deich sehen, der das Meer zur Zeit der wilden Winterstürme bändigte. Linker Hand und vor ihnen stand die Abtei, umgeben von Bäumen; die alten Klostergebäude umfaßten das später erbaute Herrenhaus, das Pförtnerhäuschen, die alte Scheune, Turm und Ruinen der Kirche mit dem Obstgarten angrenzend und dann die St.-Michaels-Kapelle droben auf dem Hügel hinter dem Obstgarten, die über allem Wache hielt. Zu dieser Kapelle fühlte sich Stella besonders hingezogen, fast als ob sie ihr gehörte.

2

«Es war einmal», begann Dr. Crane im löblichen Erzählerstil, «in den Tagen des Richard Löwenherz. Da lebten ein Mann und ein Mädchen in dieser Gegend, die liebten sich sehr. Der Mann hieß Hugh de Bruière; als Abkömmling eines normannischen Ritters hatte er sich hier nach der Eroberung niedergelassen. Das Mädchen war Lady Hester, aus dem Hause Ilsham – sie lebte in dem alten Schloß jenseits Torquay. Die beiden gelobten sich ewige Treue. Dann nahm der Ritter an den Kreuzzügen teil, und Lady Hester saß in ihrer Kemenate im Schloß Ilsham, sah auf das Meer hinaus und betete den Rosenkranz für die glückliche Heimkehr des Geliebten. Aber de Bruière war nicht der einzige Mann, der sie liebte; es gab einen anderen, de Pomeroy, der in Berry Pomeroy Castle, in den Wäldern jenseits Weekaborough Farm, hauste, ein Kerl, der nicht so vertrauenswürdig war wie Zachary Mond. Auch er hatte sich den Kreuzzügen angeschlossen, zusammen mit Hugh de Bruière. Doch ein Jahr später tauchte er wieder in Ilsham auf mit einer Botschaft, die ihm de Bruière für Lady Hester anvertraut hatte. Er richtete sie aber nicht aus. Im Gegenteil, er erzählte eine lange Räubergeschichte, daß de Bruière von den Sarazenen ermordet worden sei, und Lady Hester schenkte ihm Glauben. Danach warb er feurig um sie, und das Jahr darauf waren die beiden verheiratet.»

«Na!» rief Stella empört aus. «Sie hätte doch gescheit genug sein sollen, um zu merken, daß er log, nicht wahr?»

«Das viele Rosenkranzbeten und Auf-das-Meer-Schauen muß sie wohl um den Verstand gebracht haben», antwortete der Doktor; es fiel ihm keine andere Ausrede ein. «Zweifellos war sie ein dummes, hübsches Mädchen und leicht zu überreden. Nun, wie ich sagte, heiratete sie de Pomeroy; aber in der Hochzeitsnacht segelte ein Schiff in die Torbay ein, legte Anker, ein Boot wurde herabgelassen, und ein Ritter kam an Land.»

«Hugh de Bruière!» stieß Stella atemlos hervor.

«Derselbe. Er sah das hellerleuchtete Schloß von Ilsham und fragte die Fischer, was das zu bedeuten habe. Niemand weiß, was er erwiderte, als er den Grund der Beleuchtung erfuhr, noch was sich daraufhin ereignete. Jedoch war de Bruière ein heißblütiger Mann. Am nächsten Morgen zog man den Leichnam de Pomeroys aus dem Dart-Fluß. In seinem Herzen steckte ein Dolch. Es war gewiß sehr bedauernswert, aber ich halte es mit Hugh, du nicht auch?»

Stella nickte eifrig und zustimmend. «Und dann heiratete ihn Lady Hester?»

Der Arzt lachte in sich hinein. «Du würdest es so gehalten haben? Jedes vernünftige Mädel hätte so gehandelt. Indes scheint Lady Hester ebenso kleinmütig wie dumm gewesen zu sein. Sie bekam die

Auszehrung, weil ich nicht da war, um ihr zu helfen, und schließlich starb sie.»

«Und was tat dann de Bruière?»

«Was die meisten heißblütigen Herren tun, die erst handeln und nachher denken: er wünschte, er wäre nicht so voreilig mit dem Dolch gewesen. Immer stärker wurde dies Gefühl, bis er schließlich unter jenem peinlichen Gemütszustand zu leiden begann, den man Reue nennt. Da er aber ein vernünftiger Mann war, siechte er nicht dahin wie seine Geliebte, sondern nahm sich vor, etwas Positives zu leisten, um für seine Sünde zu büßen. Er wußte, daß in der Gegend viele unwissende arme Leute lebten. Es gab weitherum niemand, der sie etwas lehren oder ihnen helfen konnte, wenn sie krank oder in Schwierigkeiten waren. Außerdem wimmelte es von Dieben, Schwindlern und Hitzköpfen, wie er selbst einer war, die in dunklen Nächten schnell mit dem Dolch bei der Hand waren. Je mehr der Ritter über all dies nachdachte, um so klarer wurde ihm, was hier not tat: die Anwesenheit von frommen Männern, welche die Unwissenden unterrichten, die Kranken pflegen, die Bekümmerten aufrichten und Sündern wie er selbst die Hölle heiß machen würden. Er war ein begüterter Mann und hatte aus den Kreuzzügen noch mehr Reichtümer mitgebracht. So beschloß er, ein Kloster zu erbauen und es entsprechend zu beschenken.

Der Ort war gut gewählt, die ebene grüne Wiesenfläche inmitten der herrlichen Bucht, und bald hallte die Gegend wider von vielseitiger Geschäftigkeit. Maurer wurden von nah und fern herbeigerufen, Zimmerleute, Bildhauer für Holz- und Steinarbeit. Man hörte die Äxte im Wald die spanischen Kastanienbäume fällen, aus denen die Decken der großen Räume gezimmert werden sollten. In den Steinbrüchen brachen die Steinklopfer unter Gedröhn die Quadern für die Mauern. Schlittenfuhrwerke zogen mit ihren Gespannen die schmalen, morastigen Wege auf und ab. Endlich war alles fertiggestellt: die Klosterkirche, die große Scheune, die Zellen für die Mönche, der Kreuzgang, die Bibliothek, die Küchen, die Schule und das Krankenhaus. Im Frühling des Jahres 1196 übernahm der erste Abt mit sechs Weißen Chorherren des Ordens vom Heiligen Norbert die Abtei. Lady Hester wurde im Bereich des Klosters begraben, und de Bruière legte ein Gelübde ab und wurde Mönch.

Das ist der Schwur, mit dem er sich vor dem Abt verpflichtete: ‹Ich weihe mich der Kirche von Torre und gelobe Bekehrung meiner Sitten wie auch mich eines gottgefälligen Lebenswandels zu befleißigen. Ich gelobe Armut und Keuschheit und vollkommenen Gehorsam gegenüber dir, Vater, und deinen Nachfolgern, die der Konvent dieser Kirche nach den Ordensregeln ernennen wird.› De Bruières Moral und Lebenshaltung besserten sich tatsächlich; denn er hat anscheinend keine weiteren Morde begangen.

Dreihundertunddreiundvierzig Jahre lang wirkten die Weißen Domherren in der Art und Weise, wie de Bruière es sich erträumt hatte. Sie unterrichteten die Kinder, pflegten die Kranken, bekehrten die Sünder und lobten Gott bei Tag und Nacht in der Klosterkirche, bis dieser Schurke Heinrich VIII. sie vertrieb. Die Abtei sowohl als das Schloß von Berry Pomeroy gelangten in die Hände seines damaligen Günstlings, Thomas Seymour. Dieser verkaufte die Abtei an Thomas Ridgeway, der sie zu einem Herrensitz umgestaltete. Später verkaufte er ihn den Careys, in deren Besitz er heute noch ist. Aber immer war er eine Hochburg des katholischen Glaubens. All die Jahre, in denen die Katholiken verfolgt wurden, gab es eine geheime Kapelle unter dem Dach, über den Gemächern des Abtes. Mit Gefährdung ihres Lebens hielten sie dort die Gottesdienste ab. Seit den letzten sechsundzwanzig Jahren herrscht gottlob in England Religionsfreiheit, und nun dient die Gästehalle der Abtei als katholische Kirche für die ganze Umgebung. Vielleicht wirst du sie eines Tages sehen. Hier sind wir am Ziel. Willst du lieber hier warten oder mit mir hineingehen und bei der Wirtschafterin ein Glas Milch trinken?»

«Ich bleibe mit Daniel hier im Wagen», sagte Stella.

Sie hatten das ganze große Gebäude und die alte Klosterscheune umfahren und hielten nun vor dem gewölbten Portal, das zu den Räumen der Dienerschaft führte. Der Arzt bemerkte, wie die Kleine furchtsam zu den grauen Mauern hinaufstarrte. Er vermutete, daß sie, wie alle Landkinder, eine heimliche Scheu vor herrschaftlichen Wohnsitzen hatte, und drang nicht weiter in sie. Er übergab ihr die Zügel und schärfte ihr ein, sie locker zu halten, damit Äskulap das Gras abweiden könne, und ein Auge auf Daniel zu haben. Dann nahm er seine Tasche und verließ sie.

Daniel benahm sich anständig. Die Bewegung des Kabrioletts hatte ihn schläfrig gemacht, er lag auf dem Sitz neben Stella, den Kopf an sie gedrückt, in sanftem Schlummer. Äskulap machte ihr ebenfalls keine Mühe; denn das Gras von Torre Abbey war gut. Stella saß still und schaute zu den grauen Mauern hinauf, die sich gegen den blauen Himmel abzeichneten. Sie konnte das Meer nicht sehen, aber hörte es. Über den steilen Dächern kreisten die Möwen. Dr. Crane hatte sie völlig beruhigt, aller Kummer war weggewischt, tiefer Frieden durchdrang ihr ganzes Wesen. Sie sah den Doktor, irgendwo hinter den grauen Mauern, wie er den kranken Mann mit seinem Verständnis und seinen Geschichten tröstete, so wie er ihr geholfen hatte und wie die Weißen Chorherren alle Kranken und Bekümmerten an diesem Ort zu erquicken verstanden, mehr als dreihundert Jahre lang. Das kleine Mädchen vergegenwärtigte sich die Mönche in den weißen Gewändern auf ihren Wegen durch die Kreuzgänge, Gärten und Felder. Sie wäre nicht im geringsten erstaunt gewesen, wenn einer jener frommen Männer plötzlich aufgetaucht und ihr entgegengeschritten wäre. Tatsächlich, sie meinte bereits einen zu sehen und gab ihm leise murmelnd einen Namen. «Johannes».

Dann wiederholte sie für sich das Gelübde: «Ich gelobe Besserung meiner Sitten und einen gottgefälligen Lebenswandel.» Das war der Schwur, den Johannes getan hätte. Sie entschied, daß ihre Sitten viel zu wünschen übrigließen und gebessert werden sollten.

Der Arzt kam zurück, ehe sie Zeit gefunden hatte, sich einsam zu fühlen, und brachte ihr einen kleinen Apfelkuchen, den die Köchin ihm frisch aus dem Backofen in die Hand gedrückt hatte. Erst als das Kind ihn sah, wurde ihm bewußt, wie hungrig es war, und die kleinen weißen Zähne gruben sich eiligst in das Gebäck. Bald jedoch fiel ihr ein, was sich gehörte, sie schluckte, was sie im Mund hatte, sorgfältig hinunter und sagte: «Danke vielmals. Haben Sie auch einen gehabt?»

«Ich habe ein Glas Most getrunken, das hat mir besser behagt», antwortete der Doktor, schob Daniel vom Sitz, schwang sich hinauf und nahm die Zügel.

«Bei uns daheim wird gerade heute Most gemacht», setzte Stella ihn in Kenntnis. «Darf ich Daniel ein Stückchen Kuchen geben?»

«Natürlich. Es ist ja dein Kuchen und dein Hund.»

Die Kleine gab Daniel ein großes Stück, um ihn dafür zu entschädigen, daß er wieder unter die Decke mußte; dann fuhren sie in schnellem Trab von dannen.

«Hoffentlich hat sich der arme Mann wohler gefühlt, als Sie von ihm fortgingen?» fragte Stella und sah sehnsüchtig auf den Kuchenrest, den sie unberührt gelassen hatte.

«Es ist ihm viel leichter, seit er seine Klagen an den Mann bringen und etwas Seemannsgarn spinnen konnte. Zudem noch die Aussicht auf eine Flasche Medizin», versicherte Dr. Crane.

«Sind Sir George und seine Gemahlin wohl?» fragte sie weiter.

«Ich glaube schon. Warum ißt du deinen Kuchen nicht fertig?»

«Ich bessere meine Sitten», erwiderte die Kleine.

«Heißt das gute Sitten, wenn du einen prächtigen Apfelkuchen beleidigst, indem du ihn kalt ißt, wo er doch warm verzehrt werden sollte?» fragte der Doktor und blinzelte sie belustigt an. «Das ist fast ebensoschlimm, als wenn man den König warten läßt.»

Stella machte sich vergnügt von neuem über den Kuchen her und war zur großen Erleichterung des alten Mannes wieder der fröhliche Elf, bis die beiden die Höhe über Paignton erreicht hatten und anhielten, um Äskulap verschnaufen zu lassen. Noch einmal genossen sie den Blick, der in der ganzen Welt nicht seinesgleichen hat. Die Sonne berührte eben die St.-Michaels-Kapelle auf dem Hügel, und wieder schien sie das Kind in eigenartiger Weise an sich zu ziehen, als ob es zu ihr gehört. «Hat de Bruière sie erbaut?» fragte Stella.

«Was?»

«Die Kapelle.»

«Ein schiffbrüchiger Seemann, den die Mönche errettet hatten, baute sie als Votivkapelle – das heißt als Dankopfer ... Aber sie war Besitz der Abtei. St. Michael ist der Schirmherr der Bergkirchen und Bergkapellen, weil er ‹der Erzengel ist, welcher Höhen und Bergspitzen liebt›. Bis zum heutigen Tag legt kein fremdes Schiff mit katholischer Mannschaft in der Torbay Anker, ohne eine Abordnung an Land zu schicken, die dann in dieser Kapelle ihr Gebet verrichtet.»

«Hat sie auch eine Geschichte?»

«Eine sehr schöne.»

«Ebensogut wie die über de Bruière?»

«Mindestens. Eine Legende von einem Eremiten und zwei jungen Liebenden. Aber die Dame war gescheiter als Lady Hester. Sie bekam keine Schwindsucht, die tapfere Rosalind.»

«Erzählen Sie mir doch die Geschichte!» bat Stella eifrig.

Aber Dr. Crane lachte und schüttelte den Kopf. «Die heben wir uns für ein andermal auf», sagte er. «Sie ist zu schön, um schnell erzählt zu werden, und wir müssen uns sehr beeilen, heimzukommen, wenn wir es nicht ganz mit Mutter Sprigg verderben wollen.»

Er berührte Äskulap mit der Peitsche. Das Meer im Rücken, ging es langsam die Hügel hinan, die ihre Heimat waren.

3

Dr. Crane fuhr Stella um den Besitz herum bis an die Vorderseite des Bauernhofs und landete in schönem Bogen vor dem Tor, als sei sie eine vornehme Dame. Dann half er ihr vom Wagen, schob Daniel hinter ihr drein und nahm den Hut ab. «Leb wohl, Herzchen. Und das nächste Mal, nicht wahr, wird nur gearbeitet und nicht gespielt. Und wenn du eine Minute zu spät kommst, gibt es Klapse auf die andere Hand. Empfiehl mich deinen Pflegeeltern.»

Der Arzt setzte den Hut wieder auf und fuhr davon. Stella winkte ihm, bis er die Ecke beim Obstgarten genommen hatte und außer Sicht war. «Pflegeeltern.» Er hatte es so leichthin gesagt. Aber er wußte ja schon lange, daß sie nicht ihre rechten Eltern waren. Doch dies war ihr wirkliches Heim. Langsam stieg sie die wenigen Steinstufen zu dem eisernen Tor in der Gartenmauer hinauf – sie genoß das Nachhausekommen sehr. Ein mit Platten belegter Weg führte zwischen Eiben, die man als Pfauen zurechtgestutzt hatte, zu der grüngestrichenen Haupttür. Sie saß tief in dem alten Steinportal; rechts davon war das Wohnzimmerfenster, auf der anderen Seite das Küchenfenster. Der Blumengarten leuchtete von Herbstastern und Spätrosen, und die Sonne ließ den Duft aus den Lavendel- und Rosmarinbüschen strömen, die zwischendurch wuchsen. Die Steinmauer umschloß den Blumengarten an der Südseite, das Haus umgab ihn gegen Norden, im Osten und Westen befanden sich zwei Eibenhecken mit Bogengängen, durch die man in den Küchen- und Obstgarten gelangte. Stella vermutete, daß alle dort emsig mit dem Mostpressen beschäftigt seien. Sie wandte sich nach links und rannte den schmaleren Steinweg entlang, der durch den Bogengang nach dem Obstgarten führte.

Dieser sehr schöne Gartenteil, der sich über die ganze Länge des Hauses und der Ställe hinzog, bildete die westliche Grenze von Weekaborough Farm. Seine ausgezeichnete Lage in einer Mulde schützte ihn gegen zuviel Wind, und doch war er so hoch, daß ihm die Nebel nichts anhaben konnten. Man hatte ihn sehr gut angelegt. Die verschiedenen Apfelsorten standen immer in je einer Reihe beieinander, und der Boden um die Bäume wurde zu rechter Zeit mit Meersanddünger bearbeitet. Hier hausten die Hühner und Enten, denn an der Südwestecke des Gartens befand sich ein kleiner Teich, wo die weißen, gelblichen und braunroten Gestalten zufrieden unter den Bäumen hin und her wackelten und hüpften.

Das nördliche Ende des Obstgartens war den Mostapfelbäumen überlassen. Dort stand der Schuppen für die Mostpresse. Aber das südliche Ende, worin der Bogengang der Eibenhecke mündete, war mit Tafel- und Kochapfelbäumen bepflanzt. Da gab es Bramley Seedlings, Jonathans und Blenheim Oranges, mit ein paar Kirsch- und Pflaumenbäumen dazwischen. Dies Jahr hatten die Bäume ausgezeichnet getragen, und stolz standen sie inmitten des Grases, gerade als wären sie sich dessen bewußt.

Stella kannte sie alle gut, so daß sie mit ihren Lieblingen oft des Nachts im Bett plauderte, denn sie hatte fast allen einen Namen gegeben. Sie sah sie vor sich in Gestalt und Farbe, jeden einzelnen in seiner besonderen Schönheit. In der Mitte der Gesellschaft stand der König unter ihnen, der Duke of Marlborough, ein riesiger Blenheim Orange, unter dessen Ästen man beim weihnachtlichen Würzbiertrinken stand. Stella lief durch den Garten, Daniel hinter ihr drein, rechts und links flatterten die Hühner erschreckt auf. Leise redete sie im Vorbeispringen mit den Bäumen. «Du siehst heute aber gut aus, Polly Permain. Bob Bramley, was hast du für einen goldenen Haarschopf! Geht es dir gut, John Jonathan?» Als sie jedoch bei dem alten Duke anlangte, blieb sie stehen, legte die Hand auf den hohlen Stamm mit dem runden Astloch, dem Eingangstürlein der Meisen, und sah hinauf zu den grauen, fleckenbedeckten Zweigen. Der Duke hat Zauberkraft in sich, dachte sie. Misteln wuchsen in der Krone, das war ein untrügliches Zeichen. Und alle Vögel liebten ihn, auch das war ein Beweis. Die Spechtmeisen liefen an ihm auf und ab, wie kleine Mäuse. Manchmal im Winter umhüllte ein zarter Farbennebel das kahle Gezweig. Das war durch die Flügel der kleineren Vögel hervorgerufen, der Buchfinken, Meisen, Rotkehlchen und Finken. Die Weekaborough-Amsel sang stets ihr abendliches *Nunc dimittis* auf seiner höchsten Spitze, der Grünspecht besuchte ihn fortwährend, und an nebligen Wintermorgen konnte man vom Küchenfenster aus die weiße Eule sehen, die auf dem untersten Ast thronte.

«Duke», flüsterte Stella. «Bring Zachary wieder zurück. Bitte,

Duke.» Ein Schauer goldener Blätter fiel ihr als Antwort auf Kopf und Schultern. Sie rannte lachend weiter, Daniel bellend neben ihr her, und erreichte den Holzschuppen am Ende des Obstgartens, wo alle um die Mostpresse herum hantierten: Vater und Mutter Sprigg, der alte Sol, Madge und Jack Crocker, der Ackerknecht. Hodge begrüßte sie liebevoll, aber die andern waren zu sehr beschäftigt, sie nickten nur und lächelten. Sem, der kleine Falbe, ging immer im Kreis herum, arbeitete tapfer am Barren, und zwischen den beiden Preßsteinen quoll der Saft in den Bottich.

Alle waren vergnügt und aufgeregt, denn Vater Sprigg bekam damals einen guten Preis für seinen Most. Er wurde gern für Seereisen gekauft. Da die Flotte nun die Torbay oft anlief, hätte er zweimal soviel verkaufen können, als er herstellte. Der zwei Morgen große Obstgarten und die Mostapfelbäume auf der Pizzle-Wiese konnten in einem guten Jahr vierzig Faß abwerfen, und die Kehlen der Seeleute waren so ausgetrocknet, daß er nun bare drei Guineas für ein Faß bekam. Vater Sprigg machte dreierlei Sorten Most: den herben, gegorenen Most, den die Bewohner Devons bevorzugten, der aber den Männern der anderen Grafschaften Bauchweh verursachte, für die empfindlichen Ausländer Süßmost, bei dem die Gärung verhindert und noch andere Künste angewendet wurden, und schließlich die dritte und beste Sorte, die stark und durchsichtig war. Dieser Most wurde gekocht, wodurch dann von zwei Faß nur mehr eines übrigblieb. Beim Beliefern der Schiffe mußte man sehr aufpassen und herausfinden, ob die Besatzung aus Devon-Leuten oder anderen bestand. Denn es gab jeweils schrecklichen Spektakel, wenn einer fremdländischen Mannschaft herber Most vorgesetzt wurde, noch schlimmer aber ging es zu, wenn die Devon-Matrosen Süßmost bekamen.

«Hast du etwas zu Mittag gegessen, Liebling?» erkundigte sich Mutter Sprigg, als sie Hand in Hand mit Stella den Männern und Madge bei der Arbeit zusahen.

«Ich hab in Torre Abbey einen Apfelkuchen bekommen», antwortete die Kleine.

«In Torre Abbey! Du meine Güte! Nur einen Apfelkuchen? Komm schnell ins Haus, ich geb dir eine Schale Milch und Brot und Honig.»

Die beiden saßen am Küchentisch. Stella aß und trank manierlich – sie dachte an die Besserung ihrer Sitten –, und wenn ihr Mund nicht gerade voll war, erzählte sie ihrer Pflegemutter von den Erlebnissen des Tages. Mutter Sprigg lächelte. Doch beschlich sie ein ebenso unbehagliches Gefühl wie stets, wenn sie herausfand, daß die Kleine sich irgendwelche neuen Kenntnisse angeeignet hatte, die ihr eigenes Verständnis überstiegen. Die Häuser der Großen zu besuchen! Das schien eine weitere Schranke zwischen ihr und dem geliebten Kind aufzurichten. Aber das Schlimmste kam, als Stella mit der kleinen Mahlzeit fertig war und leise sagte: «Bitte, Mutter, darf ich mein kleines Korallenhalsband, das Medaillon und das Taschentuch haben? Es gehörte ...» Sie hielt inne und sah bittend zu der alten Frau auf, denn sie wollte das Wort Mutter nicht für jene Frau in dem schönen grünen Kleid gebrauchen – in Anwesenheit der andern, der sie am Abend vorher gesagt hatte: «*Du* bist meine Mutter.»

Röte stieg in Mutter Spriggs Wangen, doch sie erwiderte ruhig: «... deiner rechten Mutter. Ja, Liebling, sie sind dein. Komm mit mir in mein Zimmer, ich werde sie dir gleich geben.»

Hand in Hand gingen sie die Treppe hinauf, und Mutter Sprigg zog aus einer der Schubladen, unter einem Stoß schneeweißer Nachthemden, ein Holzschächtelchen hervor, dessen Deckel Meermuscheln zierten. «Hier, mein Liebes», sagte sie. «Das Schächtelchen stammt von meiner Mutter Eliza. Ich hätte dich so gerne nach ihr genannt. Du sollst auch die kleine Kassette haben.»

Stella nahm das Kästchen, küßte die Pflegemutter, ging in ihr Zimmer und schloß die Tür. Mutter Sprigg wurde es eng im Hals, sie kehrte in die Küche zurück, zu der beruhigenden, segenbringenden Arbeit, die Gott sei Dank niemals zu Ende ging.

Das Kind saß auf dem Bettrand, die kleine Kassette im Schoß, und öffnete sie. Darin lag das Taschentuch, von Mutter Sprigg sorgsam gewaschen und gebügelt. Es war ein einfaches Tüchlein, mit einem gestickten Monogramm in der einen Ecke. Das Korallenhalsband und das schlichte Medaillon an seiner goldenen Kette waren darin eingewickelt. Das Schmuckstück ließ sich leicht öffnen und enthielt unter Glas eine dunkle Haarlocke und ein Stückchen gelbes Papier, worauf etwas in einer Sprache geschrieben war, die Mutter Sprigg nicht verstand. Sie konnte das Papier Dr. Crane nicht zeigen, denn er würde es entziffert haben ... Es war Griechisch ... Stella selbst hatte noch nicht so viel Griechisch gelernt, um klug daraus zu werden, doch kannte sie die Schrift aus den Folianten des Arztes. Ihr Herz klopfte. Dr. Crane würde wissen, was hier geschrieben stand, und es ihr sagen. Dann befestigte sie den Anhänger um den Hals unter dem Kleid, legte Taschentuch und Halsband in die Schachtel und verwahrte alles in ihrem kleinen Schrank. Sie nahm sich keine Zeit, weder ihren Gedanken noch ihren Gefühlen nachzuhängen – das hob sie sich für abends im Bett auf –, sondern lief hinunter, um der alten Frau beim Brotbacken zu helfen ... Nie, nie sollte ihre Pflegemutter erfahren, wie sich etwas in ihrem Innern namenlos nach ihrer rechten Mutter sehnte und nicht nach ihr. Beim Kneten und Formen des Teiges war Stella wieder so vergnügt wie nur je. Drolliger kleiner Kerl, dachte Mutter Sprigg. Was geht wohl in ihrem Köpfchen vor?

4

An diesem Abend tat Vater Sprigg etwas noch nie Dagewesenes: er übersprang einige Kapitel aus der Bibel. «Nachdem die heurige Ernte so gut ausgefallen ist, besonders die Apfelernte, und da uns der Most ein schönes Stück Geld einbringen wird, lesen wir den Erntedank aus dem dreiunddreißigsten Kapitel», teilte er seiner erstaunten Hausgemeinde mit. Dann räusperte er sich, benetzte den Zeigefinger und schlug die Seiten um.

«Vom Herrn gesegnet ist sein Land
mit dem Köstlichsten vom Himmel droben
und aus der Flut, die drunten lagert,
dem Köstlichsten, was die Sonne hervorbringt,
und dem Köstlichsten, was die Monde erzeugen.
Mit dem Besten der uralten Berge
und dem Köstlichsten der ewigen Hügel,
dem Köstlichsten der Erde und ihrer Fülle
und der Huld des, der im Dornbusch wohnt ...
Eisen und Erz seien deine Riegel,
und lange, wie dein Leben daure, deine Kraft ...
Eine Zuflucht ist der ewige Gott,
und unten walten ewige Arme.»

Stella fühlte sich umgeben von Helligkeit, die von einer kleinen, runden Sonne da oben in der Luft ausstrahlte, sie kam von dem Wort «köstlich». Nun sah sie auf, ihr Blick traf die Augen des alten Sol, und sie lächelte. Hatte sie irgendwie Angst vor dem Zubettgehen und den Gedanken an ihre tote Mutter gehabt, so war diese jetzt verflogen. Das ganze Weltall, Lebende und Tote – jene, die in den lichten Höhen schwebten und die andern im Dunkel draußen –, waren nicht länger Wesen für sich. Sie verschmolzen zu einer klaren Einheit, zu diesem runden Ding da oben in der Luft, nicht größer als eine Haselnuß, aber glänzend wie ein Diamant. Und es lag sicher in der Hand Gottes, der es wegen seiner großen Kostbarkeit nicht fallen lassen würde.

7. Kapitel

I

Nachdem er sich von Stella verabschiedet hatte, fand Zachary eine Schlafgelegenheit hinter einem Heuschober, so wie er es der Kleinen gesagt hatte. Aber es war ein Heuschober, der Vater Sprigg gehörte, oben auf Bowerly Hill, gerade in entgegengesetzter Richtung des Wegleins vom Weekaborough Blumengarten. Als er Stella verlassen hatte, wandte sich Zachary nordwärts und ging die Dorfstraße hinauf. Dann besann er sich wieder und kehrte um. Sehnsucht hatte ihn befallen, die Nacht möglichst in der Nähe der Kleinen zu verbringen. Die zwei Wochen, seit er desertiert war, und die elende Zeit vorher an Bord waren völlig liebeleer und ohne ein Gefühl des Zuhauseseins gewesen, und das liebevolle Mitfühlen des kleinen Mädchens hatte ihm wunderbar gutgetan. Sie kam ihm auch gar nicht wie eine Fremde vor, sondern wie jemand, den er schon lange kannte.

Er war immer einsam gewesen. Seine Großmutter, obwohl sie ihn so sehr geliebt, hatte – wie es damals Sitte war und wegen seines Seelenheils – keine wirkliche Vertrautheit zwischen dem respektvollen Gehorsam seiner Jugend und der Selbstherrlichkeit ihres Alters und ihrer Erfahrungen aufkommen lassen. Nur wenige junge

Menschen besuchten ihr Haus, und die Güte der älteren Männer und Frauen ihm gegenüber hatte immer Abstand eingehalten. Wie Lady O'Connell, waren sie der Meinung, daß Jugend gesehen, aber nicht gehört werden dürfe. Obwohl Zachary seine Einsamkeit kaum ganz erfaßt hatte, war in ihm doch immer eine unerklärliche Sehnsucht gewesen. Seit dem Zusammentreffen mit Stella war sie ihm nicht mehr so unerklärlich. Jeder braucht einen Menschen in der Welt, der wie seine zweite Hand ist. Man kann nicht viel mit nur einer halten oder tun. Mit beiden Händen muß der Mann sein aufgehäuftes Gold aus den Kornspeichern tragen oder die bis zum Rand gefüllte Milchschale, mit beiden Händen baut er sein Haus, beide Hände faltet er zusammen, um zu beten. Dies war ihm wie eine plötzliche Erleuchtung gekommen, als Stella ihre kleine Hand auf sein Knie gelegt und er diese umgedreht, seine Handfläche auf die ihre gedrückt hatte. Man kann nicht allein die Ernte der Arbeit einbringen oder allein ein Heim gründen noch immer allein beten. Das alles wurde ihm klar, als Stellas Hand auf der seinen lag. Trotzdem hatte er sie in die Höhe gehoben wie einen Vogel, den man freigibt. Sie war nur ein kleines Mädchen, das man noch nicht einfangen durfte. Er mußte seinen Weg in die Welt als Mann allein finden, ehe er zurück in den Hof konnte, von dem ihr Vater ihn verjagt hatte.

An der äußersten Ecke des Heuschobers zusammengerollt, unsichtbar für die Augen des Bauernhofs, überdachte Zachary seine Lage. Während der letzten vierzehn Tage war er langsam in einen Zustand dumpfer Müdigkeit verfallen, so daß er überhaupt nicht mehr denken konnte. Die ganze Zeit war er von Hof zu Hof gewandert, hatte um Arbeit gebeten, aber nie welche bekommen. Manchmal hatte man ihn fortgejagt wie einen herrenlosen Hund und ihm Steine nachgeworfen; zuweilen gab man ihm ein Stückchen Brot und eine Schale Milch, oder Lumpen, seine Füße zu umwickeln, denn die Schuhe waren schon ganz durchgelaufen. Aber immer hatte man ihn weggeschickt. Die meisten Bauernhöfe hatten ihre volle Anzahl Arbeiter, und auf jeden Fall sah man ihm an, daß er keine Kraft für schwere Arbeit besaß. Außerdem hatten alle seit der Meuterei große Angst, dabei ertappt zu werden, Meuterern Unterschlupf zu gewähren. So war er denn rein mechanisch weitergegangen. Seine Gedanken irrten unausgesetzt um die fixe Idee, daß er auf einem Hof ein Heim finden würde, wie Motten, die um ein Kerzenlicht taumeln. So wäre es immer weitergegangen, bis er zusammengebrochen oder von der Aushebemannschaft erwischt worden wäre. Da kam das Zusammentreffen mit Stella, und nun fühlte er in sich wieder den Sinn für eine bestimmte Richtung.

Zachary fand es gar nicht erstaunlich, daß ein unbekanntes kleines Mädchen innerhalb so kurzer Zeit für ihn Lebensinhalt werden konnte. Gleich Stella war er jung genug, um nichts auf dieser Welt erstaunlich zu finden; darüber machte er sich keine Gedanken, nur über die nächsten Schritte, die er tun sollte. Eins war klar, Arbeit auf einem Hof würde er nicht bekommen. Wo aber dann? Wo, in diesem entzückenden Land der Hügel und Täler, gab es ein Dach, um ihn zu schützen, Mauern, die ihn aufnehmen und nicht abweisen würden? Ein strohgedecktes Dach und efeuumrankte Mauern in einem klingenden Tal, unterhalb eines purpurnen Hügels ... Plötzlich fuhr er auf. Er war in Halbschlummer gefallen und hatte es im Schlafen wiedergesehen. Das Haus seiner Träume, oberhalb des Baches, im Tal hinter Torquay. Nun, sobald der Morgen kam, würde er sich dahin aufmachen und sehen, ob sein Traum eine Wirklichkeit als Hintergrund hatte. Es war ein verrückter Gedanke, aber das einzig mögliche, um dem gegenwärtigen Herumirren ein Ende zu machen. Zachary drückte sich tiefer in den Heuhaufen, schloß die Augen und schlief ein.

Die gleiche Morgendämmerung, die Stella von dem fernen Ort zurückgerufen hatte, brachte auch Zachary von dort in die rauhe Wirklichkeit zurück. Als sie so die Nacht vorher in ihrem Bettchen wach lag, mit ihm und für ihn litt, mußte sie sich mit ihm so eins gefühlt haben, daß sie ihn mit sich genommen hatte, denn seines Erinnerns war er nie an jenem Ort gewesen. Er wußte nicht, wo es war, aber jedenfalls irgendwo, denn er erwachte, durchdrungen von dem Frieden jener Stätte und belebt von der Sicherheit, daß, wenn er auch sein Schifflein noch nicht an Land gebracht hatte, er diesem doch nahe genug gekommen war, um die Lage zu erkennen und den Duft zu spüren. Aber fünf Minuten später war alles verflogen, und Zachary befaßte sich nurmehr mit den Problemen des Tages. Vor allem mußte er den Hügel erklimmen, an dessen Fuß er geschlafen hatte, und herausbringen, wo er sich eigentlich befand. Wenn er das Meer sehen konnte, würde er wissen, in welcher Richtung jenes Tal lag.

Bowerly Hill verdiente seinen Namen, denn es war wirklich

eine anmutige Höhe. Sanft stieg der grüne Rasen hinan, und der windgekrümmte alte Eibenbaum auf dem Gipfel war eine Persönlichkeit. Bowerly Hill diente Weekaborough Farm als Schafhürde, und etwas von der Sanftmut und Geduld dieser Tiere schien dem Ort anzuhaften, das in der zwingenden Kraft des Baumes oben seinen Höhepunkt erreichte. Als Zachary durch das graue Licht hinaufstapfte, tat das taufeuchte Gras seinen wunden Füßen wohl, und er fühlte sich in der Gesellschaft der Schafe weniger einsam. Mit einem eigenartigen Verlangen sah er nach den wolligen schlafenden Gestalten. Er wünschte sich nichts anderes, als ihr Hirte zu sein. Eben kam er an einem jungen Lämmlein vorbei, das Gras rupfte. Er stand still und streckte die Hand nach ihm aus. Zu seiner Freude war es ganz zutraulich und wackelte mit dem Schwanz, ehe es plötzlich erschreckt seitwärts und davonsprang. Der Junge ging weiter und entdeckte, daß der Weg ihn gerade auf die Höhe führte. Ob Stella wohl manchmal hier hinauf zu dem Eibenbaum sprang? Sicherlich tat sie es, denn ein solcher Baum mußte ja ein Kind anziehen. Genau hielt er sich an den Pfad und vergegenwärtigte sich, wie schnell ihre kleinen Füße ihn bergan liefen; er sah sie vor sich, ihr grünes Röckchen flatterte im Wind, und er hörte sie singen.

Der alte Eibenbaum war nicht sehr hoch, breitete aber seine Äste weit aus, und kleine rote Beeren leuchteten wie Edelsteine aus dem dunklen Nadelkleid. An seinem Fuß lagerte eine Gruppe Schafe, die inmitten der Steine schliefen, die auf der Kuppe des Hügels verstreut umherlagen. Als Zachary unter ihnen auftauchte, erwachten die Tiere und stoben auseinander. Doch sobald er sich zwischen den Baumwurzeln niederließ, ganz still dasaß und auf das hereinbrechende Dämmerlicht wartete, kamen sie wieder und scharten sich um ihn, als sei er wirklich ihr Hirte. Ihr Vertrauen beglückte ihn. Obgleich er nichts von ihren Gewohnheiten wußte, war er doch überzeugt, daß Schafe nicht immer einem Fremden gegenüber solches Zutrauen zeigten. Besaß der Baum wohl irgendwelche wohltätigen Kräfte? War der Boden unter seinen Ästen vielleicht gesegnet? Gewiß, er fühlte es. Eines Tages – wenn er den Weg zurückgefunden – würde er nachforschen. Inzwischen war er zufrieden, hier zu sitzen, auszuruhen und über die tiefere Bedeutung des Baumes und der Schafe nachzudenken. Ein Gedicht des heiligen Johannes vom Kreuz kam ihm in den Sinn, das sein Vormund ihm einmal vorgelesen. Es handelte von einem jungen Hirten, der auf einen Baum über seinen Schafen geklettert und oben gestorben war, um der Liebe willen.

Das Grau um Zachary begann dünner zu werden, es glänzte leicht, von Licht durchzogen. Als der Junge um sich schaute, sah er das Fell eines jeden Schafes silbern umrandet, während in der Eibe über ihm ein Netzwerk von zartem Spinnengewebe über den alten knorrigen Ästen plötzlich silbern aufleuchtete, wie ein vom Frost erstarrter Sprühregen. Im Osten war der Himmel von Silberlicht überzogen, das wie aus einem Barren geschmolzenen Metalls aufstieg – dem Meer. In den letzten vierzehn Tagen hatte Zachary viele wunderbare Sonnenaufgänge beobachtet. Zuerst jenen im Hafen. Alle waren sie vollkommen verschieden voneinander, jeder hatte seinen eigenen Ton und etwas Besonderes zu sagen gehabt. Aber dieser letzte war so packend in seiner Herrlichkeit, daß der Junge nicht länger hinsehen konnte. Er schloß die Augen. Als er sie für einen Augenblick wieder öffnete, hatte das Silber sich in Gold verwandelt, und die Möwen flogen landeinwärts. Langsam und mächtig zogen ihre hellen Scharen aus dem östlichen Licht, bedeckten den ganzen Himmel, flogen so tief über den glänzenden Baum, daß ihr Flügelschlag die Luft mit lautem Rauschen erfüllte. War es dies oder der Eibenbaum, der Zachary auf die Beine brachte? Er dehnte und reckte sich, faßte mit den beiden Armen nach den Ästen, seine Füße umklammerten die knorrigen Wurzeln. Zart und doch fest hielt ihn der Baum umfangen. Zachary hätte laut aufjubeln mögen – vielleicht hatte er es sogar getan, er konnte sich nicht daran erinnern. Die ganze Luft schien von Musik erfüllt und von Licht durchdrungen.

Nach einer Weile – er wußte selbst nicht mehr genau, ob er die Eibe oder sie ihn freigegeben hatte – humpelte Zachary über den Rasen. Er trocknete die Stirn an seinem zerrissenen Ärmel und fühlte sich etwas zerschlagen. Die Welt hatte nun ihre alltäglichen Farben wiedergewonnen, lag wie ein Kinderbilderbuch vor ihm. Er konnte jetzt leichter Richtung nehmen und den Weg nach dem Meer suchen. Noch einmal sah er auf Weekaborough Farm hinab. Dort, wußte er, war das Heim, nach dem er sich so sehr sehnte. Einen letzten Blick auf den wundersamen Eibenbaum und die freundlichen Schafe, dann stieg er in östlicher Richtung den Hügel hinunter. Besser, nicht länger verweilen. Je rascher er sich aufmachte, desto schneller würde er wieder zurück sein.

2

Zachary streifte durch die Gegend, wie Hunde es zu tun pflegen, kletterte über Gatter und Mauern, überquerte Wiesen und durchwatete Bächlein. Wegen seines lahmen Beines ging die Reise zwar langsam vonstatten, aber ohne Aufenthalt oder Verzögerung. Er richtete sich nach der Sonne und seinem eigenen Instinkt, fest entschlossen, das Haus zu erreichen – wenn es überhaupt existierte –, und zwar von der Talspitze aus, nicht von Torquay, das er immer noch ängstlich zu vermeiden trachtete.

Er kam so langsam vorwärts, daß es beinahe Mittag war, ehe er den Weiler Barton erreichte. Dort hielt er an, trank etwas Wasser aus dem Bach, der sich durch ein Loch in der Mauer eines Obstgartens erst in einen Trog ergoß, um dann in lustigen Sprüngen seine steile Bahn zwischen den Häuschen hindurch nach dem bewaldeten Tal unten zu verfolgen. «Ist das der Fleete?» fragte Zachary einen alten Mann, der an den Türpfosten einer der kleinen Hütten lehnte.

«Ja», murmelte der Alte.

Der Junge setzte sich auf einen Stein neben dem Trog, um ein wenig auszuruhen. Merkwürdig, wie schnell er seinen Bach gefunden und sofort gewußt hatte, daß es der Fleete war. Die Not entwickelte in ihm anscheinend einen besonderen Sinn, der ihm in besseren Zeiten fehlte. Es hatte mit dem Traumbild des efeuumrankten Hauses begonnen und dem Bewußtsein jenes ersten Morgengrauens, des ersten, das zu ihm redete. Dann war noch jene Stunde in der Kapelle gewesen, wo die Steine zu ihm sprachen ... Aber vor dieser Erinnerung schreckten seine Gedanken zurück; er konnte und wollte ihrem tieferen Sinn nicht entgegentreten ... Und danach kam die plötzliche Erkenntnis von dem, was Stella für ihn bedeutete, und schließlich der heutige Morgen, an dem er seine Arme zu der Wundereibe ausgestreckt und der Baum ihn so fest gehalten hatte, daß er vor Glück hätte jubeln mögen. Es war, als wachse er mit einemmal über die Wirklichkeitsbegriffe von Sonne, Wolken, Steinen und Bäumen hinaus und bekäme Zusammenhang mit einer anderen Wirklichkeit, viel greifbarer als die Natur. Das Unglück hatte wie eine Spitzaxt Löcher in eine Mauer gehackt, und der neue Sinn brachte auch ein anderes Lebensgefühl mit sich, so daß es nun für ihn viel leichter wurde, Menschen zu beurteilen, ihre Gedanken zu erraten, der Schönheit rings gewahr zu werden, ja sogar seinen

Weg zu finden und das Wetter vorauszusagen. Er meinte, daß dies alles ganz natürlich mit dem menschlichen Wachstum zusammenhänge und ein jeder dergleichen erfahre. Trotzdem empfand er es nicht weniger wunderbar im Augenblick, daß ihm selbst so etwas geschah.

Zachary erhob sich wieder und wanderte weiter, dem kleinen Steig folgend, talabwärts zwischen Birken und Eiben, an seiner Seite der hüpfende, murmelnde Fleete. Die Bäume wurden spärlicher, und das Tal schien von einem kleinen kegelförmigen Hügel abgeschlossen, der sich so steil gegen die Sonne himmelwärts stemmte, daß er wie in einem purpurnen Mantel in Schatten gehüllt dastand. Der Fleete schwenkte rechts ab, machte mit dem Hügel einen Bogen, durcheilte eine felsige Schlucht und floß dann auf der anderen Seite des Bergleins durch ein kleines reizendes, halbrundes Plateau. Von diesem aus sah man über die waldigen Hänge nach den weißen, hinter Bäumen halb versteckten Häuschen von Torquay hinunter. Zachary hörte Wasser rauschen. Aber es kam nicht von einem Wasserfall, sondern von einer Mühle am Fuße des purpurnen Hügels. Der Junge ging den schmalen Weg bis zu dem grünen Rasenplatz vor ihr und betrachtete sie eingehend.

Es war ein alter Steinbau, der obere Teil aus Holz, das Dach strohgedeckt, Moos und Efeu umwucherten ihn. Rechter Hand befand sich das ebenfalls strohgedeckte Müllerhäuschen, zur Linken das Mühlenrad, über welches das Wasser strömte, darunter der von grünen Farnen umgebene Teich. Der kleine Garten stand voller Blumen, aber auch voll Unkraut. Die Fenster der Mühle waren schmutzig, der Anstrich des Holzwerks bröckelte überall ab, und aus dem Teich guckten die Hälse leerer Flaschen. Trotzdem beschlich einen nicht das Gefühl von Armut, eher so etwas wie fröhliche Sorglosigkeit. Die untere der zwei Mühlentüren – die beiden waren übereinander in die efeubedeckte Mauer eingelassen – stand offen. Aus dem Innern tönte das Klappen des Mahltrichters und der tiefe Baßgesang eines Mannes. Beide Klangfarben mischten sich mit den dumpfen Orgeltönen des drehenden Mühlenrades und dem Plätschern des Wassers zu einer lauten fröhlichen Klangsymphonie, die Zachary entzückte.

Eine Mühle! Das war ja sein Haus, aber es überraschte ihn außerordentlich, daß es eine Mühle war. Zachary verstand nichts von Mühlen, aber sein musikalisches Ohr war von dem Singen und

Klingen um ihn herum sehr beeindruckt. Er näherte sich der offenen Tür, sah hinein, und was er erblickte, fesselte ihn womöglich noch mehr. Es war wie das Innere einer dunklen, warmen Höhle, mit mehreren Holzgalerien, die eine Treppe miteinander verband. In der Luft lag ein Duft wie von frischen Nüssen, durch die schmalen Fenster drangen die Sonnenstrahlen und färbten den feinen Mehlstaub golden. Im Halbdunkel konnte Zachary die kreisenden Mühlsteine wahrnehmen; er sah das Korn wie einen Goldstrom durch den Mahltrichter fließen. An diesem herrlichen Sonnentag war es braungolden, warm und üppig. Die etwas verschwommenen Gestalten des riesigen Mannes und seines fast ebenso mächtigen Gehilfen wirkten im Schatten des Raumes weniger wie ein Müller und sein Mahlbursche, eher wie Vulkan, der mit seinem Gefolgsmann aus flüssigem Gold ein Schwert für Siegfried schmiedete.

Doch es waren nicht Motive von Wagner, die aus der Kehle des bärtigen Riesen drangen, sondern das alte Trinklied «Ein Tropfen Cognac». Zachary kannte es nur zu gut, denn die Matrosen sangen es immer, wenn sie ihren Grog schlürften. Heute aber war es ihm nicht zuwider; die heitere alte Bauerntanzweise verwob sich so natürlich mit den Geräuschen des Rades, des Wassers und Mahltrichters, sie klang so fröhlich und ansteckend, daß er in kurzem mit einstimmte. Zachary hatte als Knabe einen schönen Sopran gehabt, der sich in wenigen Jahren gewiß zu einem erfreulichen Tenor entwickeln würde. Gegenwärtig war seine Klangfarbe schwer feststellbar, das Gehör jedoch ausgezeichnet, so daß die Töne, die er von sich gab, rein und richtig klangen.

«Und Jonny kriegt eine neue Mütz',
Und Jonny, der geht auf die Mess'–»

Der Mahltrichter tat noch einen letzten Knacks, der goldene Strom verrann in wenigen einzelnen Tropfen, und der Müller kam mit langen Schritten auf die Tür zu. «Heda, Bursche, wer bist du, daß du wie eine Grille auf meiner Türschwelle zirpst, ohne vorher um Erlaubnis zu fragen? Was willst du? He?»

Zachary wußte sofort, wie er sich diesem jovialen bärtigen Riesen gegenüber zu verhalten habe. Er bat nicht demütig um Arbeit, wie er das bisher auf den Bauernhöfen getan hatte, suchte ihn nicht durch Bitten zu erweichen, schämte sich auch seiner Armut und der Lumpen nicht. Nein, er stellte sich breitbeinig unter die Tür, die

Hände in den Hosentaschen, den Kopf zurückgeworfen, die dunklen Augen blitzten. «Nun, Herr, ich sehe, Ihr braucht hier noch einen Zweiten», sagte er fröhlich, grinste erst den Müller an und dann den ungeschlachten Tölpel, der ihn hinter dessen Schultern musterte. «Es scheint, daß einer nicht genügt.» Und mit keckem Ausdruck zog er die eine Braue hoch, während sein Blick erst den verwilderten Garten, dann die blinden Fenster und abgenutzten Türen traf.

«Hast schon früher in einer Mühle gearbeitet? He?» fragte der Müller, es klang wie die Trompete des Jüngsten Gerichts. «Verstehst du was vom Handwerk?»

«Nicht die Spur», antwortete Zachary vergnügt. «Aber ich habe hier herum bei einem Schildermacher und im Kontor eines Schreibers gearbeitet.» Er schwieg einen Augenblick. Um die nette kleine Lüge etwas abzuschwächen, stieg vor ihm der reizende Garten von Bath auf, wo er gelebt, die sonnige Bibliothek, in der er lesen und schreiben gelernt hatte, und das Atelier eines bekannten Künstlers, der ihm damals erlaubte, sich ein wenig mit Leinwand und Pinseln zu unterhalten. «Ich kann in Euerm Garten das Unkraut jäten, die Türen streichen, den Tenor zu Eurem Baß singen und im Handumdrehen das Müllerhandwerk lernen.» Er hielt großartig inne. Sein Auge wanderte von dem durch Denkfähigkeit nicht gerade gezeichneten Gesicht des Müllers zu der trägen Miene des tölpischen Burschen neben ihm. «Außerdem kann ich Eure Rechnungen mit schöner Handschrift schreiben, die Preise richtig ausrechnen und achtgeben, daß man Euch nicht betrügt.»

«Wer sagt denn, daß man mich betrügt?» brüllte der Müller in einem plötzlichen Wutanfall.

«Ungelernte Leute werden immer betrogen», erwiderte Zachary gleichmütig. «Einen Schilling die Woche, ein Bett und Essen?»

«Einen Schilling die Woche?» brüllte der Riese. «Verflucht noch einmal! Einen Schilling die Woche und Futter und Liegestatt für einen unverschämten jungen Hering, der noch nach dem Räucherkasten riecht?»

Zachary bestritt die Andeutung mit dem Gefängnis nicht – er fand, es sei ein nützliches Ablenkungsobjekt.

«Einen Schilling die Woche und meinen Unterhalt», sagte er, diesmal nicht dreist, sondern mit ruhiger Entschiedenheit. Und dann, während ein fröhliches Lächeln sein schmales Gesicht überzog, summte er leise:

«Greensleeves war meine Freude
Greensleeves mein Entzücken,
Greensleeves war mein Liebchen.
Wer sonst als Lady Greensleeves.»

«Komm herein», sagte der Müller, «und iß mit uns.»

3

Ein paar Tage später lag Zachary in der Abenddämmerung auf einem feuchten, schmutzigen Strohsack in der Bodenkammer des Müllerhäuschens. Außer dem Strohsack und einem zerbrochenen Stuhl befand sich nichts in dem Raum, da ihn vorher niemand benutzt hatte. An manchen Stellen waren die Fußbodendielen vermodert, feuchte Flecken bedeckten die Lehmwände, durch die Löcher in der Decke sah man auf das Strohdach. Die Müllerin war vor vielen Jahren gestorben, nun hausten Mann und Sohn allein. Kein weibliches Wesen kam je, um aufzuräumen. Das ganze Haus war schmutzig, und besonders diese Kammer ein abscheuliches kleines Loch, voller Spinnweben. Auch roch es stark nach Mäusen. Als einzigen Lichtblick wies es ein kleines zerbrochenes Fenster auf, durch welches Zachary nach dem purpurnen Hügel sehen konnte. Er war sein bester Freund in der Fleete-Mühle geworden, da er ihn an Bowerly Hill oberhalb Weekaborough Farm erinnerte. Das gab ihm Kraft und Mut. Sogar einen Baum hatte dieser Hügel, keine Eibe, sondern eine Eiche, und ein Weglein führte hinauf, das der Junge von seinem Fenster aus sehen konnte.

Zachary lag steif auf dem Rücken, unter ihm der schmutzige Strohsack, über ihm eine zerrissene schmierige Decke, und starrte mit einem Auge – das andere war zur Zeit nicht gebrauchsfähig – nach dem Hügel und den paar Sternen, die dahinter hervorschauten. Er versuchte, seine wirren Gedanken durch die Kraft und den Frieden von Hügel und Himmel zu beruhigen.

Zachary sah sich der Tatsache gegenüber, daß sein Leben in der Fleete-Mühle nicht viel erfreulicher war als jenes im Cockpit des Schiffes. In bezug auf das äußere Bild hatte ihn sein seltsamer Traum nicht betrogen, aber Ruhe und Schönheit waren nur äußerer Schein. Zacharys gesangliche Begabung und seine Geschicklichkeit im Rechnen und Schreiben hatten Jacob Bronescombe, den Müller, gefangengenommen. Er war dem Jungen wohlgesinnt. Nicht so sein Sohn Sam. Dessen Körperkraft verhielt sich derjenigen Zacharys gegenüber wie die eines Ochsen zu der eines Kaninchens, und der Müllerssohn verstand es ausgezeichnet, Zachary auf alle möglichen Arten zu quälen. Die beiden hatten hinter der Mühle bereits manchen Kampf ausgetragen, und die Folgen waren auf Zacharys Gesicht erkennbar – es sah aus wie eine überreife Pflaume, und alle Knochen taten ihm weh. Trotzdem waren diese Handgemenge noch das geringere Übel im Vergleich zu Sams sonstigen Grausamkeiten. Er war eifersüchtig auf Zachary. Dieser Eindringling, der alle Volkslieder singen und wie ein Buch reden konnte, der wußte, wieviel zwei und fünf ausmachte, eine schöne Handschrift schrieb und wie eine Frau die Küche aufzuwaschen verstand, würde ihn bei seinem Vater ausstechen. Davon war er überzeugt. Sam war nicht absolut einfältig, aber seine Kenntnisse beschränkten sich eigentlich nur darauf, anderen Schaden zuzufügen – darin war er ein Meister. In seinem Kopf hatte es nicht Platz für viele Gedanken; bisher gab es darin nur einen einzigen – das war die hündische Liebe zu seinem Vater. Nun kam noch ein anderer hinzu, der Haß gegen Zachary und die Entschlossenheit, diesen möglichst so zu quälen, damit er die Fleete-Mühle recht bald verlasse.

Sollte er fortgehen? Zachary brütete über der Frage, während er mit dem einen brauchbaren Auge nach den Sternen hinter dem Hügel sah. Er wußte, daß der gemütliche, nicht allzu intelligente Müller ihn gern hatte, ihn sehr verwendbar fand und sich in ihre Schlägereien nicht einmischen wollte. Die beiden Jungen sollten den Streit allein ausfechten. Zachary hatte gebeten, hierbleiben zu dürfen, und mußte die Folgen auf sich nehmen. Außerdem hielt Jakob nicht viel von einem Burschen, der sich nicht wehren konnte. Er selbst war ein berühmter Ringer; jeder kannte seinen Namen in der Grafschaft, die in ganz England für ihre großartigen Kämpfer berühmt war, und Sam trat bereits in des Vaters Fußstapfen. Jakob Bronescombes Meinung nach war ein Mann, der seine Fäuste nicht gebrauchen konnte, überhaupt kein Mann. Zachary mußte das entweder lernen oder aufgeben.

Dies waren die beiden Möglichkeiten, die Zachary nun erwog. Heute befand sich sein Mut auf Tiefstand, und das erste schien ihm über seine Kräfte zu gehen. Bei der Marine war sein Bedarf an Roheiten, blauen Flecken und Schmutz gedeckt worden. Wie sollte er noch mehr davon aushalten? Seine Angst vor Schmerzen wurde größer und größer. Er sehnte sich nach Sauberkeit, Ruhe, Güte und Sicherheit. Unstet warf er sich hin und her, stöhnte ein wenig, wenn ihm seine Glieder weh taten, und schluchzte sogar bei dem Gedanken an seine Verlassenheit und Unentschlossenheit. Er schluchzte so lange, bis er betäubt war, versank in leichten Schlummer, um schluchzend wieder aufzuwachen. Nun ging der Mond auf, und Zachary konnte verschwommen das Weglein hügelaufwärts erkennen. Er betrachtete es, unterdrückte das Schluchzen und ärgerte sich über sein kindisches Benehmen. Der Versuch, seiner selbst wieder Herr zu werden, ließ ihn alles klarer sehen, der kleine Weg leuchtete aus dem Dunkel auf, und plötzlich bildete er sich ein, er sehe, wie Stella hinaufsprang, so wie sie gewiß den andern Hügel immer hinaufhüpfte – ein fröhliches Persönchen, tapfer und glücklich, obgleich doch auch sie ganz allein war. Sie ähnelte einem Feenkinde im grünen Kleid, so leicht wie Distelflaum. Doch die warme Glut tapferer Beherztheit, die Zachary beim Anblick der Kleinen durchdrang, hatte nichts Märchenhaftes an sich. Sie gab ihm natürliche menschliche Kraft, als Ausfluß ihres eigenen fröhlichen Mutes, wie sie so ganz allein im Mondlicht aufwärts sprang ... Als er nochmals in die Richtung schaute, war die Erscheinung verschwunden; er hatte sie sich nur im Halbtraum vorgestellt – aber die Kraft blieb.

Nein, er würde nicht klein beigeben, er wußte nun, wie er das Problem lösen konnte. Zachary sah sich wieder inmitten der Takelage, gegen seinen Willen angebunden und Hölleinpein erduldend. Und er erinnerte sich, wie er in der gleichen Lage im Eibenbaum hing. Aber dort hatte er seine Arme freiwillig ausgestreckt, und der Baum hielt ihn aus eigener Kraft. Was immer er in dieser verdammten Mühle erleben sollte, er schwor sich, es bis zum unumgänglichen Ende durchzuhalten. Diesmal wollte er dem Schicksal nicht zuvorkommen. Er würde nicht auskneifen.

Als aber die Nacht weiter verstrich und Zachary schlaflos und fiebernd dalag, erkannte er, daß das unumgängliche Ende nicht in zerbrochenen Knochen bestehen durfte. Innerhalb der nächsten Tage mußte er all seinen Verstand zusammennehmen. Während eine Stunde nach der andern verrann, dachte er scharf nach, und bei Anbruch der Dämmerung wußte er, was er zu tun hatte. Obwohl er sich vor Schmerzen kaum rühren konnte, stand er auf, stolperte die Treppe hinunter und wusch sich an der Pumpe neben der Haustür. Dann ging er hinein, machte Feuer, deckte den Tisch für das Frühstück, und als der Müller und Sam herunterkamen, zischte der Speck bereits in der Pfanne. Jacob schnalzte anerkennend mit der Zunge, aber Sam wurde hochrot im Gesicht und versetzte Zachary einen Tritt an das Schienbein, daß diesem der Atem verging und er beinahe die Bratpfanne fallen ließ.

«Zahl es ihm zurück, Junge», riet Jacob gereizt.

«Ich hab einen bessern Plan, Herr», erwiderte Zachary und humpelte mit dem Speck zum Tisch. «So fest kann ich es ihm im Augenblick nicht geben, wie er mir – das wißt Ihr –, aber ich habe etwas vor.»

«Was?» fragte der Müller und rückte seinen Stuhl heran.

Während des Essens legte Zachary nun seinen Wunsch vor. Sie sollten ihn beide das Ringen lehren, ihn in dieser Kunst sachgemäß unterrichten. Inzwischen müßte ihn Sam aber in Ruhe lassen. Jedoch am nächsten öffentlichen Ringen – es sollte im kommenden Monat stattfinden – wollte er es mit Sam ausfechten; von Mann zu Mann, anständig nach allen Regeln der Kunst. Und wenn Sam ihn besiegte, würde er das Feld räumen. War es ihnen so recht? Mittlerweile aber sollte ihn Sam in Frieden lassen, damit er seine Arbeit ungestört weiter verrichten könne.

Sams Augen glänzten. Ob in einem Monat, in einem Jahr oder in zwei Tagen, das war ganz einerlei; in einem Kampf auf Leben und Tod im Ring würde er diese zimperliche Vogelscheuche zu Brei schlagen. Der Müller, vom gleichen überzeugt, sah zweifelnd drein.

«Er wird dich wahrscheinlich töten, mein Junge», sagte er.

«Wenn ich am Ende des Monats, nachdem Ihr mich im Ringen unterwiesen habt, nicht imstande bin, mich zu verteidigen, dann soll er mich nur totschlagen», erwiderte Zachary. «Inzwischen sich aber still verhalten. Abgemacht?»

Der Müller und Sam antworteten beide: «Gut. Abgemacht, Bursche.»

8. Kapitel

I

An einem Nachmittag im Oktober rumpelten Dr. Crane und Äskulap müde heimwärts. Es war ein echter Devon-Tag, warm, gedämpft und ruhig, in graue Wolken gehüllt. Aber der Wolkenschleier war so dünn, daß nur die entfernteren Farben und Konturen in Nebel getaucht schienen. In der Nähe glänzte das Grau, und das Gras leuchtete wie Feuer. Die ländlichen Geräusche vereinten sich zu einer eigenartig unterdrückten Musik, wie bei einer Geige mit Dämpfer. Nichts rührte sich, nur gelegentlich flatterte ein gelbes Blatt langsam in der stillen Luft herab. An solchen Tagen waren alle Gerüche doppelt stark. Eine späte Rose duftete so süß wie ein ganzer Junistrauch, Rauch schien Weihrauch zu sein, und die verstreuten Veilchen, die in Devon im Schutz der grauen Mauern zu jeder Jahreszeit blühen, erfüllten die Luft mit solchem Wohlgeruch, daß man ganze Flächen davon vermutete, und dabei wuchsen sie völlig unsichtbar. Diese wundervollen grauen Tage waren oft Vorboten eines Sturmes. Sie hatten daher etwas Zerbrechliches, Schmerzliches an sich, und gewöhnlich genoß der Doktor ihre Schönheit bis zur Neige, in Erwartung des kommenden Aufruhrs. Heute aber war er zu müde, um etwas anderes zu erfassen als die gesegnete Stille und Wärme.

Dr. Crane war in ein entferntes Dorf außerhalb seines Bezirks gerufen worden, um einem anderen Arzt bei einer schwierigen Niederkunft zu helfen. Dort hatte er die ganze Nacht und den größten Teil des Tages verbracht und mitgeholfen, zwei Leben zu retten. Er war sehr zufrieden darüber. Aber hätte er sich schon mit einem heißen Bad, einer Mahlzeit und etwas Bettruhe erfrischen können, wäre er noch froher für die junge gerettete Frau gewesen, die von ihrem Mann so sehr geliebt wurde. Als Arzt hatte er viel Liebe gesehen und immer wie ein Löwe gekämpft, um sie vor Schmerzen und Tod zu schützen.

«Liebe ist die Gottheit, die Frieden unter die Menschen bringt, das Meer beruhigt, die Windstille vor dem Sturm, Ruhe und Schlaf den Bedrückten schenkt. Die Liebe singt aller lebenden Kreatur, besänftigt die gequälten Gemüter der Götter und Menschen.» Jene

Worte Agathons paßten zu diesem stillen, friedlichen Tag, ebenso wie sie ihm auf dem kleinen Stück Papier in Stellas Medaillon angebracht schienen. Denn seiner Ansicht nach waren sie Stella auf den Leib geschrieben. Wenn er sich nicht irrte, besaß das Kind die Gabe großer Liebe. Nicht verwirrende Leidenschaft, sondern Liebe im Sinne des alten Wortes Nächstenliebe, die etwas unendlich Friedliches, Tiefes und Stilles bedeutete. Und da die Worte auf Griechisch, von feiner, geschulter Hand geschrieben waren, bewiesen sie ihm, was er bereits angenommen hatte, daß Stella das Kind gebildeter Eltern war. Er hätte viel darum gegeben, den Namen der Eltern zu erfahren, und wieso die junge Mutter in die Tragödie der «Amphion» verwickelt worden war.

Das Ende des herrlichen Zitats sang in seinem Geiste weiter. «Ja, der Gott der Liebe –, ‹er befreit uns von der Fremdheit, macht uns reich an Vertrautheit, sendet uns sanfte Sitten, wendet wilde Sitten von uns, belohnt uns gern mit Huld und verschont uns mit Haß; ein Segen den Guten, ein Schauspiel den Weisen, ein Wunder den Göttern; ersehnt, wem das Glück fehlt; zu eigen, wen das Glück wählt; des Genusses, des Behagens, des Glanzes, der Anmut, der Sehnsucht, des Verlangens Vater; nur besorgt um die Guten, unbesorgt um die Schlechten; in Nöten, in Ängsten, in Sehnen, in Wähnen der beste Steurer, Kämpfer, Helfer und Retter; aller Götter und Menschen Preis; strahlend als Führer in Schönheit und Tugend ...›»

Wo war er? Benommen von Müdigkeit und der magischen Schönheit der Worte, hatte er den falschen Weg eingeschlagen; oder vielmehr Äskulap, der sich nicht geführt fühlte. Anstatt heimzufahren, nahmen sie Richtung auf einen kleinen Weiler nahe Torre Abbey. Einigermaßen empört brachte der Doktor das Pferd zum Stillstand. «Nach so vielen gemeinsamen Jahren dachte ich, du würdest imstande sein, mich direkt heimzubringen, wenn meine Arbeit getan ist», brummte er. «Was ist mit dir los? Kehr um.»

Doch Äskulap weigerte sich, umzukehren. Mit einem Ruck machte er seinen Kopf frei und trabte vorwärts. Noch einmal zog der Arzt die Zügel an, und wieder ging er geradeaus.

«So folg deinem Kopf», murmelte der Doktor nachgebend. «Aber wenn man mich nicht in dem Dorf braucht, wenn du einfach eine Extratour machen willst, gibt es heute abend kein Futter für dich.»

Das sagte er etwas ärgerlich und seufzte müde, aber er ließ

Äskulap seinen Willen. Er kannte den sicheren Instinkt des klugen alten Pferdes, der weitaus entwickelter war als der menschliche, sogar sicherer als derjenige eines Arztes oder Priesters, deren berufliches Feingefühl nie abstumpfen kann, weil es ständig von der Not anderer wachgehalten wird.

Die schmale Straße, der Äskulap folgte, mündete in eine breitere, und der Doktor befand sich auf einmal inmitten eines ganz ungewöhnlichen Verkehrs. Ein paar Kutschierwagen, ein Fuhrwerk, voll beladen mit Landleuten, allerlei Bauernlümmel und außerdem zahllose Hunde tummelten sich herum. «Wohin geht es?» fragte Dr. Crane jemand auf einem der Wagen.

«Zum Ringkampf, Herr.»

«Ringen?» rief der Arzt aus. Seine Müdigkeit war plötzlich vergessen, er drückte seinen Hut fester auf den Kopf und gestattete Äskulap, ein rascheres Tempo einzuschlagen. Das Ringen der Devon-Männer war ein eher brutaler Sport, der körperliche Schäden zur Folge hatte, die er als Arzt verurteilen mußte. Aber als geborener Devoner und hier aufgewachsen, war er stolz auf die ererbte Geschicklichkeit und den Mut seiner Landsleute. Außerdem betrachtete er die Ringkunst in diesen kriegerischen Zeiten als gute Übung.

Als der Doktorwagen den Dorfanger erreichte, war der Kampf bereits in vollem Gang, und ein dichtes Gedränge von Männern, Frauen, ja sogar Mädchen umgab das mit dicken Tauen abgegrenzte Viereck des Ringes. Jedoch war der Wagen hoch gebaut, und hinter einer etwas lichteren Zuschauermenge aufgestellt, gab er eine ausgezeichnete Tribüne ab. Äskulap, am Ziel seiner instinktgeleiteten Reise angelangt, stand wie ein Fels.

2

Der mit Tauen abgegrenzte Ring hatte etwa zwanzig Meter Durchmesser. Innerhalb dieser Abgrenzung befanden sich die drei Schiedsrichter oder Schrankenführer, Männer von großer Erfahrung in dieser Kunst, die streng auf das Einhalten der Regeln und die Würde des großen Ereignisses achteten. Sie entschieden im Streitfall augenblicklich und ohne Recht auf Berufung. Einer von ihnen, wußte der Doktor, war im Besitz der Börse – etwa sechs oder sieben Pfund –, von wohlhabenden Leuten der Nachbarschaft gestiftet. Das Geld wurde am Ende des Kampfes dem Sieger überreicht. Gewöhnlich begann das Ringen in den frühen Nachmittagsstunden und wurde bis zum Einbruch der Dämmerung fortgesetzt. Die allgemeine Aufregung stieg mit dem Anzünden der Laternen, und die Zuschauermenge lehnte sich luchsäugig an die Umfassungsseile, um guten Sport zu genießen.

Die Regeln waren einfach, mußten aber befolgt werden. Jedes leiseste Mißachten wurde mit wütendem Gebrüll quittiert. Die Ringer durften oberhalb des Hosenbundes zupacken, aber nicht darunter. Es war ihnen erlaubt, vom Knie abwärts Fußtritte zu versetzen, bis Blut floß und alle Knochen brachen, aber oberhalb des Knies waren sie verboten ... Die Dartmoorer Männer waren besonders gefürchtet, denn sie stießen wie der Teufel zu, konnten aber selbst unglaublich viel aushalten ... Zu Anfang des Kampfes wurde jeder, der seinen Gegner zweimal hintereinander auf Rücken, Bauch oder Seite warf, als Anwärter auf die Börse bezeichnet. Wenn die Zahl dieser Leute auf acht herabgesetzt war, erhielt jeder einen Kranz. Es war eine Ehre, zu den Großen Acht zu gehören. Der Sieger im Wettkampf wurde in der Nachbarschaft höher geehrt als der König selbst.

Dr. Crane setzte sich in Erwartung der Dinge bequem zurecht. Der Tag eignete sich ausgezeichnet für das große Spiel. Keine Sonne blendete die Kämpfer, kein kalter Wind zwickte die Zuschauer. Und überall die wunderbar satten Farben, die den besonderen Reiz des Tages ausmachten! Das englische Wettkampfpublikum hat doch nicht seinesgleichen, gutmütig, vernünftig und vergnügt wie es ist, dachte der Arzt und musterte die rosigen ländlichen Gesichter, die hellen Kleider und Mäntel. Viele der kleinen Wagen und Fuhrwerke schmückten Blumensträuße oder Rosetten aus bunten Bändern. Nicht einen einzigen Schatten von Bekümmertheit bemerkte er in den Mienen ringsum. Man war im Krieg. Schon nächste Woche konnte das Land vom Feind überrannt werden. Aber die glückliche – wenn auch oft aufreizende – Eigenschaft der Engländer, sich erst im allerletzten Augenblick aufzuregen, bewahrte die Menge vor dem Gedanken an kommendes Unheil. Wie immer auch der Kampf heute ausgehen sollte, es würde weder Bitterkeit noch Feindschaft zurückbleiben. Der Entscheid der Unparteilichen würde nicht angefochten werden und der Besiegte seine Niederlage auf sich nehmen. Wenn er am Boden lag, gab es keinen weiteren Schlag. Die Wunden des Unterlegenen wurden sorgfältig verbunden, man ließ ihnen dann fast ebensoviel Achtung zuteil werden wie der Gruppe der Auserwählten.

Bei Gott, dachte der Doktor, als er die Ringer betrachtete, das sind einmal feste Burschen! Wo in aller Welt gab es so breite Schultern, solche Kraft und derartige Muskeln? Und noch dazu in Kriegszeiten, wo so viele Männer eingezogen waren. Fehlte es dem einen an körperlicher Stärke, so wurde dieser Mangel wettgemacht durch Geschick und Behendigkeit. So wie jener dunkelhaarige Junge dort, der schlank wie eine Haselgerte, aber sehnig, mit mehr Kraft in den Armen, als man vermuten sollte, seine Füße so gewandt setzte, daß er noch nicht zu Boden geworfen worden war. Obgleich er nicht für diesen Sport geeignet schien und den Kampf wohl kaum durchstehen konnte.

Mit der Zeit konzentrierte sich die Aufmerksamkeit des Arztes nurmehr auf diesen Jungen. Wer war er? Jedenfalls kein Bauernflegel. Sein Wesen, das von guter Herkunft zeugte, nahm den alten Herrn so gefangen, daß er seinen Kampf mit wachsender Sorge verfolgte. Dr. Crane spürte beinahe im eigenen Körper das Arbeiten der Lungen unter den schmerzenden Rippen, den Angstschauer beim Bewußtwerden der nachlassenden Kräfte und den verzweifelten Mut, die Hindernisse zu bewältigen. Verdammt noch einmal, des Burschen überraschend kontrastreiches Gesicht gefiel ihm. Der empfindsame Ausdruck, die feinen Lippen und zitternden Nasenlöcher, sie erinnerten an ein erschrecktes Pferd, dazu die hohe Denkerstirn, das eigenwillige Kinn und die düsteren Augen unter den dichten, dunklen Brauen. Jetzt lag er am Boden! Nein, noch nicht. Er hatte sich durch geschickte Fußstellung gerettet. Aber jetzt! Nein, nicht er. Durch eine kurze Drehung der sehnigen Arme hatte er seinen Gegner glatt auf den Rücken geworfen. Nun war er einer der Großen Acht und hatte diese Ehrung durch außergewöhnliche Gewandtheit und Mut verdient. Der Doktor konnte sich an Ähnliches nicht erinnern. Er schrie Beifall wie ein Junge, all seine Müdigkeit war verflogen.

Nun trat eine Pause ein. Die Acht erhielten ihre Kränze, zogen die Mäntel an und ruhten ein wenig aus, umringt von bewundernden Freunden. Aber der dunkle Bursche schien keine Freunde zu haben. Er saß allein da. Der Arzt bemerkte, daß der zerrissene Mantel viel zu groß war, als hätte er ihn für ein Trinkgeld von einem Hausierer erworben. Dafür besaß er etwas, was die wenigsten anderen hatten, ein feines Batisttüchlein, kein Männertaschentuch, ein Frauennastüchlein, klein und weiß. Der Junge benutzte es nicht. Er zog es nur aus der Tasche, sah es eine Weile an, faltete es sorgsam zusammen und steckte es wieder ein, als hätte es großen Wert für ihn. Sogleich erinnerte sich der Doktor an Stellas jungen Vagabunden Zachary, den Knaben vom Mond, dem die Kleine ihr Taschentuch gegeben. Dr. Crane hatte sich vorgenommen, Zachary ausfindig zu machen, hatte es anfangs auch versucht, dann aber wieder vergessen. Denn niemand, der auf Stellas Beschreibung paßte, war ihm vorgekommen. Ob er dies war? Der forschende Blick des Arztes war nun so durchdringend, daß Zachary ihn fühlte und in seine Richtung sah. Beider Augen trafen sich, und der Doktor lächelte. In diesem Lächeln lag die Herzlichkeit eines Vaters für seinen Sohn. Zacharys Gesicht, das vor Erschöpfung bleich gewesen war, lief feuerrot an, er öffnete die Lippen. Sein Blick heftete sich an die Augen des Arztes, wie es so oft seine Patienten taten, wenn sie meinten, bei ihm allein läge ihre einzige Hoffnung. Und ebenso wie seinen Kranken, versuchte der Arzt auch Zachary Mut und Vertrauen einzuflößen. Dann sah der Junge plötzlich weg, schloß die Lippen, die Spannung seiner Muskeln ließ nach, und er wartete ruhig; die Hand umschloß weiter das Tüchlein in der Tasche. Auch des Doktors Haltung entspannte sich. Er wartete nun auf den Wiederbeginn des Kampfes. Ihm schien, als fühle er alles mit dem Jungen, Angst sowohl wie Ermattung.

Als Dr. Crane Zacharys neuen Gegner, den riesigen Lümmel Sam Bronescombe wahrnahm, begriff er die Furcht des Jungen. Die wenigen Sekunden vor Beginn des Ringens stand Zachary ganz still, während sich Sam wie ein wildes Tier hin und her bewegte. Dem Doktor wurde es klar, daß sowohl die große Ruhe des einen wie die Rastlosigkeit des andern Ausdruck todernster Absichten waren. Die beiden standen hier, um einen Kampf auszufechten, in dem es um mehr ging als das Messen gegenseitiger Kraft und Geschicklichkeit. Der Arzt stand auf, ihm war so bange zumute wie bei der Krisis eines Falls von Lungenentzündung. Sam Bronescombe! Zacharys ganzer Mut, sein ganzes Geschick würden ihn nicht vor der stierhaften Kraft dieses brutalen Gesellen schützen, der die Dartmoorsche Zähigkeit in den Beinen hatte. Dr. Crane versuchte, seine aufmunternden Zurufe unter die der anderen Zuschauer zu mischen, aber seiner schmerzenden Kehle entrang sich nur ein Stöhnen.

Zachary hielt sich länger, als Dr. Crane für möglich gehalten hätte, obgleich das Blut ihm die Beine herablief und Sams muskulöse Arme allen Atem aus dem schmalen Körper zu pressen schienen. Schließlich verlor er doch den Boden, und Sam warf ihn mit einem wilden Ruck brutal auf den Rücken. Still lag er auf dem Rasen, wie ein langbeiniger toter Vogel, ein Reiher oder Storch, den man flügellahm geschossen hatte. Aber ehe diese Stille unheilvoll wurde, war der Arzt schon vom Wagen gesprungen und an seiner Seite.

«Zurück, ihr Narren!» fuhr er die herbeiströmende Menge an, kniete neben dem Jungen nieder und untersuchte ihn. Zum erstenmal in seiner Arztlaufbahn zitterten ihm die Hände ein wenig. Etwas von seiner Besorgnis teilte sich den Zuschauern mit; niemand rührte sich während der kurzen Untersuchung, und seinem raschen, erleichterten Seufzer folgte ein Sturm kameradschaftlichen Beifalls.

«Nur betäubt, soweit ich im Augenblick sehe», sagte Dr. Crane dann und stand auf. Als seine Augen auf Sam fielen, der in der Haltung eines siegreichen, selbstbewußten Helden dalehnte, blitzte er diesen so wütend und unheildrohend an, daß Sam tatsächlich einen Schritt zurückwich. «Keinen Dank für dich, du Scheusal! Du hast dich zwar an die Regeln gehalten, wolltest ihn aber umbringen. Wenn du die Börse gewinnst, Bursche, wünsche ich dir keinen Segen dazu!»

Der Arzt bückte sich, hob Zachary mit seinen langen starken Armen auf, als wäre er federleicht, ohne recht zu wissen, was er mit ihm anfangen sollte. Er wollte ihn nur da fortnehmen. Es war ein grotesker Anblick, diese krummen Beine und hohen Schultern und der schlaksige Junge. Aber niemand lachte, und ein großer, schlanker Mann mit grauem, reserviertem Gesicht, in ernster schwarzer Kleidung, der die Szene mit ansah, wurde plötzlich von einer Erinnerung gepackt. Es war irgendeine Tragödie, die er einmal gesehen hatte. Was war es nur? Er schnappte mit den Fingern. Nun hatte er es. König Lear mit seinem toten Kind im Arm. Sofort trat er vor, wollte helfen, so wie nur Erinnerung an schmerzlichen Verlust antreiben kann.

«Das Häuschen, wo ich wohne, liegt gerade hinter Ihnen», sagte er mit angenehmer, eindringlicher Stimme.

Dr. Crane folgte ihm. Er war sich nur des Jungen in seinen Armen bewußt. Äskulap folgte ebenfalls, zog holpernd den Wagen hinter sich her über das rauhe Gras und empfand, daß nun gewisse menschliche Angelegenheiten zu einem glücklichen Ende gebracht waren, und zwar durch sein eigenes Zutun. Er warf den Kopf über die niedere Einfassung des Landhausgartens und begann gemächlich an einem saftigen Busch zu kauen.

3

Zachary, schmerzhaft ins Bewußtsein zurückgerissen, fand sich auf einem Tisch ausgestreckt, in einem Studierzimmer liegen, dessen Wände mit Büchern bedeckt waren und wo es herrlich nach frischem Kaffee duftete. Mit gewissenhafter Sorgfalt bemühte sich jemand um den Zustand seiner Beine. Dunkel nahm er die Gegenwart zweier ungewöhnlich aussehender älterer Herren wahr, wie sie ihm noch nie unter die Augen gekommen waren.

Dann – weil die ärztlichen Eingriffe ganz außerordentlich schmerzten – schloß er die Lider von neuem, biß die Zähne tapfer zusammen, tastete mit den Händen nach den Tischecken und nahm für Minuten keine weitere Notiz von ihnen. Doch durch das Geräusch in seinen Ohren und das Dröhnen im Kopf hindurch hörte er einer sehr erstaunlichen Frage und Antwort zu ...

«Ihr Sohn?» erkundigte sich die schön abgetönte Stimme mit dem leicht fremden Tonfall.

«Nie gesehen bis heute», brummte das tiefe und volle Organ mit dem Westland-R. «Aber, nach dem, was geschehen, möchte ich sagen – sehr wahrscheinlich – mein Sohn.»

Zachary war unfähig, das zu enträtseln. Er hatte im Augenblick genug damit zu tun, sich an der Tischkante zu halten und stillzubleiben. Doch fühlte er in den letzten Worten einen unbestimmten Trost. Und im Lauf des weiteren Gesprächs, das über seinem Kopf hin und her ging, verspürte er – obwohl es ihn nicht persönlich betraf – erneute Erleichterung, ein Beruhigtsein, wie es von Wohlbekanntem ausgeht.

«Sie haben da die erste Auflage, sehe ich», sagte die tiefe Stimme. «Ich kenne den Einband wieder. Waren Sie persönlich mit dem Verfasser bekannt?»

«Ich hatte die Ehre, ihn ein- oder zweimal in London zu treffen», antwortete der andere – es klang wie Musik. «Ein großer Kenner. Ohne Zweifel der größte derzeitige Gelehrte, und das in einer Generation, die Swift, Goldsmith, Addison und Pope hervorgebracht hat. Nun, nachdem Sie diesen Verband umgelegt haben, wird sich Cordelia besser fühlen. Ich möchte vorschlagen, Ihr Kind in den Sessel hinüberzutragen. Der Kaffee kocht.»

«Cordelia!» stieß die dunkle Stimme unwillig hervor. «Der Junge mag ein mädchenhaft zartes Aussehen haben, aber – verflucht noch mal – er schlägt sich wie ein Mann!»

«Es war nichts Persönliches beabsichtigt, Herr», wurde erwidert. «Ihr Anblick mit dem Jungen im Arm ließ mich nur an jene schmerzliche Szene denken. Erinnern Sie sich?» Und er zitierte mit einer eigenartigen Tiefe des Gefühls, die den Doktor beruhigte. «... sie lebt. Oh, lebt sie, so ist's ein Glück, das allen Kummer tilgt, den ich jemals gefühlt.»

Shakespeare! Wie lange war es her, daß er zugehört hatte, wie man Shakespeare vortrug, fragte sich Zachary. Es lag schon Heilung im Klang der Worte, im Gefühl der starken Arme, die ihn aufhoben, auch in der Berührung des weichen Sessels. Und dann schluckte er den heißen Kaffee und kam wieder in teilweisen Besitz seines Verstandes. Doch war er immer noch sehr verwirrt. Wer war er nun? Anthony? Zachary, Cordelia? War er dabei, zum drittenmal ein neues Leben anzufangen? Aber er wollte nicht Cordelia sein, die nichts mit Stella zu tun hatte. Zachary hatte das. Darum mußte er Zachary bleiben.

«Ich bin Zachary», sagte er.

Der Doktor nickte beruhigend und schob einen Stuhl neben den Sessel. «Ich weiß. Zachary Moon. Mein Name ist Crane. Ich bin ein reizbarer Junggeselle, Arzt von Beruf, und lebe allein. Gibt es irgendeinen Grund, Zachary, aus dem du nicht zu mir nach Hause kommen könntest, um mir einen Besuch zu machen?»

«Ich wüßte nicht, Herr», gab Zachary zur Antwort. Dann war er wieder kurze Zeit still, dachte über alles nach und versuchte sich zu erinnern, ob er irgendwohin gehöre. «Nein, ich denke, ich muß nirgends hin. Ich war in der Mühle, habe dort für Jacob Bronescombe gearbeitet. Er hatte mich gern – aber Sam nicht. Ich habe Sam gesagt, wenn er mich heute umwerfen würde, ginge ich.»

«Nun, dann hast du dich eben davongemacht», sagte Dr. Crane. «Gut. Bleib nun ruhig und bring deinen durcheinandergeschüttelten Verstand in Ordnung. Ich mache inzwischen einen Rundgang mit unserm Gastgeber durch seine Büchergestelle. Nachher fahren wir.»

Zachary konnte es nicht ganz fassen und versuchte auch gar nicht. Er wußte bloß, daß alles richtig war. Ein Weilchen lag er mit geschlossenen Augen. Dann öffnete er sie wieder und starrte erstaunt die beiden Männer in der anderen Zimmerecke an. Sie standen dort einander gegenüber, tief ins Gespräch versunken, und hielten kostbare Bücher in den Händen. Zwei vernarrte Gelehrte, die sich anscheinend vorher nicht gekannt, deren beiderseitige Liebe zum Studium sie nun aber beinahe schon zu Freunden gemacht hatte. Sie waren vollkommen verschieden voneinander. Der eine breitschultrig, massig, klein geraten – mit krummen Beinen und einem Buckel. Der andere groß, elegant und dünn. Der Gegensatz hätte komisch sein können, wäre nicht die Eigenart eines jeden eindrucksvoll gewesen. Beide hatten sie, wie deutlich zu sehen war, viel gelitten, und zwar so, daß dem äußeren Auge der eine nun wie ein Fels vorkam, während der andere von Stahl zu sein schien. Niemand würde entscheiden können, welcher der bessere von beiden wäre – man würde nicht einmal den Versuch wagen.

Doch Zachary fühlte keine Furcht vor der großen Kraft des Arztes noch vor seiner brummigen Stimme oder der fast grotesken Mißgestalt – nur Respekt und eine leicht erstaunte Zuneigung. Niemals würde er, solange er lebte, den Augenblick im Ring vergessen, als er umhergeschaut hatte und des Doktors Augen begegnet war. Die Zärtlichkeit in dem wettergebräunten Gesicht des Mannes war wie Quellwasser gewesen, das aus einem Felsen sprang, und wie solches hatte es ihn erfrischt. Warum konnte ein Fremder ihn so ansehen, als bedeute er ihm etwas? Er wußte es sich nicht zu erklären. Aber allein die Tatsache, daß ein Unbekannter in dieser grausamen Welt für einen andern Unbekannten ein fast geheiligtes Mitleid empfinden konnte, war ihm ein Vorbote davon, daß die Welt vielleicht nicht ganz so hart sein mochte, wie er sich dachte. Vorher war er scheußlich ängstlich gewesen, hoffnungslos und entmutigt. Nach diesem Blick jedoch – trotzdem er über den Ausgang des Kampfes mit Sam ganz im klaren war – fühlte er sich stark und gelassen.

Der andere Mann hatte allem Anschein nach des Doktors Mitleid nicht nötig. Sein Äußeres erinnerte Zachary an jene aristokratischen Emigranten, die er in Bath gekannt hatte. Da er ja selbst ein halber Franzose war, erwärmte er sich sofort für ihn, obwohl in seiner farblosen Kälte nichts lag, das ein derartiges Gefühl hervorrufen konnte. Er sah vorzeitig gealtert aus. Sein dünnes Haar, das an den Schläfen bereits zurückwich – tadellos gebürstet und mit einem schwarzen Band zusammengehalten –, war schon weiß. Das schmale, straffgespannte und feingezeichnete Gesicht war pergamentfarben. Es lag eine solche eisige Zurückhaltung auf ihm, eine so harte Selbstbeherrschtheit, daß man sich kaum vorstellen konnte, wie es entspannt und besänftigt, in irgendeiner menschlichen Schwäche oder Zärtlichkeit aussehen möchte. Das einzig Weiche an ihm war die Anmut der hohen, mageren Gestalt und die Schönheit seiner Stimme. Er war ernst in Schwarz gekleidet und trug eine peinlich genau gefaltete weiße Halsbinde. Sein Anzug war der eines Gelehrten, aber Kopf- und Schulterhaltung machten einen fast militärischen Eindruck. Die Hände waren wohlgeformt und sahen, im Gegensatz zu seinem Gesicht, überraschend jung und stark aus. Zachary hatte die Empfindung, ihn schon einmal gesehen zu haben, aber in seinem verwirrten Zustand konnte er sich nicht erinnern, wo.

Doch im Augenblick der Abfahrt erstaunte Zachary so sehr über den kalt scheinenden Mann, daß er sich kaum zusammennehmen konnte, um ihm höflich Lebewohl zu sagen. Während Dr. Crane seine Tasche zum Wagen trug, kam er zu Zachary, half ihm auf die Füße und stützte ihn, indem er seinen Arm um ihn legte. Das Gefühl dieses Armes war in erster Linie überraschend – es lag ein so starkes Wohlwollen darin, daß es dem des Arztes nahezu gleichkam. Zachary schaute dankbar auf, antwortete dieser Freundlichkeit, wie eine Blume der Sonne – und begegnete dem Blick eines ungewöhnlich strahlenden Augenpaars. Dann lächelte der Mann, und das war, als ob Licht aus seinem Gesicht hervorbreche. Glich der Mitleidsausbruch des Doktors einem Quell, der aus dem Felsen schießt, so ließ dies innere Leuchten an ein Rapier denken, das in der Sonne funkelt. Zachary blinzelte. Als er nochmals hinzusehen wagte, war das Rapier bereits zurück in der Scheide und des Mannes Gesicht wie vorher, starr in kalter Reserve. Das erschütterte den Jungen. Hierdurch erfuhr er zum erstenmal von jener Wandlung, die stattfinden kann, wenn irgendwer oder irgendwas die Sprungfeder berührt, die eines großen Mannes verborgene Eigenschaften freilegt. Es kam ihm nicht in den Sinn, weder jetzt noch später, daß es etwas in ihm selbst gewesen sein könnte, das diese Feder berührt hatte. Er wußte noch nicht, daß in den seelischen Berührungspunkten, in ihnen allein, die Elemente geistigen Wachstums liegen.

Bereits waren sie den Gartenweg zur Hälfte hinuntergegangen. Dr. Crane gab gerade nicht auf sie acht, weil er sein Zeug im Wagen verstaute. «Zachary», sagte da der Mann, «du und ich sind einander schon begegnet, scheint mir. Erinnerst du dich? In der St.-Michaels-Kapelle. Ich hoffe sehr, daß wir uns eines Tages wiedersehen.»

Zachary nickte – sprachlos. Äskulap, der sie zwischen seinen Scheuklappen wohlwollend ansah, schaute ausgesprochen zufrieden drein.

9. Kapitel

I

Dr. Crane war nicht jemand, der dazu neigte, junge Leute zu verwöhnen. Weit davon entfernt. Dennoch steckte er Zachary für mehrere Tage ins Bett. Der hatte nichts dagegen. Sobald er die verletzten Beine bewegte, schmerzte sein Kopf, und er war müder, als er je gedacht hatte, daß man sich fühlen könnte. So lag er still und schlief, um nur aufzuwachen, wenn Tom Pearse ihn weckte, indem er seinen hornigen Daumen in Zacharys schmerzende Rippen stieß und ein Tablett mit etwas Eß- und Trinkbarem unter seine Nase schob – oder wenn der Doktor kam und ihn behandelte. Doch trotz dem Schlafbedürfnis wurde er seine Umgebung nicht mit einem Gefühl der Unvertrautheit oder Unklarheit gewahr, sondern mit dem tröstlichen Bewußtsein von etwas Wirklichem, das fast wie Wiedererkennen war und sich immer einstellt, wenn das, was sich um uns befindet, so ist, wie wir es wünschen und es als Teil von uns annehmen können. Nichts mehr jetzt von jenem erschöpfenden, nie endenden Kampf, um den Druck fremdartiger Greuel von sich abzuhalten. Hier gab es nichts, weder Geistiges noch Materielles, vor dem er zurückzuschrecken brauchte. Nach und nach entspannte sich jeder einzelne angestrengte Nerv seines Körpers, ließ ab vom Surren und kam zur Ruhe.

Sein Zimmer war klein und lag über dem Vorraum. Das niedere Rollbett war schmal und hart, nur ein Minimum an Möbeln umgab ihn, und an den weißgetünchten Wänden hing kein Bild. Doch alles war äußerst sauber, und die groben weißen Leintücher dufteten nach den Rosmarinbüschen, über die sie zum Trocknen gelegt worden waren. Blau-weiß gewürfelte Vorhänge wehten am offenen Fenster, durch welches ländliche Laute hereindrangen, der Wind in den Bäumen, das Platschen des Regens, Läuten von Kirchenglokken, Klippklapp der Pferdehufe, Hahnengeschrei und die Stimmen kleiner Kinder. Gute saubere Gerüche waren im Haus, von gebakkenem Brot, den Antiseptika des Doktors und Tabak, von Toms Möbelpolitur und gelber Seife.

Tom Pearse selbst hätte ein Mißton sein können, denn nur ein halber Blick aus einem Auge hätte jeden Beobachter überzeugt, es mit einem Seemann zu tun zu haben, der er gewesen war und bis zur letzten Stunde bleiben würde, wie viele Jahre er auch, aus Liebe zu Dr. Crane, fortführe, das trockene Land unsicher zu machen. Er war eine richtige, waschechte Blaujacke, ein feiner und in jenen Tagen der Zwangsaushebung seltener Typ – «jedes Haar ein Kabelgarn, jeder Zahn ein Marlspieker, jeder Finger ein Angelhaken und das Blut aus echt Stockholmer Teer». Runde helle blaue Augen saßen in einem faltigen, sauberrasierten Gesicht, das eine pockennarbige Nase zierte sowie ein großer zahnloser Mund, der in guter Laune ständig halb offen stand. Er zog sich immer noch wie ein Matrose an, trug lange weite blaue Hosen, die bequem um seine Beine schlappten, eine kurze runde blaue Jacke mit Messingknöpfen samt kanariengelber Weste. Das graue Haar hatte er zu einem Zopf gebunden, sein Gang war wiegend. Doch, obwohl er ein Seemann war, rechnete ihn Zachary nicht zur Vergangenheit, sondern nahm ihn für Zukunft. Denn die gute Laune, mit der er stets vollgesogen war wie die Kirsche mit Zucker, hatte nichts mit jenem Leben zu tun, nur mit diesem. Auf anderen, glücklicheren Schiffen mochte es auch seinesgleichen gegeben haben – nicht aber auf Zacharys. So liebte er denn Tom Pearse, und diese Zuneigung wurde erwidert. Tom war in seinen Seemannstagen Kanonier gewesen, er hatte nach den «Kleinen» gesehen, ihre Kleider in Ordnung gehalten und für sie gesorgt. Er war die geborene Mutter und ohne jede Eifersucht. Es bedeutete ihm ein Vergnügen, wieder einen «jungen Genelman» unter seiner Obhut zu haben.

Zachary wachte eines Abends in der Dämmerung ziemlich plötzlich auf – diesmal ohne jeden Schmerz im Kopf, auch fühlte er sich ganz klar. Ein Weilchen lag er und dachte nach. Dr. Crane war ausgegangen, das wußte er, und Tom arbeitete im Garten gerade unter seinem Fenster. Langsam richtete er sich auf, bewegte die noch schmerzenden Beine vorsichtig unter den Decken und setzte sich auf den Bettrand, ein komischer Anblick in des Doktors gefälteltem Nachthemd.

«Tom!» rief er. «Was hast du mit meinen Kleidern gemacht?»

«Kleider?» schrie Tom zurück und spuckte geringschätzig. «Soll'n die Lumpen, womit du gekommen bist, Kleider gewes'n sein? Nich' mal zum Aufwasch'n hätt' ich sie genomm'n, der Küchenbod'n wär' beleidigt gewesen. Sin' all längs' verbrannt.»

«Schön, aber ich möchte aufstehn. Was soll ich anziehn?»

Es gab eine Pause in Toms rhythmischen Spatenstichen. Zachary konnte sich vorstellen, wie er sich ziemlich ratlos die Ohren kratzte. Dann stapfte er ins Haus, die Treppe hinauf, zu seinem eigenen kleinen Zimmer im Dachstock. Umgehend erschien er jedoch wieder, seine bemalte Segeltuchtasche über der Schulter. «Seh' nich' ein, warum ich dich in 'm Dokter seine Kleider wickeln soll, kurz in die Beine, wie er is', un' so 'ne Schultern – wo du so 'ne dürre Vogelscheuche bis', alles Bein' un' keine Breitseite. Aber hier is' mein bester Ausgehstaat, den ich bei die Marine hatt', eh ich dicker wurd'. Nich' jed'n Bursch' könnt' ich in mein'n Sonntagskleider rumstolzier'n sehn, aber du bis' 'n netter Jung, un' ich leih sie dir mit'm größten Vergnüg'n.»

Er öffnete seine Tasche, und die erstaunlichste Auswahl der schönsten Sachen fiel heraus. Die Männer auf Zacharys Schiff waren arme, zwangsweise ausgehobene Leute gewesen, die nur das anhatten, was noch gerade im Kleiderkasten des Zahlmeisters übrig war. Zachary hatte deshalb keine Ahnung, was für eine Vielfalt von Kleidungsstücken ein alter, modisch und künstlerisch veranlagter Seemann in langen Dienstjahren sammeln konnte, der es vorgezogen hatte, sein Geld in einem fremden Hafen lieber für seine Bekleidung auszugeben als für Grog und Frauen. Weiße Leinenhosen, blau-weiß gestreifte Hosen, ein rotes Hemd, ein weißes Hemd, ein getüpfeltes und eine ebensolche Weste, eine gestreifte Weste und eine aus rotem Kaschmir. Jacken in Blau und Gelb. Strümpfe aus guter weißer Seide und schwarze Schuhe mit großen Silberschnallen. Ein niedriger Segeltuchhut mit einem schwarzen herunterhängenden Band, darauf das stolze Wort «Agamemnon» stand, ein bemalter Strohhut mit mehreren Bändern, die flott über das linke Auge fielen, ein Biberhut, eine Baskenmütze und eine Pelzkappe. Und drei große Taschentücher, rot, gelb und grün, die man als Turban um den Kopf tragen konnte, und zwei aus feiner weißer Seide für den Hals. Zachary schnappte nach Luft.

«Admiral Nelson hat' uns gern hübsch», sagte Tom weich, in Erinnerung versunken, als er all das aufs Bett legte. «Hier, Jung', wähl' aus!»

Aber Zachary in seiner Schwäche fühlte sich unfähig, etwas auszusuchen, und so zog ihm denn Tom wie eine Mutter ein feines weißes Hemd an, mit offenem Kragen, wie es der Dichter Byron trug, ein schwarzes Seidentuch um den Hals, weiße Leinenhosen, rote Weste, einen blauen Rock, weiße Seidenstrümpfe und Schnallenschuhe. Diese Herrlichkeiten hingen ziemlich an Zachary herunter, doch ein Gürtel um die Mitte hielt sie fester. Und als Tom noch die Schuhe poliert und mit des Doktors Haarbürste den wilden Schopf bearbeitet hatte, bis er ärger schmerzte als vorher, war er höchlichst zufrieden mit dem Ergebnis von fünfzehn Minuten harter Arbeit.

«Kein erwähnenswerter Anblick, aber doch ein Gentleman», entschied er. «Un' ich werd das Abendbrot in der guten Stube deck'n.»

Zachary ging ziemlich zittrig die Treppe zum Studierzimmer des Doktors hinunter und wartete dort im Stuhl den Fenstern gegenüber. Er hatte den Raum erst einmal gesehen, damals in der Nacht seiner Ankunft, ihn aber kaum beachtet. Wie er jetzt dasaß, nahm er alles in sich auf, die Bücher, die Kupferstiche der Helden des Doktors, die Ordnung, Sauberkeit und Ruhe. Und schmerzlich fragte er sich, ob er wirklich recht gehört hatte, wie Dr. Crane an jenem Abend sagte: «Nach dem, was heute geschehen ist – mein Sohn.» Nun gut, er würde es bald wissen.

Dann hörte er den Wagen ankommen und Tom hinausgehen, um Äskulap in den Stall zu führen, kurz darauf des Arztes festen Schritt im Vorraum. Das Herz schlug ihm wie ein Schmiedehammer, als er aufstand und sich verbeugte. Des Doktors Hand legte sich freundlich auf seine Schulter. «Hallo, Junge! Warum aufgestanden?»

«Ich konnte wieder, Herr», antwortete Zachary.

«Gut. Ich will mich schnell waschen und umziehen gehn, und dann wollen wir essen. Bin schon lange hungrig wie ein Wolf. Nach dem Essen können wir dann miteinander sprechen. Bei Gott, du in Toms Sonntagsausrüstung!»

Tom hatte beschlossen, das Ereignis würdig zu feiern. Er hatte auf dem runden Mahagonitisch in dem getäfelten Wohnzimmer vier Kerzen angesteckt und zwei auf dem Kamin und ein ungewöhnlich schmackhaftes Mahl zubereitet. Der Doktor kam in seinem besten blauen Anzug herunter, eine frische Blume im Knopfloch, das Augenglas eingesteckt, und öffnete eine Flasche Madeira und eine mit Portwein. Während der Mahlzeit ließ er das Gespräch leicht zwischen Politik und Kunst hin und her plätschern, und Zachary tat sein Bestes, um durchzuhalten. Denn der Madeira war ihm zu Kopf gestiegen und der Portwein in die Beine gefahren. Das Kerzenlicht spiegelte sich in der schönen Täfelung, der Schimmer des Silbers, der lange nicht gesehene Luxus eines weißen Tischtuchs, alles erinnerte ihn so lebhaft an Bath und rief ein solches Heimweh hervor, daß es ihm schwerfiel, das Zittern seiner Hände zu verhindern. Aber er hielt die Schultern straff und seine Stimme fest und war dankbar, daß der Doktor ihn beim Sprechen und Essen anscheinend nicht beobachtete.

Doch gab es nichts, das Dr. Crane nicht bemerkt hätte: seine guten und zwanglosen Manieren, die beträchtliche Intelligenz, seinen raschen, doch nicht hochmütigen Geist, der schon genügend entwickelt war, um zu wissen, daß er nichts wußte – sein Elend und die Entschlossenheit, es zu beherrschen. Er fühlte dieselbe Art Entzükken, wie damals, als die kleine Stella auf seiner Haustürstufe stand und über Trygaeus zu hören wünschte. Hier war Gehalt, gutes, weiches Material, bereit, geformt zu werden, so wie es ihn freute. Und was Zachary im besonderen anging, war er sich bewußt, daß hier noch etwas mehr lebte, ein Verlangen, wie sein eigenes geartet. Fast schien es zu schön, daß dieser Junge vaterlos sein könnte, obgleich er damals nach dem Ringkampf einen Augenblick beinahe davon überzeugt war. Von allem Verzicht, dem er in der Jugend seiner Mißgestalt wegen hatte entgegentreten müssen, war derjenige auf Ehe und Vaterschaft der schwerste gewesen. Als wäre es erst gestern, so stand ihm die krankmachende Enttäuschtheit und Verzweiflung vor Augen, als er eine Frau nach der andern vor seiner Liebe zurückweichen sah. In jenen Tagen war ihm der Anblick von Kindern eine Qual gewesen. Es ärgerte ihn, daß er seinen Wein verschüttet hatte. Zachary hatte das nicht getan, wie er sah. Der Junge hatte seine Gefühle besser in der Hand als er. Und das, obgleich er sichtlich noch nicht viel zu trinken vertragen konnte.

Dann gingen sie zurück ins Arbeitszimmer, wo Tom die Kerzen und ein Feuer aus Apfelholz und Kiefernzapfen angezündet hatte, und zogen die Stühle in die Nähe der wohlriechenden Glut. Zachary versuchte, den ungepolsterten Sessel zu nehmen, aber der Doktor wies ihn mit einer Handbewegung auf den bequemeren. «Ich bin an den gewöhnt», sagte er, während er seine Pfeife füllte. Und als er den Tabak einstopfte, lächelte er ein bißchen in Erinnerung an die sonderbaren Härten, in denen er sich in seiner Jugend so verzweifelt geübt hatte. «Ich halte meinen Körper unter Aufsicht, er muß sich unterwerfen.» Die harten Stühle, die Strohmatratzen, schmale Kost, Wasser anstatt Wein – welch ein Kampf, eine Natur, die fast ausschließlich von sinnenhaften Dingen angezogen wurde, auf Geistiges hinzulenken. Nun ja, aber er hatte die Schlacht doch gewonnen. Kein sinnlicher Hunger mehr, den er nicht besiegt hätte, ausgenommen nach einem Kind. Und der war nicht rein körperhaft bedingt – es war eher die Schöpferkraft des Künstlers und die selbstlose Liebe Gottes, denen er glich. Was mochte die eigentliche Antriebskraft des Jungen sein, fragte er sich. Nichts Sinnliches, das war deutlich aus dem natürlichen Ernst zu erkennen, der sich bereits auf seinem Gesicht zeigte. Es mußte etwas anderes sein. Etwas, das mit gleichbleibender Wildheit an seiner Seele riß und fast sein Herz brach.

Der Doktor zündete die Pfeife an, zog an ihr und beobachtete den jungen Mann. Nun, da die leichte Berauschtheit, von einem kleinen Glas Madeira und einem Fingerhut voll Portwein verursacht, abgenommen hatte, fühlte sich Zachary nach dem guten Essen am warmen Feuer um so wohler. Dennoch saß er in dem bequemen Stuhl nicht entspannt da, sondern steif, hielt die Hände zwischen den

Knien gefaltet und riß sich zusammen, um etwas herauszubringen. Schließlich sagte er:

«Ich danke Ihnen, Herr Doktor, für Ihre Güte. Es geht mir jetzt wieder ordentlich. Ich möchte Ihre Gastfreundschaft nicht länger unnötig in Anspruch nehmen.»

«Wohin gedenkst du zu gehen, Junge?» fragte Dr. Crane. «Hast du ein Heim?»

«Nein, Herr. Aber ich bin wieder vollkommen imstande, mir Arbeit zu suchen. Früher habe ich sie ja auch gefunden.»

Ein Anflug von Trotz lag in dem Ton, der den Doktor lächeln ließ, obwohl er ihn gern hatte. «Ja, das hast du. In der Mühle. Aber ich zweifle doch, ob das die passende Arbeit war für jemand, wie du es bist. Ich habe einen Vorschlag, Zachary. In dieser Junggesellenhütte ist ein überzähliger Raum. Ich habe die Gesellschaft von jungen Leuten gern. Tom ebenfalls. Bleib hier, bis wir für dich eine geeignetere Tätigkeit finden, als einen Mahltrichter zu bedienen. Und auch dann – da du ja kein Zuhause hast – könntest du dies Heim als keinen allzu schlechten Ersatz dafür ansehen. Leben deine Eltern noch?» Er tat die Frage leichthin und blies dabei Rauchringe in die Luft; aber niemals in seinem Leben hatte er ängstlicher auf eine Antwort gewartet. Als Zachary den Kopf schüttelte, hätte er beinah vor Freude gejauchzt über das frühe Ableben eines wahrscheinlich höchst vortrefflichen Paares. «Gut denn, sieh mich als deinen Vater an, solange du Verwendung für diesen Artikel hast.»

So hatte er also damals in dem Landhaus *recht* gehört. Zachary lief rot an bis zu den Haarwurzeln. Sein Hals schwoll zu und würgte ihn wie bei einer Mandelentzündung. Er drückte seine Hände und ließ sie wieder los und konnte den Doktor nicht ansehen. Und doch mußte er es. Er mußte auch etwas sagen. Endlich hob er den Kopf, ihre Augen trafen sich, und der Arzt wußte nun, was Zacharys besonderer Dämon war. Furcht. Als Arzt hatte er hundertemal diesen bestimmten Ausdruck im Blick gesehen, sobald ein Mann oder eine Frau plötzlich von Furcht befreit war – nie aber noch so unverhüllt wie jetzt.

«Kein Grund, mir zu danken, Junge», sagte er leicht. «Wenn deine Not groß war, meine war es ebenfalls, und ich zweifle nicht, daß wir beide sehr gut zusammen kutschieren werden. Du kannst mir über dich erzählen, wann du Lust hast und wieviel du magst – oder auch gar nicht –, ganz wie du willst. Du wirst finden, daß ich ein mürrischer alter Junggeselle bin, fürchte ich, aber deine Zurückhaltung werde ich stets achten.»

«Ich möchte Ihnen gerne jetzt alles erzählen, Herr», erwiderte Zachary. «Ich möchte lieber, daß es nichts gibt, das Sie nicht wissen.»

«Sehr gut», gab der Arzt zur Antwort, lehnte sich im Stuhl zurück, tat die Füße auf den Kaminvorsetzer und öffnete Zachary – wie schon so vielen vor ihm in diesem Zimmer – die tröstende Tiefe seines verstehenden Schweigens.

Zuerst stammelnd, dann mit wachsendem Vertrauen – da er die unbedingte Gerechtigkeit fühlte, mit welcher der Arzt seine langsamen Sätze aufnahm, um aus ihnen das Bild aufzubauen, nach dem er beurteilt würde – erzählte Zachary seine Geschichte. Er brachte nur die reinen Tatsachen, übertrieb weder die Grausamkeit der andern noch sein eigenes Leiden, entschuldigte sich nicht, versuchte des Doktors Gerechtigkeit mit seiner eigenen übereinstimmen zu lassen. «Ich – desertierte», sagte er schließlich, und nur die gequälte kleine Pause zwischen den beiden Worten verriet dem Doktor, wie sehr er nun wußte, wenn es ihm bis jetzt noch nicht klargeworden sein sollte, daß sein Dämon diesen Kampf gewonnen hatte.

Es gab nur zwei Stellen in der Geschichte, wo des Arztes Erfühlungsgabe etwas nicht Erzähltes spürte. In der Kapelle hatte der Junge irgend etwas erlebt und auch auf Bowerly Hill, das seiner Unerfahrenheit nicht zu beschreiben gelang. Vielleicht würde es klug sein, niemals den Versuch zu machen, es erklären zu wollen. Diese ersten Erfahrungen des Heranwachsenden, das beginnende zaghafte Erfassen ewiger Werte erscheint nur sonderbar, wenn es in Worte gebracht wird. Doch in der Gestaltung seines Schicksals gibt es kein Geschehen, das für einen Mann von größerer Wichtigkeit ist.

Es gab noch ein drittes Zurückgehaltenes, aber nur ein teilweises. Zachary konnte dem Doktor nicht genau sagen, was Stella ihm bedeutete. Einerseits war sie ihm zu lieb, um über sie zu sprechen, und anderseits verstand er kaum selbst, was sich zwischen ihm und Stella ereignet hatte. Doch der Arzt wußte es sehr gut und fühlte tiefe Achtung für Zachary. Denn ein Junge oder junger Mann, der ein kleines Mädchen so lieben konnte, war jemand, dessen Liebe sich nie von der Zeit narren lassen würde. Bei ihm war es anders gewesen, erinnerte er sich grimmig. Seine erste Liebe hatte einer

Dame von reiferen Reizen gegolten und war rein sinnlich gewesen. Es fiel ihm ein, wie Stella sich um Zachary gegrämt hatte und es wahrscheinlich noch tat. Der Junge mußte sie sehr tief beeindruckt haben, wahrscheinlich so stark, daß kein anderes Bild das seine je wieder auslöschen würde, obwohl sie noch ein kleines Mädchen war. «Laßt nicht an treuer Seelen Bund heran ein Hindernis.» Er würde sein Bestes tun, aber in so verwirrten, grausamen Gefahren- und Kriegszeiten, wie diesen, war das langsame Wachsen der Liebe dazu verurteilt, mit den Wurzeln ausgerissen zu werden, ehe es zum Blühen kam ... Die Geschichte war erzählt, und er seufzte ein wenig. Besorgnis tiefer väterlicher Zuneigung lag bereits schwer auf ihm.

Die Besorgnis Zacharys, der auf des Doktors Antwort wartete, war anderer Art. Des alten Mannes Schweigen hatte ihm deutlich gezeigt, was er über sein Desertieren dachte. Was sollte er tun, wenn er ihn zur Marine zurückschickte? Er stockte. Wie in der Kapelle, war seine Seele wieder voll von verzweifeltem Rufen: «Ich kann es nicht, sage ich euch. Es ist nicht möglich. Körper und Geist können es nicht aushalten. Können es nicht ertragen.» Hatte er laut geschrien? Er hielt beide Hände zusammengepreßt, und der Schweiß rann ihm von den Schläfen.

«Gibt es irgend etwas, das du besonders gerne tun möchtest, Zachary?» erkundigte sich Dr. Crane.

Der Angeredete entspannte sich ein wenig; anscheinend hatte er doch nicht laut geschrien. «Ja, Herr. Ich möchte Schäfer auf Weekaborough Farm werden.»

Der Arzt war überrascht. Dieser kluge Junge ein Landarbeiter? Nun gut, vielleicht wußte er besser, was ihm in diesem kritischen Augenblick gut tat. Draußen auf dem Hügel bei den Schafen würde er Ruhe und Heilung finden. Und das mußte er zweifellos haben, ehe er sich wieder mit seinem Dämon auseinandersetzen konnte.

«Aber ich denke, Zachary, daß deine Dienste schon einmal von Farmer Sprigg heftig zurückgewiesen worden sind?»

Zachary verzog das Gesicht zu einem Lachen. Seine Erleichterung darüber, daß Dr. Crane nicht den leisesten Versuch machte, ihn zur Marine zurückzuschicken, war so überwältigend, daß er sich ganz wirr im Kopf fühlte. «Ja, Herr. Aber damals sah ich wie eine Vogelscheuche aus.»

«Und nun, in Tom Pearses Sonntagsstaat, gleichst du einem Papagei, der sich mausert.»

«Vielleicht, Herr –» versuchte Zachary vorzuschlagen.

«Sehr gut, Junge. Morgen werden wir in die Stadt fahren und dich so ausstaffieren, daß du Farmer Sprigg beeindruckst. Dann kannst du dein Glück nochmals versuchen. Und nun muß ich dir als ärztlicher Ratgeber Bettruhe verordnen, obwohl ich als Vater vorziehen würde, dich noch bis Mitternacht hierzubehalten.»

Zachary stand auf, sah den Doktor an, versuchte Worte zu finden, brachte aber nichts zustande außer «Gute Nacht, Herr», verbeugte sich und eilte aus dem Zimmer. Dr. Crane saß eine Weile ruhig, die Augen des Jungen und sein Gesicht noch lebhaft vor sich. Er lächelte tief zufrieden, als er an seiner Pfeife zog. Das launische Glück setzte es sich manchmal in den Kopf, auf eine Wunde einen Balsam von solchem Wert zu legen, daß man dieser Wunde ausgesprochen froh wurde. Hätte er einen Sohn wählen dürfen, dachte er, um kein Haar anders würde er ihn ausgesucht haben. Und nicht jeder Vater, dessen Kind Blut von seinem Blut, Fleisch von seinem Fleisch war, konnte dasselbe sagen ... Aber nein, er glaubte ja nicht an ein launisches Glück, sondern an ein sorgfältig gewobenes Muster, wo jeder festgespannte Zettelfaden des Kummers den Grund zu einem Einschlagfaden der Freude legte.

2

Schon eine Weile gab es etwas Störendes auf Weekaborough Farm, das nun ein paar Tage später seinen Höhepunkt erreichte. Es betraf die musikalische Widerspenstigkeit Jack Crockers, des Pflugjungen, zu dessen Pflichten es gehörte, die Altstimme zu Sols Baß in dem schönen Lied zu singen, das die Weekaborough-Ochsen beim Ziehen des Pfluges antrieb. Jack konnte die Melodie nicht richtig herausbringen, und was schlimmer war, er wollte es nicht einmal. Nicht, daß es ihm an Musikgehör fehlte. «Ein Tropfen Branntwein» konnte er so schmelzend wie eine Amsel pfeifen, und wenn er den Schweinen «Spanische Frauen» vorsang, war der Lärm auf der Pizzle-Wiese schier ohrenbetäubend. Aber der eigenartige alte Pflügersang war ihm irgendwie gänzlich fremd. Er bekomme Leibschmerzen davon, sagte er. Jack war eine sehr erdverhaftete Natur, und das merkwürdige Durcheinander in seinem Innern, das stets einsetzte, sobald der alte Sol die Hände auf den Pflug legte, sein durchfurchtes Gesicht zum Himmel hob und zu singen begann, machte ihm kein Vergnügen. Ungenauerweise verlegte er das Mißbehagen in seinen Bauch, während es sein Geist war, der aufbegehrte. So weigerte er sich denn, überhaupt zu singen, oder sang aus vorsätzlicher Bosheit falsch. Ein recht ermüdender Bursche. Schon öfter hatte er den Wunsch geäußert, nach Plymouth zu gehen und dort in seines Onkels Fleischerladen zu arbeiten. Sagte ihm der meist sehr aufgebrachte Vater Sprigg, er solle ihm aus den Augen verschwinden und dorthin gehen, so blieb er trotzdem, wo er war. Er habe die Schweine gern, war seine Antwort. Und in der Tat ging er sehr geschickt mit ihnen um, fleischlichgesinnten Geschöpfen wie er selber. Aus diesem Grund hauptsächlich behielt man ihn auch. Aber vor allem, weil die Spriggs, wie alle Leute in Devon, zuinnerst Gewohnheitsmenschen waren. Sie liebten es, so weiterzugehen, wie sie immer schon gegangen waren. Irgendwelche Veränderung, meinten sie, könne nur Schlimmes verursachen.

Sol, entgegen Vater Sprigg, ertrug Jacks Pflichtvergessenheiten mit unendlicher Geduld und guter Laune, die Singangelegenheit ausgenommen. Und hier in diesem Fall schlug er sogar Vater Sprigg mit seiner Wut und seinen schlimmen Flüchen. Zur Zeit des Pflügens waren sowohl das Ehepaar Sprigg wie auch Madge und Stella immer sehr besorgt, denn es konnte ja nicht gut enden, wenn ein so alter Mann sich derartig aufregte.

«Es wird sich schon in diesen schönen Tagen entscheiden», versuchte Mutter Sprigg zu beruhigen. Und tatsächlich entschied es sich an einem klaren Oktobermorgen ein für allemal.

Eine Woche lang, nach dem grauen, stillen Tag des Ringkampfes, hatte es Wind und Regen gegeben, und dann war ein guter Trockenwind aufgesprungen. So war nun das Feld am Abhang von Taffety Hill in genau dem richtigen Zustand, um für die Herbstsaat des Winterhafers gepflügt zu werden. Moses und Abraham, die trefflichen Ochsen, wurden vor den ebenso trefflichen Pflug geschirrt, den der Zimmermann von Gentian Hill vor zwanzig Jahren angefertigt hatte, ein Mann, der seiner Handwerkskunst wegen auf Meilen in die Runde bekannt war. So machte sich denn die kleine Gesellschaft, aus zwei Ochsen, einem alten Mann und einem Buben bestehend, auf den Weg nach Taffety Hill. Voller Besorgnis schauten ihnen Mutter Sprigg und Madge nach, denn in

Jacks boshaft funkelnden schwarzen Augen und um Sols grimmigen alten Mund lag etwas, das Verdruß anzuzeigen schien.

Doch in Stellas Herzen – trotzdem sie ebenfalls Jacks Augen und Sols Mund bemerkte – war ein Singen, als hätte sich dort ein kleiner Vogel einquartiert. Eine ganze Woche hatte sie im Haus bleiben müssen, wegen des nassen Wetters und ihrer Erkältung. Diese war nun vorüber und der Morgen herrlich. Der Zustand ihres Herzens ließ sie dauernd auf den Zehenspitzen tanzen, während sie ihrer Pflegemutter beim Bettenmachen half. Ihre Augen leuchteten, und die Grübchen auf den Wangen kamen zum Vorschein. Plötzlich verzichtete sie auf jeglichen Versuch, das Dekorum zu wahren, warf Vater Spriggs Gänsefederkissen mitten ins Zimmer und machte einen Purzelbaum darauf.

«Um Gottes willen!» rief Mutter Sprigg.

Zur gleichen Zeit stieg Zachary den Hügel hinan, höchst zweckentsprechend mit Kniehosen, Ledergamaschen und einem groben Wollmantel angezogen. Die Haare waren kurzgeschnitten, und eins von Toms weniger auffallenden Hemden ließ den Hals frei. Er pfiff ein Liedchen, fühlte sich aber nicht ganz so zuversichtlich. Wohl hatte er sich vorgenommen, von Weekaborough fortzugehen und wiederzukommen – nun war er im Begriff, sein Wort zu halten; aber er wußte genau, daß ihm seine kleine Abwesenheit nicht genügend Grund gab, um endlich zurückzukehren. Dies hier bedeutete nicht weniger als die Seligen Berge, die Christian erblickt hatte, ehe er in das Tal hinunterstieg, um mit Apollyon zu kämpfen.

Zachary erreichte die Anhöhe und die mächtige Danmonian-Hecke, die Vater Spriggs Besitz gegen Norden abgrenzte. Er durchschritt den Eingang, sah auf das Tal von Weekaborough hinunter und weiter nach den Mooren im Westen, dem Meer im Osten – so wie damals Stella und Sol. Die Jahreszeit war bereits etwas vorgeschritten. Ein kalter Westwind trieb die weißen Wolken wie Flocken über den Himmel, ihre Schatten jagten über die Felder. Aber die Schönheit ringsum war unverändert, und Zachary sog den lebenspendenden Wind in tiefen Atemzügen in sich hinein, fühlte ihn durch die Kleider dringen und kühl die Haut umschmeicheln. Er jauchzte laut auf vor Glück. O Gott, er war frei! Konnte jubeln, wann er wollte, durfte wiederkehrende Gesundheit und Kraft in seinem Körper spüren und die Hügel mit geheilten, flinken Füßen erklimmen. Und wenn diese Freude nur vorübergehend wäre? So würde er dem Augenblick leben wie die Möwen und wie sie Jubelschreie ausstoßen über Sonne und Wind.

Oben kreiste eine Schar zu seiner Linken den Hügel hinab. Ihre Flügel glänzten im Sonnenlicht, der Wind fing ihre eigenartig starken Stimmen auf, so daß sich ihr Geschrei bald laut, bald leise mit dem sanften, glockenartigen Klingeln eines Ochsengeschirrs vermischte. Dies stimmte derart überein mit dem Geist der Stunde, daß Zachary es zuerst nur als einen Teil der natürlichen Musik der Erde empfand, der Musik des Windes und der rauschenden Zweige, des sich wiegenden Grases und der raschelnden Blätter. Dann schwollen die Töne an. Sie erschienen Zachary nun als etwas fast Erdentrücktes, das ihn zu völliger Stummheit und Stille zwang; wie seinerzeit der heilige Meßgesang und das Sanktusglöcklein in den Tagen seiner Kindheit, die ihm Jahrhunderte zurückzuliegen schienen.

Einen Augenblick lang lauschte er wie verzaubert, bis ein jäh auftauchender falscher Ton sein musikalisches Ohr wie ein Stilett durchdrang; ihm folgte eine Flut von Verwünschungen jenseits der Hecke, die Zachary plötzlich auf die Erde zurückbrachten. Er rannte den Weg hinunter zu einem Tor linker Hand, kletterte hinauf und fand sich einem derart komischen Auftritt gegenüber, daß er die Beine über das Tor schwang und lachend oben sitzenblieb, ein unsichtbarer Zuschauer für die beiden Hauptdarsteller des Lustspiels unter ihm.

Ein Feld roter Erde wurde da umgepflügt. Aber das schöne schwarzbraune Ochsengespann stand still, während der Pflüger – ein alter Mann, verkrümmt wie ein brüchiger Baum, dessen wetterbraunes, zerfurchtes Gesicht von grauen Stoppeln umrahmt war – das Hinterteil eines kleinen Jungen bearbeitete, den er zwischen seinen gekrümmten Beinen wie in einem Schraubstock eingeklemmt hielt. Die Wut verlieh ihm beinahe jugendliche Kräfte, denn die Schläge fielen mit erstaunlicher Wucht herab, und er fluchte so laut, daß seine Stimme das Heulen des Jungen übertönte. Zachary machte keinen Versuch, dem Opfer zu Hilfe zu eilen; der scheußliche falsche Falsetton war vorsätzlich ausgestoßen worden. Der junge Gauner verdiente die Prügel, und es tat Zachary leid, als der Bursche sich mit einem Ruck befreite, zwischen den Beinen des alten Mannes durchschlüpfte und den Hügel hinabrannte. Der Alte stolperte, gewann das Gleichgewicht wieder und wischte sich mit dem Unterarm über die Stirn. Dann drehte er sich um und ergriff den Pflug von neuem. Die Ochsen bewegten sich wieder vorwärts, wandten sich bergab, und die weiße Möwenwolke flog auf und folgte ihnen. Des alten Mannes schwache, aber klangreine Stimme erhob sich einsam und gelassen zu dem uralten Gesang, den seine Väter schon seit Jahrhunderten über die gleichen grünen Hügel hatten erklingen lassen.

Zachary lauschte andächtig; die Weise war immer noch schön, doch fehlte die Tenorstimme. Leise versuchte er sie zu singen, erst zaghaft, dann immer sicherer, als er sich an den Rhythmus des Messegesangs erinnerte. Der Pflug mit dem Möwenschwarm erreichte den Fuß des Hügels, wendete, kam wieder herauf, und als er sich dem steilsten Stück des Hanges näherte, war Zachary seiner selbst und des Liedes sicher. Singend zog er seinen Mantel aus, sprang vom Tor hinab und ging auf das Gespann zu. Immer noch singend, trat er neben Sol und folgte mit seinem Körpergewicht den Neigungen des Pfluges. Gemeinsam nahmen die beiden die Höhe und drehten um, verfolgt von dem Möwenschwarm. Sol warf einen Blick auf den Jungen neben sich, er war ihm recht; ruhig und ohne Erstaunen genoß er die Kameradschaft eines sangesreichen verwandten Geistes. Was Zachary anbelangte, so durchströmte ihn eine Welle des Frohlockens nach der andern, während er sich zum erstenmal in seinem Leben der gesegneten Arbeit des Pflügens hingab. Der Schritt der Ochsen, ihr tiefes, ruhiges Atmen, das Klingeln des Geschirrs und Knarren des Pfluges, der Wind, der Möwenschrei, sein eigener Gesang und Sols tiefer Baß, die gleichmäßige Bewegung und das Wenden bei jedem Auf- und Abstieg, die Schwaden rosenroter Erde, die das Pflugeisen zurückwarf, wie ein Schiffsbug die schäumenden Wellen – alles vereinigte sich für ihn zu einer einzigen Wirkung, einem herrlichen Siegeslied, das vom Altar der Erde zum Himmelsthron emporstieg.

Sols Gesang war ohne Worte. Wenn es je welche gegeben hatte, so waren sie ihm ebenso unbekannt wie schon seinem Vater. Er reihte Vokale aneinander, es klang so weich und selbstverständlich, daß sie trotzdem den Eindruck einer richtigen Sprache erweckten. Zachary hingegen sang ganz unbewußt wirklich Worte. «Et introibo ad altare Dei; ad Deum, laetificat juventutem meam. Und ich werde zum Altar Gottes treten; zu Gott, der meiner Jugend Freude schenkt.» Er gab sich nicht Rechenschaft, daß er den Text der Messe sang, war sich nicht klar, daß dieses Lied der Pflüger seinen Ursprung vor Jahrhunderten im Kirchengesang der Mönche von Torre Abbey fand und von dort seinen Weg in die Felder des Landes nahm. Das heilige Brot auf dem Altar der Abtei und das heilige Brot aus den gepflügten Feldern schienen den damaligen Männern gleich geweiht. «Spera in Deo, quoniam adhuc confiteor illi: salutare vultus mei, et Deus meus. Hoffe auf Gott: denn ich will ihn lobpreisen, die Rettung meines Gemütes und mein Gott.» Der Pflug schwang wieder herum. Zachary hatte jegliches Gefühl für Ort und Zeit verloren. Obgleich vom hellen Sonnenlicht verdunkelt, sangen die Sterne am Himmel immer noch. Die erdigen, zusammengestoppelten Kleider schienen von Zachary abzufallen, die Harmonie seiner Seele schwang sich wie eine Lerche in die Lüfte, dem kosmischen Rhythmus entgegen.

«Gloria Patri, et Filio, et Spiritui Sancto. Sicut erat in principio, et nunc, et semper, et in saecula saeculorum. Amen.»

Der Pflug stand still. Die geduldigen Ochsen ließen müde die Köpfe hängen. Der alte Sol kicherte vergnügt, rieb sich die Hände und genoß sichtlich das verblüffte Erstaunen eines großen, dicken Mannes, der über das Tor lehnte. Zachary, durch diesen plötzlichen Sprung in die Wirklichkeit ganz betäubt, rieb sich die Augen und blinzelte verwirrt auf ein Bild, das er schon einmal erblickt und seither liebevoll in seinem Herzen festgehalten hatte: eine kleine Gestalt im roten Mantel stand hinter einem Tor, stützte das Kinn auf den Torbogen, rechts und links davon eine Reihe brauner Fingerspitzchen; und darunter versuchte ein pelziges Etwas sich durch die Eisenstäbe zu drücken ... Stella und Hodge ... So hatte er sie beim Abschied im Mondschein gesehen, so sah er sie wieder im hellen Sonnenlicht, und so würde er sie, getrennt von ihnen, bis zum Ende seines Lebens im Herzen tragen. Er stieß einen Freudenschrei aus und näherte sich ihnen mit langen Schritten. Blitzschnell kletterte Stella über das Tor, fiel auf der andern Seite zu Boden, sprang auf und stürzte sich in Zacharys ausgebreitete Arme. Der hob sie hoch, küßte sie aber nicht, dachte nicht einmal daran. Er war nur glücklich, sie so in den Armen halten zu können, warm und fein und zitternd wie ein Vöglein; er liebte ihre Fröhlichkeit und lachte mit ihr, empfand keinen anderen Wunsch, als so in der Sonne zu stehen und mit Stella lachen zu können. Sol kicherte noch immer, und Hodge, der sich infolge eines unerklärlichen Verflachungsvorganges durch die Eisenstäbe gequetscht hatte, sprang um die beiden herum und bellte ebenfalls vergnügt.

Nur Stellas Pflegevater, der weiter auf der andern Seite des Tores stand, brach plötzlich in einen ganz besonders heftigen Wutanfall aus, wie ihn Sol in all den Jahren ihrer gegenseitigen Bekanntschaft noch nicht erlebt hatte.

«Zum Teufel auch!» schrie Vater Sprigg, dem endlich die Zusammenhänge klarwurden und der sich in Anwesenheit von Stella heroisch bemühte, seine Sprache etwas zu mäßigen. Er riß das Tor auf, daß es fast aus den Angeln flog. «Wer bist du – du – schwarzer junger Gauner? Untersteh dich nicht, mein Mädel noch mal anzurühren – du – Ausländer! Hodge, da her! Stella! Du kriegst den Stock, wenn du weiter so verrückt lachst! Hodge! Sol, alter gedankenloser Tattergreis, ich geb dir den Laufpaß, weil du einem Fremden erlaubt hast, seine dreckigen Hände an meinen Pflug zu legen!» Mit erhobenem Knotenstock schritt er auf Zachary zu und begann wieder wie ein Stier zu brüllen.

«Biet ihm die Stirn, Bursch!» flüsterte Sol.

Zachary schob Stella und Hodge, die sich schützend vor ihn gestellt hatten, beiseite, trat mutig vor Vater Sprigg und verbeugte sich. Der Stock sank herab und des Bauern Unterkiefer ebenfalls. In diesem wohlanständigen, höflichen jungen Fremden erkannte er den zerlumpten Jungen nicht wieder, den er schon einmal vom Hof gejagt hatte.

«Verzeiht, Herr», sagte Zachary bescheiden. «Ich wohne im Dorf bei Dr. Crane, bin, sozusagen, verwandt mit ihm. Euer Pflüger war in Schwierigkeiten, als ich gerade vorbeikam, wegen des davongelaufenen Buben, deshalb blieb ich und half ihm.»

«Er singt die erste Stimme, als wäre er für den Pflug geboren, Herr», warf Sol begeistert ein. «Bei Abraham und Moses, er hat uns so in Schwung gebracht, wenn er nicht aufgetaucht wäre, hätten wir erst die Hälfte geschafft. Laßt ihn hier, Herr, wir beide pflügen das ganze Feld im Handumdrehen.»

«Behalte ihn hier, Vater!» bat ebenso Stella. «Es war nicht sein Fehler, ich sprang einfach auf ihn zu, wie ich es bei dir auch tue. Er ist mein Freund, weißt du, und Hodge mag ihn auch sehr gern.»

Vater Sprigg betrachtete Hodge. Dieser ehrenwerte Bursche stand neben Zachary, wedelte gemächlich mit dem Schwanz, die braunen Augen glänzten, der Kopf war leicht nach links geneigt, das rechte Ohr ein wenig aufgestellt, das beschädigte linke hing herab. Letzteres war stets ein Zeichen höchster Befriedigung; sozusagen das Signal für «alles in Ordnung».

«Und warum bist du so versessen, mein Feld zu pflügen?» forderte Vater Sprigg zu wissen.

«Ich möchte gern auf Weekaborough Farm arbeiten, Herr», sagte Zachary immer noch bescheiden und sah Stellas Pflegevater weiter gerade in die Augen. «Dr. Crane meinte, Ihr wäret vielleicht so freundlich, mir Arbeit zu geben. Ich glaube, Herr, Ihr könntet aus mir einen ebensoguten Schafhirten wie Pflüger machen.»

«Ich bin mit Leuten vollauf versehen. Und hier habe ich den Jack Crocker zum Helfen», stieß Vater Sprigg hervor.

«Is' nach Plymouth abgehau'n», knurrte der alte Sol. «Un' durchgegang'n oder nich' – ich kann das Gekreisch von dies'n Jung' nich' länger aushalt'n, Herr. Immer zwei halbe Tön' zu tief. Eine Katz' auf 'm Dach is' ein Genuß im Vergleich dazu. Das sag' ich Euch, Herr, wenn er bleibt, so geh' ich.»

Vater Sprigg sah Zachary immer noch scharf an. Ein vergnügtes Lächeln blitzte in des Knaben Augen auf, was seinem Mund besonderen Reiz gab. Unbewußt fand er seinen Widerschein in des Bauern Augen. Beide waren sich klar, daß Sol log. Niemals würde er seine alten Füße von der geliebten Weekaborough-Erde trennen, solange er die Kraft besaß, den einen hinter den andern zu setzen. «Er braucht ein wenig Hilfe, Herr», murmelte Zachary.

«Noch nie hat ein Ausländer auf meinem Hof gearbeitet», brummte Vater Sprigg eigensinnig. Mit Ausländer meinte er einen Mann, der nicht aus dem Westland stammte. Zacharys Aussprache verriet ihm, daß dieser aus Sussex, Wiltshire oder von den Hebriden kam, jedenfalls an irgendeinem fremden Ort daheim war, den er selbst nie mit eigenen Augen gesehen und der ihm so entfernt schien wie Rußland oder Westindien. «Kein Ausländer war je auf Weekaborough Farm.»

Zachary tat einen tiefen Atemzug. «Wenn ein Heimatloser ein Stück Erde sieht, das ihm schöner erscheint als alles, was er jemals gesehen, wollt Ihr ihm daraus einen Vorwurf machen, wenn er versucht, dazubleiben?» fragte er. «Man kann ebensogut ein Einheimischer aus Liebe werden, nicht nur durch Geburt. Versucht es mit mir. Ich werde dem Land gut dienen.»

Stella, die all die Zeit über kaum gewagt hatte zu atmen, bemerkte ein leises Nachlassen des hartnäckigen Zuges um ihres Pflegevaters Mund. Zachary hatte ungewollt den richtigen Ton angeschlagen. Hätte er versprochen, für den Bauern gut zu arbeiten, wäre Vater Sprigg davon weniger berührt gewesen als von dem Angebot, der Erde zu dienen. Einen Augenblick sah der Bauer auf das Tal zu seinen Füßen, dies breite Tal, vom Bowerly Hill und Taffety Hill eingeschlossen, zwischen den Mooren und der See. Dann ging sein Blick zu Zachary zurück.

«Ich werde mit dem Doktor über dich sprechen», sagte er rauh.

10. Kapitel

I

Zachary machte sich mit Eifer an die Arbeit, beglückt, daß er den Leistungen eines erwachsenen Mannes auf einem Bauernhof gerecht werden konnte. Es gab ihm wieder Mut und Zutrauen, genau wie der Doktor gehofft hatte. Er wurde breiter und stärker und nahm an Gewicht zu. Nach einer nur kurzen Zeit der Probe und des Mißtrauens fanden Vater Sprigg und Sol ihn außerordentlich verwendbar, und dies ganz abgesehen von seiner musikalischen Begabung, die aus Sol und den Ochsen völlig neue Wesen machte. Er hatte eine unglaublich geschickte Hand für Tiere, besonders für Schafe, und Vater Sprigg nahm an, daß die Bienen ihn im herannahenden Sommer auch gern haben würden. Er besaß alle Eigenschaften des guten Bienenvaters, Geduld und eine hingebende Liebe zu kleinen Geschöpfen.

Diese war es vor allem, die Vater und Mutter Sprigg beruhigte, was das Verhältnis von Zachary und Stella anbelangte. Es war klar, daß er die Kleine von ganzem Herzen liebte, und sie folgte ihm überall wie sein fröhlicher Schatten. Aber das beständige Zusammensein erzeugte keineswegs Unachtsamkeit bei ihm; er behandelte sie stets, als wäre sie eine ihm eben anvertraute Kostbarkeit, die ein Atemzug beschädigen, eine hastige Bewegung zerbrechen könne. Obgleich Vater und Mutter Sprigg keine Besorgnis hegten, wunderten sie sich doch ein wenig über die Verbundenheit der beiden. Eben erst hatten sie sich kennengelernt, und schon schienen sie irgendwie nicht sie selbst, sobald sie voneinander getrennt waren. Wenn Zachary die Küche betrat und Stella nicht dort fand, sah er sich einen Augenblick um wie ein verirrter Hund. Und Stella lief aufgeregt hin und her, genau wie ein kleiner Schatten, der seinen Körper sucht, sobald Zachary sich einmal verspätete. Traf dann aber der sehnlichst Erwartete ein, so begrüßten sie sich nicht überschwenglich; die Spannung ließ einfach nach, sie wurden wieder sie selbst, ein geteiltes Ding schmolz erneut zu einem Ganzen. Es war eine tiefere Bindung als die gewöhnliche Liebe zweier junger Menschen zueinander, und das verwirrte Vater und Mutter Sprigg ein wenig.

Dr. Crane wunderte sich nicht darüber, er dachte an Shakespeares Seelengemeinschaft. Dennoch betrachtete er das seltene Vorkommnis voller Interesse, da es ihm noch nie begegnet war. Shakespeare sah richtig, diese Bindung hatte nichts mit dem Körper zu tun und war zweifellos echt in dem Sinne, daß sie nichts Vorübergehendes sein konnte. Warum, ging über des Doktors Begriffsvermögen hinaus. Ebensogut konnte man über das «Warum» der Morgendämmerung und des Frühlings nachgrübeln. Die Ewigkeitswerte dieser Dinge waren Beweis genug. Besser, man ließ es dabei bewenden. Das tat Dr. Crane auch, während er entzückt beobachtete, wie die verschiedenen Gegensätze der Anlagen ineinandergriffen, die Einheit ihres Wesens aufbauen halfen: Stellas Unerschrockenheit und Zacharys Angst, ihre Leidenschaft für unvorhergesehene Erlebnisse und sein Sehnen nach Sicherheit, ihre heitere Ruhe und seine Unruhe, der Kleinen nach außen gerichtetes empfindsames Verlangen, den Kummer der andern zu teilen, und des Jungen innere Kraft, unverdientes seelisches und körperliches Leid zu ertragen. Beide hatten sie die Gabe, mit dem in Verbindung zu treten, was hinter der äußeren Gestalt der Dinge lag – eine begreifliche Gabe für zwei Menschen, die dazu bestimmt schienen, die Zeitlosigkeit der Liebe zu verkörpern. In beiden brannte auch die Begeisterung des Künstlers für Schönheit und die Liebe des Gelehrten zum Studium, die ein Teil dieses Geschenkes sind.

Dr. Crane weigerte sich, sie gemeinsam zu unterrichten; er wollte Stellas Köpfchen nicht überanstrengen, damit sie mit Zachary gleichen Schritt halten könne, oder aus demselben Grund den Jungen in seinen Fortschritten behindern. Stella bekam ihre Stunden weiter an zwei Morgen der Woche, wenn Zachary auf dem Hof arbeitete, und dessen Unterricht wurde unbarmherzig auf den Abend angesetzt. Weder Dr. Cranes noch Zacharys Müdigkeit wurde zum Hindernis; körperliches Ermattetsein schwand mit dem Öffnen eines Buches. Die beiden waren restlos glücklich miteinander. Keiner von ihnen hatte je gedacht, daß das Verhältnis Vater – Sohn ein so schönes sein könnte.

Freitags jedoch, wenn Vater und Mutter Sprigg zu Markte fuhren und Zacharys Arbeit auf dem Hof früher beendet war, aßen er und Stella mit dem Doktor zu Abend. Eine Stunde vor der Mahlzeit las er ihnen dann noch vor und genoß die Kontraste und geistige Verwandtschaft der beiden ebenso wie ihr gemeinsames Glück in der Welt der Bücher. Nach dem Essen begleitete Zachary Stella heim. In der Abenddämmerung wanderten die zwei dann um das Gut, Hodge und Daniel hinter ihnen drein, und was sie da sprachen, wußte der Doktor nicht. Denn sie sagten es ihm nicht, und er fragte nicht danach.

2

Freitag, der 23. November 1804, ein stiller, herrlicher blauer Tag, war der letzte dieser Freitage. Aber diesmal las Dr. Crane nicht vor. Als Zachary und Stella anrückten, fanden sie das Kabriolett vor der Tür. Der Arzt machte begeistert Anstrengungen, sich in seinen Winterüberzieher zu werfen, und Tom Pearse, in ähnlicher Verfassung, hielt dem gleichfalls erregten Äskulap den Kopf.

«Die Flotte ist eingelaufen!» rief Tom Zachary zu. «Die Flotte von Brest. Admiral Cornwallis. Reddleman hat die Nachricht gebracht. Wie steht es mit dem Abendessen, Herr?»

«Hol der Teufel das Abendessen!» sagte der Doktor und stülpte sich den Biberhut schief auf den Kopf. «Wir fahren zum Strand hinunter, solange das Licht gut ist. Hopp, Zachary und Stella und du, Tom, kommst auch mit, du kannst dich hinten festhalten.»

Dr. Crane hob die aufgeregte Kleine in den Wagen und kletterte ihr nach. Zachary blieb wie angewurzelt stehen, ließ den Kopf hängen und stieß mit der Fußspitze nach einem Stein. Bei der Erwähnung der Flotte von Brest war es ihm eiskalt über den Rücken gelaufen. Sein altes Schiff gehörte dazu ... Die Augen des Schiffs würden ihn suchen.

«Kommst du, Zachary?» fragte der Doktor.

Der Angeredete sah auf und lächelte. «Darf ich daheimbleiben, Herr? Ihr wolltet uns heute aus dem Hippolytus vorlesen. Darf ich hierbleiben und ihn für mich allein lesen?»

Sofort begann Dr. Crane aus Hippolytus zu zitieren:

Könnt' ich oben in den Hügeln finden
eine Höhle, nah dem Himmelsdom,
tief in dichter Wolke mich verbergen,
mit den Vögeln ziehn zu Gottes Thron.

«In Gottes Namen, Junge, bleib in der Höhle zurück, wenn du willst.»

Es klang freundlich, aber Zachary bemerkte einen Schimmer von Verachtung in seinen Augen, oder zum mindesten etwas, das dem gleichkam, wenn der Arzt eines solchen Gefühls fähig gewesen wäre. Auf Stellas kleinem Gesicht lag ein Ausdruck drolliger Enttäuschtheit. So ein herrlicher Ausflug, und Zachary wollte nicht mitkommen! Wortlos schwang er sich neben sie auf den Sitz und sah lächelnd auf die plötzlich hervortretenden Grübchen im Rahmen der roten Kapuze. Tom Pearse sprang wie ein Affe hinten auf den Wagen, und Äskulap stürmte mit Windeseile vorwärts.

«Ich wollte, es wäre Admiral Nelson und nicht Admiral Cornwallis», sagte Stella. «Wenn nur Admiral Nelson nach Torquay käme!»

«Er war schon einmal hier, mein Schatz. Aber damals warst du noch zu klein, um dich für Admirale zu interessieren. Vor drei Jahren, als der Earl von St. Vincent Gast in Torre Abbey war, besuchte ihn der kleine Admiral von Plymouth aus. Da ging es hoch her. Es gab einen sehr eleganten Ball mit Souper und Maskerade in der Abtei, und dein bescheidener Freund wurde als alter ‹Agamemnon›-Mann in aller Form eingeladen.»

Der Doktor lächelte beglückt beim Gedanken an jenes Ereignis und versank in Erinnerungen, während sie so dahinrollten. Er erzählte von dem rauschenden Empfang Admiral Nelsons, als er seine Flagge auf der «San Josef» in Plymouth hissen ließ. Während er die Flottenparade abnahm, stand die Mannschaft an den Rahen.

Musik spielte, die Kanonen dröhnten, und die Hurrarufe rollten wie Donner. Wenn der Admiral mit Kapitän Harvey im offenen Wagen durch die Straßen fuhr, in voller Uniform, die Brust mit glänzenden Orden bedeckt, geriet das Volk außer Rand und Band vor Entzükken. Hielt der Wagen, so stürzten die Seeleute auf ihn zu, um des Admirals einzige Hand zu ergreifen, Männer und Frauen knieten auf den Pflastersteinen nieder und riefen: «Gott segne Euer Gnaden.»

«Warum lieben sie ihn wohl so sehr?» fragte Stella.

Tom Pearse im Hintergrund stieß ein leichtes Knurren aus. Es drückte tiefen Haß gegen allerhand ungenannte Leute und noch tiefere Anerkennung für Admiral Nelson aus. «Ihm liegt am Leben seiner Leute», polterte er. «Männer sind kein Kanonenfutter für Admiral Nelson. Er nennt sie ‹meine armen Burschen›. Wißt Ihr, was Nelson über die Meuterer von Spithead sagte, als man sie am Rahnock baumeln oder auspeitschen ließ, weil sie ihren Sold und genießbares Essen verlangten? Er sagte, sie hätten recht! Er nahm ihre Partei, er, ein Admiral! ‹Um uns Seeleute kümmert sich niemand›, sagte er. Ein Wunder, daß die verfluchte Regierung ihn dafür nicht hängen ließ. Jeder, der einmal unter Lord Nelson gedient hat, würde sein Leben drum geben, noch mal mit ihm zu segeln, und wär's in die Hölle, in ewige Verdammnis.»

«Das genügt für heute», lachte der Doktor leise und begann von Nelsons Flagschiff, der prachtvollen «San Josef», zu erzählen. Von der Schlacht bei Kap St. Vincent, wo eine kleine Gruppe Männer, die knapp vorher die Härten der Meuterei durchgemacht hatten, so tapfer gegen die vereinigte Flotte der Franzosen und Spanier kämpfte. Wie Nelson und Collingwood sich mit Ruhm bedeckten, als sie in wütendem Kampf die beiden großen spanischen Schlachtschiffe «Salvador del Mundi» und «San Josef» nahmen. Nelson hatte die beiden Spanier in den Hafen von Plymouth geschleppt, die Segel der «San Josef» hingen in Fetzen herab, und alle ihre Masten waren zertrümmert. Später kreuzte er auf ihr, inmitten seiner Flotte, die Küste von Devon entlang, und alle Männer und Frauen drängten sich am Ufer, um den prächtigen Anblick zu genießen. Stella konnte sich dunkel daran erinnern. Damals saß sie auf Vater Spriggs Schultern in den Felsen von Livermead und beobachtete die vorbeiziehenden weißen Segel; die Namen der großen Schiffe, von denen um sie herum gesprochen wurde, tönten wie Musik in ihren Ohren.

Woran lag es nur, dachte Zachary, daß ihn die Musik der großen

Namen und die Herrlichkeit von Heldentaten nicht erschauern machten? Warum verdunkelte für ihn das Grauen des Krieges allen Ruhm? Die andern Männer empfanden nicht so. Ihnen ging der Ruhm über alles. Und was bedeutete Ruhm eigentlich? Wieso schätzten sie ihn höher als die Liebe zur Heimat? Er selbst besaß diese Heimatliebe, aber anscheinend genügte sie nicht. Dagegen fühlte er jene andere Liebe nicht, die den meisten Männern damit verknüpft schien, wußte nicht, was das war.

Nun hatten sie die niedere Steinmauer erreicht, von der aus der Doktor und Stella damals die Torbay zu ihren Füßen liegen sahen, und wieder hielten sie an. Die Schiffe der Brest-Flotte waren in der Bucht verankert. Das vergoldete Schnitzwerk und die hellen Malereien glänzten in der Sonne, lose hingen die Segel zum Trocknen herab und spiegelten sich in der glatten See wie ruhende Schwäne. Das Ganze war so still, so friedlich, daß es wie ein Gemälde wirkte. In diesem Augenblick konnte man sich jene Schiffe nicht in einer Schlacht vorstellen, mit feuerspeienden Stückpforten und die mächtigen Schiffsrümpfe vom Krachen und den Erschütterungen zitternd. Der Gedanke an solchen Kampf, den er noch nie gesehen und doch so fürchtete, nahm für Zachary dem Anblick jegliche Schönheit.

Langsam ging es den Hügel hinab; Dr. Crane und Tom versuchten, die Namen der einzelnen Schiffe zu erkennen. Da war des Admirals Flaggschiff, St. Georgs Banner flatterte von dem stattlichen Hauptmast; jenes dort die «Goliath» und hier die «Impetueux» und da die «Venerable». Während sie die Straßen unterhalb des Hügels durchfuhren, blieben die Schiffe unsichtbar, aber in Livermead zeigten sie sich von einer andern Seite.

«Wenn der Wind wechselt, werden sie auslaufen», meinte Tom Pearse. Er sah nach dem Himmel, wo ein paar silberne Schäfchenwolken im Blau schwebten, und schnupperte sachkundig. «Vielleicht schon morgen. Das Wetter schlägt um. Seht nur, wie klar St. Michael dasteht. Er läßt einen Wind für sie aufspringen.»

Die andern folgten seinem Blick. Auf ihrem Felsen oben hob sich die St.-Michael-Kapelle außergewöhnlich klar vom Himmel ab. Das Blau, Silber und Gold dieses vollkommenen Tages schien den Felsen durchdrungen und ihm Farbe gegeben zu haben. Stella, mit halbgeschlossenen Augen, konnte schon beinahe eine große Engelsgestalt dort wahrnehmen, mit ausgebreiteten Flügeln, das

Schwert in der Hand, die einem Wind rief, der die Flotte dem Kampf mit den Franzosen entgegentragen würde.

«Wir wollen zur Kapelle steigen!» rief die Kleine erregt.

«Es ist schon sehr spät», warf Zachary ein.

Der Doktor betrachtete des Jungen starres Gesicht und versetzte ihm jetzt keinen Hieb. Er wollte ihn nicht nochmals zwingen; einmal genügte. Außerdem leisteten seine rheumatischen Beine und Toms alte nicht mehr sehr gute Kletterdienste. «Wir heben uns die Kapelle für ein andermal auf, Herzchen», sagte er zu Stella. «Aber ich will euch ihre Geschichte während der Heimfahrt erzählen. Wenn ihr dann einmal hinaufsteigt, wißt ihr, wen ihr dort antreffen werdet.»

Stella war sofort begeistert, die augenblickliche Enttäuschung vergessen. Wen würde sie dort antreffen? Immer hatte sie das Gefühl, daß sie und die Kapelle irgendwie zusammengehörten. Aber ihr war nie in den Sinn gekommen, daß sie dort jemanden vorfinden würde. Was für Leute wohl?

«Engel?» fragte sie.

«Sei still und paß auf», gab der Doktor zur Antwort, wendete den Wagen und trieb Äskulap heimwärts. Zachary und Stella hörten so andächtig zu wie Kinder, wenn sie spüren, daß eine Geschichte besondere Bedeutung für sie hat. Aber Tom Pearse drehte den Kopf dem Meer zu und hörte kein Wort. Er wollte sich keinen einzigen Moment den Anblick jener herrlichen Schiffe auf der stillen See entgehen lassen.

3

Die Geschichte des Arztes begann nicht mit einer ruhigen See, sondern mit einem Sturm, der vor fünf Jahrhunderten gewütet hatte. Die Mönche von Torre waren in jener Nacht gerade zur letzten Andacht versammelt. Das Brausen des Sturmes und das Krachen der riesigen Wellen am Ufer übertönten den frommen Gesang in der Abteikirche. Mitten im Gottesdienst öffnete sich plötzlich das westliche Portal, ein Windstoß ließ die Kerzen in den Wandleuchtern flackern, und als der Abt sich nach der aufgerissenen Tür wandte, sah er dort die wilde Gestalt eines seiner Ziegenhirten stehen.

«Ein Schiff in Seenot, Vater!» rief er. «Ein riesiges Schiff treibt auf die Felsen zu!»

Die Mönche beendeten ihre Abendandacht nicht. Die Nähe der Küste brachte es mit sich, daß sie stets ihr möglichstes taten, um Seeleuten in Not zu helfen. Sie zündeten die Sturmlaternen an, die zu diesem Zweck in der Kirche aufbewahrt wurden, ergriffen eine Taurolle und kämpften sich durch Wind und Regen den Weg zum Meer hinab, wo die Wellen gleich wilden Pferden daherdonnerten. Im Dunkel konnten sie die Umrisse eines großen Schiffes wahrnehmen, das den Felsen zutrieb; aber der Sturm wütete so schrecklich, daß sie nicht viel tun konnten. Trotz übermenschlicher Anstrengungen gelang es ihnen nur, einen einzigen Mann zu retten, und dieser war halbtot, als sie ihn ans Ufer zogen. Er wurde im Krankenzimmer der Abtei gesund gepflegt und sagte den Mönchen, daß er in der Stunde der höchsten Gefahr ein Gelübde getan, sein Leben Gott zu weihen, falls er gerettet würde. Er hielt seinen Schwur. Die Mönche halfen ihm auf der felsigen Bergkuppe unweit der Abtei eine Kapelle zu bauen. Hier, mit dem Blick auf das Meer, wo sein Schiff zerschellte und seine Kameraden ertrunken waren, führte er bis zu seinem Tod das Leben eines Einsiedlers, hielt die von der Heiligen Kirche bestimmten Gottesdienste ab und betete Tag und Nacht für das Seelenheil der Lebenden und Toten. Und immer, wenn ein Sturm wütete, hörte man seine laute, angstvolle Stimme um die Rettung aller flehen, die sich auf dem Meer befanden.

Dreihundert Jahre später war ein junger Bursche aus der Nachbarschaft in Not. Eines Tages stieg er zur Kapelle hinauf, kniete dort nieder und betete. Man hatte ihm die Geschichte des Eremiten erzählt; nachdem seine Andacht beendet war, verweilte er noch ein wenig im Gotteshaus, dachte über die Legende nach und frug sich, ob sie wohl wahr sei. Er mußte eingeschlummert sein und geträumt haben, denn es war auf einmal Nacht in der Kapelle. Zwei Lampen brannten in den nördlichen Mauernischen, und als er gegen die Ostwand blickte, sah er dort einen rohen Steinaltar, vor dem ein alter, weißhaariger Mann im Gebet versunken kniete. Der Junge verstand die Worte, er bat für alle, die gegen Sturm, Finsternis und Angst kämpften, sei es im Geist oder in Wirklichkeit. Danach erhob der alte Mann den Kopf und sah den Knaben an, ihre Augen trafen sich und der Alte lächelte ... Und dann schien er sich dem Jungen zu nähern, und sie sprachen eine Weile miteinander ... Hierauf wurde es wieder taghell in der Kapelle, niemand anderer als der Junge befand sich darin, und er konnte sich nicht mehr erinnern, was er und der alte Mann miteinander gesprochen hatten.

Er erzählte keinem Menschen von diesem Traumbild, dieser Erscheinung; nur einmal einem jungen Mädchen, namens Rosalind, das er liebte und mit der er eines Abends vor der Kapelle saß. Er nahm Abschied von ihr, da er im Begriff stand, eine weite Reise über das Meer zu unternehmen, um viel zu lernen und die Weisheit zu suchen. Aber er versprach ihr, wieder heimzukommen. Und sie versprach ihm, jedes Jahr am Tag seiner Abreise in die Kapelle zu gehen. Sie wollten einander nie vergessen – dann fuhr er fort.

Drei Jahre zogen vorüber, und der junge Mann war immer noch nicht heimgekommen. Rosalind hielt ihr Versprechen. Sie vergaß den Geliebten nicht. An jedem Jahrestag besuchte sie die Kapelle. Sie tat es auch an dem dritten, obgleich die Nacht kalt, dunkel und stürmisch war. Während sie den Steig hinaufkletterte, wunderte sie sich, das Gotteshaus erleuchtet zu sehen, und auf der Türschwelle angelangt, sah sie zwei brennende Lampen in den Nischen der Nordwand und einen weißhaarigen Mann im Gebet. Als er das Mädchen erblickte, stand er auf, lächelte und kam ihr entgegen. Er erzählte ihr, daß der Geliebte sich eben jetzt an Bord eines Schiffes außerhalb der Bucht befinde, das vom Sturm hin und her geworfen werde, und seine Rettung hinge von ihrem Mut ab. Dann sagte er weiter: «Seit diese festen Mauern aufgerichtet wurden, hat noch kein Sturm die Küste entlanggefegt wie dieser, der eben wütet.» Sie stiegen zusammen zur Küste hinab. Rosalind bot dem wilden Sturm Trotz, stand unerschütterlich im Wind und peitschenden Regen. Sie war es, die als erste das große Schiff den Felsen zutreiben sah, wie vor vielen Jahren die Mönche von Torre jenes andere Schiff gesichtet hatten, und sie zog den Körper des Geliebten aus dem Wasser, den eine große Welle ihr beinahe vor die Füße spülte. Rosalind und der Alte trugen den jungen Mann in das nächstliegende Haus, wo man ihn sorgsam pflegte und wieder ins Leben zurückbrachte. Am andern Morgen hatte sich der Sturm gelegt, und Rosalind sah den Alten unter der Haustür stehen. Sie ging auf ihn zu, er nahm Abschied von ihr und sagte, daß, solange die Kapelle stehe, sie immer denen Halt und Stütze sein würde, die dort beteten. Der alte Mann segnete das Mädchen, verschwand, und weder sie noch ihr Verlobter haben den Greis je wiedergesehen.

Dr. Crane erzählte die Geschichte des Eremiten, so gut er nur konnte, denn er hatte sie gern, wie alle Legenden der Gegend. Doch war er kaum fertig, als ihn Stella bereits mit Fragen bestürmte. Wo lebte Rosalind, als sie noch ein kleines Mädchen war? Wie hieß ihr Verlobter? Wohin hatte ihn sein Weg über das Meer geführt? Wo wohnten die beiden, nachdem sie geheiratet hatten? Was taten sie dann? Der Doktor sagte, er wisse es nicht, denn er wollte sich keine falschen Antworten ausdenken. Vielleicht würde Stella eines Tages alles selbst herausfinden. – An manchen Stellen der Geschichte hatte Zachary gelächelt, sie waren so einfach erzählt, um der Kleinen zu gefallen. Aber er lächelte nicht, als er selber eine einzige Frage stellte, die Dr. Crane mit gleichem Ernst beantwortete.

«Fand der Junge die Weisheit, nach der er suchte?»

«Ja, er fand sie.»

4

Am nächsten Tag, Sonnabend, den 24. November, wechselte der Wind und zog an, wie Tom Pearse vorausgesagt hatte. Wolken bedeckten den Himmel, und es war schon finster, als der Arzt von seiner Besuchsrunde heimkam. Er und Zachary setzten sich zu einem späten Abendbrot zusammen. Der Admiral hatte den Auslauf der Flotte für fünf Uhr signalisiert, berichtete Tom, während er das Gemüse reichte. Die beiden fragten nicht, woher er die Neuigkeit habe. Er wußte immer alles. Nachrichten machten ihren Weg auf dem Lande erstaunlich schnell, und was mit der Flotte zusammenhing, erschnüffelte Tom Pearse auf Meilen in die Runde.

«Ein schweres Stück Arbeit, die Flotte bei dieser Dunkelheit aus der Bucht rauszukriegen, Herr», sagte er zu Dr. Crane. «Dreckiges Wetter unterwegs. Würden besser bis morgen warten.»

Der Arzt sah in das undurchsichtige Dunkel außerhalb der Fenster. Man konnte das Ächzen des aufspringenden Windes hören.

«Admiral Cornwallis weiß, was er tut», meinte er langsam.

Tom Pearse schnupfte zweifelnd und schenkte den Rotwein ein.

Der Doktor und Zachary saßen beim Lesen vor dem Feuer im Studierzimmer, als ein Kanonenschuß dröhnte. Dr. Crane hob den Kopf und lauschte. Schiff in Seenot. Tom streckte den Kopf zur Tür herein. «Ich spanne Äskulap ein, Herr», sagte er kurz. Der Arzt brummte, las ruhig den Abschnitt zu Ende, klappte das Buch zu und langte nach seiner Instrumententasche. «Kommst du mit, Zachary?» fragte er. Der Junge nickte und stand auf.

In dicke Mäntel gehüllt, bestiegen die drei den Wagen und fuhren durch das stürmische Dunkel. Regenschauer peitschten ihre Gesichter. Die Finsternis beeinträchtigte das Tempo nicht im geringsten, denn Äskulap kannte jeden Stein auf der Straße. Er verlangsamte jedoch seinen Lauf, als sie sich Smoky-Haus näherten, dessen Tür offenstand und vor der sich im Schimmer des Herdfeuers die gedrungene Gestalt eines Mannes abzeichnete. Er rief die Insassen des Wagens an, und Dr. Crane hielt. «Nehmt Ihr mich mit, Doktor?» schrie George Spratt. «Mach aber schnell», rief dieser zurück. George schwang sich hinten auf den Wagen, sein Bieratem streifte den Nacken der drei. Rasch ging es den steilen Hang hinab, der Wagen schwankte gefährlich, und das Rollen der See dröhnte immer lauter in ihre Ohren.

«Die ‹Venerable›, Kapitän Hunter, auf den Felsen von Paignton Ledge», stieß George hervor. «Immer geht ein Schiff bei jedem starken Sturm verloren. Die Torbay will ihren Tribut.»

Zachary sann über George Spratts Worte nach, und es fiel ihm die Geschichte des Doktors vom Tag zuvor ein. Gab es irgendeinen Dämon in der Torbay, der in dem überschwemmten Wald hauste, aus dem die Hirschgeweihe in den Fischernetzen stammten? Verlangte dieser Teufel von Zeit zu Zeit ein Opfer?

George wußte natürlich alles. Während man den Anker der «Venerable» sicherte, war einer der Matrosen ins Meer gefallen. Ein Rettungsboot sollte klargemacht werden, aber ein Fallreep wurde zu früh losgelassen und das Boot ging unter. Ein Kadett und zwei Matrosen ertranken ... Zachary überlief es kalt bei dem Gedanken an den unglücklichen Seekadetten ... Inzwischen nahmen die übrigen Schiffe Richtung, aber die «Venerable» hatte den Kurs verloren, konnte ihn nicht wiederfinden, und um einen Zusammenstoß zu vermeiden, wurde sie gegen die Küste abgedrückt. Die schwere Strömung erfaßte sie, und nun lag sie an den Felsen von Paignton Ledge. George meinte, daß ihr die Notschüsse nicht viel helfen würden, denn die Flotte war vermutlich schon außer Hörweite.

Das Dorf Paignton lag verlassen da, denn alle Leute waren zum Strand hinabgeeilt. Äskulap und der Wagen wurden im Gasthof unter der Obhut des lahmen Stallknechts zurückgelassen. Dann kämpften sich die vier durch Wind und Regen zum Strand durch. Dort beleuchteten Fackeln und Sturmlampen eine Szene, die Zachary wie ein Höllenbild anmutete. Die Menge am Ufer erschien dem Jungen wie ein Haufen verlorener Seelen; Gestalten und Gesichter, bald von der Dunkelheit verschlungen, bald von grellem Licht hochrot beleuchtet. Wild rasten die brechenden Wellen die Küste entlang, von Zeit zu Zeit verwandelten die Flammen den fliegenden Schaum in Feuergarben. Das Brüllen des Sturms über dem Kanonendonner war schrecklich anzuhören.

Nur mühsam konnten die vier die Umrisse des verlorenen Schiffes auf den Felsen erkennen. Das Meer hatte eine tiefe Bresche hineingeschlagen, und die Wellen überspülten es. Bei diesem Anblick und dem Gedanken an die Männer an Bord überkam Zachary sein alter, krankmachender Haß gegen das Meer, und es wurde ihm übel. Dann verwandelte sich das Gefühl der Übelkeit in Wut. Warum rührte niemand einen Finger? Würden alle diese Leute hier stehenbleiben und zusehen, wie jene Männer ertranken? Er mußte in seinem Zorn laut aufgeschrien haben, denn der Doktor schüttelte seinen Arm und rief ihm etwas Unverständliches zu. Darauf sah er ein paar Boote in der Nähe der «Venerable», eine Handvoll mutiger Fischer versuchten weitere Boote von der Küste flottzumachen. Tatsächlich hatten mindestens zwei der Schiffe die Kanonenschüsse gehört, denn sie schickten Rettungsboote aus, und nun war Befehl gegeben worden, das Schiff zu verlassen. Die «Venerable» lag jetzt ganz auf der Seite und konnte jeden Augenblick in Stücke bersten. Trotzdem feuerten die Kanonen immer noch und würden das weiter tun, solange ein Mann an Bord war.

Kurz danach begann einer der herrlichsten Rettungsversuche, den die Torbay je erlebt hatte. Er dauerte die ganze stockfinstere, stürmische Nacht hindurch. Ein kleines, schwer kämpfendes Boot nach dem andern fuhr am Heck der «Venerable» vorbei, und die Offiziere, die sich als letzte retten lassen wollten, halfen den Seeleuten, die Schaluppen zu besteigen. Taue wurden geworfen und am Ufer festgemacht; ein Teil der Matrosen versuchte, sich daran an Land zu ziehen. Aber die Brandung war so furchtbar, daß die meisten bei diesem Versuch entweder ertranken oder an den Felsen geschmettert wurden. In den Booten gab es weniger Verluste an Leben, denn nur wenige trachteten an die Küste zu gelangen. Sie ruderten zurück zu den Schiffen, die sie ausgesandt; einige kenterten, und niemand von diesen überstand den Kampf mit der wilden See. Um fünf Uhr morgens willigte Kapitän Hunter endlich ein, sein Schiff zu verlassen. Einer nach dem andern – der jüngste Offizier als erster – kletterten die Offiziere und zehn Seeleute, die erklärt hatten, mit ihren Vorgesetzten zusammen sterben zu wollen, in die letzten zwei Schaluppen. Ein paar Offiziere, für die kein Platz mehr war, brachten sich am Bugspriet in Sicherheit. Nur ein Mann blieb zurück, ein betrunkener Matrose, der sich weigerte, das letzte Boot zu besteigen. Als einziger versank er mit der «Venerable».

Die ganze Nacht hindurch arbeitete Zachary ebenso schwer und mutig wie alle andern Männer am Strand. Bald nachdem der Doktor ihn beim Arm geschüttelt hatte, befand er sich in einem der Boote und ergriff hinter George Spratt ein Ruder. Ihr Schifflein war eines der wenigen, das ohne zu kentern die «Venerable» erreichte und mit einer Ladung Seeleute wieder zurückkehrte. Nachher stand er im Meer, bis zur Hälfte im eiskalten Wasser – mit Tom Pearse an seiner Seite bemühten sie sich verzweifelt, um die erschöpften Männer an den Tauen zu retten. Später half er dem Arzt im Hafen-Gasthaus, die ertrunkenen Körper wiederzubeleben. Es war sein Zorn, der ihn die ganze Nacht aufrecht hielt, von Zeit zu Zeit wurde er durch eine Art von Licht oder Siegesfreude neu angefacht. Im allgemeinen Getümmel hatte er keine Zeit, nachzudenken. Er war einfach abwechselnd von Zorn und Siegesfreude besessen.

Es war immer noch dunkel, als sie ihre Arbeit beendet hatten. Die Retter schleppten die Geretteten in ihre Häuser, wo es heiße Getränke, ein warmes Bad und Betten gab. Dr. Crane nahm zwei junge Offiziere mit und fuhr sie im Wagen heim. Zachary, George Spratt und Tom Pearse folgten zu Fuß nach. Sie waren zu müde, um viel zu reden, aber Tom Pearse bemerkte zu Zachary: «Ihr habt wie ein Mann diese Nacht gearbeitet, Herr», und George brummte zustimmend. Zachary nickte. Er wußte, daß es so war. Sein Zorn hatte nun ausgerast, aber die Freude blieb und gab ihm Wärme, obgleich seine Zähne klapperten.

11. Kapitel

1

Als Stella am nächsten Morgen erwachte, ahnte sie nicht, was in dieser Nacht geschehen war. Niemand auf dem Hof wußte davon, wennschon die Erwachsenen den Kanonendonner gehört hatten und annahmen, daß die Nachbarn beim Kirchgang einiges zu erzählen hätten. Die Kleine sprang aus dem Bett und lief ans Fenster; der Wind ließ nach, und die Regenwolken verzogen sich, bald würde es wieder blau und klar sein nach dem Sturm. Sie sang während des Ankleidens, denn sie hatte den Sonntag gern. Es war immer ein aufregender Tag. Zum Frühstück gab es gebratenen Schinken, anstatt nur Porridge. Dann war Vater Sprigg in seiner Milizuniform – in der er vor der Kirche Rekruten drillte – aufregend, wie Mutter Sprigg und sie selbst in ihren Sonntagskleidern. Und auch der Gottesdienst war aufregend, mit all dem Gesang und der laut dröhnenden Stimme des Pfarrers.

Nach einem zeitigen Frühstück und beendeter Morgenarbeit auf dem Hofe hieß es, Vater Sprigg in seine Uniform zu zwängen, ein großartiges Ding, strotzend von Rot, Weiß und Gold, das jede Woche enger zu werden schien. Alle halfen mit, der alte Sol putzte die schwarzen Stulpenstiefel blank, Madge den klingelnden Messingaufputz, Stella bürstete den Hut, und Mutter Sprigg half ihrem Mann in den Mantel und beschwichtigte sein erregtes Gemüt. Denn das Anziehen der Uniform reizte Vater Sprigg immer. Obwohl er ein guter Patriot war, beeinträchtigte das Geschäft des Exerzierens seine Laune sehr, solange es noch Arbeit auf dem Hofe gab. Er hätte viel lieber ein für allemal mit Bony persönlich abgerechnet, um die ganze Angelegenheit los zu sein.

«Einzelkampf, wie David und Goliath», sagte Stella, als ihr Pflegevater wieder einmal seinen Ansichten freien Lauf ließ. «Nur ist Bony ein kleiner Mann, und anscheinend gewinnen immer die kleinen Männer.»

Vater Sprigg, hochrot im Gesicht, nachdem sein betreßter Rock endlich saß, warf einen unfreundlichen Blick auf sein geliebtes Kind, und Mutter Sprigg beeilte sich, Öl auf die unruhigen Gewässer zu gießen: «David bezwang Goliath, nicht weil er kleiner war, sondern weil Gott auf seiner Seite kämpfte, Stella. Deshalb würde dein Vater in einem Kampf mit Bony siegen.»

«Ist also der Herr immer auf der Seite der Engländer?» fragte die Kleine.

Die vier Erwachsenen sahen sich voll entsetzten Erstaunens an. Dies Fragenstellen über einen feststehenden religiösen Grundsatz am Tag des Herrn war ja beinahe Gotteslästerung. «Wenn man dich reden hört, könnt' man glauben, du wärst eine Ausländerin», stieß Madge hervor.

«Vielleicht bin ich eine», meinte Stella.

«Nun ist's aber genug, Kind», sagte Mutter Sprigg mit plötzlicher Strenge. «Komm mit hinauf und zieh deine Sonntagskleider an! Beeil dich ein wenig mit dem Exerzieren, Vater, wir kommen gleich nach.»

Madge, Sol und Hodge blieben zurück, um nach dem Hof und nach dem Mittagessen zu sehen, und Mutter Sprigg machte sich mit Stella auf den Weg zur Kirche. Madge und Sol würden dem Abendgottesdienst beiwohnen, Laternen und das Weekaborough-Gebetbuch mitnehmen, das keiner der beiden lesen konnte, das aber gut aussah. An diesem Morgen trug es Stella, mit beiden Händen, denn es war schwer wegen des dicken, schwarzen Einbandes und der ebenso dicken Messingbeschläge. Das Gebetbuch wie die Bibel waren Erbstücke, seit Generationen von den Spriggs benutzt. Die Kleine trug es gern; war sie vorher verdrießlich gewesen, so versetzte es sie jetzt wieder in gute Laune.

Mutter Sprigg und Stella sahen reizend in ihrem Sonntagsstaat aus. Die alte Frau in einem taubengrauen feinen Wollkleid mit gleichfarbigem Mantel und Haube, das Kind ganz in zartem Grün, mit kirschfarbenen Bändern am Häubchen, dessen innerer Rand eine schmale weiße Krause schmückte. Sie trug weiße Fäustlinge, ein kleiner runder brauner Muff hing an einer Kordel um den Hals. Auf dem ganzen Weg zum Dorf war sie besonders lieb zu Mutter Sprigg, hatte sie diese doch gekränkt, wie es immer der Fall war, wenn Stella irgendwelchen Unterschied zwischen ihnen andeutete. Sie hätte nicht sagen sollen, daß sie eine Ausländerin sei. Eigentlich wollte sie es gar nicht, es war ihr nur so herausgeschlüpft. Und vielleicht war es auch dumm zu fragen, ob Gott immer auf der Seite der Engländer focht. Natürlich waren die Engländer im Recht; wenn nicht, so wären sie eben keine Engländer ... Die Kleine beschloß, nicht soviel über alles nachzudenken. Es führte nur zu Unannehmlichkeiten.

Als sie den Hügel hinab zur Dorfkirche wanderten, begannen die Glocken zu läuten, und Stella stieß einen Freudenlaut aus. Die Gentian-Hill-Glocken waren alt und wohlklingend und die Glockenläuter vollendete Künstler. Auf einer der Glocken stand: «Jesus erbarme dich, Maria hilf», auf einer andern «Bring uns Gott nahe», und Stella bildete sich immer ein, die Worte aus den Klängen herauszuhören. Im Dorfe angelangt, vermischte sich das wilde Brüllen Vater Spriggs, der auf dem Platz vor dem Kirch-Gasthof seine Leute einexerzierte, mit dem Geläute.

In diesen Tagen kamen alle zeitig zur Kirche, um das Exerzieren zu beobachten. Sie waren stolz auf ihre Männer, Söhne, Brüder und Enkel, die in zwei unregelmäßigen Reihen dastanden, mit geschulterten Piken, die nachher in der Kirche aufbewahrt wurden. Natürlich hätten sie Musketen haben sollen, diese waren aber noch nicht ausgegeben worden und würden wahrscheinlich auch noch nicht verteilt worden sein, wenn die Franzosen landeten. Die Männer von Gentian Hill beunruhigte das nicht im mindesten. Sie waren überzeugt, daß ein Engländer mit einer Pike es jederzeit mit sechs Franzosen und sechs Musketen aufnehmen konnte. Vater Sprigg war dessen manchmal nicht so sicher, und diese Ungewißheit sowie die Unregelmäßigkeit der beiden Reihen, denen er trotz harter Mühe kein korrektes Aussehen beibringen konnte, verursachten jenes wilde Gebrüll, während er seine Gruppe drillte.

Sie waren eine gemischte Gesellschaft. Abgesehen von der steifen Haltung einiger Milizsoldaten, gab es da Arbeiter, Bauern, Schafhirten und Dachdecker, junge, alte und mittelalterliche, in allen Größen und Gestalten. Aber jedem war die gelassene fröhliche Laune der Leute aus Devon eigen, die sich allem Antrieb zur Eile hartnäckig widersetzte. Vater Sprigg mochte schreien soviel er wollte, sie gehorchten ihrem eigenen Gesetz von Zeit und Rhythmus.

«Sie würden sich nicht mehr beeilen, selbst wenn die Franzosen heute früh gelandet wären!» sagte eine Stimme hinter Stella. «Komm, du willst doch dieses Schauspiel nicht noch länger genießen?»

Es war Zachary, blaß und hohläugig, noch ganz benommen von den Vorgängen der vergangenen Nacht. Die heißen geistigen Getränke des Doktors hatten ihn in schweren Schlaf sinken lassen, von dem er nur mühsam erwachte, als der Arzt ihn um zehn Uhr morgens kräftig schüttelte. Aber der alte Herr fand, die Teilnahme an der Rettungsaktion des Abends zuvor sei kein Grund für seine Hausgenossen, den Gottesdienst zu versäumen. Die Gäste ließ er weiter schlafen, nicht aber Zachary und Tom Pearse. Sie mußten ihre Pflicht tun.

«Komm, Stella», bat der Junge. Die Menge der zahlreichen Dorfbewohner in ihrem Sonntagsstaat besprach eifrigst den Schiffbruch, und er wollte nicht, daß die Kleine zuhörte. Sie verschwand nicht gerne, ohne daß Mutter Sprigg es sah – diese war gerade in eine eingehende Unterhaltung mit ihrer Nachbarin vertieft –, aber wenn Zachary rief, folgte sie stets. Bestimmt würde er nicht hierbleiben und dem Exerzieren zusehen. Vor allem, was mit dem Krieg zusammenhing, schien er zurückzuschrecken.

Die beiden gingen durch das Einsegnungstor auf den Friedhof, vorbei am Kirchenportal. Die Glocken klangen über ihren Köpfen, und Zachary wandte die Augen von dem Aufruf der Anschlagtafel ab. Doch half ihm dies nichts, denn einzelne Sätze waren wie in sein Hirn eingebrannt. «An alle Engländer, jeglichen Standes und Ranges ... Freunde und Landsleute, die Franzosen sind im Begriff, die stärksten Kräfte zu sammeln, die je unser Königreich bedrohten ... Sie schonen weder arm noch reich, weder jung noch alt ... Wir zwingen niemand zum Waffendienst, meldet Euch freiwillig zur Verteidigung von allem, was Euch lieb ist ... Euer König und Land ... Nie wird der Sieg denen zuteil, die träg und unvorbereitet sind.» Es war wirklich ein sehr langer Aufruf, dennoch konnte ihn Zachary merkwürdigerweise im Schlaf hersagen.

«Hast du den Schiffbruch gesehen?» fragte Stella.

«Ja. Der Doktor, Tom und ich gingen nach Paignton. Freust du dich nicht, daß alle gerettet worden sind?»

Die Kleine, die große Angst hatte, daß man vielleicht nicht alle gerettet hatte, stieß einen Seufzer der Erleichterung aus und zog Zachary bis zur Nordseite der Kirche, wo sie allein waren und der Lärm der Instruktionsstunde nur schwach zu ihnen drang. Die Gräber dort waren sehr alt und moosbewachsen. Drei der fünf herrlichen alten Eiben des Friedhofs breiteten ihre Äste weit aus. Stella liebte diese Eiben, die hellen roten Beeren leuchteten wie Lämpchen im Dunkel und über zwei nebeneinander liegenden Gräbern, die noch älter schienen als die übrigen. Enzian, der dem Dorf den Namen gegeben hatte, wuchs um diese beiden Gräber, und auf den Grabdeckeln waren noch die zarten Konturen einer Zeichnung sichtbar, die einer Bourbonenlilie oder vielleicht einem halboffenen Enzian glich.

«Vor vielen hundert Jahren, als die Engländer in den Krieg zogen, trugen sie Bogen aus dem Holz der Friedhof-Eiben», sagte das Kind. Bei Agincourt hatten sie Bogen aus Eibenholz.»

Zachary, der verloren auf die beiden von Gras überwucherten Gräber zu seinen Füßen sah, hob plötzlich den Kopf wie ein wild gewordenes Fohlen. «Die Mönche haben nicht fünf Eibenbäume in jeden Friedhof gepflanzt, damit man Bogen daraus schnitzt», sagte er bitter, «sondern um die Menschen an die fünf Wunden von Jesus Christus zu erinnern. Es war eine Entweihung, das Holz für Kriegszwecke zu brauchen.»

Über Stellas kleines Gesicht flog ein Ausdruck der Betrübnis. Ihr Geist folgte immer noch dem Gedankengang, den er genommen hatte, als Vater Sprigg sich in seine Uniform preßte. «Es wäre böse gewesen, das Holz zu nehmen, wenn die Engländer einen ungerechten Krieg geführt hätten», sagte sie, «aber er war ebenso gerecht wie dieser. Vater meint, daß die Engländer nie in einem unrechten Krieg gekämpft haben. Aber ich finde, es war nicht recht, nach Frankreich zu gehen und den Franzosen ihre Heime wegzunehmen. Nun versuchen die Franzosen, unsere Häuser zu nehmen, deshalb ist dieser Krieg für uns ein gerechter.»

Befriedigt seufzte sie auf, jetzt hatte sie es richtig erfaßt. «Hassest du die Franzosen, Zachary? Lord Nelson haßt sie.»

«Nein», antwortete der Junge düster. «Meine Mutter war Französin. Lord Nelsons Mutter war keine.»

«Ich hasse sie auch nicht», erwiderte Stella. «Aber die meisten Leute tun es.»

«Es ist ein Zeichen von gutem Patriotismus, wenn man den Feind haßt», sagte Zachary. «Ein guter Patriot liebt sein Land.»

«Liebst du England?» fragte die Kleine.

«Ja.»

«Würdest du dich anwerben lassen und für England kämpfen, wie es in dem Aufruf am Portal heißt, wenn du erwachsen wärest?»

Sie stellte die Frage ganz unschuldig. Er hatte ihr nie gesagt, daß er in der Marine gedient und desertiert hatte. Nur der Doktor wußte es. Zacharys Gesicht erstarrte, als quäle ihn Zahnweh, und er wich der Frage aus, indem er selbst eine stellte. «Würdest du es tun, wenn du ein erwachsener Mann wärest?»

Sie nickte ernst. Dann erschienen plötzlich die Grübchen, und sie war wieder ein Kind. «Und ich würde mir einen Bogen aus der Eibe von Bowerly Hill schnitzen. Die Pfeile würden schnell fliegen, weil der Baum einmal ein Engel war, der sich in eine Eibe verwandelte ... So habe ich es mir wenigstens immer vorgestellt, als ich klein war ...»

«Warum auch?» begehrte Zachary rasch zu wissen.

«Weil sich die Äste wie Flügel ausbreiten, und wenn man hinaufsteigt, hat man das Gefühl, man habe selbst Flügel.»

Der Junge lachte. «Ja, das ist wahr. Da läutet gerade die kleine Glocke, und du hast Mutter Spriggs Gebetbuch.»

Dr. Crane hatte Mutter Sprigg getroffen, beide warteten unter der Kirchentür. Hier trennten sich die Familien. Der Weekaborough-Kirchenstuhl befand sich links, der des Arztes rechts. «Meldet Euch freiwillig zur Verteidigung von allem, was Euch lieb ist», rief die Anschlagtafel Zachary zu, als er vorbeiging.

2

Das Gotteshaus von Gentian Hill war alt und reizend, mit schönen spätgotischen Fenstern und einem prächtigen steinernen Lettner. Im Innenraum standen die dreiteilige Kanzel und die Kirchenbänke aus dem 18. Jahrhundert, letztere etwas durcheinander – aber die Säulen erhoben sich frei, um das Tonnendach aus spanischem Kastanienholz zu stützen. Im Westen der Kirche befand sich der Chor. Eben waren die Musikanten im Begriff anzustimmen, als der Doktor und Zachary auf dem Strohpolster ihres Betstuhls niederknieten und das Gesicht mit dem Hut bedeckten. Als Katholik hatte Zachary eigentlich kein Recht, seine Andacht in der Weekaborough-Kirche zu verrichten. Aber wenn irgend möglich, folgte er dem Doktor und Stella überallhin und nahm willig ein Stück Fegefeuer auf sich, um es dann später zu sühnen.

Obgleich das erstaunliche Geschrei des Kirchenchors von Gentian Hill ungünstig von dem katholischen Meßgesang abstach und ein musikliebendes Ohr beinahe beleidigte – die Leute von Devon waren alles eher als musikalisch –, gelang es Zachary doch, sich am Gottesdienst zu erfreuen. Wenn es auch ein heilloser Lärm war, so kam er doch von Herzen und ging zu Herzen. Männer, Frauen und Kinder sangen so laut sie nur konnten, wenn sie nicht anderweitig mit Trommeln, Flöten, Klarinetten oder Streichinstrumenten beschäftigt waren. Zachary empfand den Gottesdienst als einen Teil des Landlebens, das ihm nun schon ganz vertraut war – dieses zufriedenen, vollblütigen Lebens harter Arbeit eines unabhängigen, genügsamen Volkes. Man verspürte darin weniger von der Religion als beim Pflügen eines Feldes, dachte Zachary, aber es war ein großes geselliges Ereignis. Ebenso begeisternd wie die weihnachtliche Julfeier und die heidnischen Erntefeste, von denen der Doktor ihm erzählt hatte.

Der Pfarrer von Gentian Hill hielt den Gottesdienst ab. Pastor Ash sah wirklich nicht wie ein geistlicher Herr aus. Er war klein und dick, hatte ein rundliches, rosiges, äußerst kluges Gesicht, funkelnde schwarze Knopfäuglein und ein übermütiges Lachen oder Lächeln. Der beinahe Siebzigjährige nahm noch begeistert an Hetzjagden teil und war ein guter Schütze. Als Junggeselle und zweiter Sohn einer adligen Familie, die ihn dem geistlichen Stand geweiht hatte, weil man nicht wußte, wo ihn sonst unterbringen, besaß er ein kleines Vermögen. Er war gastfreundlich, führte eine ausgezeichnete Küche und einen ebenso guten Keller. Pfarrer Ash war ein handfester Trinkgenosse und erzählte gerne lustige Anekdoten. Seiner Ansicht nach versah er seinen Dienst ausgezeichnet, vergaß weder eine Taufe noch eine Hochzeit oder ein Begräbnis und erledigte jede Zeremonie mit einem Höchstmaß an Geschwindigkeit. Er sorgte für Reinlichkeit in der Kirche, der Friedhof mußte saubergehalten und Küster sowie Kirchenchor pünktlich sein. Er selbst war stets gut gekleidet, sein schwarzer Priesterrock mit dem weißen Bäffchen gut gebürstet. Auf dem Kopf trug er eine altmodische weiße Perücke und einen flotten schwarzen, breitrandigen Hut. Aus Angst vor Ansteckung besuchte Pfarrer Ash die Kranken nicht persönlich und ebensowenig Leidtragende, weil Kummer ihn niederdrückte. Aber er sandte ihnen Suppe und Portwein durch seine Haushälterin, und wenn er kleine Jungen beim Stehlen erwischte, versetzte er ihnen eine ordentliche Tracht Prügel. Das Dorf war stolz auf ihn und hatte ihn gern. Er kümmerte sich um seine eigenen Angelegenheiten, ließ die andern machen, wie sie wollten, und hielt nie lange Predigten.

Eigentlich predigte Pfarrer Ash überhaupt nicht, sondern trug aus einem nützlichen kleinen Buch die jeweilige Bibelerklärung für den Sonntag vor. Dabei las er so schnell, daß niemand ein Wort verstand. Es legte auch keiner Wert darauf. Die Predigt gab nach den gesanglichen Anstrengungen Gelegenheit für ein kleines Nikkerchen. Der Pfarrer nahm seiner Gemeinde dieses Schläfchen nicht übel; an ihrer Stelle hätte er es ebenso gehalten. Tatsächlich weckte er zuvorkommenderweise seinen Küster stets höchst persönlich, indem er sich über die Kanzel beugte und Job Stanberry mit dem Predigtbüchlein auf den kahlen nickenden Kopf schlug. Der Krach des heiligen Buches auf Jobs Kopf war für alle das Zeichen, aufzuwachen und die letzte Hymne anzustimmen.

Manchmal fragte Zachary sich, was wohl Stella und der Doktor von diesem, für ihn so sonderbaren Gottesdienst hielten. Stella, die mit ihm aufgewachsen war, dachte nicht darüber nach. Die laute, vergnügliche Angelegenheit war eben Kirchgang am Sonntag, der mit Sonntagsstaat und Sonntagsbraten zusammenhing. Sie hatte noch nie darüber nachgegrübelt, ob eine besondere Beziehung zwischen Gott und der Kirche von Gentian Hill bestand. Gott war überall, und wenn er einen Ort mehr bevorzugte, dann sicher Bowerly Hill, und zwar in jenen Augenblicken, wenn das Licht vom Himmel herabkam. Des Doktors Gefühle glichen denen von Stella nach weiteren zwanzig Jahren. Inmitten der anmutigen Säulen und Gewölbe, die sich über den häßlichen Kirchenbänken erhoben, beim Klang der alten schönen Psalmen und Gebete, fühlte er seine Hände auf einem ewigen goldenen Faden der Frömmigkeit ruhen, dessen Perlen Jahr um Jahr vorbeiglitten. Heidnische oder gleichgültige Zeiten mochten ihn vorübergehend in Dunkel hüllen, aber niemals würde er reißen, solange noch ein einziger Mann oder eine einzige Frau an Gott glaubte.

Die letzte Hymne vor der Predigt endete mit einem Krach. Die Horn- und Posaunenbläser, Klarinettisten, Flötisten, Trompeter, Geigen- und Baßspieler gaben ihr Letztes für diesen ohrenbetäubenden Schlußakkord her. Sie sanken erschöpft zurück, lächelten aber befriedigt nach getaner Arbeit. Job Stanberry, der Küster, kreuzte die Arme und schloß dieAugen. Pfarrer Ash auf der Kanzel räusperte sich, setzte die Brille zurecht, hielt sein Buch dicht vor die Nase und begann rasch daraus zu lesen. Dr. Crane versank stillvergnügt in ein Nickerchen, aber Zachary, obgleich er nur wenige

Stunden geschlafen hatte, war völlig wach und sein bisher etwas verwirrter Geist plötzlich erstaunlich klar. Er legte sein strohgefülltes Kniekissen auf den Sitz, und von dieser erhöhten Warte aus konnte er über Dr. Cranes Kirchenstuhl hinweg auf den von Weekaborough sehen. Vater Spriggs Glatze und Mutter Spriggs graue Haube waren gerade noch erkennbar, aber nichts von Stella. Zachary stellte sie sich zwischen den beiden vor, die Füßchen auf dem Kniekissen, die Hände im Muff gefaltet, das schmale Elfengesichtchen ernst in dem weißumränderten grünen Häubchen. Woran dachte sie wohl? Vielleicht an die Eibe von Bowerly Hill, deren Dunkel die kleinen roten Beerenlämpchen erhellten, gerade so, wie jener eigenartige Schimmer von Siegesfreude seine Wut der letzten Nacht.

Es war das erste Mal in seinem ruhigen Leben, daß ihn ein solches Wutgefühl gepackt hatte. Nun wurde es ihm klar, daß es sich gegen die Macht des Verderbens gerichtet hatte, gegen das Böse, das die Menschen so erbarmungslos in ihrem Erdendasein verfolgt, sie mit allen möglichen Waffen schlägt, mit Pest, Hungersnot oder Wetter, «weder reich noch arm, weder alt noch jung», verschont. Die vergangene Nacht hatte Zachary diese Kräfte in Gestalt eines Sturmes bekämpft, um jene an den Felsen und in der See verunglückten Männer zu erretten. Nun aber verkörperten sie sich in der riesigen Armee jenseits des Kanals, in den Söhnen der Schreckensherrschaft, die ihm Vater und Mutter getötet hatte. Zachary hatte Stella versichert, daß er die Franzosen nicht haßte; er tat es auch nicht, denn es floß ja französisches Blut in seinen Adern, und er konnte nicht hassen. Doch verspürte er auch jetzt immer noch das gleiche Wutgefühl gegen die Macht dieser Armee wie gegen die Macht des Sturmes der vergangenen Nacht. Und diesmal ging es nicht um eine unbekannte Schiffsmannschaft, sondern um Stella.

«Zur Verteidigung von allem, was Euch lieb ist...» Darin lag die Freude des Sieges, in der Liebe. Jene Gruppe von Männern an der Küste, letzte Nacht, zu denen auch er gehörte, hatten ihre Mitmenschen so geliebt, daß sie ihr Leben für deren Rettung in die Bresche schlugen; genau wie seinerzeit die Mönche von Torre bei dem ersten Schiffbruch und das Mädchen Rosalind in des Doktors Erzählung. Und er liebte Stella innig genug, um wieder das alte Höllenleben auf sich zu nehmen, damit sie in Sicherheit sei. Wahrscheinlich würde es nichts nützen. Er war nicht so dumm, zu glauben, daß die

Wiederkehr eines einzigen Seekadetten zu seiner Pflicht dieses riesige Heer aufhalten könnte. Immer wieder zerstörte die Macht der Finsternis die kleinen Lämpchen der Liebe. Aber in einer blitzartigen Erkenntnis sah er, wie sie sich im Untergehen wieder aneinander entzündeten, und wußte, daß, solange nur noch eines schien, das Böse letzten Endes nicht triumphieren würde.

«Meldet Euch freiwillig.» Nun war Zachary klar, was zu tun. Unfreiwilliges Ausharren an Bord jenes elenden Schiffes hatte ihn gebrochen. Aufsichnehmen der Widerlichkeiten in der Mühle hatte ihn zu dem Doktor geführt. Wie sagte doch Hamlet? «Bereit sein ist alles.» Er erhob sich von dem unbequemen Kniekissen, drückte sich in die Ecke des Kirchenstuhls und schlief ein.

3

Die zwei jungen Offiziere, die der Doktor von dem Schiffbruch mit heimgenommen hatte, schliefen, bis sie der Duft des Sonntagmittagessens um drei Uhr weckte. Von Hunger geplagt, standen sie auf, zogen ihre von Tom Pearse getrockneten und geplätteten Uniformen an und stiegen eilig in das Eßzimmer hinab. Jugendliche Elastizität und gute Gesundheit verlieh ihren Gemütern nach überstandener Gefahr doppelte Schwungkraft. Der Anblick des mannigfaltig und reichlich gedeckten Tisches – seit Monaten war ihnen nichts Ähnliches vorgekommen – belebte sie zusehends. Der Doktor und Zachary hatten nach der Kirche nochmals geschlafen und fühlten sich sehr erfrischt. Nur Tom Pearse hatte vor lauter Trocknen und Bügeln und Kochen keine Zeit gehabt, sich auszuruhen. Aber das machte ihm nichts aus. Er war zähe. So wurde dies Mittagessen eine mehr oder weniger festliche Angelegenheit.

Tom hatte eine Kaninchenpastete und Rinderbraten zubereitet. Dann hatte er aus dem Pfarrhaus einen saftigen Schinken geborgt und aus dem Kirch-Gasthof Schweinsfüße in Sülze geholt. Natürlich wußte er, daß in Aristokratenhäusern die Herren von Stand auf ein Mittagessen von weniger als vierzehn Fleischgängen geringschätzig herabsahen; ein Abendessen mußte mindestens deren sieben enthalten. Aber diesmal war die Zeit zu kurz, er konnte nur vier zusammenbringen. Dafür hatte er die verschiedensten Gemüsespeisen zubereitet sowie eine herrliche süße Weincreme und rosige

Weekaborough-Äpfel, schön poliert, auf eine Schale gerichtet. Dazu holte er Port- und Rotwein aus dem Keller, stibitzte dem schlafenden Doktor den Schlüssel des Medizinschrankes aus der Tasche und legte Hand an den geschmuggelten französischen Cognac, der genau dort stand, wo er ihn vermutete – zwischen den Kamillen und dem Rizinusöl, unter der Aufschrift «Leinöl». Schließlich hatte Tom noch alle Kerzen, die er finden konnte, angezündet und wartete neben dem Tisch mit einem so hochroten und strahlenden Gesicht, daß er alles andere in den Schatten stellte.

Erst schleppte das Gespräch ein wenig, sie waren alle zu sehr mit dem Essen beschäftigt. Aber bei den Äpfeln und dem Wein wurde es äußerst lebhaft. Tom Pearse, der sich zu diesem Zeitpunkt hätte zurückziehen sollen, blieb, wo er war, mit offenen Augen und Ohren hinter Dr. Cranes Stuhl und warf ab und zu eine rasche Bemerkung ein. Die beiden jungen Männer waren begeisterte Seeleute, der eine, Sohn eines Stationskapitäns und Enkel eines Admirals, war entzückt, in dem Arzt und Tom Pearse Berufskameraden anzutreffen. Die Unterhaltung über Marineangelegenheiten wurde eifrigst und ernsthaft geführt.

Nur Zachary sprach nichts, aber der Doktor merkte, daß sein Schweigen nicht gequält war. Er lauschte dem Gespräch voll Interesse, saß leicht und behaglich auf seinem Stuhl, die langen Finger schälten liebevoll einen von Stellas geliebten Duke-of-Marlborough-Äpfeln. Des Jungen dunkle Augen glänzten im Kerzenlicht, und plötzlich lächelte er beglückt. Es war, als das Gespräch auf Admiral Nelson kam und einer der jungen Männer von des Admirals Glauben an seinen «Strahlenkreis» sprach. Niemand wußte genau, was er damit meinte. Anscheinend hatte er einmal in seiner Jugend, in einer Stunde der Niedergeschlagenheit und Verzweiflung irgend etwas wie einen Stern aus der Dunkelheit hervortreten sehen, der ihm Ruhm im Dienste seines Vaterlandes verhieß. Diese Art Erscheinungen beeindruckten Zachary; er sah mehrmals zu den jungen Leuten hinüber und lächelte ihnen so kameradschaftlich zu, daß es Dr. Crane entzückte. Es hatte diesen im Lauf der letzten Wochen recht bekümmert, daß sein Sohn allem Anschein nach vor jedem Kontakt mit Männern seines eigenen Standes zurückschreckte, als fühle er sich irgendwie gebrandmarkt. Nun war das gequälte Zurückweichen verschwunden, und jener leichte Zug von etwas Besonderem, der ihn stets umgab, vertiefte sich gegenwärtig in die ruhige Würde eines Menschen, der seine Ungezwungenheit durch Überwindung von Schwerem gewonnen hat. An diesem Abend umgab Zachary etwas, das sein Stillschweigen nicht verwischen konnte; es erregte die Aufmerksamkeit der beiden Offiziere, besonders des einen, Rupert Hounslows, Sohn des Stationskapitäns. Immer öfter wandten sie sich an den Jungen, wollten ihn zum Reden bringen. Schließlich sprach ihn Rupert, der nur fünf Jahre älter war, direkt an.

«Du hast letzte Nacht gute Arbeit geleistet. Ich sah, wie du einem unserer armen Teufel in dein Boot halfst. Du ruderst genauso wie wir in der Marine.»

«Ja, Herr», antwortete Zachary.

«Dienst du bei der Marine?»

Des Doktors Finger umfaßten plötzlich so krampfhaft den dünnen Stil seines Weinglases, daß er zerbrach. Gott sei Dank war das Glas leer. Rasch brachte Tom ein anderes und füllte es bis zum Rand. In dem kurzen Augenblick der Verwirrung hörte man Zacharys ruhige Antwort: «Ich war bei der Marine.»

«Als dienstunfähig entlassen?»

«Nein, Herr, ich bin desertiert.»

Niemand sprach. Die beiden jungen Leute erröteten verlegen, aber der Arzt erhob sein Glas, als wolle er einen Trinkspruch ausbringen, und Tom räusperte sich laut und triumphierend, es klang wie ein Trompetenstoß. Zachary ließ sanft die unzerrissene Apfelschale auf den Teller gleiten, trocknete sich die Finger an der Serviette, reckte die Schultern und sah Rupert Hounslow gerade in die Augen. «Ich ginge gerne wieder zurück, Herr, und nehme jede gerechte Strafe auf mich. Aber ich weiß nicht, wie es anstellen. Was muß ich tun, Herr?»

Rupert lehnte sich vor, die Arme auf dem Tisch, und sah den Jungen durchdringend an. Der Doktor betrachtete sein feines sommersprossiges Gesicht, es gefiel ihm. Nun entspann sich ein Gespräch zwischen dem Offizier und Zachary, als wäre niemand anderer zugegen.

«War es ein schlechtes Schiff?»

«Nein, Herr», log Zachary.

«Warum bist du dann desertiert?»

Ein Pulsschlag machte Zacharys Wange zittern. «Ich haßte die See.»

«Wie ist dein Name? Ich glaube, Dr. Crane sagte ihn mir, aber ich vergaß ihn. War es nicht Mond?»

«Nein, Herr. Anthony Louis Mary O'Connell.»

In kindlicher Einfachheit nannte Zachary seinen vollen Namen, beinahe wie Stella, die so großen Wert auf Namen legte. Der Doktor hörte gespannt zu. Er wußte, daß durch diese korrekte Aufzählung Zachary Mond der Hals gebrochen wurde; er allein konnte abschätzen, um welchen Preis.

«Ich kenne einen Kapitän O'Connell vom Hörensagen. Ein irischer Katholik. Auch er heißt Mary. Ist er mit dir verwandt?»

«Ja, Herr. Er ist mein Vetter.»

«Warst du auf seinem Schiff?»

«Ja, Herr.»

«Dann hast du gelogen, als du sagtest, es sei kein schlechtes Schiff gewesen.»

«Könntet Ihr mir helfen, wieder dorthin zurückzugehen, Herr?» war Zacharys einzige Antwort.

«Nein, das könnte ich nicht. Aber ich werde dir zu einem andern Schiff verhelfen. Ich selbst muß nun auch auf ein anderes Schiff und mit der nächstbesten Fahrgelegenheit nach London. Willst du mit mir kommen?»

Zachary sah den Doktor an. Sein Gesicht war starr wie eine Maske; die sonst so hell glänzenden Augen blickten plötzlich trübe und undurchsichtig.

«Ja, Anthony», sagte der Arzt. «Die Postkutsche, Mr. Hounslow, geht am Dienstag um zehn Uhr morgens vom Gasthof ‹Krone und Anker› in Torquay ab. Das ist übermorgen. Ihr solltet in vierundzwanzig Stunden in London sein. Wenn Ihr mit dem Wein fertig seid, meine Herren, wollen wir uns in das Studierzimmer zurückziehen.»

12. Kapitel

1

Man hatte Zachary in dem Glauben erzogen, daß Pflichterfüllung glücklich mache. Er fand am nächsten Morgen, daß dies nicht unbedingt stimmen müsse. Nach seinem Entschluß in der Kirche hatte ihn eine Art Frieden durchdrungen, der den ganzen Abend anhielt. Als man sich dann nach ausführlicher Besprechung mit den beiden Offizieren über das Wie und Wann der Reise trennte, hatte der Doktor Zachary in sein Zimmer begleitet. Dort sagte er eigentlich nicht viel, aber sein unendlicher Stolz und seine Freude über den Sohn waren so herzerwärmend, daß Zachary beinahe glücklich ins Bett sank und gut schlief. Aber als er am Montag bald nach Mitternacht erwachte, packte ihn eine ganz fürchterliche Verzweiflung, ärger denn je. Er wälzte sich im Bett, vergrub den Kopf in die Kissen und verfluchte sich als blödsinnigen Narren. Nun ging er wieder zurück aufs Meer, das er so haßte, zurück zu Krieg, Wunden und Tod, die er fürchtete. Und das Schlimmste war, daß er sich jetzt, vielleicht für immer, von dem Leben losriß, das er so liebte – von dem geliebten Vater und von Stella, die seine andere Hälfte war. Und dazu noch freiwillig. Diesen Wahnsinn hatte man ihm nicht aufgezwungen, er beging ihn aus freien Stücken. An die verschiedenen Phasen, die Kette der Entschlüsse, die ihn zu dem endgültigen Unheil geführt hatten, konnte er sich nicht mehr genau erinnern; er wußte nur noch, daß er der größte Tor war, den Gott je erschaffen. Trotzdem kam ihm nicht einmal der Gedanke an Umkehr. Er hatte einen Schritt getan, der für einen Ehrenmann kein Zurück erlaubte ... Tom Pearse klopfte laut an seine Tür. Er sprang aus dem Bett, wusch sich im kalten Wasser, zog die Kleider an und nahm sein zeitiges und einsames Frühstück, um sich dann im Halbdunkel zu seinem letzten Tagewerk auf Weekaborough Farm zu begeben.

Als er die Klinke der Küchentür hob und mit den schweren Stiefeln in den geliebten alten Raum stapfte, der freundlich vom Feuer erwärmt und beleuchtet war, wünschte er zum erstenmal, daß Stella diesen Morgen nicht da sein möchte. Selbstverständlich mußte er Vater und Mutter Sprigg sofort mitteilen, daß er sie verließ; aber es würde für Stella leichter sein, wenn er es ihr allein erzählen könnte. Das Glück war ihm günstig. Sie waren alle noch nicht mit dem Frühstück fertig, außer der Kleinen, die schon nach draußen gesprungen war, um sich mit Daniel und den Stallkatzen zu unterhalten.

«'n Morgen, Bursche», sagte Vater Sprigg heiter, aber mit belegter Stimme, da die eine Backe von einem riesigen Brocken Marmeladenbrot vollgestopft war.

«'n Morgen», echoten Mutter Sprigg, Madge und Sol. Sie hatten ihn alle gern, und ihr Willkommengruß heute schien sogar wärmer als gewöhnlich. Hodge kam auch, lehnte den Kopf gegen seine Knie, und Zachary suchte sich zu beruhigen, indem er eine Hand auf den warmen Kopf des Hundes legte. Als wäre er selbst daran kaum beteiligt, sagte er ihnen, was er morgen tun wolle. Einen Augenblick herrschte ein etwas benommenes Erstaunen, und dann landete Vater Spriggs große Hand mit einem Schlag auf dem Tisch.

«Großartig für dich, Junge», schrie er triumphierend, als guter Patriot, der er war. «Gehst als Seemann fort!? So ist's recht! Das ist das Wahre! Armer alter Bony, das wird sein Todesstoß sein.»

Madge schlug die Hände zusammen. Ihre runden roten Wangen wurden noch röter im Vorgeschmack all der begeisternden Gefühle einer Frau, die einen Mann im Kriege weiß, um den sie sich nicht wirklich so sorgen wird, wie sie glaubt – da sie zu allem über die Schrecken des Krieges völlig im unklaren ist. Aber Mutter Sprigg, die geborene Mutter, wurde ernst, als sie die Qual in des Jungen Augen sah. Und was Sol anbelangt – sein altes Gesicht war auf einmal grau, und sein Mund zuckte. Plötzlich wußte er, daß er nicht mehr pflügen würde. Zur Zeit der Frühlingssaat würde kein starker junger Mann mehr beschwingt neben ihm hergehen, keine klare Stimme jenes Lied singen, das ihm allein die Kraft gab, um dem Pflug folgen zu können. Zum erstenmal überfiel ihn der Schatten des Todes, und sein Kopf sank auf die Brust. Zachary ging auf ihn zu und umfaßte seine Schulter. «Ich werde für die Frühjahrssaat zurück sein, Sol. Im Frühling komme ich wieder.»

Aber der alte Sol schüttelte den Kopf. Dann suchte er in seinen Taschen und holte die Rassel hervor. «Nimm sie, Bursch», murmelte er heiser. «Hab' sie als Mann un' Jung' gehabt, schon mein Vater hatt' sie, glaub ich. Aber ich möcht' jetzt, daß du sie behältst. Wird dich 'n bißchen aufmuntern in 'er fremden Gegend.»

Zachary haßte die Rassel fast so sehr wie Stella. Bei ihrem unheimlichen, ohrenbetäubenden Lärm sträubten sich seine Haare, und beunruhigt sah er jeweils über die Schulter. Doch er konnte des alten Mannes Geschenk nicht zurückweisen. «Danke, Sol», sagte er und steckte das Ding unter den düstersten Vorgefühlen ein.

«Wer sagt es Stella?» fragte Mutter Sprigg. «Am besten wohl ich.»

«Nein, ich selber werde es ihr erzählen», entgegnete Zachary mit solcher Entschiedenheit, daß die alte Frau nachgeben mußte. «Zu Mittag werde ich auf Bowerly Hill sein. Ich muß eine Ladung Meersand zum Kleefeld fahren. Bitte, Mutter Sprigg, erlaubt, daß sie mir das Essen dorthin bringt?»

«Ja, mein Junge», erwiderte sie freundlich.

«Aber gleich danach gehst du am besten heim», meinte Vater Sprigg. «Es wird noch eine Menge für dich zu erledigen sein. Ich werde dich vermissen, Bursche.» Er schaute auf. «Und denk dran, Junge, wenn du fort bist: daß, wann immer du nach Weekaborough Farm zurückkommst, ein guter Willkomm deiner wartet. Vergiß es nicht.»

Jählings wandte sich Zachary um. Seine Schuhe klapperten laut über die Steinfliesen, er verließ den Raum und warf die Tür heftig zu.

«Geht, scheint's, gar nicht so gern gegen Bony los», warf Madge ein wenig verwundert ein.

«Halt den Mund, Mädchen», antwortete Mutter Sprigg ungewöhnlich gereizt.

2

Das Kleefeld auf dem andern Abhang von Bowerly Hill hatte so ausgiebig getragen, daß es erschöpft war, weshalb Vater Sprigg gründliches Düngen für nötig hielt. Zachary hatte mit ihm und Stella zusammen einen glücklichen Tag am Strand verbracht, wo sie die Tragkörbe der Lastpferde Sem und Ham mit dem feinen Meersand füllten, der aus den Überresten aufgelöster Muscheln entsteht. Den hatten sie dann heimgeführt. Nun stand der Sand, mit Dung gemischt, in einem Haufen auf dem Hof bereit, um wieder in die Körbe geladen und nach Bowerly Hill gebracht zu werden. Zachary nahm Sem, das schwarzbraune Packpferd, und arbeitete mit ihm den ganzen Morgen wie wild, dankbar für die schwere Arbeit. Auch Vater Sprigg und Sol war er dankbar, daß sie ihn verständnisvoll allein gelassen hatten, und nicht zuletzt auch Mutter Sprigg dafür, daß sie Stella im Haus beschäftigt hielt. Doch obwohl er versuchte, den vertrauten Anblick, die wohlbekannten Klänge und Eindrücke mit Arbeit zu betäuben, weigerten sie sich, aus seinem Bewußtsein verbannt zu werden. Sie überfielen ihn, als wollten sie sich in sein Gedächtnis einbrennen. Die weißen Schafe im grünen Gras. Die gespitzten Ohren, der bewegliche Kopf des prächtigen kleinen Sem, der sich so tapfer mit den beladenen Körben hügelauf mühte. Die schönen dunkelroten Rinder mit den feingebogenen Hörnern und hirschähnlichen Gesichtern. Die Wiesenquelle zu seinen Füßen und das Gefühl von Hodges rauhem Kopf an seiner Hand. Eine Weile kämpfte er noch gegen das Wahrnehmen all dieser Dinge, dann gab er nach. Vielleicht würde er bald wieder froh sein, sich an alles erinnern zu können.

Schließlich war er mit der Arbeit fertig und setzte sich unter die Eibe, um auf Stella zu warten. Es war ein grauer, doch nicht unfreundlicher, warmer Tag. Die Hände zwischen den Knien, saß er mit gebeugtem Kopf, Hodge zu seinen Füßen, und hörte die Möwenschreie und den Wind in den Zweigen über sich. Aber er machte keinen Versuch, die Hingerissenheit jenes Tages zurückzurufen, als er den Baum erklommen und die Äste ihn gehalten hatten, indes die Möwen aus dem Gold tauchten. Es würde keinen Zweck haben. Nichts dieser Art kann wiederholt werden.

Niedergeschlagen starrte er auf einen in der Erde halb verborgenen grauen, moosbedeckten Stein neben sich, einen der vielen, die um die Eibe lagen, und stieß unbewußt mit seinem Schuh nach ihm. Ein Mooskissen, schon von den schweren Regenfällen gelokkert, löste sich, und es schien ihm, als sei etwas auf dem Stein eingeritzt. Er beugte sich vor und zog müßig den Rest beiseite. Da sah er, fast ausgelöscht von Zeit und Wetter, eine schwache Zeichnung, etwas, das einer Lilie ähnlich sah, wie es sie auch schon an der Mauer der St.-Michael-Kapelle gab und auf den beiden alten Gräbern im Friedhof. Er war zu unglücklich, um sehr davon gefesselt zu sein; aber der Gedanke an die Kapelle erinnerte ihn an die Legende des Eremiten, an Rosalind und ihren Geliebten, und es fiel ihm plötzlich ein, was er tun könne, damit Stella ihn nicht vergäße.

Vielleicht würde er jahrelang fort sein; wie konnte er erwarten – da sie ja noch ein Kind war –, daß sie sich seiner immer erinnerte? Er hatte kein Recht, sie mit irgendeinem Versprechen zu binden, doch konnte er sie bitten, in derselben Weise an ihn zu denken wie Rosalind; das mußte einem kleinen Mädchen gefallen. (Wie alt war Rosalind gewesen?) Und wenn die Zeit verging, er nicht so bald wiederkehrte, mochte sie sich darauf besinnen, daß Rosalind und der junge Mann ein Liebespaar gewesen waren und schließlich geheiratet hatten.

Hodge, der zu seinen Füßen lag, hob den Kopf, schnüffelte, gab sich einen Ruck und rannte den Hügel hinunter. Als Zachary sich umschaute, sah er Stella den Weg zwischen den grasenden Schafen heraufspringen, rasch und leicht wie ein Elf, so wie er sie sich immer vorstellte. Sie schwang seinen Imbiß, der in ein rotgetüpfeltes Tuch eingewickelt war. Er stand auf, um sie zu erwarten, starrte ihr entgegen, damit sich ihm das Bild, das sie bot, einpräge. Wie immer trug sie ihren roten Mantel über dem grünen Kleidchen und eine kleine weiße Schürze, aber die Kapuze war zurückgefallen und ließ die wirren dunklen Locken frei. Sie hielt kurz an, um Hodge zu streicheln, schaute dann auf, sah ihn und lachte. Dann rannte sie wieder mit Hodge an der Seite weiter, ihre Bäckchen röteten sich vom Aufwärtslaufen. Der ruhige graue Himmel, das grüne Gras und ihre fröhliche kleine Gestalt, die zwischen den Schafen hin und her tanzte: es war nicht möglich, daß er dies je vergessen könnte.

Stella war von dem ungewöhnlichen Ereignis, ihm das Essen bringen zu dürfen, allzu aufgeregt, um seine erzwungene Ruhe zu bemerken. Sie setzten sich auf zwei der grauen Steine unter der Eibe zwischen die Schafe, und dann knüpfte die Kleine das bunte Taschentuch auf. Zachary machte große Augen über das, was sich da enthüllte. Mutter Sprigg war keine sehr ausdrucksgewandte Frau, aber sie konnte ihre Gefühle immer auf dem Weg über Eßbares mitteilen, weshalb sie einen wahren Götterschmaus eingepackt hatte ... Schweinefleischpastete, Apfelauflauf, Safrankuchen, Devonshire Süßspeise, mit Pflaumenmus gefüllt und geschlagener Rahm dazu ... Zachary wußte, daß er mit allem fertig werden mußte, obwohl es ihn würgte. Glücklicherweise waren Stella und Hodge, die zu beiden Seiten saßen, sehr bereit, ihm dabei zu helfen.

«Ich muß dir etwas erzählen, Stella», sagte er, als sie mit essen fertig waren.

«Was Nettes?» fragte die Kleine und schüttelte die Krumen von dem bunten Tuch.

«Nein.»

Sie sah ihn an, legte das Taschentuch säuberlich zusammen, tat es in ihre Hängetasche und faltete die Hände ruhig im Schoß. Auf dem schmalen Elfengesicht, mit dem süßen Mund und den dunklen Augen, lag nun, da die Röte vergangen war, ein recht erwachsener Ernst. Nein, sie war kaum noch ein kleines Mädchen ... Jedenfalls nicht wie andere ... Das seltsame Erbe der Klugheit trennte sie von andern Kindern. Gerade deswegen schien es nicht schwer – sobald er einmal begonnen hatte, ihr zu sagen, wer er war, was er getan hatte und was er jetzt tun wollte. Es war ihm nie merkwürdig erschienen, daß sie niemals irgendeine der gewöhnlichen kindlichen Fragen an ihn gerichtet hatte, ausgenommen die nach seinem Namen, bei der ersten Begegnung. Weshalb es ihn auch nicht eigenartig berührte, daß sie, als er den Bericht beendet hatte, nicht in Klagen ausbrach, sondern sich mit seinem Gehen abfand, wie sie sein Kommen angenommen hatte – ohne irgendein Erstaunen, ohne irgendwelche Neugier. Das glich ihr. Sie hatte den Mut, der augenblicklich etwas hinnimmt, ohne zurückzubeben. Und jene Achtung in der Liebe, die dem Mann gegenüber keine Besitzerwünsche kennt, so wie sie sich gegen Gott nicht auflehnt. Für eine kleine Weile waren ihre Stille und ihr Schweigen so eins mit der Ruhe und dem Frieden des Tages, wie Balsam. Aber allmählich erschreckten sie ihn etwas, und er schaute sie an. Sie sah wie eine alte Frau aus oder wie ein Wechselbalg, der niemals ein Kind gewesen. Bestürzt griff er nach ihrer Schulter und schüttelte sie.

«Stella!»

Es hatte den Anschein, als ob es ihr schwer fiele, sich ihm zuzuwenden, ihn anzusehen, als wäre das Blut in ihren Adern Eis geworden. Doch als sie wieder sprach, klang es kindlich genug. «Zachary, ich möchte, daß du an Weihnachten hier bist. Zur Julfeier und für die Lieder und die Possenreißer und alles. Zachary ...» Sie schob die Unterlippe zwischen die Zähne und war wieder still. Er legte seine Hände um die ihren, die immer noch im Schoß gefaltet lagen, und hielt sie fest, als schwöre er etwas.

«Stella, wenn ich nicht zum Christfest zurück sein kann, werde ich an vielen andern Weihnachtstagen zu Hause sein, ich verspreche es dir.»

«Wirklich?»

«Ja, ich verspreche es. Und wenn ich fort bin, wirst du mir manchmal einen Brief schicken, Stella? Ich werde dir auch schreiben.»

Die Kleine nickte. Ihre Augen glänzten wieder, als sie an die Briefe dachte, die sich wie eine Brücke über den gräßlichen Abgrund bauen würden, der jählings zwischen ihr und Zachary aufgerissen war.

«Und dann könntest du auch noch etwas anderes tun», fuhr er fort, «du kannst wie Rosalind zur St.-Michael-Kapelle gehen und dort daran denken, daß ich zurückkommen werde.»

Wirklich lächelte Stella jetzt. «Ja, ich will wie Rosalind gehen ... Aber der Mann war jahrelang fort, Zachary.»

«Und ich werde nur so lange fort sein, bis ich Bony durchgeprügelt habe», lachte er und zog sie im Hochspringen auf die Füße. «Wir wollen den Hügel hinunterrennen, Stella.»

Doch sie liefen nicht sehr schnell. Das Wettrennen war bloß ein Einfall gewesen, um rasch vom Hügel zum Gartentor zu kommen, wo sie Abschied nehmen mußten. Am Tor hob er sie hoch und küßte sie, hielt sie an sich gedrückt, jedoch nur einen Augenblick. Dann setzte er sie nieder, sah ihr nach, bis sie das Dach des Vorbaus erreicht hatte, und wanderte eilig das Sträßchen hinunter, am Obstgarten vorbei und hügelaufwärts dem Dorf zu. Ohne nochmals umzuschauen, heftete er seinen Geist auf ein Bild, das er entschlossen heraufbeschwor: Stella in den Armen der tröstenden Mutter Sprigg.

Aber Stella war nicht zu ihrer Pflegemutter geeilt. Sie war im Vorraum geblieben und hatte sich dort auf den Stuhl gesetzt, der ganz im Schatten lag. Schon als kleines Kind war es nie ihre Gewohnheit gewesen, mit Verletzungen weinend zu Mutter Sprigg zu laufen. Immer hatte sie das Gefühl gehabt, daß Wunden Privatangelegenheiten sind. Und je schwerer, um so mehr. Diese Abreise Zacharys war das Schlimmste, das ihr je zugestoßen. Tatsächlich das einzige Arge, das ihr in ihrem ganzen glücklichen Leben bisher begegnet war. Noch wußte sie nicht, wie sie es ertragen sollte. Lange blieb sie in der Diele, saß sehr aufrecht im Stuhl und weinte leise. Schließlich zog sie ihrer Mutter Medaillon hervor. Vielleicht hatte ihre Mutter auch Schweres zu ertragen gehabt, dachte sie. Wie es so bei Erwachsenen ist. Aber wahrscheinlich hatte sie nicht geweint.

So hielt die Kleine denn das Andenken weiter in der Hand, bis sie ihre Tränen besiegt hatte. Darauf ging sie hinein und in ihr Zimmer, um das Gesicht zu waschen.

3

Nachdem die Unruhe des Packens vorüber und die beiden jungen Männer taktvoll früh zu Bett gegangen waren, saßen sich Dr. Crane und Zachary zum letztenmal am Kaminfeuer gegenüber. Es gab da ein paar Dinge, die der Doktor sagen wollte, und er sprach davon, wenn auch mit wenig Hoffnung, daß sie den Jammer des Jungen neben sich durchdringen könnten.

«Du hast das Richtige getan, Zachary, obgleich, soweit du bis jetzt siehst, es dir nicht gut bekommen ist. Kein großes Verdienst dabei, meinst du. Du fühlst dich abscheulich. Das tut nichts – Gefühle bedeuten nichts. Handeln allein ist wichtig, und aus rechtem Handeln steigt zum Schluß immer eine Art Ruhm auf, obwohl du vielleicht Gott weiß wie lang darauf warten mußt.»

«Was ist Ruhm?» grollte Zachary plötzlich.

«Ich kann es nicht sagen. Eines Tages wirst du es wissen. Doch eine Sache gibt es, die ich dir aus meiner ärztlichen Erfahrung in Krieg und Frieden erklären kann, und das ist, wie du mit der Furcht fertig wirst ...» Zachary fuhr auf, und der Doktor dankte Gott, daß er seine Aufmerksamkeit eingefangen hatte. «Um zu beginnen, bekämpfe sie nicht. Nimm sie ohne Scham an, gerade wie du jede andere Gehemmtheit, mit der du geboren bist, annehmen würdest, z. B. ein schielendes Auge oder einen lahmen Fuß. Willentlich annehmen ist der halbe Kampf, wie du wahrscheinlich schon entdeckt hast. Sei bereit, dich vielleicht zu fürchten, ängstige dich nicht vor deiner Furcht. Als Arzt kann ich dir sagen, daß jedermann in sich einen Vorrat an Kraft hat – sowohl körperlicher wie geistiger, von dem er nichts weiß – bis zum Augenblick der Krise. Erst dann wirst du auf ihn stoßen, doch kannst du ganz sicher sein, ist der bestimmte Augenblick da, wird er dich nicht im Stich lassen. Es ist nicht ganz leicht, das zu glauben, aber du mußt es versuchen. Und noch etwas anderes gibt es, das du lernen mußt: in widerwärtigen Umständen zu leben und unter ihrem Druck die Nerven nicht zu verlieren.» Wieder fuhr Zachary in Gedanken daran zusammen, wie erleichtert er gewesen war, als er in dies Haus kam und glaubte, der Kampf sei nun endlich vorüber. «Nochmals, kämpfe nicht. Tust du das, wirst du zusammenbrechen. Man kann nicht anrennen gegen eine gemeine Sprache, widerliche Gerüche, Schweiß und Schmutz und was alles noch. Das einzige, was du tun kannst, ist, damit zu leben und dich gleichzeitig zurückzuziehen. Es klingt paradox, ist aber vollkommen möglich. Du bist von eines anderen Menschen Zoten und Roheiten nicht beschmutzt – obwohl es dir vorkommt, als seiest du es, nur von deinen eigenen. Und wenn du dich selbst gedrosselt hast, dann ist die Tür zur Flucht offen, und du kannst hindurchgehen, wann du willst – in die Festung. Denn es ist eine da – du weißt es.»

Zachary verstand. Die Steine der Kapelle hatten es ausgerufen. Und später hatte sein Geist – durch jenen neuen Sinn, der sich in den Tagen der Not entwickelte – das Dasein jenes Etwas hinter allem erfaßt. Doch was hatte es für einen Sinn, das zu wissen, dachte er bitter, wenn man selbst unfähig war, seine Wahrheit zu erleben. Wissen ist in der Dunkelheit so verwendbar wie eine Laterne ohne Licht.

«Du kannst die Wahrheit dessen, was du glaubst, nur auf eine Weise erfahren, indem du es auf die Probe stellst», sagte der Doktor, der sein Schweigen richtig deutete. «Nichts anderes wird das Licht in der Laterne zum Brennen bringen als der Wind deines Gehens. Nichts anderes.»

Sie waren eine Weile still, und dann sagte Zachary langsam: «Ich habe von Stella Abschied genommen.» Er hätte Dr. Crane gern erzählen wollen, was er für Stella fühlte, doch es schien unaussprechbar.

«Sie wird dich nicht vergessen», entgegnete der Arzt, als ob nichts zu erklären wäre.

«Sie ist noch ein kleines Mädchen», fuhr Zachary fort, während er sich unruhig im Stuhl hin und her bewegte. «Ich kann nicht erwarten ...»

«Ein sehr ungewöhnliches kleines Mädchen», warf der Doktor ein, «von dem man Ungewöhnliches erwarten kann. Sie ist nicht das Kind von Vater und Mutter Sprigg.»

Sofort saß Zachary wieder aufrecht im Sessel, gespannt und begierig, weiter zu hören. «Nicht das Kind der Spriggs? Weiß sie das?»

«Ja, sie weiß es.»

«Warum, Herr, hat sie es mir nie erzählt?»

«Ich stelle mir vor, daß es eine Art Loyalität gegenüber Mutter Sprigg ist, die sie zu schweigen veranlaßt hat. Mutter Sprigg ist eine besitzfrohe Natur und hat es gern, wenn man meint, Stella sei wirklich ihr Kind. Die Kleine mit ihrer Einfühlungsgabe hat das gemerkt. Aber ich glaube, es ist richtig, wenn du es weißt. Du wirst ja den Mund halten.»

«Ja, Herr.»

Dr. Crane, der froh war, Zachary etwas zu denken geben zu können, das ihn von seinem eigenen Elend ablenkte, erzählte, was er über Stella wußte, und Zachary lauschte eifrigst. «Das erklärt alles», antwortete er. «Ich konnte immer nicht verstehen, woher sie es hatte – ihre Klugheit, die nicht wie die eines Kindes ist.»

«Vater und Mutter Sprigg besitzen eine Menge Klugheit.»

«Nicht diese Art. Nicht von dieser Welt. Als ob sie ein Feenkind wäre.»

«Sie ist ganz und gar menschlich», sagte der Doktor lachend, ging zu seinem Pult und kam mit einem gefalteten Blatt Papier zurück. «Dies hier stand in dem Medaillon geschrieben, das Stellas Mutter gehörte. Ich habe eine Abschrift davon gemacht, auf Griechisch, wie es geschrieben war. Dein Griechisch wird dem Stil gewachsen sein, denke ich. Und du kennst das ‹Gastmahl›.»

Zachary nahm das Stück Papier und übersetzte langsam.

«Liebe ist die Gottheit, die da schafft Frieden unter den Menschen und reglose Glätte dem Meere, zauberisch Schweigen in Stürmen und neidlos ruhigen Schlummer. Liebe singt allen Dingen, die leben und sind, besänftigt die gequälten Gemüter der Götter und Menschen.»

Zachary hatte die Worte oft gelesen, und sie hatten wenig Sinn für ihn gehabt. Doch nun, in dieser verzweifelten Lage, schien es ihm, als stünden sie wie für ihn da. Für einen kurzen Augenblick war er im Innersten der Stille, wie sie im Herzen jedes Sturmes lebt, in der Festung. Er faltete das Papier wieder zusammen.

«Du kannst es behalten», sagte der Arzt. «Und nun wollen wir lieber zu Bett gehen.»

4

Am nächsten Morgen war im Gasthaus «Krone und Anker», in dessen Hof die Postkutsche wartete, alles eitel Geschäftigkeit. Torquay hatte keine Kirche und keinen ortsansässigen Doktor, aber der Durst sowohl der Einwohner als der durchfahrenden Seeleute war so groß, daß es fünf kleine Wirtshäuser besaß, und die «Krone und Anker» war das blühendste. Es schaute über den Hafen und hatte eine Bäckerei auf der einen Seite, so daß sich die Reisenden mit Korinthenbrötchen und Pasteten versehen konnten, ebenso mit Ale- und Porterflaschen, ehe sie sich auf die gefährliche Zweitagereise nach London begaben.

Als Dr. Crane, Tom Pearse und Zachary in des Doktors Wagen – denen die beiden jungen Offiziere in einem gemieteten folgten – auf dem Hof des Gasthofs ankamen, war alles Trubel und Verwirrung. Samuel Rowe, der Postmeister, der in dem kleinen Raum in einem Häuschen am Strand regierte, das als Postbüro von Torquay bekannt war, teilte die Post mit großer Zungenfertigkeit aus. Er war ein Original und schon seit 1796 Posthalter; diesen Dienst gedachte er bis 1846 fortzusetzen, worauf dann seine Tochter Grace die Briefe für fünf Pfund im Jahr weiter austragen würde. Die Fahrgäste, meistens junge Männer in Uniform, von weinenden Frauen umdrängt, kämpften um ihre Plätze. Hühner zeterten, Hunde bellten, kleine Buben stürzten hin und her, Katzen schlichen zwischen den Füßen durch, der Postillon blies ins Horn, um Nachzügler zusammenzutreiben, und der Kutscher schrie nach dem Wirt. Eine bunte Menge, die aus Matrosen, Stallknechten, Dienstmädchen, dem Bäcker und seinem Jungen, aus Alten, die am Stock einherwankten, und kleinen Kindern im Gängelwagen bestand – zusammen mit dem übrigen menschlichen Strandgut, das dort antreibt, wo etwas los ist –, alles quirlte in einem Zustand vergnügter Erregtheit durcheinander.

Die Postkutsche ermöglichte Torquays einzige Fühlungnahme mit der großen Welt, das Kommen und Gehen der Schiffe im Hafen ausgenommen. Die Daheimbleibenden konnten, indem sie der Abfahrt zusahen, wenigstens im Geiste an den Aufregungen des Reisens teilnehmen; sie konnten die großen neuen Landstraßen nach London entlangrollen, von denen man so viel sprach, und das Vorüberziehende bewundern, andere Grafschaften und Dörfer

Englands durchqueren, die ihnen ebenso unbekannt waren wie fremde Länder. Und die Ankunft der Kutsche war sogar noch aufschlußreicher als ihre Abreise. Besonders in jenen Kriegstagen, wenn sie neue Nachrichten vom König, Hof und Parlament, von Schlachten und großen Heldentaten brachte. Nicht wenige, die heute der Abfahrt zusahen, konnten sich noch an den Tag vor drei Jahren erinnern, als sie, lorbeergeschmückt, herangeeilt kam. Der Postillon blies ins Horn, und einer der Reisenden war aufs Dach des Wagens gestiegen, nachdem dieser im Hof des Wirtshauses gehalten hatte. Das Extrablatt in der Hand, las er ihnen die Nachrichten über den Frieden Amiens vor. Alle Glocken hatten geläutet, die von der Heiligen Marienkirche, von Torre und Paignton, und die Kanonen der Fregatten im Hafen trugen die Neuigkeiten noch weiter. In den Kirchen gab es Dankgottesdienste und Freudenfeuer auf den Hügeln, und alle waren ganz verrückt vor Begeisterung. Aber es hatte nicht angedauert. Schon zwei Jahre danach war die Postkutsche wieder mit der Nachricht eingetroffen, daß von neuem Krieg ausgebrochen sei. Man konnte diesem Bony nicht trauen. Er wollte keinen Frieden, bis er die Welt erobert hatte. Und nun waren die Zeiten so unruhig wie immer, und fast jeder Reisende im Wagen war ein junger Mann in Uniform.

«Leb wohl, mein Sohn.»

Dr. Cranes große Hand legte sich fest auf Zacharys Schulter und blieb dort ein paar Sekunden, als wollte er versuchen, dem Jungen etwas von seiner eigenen ungeheuren Lebenskraft mitzugeben. In diesem Moment des Stolzes leuchteten seine Augen. Zachary straffte die Schultern unter dem schmerzenden Griff, riß sich zusammen, um des Doktors Augen zu begegnen, denn die Liebe darin, die er nun lassen mußte, nahm ihm fast den Atem vor Qual.

«Lebt wohl, Herr.» Dann wandte er sich um und hielt Tom Pearse die Hand hin. «Leb wohl, Tom.» Nun kehrte er beiden den Rücken zu und schaute zum Reisewagen hinauf, doch ohne etwas zu sehen. Sie hatten Außenplätze, fiel ihm ein. Dann aber erblickte er Rupert Hounslows sommersprossiges Gesicht, das auf ihn herunterlächelte, und seine ausgestreckte Hand. Er ergriff sie und wurde heraufgezogen. Es roch nach Stroh und den Pferden, er hörte Peitschenknallen und das Rollen der Räder, die sich über das Kopfpflaster mühten. Als er hinabschaute, sah er des Doktors Gesicht noch einmal und fragte sich, warum es so froh aussähe. Wieder blies der Postillon, und das Wasser im Hafen blendete seine Augen. Es blühten immer noch Blumen in den Gärten am Strand, und Rauch kräuselte sich aus den Kaminen der Häuschen. Die Postkutsche rüttelte über die Fleete-Brücke. Jetzt lag die See in ihrem Rücken, und es sah zuerst so aus, als gäbe es keinen Weg aus diesem verzauberten Tal. Dennoch wand sich eine kleine Straße zwischen den runden grünen Hügeln hindurch – die Kutsche fand sie und folgte ihr. Der Klang des Horns erstarb leise, und in kurzem war der Strand wieder still, von keinem andern Ton belebt als dem Schrei der Möwen und dem Glucksen des Wassers gegen die Hafenmauer.

Zweites Buch

Das Meer

1. Kapitel

I

Man schrieb Sonntag, den zwanzigsten Oktober 1805. Eben war in der alten Gästehalle von Torre Abbey – die jetzt als katholische Kirche der Umgegend galt – die Messe gelesen worden. Nun versammelte sich die Gruppe Andächtiger in der Eingangshalle. Einzelne fuhren meilenweit über scheußliche Straßen in jedem Wetter zur Sonntagsmesse; ihre Wagen warteten jetzt vor den großen Türen im Herbstsonnenschein. Die Gemeinde war nur klein; einige kamen aus Herrenhäusern der Umgebung, andere waren vornehme Leute, die in Torquay im Ruhestand lebten und sich von der Nähe der Abtei angezogen fühlten, dazu noch ein paar französische Emigranten und Marineoffiziere auf Urlaub. Fast alle glichen sie Hofleuten in ihrer Ergebenheit für Sir George und Lady Carey, in deren Haus sie ihre Andacht verrichten konnten. Die Gastfreundschaft dieses Paares war zeitweilig für die ärmsten der Emigranten ein Schutzwall gegen den Hunger gewesen; starben sie doch lieber, als von ihm zu reden. Sie waren ja alle Aristokraten. Wenn sie sich bewegten, hörte man das Rascheln von Seide, das leichte Klappen der Schuhe auf dem Steinboden, und verspürte einen Hauch von Parfum. Man vernahm die Musik vornehmer Stimmen, die freundlich miteinander plauderten; Not war etwas Gewöhnliches, das in höflicher Gesellschaft nicht erwähnt wurde.

Das, von dem sie sprachen, als sie da in der Eingangshalle standen, betraf die Tagesereignisse. Sie waren düster genug. Napoleon hatte sich in Notre Dame zum Kaiser gekrönt. Österreich war gänzlich geschlagen. Unter allen Ländern Europas schien einzig England dem Feind gegenüber wirklich fest dazustehen. Und doch hatte es auch gleichgültige Politiker, stümperhafte Minister genug, die das Herz der Willigen und Tapferen enttäuschten. Dank der Wachsamkeit von Nelson und Cornwallis war die drohende Invasion Englands bisher nicht versucht worden. Aber die Flotten Frankreichs und Spaniens blieben unversehrt, und die Gefahr war nicht vorüber. Nelson hatte sie bis nach Westindien und zurück verfolgt, sie aber nicht fassen können. Nun verzehrte er sich im Mittelmeer vor Ärger und brachte es zu keiner Schlacht. Während der Krieg sich so in die Länge zog, nahmen die Unruhen zu. Zeitweilig herrschte bereits etwas wie Hungersnot in den Städten und Aufruhr unter dem darbenden Volk. Die Aushebemannschaften wurden immer gewalttätiger, und es gab, obwohl untermischt mit Vaterlandsliebe, eine Menge Bitterkeit und Mißstimmung. Nirgends schien ein Ende, und die Herzen waren schwer ... Dennoch entzündete sich gerade in diesem Augenblick unter jener Gruppe Männer und Frauen die Hoffnung von neuem; wie immer, wenn eine ästhetische Erfahrung von großer Kultur und Schönheit dem Geist ihren Friedenszauber geschenkt hat. Es war keine Hoffnung auf etwas Bestimmtes. Nur Hoffnung an sich.

Die Sonntagsmesse in Torre Abbey war in jenen Tagen etwas Denkwürdiges. Der Abbé de Colbert, Kaplan von Torre Abbey und geistlicher Beistand aller derer, die dorthin zur Kirche kamen, gestaltete sie stets zu einem eindrücklichen und tiefen Erlebnis für alle Teilnehmer. Jedes der bekannten Gebete, von seiner außerordentlich schönen Stimme gesprochen, stieg wie Musik auf und fiel wie Licht hernieder. Eine neue Ruhe kam über ihren Geist, neuer Glaube in ihre Seelen, und die Stärke seiner eigenen Hingabe fachte die ihre an. Sobald der Abbé zelebrierte, wähnte man, daß es nie Stumpfheit und Gefühlskälte gegeben habe ... was manchen seltsam vorkam, schien der Abbé doch (wenn nicht mit seinem Priesteramt beschäftigt) trocken und langweilig zu sein, so streng, daß es kaum mehr menschlich wirkte, nicht die Spur von Liebenswürdigkeit ... Aber die Aufmerksameren waren nicht überrascht. Für sie hatte der Kaplan immer etwas Anspornendes gehabt, sogar in seiner äußersten Unnachgiebigkeit; etwas wie eingedämmtes Feuer, das sie immer auf den Goldschimmer achtgeben hieß.

Aber ob sie nun de Colbert liebten oder nicht, alle zollten sie ihm den Tribut äußerster Aufmerksamkeit, wie er nur einer Sinnesart höchsten Ranges zufällt. Obwohl sie in die Unterhaltung vertieft waren, als sie so zusammenstanden, hörten sie seinen leichten Schritt hinter sich. Das Gespräch erstarb zu einem Murmeln, und unwillkürlich wandten sie sich ihm zu. Er lächelte frostig im Vorübergehen, verbeugte sich vor Sir George und neigte sich zu einem Kuß über Lady Careys Hand, während er ebenso höflich wie fest ihre Einladung zum Essen ausschlug … Seine Umgangsformen stammten aus dem Versailles vor zwanzig Jahren, waren höchst stilvoll und eisig und irgendwie vernichtend … Wie immer, trug er sich makellos und einfach in Schwarz, aber in Gehrock und weißer Binde, nicht in der Soutane und den weißen Beffchen des Priesters. Er sagte, daß eine derartige Bekleidung, in einem so widerspenstigen protestantischen Land wie England, die Aufmerksamkeit allzusehr anziehen würde. Und wenn es etwas gab, das ihm mehr als alles andere mißfiel, so war es das, im Brennpunkt fremder Blicke zu sein. Einmal hatte er in einem unbeherrschten Moment Sir George gegenüber geäußert, daß er gerne als Einsiedler in einer Zelle leben möchte; nur so würde er sich jener völligen Zurückgezogenheit von allem Menschlichen erfreuen können, die das Ziel seines Strebens war. Auf diese Bemerkung hin erwiderte Sir George kühl (denn er hatte eine Abneigung gegen alle Menschenverächter), daß der Abbé aber sicherlich das Nächstbeste besäße. Seine Wohnung in der Nähe, ein kleines Schlaf- und Studierzimmer in einem Häuschen am Dorfanger, war gewiß ein so ruhiger Zufluchtsort, als man sich nur wünschen konnte. Der Abbé entgegnete, daß eine Dorfwiese nicht ganz so ruhig sei, wie man allgemein annehme. Zeitweise könne sie ein ungemein geräuschvoller Ort sein, besonders wenn ein Ringkampf stattfinde; nicht immer ideal für jemand, der geistigen Studien oblag.

Denn de Colbert beschäftigte sich in jenen Tagen des Exils mit dem Schreiben von Büchern, die so gelehrt waren, daß nur Männer, die über ein ähnliches Wissen verfügten, ein Wort davon verstehen konnten. Und das waren vielleicht in England einige Dutzend und ebensoviel auf dem Kontinent. Wenn er nicht mit seiner Gemeinde beschäftigt war, schrieb er Bücher oder machte lange, eilige Spaziergänge. Und tat er keines von allem, so betete er.

Sein Lebenslauf war seinen Emigranten-Landsleuten bloß im Umriß bekannt, nicht weiter, denn er sprach nie von der Vergangenheit. Er war der dritte Sohn des Comte de Colbert, und die Kindheit im elterlichen Schloß mußte glücklich gewesen sein. Sein erstes Mannesalter vermutlich ebenfalls, denn er war in ein feudales Regiment eingetreten. Mit fünfundzwanzig Jahren wurde er Oberst und verbrachte lange Zeit im Dienst des ausgelassensten Hofes der Welt. Er war selbst eine heitere Natur, mit jedem geistigen und körperlichen Vorzug begabt, doch hatte seine Lebenslust die Grenzen oft überschritten. Kein Mann am Hof war so wild überschäumend in allem, was er tat, wie der junge Oberst de Colbert. Nicht immer war er in Frankreich gewesen, denn sein Regiment hatte in der Fremde Dienst geleistet, wo er sich ausgezeichnet hatte. Doch, wo er war, überall machte ihn seine überbordende Lebenskraft ungemein beliebt. Er war ein Feuer gewesen, an dem sich die andern wärmten. Und noch in den Tagen der Vergeltung war sein Mut eine Flamme. Er hatte sich keiner der Gruppen von Emigranten angeschlossen, die, vom Comte d'Artois geführt, nach dem Fall der Bastille aus Frankreich geflohen waren. Solange es möglich war, hatte er dem König gedient, dann war er heimgegangen, um seine Eltern zu beschützen. Man erzählte von ihm, daß er wie ein Tiger gekämpft habe, bis er verwundet wurde, als der Pöbel kam, um das Schloß niederzubrennen und die Bewohner zu ermorden. Der Dorfgeistliche, hieß es, habe ihn gerettet und versteckt gehalten. Als er ins Leben zurückkehrte, fand er sich als Comte de Colbert wieder, denn alle seine Angehörigen waren getötet worden. Dann floh er, und um diese Zeit war es, daß er auf seinen Wanderungen von einer Frau begleitet wurde, die er liebte. Wer sie gewesen und ob er sich mit ihr verheiratet hatte, wußte die Gemeinde von Torre Abbey nicht. Irgendwie waren sie zusammen entflohen und hatten England erreicht; ein Kind war ihnen geboren worden, sie waren glücklich gewesen. Bald darauf aber starben die Frau und das Kind, und der Graf ging nach Irland. Über die Jahre, die er dort verbracht hatte, wußte man nichts, außer daß er Priester geworden war. Vor zwei Jahren kam er nach Torquay, als der kalte, harte, doch ungeheuer eindrucksvolle Mann, den die katholische Gemeinschaft als Abbé de Colbert kannte.

Das war alles, was einige Leute über ihn herausgebracht hatten, aber nichts von dem Erkundeten wurde je durch ihn selbst ergänzt. Zum größten Teil war es Stück für Stück von einer energischen Emigrantin zusammengetragen worden, einer jener närrischen Damen, die nicht glücklich sind, ehe das Leben ihrer Freunde nicht lückenlos unter ihrer Lupe liegt ... Obschon man, was den Abbé anbetraf, fühlte, daß sie in seinem Fall nicht so erfolgreich wie sonst gewesen war. Es gab einige große Zwischenräume in dem Erzählten, und zweifellos enthielten gerade sie jene Ereignisse, die dazu beigetragen hatten, den fröhlichen jungen Versailler Offizier in den rätselhaften, vorzeitig gealterten Priester zu verwandeln ... Denn die verrückte Dame hatte ausgerechnet, daß der Kaplan nicht so alt sein konnte, wie er aussah. Er war, erklärte sie, höchstens Ende Vierzig.

Doch schien er sechzig zu sein, als er sich so durch die Halle bewegte, um mit königlicher Unparteilichkeit erst die eine, dann die andere Gruppe zu begrüßen. Nirgends sprach er mehr als ein paar Worte, ausgenommen zu Mrs. Loraine, einer sehr alten Dame, deren Schönheit und Würde ihn immer angezogen hatten. Sie war eine Witwe; ihre beiden Söhne waren in Indien gefallen. In einem kleinen Haus in der Nähe der Torre-Kirche lebte sie ganz allein, und er liebte sie, weil sie nie von ihren Sorgen sprach. Auch nicht von ihrem Rheuma noch von ihren beschränkten Mitteln, die Schuld daran trugen, daß sie bei allem Wetter nie in einem Wagen zur Messe kommen konnte, sondern sehr langsam und unter Schmerzen zu Fuß gehen mußte, wobei sie sich auf ihren Ebenholzstock stützte. Er wollte sie gern einmal besuchen, und sie hatte ihn auch schon darum gebeten, aber er war immer noch nicht gegangen. Sie verstand und trug es ihm nicht nach, lächelte sogar, als er sich über ihre Hand beugte, war aber bedacht, ihn nicht aufzuhalten. Nach ein paar weiteren Augenblicken gelang es ihm, zu entschwinden. Seine Kniffe, sich aus Gesellschaft zu entfernen, waren seiner Herde wohlbekannt. Er konnte entgleiten wie ein Schatten bei Sonnenuntergang.

2

Er schritt durch den Park mit der Eile und Beschwingtheit eines jungen Mannes; aber auch mit der Erleichterung des Einsiedlers, der seine geliebte Einsamkeit wieder hat. Obgleich er fastete, fühlte er sich nichts weniger als müde. Während der letzten fünfzehn Jahre war er durch eine jener Feuerproben des Leidens und der Mühsal gegangen, die den Körper eines schwachen Mannes zusammenbrechen lassen, den Starken aber zu Stahl härten. Des Abbés körperliche Verfassung war immer ausgezeichnet gewesen, und nun schien er Stahl und Feder. Er bedauerte das. Gerade diesen Morgen dachte er darüber nach, daß er, falls er neunzig Jahre alt würde wie sein Großvater, erst die Hälfte hinter sich hätte. Seit Thérèse gestorben war, wurde ihm die Zeit lang. Wie immer, wenn man verlassen ist.

Als sie noch lebte, waren die Jahre nur so dahingeflogen, und selbst das Schlimme, das sie ertragen mußten, schien ihnen nicht lang zu dauern, weil sie beisammen waren. Und nun bedeutete eine einsame und ereignislose Woche ein Jahrhundert. Er nahm sich vor, geselliger zu werden, aber irgendwie hatte er verlernt, wie man das machte; und das, trotzdem er einer der lebenslustigsten jungen Männer in ganz Frankreich gewesen war. Was er gesehen, das Menschen einander antun können, das ließ ihn nun vor seinen Mitmenschen zurückweichen. Und als ihm, nach ihrem Tod, in der Einsamkeit jenes irischen Klosters am See, sein Verstand wiedergegeben wurde, war ihm allmählich der Gedanke gekommen, nur in einer Zelle ganz sicher zu sein. Die Welt ist ein Irrenhaus, überlegte er, und da die meisten Männer und Frauen sich darin so aufführten, wie man es an einem derartigen Ort erwarten mußte, würde es das beste sein, so wenig Zusammenhang wie nur möglich mit ihnen zu haben. Doch im Laufe des letzten Jahres, als sich sein geistiges Gleichgewicht langsam wieder gefestigt hatte, beschämte ihn sein Ausweichen. Es war Sünde für einen Priester. Aber erst seit kurzem fühlte er das, was vielleicht so etwas wie Sehnsucht sein mochte, noch einmal aus sich herauszugehen und unter Verbrechern und Narren nach denen zu suchen, die weder das eine noch das andere waren.

Denn es gab sie ja gewiß noch, hie und da, die Klugen und Feinen, die Tapferen und Fröhlichen; und die Nicht-Neugierigen. In der kleinen Gemeinde, die er eben verlassen hatte, lebten, wie er wußte, einige ganz ausgezeichnete Männer und Frauen. Aber ihre Neugierde, die seine Wunden mit der Sonde eines Chirurgen untersuchte, war etwas, das er nicht ertragen konnte. König Lear und sein Kind waren nicht so taktlos gewesen – sie hatten nicht einmal nach seinem Namen gefragt, noch den ihren genannt. Wie Besucher aus einem Traum waren sie gekommen und gegangen; hatten ihm nur die Erinnerung an des alten Mannes Klugheit und Gelehrsamkeit zurückgelassen, wie den Ausdruck erstaunter Dankbarkeit, der über des Jungen empfindsame Züge geglitten war – als Antwort auf seine einfache höfliche Geste. Dies Angerufensein und Erwidern hatte ihn tiefer berührt, als er zurzeit wahrhaben wollte. Er war sich noch nicht klar, ob es nicht vielleicht der Blick jenes Knaben gewesen war, der in ihm dies sonderbare neue Bedürfnis nach seiner Gesellschaft hatte erwachen lassen. Etwas später wünschte er – nicht daß die beiden neugieriger hätten sein sollen – aber, daß er selbst es gewesen wäre. Ein Narr war er, nicht nach ihren Namen zu fragen.

Er schaute auf und sah die St.-Michael-Kapelle mit ihren grauen Mauern, die in der kalten Sonne silbern schienen. Nach der Messe hatte er nicht so lange, wie er wollte, in der Abteikapelle bleiben können. Höflichkeit hatte geboten, daß er in die Halle kam und noch ein wenig mit der auseinandergehenden Gemeinde sprach. Deshalb beschloß er nun, zur Kapelle hinaufzusteigen und dort sein Dankgebet fortzusetzen. Es war der Ort, den er in dieser Gegend am meisten liebte – er bedeutete ihm etwas wie ein Heiligtum, Friede nach dem Sturm, Dank für überstandene Gefahr, Gebet für alle, die noch in Wind und Wetter draußen sind. Und er konnte dort immer sicher sein, Einsamkeit zu finden. Die trägen englischen Protestanten sahen den kleinen Bau als ein papistisches Überbleibsel an und mieden ihn. Und die wenigen Katholiken der Umgegend waren meist zu hochbetagt, um den steilen Aufstieg über die Felsen zu versuchen, oder sie waren eben auch zu träge. Wobei in diesem Fall die Trägheit als Nationaleigenschaft und Vielesserei die Schuld trug und nicht die Religion. Außer den katholischen Mannschaften, die von fremden Schiffen, aber selten, die Kapelle besichtigten, konnte er sich nur an einen einzigen erinnern, der dort einmal gebetet hatte, und das war König Lears Sohn gewesen.

Er stieg rasch und leicht bergauf und trat in die Kapelle, in der er sich angelegentlich umschaute. Sonderbar, dachte er, einen Ort so zu lieben, daß man sich jedesmal erst überzeugen mußte, ob auch alles gut mit ihm stand. Kahl und leer, wie der Raum war, konnte sich kaum etwas darin verändern. Niemand würde weder den rauhen Felsenboden noch die gewölbte Decke beschädigen. Auch das Wasserbecken und die beiden leeren Nischen in der Nordwand mitsamt den eingeritzten Blumen auf dem Stein zwischen ihnen konnte man nicht forttragen. Veränderung brachten nur das Wetter, die Farbe der Schatten und das immer wechselnde Licht. Heute war alles blau, hell und zerbrechlich wie gesponnenes Glas. Er kniete neben dem Becken nieder, dem Platz gegenüber, an dem einst der Altar gestanden hatte, und durch das glaslose Ostfenster strömte die Sonne über ihn hin, daß er die Kälte kaum fühlte.

«Laudate Dominum, ommnes gentes: laudate cum amnes populi. Quoniam confirmata est super nos misericordia ejus: et veritas Domini manet in aeternum.»

Worte. Sie waren so klein, so leicht, warteten so demütig auf einen Menschen, bereit, von ihm gebraucht zu werden. Und konnten ihn doch von tödlicher Müdigkeit rascher befreien als irgendeine andere Form von Musik ... Musik ... Die Flügel des Perseus, die für das Sterben ohne Bedeutung waren, doch nicht zum Körper gehörten. Schwingen an schmerzenden Füßen. Gebet auf den Lippen. Himmel und Erde. Ewiges Leben in Brot und Wein. Worte hatten ihn schon immer in die Stille emporgehoben, wo er betete. Wie lange, merkte er nicht. Dann kam er wieder zu sich und sprach, ohne zu wissen, laut: «Sit nomen Domini benedictum: ex hoc nunc, et usque in saeculum.»

3

Irgendein Geräusch störte ihn, ein leichtes Rascheln wie das einer Maus. Er schaute um sich und sah statt dessen ein kleines Mädchen im grünen Mantel und Mützchen, das ruhig auf einem Felsbrocken saß. Die Hände in einem runden braunen Muff verborgen, schaute sie ihn sehr ernst aus einem Paar strahlender grauer Augen an. Als sein Blick sie traf, lächelte sie unsagbar lieb, und dies Lächeln durchdrang ihn wie ein Dolchstoß. Fast zitternd stand er auf, hielt sich mit der Hand an der Mauer und starrte sie mit einem Gesicht, das plötzlich ganz verstört war, so kalt an, daß jedes andere Kind erschrocken wäre. Nicht aber Stella. Von ihrer natürlichen Furchtlosigkeit abgesehen, war noch niemand unfreundlich mit ihr gewesen. Da ihr überall nur Liebe begegnet war und sie selbst nichts anderes als Liebe gegeben hatte, war es einzig diese, die sie zu empfangen erwartete, zu geben gewillt war.

«Schmerzen Eure Knie nicht?» fragte sie teilnehmend.

«Ein wenig», gab der Abbé steif zur Antwort. Er hatte sich wieder gesammelt, stand aber immer noch an derselben Stelle, mit der Hand an der Mauer. Er hatte nicht die geringste Ahnung, wie man mit Kindern sprechen mußte – er wußte nichts von ihnen. Sein eigenes Kind war so klein gewesen, als der Tod gekommen war ... Tod ... Thérèse ... Wieder fühlte er einen Augenblick Schwindel. Würde er nie darüber hinwegkommen?

Dann beobachtete er, daß sich das Kind leicht bewegt hatte. Eine kleine Hand im Fausthandschuh kam aus dem Muff und legte sich einladend auf den Felsen. Sie lächelte und hob den Kopf ein wenig zur Seite wie ein Rotkehlchen. Frauen! Kaum waren sie aus der Wiege, wußten sie auch schon, wie man einen Mann bezaubern muß. Aber nein, nach einem zweiten Blick sah er, daß keine Koketterie an ihr war, nur Mütterlichkeit. Er ging durch die Kapelle und setzte sich mit einiger Mühe neben sie auf das niedrige Felsstück, die langen Beine komisch vor sich ausgestreckt. So saßen sie Seite an Seite, in ihre Mäntel gehüllt, und betrachteten einander, indes die Wintersonne auf ihre Gesichter fiel.

«Habt Ihr Hexenschuß?» erkundigte sich Stella weiter. «Herr», setzte sie als nachträglichen Einfall hinzu. Man hatte ihr beigebracht, zu älteren Leuten «Herr» und «Madam» zu sagen, aber sie vergaß es oft. Nicht aus Unhöflichkeit, sondern weil das tiefe Interesse, das sie an jedermann nahm, ihr ein Gefühl der Nähe gab, das mit Förmlichkeit schwer vereinbar war. Aus demselben Grund vergaß sie auch häufig ihren Knicks.

«Danke für die Nachfrage, nein», erwiderte der Abbé. «Ich fand es bloß schwierig, niederzusitzen, weil ich so viel größer bin als du.»

Stella lächelte, froh, daß er keinen Hexenschuß hatte. «Vater Sprigg hat aber», fuhr sie fort. «Es ist sehr schmerzhaft. Mutter Sprigg wärmt Salz im Ofen und legt es dort auf, wo es schmerzt ... Dann wird es besser.»

«Sind Vater und Mutter Sprigg deine Eltern?» fragte der Abbé. Er vergaß vollkommen, daß er nicht wußte, wie man mit Kindern reden muß. Diese reizende Kleine hatte ihn gänzlich von seiner Scheu befreit. Obgleich ihr Lächeln ihm jenen bösen Dolchstoß versetzt hatte, der ihm noch immer weh tat, war ihm doch ihr bloßes Dasein ein Anlaß zu Freude und Erstaunen. Es war so viele Jahre her, daß er dies Gefühl dankbarer Annahme eines Schatzes gekannt hatte – so wußte er fast nicht mehr, wie es gewesen war. Aber jetzt fiel ihm jede dieser Erinnerungen ein. Der Tag, an dem er als kleiner Junge zum erstenmal zur Mitternachtsmesse gegangen war und der Curé ihm eine brennende Kerze gegeben hatte. Der Tag, an dem er aufgeschaut und Thérèse gesehen hatte, die auf ihn zukam, die Hände um die Gabe gelegt, die sie ihm brachte. Der Anblick des weißen Schwans, der über dem See in Irland flog. Der Tag, an dem der alte Curé ihm vom Karren aus zugelächelt hatte. Alles kleine Dinge, doch Geschenke, die Kraft in sich trugen, zu helfen. Und auch sie war etwas Kleines, dies Kind, ein Elfengeschöpfchen. Während er freundlich fragte und sie ruhig und höflich antwortete, schaute er ihr schmales, braunes, herzförmiges Gesicht an, die energische Oberlippe, die gerade kleine Nase, das Lachen in den Mundwinkeln – so wie ein Mann etwas anschaut, das er nie vergessen möchte. So hatte er die Kerzenflamme, Thérèsens gebogene Hände, den Widerschein des Schwanenflügels im See, das fröhliche Lächeln seines Freundes betrachtet und gewußt, daß er einen Meilenstein seines Lebens erreicht habe.

«Vater und Mutter Sprigg sind mein Vater und meine Mutter», antwortete Stella. Dies festzustellen schien ihr keine Lüge zu sein. Sie hatten sie gerettet und liebten sie. Zu sagen, daß sie nicht ihr Vater und ihre Mutter seien, wäre ihr wie Verrat vorgekommen – wie schon der Doktor vermutet hatte.

«Lebst du in Torquay, Kind?»

«Nein, Herr. Ich wohne in Weekaborough Farm, in der Nähe von Gentian Hill.»

«Bist du hier allein?»

«Dr. Crane hat mich bis unten an den Berg gebracht. Er besucht einen Kranken und kommt dann zurück und holt mich. Ihr habt so schöne Worte gesprochen, als ich hereinkam. Genau wie Zachary manchmal.»

«Hast du Worte gern?»

Sie nickte.

«Ich auch», sagte er. «Sie sind wie Flügel, findest du nicht auch?»

«Sie fliegen in die Höhe», antwortete sie, «und fallen dann wie etwas Helles herunter.»

«Ja, ich weiß. Und dieser Zachary, dessen Worte du so gern magst, ist dein Bruder?»

Das Lachen verschwand von Stellas Lippen, und ihre Augen verdunkelten sich. «Nein, er ist aufs Meer gegangen und ich komme hierher, um an ihn zu denken, daß er wiederkommt. Wie Rosalind.»

Der Kaplan kannte die Legende von der Kapelle. «Jedes Jahr einmal wie Rosalind?» fragte er.

«Ja, dies ist das erste Mal, daß ich komme. Zachary ging am siebenundzwanzigsten November fort. Ich hätte eigentlich bis zum

November warten sollen, aber ich kam früher, weil ...», sie schwieg und sah ein wenig traurig drein.

«Könntest du mir sagen, warum?» fragte der Abbé freundlich. Ja, sie konnte es ihm sagen. Es fiel ihr niemals schwer, den Leuten etwas zu erklären, wenn sie die rechten Worte fand. Sie hatte nur gezögert, weil Mutter Sprigg ihr stets einschärfte, daß Fremde mit den Angelegenheiten anderer nicht immer gern belästigt sind. Aber dieser Mann schien gern belästigt zu sein.

«Letzte Nacht träumte ich von dem Land, wohin man geht. Kennt Ihr es, Herr?»

«Ja», antwortete der Priester.

«Zachary war dort, aber ich konnte ihn nicht finden. Er hatte Angst. Ich weiß, daß er dort war und daß er sich fürchtete, und trotzdem konnte ich ihn nicht finden.»

«Das scheint mir ganz natürlich», sagte der Kaplan. «Angst ist eine einsame Angelegenheit. Selbst jene Menschen, die uns am meisten lieben, können uns nicht nahekommen, wenn wir uns fürchten.»

«Als ich aufwachte, dachte ich darüber nach, warum er wohl Angst hatte», fuhr die Kleine fort. «Vielleicht gab es einen Sturm ...»

«Und so gingst du hierher, weil man in dieser Kapelle besonders an die denkt, die auf dem Meer gegen Stürme kämpfen?»

«Ja. Der Doktor kam, um Sol wegen einer Bronchitis abzuhorchen – er röchelt so, Sol ist unser Pflüger –, und ich bat ihn, mich hierherzubringen. Mutter Sprigg war nicht sehr erfreut. Ich konnte deshalb nicht mit ihr in die Kirche gehen. Aber hier ist doch auch eine Kirche, nicht wahr?»

«Natürlich. Hast du schon zu le bon Dieu für deinen Freund gebetet, mein Kind?»

«Ja. Ich war schon fünf Minuten hier, ehe Ihr mich gesehen habt. Ihr drehtet Euch um, als ich aufstand und mich niedersetzte.»

«Und dieser Zachary, der nicht dein Bruder ist, ist es vielleicht ein Nachbarskind?»

«Nein. Er hat weder Vater noch Mutter. Aber der Doktor kümmert sich um ihn.»

Lear und Cordelia? Der Abbé öffnete den Mund, um sich eifrigst nach dem Doktor und Zachary zu erkundigen. Dann fiel ihm plötzlich ein, daß er, dem Neugier äußerst zuwider war, bereits allzu viele Fragen gestellt hatte. Schon öfter hatte er beobachtet, daß Erwachsene, wenn sie mit Kindern reden, immer nur Fragen stellen. Das war ziemlich gewöhnlich und zeugte von schlechter Erziehung. In seinem Fall allerdings hatte das schlechte Benehmen seinen Grund in dem gespannten Interesse, das ihm das kleine Mädchen einflößte. Nun aber Schluß mit diesen unmanierlichen Fragen. Sie hatte seine Wißbegierde sehr höflich und lieb befriedigt. Nun mußte er die ihre stillen, wenn es eine solche gab.

«Als ich ein kleiner Junge war», begann er, «vielleicht ein wenig jünger als du, verlebte ich einmal ein sehr schönes Weihnachtsfest. Alle meine Weihnachtsfeste waren glücklich, aber jenes war es ganz besonders. Meine Eltern, meine Brüder und ich wohnten in einem großen alten Haus am Rande eines Tannenwaldes. In diesem Wald lag ein kleines Dorf mit einem Kirchlein, und jede Christnacht wanderten wir dorthin zur Mitternachtsmesse. An jenem Weihnachtsabend durfte ich zum erstenmal mit den andern gehen; bis dahin hatte mich meine Mutter dafür zu klein befunden. Es war Schnee gefallen, und ich erinnere mich, daß mein Vater mich auf dem Rücken trug. Ich weiß auch noch, welchen Spaß es mir machte, dort oben zu sitzen, und wie wunderschön der Wald aussah. Meine Brüder trugen Laternen, die ihr warmes Licht auf den Schnee warfen. Die Sterne blitzten durch die Tannenzweige, und die Kirchenglocken läuteten.

Als wir in der Kirche anlangten, waren bereits fast alle Dorfleute darin versammelt; aber sie hatten uns Plätze neben der Krippe und dem Weihnachtsbaum freigelassen. Während des ganzen Gottesdienstes starrte ich auf die kleine Krippe mit den Lichtlein rundum und auf den strahlenden Weihnachtsbaum. Ich war überglücklich. Nach der Feier nahm der Pfarrer eine brennende Kerze vom Baum und gab sie mir, weil ich der jüngste war und zum erstenmal an der Christmette teilnahm.

‹Ich habe für jede Seele meiner Gemeinde eine Kerze angezündet, Madame›, sagte er zu meiner Mutter. ‹Einhundertfünfzehn Seelen brennen in der Liebe zu Gott – wenn sie es nicht tun, schlimm für sie.› Dann sah er mich an. ‹Trage das Licht heim, mein Sohn, und lasse es nicht ausgehen.›

Ich war zu klein, um den tieferen Sinn zu verstehen, aber ich begriff, daß die Kerze nicht erlöschen dürfe. Auf dem Heimweg wollte ich mich deshalb nicht von meinem Vater tragen lassen –

obgleich ich recht müde war und meine Beine weh taten –, weil ich dachte, dort oben gäbe es mehr Wind als unten. Den ganzen Weg ging ich hinter dem Vater, damit sein breiter Rücken den Lufthauch von meinem Lichtlein abhielt, und da der Schnee tief war, trat ich in seine Fußstapfen, wie seinerzeit der Page in die Fußstapfen des Guten König Wenceslav.»

«Und das Kerzlein ging nicht aus?» fragte Stella rasch.

«Nein, damals nicht.» Der Priester schwieg einen Augenblick. Um der Wahrheit willen fügte er dann leise hinzu: «Erst später.»

«Aber es wurde wieder angezündet?»

Noch einmal sah der Mann den weißen Schwan über den kleinen See fliegen, die Flügel blitzten im Sonnenlicht. «Ja, es wurde wieder angezündet.»

«Erzählt mir mehr von Euch, als Ihr noch ein kleiner Junge wart», befahl Stella eifrig. «Herr», fügte sie hinzu.

Der Abbé lachte, sah auf ihr gespanntes Gesichtchen hinunter, und plötzlich fielen ihm eine Menge glückliche Kindheitserlebnisse ein, die er ihr gerne erzählen wollte. Seine Freunde in Torre Abbey wären erstaunt gewesen, hätten sie sein Lachen gehört. Sie meinten, er lache nie. Aber ein zunehmendes Hungergefühl brachte ihn auf den Gedanken, daß der Doktor vielleicht noch mehrere Patienten besuchen mußte, ehe er heim zum Abendessen fahren konnte.

«Und wird dein Freund, der Doktor, dich hier abholen oder unten auf dich warten?»

«Er wird unten warten», sagte Stella. «Er steigt nicht gern hier herauf. Er hat Rheumatismus.»

De Colbert ging zu einem der Fenster und sah hinab. Am Fuß des Felsens erblickte er einen Einspänner. Das Pferd war ein grauer Wallach, der alte Herr auf dem Bock trug einen Kragenmantel und einen Zylinderhut, der ihm eigenartig schief auf dem Kopf saß. Selbst auf diese Entfernung hin und mit etwas Einbildungskraft meinte der Pfarrer das Blitzen eines Augenglases und eine große Nase zu sehen. Freudig erkannte er die Person und den Wagen des Königs.

Er wandte sich wieder zu Stella. «Wir müssen uns die andern Geschichten für das nächste Mal aufsparen, denn der gute Doktor wartet bereits.» Dann stellte er noch eine einzige Frage: «Willst du mir deinen Namen sagen, mein Kind?»

Die Kleine war aufgestanden und sah ihn an, die Hände im Muff vergraben. «Stella Sprigg.»

Bei dem Namen Stella lächelte der Kaplan, er gefiel ihm; dann machte er unbewußt eine kleine abwehrende Bewegung mit der Hand, als lehne er das Sprigg ab.

«Bitte, Herr, und wie heißt Ihr?»

«Charles Sebastian Michael de Colbert», erwiderte er, und seine Augen zwinkerten lustig, als die ihren, erstaunt und bestürzt, immer größer wurden. «Aber die meisten Leute nennen mich Abbé, andere einfach mon Père.»

«Mon Père», wiederholte Stella ernst und lieb.

Er fühlte sich von neuem völlig durcheinandergeschüttelt, wie bei jenem ersten Lächeln. Kaum wissend, was er tat, streckte er die Hand aus, um sie zur Kapelle hinauszuführen – genau wie einst bei den vornehmen Damen in Versailles. Stella, die nichts von Hofsitten verstand, zögerte keinen Augenblick. Sie machte einen tiefen Knicks, erhob sich, zog die eine kleine Hand aus dem Muff und legte sie zart auf sein Handgelenk.

2. Kapitel

I

Unaufhörlich dachte der Abbé, über sich selbst erstaunt, an das Kind. Er, der nie Kinder mochte, plötzlich begeistert von einem kleinen Bauernmädchen, das Sprigg hieß! Es war lächerlich. Halb verrückt. Als wäre sie tatsächlich ein Zauberwesen, eine kleine weiße Hexe, die ihren Bann über ihn geworfen hätte. Energisch kämpfte er gegen den ständigen Gedanken an sie. Aber vergeblich. Das kleine grüngekleidete Wesen stand neben seinem Pult, lehnte sich über seine Schultern, um zu sehen, was er geschrieben habe, saß auf seinem Knie, während er las, und ein- oder zweimal ertappte er sich sogar dabei, laut zu lesen, weil sie schöne Worte so liebte. Ihr Lächeln ließ ihn nachts nicht schlafen.

Und trotzdem fühlte er sich nicht zu zweit, weil seine Einsamkeit ihn ungeahnt zu bedrücken anfing. Als de Colbert zwei Wochen später wie immer allein beim Frühstück saß, überlegte er, ob sich andere ältere Leute auch so vom Alleinsein gequält fühlten wie er jetzt. Sehr wahrscheinlich. Bis jetzt hatte ihn sein zurückgezogenes Leben vollauf befriedigt und keine Gedanken an die Einsamkeit anderer aufkommen lassen. Das war eine Schande. Er als Priester und Seelsorger! Persönliche Heiligkeit, nach der er seit seinem Aufenthalt in dem irländischen Kloster so verzweifelt gerungen hatte, bedeutete nicht alles. Er hatte sie als Höchstes und Letztes betrachtet, anstatt sich der Hilfe seiner Mitmenschen zu widmen. Mrs. Loraine zum Beispiel, die verwitwet war wie er und ihre Kinder verloren hatte wie er sein einziges, empfand wohl das Alleinsein nicht als kostbares Gut, sondern als Kummer? Er faltete die Serviette zusammen und beschloß, die vor Monaten erhaltene Einladung anzunehmen und ihr einen Morgenbesuch abzustatten.

In seinen Mantel gehüllt, schritt de Colbert in den hellen Sonnenschein hinaus. Das Wetter an diesem siebenten November war ebenso schön wie an dem Tage, als er Stella getroffen hatte, kalt und frostig, aber wolkenlos und herrlich; er genoß den kurzen Weg bis Torre. Mrs. Loraines hübsches weißes Häuschen war von der Straße durch einen Holzzaun abgeschlossen, ein schmaler Kiesweg führte durch ein Blumengärtchen zu der Haupttür. Das Haus lag dem Einsegnungstor der Kirche von Torre gegenüber und nahe beim Brunnen der Heiligen Elfrieda, dessen Wasser klar und kalt aus dem Boden sprudelte und in all den Jahrhunderten nie versiegt war. Von diesem reizenden Platz aus sah man durch die Bäume auf das Meer hinunter. Der Weg über den Friedhof war freigegeben, fast immer spielten dort Kinder, und Schafe grasten friedlich zwischen den Grabsteinen. Die Glocken von Torre klangen sehr lieblich, wie Zachary auch schon bemerkt hatte; im Frühling leuchteten Tausende von Dotterblumen auf den Wiesen, und Mrs. Loraine kannte die Plätze, wo der kostbare Enzian büschelweise wuchs.

Der Abbé ging den Kiesweg entlang und hob den Messingklopfer an der Haupttür. Sie war schmal, dunkelblau gestrichen und rechts und links von korinthischen Säulen flankiert. Über der Tür befand sich ein kleines Fenster. Der Klopfer war glänzend poliert und die Steinstufen ebenso schneeweiß wie die Musselinvorhänge an den Fenstern. Hinter einem derselben hatte man ein Wintergärtchen angebracht; eine wohlriechende Klettergeranie wuchs an der Innenwand hinauf. Das Häuschen im kleinen Garten wirkte irgendwie vornehm. Wer es einmal gesehen, vergaß es nie mehr.

Eine rüstige ältere Dienerin in Haube und Schürze öffnete die

Tür. Sie sah brummig drein, aber der Abbé wußte, daß sie ihrer Herrin schon viele Jahre lang treu diente und das sicher bis an ihr Lebensende tun würde. Mrs. Loraine und die Alte waren ein Musterbeispiel für so manche andere Dienstverhältnisse, wo zwei Menschen zusammen leben, ohne den beiderseitigen Respekt und ihre Zuneigung durch allzu große Vertraulichkeit zu verringern. Der Abbé hielt auch nicht viel von allzu großer Intimität, selbst wenn sich die Betreffenden vollkommen zu ergänzen meinten. Er und Thérèse hatten stets ihr Recht auf gegenseitige Freiheit von Körper und Geist geachtet; außerdem fand er, daß menschliche Wesen, deren Seelen noch unsicher tasteten, nicht zu sehr aneinandergekettet sein dürfen, ohne Schaden zu nehmen. Der Naturtrieb zur Vereinigung gehörte zu jenen ewigen Sehnsüchten, deren vollkommene Erfüllung nicht in diesem Leben lag.

Der Priester folgte der Dienerin in Mrs. Loraines Wohnzimmer und verbeugte sich äußerst förmlich. Als er sich aufrichtete und den belustigten Ausdruck in ihren kühlen blauen Augen bemerkte, wußte er, daß hier keine Gefahr lauerte. Seine Gastgeberin war eine jener Frauen, die selbst überfüllten Räumen eine gewisse Weite zu geben verstehen. Was immer sie auch durchgemacht haben mochte, sie war nicht verbittert, hatte an das Leben keine Anforderungen gestellt, welche die Atmosphäre erhitzen oder beunruhigen konnten. Wo immer sie sich aufhielt, würde es kühl und ruhig sein.

«Bitte, nehmen Sie Platz, Monsieur.»

Sie sprach ein ausgezeichnetes Französisch, und als sich de Colbert in dem ihm zugewiesenen Chippendale-Stuhl niederließ, erschien auch in seinen Augen ein erfreuter Ausdruck. Obgleich sie in vollkommener Zurückgezogenheit lebte, hatte Mrs. Loraine doch mehrere kleine Schwächen. Eine davon war ihre Vorliebe für Sprachen. Eine andere die Vollkommenheit des Geschmacks, mit dem sie ihr Heim eingerichtet hatte und sich kleidete. Eine dritte – und diese teilte auch die Dienerin Araminta – waren die unerhört leichten, herzförmigen Königskuchen, die sie ihren morgendlichen Besuchern nebst einem Glas Wein vorsetzte.

«Ich komme, um Ihnen meine Glückwünsche zum Fest zu bringen.»

«Welch unerwartete Ehre, Monsieur. Sie sind in der Tat früh dran mit Ihren guten Wünschen; es geht ja noch über einen Monat bis Weihnachten.»

Die kleine ironische Note traf ihn nicht, er antwortete bescheiden: «Ich habe zu lange als Klausner gelebt und meine Freunde so vernachlässigt, daß sie meine Gefühle nur ahnen konnten.»

Sie lächelte ihn an. «Es ist eine Freude, Monsieur, wenn Ahnungen uns nicht trügen.»

Ein paar Augenblicke genossen beide die zarten Anspielungen und Schlagfertigkeiten der Konversationskunst, in der sie aufgewachsen waren, während sie scheinbar unbeteiligt dem Entfalten dieser Stunde zusahen, wie einer Blume in ihren Händen. Denn dies war ihre unbewußte Haltung gegenüber jeder neuen Phase eines neuen Tages. Sie hatte etwas Besonderes zu bedeuten; immer lag irgend etwas darin verborgen, das man erst suchen mußte. Es war die Haltung geschulter Geister, die Beweise sammeln. In diesem besonderen Fall handelte es sich um den christlichen Lehrsatz, daß alle Dinge irgendwie zum Guten dienen müssen.

De Colbert mutmaßte, daß Mrs. Loraine näher an achtzig als an siebzig war. Aber sie saß aufrecht in ihrem hohen Stuhl und verschmähte es, sich anzulehnen. Die Hände in fingerlosen Filethandschuhen lagen gefaltet im Schoß, ihre kleinen Füße in absatzlosen Pantoffeln ruhten auf einem gestickten Fußkissen. Das reiche weiße Haar war hochgesteckt; ein Spitzenhäubchen mit schwarzen Samtbändern bedeckte es. Über der Brust kreuzte sich ein weißes Fichu; das weite graue Seidenkleid breitete seine Falten über zahllose Unterröcke und erinnerte an die Zeit der Reifröcke. Mrs. Loraine hatte das Alter erreicht, in dem Frauen sich nicht mehr um die Mode kümmern, sondern das tragen, was ihnen am besten steht, und sie brauchte die vielen Unterröcke, weil sie so zart war. Wenn man sie in den Händen hielte, überlegte der Abbé, wäre sie wie ein verhungerter Vogel, nichts als Knochen unter dem Gefieder. Aber Mrs. Loraine war nur in körperlicher Beziehung eine alte Frau. Ihre blauen Augen, der lächelnde Mund und die frische helle Stimme waren jung. Sie hatte ein ausgezeichnetes Gedächtnis und rasches, entschiedenes Urteil.

Das saubere, hübsche Zimmer mit dem Spinett, den Chippendale-Möbeln, Musselinvorhängen, den vielen Miniaturen, Büchern und dem Porzellan wirkte vielleicht ein wenig überladen; aber die Gestelle und Vitrinen enthielten nur schöne Sachen. Ein vorsichtiges kleines Mädchen würde sich einen ganzen Tag lang an dem Inhalt eines dieser Schränke freuen können, dachte der Abbé.

Stella war gewiß vorsichtig. Sie hatte die gewandten Bewegungen derer, die nie etwas fallen lassen oder anstoßen.

Nun wurden der Wein und die kleinen Herzkuchen gebracht. Der Kaplan nahm einen und wünschte, er könnte Stella den andern essen sehen. Gewiß aß sie wie ein Vögelchen, mit sichtlichem Genuß, ohne ein Krümlein übrigzulassen. Es gab so viele Kinder, die unruhig hin und her rutschten und das Essen hinunterschlangen. Sie würde weder das eine noch das andere tun.

Auf dem Tisch neben Mrs. Loraine stand ein wunderschönes Nähkästchen aus Zedernholz, mit Elfenbein eingelegt. Einer der verstorbenen Söhne hatte es ihr wohl einst geschickt; wahrscheinlich war es indische Arbeit. Der Deckel stand offen; im Innern gab es verschiedene Abteilungen mit geschnitzten Deckelchen. Darin lagen Elfenbeinspulen mit farbigen Seiden, ein Nadelkissen, das wie eine Erdbeere aussah, ein silberner Fingerhut und eine Schere in Form eines Vogels. War es ein Schwan? ... Stella hatte vielleicht das Alter erreicht, in dem kleine Mädchen an Mustertüchern arbeiten.

Der Abbé wurde plötzlich inne, daß er während der letzten fünf Minuten dem Gespräch seiner Gastgeberin gar nicht gefolgt war. Schuldbewußt fuhr er auf.

«Ihre Gedanken wandern, Monsieur!» Ein Anflug von Schärfe lag in Mrs. Loraines Ton. Nie hätte sie erwartet, in ihrem eigenen Salon auch nur einen Schein schlechten Benehmens seitens des höflichen Abbés zu erleben.

«Verzeihen Sie, Madame. Ich dachte eben, wie sehr ein Kind Ihr Arbeitskästchen bewundern würde.»

«Ja», entgegnete die alte Dame, «in diesem Zimmer gibt es vieles, das ein Kind entzücken könnte. Zu meinem Kummer kenne ich sehr wenig Kinder. Ich habe Hemmungen, sie hierher einzuladen.»

Sie sprach freundlich, aber er bemerkte, wie sich ihre Lippen bei dem letzten Satz zusammenzogen, und machte sich Vorwürfe. Gewiß waren auch ihre Enkel in Indien gestorben. Zu dumm! Was war nur heute mit ihm los? Da er aber bereits so unglückselig weit gegangen war, sagte ihm sein Instinkt, daß es wohl das beste wäre, noch weiterzugehen und den Schritt in jene Vertraulichkeit zu machen, die er so scheute.

«Auch ich leide an Hemmungen. Mein eigenes Kind starb sehr früh.»

Mrs. Loraine sah rasch auf, ihre Wangen erglühten vor Freude, daß er ihr dies anvertraute. Wenn er sie verletzt hatte, so war die Wunde wieder geheilt. Sie mußte einsamer sein, als er gedacht hatte. Nun gut; es war seine Schuld und nicht ihre, wenn er sich eine Blöße gegeben hatte, und er wappnete sich gegen kommende Fragen.

Aber nein, er hatte sie gleich richtig eingeschätzt, als er das Zimmer zum erstenmal betrat. Sie stellte keine Fragen. Ihr Blick hatte ihm gezeigt, daß er reden konnte, was und wann er wollte, mehr verlangte sie nicht.

In seiner Dankbarkeit, nicht von Thérèse und dem Kind sprechen zu müssen, erzählte er ihr von seinem Zusammentreffen mit Stella in der Kapelle. Wie er mit ihr den Berg hinabgestiegen war und seine Bekanntschaft mit Dr. Crane erneuert hatte. Dann berichtete er ihr davon, wie er Dr. Crane und dem Jungen Zachary zum erstenmal begegnet war. Mrs. Loraine hörte voll Eifer zu.

«Sie müssen das Kind wiedersehen», sagte sie schließlich, «und es einmal hierherbringen. Wir dürfen unsere Zurückgezogenheit nicht so weit treiben, daß sie uns ganz von der Jugend fern hält. Wir brauchen sie, besonders zu Weihnachten. Sie sollten Stella besuchen und ihr ein Weihnachtsgeschenk bringen.»

Der Abbé war entsetzt. «Madame! Der Bauer und seine Frau, ihre Eltern – ich kenne sie gar nicht. Ich kann mich doch nicht aufdrängen.»

«Aber, hat dieser Dr. Crane nicht den Wunsch geäußert, Sie näher kennenzulernen?»

«Er sagte, es würde ihm eine Ehre sein, mich wiederzusehen, aber er lud mich nicht richtig ein.»

«Dann müssen Sie die Initiative ergreifen und ihn besuchen. Vielleicht wird er Sie daraufhin zu Stella mitnehmen!» Sie sah einen Augenblick um sich, nahm dann die Nähkassette auf die Knie, wand die Spulen auf und hob geheimnisvolle Deckelchen, um Ordnung zu machen. «Ich will das jetzt nett zurechtmachen, und dann bringen Sie dem Kind die Kassette als Weihnachtsgabe.»

«Madame», rief der Abbé wieder erschreckt, «das kann ich nicht! Ich sehe, daß sie sehr kostbar ist, ich kann Sie nicht berauben, Madame.»

«Sie werden tun, was ich Ihnen sage, Monsieur», unterbrach ihn die alte Dame liebenswürdig. «Sicher näht die Kleine an einem Mustertuch und findet es ebenso langweilig wie ich in ihrem Alter. Ein hübsches Kästchen erleichtert vieles. Es sind eine Menge Kleinigkeiten darin, die ihr Freude machen werden. Sehen Sie nur diese Schere, die wie ein Schwan aussieht.»

«Sie ist mir bereits aufgefallen, Madame.»

«Ja, ich dachte es mir. Ihre Augen hatten einen so begehrlichen Ausdruck, Monsieur, als sie auf der Kassette ruhten. Da dachte ich mir schon – er wünscht sie doch gewiß nicht für sich selbst.»

«Madame, ich verwahre mich –» In seiner Wonne und Verzweiflung wirkte er plötzlich sehr französisch, gestikulierte mit den Händen, zog die Brauen hoch, und seine Augen leuchteten, wie es die eines Engländers niemals können. Mrs. Loraine lachte entzückt. War dies der Mann, den die Torre Abbey einen trockenen alten Stock nannte? Sie selbst hatte ihn zwar nie so bezeichnet; sie gehörte zu denen, die das unterdrückte Feuer bemerkt hatten.

«Glauben Sie, Monsieur, ich bin glücklich, wenn Stella die Nähschachtel bekommt. Wissen Sie, es ist ganz in der Ordnung, wenn wir versuchen, uns von weltlichen Dingen zu trennen, besonders in vorgerücktem Alter. Sie haben oft davon in Ihren ausgezeichneten Predigten gesprochen. Wollen Sie so freundlich sein und läuten? Araminta wird die Schatulle einpacken, damit Sie sie leichter tragen können.» Er ging zur Glocke, die Augen auf die Schere geheftet. Mrs. Loraine mußte wieder lachen. «Wenn Sie wollen, Monsieur, dürfen Sie die Schere so lange halten, bis Araminta kommt. Es ist gute Handwerksarbeit, ich glaube italienische. Mein ganzes Leben lang habe ich sie benutzt.»

De Colbert setzte sich wieder und lächelte, während er die Schere in der Linken hielt. Die Krümmung des Schwanenhalses war reizend. Des Priesters Gesicht nahm wieder einen ernsten Ausdruck an. Merkwürdig, überlegte er, in seinen Gedanken waren Stella und ein Schwan schon immer miteinander verbunden.

Araminta kam herein. Man sagte ihr, was sie zu tun hatte. «Es ist für ein Kind, Araminta», bemerkte Mrs. Loraine. «Ein Weihnachtsgeschenk. Packe es erst in ein Silberpapier mit einem bunten Band, dann in festes Papier mit einer Schnur.»

Aramintas Gesicht drückte stets eine so tiefe Mißbilligung der Menschheit und menschlicher Wünsche aus, daß keine Steigerung mehr möglich schien; aber sie fügte einen schweren Seufzer hinzu, mit einem zischenden Laut stieß sie die Luft aus der Kehle. Je leichter Mrs. Loraine, an der Schwelle des Paradieses angelangt, auf den irdischen Gütern saß, schon wie eine Lerche ihre Schwingen prüfte, desto schwerer saß Araminta darauf – wie eine brütende Henne. Mit gesträubtem Gefieder schnappte sie nach der Kassette, bedeckte sie mit ihrer Schürze und stapfte empört zur Tür. Das ganze Zimmer zitterte. Mrs. Loraine blieb völlig ruhig. Sie hatte herausgefunden, daß man sich sowohl von Aramintas Launen wie von Besitztümern loslösen mußte, und tat dies seit über fünfzehn Jahren. Sie legte die eine Hand auf den kleinen Konsolentisch neben sich, um sie zur Ruhe zu bringen, die andere auf des Abbés Arm, um diesen zu beruhigen.

«Sie haben mir durch Ihren Besuch große Freude bereitet, Monsieur. Kommen Sie wieder und bringen Sie das Kind mit, wenn seine Eltern es erlauben.»

«Sehr gerne, Madame.»

Mit Hilfe ihres Stockes erhob sich Mrs. Loraine und senkte demütig den Kopf, um seinen Segen zu empfangen. Der Abbé fühlte sich wie ein Wurm, der sich zu ihren Füßen wand, und sprach die Worte weniger vollkommen als sonst, doch freudig; denn er war glücklich, auch ihr etwas geben zu können. Er verneigte sich und verließ das Zimmer. Araminta half ihm im Vorraum in den Mantel, übergab das Paket korrekt, aber mit so wütendem Ausdruck, daß selbst Mrs. Siddons es nicht besser hätte machen können.

2

De Colbert hatte noch einiges Geschäftliche in Torquay zu erledigen. Als er mit dem Paket im Arm den Ladybird Walk entlang wanderte, summte er ganz unbewußt ein Liedchen. Hätte einer seiner Freunde ihn gehört, er wäre höchst erstaunt über seine Beschwingtheit gewesen. Auch würde er sich sehr gewundert haben, daß der Abbé bei der Fleete-Brücke anhielt, sich umsah und auf die Brüstung setzte, ohne tieferen Grund als sich zu sonnen und den kreisenden Möwen im Hafen zuzuschauen. Allgemein hielt man de Colbert für einen Mann, der sich rasch von einem Ort zum andern, von einer Aufgabe zur andern begab, die Zeit so gut wie nur möglich ausnützte, weil sie böse ist, und der nicht einmal die Muße aufbrachte, herauszufinden, ob es nicht doch in den schlimmen Tagen ein paar Lichtblicke gab.

Der Kaplan blinzelte nach den hellen Flügeln der Möwen, fühlte die Sonne auf seiner Wange und wunderte sich ebenso über sich selbst, wie es die andern getan hätten. Daheim wartete sein jüngstes Buch auf ihn, aber er hatte keine Lust zu arbeiten. Er nahm den Hut ab, schloß die Augen vor dem grellen Glanz der Flügel und des Wassers und hielt das Gesicht der Sonne entgegen. Sie war warm und wohltuend. Hatte sie immer so geschienen während der letzten trostlosen Jahre? Hatte der Wind immer diesen kräftigenden Hauch gehabt, die See immer so wie Musik um die Schiffe gemurmelt? Er empfand es nicht als Sünde, so tatenlos auf der Mauer zu sitzen. Im Gegenteil, es durchfuhr ihn jähes Schuldbewußtsein, daß er es früher nie getan hatte. Weil ihm alles, was er liebte, entrissen worden war, Weib und Kind, Heim und Vaterland, hatte er freiwillig auch alles andere aufgegeben und dieses Selbstverleugnen sowie den Kampf um persönliche Heiligkeit als Endzweck des Lebens angesehen. Wie undankbar! Und während der ganzen Zeit hatten die geduldige Sonne und die hungrigen Herzen seiner Freunde auf ihn gewartet. Die geduldige Sonne? Er lächelte, dachte an den Heiligen Franz von Assisi, der nie seine eigene Armut mit dem Verlust der Geschöpfe erkauft hatte. «Unsere Schwester, die Sonne ... Oh, Herr, sie nimmt Deine Gestalt an.» Mit welch unendlicher stiller Geduld wartete Seine Glorreiche Herrlichkeit, daß die undankbaren Menschen ihre Wärme und ihr Licht wahrnahmen.

3

Die Ruhe, der Frieden wurden plötzlich durch einen ungewöhnlichen Lärm gestört. Als der Kaplan aufsprang, sah er die Postkutsche heranrollen, mehrere Stunden zu früh. Die Pferde schäumten, die Männer auf dem Dach schwenkten ihre Hüte, der Postillon stieß in sein Horn, und eine aufgeregte Menge von Männern, Frauen, Kindern und Hunden liefen zu beiden Seiten des Wagens. Die Luft war erfüllt von Hurrarufen, Schreien und Hundegebell. Alles stürmte dem Hof von «Krone und Anker» zu. Hastig sprang der Abbé über das Geländer aufs Feld, um nicht zu Boden gerissen zu werden. Dann folgte er dem Zug. Der Hafen war auf einmal lebendig geworden. Männer rannten vom Schiffsbauplatz herbei, Frauen lehnten sich aus den Fenstern der Häuser längs der Hafenmauer, Fragen und Antworten schwirrten durch die Luft. De Colbert ging rasch auf das Gasthaus «Krone und Anker» zu, ohne zu laufen, er verstand nur das eine Wort «Sieg!» Wann? Wo? Die Postkutsche war vorbeigerumpelt, aber die Männer und Frauen aus dem Tal, die hinterdreinliefen, waren jetzt um ihn und rannten zum Gasthof. «Ein Seesieg. Bei Kap Trafalgar.» Nun hielt sich der Abbé nicht mehr zurück, er lief mit den andern und erreichte das Wirtshaus ebenfalls atemlos.

Aber das Hurrarufen und Schreien hatte bereits aufgehört. Ein Mann stand auf der Kutsche, er hielt ein Blatt in der Hand und las laut daraus vor. Die gedrängte Menge stand in stummer Ergriffenheit um den Wagen und die dampfenden Pferde. «Admiral Nelson ist im Kampf gefallen.» Die Leute waren von dem Schlag so getroffen, daß sie sich weder über die Kunde des großen Sieges noch über die Nachricht freuen konnten, daß vorläufig in keinem Fall mehr Invasionsgefahr bestand. Männer nahmen ihre Mützen ab und Frauen weinten. Der Abbé entblößte ebenfalls sein Haupt und bekreuzigte sich. Obgleich er Franzose war, hatte er nun lange genug in England gelebt, um dem Zauber zu erliegen, den Nelson auf seine Landsleute ausübte. Wie jeder Mann im Umkreis war er erschüttert und voll Trauer. Was hatte dieser einzigartige Mann nur an sich, daß er, abgesehen von seinem Mut und seiner Tüchtigkeit als Marinekommandant, die Gemüter der ganzen Generation in dieser Weise gefangenhielt? Ein mitfühlender Mensch in einem rohen Zeitalter, ein geradliniger, einfacher Mann in einer Zeit verwirrender Komplikationen? Es schien de Colbert, als müsse mehr dahinterstecken. Vielleicht war er ein Mann, der den Ruhm liebte, ihn aus dem Lebensstoff schlagen konnte wie die Flamme aus dem Zündstein, bei sich selbst sowohl wie bei andern.

Aus Gefälligkeit für die immer neu herzudrängenden Menschen verlas der Mann auf der Kutsche die Siegesbotschaft nochmals, und der Abbé hörte genau zu. Am Sonntag, den zwanzigsten Oktober hatten die feindlichen Schiffe Cadiz verlassen, und die englische Flotte rüstete sich zum Kampf. Am einundzwanzigsten Oktober bei Morgengrauen wurde der Feind gesichtet, die Schlacht endete erst nach Sonnenuntergang. Über achtzehn feindliche Schiffe lag ein Bericht vor. Mehr als fünftausend Franzosen waren gefallen und zwanzigtausend gefangengenommen worden. Die englischen Verluste betrugen eintausendsechshundertneunzig Tote. Gleich nach der Schlacht war ein Sturm ausgebrochen, daher traf die Nachricht verspätet in England ein. Die Depeschen hatten London erst am fünften November erreicht.

Es gab noch eine Menge Einzelheiten, aber im Kopf de Colberts hatte sich plötzlich das Datum, Sonntag, zwanzigster Oktober, festgesetzt. Das war der Vorabend der Schlacht, der Tag, an dem er Stella in der Kapelle getroffen hatte, als sie so sicher war, daß Zachary Angst hatte. Wo war der Junge damals gewesen? Der Abbé erinnerte sich – nachdem er Stella zum Wagen des Doktors gebracht, mit dem Arzt noch ein wenig geplaudert und den Abfahrenden nachgesehen hatte –, daß er zur Kapelle zurückgekehrt und innig für jene gebetet hatte, die sich auf dem Meer in Gefahr befanden. Ohne besondere Vorahnung großer Ereignisse, weder an diesem Tag noch am folgenden. Er hatte sich einfach mit dem Kind Stella eins gefühlt, das mehr Vorherwissen besessen hatte als er. Wo war Zachary am zwanzigsten und einundzwanzigsten Oktober gewesen? In Gedanken vertieft, den Hut in der Hand, verließ der Abbé den Hof des Wirtshauses. Sobald als möglich mußte er nach Gentian Hill und sich erkundigen.

3. Kapitel

I

Rupert Hounslow war ebenso tüchtig wie gutherzig, und seine Beharrlichkeit stand in keiner Weise hinter diesen beiden Eigenschaften zurück. Durch einflußreiche Beziehungen gelang es ihm, Zachary mit einem Minimum von Unannehmlichkeiten und in kürzester Frist wieder in die Marine einzureihen. Natürlich gab es Mißhelligkeiten, eine ganze Menge. Zacharys Vetter mußte benachrichtigt werden, daß der Junge lebte. Der Kapitän befand sich gerade auf Urlaub in London und verlangte eine Aussprache, die im wahrsten Sinne des Wortes schmerzhaft und peinlich ausfiel. Aber die einflußreichen Beziehungen sahen darauf, daß Zachary nicht auf seines Vetters Schiff zurück mußte. Er machte eine harte Probezeit auf einem Segler der Kanalflotte durch und wurde dann als Stellvertreter für einen erkrankten Seekadetten auf eine Fregatte versetzt, die zum Mittelmeerkommando stoßen sollte. Auslandsdienst wird ihm guttun und seinen Horizont erweitern, hatte Rupert Hounslow gedacht. Der Erfolg war noch viel größer. Als Zachary den Dienst antrat, war er ein scheuer Junge; als er ihn verließ, ein Mann voll Selbstvertrauen.

Die Probezeit war beinahe ebenso schlimm wie die Monate auf Kapitän O'Connells Schiff, wenn auch nicht ganz so arg. Denn das hier war ein gutes Schiff, auf dem strenge Gerechtigkeit herrschte und nicht Brutalität vom Kapitän abwärts an der Tagesordnung war. Aber Zachary merkte, daß er das Leben auf dem Meer noch ebenso haßte wie vorher. Immer noch wurde er seekrank, litt unter der Kälte, dem rauhen Wetter, war erschöpft und schlaflos und stellte fest, daß er nicht aus dem Holz geschnitzt war, das sich für Seeleute eignet. Das Bewußtsein, seine Pflicht zu tun, beglückte ihn keineswegs. Er haßte seine Pflicht und fand, er tauge auch nicht zum Helden. Anscheinend hatte er zu nichts Besonderem das Zeug, außer zu einem Schafhirten auf Bowerly Hill. Doch wagte er nicht, an Stella und den Doktor zu denken, weil ihm dann das Heimweh noch stärker zusetzte als die Seekrankheit und ihm seine Arbeit noch schwerer fiel.

Er bemühte sich, diese gut und bereitwillig zu verrichten, da sie nun einmal getan werden mußte. Es gelang ihm, dabei eifrig und fröhlich zu scheinen, was ihm erstaunlicherweise mehr nützte als ein eiserner Panzer. Auf dem ersten Schiff bestand seine einzige Waffe in Halsstarrigkeit, die niemand über den wahren Zustand seines furchtsamen Gemütes hinwegtäuschte. Er glich einer auf dem Rücken liegenden Schildkröte, konnte sich nicht bewegen, war verwundbar, Stichen und Stößen ausgesetzt ... Nun hatte er die richtige Art gefunden, und niemand ahnte, wie empfindlich er im Grunde war.

Jetzt zog sich Zachary in seine Schale zurück, unter der er sich zu stählen versuchte. Als ersten Schritt hierfür mußte er lernen, sich von den Dingen loszulösen – es war gar nicht so einfach. Er erprobte es auf alle möglichen unbedeutenden Arten. Der Doktor hatte ihm einige Bücher mitgegeben. Wenn er nachts in seiner Hängematte lag, versuchte er, den Lärm und Gestank des unteren Cockpits auszuschalten und zu lesen. Er erfaßte dabei nicht allzuviel. Doch von Zeit zu Zeit leuchtete ein schöner Satz aus einer Seite, wie ein Nadelstich durch einen dunklen Vorhang, und ließ etwas Licht herein. Sobald sich gemeine Dinge um ihn herum ereigneten, begann er, seine Aufmerksamkeit auf etwas anderes zu richten. Vielleicht auf das wütende Blitzen in den Augen eines Mannes, wenn ein anderer im Durchgang ausgepeitscht wurde; auf einen Mondstrahl, der inmitten eines wilden Sturmes plötzlich die Wolken durchdrang: gute Dinge, die nur geschahen, wenn schlechte vorausgegangen waren. Das Loslösen von seiner eigenen körperlichen Erbärmlichkeit, von Seelen- und Nervenqual, gelang ihm viel schwerer. Es hat nicht viel Sinn, dachte er manchmal. Sitzt dir der Böse im Nacken, so bist du verloren. Aber selbst dann war man nicht ganz hilflos. Schon der bloße Versuch, sich auf etwas anderes als das eigene Elend zu konzentrieren, auch wenn er mißlang, bedeutete ein Entrinnen.

Zacharys Panzer aus Fröhlichkeit war nicht nur ein Schutz, sondern auch eine Anziehungskraft; er fand heraus, daß einige seiner Tischgenossen ihn anscheinend gerne mochten. Jetzt befeindeten ihn nicht mehr alle. Nein, das Schiffsleben war nicht ganz so schlimm wie früher, wenn auch noch bitter genug.

Die Probezeit ging vorüber, und Zachary wurde auf die Fregatte versetzt. Die Fahrt auf stürmischer See vom Englischen Kanal über den Golf von Biscaya nach Sardinien, im Dezember auf einem fremden Schiff, mit noch unbekannter Mannschaft, schien auf den ersten Blick keine Verbesserung zu sein. Eher das Gegenteil. Er meinte diesmal wirklich, an der Seekrankheit, verschlimmert durch irgendein Fieber, das er aufgelesen, sterben zu müssen. Es war ihm ganz recht so. Daß Lord Nelson – dem sie Depeschen überbringen und dessen Kommando sie sich unterstellen mußten – ebenfalls nie mit der Seekrankheit fertig geworden war, half Zachary nicht sonderlich. Lord Nelson war ihm ganz gleichgültig. Er glaubte nicht daran, das Ende der Fahrt zu überleben, und wünschte es auch gar nicht. Weihnachten 1804 kam und ging vorüber. Er konnte weder an Stella noch den Doktor noch an die Julfeier und den Mummenschanz in Weekaborough denken. Seine einzige Sorge war, wie er sich weiter auf den Beinen halten könne. Nur das war wichtig, sich aufrecht halten.

Acht Glockenschläge. Die Pfeifen der Bootsmannsmaate durchdrangen den Alpdruck seines aufgeregten Innern. Obgleich Zachary gegen den Zugriff einer Boa constrictor ankämpfte, die sich fester und fester um seine Mitte wand, wußte er doch, daß er Morgenwache hatte. Er rollte aus seiner Hängematte und klammerte sich an den nahen Pfosten. Bereits hatte er gelernt, wie man das am besten machte, aber er fiel längelang auf den Boden. Während er sich weiter festhielt, wurde ihm langsam einiges klar. Wie gewöhnlich schwindelte ihn und er zitterte, sein Kopf tat ihm weh, aber er erbrach sich nicht ... Das Schiff stand still ... Im trüben Licht der schwingenden Laterne langte er mit der einen Hand nach seinen Kleidern und zog sie an. Das Ankleiden, während man sich dabei am Pfosten halten mußte, war die letzten Wochen ein Problem gewesen, heute ging es viel leichter. Ein anderer Seekadett, mit einem robusteren Inneren und gutem Herzen, der ebenfalls Morgenwache hatte, brachte eine Schüssel mit kaltem Wasser. Zachary tauchte den Kopf hinein und vertrieb die letzten Schlangen.

«Der Sturm hat sich ausgeblasen, und wir liegen an Anker, Gott sei Dank!» flüsterte der andere Seekadett, ein rothaariger Zwerg von fünfzehn Jahren namens Jonathan Cobb. Dann packte er Zachary kräftig am Ellbogen und schleppte ihn zur Leiter. Er mochte ihn gern. Selber war er zäh, untersetzt und gewöhnlich, jedweder Bildung und guten Manieren unzugänglich. Daher überraschte seine Vorliebe für Zachary im ersten Augenblick; aber es war ein eigenartig mütterlicher Zug in dem Jungen, der ihn veranlaßte, sich um die Schiffskatze und die Seekranken zu kümmern. Außerdem schätzte er Schneid und war überzeugt, daß Zachary den hatte, in der Art, wie er sich aufrecht hielt, die meiste Zeit von Fieber geschüttelt, und nie verlangte, auf die Krankenabteilung geschickt zu werden.

«Wo sind wir, Cobb?» krächzte Zachary, als er die Leiter hinaufwankte.

«Sardinien», antwortete Cobb.

Sie erreichten die oberste Sprosse der ersten Leiter und trafen auf ein glänzendes graues Etwas. Es war Snow, die Schiffskatze; ein Wesen, das weiß geboren war, was man aber nicht mehr erkennen konnte. Cobb, der sich nur unter Zwang wusch, hatte sie zu oft gestreichelt. «Hi, Snow! Gute, alte Snow!» Er nahm die Katze unter den einen Arm und stieß Zachary die nächste Leiter hinauf. Sie kamen auf Deck. Die eisige Luft nahm ihnen beinahe den Atem. Aber die Sterne, die all die Nächte hindurch unsichtbar gewesen waren, schienen wieder, und Mondlicht überstrahlte die ganze Welt.

Zachary klammerte sich an das Geländer, sah umher und holte

tief Atem; er sog noch mehr ein als bloße Kälte. Die Flotte war dabei, an der Küste von Sardinien vor Anker zu gehen, die lange, schöngeformte Insel lag vor ihm. Das Meer war reglos und ruhig, von eigenartigem Licht bestrahlt, aber das Ausmaß der Himmelsherrlichkeit wirkte beinahe beängstigend. Die großen Schiffe mit den sanft schimmernden Achterlichtern ruhten auf der flimmernden See – die Pracht über ihnen jedoch verkleinerte sie beinahe zu nichts. Trotzdem hatte jedes seine eigene traumgleiche, vollkommene Schönheit. Das Licht war taghell und doch nicht wie von dieser Welt. Kein Laut war vernehmbar. Die Stille und Ruhe erinnerten an das erwartungsvolle Schweigen der Zuschauer, ehe der Vorhang von irgendeinem großen Schauspiel aufgeht. Zum erstenmal in seinem Seemannsleben durchfuhr Zachary ein kurzer Schauer. Ein Gefühl der Freude sprang in ihm auf, wie ein Lichtlein in einer dunklen Laterne. In diesem Augenblick fand er das Leben lebenswert; diese Minuten höchster Schönheit machten alle Qualen der Reise wett. Es war immer lebenswert. «Denn unsre geringe Kümmernis, die nur eine kleine Weile dauert, erwirkt für uns eine ungleich größere und ewige Seligkeit.» Dies war die Hauptwahrheit des Daseins, und alle Menschen wußten darum, wenn sie auch nicht merkten, daß sie ihnen bekannt sei. Sie folgten ihren Sternen durch Kummer und Schmerz, weil sie darum wußten, und am Ende der Reise würden all die zahllosen Lichter in eines verschmelzen.

Cobb zog Zachary am Ärmel. «Schau! Das Flaggschiff des Admirals. Du kannst Nelsons Abzeichen auf dem Schiffsrumpf sehen.»

Zachary seufzte, rieb die Augen und starrte auf die «Victory»; sie lag verankert unter den Sternen. Ein besonders heller Stern brannte wie eine Lampe gerade über der Spitze des Mastes. Nochmals durchfuhr den Jungen ein Schauer, diesmal anderer Art. Er hatte Lord Nelson nie gesehen, es sich auch nie gewünscht. Nun schien es ihm bedeutungsvoll, daß er unter ihm diente, denn er erinnerte sich an Nelsons «Strahlenkreis», über den sie in Dr. Cranes Eßzimmer gesprochen hatten. Dieser Mann folgte bewußt dem Ruhm, liebte ihn und ebenso alle, die ihm folgten. Was immer ihnen nun bevorstand, das Ende würde etwas Denkwürdiges sein, etwas Symbolisches, das den Kampf wert war.

Cobb zog ihn von neuem am Ärmel. «Komm, du mondsüchtiger Narr. Geh weiter.»

Es wurde auf dem Schiff lebendig. Das übliche Alltagsleben mit der Morgenwache brachte auch Zachary wieder auf die Erde zurück. In der Schiffsküche, wo der Koch das Feuer anmachte, gab es Lärm. Die Wache stolperte mit Wassereimern, Schrubbern, Besen, Scheuersteinen und Sand herbei, um das Deck zu säubern. Cobb und Zachary gingen an ihre Posten; Cobb noch immer mit der Katze unter dem Arm. Die Pumpen wurden angelassen, das Rad und die Wache abgelöst. Ein paar Stunden später, als der Bootsmannsmaat zum Frühstück pfiff, stieg die Sonne über einem klaren Himmel auf. Es würde aber wieder stürmisch werden, denn ein beißender Nordwestwind war aufgesprungen. Eine Welle der Freudigkeit, ein Gefühl, daß irgend etwas geschehen würde, hatte nun jeden Mann an Bord ergriffen, nicht nur Zachary. Die Leute pfiffen während der Arbeit und beim Essen. Als der Grog herumgereicht wurde, konnte man die Klänge von «Ein Tropfen Cognac» aus jedem Schiff der Flotte widerhallen hören.

«Und Johnny kriegt eine neue Mütz',
und Johnny, der geht auf die Mess'.»

Am Nachmittag bedeckten wieder Wolken den Himmel, eine steife Brise blies, aber niemand kümmerte sich darum. Das Gefühl der Erwartung wuchs mehr und mehr und erreichte seinen Höhepunkt, als zwei Erkundungsfregatten der Reede wie Vögel zuflogen und auf dem Mast der «Victory» ein Signalwimpel gehißt wurde: «Feind auf See.»

2

Das Ende jenes besonderen Ereignisses war noch nicht herangerückt, aber für Zachary entwickelten sich die zehn Monate bis dahin völlig verschieden von denen, die dem sternklaren Morgen vorausgegangen waren. Er war empfindsam wie je, haßte das Meer wie immer; seine Angst war unverändert ein Dämon, mit dem er ständig kämpfen mußte. Über diesen Tagen schien jedoch ein Licht zu leuchten, das von dem geborenen Führer auf dem Flaggschiff ausstrahlte.

Wenige Stunden nach dem Hissen des Signalwimpels befanden sich die Schiffe auf der viertausend Meilen langen Jagd durch das

Mittelmeer, nach den Westindischen Inseln und wieder zurück – die zu jenen Mißerfolgen gehörte, die in der Geschichte dramatischer weiterleben als so mancher Sieg. Es war ein tapferer und verrückter Versuch, von Schiffen unternommen, die das Meer schon so lange befuhren, daß sie beinahe seeuntüchtig waren. Doch von dem Moment an, wo die «Victory», mit dem Licht am Heck, die Flotte in Wind und Dunkelheit durch die enge, gefährliche Straße zwischen den Felsen von Korsika und Sardinien hindurchführte, bis zur Rückkehr von Westindien ins Mittelmeer, an blauem Sommertag, ohne den Feind gestellt zu haben, trübte kein Schatten niedriger Gesinnung das Unternehmen.

Ein Seekadett mit humanistischer Bildung, selbst wenn er schwer seekrank war, konnte sich dem Zauber des Mittelmeers kaum entziehen. Nelson manövrierte seine Schiffe bei furchtbarem Wetter äußerst geschickt durch die Straße von Messina, und Zachary schaute mit Schrecken auf Scylla und Charybdis und die Feuer des Stromboli. Er sah Tunis, Malta und Kreta, und als der Sturm nachließ, die Sonne aufging, erblickte er die Küste Griechenlands – rosenrote Felsen spiegelten sich in perlmutterfarbener See. Der Feind war ihnen entschlüpft. Sie fuhren das Mittelmeer wieder zurück, die spanische Küste entlang, mit ihren weißen Häusern in Orangenhainen. Nun leb wohl, liebes altes Europa, und fort nach Westindien.

Das Überqueren des Atlantiks ging nicht so schnell, weil die beschädigte, alte «Superb», die sich nur langsam weiterschleppte, sie aufhielt. Aber Höflichkeit verbot, sie zurückzulassen, und sie tat ihr Möglichstes, die verlorene Zeit einzuholen, da sie weiterfuhr, wenn die andern Schiffe hielten, und auch ihre Beisegel an die Rahen band. Das Wetter war gut und Zachary richtig glücklich. Nun war es ihm möglich, an daheim zu denken. Er schrieb lange Briefe an Stella und den Doktor (obgleich der Himmel allein wußte, wann sie diese bekommen würden). Erzählte von der Jagd durch das Mittelmeer und zurück, den flüchtigen Blicken auf alte Herrlichkeit, die er durch Gischt und Regen erhascht hatte. Und er versuchte, auf dem Papier den besonderen Reiz der blauen, wundervollen Tage, die er schreibend erlebte, festzuhalten. Die meisten Männer an Bord, in ihrer Ungeduld, den Feind zu fassen, fanden es unerträglich schwer, diese langen Wochen zu überstehen. Aber für Zachary, dem es gar nicht eilte, Schlacht und Tod kennenzulernen, waren es himmlische Tage. Der Zauber jedes einzelnen half ihm, den eigentlichen Zweck der Fahrt zu vergessen, Schönheit und Sonnenschein in sich aufzusaugen. Er fühlte sich unendlich gestärkt und erfrischt.

Die täglichen Arbeiten auf jedem Schiff liefen wie ein Uhrwerk ab. Die Zeit verfloß gemächlich. Zum erstenmal spürte Zachary, daß ein Leben auf dem Meer ebenso angenehm sein konnte wie das Leben auf dem Lande. Das leise, rhythmische Auf- und Niedertauchen der bemalten Schiffskörper im blauen Wasser, das Raunen des Windes in der Takelage schienen ein Teil seines eigenen Pulsschlages zu werden, wie es der Rhythmus des Pflügens in Weekaborough und der Wind in den Bäumen gewesen war. Er sah zu den hohen Segeln über seinem Kopf hinauf, wie er zu den Ästen der Eibe auf Bowerly Hill emporgeschaut hatte. Und ein Wettklettern bis zur Mastspitze, bei dem ihm früher vor Angst übel wurde, machte ihm nun beinahe so Vergnügen, als ob er den Eibenbaum erklomm, der ihn sicher festhielt. Das Schiff war sein Heim und die Hängematte im Cockpit sein eigenes Eckchen, wo er liegen und zufrieden lesen konnte, bis er einschlief. Der Lärm um ihn herum störte ihn nicht mehr. Auch die Nachtwachen bargen fortan keinen Schrecken. Sie gingen ruhig und schön vorbei; bisher unbekannte Sterne leuchteten am Himmel, goldene und silberne Fische streiften durch das phosphoreszierende Wasser. Außer Cobb und der Katze hatte Zachary keine engeren Freunde; aber seine sorgsam gepflegte Kraft und Fröhlichkeit, sein natürliches, liebenswürdiges Wesen trugen ihm Sympathie und Achtung der Kameraden ein. Nun hatten sie Muße für gesellschaftliches Zusammenleben, und es machte ihm Freude. Abwechselnd wurden die Seekadetten vom Kapitän zu offiziellen Abendessen eingeladen. Dann war der Tisch sehr schön mit Silber, Glas und feinem Porzellan gedeckt; durch die offenen Heckfenster sah man die stille See. Die Unterhaltung war anregend und der Wein gut. Nachher promenierte man vielleicht noch etwas über das Achterdeck und besprach Politisches. Diese idyllischen Tage mochten nur ein kurzes Zwischenspiel sein, aber Zachary schwor sich, sie niemals zu vergessen. Er wußte nun, daß jede Lebenslage die Möglichkeit bietet, einen inneren Ruhepunkt zu finden, ein kleines Stückchen irdischen Friedens, als Symbol und Tor für die ewige Festung. Jetzt würde er die Monate des Sturmes durchhalten können, in Gedanken an die vorangegangenen friedlichen Tage, die ihm den Weg gewiesen hatten.

Ganz Westindien bedeutete dem Jungen weniger als der flüchtige Blick auf die Küste Griechenlands. Aber er äugte anerkennend nach diesen Inseln hinüber, die wie Juwelen im Meer lagen. Mit Genuß wiederholte er die wohlklingenden Namen ... Trinidad, Martinique, Dominica ... «Sie hören sich an wie die von Erzengeln, Cobb», sagte er. Aber Cobb fluchte nur. Er brannte auf einen Kampf, und nun hatten sie den Feind gerade zum zweitenmal verpaßt.

Herumgedreht und wieder heimwärts, Kurs auf Europa, die alte «Superb» mühsam hinterdrein; mit vollen Segeln, um den Feind zu stellen, ehe sie Cadiz erreichen. Das Essen war bereits knapp, die Schiffe in äußerst schlechtem Zustand, der Feind fünf Tage voraus, und sie bekamen ihn nicht zu fassen. Die «Victory» und die «Superb» nahmen Kurs auf England, das übrige Geschwader hatte dem Feind aufzulauern. Es war das Ende der großen Jagd, aber nicht das Ende dieses außerordentlichen Abenteuers. Nelson würde rasch wiederkehren; der Feind sollte schon etwas zu hören bekommen.

Während jenes brennend heißen Hochsommers lagen sie vor Cadiz auf der Lauer wie die Katze vor einem Mauseloch. Für Zachary war diese Zeit nicht mehr ruhig, trotz der blauen See, der warmen Sonne und des Duftes der Orangenhaine, der von der spanischen Küste herüberdrang. Alle waren sie von einem fast unerträglichen Gefühl der Erwartung umklammert. Eine kleine Flotte sollte den Kampf mit einer weitaus stärkeren aufnehmen. Die eiserne Disziplin Collingwoods während Nelsons Abwesenheit ging ihnen allen auf die Nerven. Cobb war vor Aufregung schlechter Laune, Zachary vor Angst. Sogar die Katze Snow war nicht mehr dieselbe. Für Zachary hatte der Kampf bereits begonnen, denn er rang mit seiner Furcht. Er konnte sich nicht mehr erfolgreich auf seine Bücher konzentrieren, aber nach wie vor blieben ihm einzelne Sätze hängen und gaben ihm Kraft. Besonders jene griechischen Worte, die in Stellas Medaillon geschrieben standen: «Liebe singt allen Dingen, die leben und sind; sie besänftigt die gequälten Gemüter der Götter und Menschen.» Liebe zu Gott, Liebe zur Heimat, Liebe zum Ruhm, die Liebe zu einem kleinen Mädchen, zu den mitternächtlichen Sternen – sie hob den Menschen aus sich selbst empor und weg von der Angst.

Nelson blieb nur fünfundzwanzig Tage in England, aber die wartende Flotte empfand seine Abwesenheit wie ebenso viele Jahre. Doch dann glitt eines Abends im Oktober die «Victory» leise wieder unter die andern Schiffe. Da Cadiz und der Feind so nahe waren, gab es weder Salutschüsse noch Flaggengrüße. Zachary spürte indes, daß der kleine Mann drüben auf seinem Achterdeck die Welle der Liebe und Erleichterung, von der die ganze Flotte durchdrungen war, mit Sicherheit fühlte. Sie lag beinahe wie etwas Greifbares in der Stille der warmen, von Orangenblüten duftenden Dämmerung.

Heimlich trat ein Wechsel in der Atmosphäre ein. Die Wartetage waren nun erfüllt von rastloser Geschäftigkeit. Nelson schob seine Geschwader hin und her wie Schachfiguren, versuchte den Feind herauszulocken und ihm gleichzeitig den Weg ins Mittelmeer abzuschneiden. Zacharys Angst schwand auf geheimnisvolle Weise, als er mit seiner Fregattenabteilung in der Nähe von Cadiz kreuzte und jene großen Schiffe im Hafen sehen konnte. Es hieß, sie überträfen an Zahl und Kanonen die englische Flotte. Was machte das aus? Siegte man, war der Ruhm um so größer und ebenso im umgekehrten Fall. Wenn er recht hatte und Sieg einfach das symbolische Etwas bedeutete, das am andern Ende der höchsten Anstrengung, mit größter Kraft aufrechterhalten, flammte, dann war es unwichtig, ob man siegte oder nicht. Tatsächlich war man siegreich, solange der Mut ungebrochen blieb. Und was den Mut anbelangte, so wuchs er mit der Anstrengung, hatte der Doktor gesagt.

Man schrieb den fünften Oktober. Aufregende Nachrichten wurden der englischen Flotte zugetragen. Der Feind in Cadiz schiffte seine Truppen ein, und das spanische Geschwader in Cartagena hatte die Toppsegel gesetzt. Am zehnten Oktober regnete es in Strömen, weiteres enttäuschendes Warten. Achtzehnter Oktober, wieder schönes Wetter mit Ostwind; ausgezeichnetes Wetter für den Feind, um in See zu stechen. Neunzehnter Oktober, die vereinigte französische und spanische Flotte verließ den Hafen; man konnte sie von ferne erkennen. Am zwanzigsten Oktober flog die Nachricht von Mastspitze zu Mastspitze: «Feindliche Flotte in See.» Aber an diesem Sonntagmorgen war die Welt in Nebel gehüllt und die feindlichen Schiffe unsichtbar; nur die hohen Klippen von Trafalgar konnte man dann und wann gewahr werden.

Diese Klippen hatten etwas Drohendes, wenn man sie durch die Nebelrisse betrachtete; Zachary versah die Morgenwache gemeinsam mit seinem Dämon. Er hatte geglaubt, Apollyon bereits bekämpft zu haben, aber er irrte sich. Bisher hatten ihn die dunklen

Flügel nur im Vorbeifliegen gestreift, und er hatte sie abgeschüttelt wie eine Fledermaus. Nun kam ihm das Böse ganz nahe, als wäre es ein Teil seiner selbst. Wie der Nebel war es um ihn, in ihm, würgte ihn. Es war so nahe, daß er das grauenhafte Gesicht nicht sehen, den scheußlichen Atem nicht spüren konnte. So nahe, daß nichts vorhanden schien, um dagegen anzugehen. Und doch kämpfte er. Bewegungslos, mit hartem Gesicht, focht er eine eigenartige Schlacht aus, die nur darin bestand, seinen Körper still und sein Gesicht ruhig zu halten. Das war alles. Was Regeln und Erfahrungen der letzten Monate ihn gelehrt hatten, versank in ein Nichts. Er dachte weder an Stella noch an daheim; sein Gedächtnis schien vor Angst erstarrt. Er hielt lediglich Wache.

Die Bootsmannspfeife ertönte, sein Dienst war zu Ende, und es gab andere Arbeiten. So wie er gekämpft hatte, um ruhig zu bleiben, so strengte er sich nun an, um seine Pflichten weiter zu versehen. Den ganzen Morgen arbeitete er schwer und ohne ein Wort zu reden, aber gut. Sein Wille war wach und der Körper gehorchte. Im Laufe des Morgens hob sich der Nebel, der Wind wechselte, und Gerüchte gingen um, daß es heute losgehen würde. Zachary machte es nichts, als er das hörte, denn der Dämon konnte nicht noch näher kommen. Aber während der Morgen langsam verstrich, spürte er doch eine Veränderung. Etwas, das dem wachsenden Sonnenlicht ähnlich war, wärmte seinen eisigen Körper, berührte das eingefrorene Gedächtnis, und Stella fiel ihm ein. Nicht mehr. Gerade nur Stella.

Der Nachmittag ging vorbei, und es gelang ihm, sich über seinen Willen und den gehorsamen Körper zu wundern. Er fragte sich auch, ob das, was er gelernt und wieder vergessen hatte, seinen Willen gestählt habe. Der Abend brach herein, und es hieß, morgen würde es losgehen. Zachary war es gleich, ob morgen oder übermorgen, es machte keinen Unterschied. Wann immer es losging, er meinte der Probe standhalten zu können. Ebenso wie der Seemann weiß, wann der Höhepunkt eines Sturmes vorüber ist, obgleich der Wind immer noch wütet, so wußte Zachary nun, daß er das Ärgste des Kampfes überstanden habe, wenngleich er den Dämon immer noch in sich fühlte.

Es war eine seltsame Nacht, geisterhafte Feuer stiegen auf, unheimlich donnerten die Geschütze. Die englischen Schiffe signalisierten einander den jeweiligen Stand des Feindes durch blaues

Licht und Kanonenschüsse. Um Mitternacht konnte Zacharys Fregatte die orangefarbene Heckbeleuchtung von dreiunddreißig Kriegsschiffen feststellen – es waren keine englischen Schiffe. In der Höhe oben, über den blauen und orangefarbenen Lichtern flackerten die Sterne unstet durch die Wolken.

Am einundzwanzigsten Oktober, knapp vor Tagesanbruch, änderten die Engländer ihren Kurs. Sie hatten die feindliche Flotte weit von Cadiz abgedrängt. Nun steuerten sie gegen Nord-Ost, um anzugreifen. Leichter Nebel lag über dem Meer. Die starke Dünung machte Zachary wieder seekrank, bis er auf Deck kam und sah, daß die großen Schiffe, deren Lichter sie um Mitternacht gesichtet hatten, nur einige Meilen entfernt waren. Die Schönheit und der Schrecken des Anblicks ließen ihn sich selbst völlig vergessen.

Später hatte er überhaupt keine Zeit mehr nachzudenken. Das Signal «Klar zum Gefecht» blitzte durch die Flotte, die Trommeln wiederholten es, und jeder Mann rannte an seinen Posten. Die Leute hatten sich seidene Tücher um den Kopf gebunden, um die Ohren gegen den Kanonendonner zu schützen, und die Oberkörper bis zur Mitte entblößt. Sie arbeiteten schnell und ruhig, schleppten wasserdichte Schotten, Segeltuchwände, Möbel und Geschirr in den Laderaum, bespritzten die Segel mit Eimern voll Wasser, streuten Sand auf die Decks, machten die Kanonen gefechtsbereit. Die Lazaretträume wurden für die Verwundeten hergerichtet, indem man Aderpressen (um Blut zu stillen) und Schwabber herzubrachte. Alles geschah innerhalb der vorgeschriebenen sechs Minuten.

Um sieben Uhr segelten die englischen Geschwader in zwei Kolonnen los. Nelson auf der «Victory» führte die nördliche, Collingwood auf der «Royal Sovereign» die südliche, gegen den fünf Meilen langen Bogen der feindlichen Schiffe. Sie fuhren gleichmäßig, mit voll gesetzten Segeln; um elf Uhr betrug der Zwischenraum nurmehr drei Meilen. Die See war nun ruhig, keine Wolke am Himmel, Meer und Himmel herrlich blau, und die Sonne schien auf ein so entzückendes glanzvolles Bild herab, daß es Zachary den Atem verschlug. Die Mehrzahl der englischen Schiffe waren in Nelsons Farben gestrichen, schwarze Streifen zwischen dem Gelb der Geschützdecks und schwarze Schießluken; die Achterhütten glänzten reich vergoldet. Die französischen und spanischen Schiffe waren scharlachrot, schwarz und gelb bemalt; deutlich hob sich die riesige

«Santissima Trinidad» ab, in ihrer Pracht von Hochrot und Weiß, mit weißer Galionsfigur. Über den hellen Farben türmte sich der Wald der Masten und schwellenden Segel.

Während die englischen Kriegsschiffe ruhig dahinglitten, begannen die Musikkapellen zu spielen. Die Matrosen schienen erregt, glücklich und furchtlos, sie schärften ihre Entermesser, putzten die Kanonen und sangen zu dem Spiel der Kapellen. Einige tanzten den Hornpipe, andere schrien Aufträge aus, wie man ihr Hab und Gut verteilen sollte, falls sie den Tod fänden. «Bill, du kannst meine Hosen kriegen. Tom, du darfst mein bestes Taschentuch haben!» Aber es klang nicht, als ob der Tod schon nahe bevorstünde. Ein Signal ging an der Mastspitze der «Victory» hoch: «England erwartet, daß jedermann seine Pflicht tue.» Als die Botschaft die Reihen entlang lief, begrüßte sie brausendes Hurrarufen. Konnte dies Krieg sein, fragte sich Zachary, dieser Sonnenschein und Glanz, diese Musik und Beifallsstürme? Er stand hinter dem Ersten Leutnant, dessen Kurier er während der Schlacht sein sollte. Sein Herz schlug wie ein Schmiedehammer. Doch nicht aus Angst. Nur erschauernd vor der unerträglichen Schönheit ringsum.

Dann ging ein weiteres Zeichen am Mast der «Victory» hoch, das Signal für den Beginn der Schlacht. Einige Minuten später eröffnete der Feind das Feuer. Die beiden englischen Kolonnen segelten ungerührt davon weiter. Während ungefähr zwanzig Minuten hielten sie noch mit dem eigenen Feuer zurück, bis die beiden Spitzenschiffe, die «Victory» und die «Royal Sovereign», die feindlichen Kolonnen durchstoßen hatten. Darauf segelten die großen Schiffe, eines nach dem andern, in den Kampf, breiteten sich fächerförmig aus, um ihre Opfer anzugreifen.

Die Strategie der Schlacht, die vollkommene Ausführung eines großartig durchdachten Plans, entging Zachary wie jedem anderen daran beteiligten Seemann. Für sie bedeutete es nurmehr die Hölle, nachdem die Raserei ausgebrochen war. Monatelang hatte Zachary diese Feuerprobe gefürchtet, nun fand er, daß sie seine düstersten Vorstellungen noch bei weitem übertraf. Später fragte er sich, wie es möglich war, daß Menschen inmitten solchen höllischen Tumults bei Verstand blieben. Er sollte noch Gelegenheit haben, herauszufinden, unter wie entsetzlichen Umständen Menschen geistig gesund bleiben können – vorausgesetzt, daß es nicht zu lange dauert.

Die Kanonen zu beiden Seiten der zwei Geschützdecks donnerten und spien Feuer, die schweren Lafetten krachten und sprangen bei jedem Rückschlag hoch. Über ihnen tobten die Kanonaden der oberen Batterie bei jedem Schuß. Das Pfeifen und Dröhnen der Kugeln machte einem beinahe den Kopf zerspringen. Von Zeit zu Zeit gab es einen ohrenbetäubenden Knall, wenn ein Geschoß eingeschlagen hatte. Der Aufruhr war erschreckend, aber vielleicht auch barmherzig; er betäubte die Leute derart, daß der furchtbare Anblick ihnen gar nicht so recht zum Bewußtsein kam. Der übelriechende schwarze Rauch des brennenden Pulvers drang allenthalben ein und erschwerte das Atmen. Man konnte in dem trüben Dunkel fast nichts sehen, und auch darin lag Barmherzigkeit. Ab und zu teilten sich die schmutzigen schwarzen Schwaden; dann zeigte sich ein seltsames, furchtbares Bild, das der schwarze Rauch wie ein Rahmen umgab. Einmal erblickte Zachary so zwei große Schiffe – in tödlichem Griff verkrampft trieben sie vor dem Wind. Er wußte nicht, daß es sich um die «Victory» und die «Redoutable» handelte, und daß im trüben rötlichen Licht des Lazarettraums der «Victory» Nelson in diesem Augenblick im Sterben lag. Ein andermal sah Zachary den scharlachrot und blauen Rumpf eines feindlichen Schiffes undeutlich über der eigenen Fregatte auftauchen, wie eine große Klippe. Eine Sekunde lang konnte er die zerrissenen, rauchgeschwärzten Segel und die zielenden Scharfschützen in der Takelage wahrnehmen. Dann legten die Kanonen wieder los, das Schiff wankte und zitterte, und der Rauch löschte alles aus.

Der Angriff ging weiter, wurde immer härter für die noch Zurückbleibenden, als sich die Reihen auf den Schiffen lichteten. Aber jeder Mann tat unentwegt seine Pflicht, und Zachary machte keine Ausnahme. Er gehorchte den Befehlen sofort und genau und schien, während er sie ausführte, die Kraft von zehn Männern zu haben. In den ersten furchtbaren zwanzig Minuten des langsamen Vordringens hatten ihn einige arge Angstschauer geschüttelt, doch sobald der Kampf begann, fühlte er nichts Derartiges mehr. Stunde um Stunde dauerte die Schlacht fort. Arbeit und Disziplin auf den getroffenen Schiffen wurden nach wie vor regelrecht und zielbewußt gehandhabt. Männer schufteten an den Kanonen, in den Magazinen, in der Takelage, schleppten Verwundete, warfen die Toten und Sterbenden über Bord, überbrachten Nachrichten, setzten das Unterwasserholzwerk wieder instand. Stunde um Stunde machte der Polizeioffizier seine unermüdliche Runde, um alles zu inspizieren, Stunde um Stunde hielt die unaufhörliche Wachsamkeit der Offiziere den Mechanismus des Kampfes in Gang. Stunde um Stunde schritten die Admirale und Kapitäne in ihren hohen Hüten, die Brust mit glänzenden Orden und Sternen geschmückt, ihre Achterdecks ab, bis sie sterbend niedersanken. Und Stunde um Stunde standen unten, in den stickigen Lazaretträumen die Schiffsärzte und ihre Maate mit aufgerollten Ärmeln den schlimmsten aller Schrecken aus.

Es war ganz merkwürdig, daß dieses Grauen vorüberging, denn es schien ewig. Doch nach Sonnenuntergang war alles vorbei. Der Schlachtenlärm verstummte, die getroffenen Schiffe wurden für die Nacht hergerichtet. Jedermann fühlte sich elend und erschöpft, die Rückwirkung der ausgestandenen Qualen packte sie alle. Aber sie hatten einen großen Sieg errungen. Zachary saß auf einer Taurolle, die Arme auf den Knien, und hielt den schmerzenden Kopf fest. Immer von neuem wiederholte er sich die Siegesbotschaft und konnte sie doch nicht recht fassen. Sie hatten einen großartigen Sieg erkämpft. Frankreichs und Spaniens Flotten waren geschlagen. England war frei von Invasion ... Stella gerettet ... Die Fregatte, obgleich stark beschossen, war immer noch seetüchtig. Er selbst hatte nur eine leichte Fleischwunde am rechten Arm davongetragen und rasende Kopfschmerzen. Nun hatte er die Probe bestanden. Die Kraft war vorhanden gewesen. Alles, was der Doktor ihm gesagt hatte, war eingetroffen. Er hatte allen Grund, sich zu freuen. Aber er konnte es nicht, denn Cobb war tot. Cobb und die Katze waren tot.

Er hob den Kopf von den Armen und las ein kleines Etwas auf, das neben ihm auf Deck lag. Ein jämmerliches Häuflein Blut und schmutzigweißes Fell, steif und kalt. Es bedeutete irgendwie den letzten Tropfen Elends, als er die schlüpfrige Leiter aus dem schrecklichen, roten Lazarett aufwärtsstolperte – wohin man ihn gerufen hatte, um von Cobb Abschied zu nehmen. Oben war er der Länge nach über etwas gefallen – über die arme Snow. Was hatte sie nur angestellt, die Arme? Die Schiffsziege war auch tot, vor seinen Augen wurde sie in Stücke gerissen. Er hatte sie gern gehabt ... Aber die Tiere in Weekaborough waren nun sicher, die Hofkatzen, die Stella so liebte, Hodge und Daniel und Seraphine, die Ochsen und Pferde und seine geliebten Schafe ... Doch jetzt, mit Snow auf den Knien, konnte er sie sich alle nicht so recht vorstellen, nicht einmal Hodge.

«Verfluchter Narr!» rief die gereizte Stimme des ältesten Seekadetten, der eben vorbeiging. «Sind nicht genug brave Kerle tot, daß du wie ein altes Weib über die Katze heulen mußt? Da, putz deine Nase, um Gottes willen!»

Zachary hatte gar nicht gewußt, daß er weinte, aber er merkte nun, daß sich seine Nase in einem höchst widerwärtigen Zustand befand. Er streckte die Hand nach dem Taschentuch aus und schneuzte sich ... Aber es war ja nicht eigentlich die Katze, es war Cobbs wegen, der so schwer gestorben war ... Plötzlich dünkte ihn der Körper auf seinen Knien ein scheußliches Ding. Er faßte ihn, trug ihn zum Geländer und warf ihn ins Meer. Es gab einen kleinen Platsch, sehr viel weniger laut, als wenn die Körper der Toten aufs Wasser schlugen.

Zachary reckte sich und sah sich um. Trotz seines Elends war der Künstler in ihm von dem Anblick rings gepackt. Der Schlachtenrauch, den die Flammen nun nicht mehr durchschossen, wurde von den zarten Farben des Sonnenuntergangs gefärbt und zog langsam gegen das Festland. Der Schauplatz lag seltsam still und klar da. Am Horizont war der Himmel ultramarin, über Zacharys Kopf tiefblau, ein paar Sterne blinkten daraus hervor; die See leuchtete in dunklem Grün. Es gab keinen Wind, nur starke Dünung vom Atlantischen Ozean her. Auf dieser schaukelten die prächtig bemalten gekaperten Feindschiffe und die ernster wirkenden schwarz-gelben englischen Fahrzeuge auf und ab; viele darunter mit hängender Takelage, die Segel voller Geschoßlöcher, mit geborstenen Masten und klaffenden Wunden an den Breitseiten. Einige mit starker Schlagseite. Von den beiden großen Kriegsschiffen, die mit ihren Admiralen die englische Flotte zum Sieg geführt hatten, sah Collingwoods «Royal Sovereign» wie ein verwundeter Hirsch aus; Nelsons «Victory» hatte ihren Besantopmast verloren, und ihre Segel waren von Kugeln durchsiebt. Auf der Dünung schaukelten Trümmer, an denen sich Männer klammerten; Schaluppen stießen von den Schiffen ab, um möglichst viele Leben zu retten. In der Ferne – gleich weißen Vögeln am Horizont, konnte Zachary gerade noch die Segel der feindlichen Schiffe wahrnehmen, die entkommen waren und gegen Cadiz flohen. Die Dunkelheit nahm zu, und die Decklaternen leuchteten über dem Wasser. Die «Royal Sovereign» besaß noch ihre volle Anzahl Lichter, aber mit der «Victory» schien etwas nicht in Ordnung zu sein. Zachary schaute angestrengt hinüber und blinzelte. Dann bemerkte er den ältesten Seekadetten nochmals neben sich und faßte ihn beim Arm.

«Die ‹Victory›!» stieß er hervor.

«Was ist denn los mit der ‹Victory›?» fragte der andere ärgerlich.

«Fast keine Laternen. Die Admiralslichter brennen nicht.»

Der ältere Kamerad starrte hinüber. Die Verbindung zwischen den einzelnen Schiffen war schwierig. Ihre Fregatte wußte nichts anderes über den Kampf, als daß sie gewonnen hatten.

«Keine Admiralslichter», wiederholte er benommen.

«Nein», erwiderte Zachary.

Die beiden fuhren fort, wie betäubt nach dem Schiff zu schauen; im schwindenden Licht sahen ihre Gesichter grau aus. In der ganzen Flotte gab es um diese Stunde Männer, die ihren Blick erstarrt auf die «Victory» hefteten. Die Siegesfreude verwandelte sich in ungläubigen Schmerz, als Dunkelheit und Stille zunahmen. Sieg? Niemand freute sich mehr darüber, denn er war in Dunkelheit gehüllt zu ihnen gekommen, wie das Schiff, das seinen Namen trug.* Nelson war tot.

4. Kapitel

I

Wenige Tage nachdem die Nachrichten von Trafalgar in Torquay eingetroffen waren, erkrankte der Abbé, dieser Mann mit sonst eiserner Gesundheit, an einem Grippeanfall. Er beachtete ihn zwar nicht weiter, wie er überhaupt eigener Krankheit nie Aufmerksamkeit schenkte. Aber er ging nicht nach Gentian Hill, denn er nieste ziemlich heftig, und sein Husten stand dem Schnupfen nicht viel nach. So wollte er andere nicht anstecken. Außerdem schien ihm, als ob seine Beine sich gegen viel Gehen wehrten, und das

* «Victory» = auf deutsch «Sieg».

Wetter war recht unfreundlich kalt und feucht. Er saß im Wohnzimmer und arbeitete an seinem letzten Buch, hielt den schmerzenden Rücken steif wie einen Ladestock und bemühte sich, den ebenfalls schmerzenden Kopf zu geistiger Arbeit zu zwingen. Dabei zitterte er vor Kälte, wollte aber im Zimmer nichts überziehen. Zu seiner Linken türmte sich griffbereit ein Stoß ordentlich zusammengelegter Leinentaschentücher, der sich im Laufe des Tages verringerte. Nach dem Gebrauch wurde jedes Tuch mit sichtlichem Widerwillen in einen Korb geschleudert, der auf dem Boden zu seiner Rechten stand. Unter dem Tisch, zu Füßen des Abbés, lag Rover, der Hund seiner Wirtin, um bei der Teilung der nächsten Mahlzeit tätig mitzuhelfen. Rover leistete dem Pfarrer gern Gesellschaft beim Essen, denn dieser war kein Mann von großem Appetit; anderseits wollte er seine Hausfrau nicht kränken, indem er ihrer Kochkunst anscheinend nicht genug Verständnis entgegenbrachte. Seit dem zehnten November hatte Rover tatsächlich fast sämtliche Mahlzeiten de Colberts verschlungen und sehr an Gewicht zugenommen. Eine Woche lang setzten die beiden dieses stille Übereinkommen fort, bis der Abbé eines Morgens nach schlechter Nacht stechende Schmerzen in der Brust verspürte. Er konnte nur schwer atmen, und es gelang ihm nicht, aus dem Bett zu steigen. Wütend zog er an der Klingel.

Seine Wirtin, Mrs. Jewell, die Hände über der dicken Taille gefaltet, betrachtete ihn mit Kenneraugen. «Was Ihnen not tut, Herr, ist ein ausgiebiger Aderlaß», sagte sie. «Ich habe Ihnen das schon die ganze letzte Woche gepredigt, aber Sie kümmern sich ja nicht um das, was ich sage. Nun müssen Sie dafür büßen. Ich schicke Jewell, damit er Parker holt.»

«Das werden Sie nicht tun», rief de Colbert. Parker war ein eng befreundeter Barbier und zugleich Apotheker, dessen grobe Späße viel dazu beitrugen, die Krankenbetten der Familie Jewell vergnüglich zu gestalten. Dem Abbé paßten diese Scherze jedoch gar nicht. «Wenn Sie meinen, daß es einen Arzt braucht, dann schicken Sie nach Gentian Hill zu Dr. Crane, aber zu niemand anderem.» Damit schloß er die Augen.

«Dr. Crane!» stieß Mrs. Jewell hervor. «Wenn ich den armen Jewell bei diesem Wetter bis nach Gentian Hill laufen lasse, habe ich euch beide zu Bett und kann dann alle Arbeit allein tun.»

Empört rauschte sie aus dem Zimmer. Ein paar Minuten später

kam sie, von Rover gefolgt, mit einer Tasse warmer Milch wieder und half ihm beim Trinken. Aber sie verharrte weiter in beleidigtem Schweigen und ging wieder hinaus. Der Abbé wußte nicht, ob sie nach Dr. Crane schicken würde oder nicht. Er hoffte ja – fühlte er doch auf einmal, daß ihm viel daran lag, den Doktor zu sehen.

Ein Scharren und Schnaufen unter seinem Lager sagte ihm, daß Rover sich dort in der Hoffnung niedergelassen hatte, die nächste Mahlzeit abwechslungsreicher zu finden als die letzte. Rover war ein alter schwarzer Jagdhund. In seiner Jugend hatte de Colbert auf dem Schloß einen ähnlichen besessen. Wie war nur sein Name? Jules Tête-Noire. Als kleiner Junge hatte er einmal die Pocken gehabt, und Jules Tête-Noire hatte beinahe während der ganzen Krankheit scharrend und schnaufend unter seinem Bett gelegen. In den langen Nächten hatte er durch seine Anwesenheit seinen jungen Herrn richtig getröstet, und nun war es Rover, der ihm durch sein Dableiben wohltat. Die heiße Milch hatte den Kranken etwas besänftigt, er sank in unruhigen Fieberschlaf. Im Schlummer tauchte er wieder in die Vergangenheit ein.

2

Das weitgeöffnete Fenster ließ den frühen Morgensonnenschein und den Duft des Tannenwaldes herein. Tête-Noire lag unter dem Bett, und seine Mutter, jung und schön, stand neben ihm. Sie legte die Hand auf seine Schulter, er öffnete die Augen und schaute sie an. Aber nun sah sie nicht mehr jung aus, ihr Gesicht war weiß und zerquält, obgleich sie verhältnismäßig ruhig sagte: «Sie sind hier, Charles.»

Er hatte sich die Nacht vorher in den Kleidern niedergelegt und sprang nun mit Windeseile die schöne Steintreppe in die Halle hinunter, wo sein Vater und die Brüder in stummer Wut die schweren Möbel durch die Halle zerrten und damit die schwere Eichentür verrammelten ... Keiner der Diener war sichtbar; sie mußten alle weggelaufen sein ... Die Gräfin setzte sich auf die Treppe. «Ich glaube nicht, daß es etwas nützt», sagte sie tonlos zu ihrem Mann und den Söhnen. «Wenn wir uns nicht wehren, haben sie vielleicht Mitleid.»

Aber die Männer hörten nicht, was sie sagte. Sie hatte es auch nicht erwartet. Alle primitiven Instinkte waren auch in ihnen geweckt worden, als der Pöbel, den sie durch die Fenster sahen, ihren Garten überflutete, die Blumen zertrampelte, Eiben- und Rosenhecken niederhackte. Was immer als Waffe dienen konnte, hatten diese Leute ergriffen: Piken, Äxte, Heugabeln, brennende Fackeln, Knüttel. Das Volk schien vor Haß wahnsinnig geworden – es waren keine Menschen mehr. Den Grafen und seine Söhne machte die Wut ebenfalls kaum menschlicher. Ihr einziger Gedanke war, ihr Eigentum wie wilde Tiere mit Zähnen und Krallen zu verteidigen. Nachdem sie die Tür verbarrikadiert und Pulver auf die Flinten geschüttet hatten, begab sich jeder an ein Fenster der Halle.

Es hatte keinen Sinn, ihnen etwas zu sagen. Die Gräfin richtete sich auf, nahm den Rosenkranz vom Hals und begann zu beten. Ihr Gesicht war still, die Augen ruhig.

Die Männer an den Fenstern feuerten, bis das Schloß in Flammen stand, die Tür geborsten war und der Pöbel sich auf sie stürzte. Dann zogen sie ihre Säbel. Vier geschickte Fechter, zu äußerster Wut und Erregung aufgestachelt, um alles, was sie liebten, zu verteidigen, sind imstande, einen Haufen Gesindel einige Zeit in Schach zu halten. Charles fand eine wilde, grimmige Freude daran, die sich nicht verringerte, als er seinen ältesten Bruder sterben sah. Er focht um so wilder weiter. Eben rang er mit einem Mann, als ein anderer ihn mit einer Pike an der Hüfte verwundete. Dann traf ihn ein Stein an den Kopf. Wirbelnde Dunkelheit mit Flammenblitzen umhüllte ihn. Inmitten des Dunkels sah er ein letztes Bild: seine Mutter kniete auf den Steinfliesen der Halle, ihren ältesten Sohn in den Armen, das Gesicht still und ruhig, nur ihre Lippen bewegten sich. Es war ein seltsam friedlicher Anblick. Dann umgab ihn völlige Dunkelheit.

Sie schien endlos zu dauern, die sengende Finsternis, die auf seinem Körper brannte wie die Flammen auf dem Schloß und in seinen Ohren brauste wie das Geschrei des Pöbels. Es roch auch so scheußlich nach ungewaschenen Körpern und schmutzigen Kleidern, so wie nur die Armut riecht. Er versuchte, sich davon freizumachen, wand sich hin und her, kam aber nicht los; er lag in Ketten, und sie drückten sich in sein Fleisch. Manchmal schrie er zurück, dann meinte er, seine Mutter beuge sich über ihn und gebe ihm zu trinken. Sogleich wurde er ruhig. All dies schien eine Ewigkeit lang zu währen. Dann änderte sich die Art der Finsternis langsam und zeitweilig. Manchmal wurde es kühl und ganz still; statt des Armeleutegeruchs verspürte er den Duft der Tannen. Seine Mutter kam öfter, und es wurde ihm bewußt, daß sie jünger geworden war. Auch er war wieder jung – ein kleiner Knabe, der durch den verschneiten Wald zu seiner ersten Mitternachtsmette wanderte. Er kniete und betrachtete die Krippe und den brennenden Weihnachtsbaum, rund um ihn herum klang der liebliche Meßgesang. Er krümmte die kalten Zehen in den Schneeschuhen, schnupperte den Duft des Tannenbaums, in den sich der Geruch von Weihrauch und Kerzenwachs mischte – er war glücklich. Dann guckte er nach den Lichtern und hätte gern eines gehabt. Wenn er eines bekommen könnte, dachte er, würde er es sehr sorgsam heimtragen und nicht ausgehen lassen.

Aber es war ihm nicht möglich, es nach Hause zu tragen, weil er nicht gehen konnte. Er lag flach auf dem Rücken; sobald er sich rührte, schmerzte ihn sein Kopf. Er war auch nicht mehr ein Junge und auch nicht glücklich, er war ein Mann und krank. Ein Gewicht unerträglichen Elends, nicht nur körperlichen, drückte auf ihn. Doch der Tannenduft war weiter um ihn – eine kühle Brise trug ihn durchs offene Fenster herein. Und da waren auch Kerzen, zwei Kerzen; er blinzelte zu ihnen hinüber. Die Form eines Kreuzes hob sich starr gegen einen fahlen Lichtschein ab. Man sang die Messe. Nein, es war kein Gesang, die Messe wurde gesprochen. Zwei Stimmen waren vernehmbar, die eines alten Mannes und eine antwortende Frauenstimme. Er meinte, es wäre seine Mutter, schloß die Augen und horchte. Finsternis breitete sich wieder aus, aber diesmal entbehrte sie jeglichen Schreckens.

Nochmals öffnete er die Augenlider. Obgleich die Wachskerzen verlöscht waren, schien das Licht heller, draußen im Wald ertönte Vogelgesang. Es war Sommer. Seine Mutter näherte sich ihm. Den Kopf gebeugt, trug sie sorgsam etwas in den Händen, als sei es eine besonders kostbare Gabe; etwas, das leicht zerstörbar war, wie Jugend oder Freude. Leise sprach er ihren Namen aus, einen Kosenamen, den er ihr einmal gegeben. Sie stand still und sah auf – es war nicht seine Mutter, sondern eine schlanke Frau im einfachen grauen Bäuerinnenkleid, mit dunklem, jungenhaft kurzgeschnittenem Haar. Sie stellte, was sie getragen hatte, auf einen Schemel; es war nur eine Schale Milch. Danach kam sie näher und schaute auf ihn herab. Vor ein paar Jahren mochte sie jung und schön gewesen sein, nun war davon nichts mehr zu sehen. Im Herzen des Mannes, der sie ansah, flammte die Wut von neuem auf über alles, was den Frauen Frankreichs in diesen Tagen geschehen war. Dann lächelte sie, und ihr Gesicht schien wie verklärt. Sobald sie lächelte, tauchten in ihren Augen Sterne auf, ihre Züge leuchteten, und um den Mund lag ein Ausdruck von Glück, den das abgehärmte Antlitz verloren hatte. Sie war so jung, wenn sie lächelte, daß sie wie ein kleines Mädchen aussah. Charles liebte sie in diesem Augenblick, sofort und für immer.

«Wie haben Sie mich genannt?» fragte sie.

«So, wie ich meine Mutter nenne. Ich dachte, sie wäre es.»

Ihr Lächeln erstarb, und das Licht in ihrem Gesicht erlosch wie beim Ausblasen einer Kerze. Aber das Mitleid, das nun aufschimmerte, war so tief, daß es förmlich die Arme nach ihm ausstreckte, um ihn zu halten. Es half ihm, seinen Kummer zu ertragen und die kommende Zeit zu überstehen.

Es waren sonderbare Tage, voll zorniger Trübsal und Hoffnungslosigkeit, von einem wunderlichen Verlangen nach Glück erfüllt, das mühsam die Oberhand zu gewinnen suchte. Langsam begann das verwirrende Kaleidoskop der Eindrücke sich ein wenig zu ordnen. Er lag auf einem harten Bett hinter dem Altar der kleinen Kirche im Tannenwald, wie er entdeckte, und litt an Brandwunden und den Folgen der Erschütterungen. Auch wollte eine Wunde am Bein nicht recht heilen. Sie hatten ihn vom Schloß weg hierhergetragen, erzählte ihm der Curé. Die Kirche schien das beste Versteck, sicherer als das Pfarrhaus. Der alte Mann verbreitete sich nicht weiter über «sie», die dies Werk der Barmherzigkeit ausgeführt hatten, obgleich seine verbrannten und noch verbundenen Hände und Arme darauf hindeuteten, daß er daran beteiligt gewesen war. Die Frau in Bauerntracht jedoch, die Thérèse hieß, beantwortete Charles Fragen ausführlicher, als sie einmal allein waren.

3

Der Curé besuchte gerade eine sterbende Frau auf einem entfernten Bauernhof, als der Pöbel das Schloß stürmte. Es war ein Teil jener Horden, die Frankreich nun überfluteten. Eine Armee hungernder Bauern, die Kerkern und schmutzigen Schlupfwinkeln entsprungen waren, wie Ratten den Abzugskanälen. Leidende, Wahnsinnige, bar jeglichen Mitleids, aber besessen von dem Gedanken an Gerechtigkeit, die sie nun selbst ausüben wollten. Thérèse sprach von diesen Menschen mit einer Art gequälten Erbarmens, doch Charles, der neue Graf de Colbert, empfand für sie nur Abscheu, der ihn oft fast wie ein Fieber erschöpfte und schüttelte. Während der Curé mit einem Begleiter von dem Bauernhof heimging, sah er den Rauch des brennenden Schlosses und lief darauf zu. Der Pöbel hatte so lange als möglich geplündert, schließlich vertrieben ihn die Flammen. Der Curé ließ sich jedoch nicht vom Feuer abschrecken – er kletterte durch ein Fenster in das Innere und fand die Leichen seiner Freunde. Als er merkte, daß Charles noch am Leben war, schleppte er ihn als ersten hinaus. Er hätte gern auch noch die Toten weggebracht, aber das war dann nicht mehr möglich gewesen.

«Tat er es ganz allein?» fragte Charles; er lag mit dem Gesicht von Thérèse abgewandt, die ruhig und wahrheitsgetreu seine Fragen beantwortete.

«Die Dorfbewohner hatten Angst, mit ihm zum Schloß zu gehen, aber einige Männer, ich glaube, Ihre Diener, die ins Dorf geflohen waren, folgten ihm von ferne und versteckten sich im Wald; sie haben Sie hierhergetragen.»

Danach stand sie auf und verließ ihn. Ihr sicherer Instinkt sagte ihr stets, wann er allein sein wollte.

Als er später seinen kräftigen Körperbau mit der Gestalt des kleinen alten Curé verglich, zog er seine versengte Braue ein wenig hoch und bemerkte, mit einem grimmigen Versuch zu lächeln: «Sie sind stärker als ich dachte, mon Père.»

«Ich wäre nie durch das Fenster gekommen, mein Sohn, ohne die Hilfe von Thérèse», gestand der alte Mann. «Sie ist eine sehr herzhafte junge Frau.»

«Thérèse?» stieß Charles hervor.

«Sie hatte mich begleitet», sagte der Curé ruhig. «Ich hatte ihr eingeschärft, mir nicht in das Schloßinnere zu folgen; aber als ich Sie bis zum Fenster gezerrt hatte, kletterte sie gerade hindurch.»

Er humpelte in die Sakristei, um sein Bett zu machen; er schlief dort, damit er nachts nach Charles sehen konnte. Thérèse schlief im Pfarrhaus mit der Haushälterin des Curé. Wer war diese liebevolle, tapfere Frau? Charles – der sie liebte und durch sie ein Glück empfing, das sie ihm wie ein Geschenk in ihren Händen entgegenbrachte, eine so ungewöhnliche Gabe in allem Elend – wußte gar nichts über sie. Sie behandelte ihn mit ungezwungener Freundlichkeit, eine mitfühlende und sehr geschickte Pflegerin. Aber etwas in ihrer zurückhaltenden Art hinderte ihn, Fragen zu stellen. Ihre Würde hätte fast kühl wirken können ohne das Liebliche und Lebendige ihres Wesens. Sooft er eine Frage an den Curé richtete, humpelte dieser mit irgendeiner Beschäftigung davon, und Charles war noch nicht fähig, aufzustehen und ihm zu folgen.

Aber einmal kam der Tag, an dem er es konnte. Hinkend ging er dem Curé in die Sakristei nach.

«Mon Père, wer ist Thérèse?» fragte er, indem er sich am Tisch festhielt, mit rauher Stimme und hartem Gesicht (weil er sie so sehr liebte). Seine Beine zitterten.

«Mein Sohn», erwiderte der Curé mild, «sprich nicht in meiner eigenen Sakristei so, als wolltest du mir die Pistole auf die Brust setzen.»

«Ich muß es wissen, mon Père. Ihr versteht nicht. Ich muß es wissen.»

Der alte Priester sah ihn scharf an und merkte, wie es um ihn stand. «Setz dich», sagte er kurz. Charles nahm Platz. Auge in Auge saßen sich die beiden am Tisch gegenüber. Einen Moment lang hielt der Blick des alten Mannes den starren des jüngeren fest, als wollte er ihn auf weiteres Unheil vorbereiten. Dann senkte er die Augen auf die knöchernen alten Hände, die gefaltet auf dem Tisch ruhten, und sprach leise, wie zu sich selbst, als wäre Charles gar nicht vorhanden.

«Ich will dir von Thérèse erzählen. Vielleicht hätte ich es früher tun sollen. Erinnerst du dich an das Karmeliterkloster in Hauteville, nahe bei der Brücke? Wahrscheinlich ist es dir nie aufgefallen. Es ist ein kleiner grauer Bau, von hohen Mauern eingeschlossen. Meine Schwester war dort Oberin. Vor einigen Wochen erreichte der Terror Hauteville. Ich will nicht darüber sprechen, was sich in der Stadt und im Kloster ereignete. Aber immer in diesen Zeiten des Gerichts bleibt ein Rest zurück, der gerettet wird. Hier einer, dort zwei. Mir scheint es wie ein Zeichen, daß Gott noch lebt. Du bist aus dem brennenden Schloß gerettet worden. Meine Schwester und eine Novize, eine junge Frau mit Namen Thérèse, wurden aus dem Karmeliterkloster gerettet. Ein paar Tage hielten sie sich in einem elenden Schuppen in der Stadt versteckt. Dann kamen sie, als Bäuerinnen verkleidet, zu mir. Der einzige Gedanke meiner armen Schwester war, zu ihrem Bruder gelangen zu können. Sie wanderten die Nächte hindurch, verbargen sich bei Tage und erbettelten sich ihre Nahrung, so gut sie konnten. Endlich erreichten sie Pierre Guérins Bauernhof. Da erkrankte meine Schwester schwer. Man holte mich. Das Wiedersehen war für uns beide eine große Freude. Wir nahmen sie als Geschenk Gottes und als Zeichen seiner Vorsehung, daß ich in ihrer Todesstunde bei ihr sein durfte. Nun blieb noch die Schwierigkeit, was mit der Novize Marie Thérèse geschehen sollte. Auf dem Bauerngut konnte sie nicht bleiben. Deshalb beschloß ich, sie mit hierherzunehmen und sie bis auf weiteres meiner braven Haushälterin anzuvertrauen. Als wir heimkamen, sahen wir den Rauch vom Schloß aufsteigen. Du weißt, was dann geschah.»

Eine lange Stille trat ein. Der Curé wartete, daß der Jüngere sprechen sollte, und blickte nicht auf.

«Eine Novize», sagte Charles endlich. «Sie ist erst Novize.»

Es hatte ausgesehen, als ob sie ihm an jenem Morgen die Gabe der Freude brächte, und er klammerte sich immer noch daran. Der Curé fuhr fort zu sprechen; seine ruhige Stimme ließ nicht darauf schließen, daß er sich bewußt war, diesem Mann den letzten Halt zu entreißen.

«Das Noviziat der Karmeliterinnen dauert lange, und sie ist beinahe am Ende. Du weißt, es ist ein strenger Orden, und nur wenige Frauen treten in ihn ein, ohne den inneren Ruf zu fühlen. Thérèse hat jetzt nur die Sehnsucht, wieder ins Kloster zurückzukehren. Sie stammt aus einer vornehmen Familie und trägt einen großen Namen. Aber wie du, steht sie fast allein in der Welt. Ihre einzige noch lebende Verwandtschaft ist die Familie eines Vetters auf einem Schloß bei Toulon. Wir sind beide der Ansicht, daß sie versuchen sollte, zu ihnen zu gelangen; denn es heißt, dort unten im Süden sei der Terror noch nicht ausgebrochen. Ihre Verwandten würden ihr helfen, ein anderes Karmeliterkloster zu finden, wo sie das Noviziat beenden könnte. Wie sie diese Reise hinter sich bringen soll, wissen wir nicht. Im Augenblick denken wir nicht daran. Unsere gegenwärtige Pflicht, ihre und meine, ist, dir zu helfen. Sobald du deine Kraft wiedergefunden hast, wird sich der Weg für Thérèse auftun. Zur Zeit liegt die Straße für uns drei klar vor uns. Wenn wir am Kreuzweg angelangt sind, wird Gott uns weiterführen.»

Charles fand nichts mehr zu sagen. Nun verstand er Marie-Thérèse. Ihre Würde und Zurückhaltung, die ihre mitfühlende Freundlichkeit steif erscheinen ließen, wunderte ihn nicht mehr. Seinen kranken Körper zu pflegen und seine unglückliche Seele zu trösten, war ihr ein Bedürfnis; als Mann bedeutete er ihr nichts.

«Lege deinen Kummer vor Gottes Altar, mein Sohn», sagte der Curé. «Du wirst allein sein. Ich gehe ins Pfarrhaus zurück.»

Ohne ihn nochmals anzusehen, verließ er den Raum. Aber Charles kniete nicht nieder, um zu Gott zu beten. Er ging in die hinterste Ecke, wo sein Bett stand, warf sich mit dem Gesicht auf die Decke und fluchte Gott. Einst hatte der Curé an diesem Ort für ihn das Licht der Gottesliebe entzündet, und er hatte es sicher durch den Wald heimgetragen. Aber seither war es ausgegangen.

4

Irgend jemand verriet sie. Um den Curé nicht zu gefährden, blieb Charles den Tag über versteckt. Als er sich jedoch besser fühlte und wieder gehen konnte, streifte er manchmal nach einbrechender Dämmerung durch den Wald. Während der schlaflosen Nächte wurde sein Elend oft fast unerträglich, und er konnte sich nicht mehr ruhig halten. Es wurde ihm leichter, wenn er ein wenig durch den Wald wanderte. Jemand mußte ihn dort gesehen haben.

In einer warmen Herbstnacht ging er einmal weiter als gewöhnlich. Im Gehen fragte er sich, ob es nicht besser wäre, gar nicht mehr zurückzukehren, sondern weiterzuwandern, was immer auch geschehen möge. Es konnte nicht schlimmer sein, dachte er, als das Leben, das er augenblicklich führte. So nahe seinem einstigen Heim würde der Kummer niemals heilen. Auch machte ihn das tägliche Zusammensein mit Thérèse beinahe wahnsinnig vor Liebe und Verlangen. Bald ward ihm indessen klar, daß er nicht fliehen dürfe. Seine Sehnsucht, wegzulaufen, war einfach der Wunsch des Feiglings, seinem besonderen Teil Leiden zu entkommen, ohne bis zu dem vorherbestimmten Ende durchzuhalten, und das durfte ein Mann nicht tun. Sie waren noch nicht an dem Kreuzweg angelangt, von dem der Curé gesprochen hatte. Er setzte sich unter einen Tannenbaum; den Rücken an den Stamm gelehnt, starrte er in die Finsternis. Sie tat ihm wohl. Sind Geist und Seele eines Menschen so von Dunkelheit erfüllt, kann der Sonnenschein schmerzen.

Er blieb dort länger und mußte weiter gewandert sein, als er dachte. Denn im Zurückgehen verlor er den Weg. Als er bei der Kirche anlangte, war es bereits taghell. Er hinkte und fühlte sich völlig erschöpft. Er hatte erwartet, den Curé, die Messe lesend, anzutreffen. Aber niemand befand sich vor dem Altar außer Thérèse, die still und in sich gekehrt auf der untersten Stufe kniete. Wenn sie so ins Gebet versunken kniete, wurde er immer wütend, denn sie sah aus, als sei sie der Welt ganz durch ihr Beten entrückt. Schon früher hatte er diesen nach innen gerichteten Blick beobachtet, an Handwerkern und Künstlern, wenn sie an der geliebten, selbsterwählten Arbeit waren, und bei Müttern, die sich um ihre Kinder bemühten; er drückte die Hingegebenheit alles Persönlichen aus, das nun jeglichem anderen Einfluß entzogen war. In seinem hoffnungslosen Unwillen warf er sich auf eine Bank, es war ihm gleich, daß er sie störte. Ja, er wollte mehr als nur das – er wollte zu ihr, sie an den Schultern packen, sie hochziehen und in seine Arme schließen –, sie halten, bis ihr Wille sich dem seinen unterwarf. Leise stöhnte er; seine Absätze scharrten ärgerlich auf den Steinfliesen. Thérèse hatte das Einspruch erhebende Krachen der Bank nicht gehört, aber sie vernahm sein leises Stöhnen, es war kaum mehr als ein Seufzen. Rasch stand sie auf und kam zu ihm.

«Wo waren Sie? Warum wandern Sie nachts so herum und vergeuden Ihre Kräfte? Jetzt, wo Sie sie brauchen, werden sie nicht vorhanden sein.»

Sie sprach schnell, eindringlich, in ihrer Stimme lag fast ein Anflug von Ärger – diese Frau, von der er geglaubt hatte, sie könne nie ihre Ruhe und ihr Gleichgewicht verlieren. Er sah sie an und stand auf, plötzlich erstarkt und wiederbelebt durch das instinktive Bewußtsein, daß sie nun am Kreuzweg angelangt waren. Die Zeit der Untätigkeit war vorbei. Jetzt mußte gehandelt, nicht nur erduldet werden, und das würde weniger schwer sein.

«Wo ist der Curé?» fragte er scharf.

«Sie haben ihn weggeholt. Sie kamen, um Sie zu holen, aber er sagte, Sie hätten ihn längst verlassen. Daraufhin nahmen sie ihn mit, zur Strafe, weil er Sie beherbergt hatte.»

«Warum, in Gottes Namen, schwor er nicht, daß er mich nie gesehen habe?»

«Er war bereit, Ihretwegen zu lügen, er, der wahrscheinlich nie in seinem Leben eine Lüge ausgesprochen hat. Aber Sie konnten nicht von ihm erwarten, daß diese solcher Art sein würde, um ihn auch selbst zu retten.»

In der Angst um den geliebten alten Mann wurden sie beide plötzlich böse und blitzten einander gequält an. Thérèse fand sich als erste wieder. Sie legte die Hand auf seine Schulter, denn er sah aus, als wolle er dem Curé nachstürmen.

«Sie können nichts tun. Sie kamen schon vor einer Stunde und suchten die ganze Gegend ab, um Gefangene zu machen. Die standen in Karren, die Hände auf den Rücken gebunden. Nun ist es zu spät. Jetzt können Sie uns nichts mehr tun.»

«Nein», sagte er. «Sie werden ihn in den Kerker werfen, und vielleicht wird er dort sterben, wie andere Priester, die versteckten, unwürdigen Männern geholfen haben, wie ich einer bin.» Er blickte sie an. «Haben sie Sie gesehen?»

«Ja. Wir waren zusammen hier in der Kirche, als sie kamen. Er füllte die Lampe, und ich wusch den Fußboden auf. Da log er zum zweitenmal – diesmal um meinetwillen. Er sagte, ich sei seine Magd, und sie glaubten ihm.» Traurig sah sie Charles an. «Und ich habe sie in dem Glauben gelassen. Es war alles, was ich für ihn tun konnte – ihn uns beide retten lassen. Er war glücklich, daß er es durfte. Vom Karren aus warf er mir noch einen Blick zu, Charles; er sah vergnügt aus wie ein kleiner Junge, der zu einer Kindergesellschaft fährt.»

Es war das erste Mal, daß sie ihn Charles nannte. Die Hand, die auf seiner Schulter gelegen hatte, lag nun in der seinen, und sie zog sie nicht zurück. Trotz ihrer Gelassenheit wußte er, daß sie verzweifelt seine Hilfe suchte.

«Soll ich Sie nach Toulon bringen?» fragte er sanft.

Plötzlich brach ihre Selbstbeherrschtheit zusammen, und sie begann in einem Atem zu lachen und zu weinen, aber das Lachen bekam die Oberhand. «Wie in aller Welt stellen Sie sich vor, daß wir Toulon erreichen können?» fragte sie und wischte sich mit dem Rücken der freien Hand über die Augen wie ein Kind. «Zu Fuß?»

«Ja», antwortete er.

«Und welche Aussicht haben wir, dort anzukommen?»

«Eine zu tausend. Trotzdem ist es die einzige Möglichkeit. Wir werden Menschen finden, die uns helfen. Wenn sich ein Land in Aufruhr befindet, spielen ein paar Flüchtlinge mehr oder weniger keine Rolle. Wollen wir es versuchen, Thérèse?»

Sie sah ihn an, und er bemerkte, daß ihre Augen unter den feuchten Wimpern tanzten. Nun wußte er, welche Art von kleinem Mädchen sie gewesen war; fröhlich und entzückt über Gefahren. Auch er war fröhlich gewesen – vor vielen hundert Jahren –, und die Gefahr liebte er noch immer.

«Vertrauen Sie mir?» begehrte er zu wissen.

«Diese Frage hätten Sie nicht zu stellen brauchen», erwiderte sie.

Er war ein außergewöhnlich entschlossener, scharfsinniger Mann und sie eine beherrschte Frau, zu Ausdauer und Gehorsam erzogen. Wo andere verloren gewesen wären, überstanden sie alles auf Grund dieser besonderen Eigenschaften. Dazu kam, was Charles unglaubliches Glück und Thérèse Gottes Vorsehung nannte; so erreichten sie nach unsäglichen Mühen endlich Toulon.

5

Die Reise begann mit einem sehr schmerzlichen Eindruck. Spät abends langten sie in einer Stadt an und suchten einen kleinen Bäkkerladen auf, der einer alten Dienerin der Colberts gehörte. Sie hatten sich vorgenommen, Städte möglichst zu meiden, waren aber dem Kampf ihres Wanderlebens noch nicht genug gewachsen. Charles fühlte sich noch nicht sehr stark, und beide waren sehr müde, weshalb sie es wagten, die Treue der alten Dienerin auf die Probe zu stellen. Sie verriet sie nicht. Sie und ihr Sohn gaben ihnen zu essen, überließen ihnen die eigenen Betten, wuschen ihre Kleider, während sie schliefen, und gaben ihnen Lebensmittel und etwas Geld mit auf die Reise. Aber am nächsten Morgen schienen sie es sehr eilig zu haben, die beiden Flüchtlinge aus dem Haus zu bekommen. Sie weckten sie vor Tagesanbruch, riefen sie zum Kaffee, noch ehe sie richtig Zeit fanden, sich anzukleiden, und drängten sie in der Dämmerung auf die Straße hinaus – beschrieben auch genau den Weg, den sie einschlagen sollten.

Trotz der frühen Morgenstunde gab es bereits eine Menge Menschen in den Straßen, die meisten von der Art, die Charles wütend die Kanalratten nannte, während Thérèse diese armen wahnsinnigen Wölfe bemitleidete. Alle strömten sie nach einer Richtung und hatten jenen grausam scharfen Ausdruck im Gesicht, der alle Menschlichkeit daraus vertreibt und der verabscheuungswürdigste

Anblick dieser Welt ist. Die beiden erhaschten einige Brocken von dem, was die Leute sagten, und wußten nun, warum ihre freundliche Gastgeberin sie so schnell aus der Stadt heraus haben wollte. Die Guillotine war auf dem Marktplatz aufgestellt worden; viele Männer und Frauen würden an diesem Morgen hingerichtet werden. Charles schaute Thérèse an, nahm dann ihre Hand und drückte sie fest. Aber er hatte sich getäuscht. Es war weder Angst noch Grauen vor dem Gedanken an den nahen Tod, der sie erbleichen ließ, sondern der Eindruck der vorbeihastenden Gesichter.

Er gewahrte eine verlassene Gasse und zog sie diese entlang, obgleich es nicht der kurze Weg aus der Stadt hinaus war, den sie nehmen sollten. Sie bogen um eine weitere Ecke und dann nochmals und wußten nicht mehr, wo sie waren. Schließlich befanden sie sich in einem schmalen Durchgang zwischen zwei Häusern; am andern Ende konnten sie eine Straße sehen und hörten Karren über die Steine rumpeln. Das sind Marktwagen, dachte Charles, die frische Lebensmittel vom Lande hereinbringen; sie würden ihnen den Weg zeigen. Er eilte mit Thérèse den Durchgang hinunter, an dessen Ende zogen die Karren gerade an ihnen vorbei. Aber es waren keine Marktwagen, sondern drei Fahrzeuge voll Gefangener, die aus dem Gefängnistor am Ende der kurzen Straße herausholperten und in Richtung des Durchgangs fuhren, hinter dem die Wölfe sie erwarteten. Der Schrecken war so groß, daß die beiden, wie vom Donner gerührt, im Schatten des Verbindungsgangs stehenblieben und sich an den Händen hielten, wie zwei Kinder. Auf den Wagen standen Männer und Frauen, die Hände im Rücken gebunden, junge und alte, darunter Priester und Nonnen. Einige Gesichter waren bleich vor Wut, andere vor Angst, aber die meisten zeigten eine gefaßte Haltung. Charles durchzuckte es wie Stolz. Menschen seiner Art wußten zu sterben.

Der letzte Karren rollte an ihnen vorbei. Ein alter Priester stand an der Rückseite und redete fröhlich einer verängstigten Frau neben sich zu. Während der Wagen am Durchgang vorüberfuhr, blickte er sich um und sah die beiden an – es war der Curé. Der Friede auf seinem Antlitz ließ ihn noch jünger erscheinen als bei ihrem letzten Zusammensein. Dann erkannte er sie und lächelte; seine Züge waren so verklärt, daß es für einen kurzen Augenblick schien, als sei die graue Straße voll Sonnenlicht. Er sah wie ein Jüngling aus, der liebt. Thérèse packte mit beiden Händen Charles' Arm, aber es war nicht nötig. Obgleich er beim Anblick des alten Mannes, der sein Leben für ihn opferte, nurmehr von dem schmerzhaften Wunsch besessen war, dem Karren nachzulaufen, hinaufzuklettern und mit dem Curé zu sterben, rührte er sich nicht. Er wußte, was er zu tun hatte: das Opfer anzunehmen und für Thérèse zu sorgen. Und es gelang ihm sogar, es gerne anzunehmen. Er schaute den Curé an, ebenso wie Thérèse, und lächelte ihm zu. Ihre lächelnden Gesichter waren das letzte, das der Curé wahrnahm, ehe das Gefährt am Straßenende einbog und inmitten des Pöbels auf der andern Seite entschwand.

Der Lärm, den die Menge machte, war abscheulich. Charles schlang einen Arm um Thérèse und drückte sie fest an sich, mit ihrem linken Ohr an seine Schulter, während er mit der Rechten ihr anderes Ohr zuhielt. Vergessen war sein Schwur, sie die ganze Reise hindurch nie zu berühren, nie zu küssen oder den Arm um sie zu legen. Er hatte nur noch das Verlangen, zu lieben, die Geliebte in sein Innerstes aufzunehmen, sie mit Körper und Seele einzuhüllen, um sie vor allem Bösen zu schützen.

Dann wurde es wieder still um sie, und in banger Angst hob er Thérèsens Gesicht, was er wohl darin lesen würde. Es leuchtete fast ebenso vor Glück wie das des Curés – er empfand es wie einen Schlag, fühlte sich beinahe zurückgestoßen. Die Arme sanken ihm herab, Vorwurf und Kummer lagen in seinen Augen. Verstand sie denn nicht, daß der gute alte Mann sein Leben für einen jungen Unwürdigen hingegeben hatte? Für einen Mann, dessen Dasein sich bisher durch nichts anderes ausgezeichnet hatte als Sorglosigkeit, Nachsicht mit sich selbst und einen harten, grausamen Stolz? Hatte sie ihn nicht durchschaut? War es nicht etwas Furchtbares, daß der Unschuldige für den Schuldigen starb, der Alte für den Jungen? Anscheinend nicht. Sie sah zu seinem gequälten Gesicht auf und lächelte. Aber sonst sprach sie kein Wort. Er war nicht in dem Zustand, irgendwelchen Trost von ihr zu ertragen. Sie nahm seine Hand, führte ihn durch den Gang, und nun war sie es, die den Weg aus der Stadt fand.

6

Jedoch in den folgenden Wochen, als sie durch die Felder wanderten, in Scheunen schliefen, hinter Heuschobern vor Sturm und Regen Schutz suchten oder abends in den Wäldern am offenen Feuer Eier und Gemüse zubereiteten, die sie erbettelt (manchmal auch gestohlen) hatten, sprach sie sehr viel. Sie versuchte, ihm den Tod des Curés in dem Licht darzustellen, in dem sie ihn selbst sah. Nicht als eine empörende Hinrichtung, sondern als freudiges Opfer für ein anderes Leben – einen Tod, den er selbst gewählt hätte, wenn es möglich gewesen wäre. Es war für ihn ein Geschenk des allgütigen Gottes und auch für sie beide, und er durfte es nicht als scheußliches Mißgeschick auslegen, daß sie den Curé auf seinem letzten Gang gesehen hatten. Sonst hätten sie nie gewußt, was ihm zugestoßen war. Nun besaßen sie die Gewißheit, daß er im Paradiese weilte.

Aber das Paradies bedeutete für Charles kaum mehr als ein leeres Wort. Wie er sich auch bemühte, er konnte diese Wirklichkeiten nicht fassen, die für sie so wunderbar greifbar waren. In diesen Tagen empfand er als wirklich nur die Reue über alles, was er getan und gewesen, und seine Liebe für sie und das Elend, das ihm diese Leidenschaft verursachte. Je mehr sie kämpfte, damit der katholische Glaube ihm Halt gäbe, desto klarer wurde ihm, wieviel ihr dieser bedeutete und wie vollkommen sie sich ihm hingab. Doch all jene Tage und Nächte umgab ihn ein Trost, die Erinnerung an den Ausdruck im Gesicht des Curés – wie ein liebender Jüngling hatte er ausgesehen. Was immer es auch bedeutete, es lag darin eine Hoffnung, für ihn selbst und für die ganze Welt.

Ihre Reise ging weiter; sie waren zwei unter Tausenden von Flüchtlingen, die dem Terror entrinnen wollten. Man sagte, daß die Engländer Toulon besetzt hielten und dort Sicherheit wäre. Gab es Sicherheit für so viele? fragten sich Thérèse und Charles. Vielleicht für einige wenige; doch was geschah mit den übrigen? Was sich jetzt zutrug, war schon so oft geschehen und würde sich immer wieder in der Geschichte der Welt ereignen. Das Böse brach durch die Kruste der Dinge wie bei einem Vulkan. Lava überflutete die Erde, indes auf den Straßen der Welt die Flüchtlinge aus bekanntem Grauen in unbekanntes flohen, aus einer Finsternis in eine andere, die ewig unbesiegbare Hoffnung im Herzen, daß in der Nacht, die sie umgab, ein Stern aufleuchten müsse.

«Darum leben die Menschen immer weiter», sagte Thérèse. «Sie glauben, daß irgendwie, irgendwann sich etwas ereignen wird.»

Und sie war fest überzeugt, daß dieser Glaube richtig war. Charles besaß ihn nicht. Dagegen hatte er Thérèse und die Erinnerung an des Curés Gesichtsausdruck.

Sie gingen nicht direkt nach Toulon, sondern durchwanderten die Umgebung, um das Schloß zu suchen, wo Thérèses Vettern lebten. Sie fanden es leer und verlassen.

«Sie müssen Angst gehabt haben», sagte Thérèse mit einem Anflug von Zorn. «Vielleicht sind sie nach Toulon geflohen. Wir wollen ihnen dahin folgen.» In der Weihnachtswoche kamen sie in Toulon an, zusammen mit vielen andern Flüchtlingen, und wurden von der unheilvollen Nachricht empfangen, daß die Engländer die Stadt verlassen hatten. Mit etwas Geld, das Charles all die Zeit in einem Täschchen um den Hals verborgen hielt, gelang es ihm, für Thérèse eine Dachkammer in einer schmutzigen Schenke nahe beim Hafen zu mieten. Sie konnte eine Nacht hindurch ruhig schlafen, während er im Gang vor ihrer Tür lag, so daß niemand zu ihr gelangen konnte, der nicht zuerst über ihn stieg. Am nächsten Tag jedoch wurde auch Toulon vom Terror überschwemmt. Was Charles in Paris gesehen hatte, war nichts im Vergleich zu den Greueln dieser Weihnachtswoche des Jahres 1793. Es gab Charles und Thérèse den Rest. Sie waren über ihr Bewußtsein hinaus erschöpft, und Thérèse hatte der Anblick des leeren Schlosses ihrer Verwandten mehr erschüttert, als sie dachte. Plötzlich, ganz unvorhergesehen, erlahmten ihr Mut und ihre Selbstbeherrschung. Nachts in der winzigen Dachkammer, hoch über den schaurigen, durch die Brände erleuchteten Straßen, brach sie zusammen und weinte bitterlich. In dieser Nacht lag sie in Charles' Armen und schluchzte sich in den Schlaf. Es schien keine Sünde – es war alles, was sie hatten.

Am Morgen begann jener panikartige Andrang auf die Boote, währenddem so viele ihr Leben lassen mußten. Es war die einzige Möglichkeit, sich zu retten – zu Schiff nach Livorno, wo die englische Flotte lag. Charles und Thérèse nahmen mit den andern den Kampf um ihr Leben auf, der bei Tagesanbruch begann und viele furchtbare Stunden währte. Napoleon Bonaparte wohnte ihm als Augenzeuge bei, selbst er konnte ihn nie vergessen. Thérèse war es schon ganz gleichgültig, was geschah, wenn sie nur gemeinsam mit Charles sterben durfte. Aber Charles wollte den Kampf um sie nicht aufgeben, solange noch Leben in ihm war. Ihm schien der Tod des Ertrinkens mit einem gekenterten Schiff, oder von der Menge auf dem Quai totgetreten zu werden, immer noch weniger grauenhaft als der Terror. Mit diesen letzten Möglichkeiten rechnend, gewann er die alte Entschlossenheit und seinen Scharfsinn wieder. Irgendwie gelangten die beiden auf ein Schiff. Es war hauptsächlich Charles' Geschicklichkeit, seinem Mut und dem letzten Rest seiner Kraft zuzuschreiben, daß das Boot endlich Livorno erreichte. Dort spielten sich ebenso schreckliche Szenen ab wie in Toulon. Nelson, der sich an Bord der «Agamemnon» an der Reede von Livorno befand, war davon für den Rest seines Lebens beeindruckt. Aber Charles und Thérèse hatten Glück, oder vielmehr – wie Thérèse unerschütterlich behauptete, Gottes Barmherzigkeit war weiter mit ihnen. Charles brach zusammen, als das Fahrzeug den Uferdamm erreichte. Der Mann jedoch, der Thérèse half, den fast Leblosen an Land zu bringen, war ein Engländer, dem Charles einmal in Paris einen Dienst erwiesen hatte. Dieser Freund besaß ein gutes Gedächtnis und war Kommandant auf einem englischen Schiff – er nahm die beiden mit nach England.

5. Kapitel

I

In London bereitete ihnen die französische Kolonie einen warmen Empfang – sie waren die Träger großer Namen und hatten viel durchgemacht. Selbst in ihrer verzweifelten Lage umgab sie etwas wie Hoheit, so daß man ihnen fast mit Ehrfurcht entgegenkam. Charles, zähe wie eine Peitschenschnur, erholte sich vollständig, aber Thérèse wurde nie wieder die starke Frau von einst. Sie kräftigte sich jedoch soweit wieder, um ein normales Leben zu führen und Charles zu heiraten. Es gab nun keinen Zweifel mehr für sie, daß dies das richtige war. Sie wußte, daß sie ihm unheilbaren Schaden antun würde, wenn sie ihn jetzt allein ließe. Wieviel es sie kostete, diesen Entschluß zu fassen, verbarg sie sorgsamst, vor allem vor Charles. Wenn sie ihn auch nicht ganz so lieben konnte wie er sie, würde ihre Dankbarkeit die Lücke schließen. Fest gelobte sie, glücklich sein zu wollen, ohne etwas zu bedauern, ohne die Augen nach der Vergangenheit zurückzurichten. Nun war sie nicht mehr Schwester Thérèse, aus freiem Entschluß war sie jetzt Gräfin de Colbert, die ihre Rolle in der Welt (der sie entsagen wollte) so gut und freudig, als sie nur konnte, spielen würde.

Und zu ihres Gatten Entzücken nahm sie die hübschen Kleider an, die Freunde ihr gaben, und trug sie auf jene Art, die nur wenigen gegeben ist. Zusammen mit Charles besuchte sie Opern- und Schauspielaufführungen, pflegte sich und übte die längst vergessene Kunst geistvoller Konversation. Einst hatte sie viel musiziert und feine Stickereien gemacht; nun frischte sie diese Kenntnisse auf und gab Musik- und Handarbeitsstunden. Charles, der großes Sprachtalent besaß, lehrte Sprachen. Es gelang ihnen, ihren Lebensunterhalt und ein kleines Heim zu erarbeiten, zwei Zimmer in Orchard Street. Dort wurde ihnen ein Kind geboren.

Die Kleine kam zu früh auf die Welt und kostete die Mutter beinahe das Leben. Sobald aber Angst und Schmerzen überwunden waren, machte sie das Glück ihrer Eltern so vollkommen, wie es auf dieser Welt nur möglich ist. Sie war ein süßes kleines Ding, aber beinahe von Geburt an eigenartig reif. Selten weinte sie, griff oder schrie nie nach Dingen, die sie haben wollte. Immer war sie glücklich, stillzufrieden mit den wenigen Sachen, die sie besaß. Wenn ihre Mutter die tiefen Augen der kleinen Tochter betrachtete, konnte sie diese unkindliche Klugheit verstehen. Sie war ein Kind der Liebe sowohl wie des Leides. Man konnte nicht von ihr erwarten, daß sie ganz wie die anderen Kleinen sein würde. Ihr Vater rühmte an ihr Zeichen bemerkenswerter Intelligenz und ebensoviel Schönheit. Er fand es kein Wunder, sie war ja von beiden Seiten erblich belastet. Sie nannten die Kleine Marie-Thérèse.

Eine Kinderfrau für das Baby konnten sich die Eltern nicht leisten. So gingen sie in jenen Tagen wenig aus und verbrachten die Abende meist lesend. Seiner Frau zuliebe war Charles ein eifriger Katholik geworden, wenn auch kein sehr frommer. Und um ihr Freude zu machen, las er die christlichen Apologeten, während sie ihm zuliebe Griechisch lernte, worauf sie gemeinsam seine geliebten Klassiker durchnahmen. Jeder fühlte sich eigenartig gefangengenommen von den Büchern, die der andere gern hatte. St. Augustins brennende Liebe zu Gott, die überraschende Schönheit der

Sprache, in der er sie kühn bekannte, half Charles, Thérèses Überzeugtheit zu verstehen. Während diese wiederum durch das Eindringen in die griechische Weisheit beinahe begriff, warum sie Charles genügt hatte und er nicht weiter vorgedrungen war.

Eines Abends, als sie sich über die christliche und heidnische Auffassung der Liebe unterhielten, schrieb jeder einige besonders denkwürdige Worte, die das Thema, das sie beschäftigte, betrafen, auf kleine Zettel und schob sie dem andern zu. «Liebe ist die Gottheit, die da Frieden unter den Menschen schafft und reglose Glätte dem Meere, zauberisch Schweigen in Stürmen und leidlos ruhigen Schlummer. Liebe singt allen Dingen, die leben und sind, besänftigt die gequälten Gemüter der Götter und Menschen.» Thérèse lächelte, als er ihr den Zettel aushändigte; sie überlegte, wie gut die Worte den zeitweiligen Aufruhr ihres gemeinsamen Lebens ausdrückten. Still faltete sie das Papier zusammen und verschloß es in dem Medaillon, das er ihr am Hochzeitstag gegeben hatte. Ihr Zettel enthielt die Worte: «Gesegnet sei der Mensch, der Dich liebt, o Gott, und seinen Freund in Dir und seinen Feind um Deinetwillen. Denn er allein verliert niemand, der ihm teuer ist. Wer Gott liebt, ist nie verloren.» Charles, der sich erinnerte, wie sie beinahe an der Geburt des Kindes gestorben wäre, lächelte nicht. Aber auch er faltete das Papier zusammen und steckte es in sein Notizbuch.

2

Thérèse fühlte sich seit der Geburt des Kindes nie mehr ganz wohl. Die beiden kleinen Zimmer in der Orchard Street waren geräuschvoll gelegen und luftlos, so wurde sie zusehends schwächer und schwächer. Der gute Freund, der sie auf seinem Schiff nach England gebracht hatte, verschaffte Charles die Stelle eines Sekretärs und Erziehers in einem Landhaus in Irland. Dankbar nahm er sie an, denn er hoffte, Thérèse würde sich dort erholen. Als jedoch der Tag der Abfahrt näher rückte, erkrankten Mutter und Kind an einem Fieber und konnten nicht reisen. So beschlossen sie, daß er einstweilen allein ginge, denn Charles sollte an einem bestimmten Tag eintreffen und durfte seinen Gönner nicht im Stich lassen. Die Frau des Freundes wollte inzwischen nach Thérèse und dem

Kind sehen. Sobald diese wieder gesund wären und er eine Unterkunft für alle gefunden hätte, dachte er sie zu holen.

Charles machte die neue Arbeit Freude, und seine Dienstgeber waren gütig zu ihm. Sie überließen ihm ein Häuschen auf dem Besitz, und er richtete es voller Freude für Thérèse und Marie ein. Eben war er bereit, nach England zurückzukehren, um die beiden zu holen, als ein Brief von Thérèse eintraf. Sie und die Kleine seien nun wieder völlig hergestellt, und er brauche nicht zu kommen. Die Fregatte «Amphion», vom Neffen ihres Freundes kommandiert, segelte mit Truppen an Bord von Plymouth nach Irland und nahm einige Offiziersfrauen mit. Thérèse und Marie hatten Erlaubnis erhalten mitzufahren, ihre Abreise stand unmittelbar bevor. Es sollte noch ein Abschiedsfest an Bord geben, und sie hatte das grüne Kleid, das er so liebte, mit neuen Spitzen besetzt. Wenn er diesen Brief in Händen hielt, wären sie schon auf See. Das Septemberwetter war herrlich, gewiß würden sie eine gute Überfahrt haben: «Reglose Glätte des Meeres und zauberisch Schweigen in Stürmen», und bald wieder vereint sein.

Aber als Charles den Brief empfing, fühlte er keine frohe Erwartung. Eine unbegreifliche Angst warf ihre Schatten auf Tage und Nächte bis zu der Stunde, in der es keinen Schatten mehr gab, weil alles Finsternis geworden war.

In späteren Jahren konnte sich der Abbé nicht mehr recht an den Mann erinnern, der nach Plymouth zurückgekehrt war. Tagaus, tagein durchlief er die Straßen der Stadt und stellte wirre Fragen an jeden Menschen, der ihm begegnete und irgend etwas mit der Tragödie der «Amphion» zu tun gehabt hatte. Es waren wohl Freunde da, die ihm helfen wollten, aber er nahm nicht weiter Notiz davon, bis einer von ihnen einen Mann ausfindig machte, der sich erinnerte, eine dunkelhaarige, grüngekleidete Frau ertrunken aus dem Wasser gezogen zu haben, die Arme um ihr totes Kind verkrampft. Diese Aussage, zusammen mit der Tatsache, daß, wenn Thérèse und die kleine Marie sich nicht unter den wenigen Geretteten befanden, sie unter den dreihundert Toten sein mußten, überzeugte Charles schließlich. Er wurde zu der endlosen Reihe der Gräber geführt, aber niemand konnte ihm sagen, wo seine Frau und sein Kind ruhten. Die Explosion verursachte so viel Angst und Verzweiflung in der Stadt, daß es ein großes Durcheinander gegeben hatte ... Dafür also hatte er Thérèse gerettet, um inmitten von Szenen zu sterben, die ebenso schrecklich waren wie die in Toulon oder Livorno, und um in einem namenlosen Grab zu liegen ... Das war das Ende ihrer großen, glücklichen Liebe. Nach und nach dämmerte ihm, daß ein Krieg wütete, in solchen Zeiten war die Liebe oft zu kurzem Leben verdammt; er war nur einer von vielen.

3

Er ging nach Irland zurück und meinte, seine Arbeit gut zu verrichten, bis ihn sein Arbeitgeber vom Gegenteil überzeugte und zu einem Wechsel und Ruhe riet. In der Nähe lag ein Kloster an einem kleinen See; dorthin übersiedelte er, und die Mönche pflegten ihn während des körperlichen und seelischen Zusammenbruchs, den der Zwang zur Arbeit bisher noch aufgehalten hatte. Infolge seiner Zähigkeit kehrten die körperlichen Kräfte sehr bald wieder zurück, aber die geistige und seelische Gesundung trat nicht so schnell ein. Die Mönche ließen ihn allein. Stundenlang las er in der Bibliothek, arbeitete schwer und wild im Garten, durchstreifte meilenweit die stille Gegend, und es wurde ihm doch nicht leichter zumute, meinte er. Aber ihm selbst unbewußt, waren die Weisheit der Bücher, der Zusammenhang bei der Gartenarbeit mit Erde, Sonne und Wind, der stille See, in dessen raschelndem Schilf die Vögel hausten, alles wirksame Heilmittel. Nur schwach empfand er die Ruhe und den Frieden, aber er schlürfte davon.

Es war ihm nicht möglich, an Thérèse und das Kind zu denken, ohne beinahe wahnsinnig zu werden. Dagegen fiel ihm der Curé immer häufiger ein, und er sah jenen knabenhaften, verklärten Gesichtsausdruck vor sich. Die Erinnerung daran vermischte sich mit der beginnenden Freude am Studium, mit der Wärme der Sonne und dem Widerschein der Vogelflügel auf dem kleinen See. Das war ganz natürlich, meinte er, denn sie alle waren ein Teil der Liebe. Lieben ist Weisheit, Wärme und Licht. In jenem Blick hatte er einst Hoffnung gefühlt, für sich wie für die Welt. So dunkel auch die Zeiten sein mochten, es gab immer Menschen, die stark genug liebten, um ihr Leben für andere zu opfern. Weisheit ging niemals ganz unter. Kein Tag, an dem nicht irgendwo ein Vogelflügel in der Sonne glitzerte und Wasser an ein stilles Ufer schlug. Ewigkeit war eine Tatsache. Im Geiste hatte er es immer gewußt, kühl, ohne recht davon durchdrungen zu sein. Nun aber überzogen sich die trockenen Knochen der Tatsachen langsam mit warmem Fleisch. Liebe war nicht einfach eine Gemütsbewegung, die man erlebte, oder ein Begriff, über den man streiten konnte, sondern der eigentliche Wirkstoff ewigen Lebens. Das hatte der Curé gewußt. Aus Liebe zu Gott und den Menschen war er dem physischen Tod entgegengegangen, ohne daß dieser jenes Licht zu löschen vermochte. Und Charles entdeckte eines Tages, daß auch er darum wußte. Nicht wie ein Mann, der um Mitternacht erwacht und sich darauf besinnt, daß es eine Sonne gibt, sondern wie derselbe Mann es weiß, wenn die Sonne scheint, ihn bestrahlt und wärmt.

Ein wenig später konnte er bereits wieder an Thérèse und das Kind denken. Eines Nachts hing er schlaflos den Gedanken an sie nach, in schmerzlicher Sehnsucht, aber nicht mehr von Wahnsinn verfolgt. Im ersten Dämmerlicht stand er auf und ging zum See hinab. Grau und still lag er unter dem farblosen Himmel, der Wind raschelte im Schilf. Es wurde heller, und das kleine Wellengekräusel zu seinen Füßen glänzte silbern. Die eigenartigen, unheimlichen Schreie der Sumpfvögel, die im Rohr erwachten, drangen nur schwach zu ihm. Ein Moorhuhn flog von seinem Lager hoch und ließ quecksilberne Pfeile in der Kielspur des Wassers zurück. Eine Kette Wildenten stieg empor, die grünen Hälse schimmerten im wachsenden Licht. Die Sonne ging auf und blendete ihn so, daß er die müden Augen, die noch vor Schlaflosigkeit schmerzten, schloß. Aber er fühlte die Wärme auf seinem Gesicht und hörte im Rauschen des Schilfs das Schlagen mächtiger Schwingen. Das waren die Schwäne, die um diese Stunde gewöhnlich zu einem entfernter gelegenen Weiher flogen, wo sie ihre Tagesnahrung fanden. Charles öffnete die Augen wieder und sah die riesigen Vögel himmelwärts schweben. Es waren ihrer viele; sie zogen in Pfeilform dahin, wie eine Wiederholung der kleinen Quecksilberpfeile, mit denen das Moorhuhn das Wasser gezeichnet hatte. Dann kam ein einzelner Schwan vorbei, er flog tief über dem See. Die Sonne beschien das reine, wundervolle Gefieder und säumte es mit Gold. Sein Spiegelbild schien irgendwie länger auf dem Wasser verweilen zu wollen, als er seinen Flug geradeaus, scheinbar ins Herz der Sonne, nahm. Charles wußte nicht, warum ihn der vorbeifliegende Schwan so tief beeindruckte. Er löste etwas wie Befreitsein in ihm aus. Wieder dachte er an Thérèse, und diesmal waren der Gedanke an sie und der Gedanke an Gott – «ewig, unsterblich, unsichtbar, der einzig weise Gott» – untrennbar verbunden in seiner Seele. Er neigte den Kopf, bedeckte ihn mit den Händen, und zum ersten- und letztenmal in seinem Leben als Erwachsener weinte er.

4

Als er sich wieder gefaßt hatte, erblickte er Vater Joseph, der mit seinen sonderbaren seitlichen, schlenkernden Bewegungen den See entlang zu ihm hinkroch. Vater Joseph war sechsundachtzig Jahre alt und sprach nie, wenn es nicht unbedingt nötig war. Äußerst schwach und kränklich, hatte er stets die größte Mühe, seinen Körper zur richtigen Zeit an die entsprechenden Orte zu schleppen, und gab sich alle erdenkliche Mühe, die Mitbrüder nicht dabei zu stören. Seine Zelle lag neben jener, die man Charles zugewiesen hatte, und obgleich sie wenig miteinander sprachen, war Vater Joseph vom ersten Augenblick Charles aufgefallen. Des alten Mannes gewölbte Stirn und tiefe Augen zeugten von dem immer noch scharfen Geist. Und die Zeichen von Heiligkeit waren dem Gesicht eingeprägt wie ein königliches Siegel auf Wachs. Manchmal, wenn er nicht schlafen konnte, dachte Charles an dieses heilige alte Antlitz, erinnerte sich, daß Vater Joseph in der Zelle neben ihm lag, und wurde wieder ruhig. Am darauffolgenden Morgen in der Kapelle kam dann meist der Greis auf ihn zu, kniete neben ihm mit äußerster Vorsicht und hörbar krachenden Gelenken nieder und nahm dankbar die Hilfe des Jüngeren an, sobald es wieder aufzustehen galt. Hie und da trafen sich die beiden in der Bibliothek, dann lächelte Vater Joseph ihm zu. Vielleicht stieß er ein paar Worte hervor, aber nur über das Wetter, so daß sich Charles in seiner Gesellschaft völlig sicher fühlte. Er wußte, der alte Mann würde nie versuchen, an seine geheime Qual zu rühren, oder ihm Ratschläge erteilen. Die scheute er am meisten.

Charles war erstaunt, daß Vater Joseph nun am See auftauchte. Obwohl dieser nahe beim Kloster lag, war die kurze Strecke immer noch sehr anstrengend für den gebrechlichen Alten. Er ging ihm entgegen und fand ihn, wie erwartet, außer Atem. Sie setzten sich auf einen Steinblock am See, das Wasser plätscherte zu ihren Füßen, Frieden umfing sie. Charles sprach kein Wort, bis Vater Joseph seine Atemnot überwunden hatte. Dann straffte dieser die zusammengesunkenen Schultern, stützte die Hände auf die Knie und räusperte sich, was immer ein Zeichen war, daß er etwas sagen wollte und die Kraft dafür zusammengebracht hatte. Charles wendete sich ihm höflich zu; er erwartete die üblichen krächzenden Bemerkungen über die Schönheit des Wetters. Statt dessen sagte der Alte ruhig, ohne ihn anzusehen: «Du hast geweint, mein Sohn.»

Das war alles. Charles mochte nun tun, wie ihm beliebte; sich ihm anvertrauen oder nicht. Vom ersten Augenblick an hatte er den jungen Mann geliebt wie ein Vater seinen Sohn, und die ganzen Monate hindurch hielt er ihn mit seinem Gebet aufrecht. Nun war die Zeit da, es ihn wissen zu lassen. Als er diesen Morgen erwachte und aus dem Fenster seiner Zelle schaute, sah er Charles zum See hinabgehen. Da fühlte er, daß jetzt die Zeit gekommen sei. Er hatte die langsame, schwierige Aufgabe vollbracht, sich in Demut und Geduld zu üben. Darauf bezwang er mutig und entschlossen den Weg zum Seeufer. Nun war er hier. Charles konnte von ihm Gebrauch machen oder nicht, wie es ihm gefiel. Aber er hoffte, ihm helfen zu dürfen, und Charles wußte das. Es war nicht möglich, einen so ehrwürdigen und heiligen Mann zu enttäuschen. So würde vielleicht der Curé ausgesehen haben, hätte er weiterleben können. Charles brachte nicht viel hervor an diesem ersten Morgen, ehe sie zusammen ins Kloster zurückkehrten. Doch am nächsten und den folgenden Tagen, als sie gemeinsam in der Bibliothek oder auf einer Bank in der Sonne im Garten saßen, sagte er mehr, bis endlich Vater Joseph über alles im klaren war.

Charles begann seinen Bericht mit dem Weihnachtsabend, als der Curé ihm, dem Knaben, die Kerze angezündet hatte. Er beendete ihn mit dem weißen Schwan, der über den See geflogen kam, die Federn von flammendem Gold umrandet, während sein Spiegelbild noch lange auf dem Wasser verweilte, nachdem der Vogel seinen Flug in die Sonne genommen. Vater Joseph sah den Zusammenhang. «Die Flamme der Liebe zu Gott ist wieder in deinem Herzen entzündet worden, mein Sohn», sagte er. «Gewiß kennst du den Heiligen Augustinus so gut wie ich. ‹Gesegnet sei der Mann, der dich liebt, o Gott, denn er allein verliert niemand, der ihm teuer ist. Denn alle sind teuer in Gott, den niemand verlieren kann.›»

Charles hielt den Atem an. Es waren dieselben Worte, die Thérèse auf jenes Zettelchen geschrieben hatte, das immer noch in seinem Notizbuch lag, obgleich er sich all die Monate hindurch nicht überwinden konnte, sie zu lesen. Nun, da ein anderer sie ausgesprochen, glaubte er, es sei ihm möglich.

Anderntags, als sie im Garten saßen, fragte ihn Vater Joseph, was er mit sich zu tun gedenke, jetzt, da er beinahe erholt war und das Kloster verlassen mußte. Er erhielt nur eine traurige Handbewegung zur Antwort, wie sie der Franzose braucht, um seine Hoffnungslosigkeit ohne Worte auszudrücken.

«Deine Frau hat das geistliche Leben deinetwegen aufgegeben», sagte Vater Joseph langsam. «Ist es dir nie in den Sinn gekommen, an ihrer Statt das Gelübde zu tun? Dich für sie Gott zu weihen?»

Charles war sprachlos. Sein Gesicht nahm einen beinahe komischen Ausdruck von Erstaunen und Entsetzen an. Wie konnte ein Weltmann, der ein so großer Sünder war, kaum erst seinen Glauben wiedergewonnen hatte und darin noch ganz unsicher war, ein Mönch werden?

«Ich fühle mich für ein Klosterleben nicht berufen, Vater», entgegnete er endlich.

«Nein, ich glaube es auch nicht», erwiderte der alte Mann. «Aber ich halte es für möglich, daß Gott dich als Priester oder Lehrer verwenden kann. Du bist noch nicht entschlossen, was du tun sollst. Nun, das spielt keine Rolle, denn Gott weiß es jedenfalls. Du mußt einfach warten und beten, dann wird dir alles offenbar werden. Da läutet die Glocke. Wir müssen hineingehen.»

Mit der Zeit schien es Charles der einzige Weg. Erst fand er es fürchterlich, beinahe eine Beleidigung Gottes, daß er diesen Schritt nur unternahm, weil er der allein mögliche schien. Der alte Vater Joseph zeigte sich jedoch ganz befriedigt. Seine Ansicht war, daß wenn man nur einen Weg allein sah, dieser der richtige sein mußte. Der Mangel an eigener Inbrunst und Frömmigkeit, der Charles so quälte, beschwerte Vater Joseph gar nicht. Die Tatsache von Charles' Gequältsein war ihm ein Beweis, daß sie eines Tages in Erscheinung treten würden, sowie dieser Mann weniger erschöpft und durch Not und Kummer erstarrt wäre. Bald nach Charles' Priesterweihe starb der alte Pater, und es war Charles, der ihm die Letzte Ölung reichte – an einem warmen und duftenden Vorfrühlingstag, als die ganze Natur zu neuem Leben erwacht war und die Vögel begeistert ihr Morgenlied sangen.

5

Aber für den Mann, der sich nun Abbé de Colbert nannte, gab es weder Wärme noch ein Schmelzen seines eisgebundenen Winters. Er ging nach London zurück und wirkte da als Priester. Dem einst so vollendeten Hofmann fiel es jetzt sehr schwer, den Anschluß an andere menschliche Wesen zu finden. Die Männer und Frauen in diesem behaglichen England hatten den Terror nie kennengelernt. Jene unter seinen dortigen Landsleuten, die ihn durchgemacht, wußten nicht wie er, was es heißt, alles verloren zu haben. Seine Erfahrungen und Leiden schienen zwischen ihm und den andern einen weiten Abstand herzustellen, und seine zerrütteten Nerven schreckten vor neuerlichem Schmerz zurück, weshalb er keinen Versuch wagte, die Entfernung zu überbrücken. Mehr und mehr verschloß er sich in sich selbst. Schließlich kam es so, daß er hauptsächlich als Lehrer und Schriftsteller sein Brot verdiente und der Kirche und Gott von Nutzen war.

Oft fühlte er sich beinahe glücklich, weil sein Dasein harter Selbstdisziplin ihn Thérèse und dem strengen Leben, das sie im Kloster geführt hätte, so nahe brachte. Und wenn er die Sakramente spendete, fühlte er, daß der Curé als Priester in ihm lebte. Endlich besaß er auch lebendigen, wirklichen Glauben – seit der weiße Schwan an ihm vorübergezogen war. Aber dann kamen erneut verzweifelte Zeiten. «Gesegnet sei der Mensch, der Dich, o Gott, liebt.» Durfte er denn sagen, daß er Gott liebe, wenn er seinen Mitmenschen so wenig nahe kam? Er liebte niemand auf dieser Erde. Manchmal schien ihm, als sei die Kerze, die der Curé einst für ihn angezündet, wieder erloschen und würde nie von neuem brennen. Und er müßte wie Hiob sagen:

> «O, daß ich noch wäre wie in früheren Monden,
> wie in den Tagen, da Gott mich bewahrte,
> da seine Leuchte strahlte über meinem Haupte,
> in seinem Licht ich wandelte durchs Dunkel!»

Als er sich wieder einmal in solch einem hoffnungslosen Zustand befand, fragte man ihn, ob er nicht nach Torquay gehen wolle, um sich der kleinen katholischen Gemeinde in Torre Abbey anzunehmen. Da sie nur wenige Seelen zählte, würde er viel Zeit für sein Studium übrig haben. Niedergeschlagen sagte er zu. Er leistete in London nicht viel; auf dem Lande würde es vielleicht besser werden, dachte er. Möglicherweise könnten der Friede und die Schönheit der Natur ihn von dem eisernen Ring befreien, der sein Herz umschloß.

6

Aber der Ring drückte so fest, daß er nur schwer und schmerzhaft zu atmen vermochte. Im Kampf gegen seine Schwäche und diesen Druck durchströmte ihn auf einmal ein Gefühl von Wärme, Kameradschaft und zunehmendem Licht. «Er hat mein Leben bewahrt vor der Grube, und meine Seele schaut mit Lust das Licht. Siehe, dies alles tut Gott zweimal und dreimal mit dem Menschen; er holt seine Seele zurück aus der Grube, daß er sich freue am Lichte des Lebens.» Er glaubte, auf dem harten Bett hinter dem Altar des Kirchleins im Tannenwald zu liegen, und Thérèse kam auf ihn zu. Sie trug eine kostbare Gabe behutsam in ihren Händen. «Thérèse!» murmelte er.

«Konnten Sie nicht wenigstens ein Feuer anmachen?» sagte eine tiefe, gereizte Stimme. «Verflucht noch mal, das Zimmer ist wie ein Keller.»

«Ich habe noch keine Zeit dazu gehabt, Sir», erwiderte jemand anderer empört. «Der arme Jewell hat Sie doch bei diesem Wetter in Gentian Hill holen müssen – wer sollte das Holz hereinbringen? Ich habe nur zwei Hände.»

Es war der gerechte Zorn, der so erwärmend wirkte – die Person, die sein Handgelenk hielt, gab ihm jenes Gefühl der Kameradschaft. Er öffnete die Lider und erblickte in einem unerwartet aufleuchtenden Sonnenstrahl das wetterharte, unschöne Gesicht Dr. Cranes, das sich über ihn beugte. Die Augen blitzten in herzhafter Wut, auf der hohen, breiten Stirn lag eine schwere Sorgenfalte. Der Abbé lächelte höflich, und sofort richtete sich des Doktors Ärger gegen ihn. «Was für ein verbrecherischer Wahnsinn, mich nicht früher holen zu lassen! Glauben Sie denn, daß Grippe in Ihrem Alter belanglos ist? Wieviel Unannehmlichkeiten verursachen doch Menschen Ihrer Art in der Welt!»

«Wenn er mir gefolgt hätte, wäre längst der Barbier gekommen, um ihn zu schröpfen», warf Mrs. Jewell ein.

«Zum Teufel mit dem Schröpfen! Gute Frau, werden Sie oder ich das Holz holen und ein Feuer anmachen?»

Mrs. Jewell verließ das Zimmer, und Dr. Crane begann den Fiebernden zu untersuchen. «Sie sind schwer krank», sagte er geradeheraus. «Aber wenn Sie leben wollen, gebe ich Ihnen mein Wort, daß ich Sie durchbringe. Helfen Sie aber nicht mit, kann kein Arzt der Welt etwas für Sie tun.»

Zu lange hatte Charles de Colbert den Tod als das Beste angesehen, das ihm das Leben bringen konnte, weshalb ihn einen Augenblick lang ein Schauer der Erleichterung durchfuhr. Er brauchte nur mehr aufhören zu kämpfen, einfach alles gehenlassen. War es richtig? Trotz seiner verwirrenden Schwäche war er sich des Mannes an seiner Seite völlig bewußt. Der Doktor hatte den kalten, frischen Hauch des Wintertages mit ins Zimmer gebracht, und dieser, vereint mit dem Geruch von starkem Tabak, ledernen Reitstiefeln und der Chrysantheme in seinem Knopfloch, war rein und stärkespendend. Dr. Crane hatte sich einen Stuhl an das Bett herangezogen, setzte sich und wartete. Der Abbé spürte den Mut in diesem Mann, seine Geduld und freundschaftliche Gesinnung. Vor allem diese. Betroffen dachte er, daß es doch äußerst unhöflich wäre, einen solchen Menschen zu enttäuschen. Das Reden fiel ihm immer schwerer, aber Höflichkeit war seine zweite Natur. «Mein guter Doktor, ich will mich sehr bemühen, Ihre Geschicklichkeit zu unterstützen», sagte er leise.

«Gut», antwortete der Arzt.

Beide hielten Wort und kämpften eine Woche lang einen harten Kampf. Oft meinten sie, er sei aussichtslos, aber sie gaben ihn nicht auf. Am Ende der Woche setzte sich die eiserne Konstitution de Colberts unerwartet durch; die Anstrengung war vorbei, innerhalb weniger Tage erholte sich der Patient mit erstaunlicher Geschwindigkeit.

«Nun, wir haben es geschafft», bemerkte eines Morgens der Doktor befriedigt. Aber ich vertraue Ihre Rekonvaleszenz weder Ihnen noch Mrs. Jewell an. In bezug auf Krankheit ist mir noch nie ein unfähigeres Paar unter die Augen gekommen. Sobald Sie imstande sind zu reisen, werden Sie nach Gentian Hill kommen und Weihnachten mit mir verbringen.»

«Ich bin Ihnen sehr dankbar für Ihre Einladung, aber ich fürchte, daß ich sie nicht annehmen kann», erwiderte der Abbé freundlich. «Ich bin Kaplan der Gemeinde von Torre Abbey und muß meinen Pflichten nachkommen.»

«Darüber habe ich schon mit Sir George gesprochen», warf der Arzt ein. «Ich habe ihm gesagt, daß Sie erst nach Weihnachten soweit hergestellt sein werden, Ihre Arbeit wieder aufzunehmen. Er hat bereits einen Pfarrer gefunden, der Sie gerne über die Festzeit in der Abtei vertritt. Natürlich werde ich Sie jederzeit dahin zur Messe führen, aber nur als Mitglied der Gemeinde.»

In den Augen de Colberts blitzte Ärger auf. Er war nicht gewöhnt, daß man ihm Vorschriften machte. Frostig starrte er den Arzt an, worauf dieser zurückstarrte. Wo es die Gesundheit seiner Patienten anbetraf (und natürlich auch in manchen andern Angelegenheiten), war er gewohnt, zu befehlen. Aber plötzlich erstarb der Verdruß auf beiden Seiten. Der Respekt zwischen ihnen sowie die gegenseitige Zuneigung sollte ihre Hartnäckigkeit niemals lange andauern lassen.

«Ich danke Ihnen, ich werde gerne kommen», entgegnete der Abbé nun ruhig. Er betrachtete den Mann an seiner Seite, die schweren Schultern, den mächtigen Kopf, die sich gegen das Fenster abzeichneten. Der Doktor schien eine endlose Zeit an seinem Krankenlager verbracht zu haben. Diese kraftvolle Gestalt hatte oft und lange an seinem Bett gesessen ... Einmal eine ganze Nacht hindurch ... Damals machte er den Eindruck von überragender Stärke; obgleich dann am Morgen die gestrafften Schultern ziemlich zusammengesunken waren. «Ich fürchte, Sie haben meinetwegen Ihre übrigen Patienten in letzter Zeit recht vernachlässigt», sagte er.

«Sie sind alle in einem Zustand, in dem ihnen ein wenig Vernachlässigung nur guttun kann», gab der Doktor zur Antwort. «Wenn auch einige über mich entrüstet sein mögen, so erweist sich Unwillen doch manchmal als ausgezeichnetes Reizmittel. Ich habe Patienten gehabt, die ich absichtlich schlecht behandelt habe. In ihrer Wut standen sie auf – es ist ihnen sehr gut bekommen.»

«Werden Ihnen Ihre Kranken je untreu?» erkundigte sich de Colbert trocken.

«Das kommt häufig vor.»

«Jedenfalls aber alle die nicht, die so krank waren, daß Sie für ihr Leben derart kämpfen mußten wie für meines!»

Der Arzt lächelte. «Nein, die nicht.»

«Manchmal wunderte ich mich, warum Sie sich so sehr für mich einsetzten», fuhr der Abbé fort.

«Ärzte sind Fechter. Ich brauche keinen andern Ansporn für einen schweren Gang als die Gegenwart des Feindes Tod. Hätte ich so etwas nötig, dann wäre in Ihrem Fall noch meine Freundschaft für Sie dazugekommen. Auch Sie haben sich wacker gehalten. Warum? Sie scheinen mir kein Mann zu sein, dessen vergangene Erlebnisse viel Liebe zum Leben zurückgelassen haben.»

«Derselbe Grund. Meine Freundschaft für Sie.» Er schwieg. «Ich glaube, es sind zwei Beweggründe, obgleich mir der meiner Freundschaft bewußter war. Wir Christen können uns nicht aus dem Leben fortstehlen, selbst wenn wir Versager sind. Vielleicht dann am wenigsten, wenn wir versagt haben.» Unruhig warf er sich im Bett hin und her. «Ich kann dies Leben nicht verlassen, ehe ich den Anschluß an meine Mitmenschen gefunden habe.»

Der Doktor nickte. «Hatten Sie ihn je?»

«Ich glaube es. Als junger Mann habe ich außerordentlich gesellig gelebt.»

«Aber nur innerhalb Ihrer eigenen Gesellschaftsklasse», stellte Dr. Crane fest, ohne erst zu fragen. «Nicht mit den Schmutzigen, Unwissenden, Bösen, den Dieben, Mördern und Dirnen, die sich so oft bei näherer Bekanntschaft als die Besten unter uns herausstellen.» Ein Ausdruck von Schrecken und Abgestoßensein legte sich wie eine Maske über das stolze, feine Gesicht des Kaplans. «Sie haben noch einen langen Weg zurückzulegen. Aber um Ihrer unsterblichen Seele willen bin ich froh, Ihr Leben gerettet zu haben.» Er grinste entwaffnend zu seinem entsetzten Patienten hinüber. «Jedem sein eigener Teufel», entschied er heiter.

6. Kapitel

I

Der Abbé traf eine Woche vor Weihnachten in einem Zustand stummer Frostigkeit in Gentian Hill ein, der weniger warmherzige Menschen als den Doktor und Tom Pearse zu Eis hätte erstarren lassen. Es war lange her, daß er in einem andern Haus zu Gast geweilt hatte, und es überfiel ihn eine derartige Scheu, daß ihn die

Höflichkeit beinahe verließ. Auch reizten ihn die Folgen der Krankheit außerordentlich, diese Leere im Kopf, die körperliche Schwäche und seelische Niedergeschlagenheit. Alles in allem war ihm sehr kläglich zumute, und er wünschte, er wäre nicht gekommen. Dr. Crane und Tom Pearse bemerkten diesen Wunsch sehr wohl, nahmen aber keine Notiz davon. Er war nur hier, um sich körperlich zu erholen, nicht zu seinem Vergnügen, und obgleich sie hofften, das eine würde das andere nach sich ziehen, waren sie doch beide rechtschaffene Männer, die das Wichtigste zuerst behandelten. Tom Pearse kochte ihm nahrhafte und wohlschmeckende Speisen, hielt das Feuer im Kamin immer schön warm und ließ ihn dann allein. Der Arzt versah ihn mit viel leichter Lektüre und ließ ihn ebenfalls allein. Sich selbst überlassen, entspannten sich die Nerven des Patienten allmählich. Höflichkeit verlangte, daß er die guten Mahlzeiten verzehrte und am warmen Feuer saß, obwohl er beides in seiner Enthaltsamkeit sofort verdammt hätte, wäre er sein eigener Herr gewesen. Auch in den zur Verfügung gestellten Büchern las er, trotzdem sie ihm ein Armutszeugnis für seine Intelligenz schienen. Der Erfolg war eine allgemeine Lockerung seines Zustandes geistig, seelisch, wie auch in den Nerven, was ihn ziemlich entsetzte, bis er sie über dem erwachenden Interesse an dem Leben rund um ihn völlig vergaß.

Das Klima von Devon hatte wieder einmal eines seiner gewohnten Zauberkunststücke vollführt. Der böse Bann kalten, feuchten Wetters machte einer Reihe von warmen, linden Tagen Platz, als wäre es Frühling. Die Vögel sangen, und der Jasmin an des Doktors Haus stand in voller Blüte. Der Abbé machte kleine Spaziergänge durch das Dorf und spürte zu seiner Freude, daß ihn das erhöhte Bewußtsein des Segens von Sonne und Wind, das er am Tag seines Besuches bei Mrs. Loraine empfunden hatte, immer noch erwärmte. Rotbackige Kinder gingen in der Dorfstraße an ihm vorbei; er lächelte sie etwas erschrocken an, sie erwiderten seine Freundlichkeit und knicksten. Er besuchte die Kirche. Zwar beklagte er das pilzartige Wachsen des protestantischen Glaubens, der sich über den Bau des Katholizismus ausbreitete, dennoch genoß er ihre Schönheit und fand es nicht unmöglich, darin zu beten. Dann bewunderte er die herrlichen alten Eiben auf dem Friedhof und war entzückt, auf zwei alten Gräbern aus dem Stein geschnittene Bourbonenlilien zu entdecken. Männer, Frauen und Kinder kamen, um die Hilfe des Doktors zu beanspruchen. Wenn er auch wenig von ihnen sah, bemerkte er achtungsvoll und bewundernd, wie groß die Macht eines Mannes ist, dessen Wohlwollen sich weder durch Religion noch durch Klassenbewußtsein binden läßt.

Eines Abends kam Pastor Ash, wie so oft, um mit dem Doktor zu rauchen und ein Glas Cognac zu trinken. Die beiden Geistlichen, rechts und links vom Kaminfeuer, mit dem belustigten Arzt in der Mitte, betrachteten sich erstaunt und mühten sich höflich, eine gewisse Fühlungnahme herzustellen, um den gähnenden Abgrund, der sie voneinander trennte, zu überbrücken. Aber es war nicht möglich. Keiner sah die guten Seiten des andern, und schließlich goß Dr. Crane zwinkernd nochmals des Pastors Glas voll, während er das Gespräch auf die Jagd lenkte. Daraufhin entschuldigte sich der Abbé und ging zu Bett.

Aber schon wenige Tage später fühlte er sich glücklich und wohl. Es gab Abende, an denen er lange mit dem Doktor am Kaminfeuer plauderte. Manchmal sprachen sie über Stella und Zachary. Seit der Ankunft de Colberts war die Kleine noch nicht dagewesen; auf dem Hof steckten sie tief in Weihnachtsvorbereitungen. Aber allein die Tatsache ihrer Nähe gab dem Leuchten dieser Tage noch mehr Wärme. Der Abbé hatte sie in der Zeit seiner Krankheit nicht vergessen; sie lebte höchst lebendig in seinen Träumen, und Mrs. Loraines Nähkästchen war mit ihm nach Gentian Hill gekommen. Der Doktor meinte, es würde ein betrübtes Weihnachtsfest für Stella werden, denn die von Trafalgar heimgekehrten Schiffe brachten einen Brief Zacharys, worin er schrieb, er sei zwar unversehrt, aber seine Fregatte müsse weiter im Mittelmeer bleiben. Und sie hatte doch so sehr gehofft, ihn zu Weihnachten wiederzusehen.

«Für Sie ist es ebenso enttäuschend wie für Stella», sagte der Abbé.

«Aber für den Jungen ist es das Beste», antwortete der Arzt. «Der schmerzhafte Vorgang, der durch Widerwärtigkeiten aus einem Jungen einen Mann macht, vollzieht sich oft schneller ohne Unterbruch.»

Er sprach lange voll Stolz und Freude über seinen Adoptivsohn, aber wenig über Stella, denn er nahm an, der Abbé gehöre nicht zu den Männern, die sich für kleine Mädchen interessieren.

Aber am Weihnachtstag, als das Wetter immer noch schön war und sein Patient erstaunlich an Kräften zugenommen hatte, schlug er einen Besuch auf Weekaborough Farm vor.

«Alle wohlhabenden Bauernhöfe in Devon haben ein offenes Haus am Christabend», sagte er. «Da gibt's die Zeremonie mit dem Festtrunk unter den Apfelbäumen und dann den Julklotz und das Weihnachtsbrot. Wenn Sie sich nicht zu müde fühlen, um mit mir zu kommen, wird es Sie gewiß interessieren. Hier, im Herzen des Landes, lebt die Märchenwelt noch sehr um uns, müssen Sie wissen. Vielleicht sind in der Tiefe der Volksseele heidnische Überlieferungen stärker verwurzelt als das Christentum. Wenn Sie in jetziger Zeit in England wahren christlichen Glaubenseifer suchen, müssen Sie sich, fürchte ich, eher an die Nachfolger von John Wesley halten, als an die Staatskirche.»

«Das habe ich auch schon bemerkt», erwiderte der Abbé trocken.

Der Doktor lächelte. «Aber eingewoben in die hellen Farben der Zauberlehren werden Sie viele goldene Fäden finden, Überreste katholischen Glaubens. Zum Beispiel die Masken, und dann den Pfluggesang. Es wird ein unersetzlicher Verlust für England sein, wenn er einmal nicht mehr über die Hügel von Devon klingt. Wollen Sie mit mir kommen?»

Er hatte eine höfliche, aber kühle Absage erwartet. Zu seinem Erstaunen erwiderte der Abbé beinahe freudig: «Ich komme sehr gern. Ich bin Feenzauber nicht abgeneigt und habe auch noch ein Weihnachtsgeschenk für Stella.»

Im Lauf des klaren, goldenen Nachmittags fuhren sie mit dem Einspänner los, Tom Pearse saß hinten.

«Es ist noch früh», sagte Dr. Crane. «Wir wollen zuerst bis zur Höhe von Beacon Hill, damit Sie die Aussicht dort genießen können.»

Die Straße nach Beacon führte auch nach Weekaborough Farm. Als sie dort vorbeifuhren, äußerte sich der Abbé entzückt über die Schönheit des alten Hauses. «Ich dachte immer, unsere alten französischen Schlösser, die noch übriggebliebenen, seien die schönsten Heimstätten der Welt. Aber jetzt sehe ich, daß ihnen die englischen Bauernhäuser und Herrensitze ebenbürtig sind», rief er aus. «Dies hier ist beinahe würdig, die kleine Elfe Stella zu beherbergen.»

Äskulaps scharfer Trab verlangsamte sich zum Schritt, als sie die steile Straße erreichten, die sich zur Höhe von Beacon Hill hinaufschlängelt. Der Doktor und Tom Pearse stiegen aus und stapften neben dem Wagen her. Endlich hielten sie vor einem Gatter, in der Nähe eines Feldes, und banden Äskulap an den Pfosten. Dann wanderten die drei Männer den grünen Hang hinauf bis zur Höhe des Hügels, wo sie neben den Leuchtfeuern anlangten. Es gab deren zwei, eines aus Stechginster, das andere aus Torf; nahe dabei stand die Holzhütte des Wächters. Sobald der Feind auf See gesichtet wurde, sollte der Stechginster angezündet werden, um einen hellen Schein zu verbreiten, und dann der Torf, der weniger hell, dafür aber länger brannte. Darauf würde die Nachricht von Hügel zu Hügel eilen, über die ganze Gegend.

«Bist du da, Isaak?» rief der Doktor und sah durch den Türspalt in die kleine Hütte. Aber der alte Mann im Innern, der heute an der Reihe war zu wachen, schlief fest. «Macht nichts», kicherte Dr. Crane. «Seit dem einundzwanzigsten November haben wir die Wächter auf dem Hügel kaum nötig gehabt. Gott sei Dank.»

«Und Admiral Nelson, Gott sei seiner Seele gnädig», warf Tom Pearse kriegerisch ein.

De Colbert bekreuzigte sich gedankenlos, er war nicht ganz bei der Sache. Der Anblick des Landes, das zu seinen Füßen ausgebreitet lag, ergriff ihn. Freilich war es nur ein kleiner Teil, der Ausschnitt einer Grafschaft unter vielen, aber doch in diesem kurzen Augenblick – England. Sie befanden sich auf dem höchsten Kamm eines Hügels; er war nicht gerade sehr hoch, überragte aber doch um einiges die umliegenden runden, grünen Kuppen, die ihn beinahe in den Himmel zu heben schienen. Der Abbé schaute nach Westen, über die wellige Landschaft der Wälder, Wiesen und Obstgärten, wo eben die Sonne hinter dem purpurnen Streifen der Moore unterging, und dann nach Osten, gegen die ruhige See hin. Die Farben der winterlichen Wälder, Felder und der bestellten Erde waren zart und schön im glitzernden Licht. Hie und da ringelte sich Holzrauch aus den verstreuten Bauernhöfen und Häuschen; Schafe und Rinder auf den fernen Hängen sahen wie Spielzeug aus, das man für Kinder bereitgestellt hatte. Ein paar verspätete Möwen flogen heimwärts dem Meer zu, und die Saatkrähen krächzten in den hohen Ulmen. Da gab es keine Spur von Wildnis, keine grellen Betonungen, keine Härten in den Kontrasten oder Umrissen. De Colbert konnte sich in diesem Augenblick kaum vorstellen, daß jenseits des schmalen Streifen Meeres Frankreich lag, wo er so viel ausgestanden. All diese Zeit hindurch hatten hier die Schafe friedlich geweidet und der Holzrauch sich träge in die stille blaue Luft geringelt.

«Es muß auf Sie etwas zu vollkommen wirken», sagte der Doktor. «Zu ordentlich. Zu blühend und vielleicht auch ein wenig selbstzufrieden. Und das englische Volk macht auf Flüchtlinge aus Europa wohl einen ähnlichen Eindruck . . .»

Der Abbé lächelte. «Vielleicht – ja. Aber wenn Sie uns auch manchmal wie Kinder vorkommen, die auf Ihrer kleinen, sichern Insel ein Spiel spielen, so sind sie doch liebenswürdige und gastfreundliche Kinder. Obgleich die meisten unter Ihnen nie die gebrochenen Erwachsenen verstehen werden, die über das Meer herübertaumeln, werden Sie uns wohl nie Ihre Türen vor der Nase zuschlagen. Und Sie haben eine Kraft, eine Art widerstrebende Zähigkeit, die man sich schwer erkämpft, die aber da ist. Ich glaube, wenn der Sturm hier ausgebrochen wäre, würden sich alle Engländer innerhalb einer Nacht zu Erwachsenen entwickelt haben. Auch in der Landschaft läßt sich diese Zähigkeit zuweilen erkennen. Sehen Sie nur diesen Baum und die alten grauen Steine.»

Gerade unter ihnen lag Bowerly Hill. Der alte Baum stand starr und dunkel inmitten der ihn umgebenden Lieblichkeit, die schweren Steine bildeten einen eigenartigen Kontrast zu den Bewegungen der grasenden Schafe; sie schienen sich unverrückbar in das Gras zu pressen.

«Wir wollen diesen Weg hier zurückgehen», sagte der Doktor. «Tom führt den Wagen inzwischen hinunter.»

Sie wanderten den grünen Hang hinab und kamen zu dem Eibenbaum. Der Abbé schwieg, verweilte aber einen Augenblick; der Zauber des Orts hielt ihn gefangen. Sein Gesicht nahm einen nach innen gerichteten Ausdruck an, als lausche er dem Klang eines fernen Horns oder einem Trommelwirbel. Der Doktor lächelte; er hörte immer nur die Trommel.

«Unsere Eiben werden sehr alt», bemerkte er. «Die hier ist aber nur ein paar Jahrhunderte alt, glaube ich. Sie wurden immer als heilig betrachtet, erst von den Druiden und später von den Christen.»

«Überall diese Bourbonenlilien», sagte de Colbert und beugte sich herab. «In der St.-Michael-Kapelle, auf den Gräbern im Friedhof und hier auch auf dem Stein.»

«Sie haben ein gutes Auge», bemerkte der Arzt. «Die hier ist mir erst kürzlich zum erstenmal aufgefallen. Aber, ist es eine Lilie? Ich hielt es für einen aufblühenden Enzian ... Sie lauschen wieder. Hören Sie es?»

«Ja», erwiderte der Abbé.

2

Stella und Hodge saßen indessen neben dem alten Sol in der Kaminecke der Küche von Weekaborough; die Kleine stichelte an ihrem Mustertuch. Sol verließ nun die Kaminecke nicht mehr, außer um sein Bett aufzusuchen. Das kalte, nasse Wetter der letzten Zeit hatte ihn plötzlich umgeworfen, er litt unter seinen Gebrechen. Das Alter hatte ihn gefällt, wie der Sturmwind einen alten verkrümmten Baum. Ohne Hilfe konnte er weder aufstehen noch sich niedersetzen, und Vater Sprigg trug ihn wie ein Kind die Treppe hinauf in sein Bett. Dr. Crane meinte, er würde sich nicht mehr erholen; er hielt ihn für weit über achtzig. Vater und Mutter Sprigg hatten diese Nachricht mit philosophischer Ruhe aufgenommen, einen neuen Pflüger angestellt, und sahen nun nach Sol wie nach einem treuen, alten Hund, der in ihren Diensten ergraut war. Sie waren gut zu ihm, es tat ihnen leid, daß er nicht mehr arbeiten konnte, aber das lag in der Natur der Dinge, und ihr Herz brach ihnen nicht darüber, ebensowenig wie Sol. Es war warm in der Kaminecke, er konnte immer noch sein Essen genießen, und er war dem Tod so oft begegnet, daß er ihn als etwas Gegebenes hinnahm. Er gehörte zum Leben wie das Säen und Ernten, das Fallen der Blätter und des Schnees. So war es eben.

Aber Stella empfand nicht wie er. Niemand hatte ihr gesagt, daß Sol am Sterben war. Sie wußte jedoch, daß es sich früher oder später ereignen würde, und war empört und verzweifelt, so wie sie jene letzten Kapitel des Evangeliums empört hatten. Wenn sie an ihrem Mustertuch nähte, ihre Aufgaben lernte oder Trauben für Kuchen und Puddings entkernte, brachte sie ihren Schemel in die Kaminecke und setzte sich während der Arbeit neben Sol. Und manchmal redete sie mit ihm und erzählte ihm Geschichten. Es schien ihr zweifelhaft, ob er verstand, was sie sagte; sie spürte nur, daß er sie gerne neben sich hatte. Dann sah sie zu ihm auf, sein altes Gesicht war weich von Zärtlichkeit, und seine Augen leuchteten vergnügt. Sie hegte den stillen Verdacht, daß ihn ihre Verzweiflung so belustigte. Genauso hatte er ausgesehen, wenn sie als ganz kleines Kind einmal schlechter Laune war. Er hielt das damals für einen natürlichen kindlichen Auswuchs, der später von selbst verschwinden würde. Sie konnte sich jedoch nicht vorstellen, daß sie je all das, was andern geschah, mit philosophischer Ruhe betrachten würde. Ihre eigenen kleinen Kämpfe und Schwierigkeiten nahm sie bereitwillig hin, im Unterbewußtsein der Kraftquellen sicher, die den an sie gestellten Forderungen gewachsen sein würden. Aber die Schläge, die andere trafen, erfüllten sie mit stiller Wut über ihre eigene Machtlosigkeit. Da war nun Sol, den sein Rheumatismus täglich mehr und mehr verkrümmte, und sie konnte nichts tun, um ihn wieder geradezubiegen. Bald würde er sterben und sie alle verlassen, und wenn es ihm im Jenseits nicht gefiele, könnte sie nicht neben ihm sitzen und es netter für ihn gestalten. Sols Fortgehen würde in mancher Hinsicht noch schwerer sein als Zacharys Abwesenheit, weil sie wußte, daß Zachary eines Tages wiederkehrte, Sol aber niemals. Zachary litt eigenen Schmerz, wenn er geschunden wurde; Stella fühlte die Qualen der anderen mit; beide bekamen sie den rauhen Zugriff der Wirklichkeit zu spüren und reiften zusehends.

«Man muß die Dinge nehmen, wie sie sind», sagte Sol plötzlich und heiter. Er machte immer noch ab und zu so tiefsinnige Bemerkungen mit hellen, frohen Augen, während er ins Feuer oder auf Stella blickte. Sie verstand ihn nicht, und er fand keine Worte, um ihr zu erklären, was er wußte. Nur durch die Ruhe, mit der er das brennende Gewand der Dinge, die unabänderlich sind, ertrug, konnte er sein inneres Wissen kundtun; daß die Hand, die ihm Leiden auferlegte, die Hand göttlicher Liebe war. «Und heut' ist Weihnachten, weißt du.»

Die letzte Bemerkung verstand sie. Den ganzen Tag war sie störrisch gewesen, einmal wegen Sol und dann weil Zachary nicht heimkommen konnte. Aber das war nicht recht von ihr. Am Christfest durfte man keine Launen haben. Weihnachten war wie ein Stern, der auf die Erde fiel, etwas Wunderbares. Wenn man sich wirklich da hineinvertiefte, war man so in Anspruch genommen, daß keine Zeit für anderes blieb. Sie sah auf und lachte. Dann wandte sie ihre Aufmerksamkeit den Weihnachtsvorbereitungen zu. Sol ebenfalls; er kicherte beim Anblick des alten, vertrauten Rahmens für das Wunder. Jetzt, da er ihn zum letztenmal sah, kam ihm alles außerordentlich komisch vor. In früheren Jahren hatte er diese Komik nicht bemerkt, so sehr war er ein Teil davon gewesen. Nun aber, da er beinahe schon im Jenseits stand, fand er es spaßig, daß ein fallender Stern mit so viel gutem Essen und Grünzeug empfangen wurde.

Die große, höhlenartige Küche sah prächtig aus, dachte Stella; sehr begreiflich, denn sie und Mutter Sprigg hatten den ganzen Tag daran gearbeitet. Tannen- und Stechpalmenzweige schmückten die Anrichte, alle Ecken und Regale und selbst die Großvateruhr hatte einen Eibenzweig von dem Baum auf Bowerly Hill. Misteln, die man von dem Duke of Marlborough abgeschnitten hatte, hingen am Mittelbalken. Der große Tisch, gegen die Anrichte geschoben, war mit Essen beladen. In Reihen standen da im Hintergrund Kaninchen- und Hammelpasteten, Schweinsfüße in Sülze, kalter Rinderbraten und ein riesiger, knuspriger Schinken mit braunem Zucker bespritzt. Vorne waren Apfelkuchen aufgebaut, Hackfleischpasteten, Weincremes, Safrankuchen und Platten gehäuft voll mit Rahm und kandierten Früchten. Die große Würzbierterrine stand bereit mit dem Schöpflöffel und der stechpalmengeschmückten Holzplatte für das Weihnachtsbrot. Außerdem waren noch Ale und Most da und Mutter Spriggs selbstgemachter Pflaumen- und Holunderwein sowie Schlehenschnaps. Am Weihnachtsabend, Christtag und Stefanstag stand die große Eingangstür von Weekaborough Farm weit offen, um jeden zu empfangen, der da kam, sei es nun ein Engel, Prinz oder Bauersmann. Vater Spriggs Widerwille gegen Landstreicher verflüchtigte sich zu Weihnachten. Der Bezirksvagabund war willkommen, wurde gewärmt und gefüttert.

Aber das fröhliche Kommen und Gehen hatte noch nicht eingesetzt; Stella und Hodge waren in der Küche allein. Das Feuer war heruntergebrannt und wartete auf den Weihnachtsknorren, der es frisch beleben sollte. Die Äpfel für das Würzbier brieten in der Asche, und das Weihnachtsbrot buk im Brotofen in der Mauer; köstliche warme Düfte verbreiteten sich in der Küche. Es war so still und ruhig, daß das Ticken der Großvateruhr sehr laut schien. Man konnte das Geräusch der herabfallenden Asche vernehmen, das Kratzen einer Maus in der Ecke und das Knacken von Stellas Nadel gegen ihren zerbeulten kleinen Messingfingerhut. Nun kam sie schneller vorwärts mit dem Mustertuch, weil sie es Zachary schenken wollte. Schon hatte sie ein großes Stück der Borte gemacht, steife kleine Apfelbäumchen und eigenartige Vögel, die ein wenig grotesk rundum liefen. In der Mitte wollte sie eine Fregatte mit vollen Segeln sticken, umgeben von Delphinen und Seemöwen. Wenn es fertig war, gedachte sie es einzurahmen, damit Zachary es als Bild an die Wand hängen konnte. Aber sie war sich klar, daß noch eine schwere Aufgabe vor ihr lag. Es würde viel schneller gehen, meinte sie, wenn sie ein wirklich hübsches Nähkästchen besäße, mit viel buntem Garn und einem echt silbernen Fingerhut.

3

«Stella! Stella! Tom Pearse ist eben in den Hof gefahren, und der Doktor mit einem Freund kommt den Hügel herunter.»

Es war Mutter Sprigg, die von der Treppe herab rief. Die stille Stunde war vorbei. Weihnachten nahm seinen Anfang. Stella und Sol sahen einander an, ihre Augen leuchteten. Dann packte die Kleine die Arbeit zusammen, versorgte sie im Schränkchen unter dem Fenstersitz und schüttelte die Falten des neuen Kleides zurecht, das Mutter Sprigg ihr für Weihnachten gemacht hatte. Es war aus weichem, grauem Wollstoff mit roten Röschen darin, und sie trug eine weiße Schürze dazu. Gleich darauf kam Mutter Sprigg geschäftig herein; rosig und lächelnd und von einem zarten Duft von Lavendel umgeben, den sie stets zwischen den Falten ihres dunkelroten, besten Winterkleides aufbewahrte. Vater Sprigg folgte ihr; sein Sonntagsstaat krachte in allen Fugen. Danach erschien Madge vom Hof mit Tom Pearse hinterdrein, und von der offenen Haupttüre her ertönte des Doktors lautes Klopfen.

«Ich gehe schon», rief Stella, und mit Hodge auf den Fersen lief sie in die Halle, um ihn zu begrüßen. «Gott segne Sie, meine Herren», sagte sie, wie ihre Pflegemutter sie gelehrt hatte alle zu empfangen, die zu Weihnachten kamen, «und beschere Ihnen frohe Weihnachten und ein glückliches neues Jahr.» Dann faßte sie ihr geblümtes Kleid an beiden Seiten und verbeugte sich. Es war nicht der übliche kurze Knicks eines Landkindes, sondern die wohlabgewogene Verbeugung einer großen Dame. (Wo, um alles in der Welt, hat sie das gelernt? fragte sich der Doktor.)

«Erinnerst du dich an Monsieur de Colbert, Stella?»

Offensichtlich hatte sie ihn nicht vergessen. Ihr schmales braunes Gesichtchen glänzte vor Freude, als sie sich erhob, und suchend sah sie zu dem Abbé auf, ob er wohl noch dem Bilde glich, das sie in ihrem Innern trug. Anscheinend ja, denn sie lächelte und streckte ihm die Hand entgegen. «Willkommen in Weekaborough, mon Père. Achten Sie auf die Stufen.»

Er nahm ihre Hand und hielt sie, sah auf das Kind herab, sprach aber kein Wort. Der Doktor, der sich seines Kragenmantels entledigte, betrachtete das Paar neugierig. Warum hatte das Lächeln des Kindes den Mann einen Augenblick lang so tödlich erschrecken lassen, da er sie doch in der nächsten Sekunde fast ebenso strahlend anschaute wie sie ihn? Etwas sonderbar Ähnliches lag in der Festigkeit, mit der sich die beiden betrachteten. Rosiges Abendlicht drang durch die geöffnete Küchentür herein, ließ die harten Gesichtszüge des Abbés weicher erscheinen und nahm seiner hohen Gestalt das Eckige. Es hatte ihn einer jener seltsamen Augenblicke zauberhafter Verwandlung heimgesucht, vor denen kein Mensch sicher ist. Wenn eine starke Gefühlserregung blitzartig, vielleicht unterstützt durch optische Täuschung unser Äußeres so verändert, daß es uns zeigt, wie wir vor etwa zwanzig Jahren aussahen oder in weiteren zwanzig Jahren aussehen werden, dann kennt der erstaunte Betrachter unser Jugendbild oder weiß, wie wir bei unserm Tod aussehen werden.

Er muß einmal sehr schön gewesen sein, dachte der Doktor erstaunt. Schön, elegant und feurig.

Stella ebenfalls. Es war kein Kind, das dort stand, es war eine Frau im grauen Kleid, die mit gesenktem Kopf durch das Dunkel schritt, eine kostbare Gabe sorgsam in den Händen haltend.

«Stella!» rief er beinahe scharf; sie sah auf und lachte, ein fröhliches Mädchen, das eben ein Weihnachtsgeschenk bekommen hatte, ein braunes, in Papier gehülltes Paket, mit etwas Unbekanntem darin. Doch selbst als Wärme und Licht der Küche ihn bereits umfing und Vater und Mutter Sprigg ihn begrüßten, fühlte der Doktor sich immer noch ganz erschüttert. Dieser junge Mann war von so eindrucksvoller Schönheit gewesen, und die Haltung der Frau hatte Kummer ausgedrückt; er fühlte sich machtlos, das Hinschwinden jener und das Herannahen des andern aufzuhalten.

Die Ankunft von Leuten aus der Umgegend gab ihm indes sofort sein Gleichgewicht wieder. Er sah Stella und den Abbé auf einem der Fensterplätze sitzen, glücklich über das Beisammensein. Der Arzt verbannte den eben verspürten Schock aus seinem Bewußtsein und ließ sich von dem ländlichen Fest, das er so gerne hatte, gefangennehmen.

Die zwei auf dem Fensterplatz nahmen gar keine Notiz von dem Lachen und Plaudern am Kamin. Stella machte das Paket sehr langsam auf; ihre Wangen brannten, die Lippen waren geöffnet. Sie fand die Vorfreude so herrlich, daß sie sie möglichst hinauszog.

«Soll ich die Schnur durchschneiden?» fragte der Abbé und zog sein Taschenmesser hervor.

«O nein, Sir», rief Stella entsetzt, denn man hatte sie dazu erzogen, nichts zu vergeuden. «Es ist ein sehr guter Bindfaden.»

Ihre geschickten Finger lösten den Knoten und legten Schnur und Packpapier sorgfältig beiseite. Beim Anblick des Silberpapiers und roten Bandes entfuhr ihr ein leiser Ausruf des Entzückens. Sie nahm das Band weg und glättete es liebevoll. «Gehört es auch mir?» erkundigte sie sich.

«Natürlich! Selbstverständlich!» erwiderte der ungeduldige Abbé.

Sie schlang es um ihre Mitte und begann schließlich das Silberpapier wegzunehmen. Sie wußte, daß sie, aufgeregt wie sie war, furchtbar langsam machte, aber sie konnte nichts dafür. Nur sehr selten bekam sie Geschenke, und das Glück nahm ihr fast den Atem.

Das Papier fiel ab, und der kleine Kasten aus geschnitztem Zedernholz mit den Elfenbeinintarsien lag in ihrem Schoß. Sie hatte gar nicht gewußt, daß es so wundervolle Dinge gab. Es war eine Kassette für eine Prinzessin; die Art, wie sie Lady Hester wohl für ihren Schmuck brauchte, als sie in Ilsham Castle lebte. Nein, gewiß war sie noch schöner. Sie erinnerte sich, wie sie einmal gemeint hatte, man könne aus Worten Kästchen bauen, um Traumbilder darin aufzubewahren. Dies hier war fast ebenso unirdisch wie jenes. Mit verklärtem Gesicht sah sie zu dem Abbé empor.

«Sind Träume darin?»

«Mache auf und sieh nach», gab er zur Antwort.

Stella öffnete den Deckel ein wenig und sah hinein. Dann stieß sie wieder einen Schrei des Entzückens aus und hob ihn ganz auf. «Ein Nähkästchen!» Sie vergaß den Abbé, vergaß alle und alles. Hob die reizenden Deckelchen und erblickte die farbigen Seidenröllchen. Sie nahm das Schmirgelkissen, das einer Erdbeere glich, in die Hände und erzählte, daß Curlylocks Erdbeeren und Rahm bekam, wenn sie nähte. Dann holte sie den silbernen Fingerhut heraus, fand, daß er genau paßte, und sagte leise etwas über Lady Hester, die genau denselben gehabt hätte. Als sie die Schere aufnahm, rief sie gleich: «Das ist ein weißer Schwan, der über das Wasser fliegt.» Sie entdeckte Schätze, die der Abbé nie darin gesehen hatte; ein Samtkissen für Stecknadeln, wie ein roter Giftpilz, ein Nadelbüchlein aus Goldbrokat, Spitzenklöppel, an deren Enden Perlen hingen, einige vergilbte Stückchen Seide und Satin, ein Kinderhalsband aus blauen Glasperlen und ein winziges Paar Schnallen aus Glasfluß. All diese kleinen Köstlichkeiten nahm sie heraus, hielt sie in den Händen und flüsterte etwas in sich hinein, ehe sie die Sachen wieder zurücklegte. De Colbert entnahm ihrem Selbstgespräch, daß jedes Stück in ihrem Kopf den Ausgangspunkt für einen Traum bedeutete.

Wie das Kind nun alles andere in der Welt über seinem Nähkästchen vergessen hatte, so verschwand für ihn die ganze übrige Umgebung mit Ausnahme der Kleinen. Er prägte sich jede geringste Kleinigkeit an ihr ein. Die Form des Kopfes mit den kurzen, knabenhaften Locken, die Linie des Nackens, den Umriß der schmalen braunen Wangen mit den langen dunklen Wimpern, die kurze Oberlippe und das energische Kinn. Ihre Augen kannte er bereits, sie waren sternklar und von außergewöhnlich intensivem Grau. Und dann ihr Lächeln, das ihn so mächtig ergriff. Dabei war ihm weniger, er vertiefe sich in die Kleine als vielmehr, daß er sich an sie erinnere. Sie schien ihm derart ein Teil seiner selbst, daß er sich nach körperlichem Berühren sehnte; wie gerne wollte er die Ringellocke im Nacken streicheln, einen Arm um sie legen und ihr Herz gegen seine Hand schlagen fühlen. Es war einfach lächerlich, fast als ob er sich noch einmal Hals über Kopf verliebte.

«Ach, Liebling, hast du je schon einmal etwas so Entzückendes gesehen?» Mutter Sprigg stand vor den beiden und starrte fassungslos auf die Kassette. Stella sah zu ihr auf. «Monsieur de Colbert hat sie mir geschenkt.»

«Er hat dir diese wundervolle Nähschatulle geschenkt? Einer kleinen Puppe wie dir? So etwas hab ich in meinem Leben noch nicht gehört! Das ist ja ein Kästchen für eine große Dame. Nein, so was!» Mutter Sprigg wußte kaum, welchem ihrer Gefühle sie die Oberhand lassen sollte. Der Wonne, daß ihr geliebtes Kind etwas so Schönes bekam, oder der Traurigkeit, daß sie nicht selbst die Geberin sein konnte. Und wer war dieser vornehme Herr, der ihrem Kind etwas so Prächtiges gab? Er hatte sich erhoben und stand ihr höflich gegenüber.

«Ich hoffe, die Kleine hat sich recht bei Ihnen bedankt, Sir», sagte sie, und in ihrer Stimme lag ein Anflug von Schärfe. «Stella, hast du dem Herrn für sein Geschenk gedankt?»

Das Kind hatte den Nähkasten in dem Fenstersims-Schränkchen versorgt, in dem sie ihre besonderen Kostbarkeiten verwahrte. Nun drehte sie sich um: ihr Gesicht wurde plötzlich hochrot vor Schrecken. «Nein, Mutter, ich – habe es nicht getan.»

«O, du bist aber ein undankbares Mädchen!»

Und jetzt war ihre Stimme so scharf, daß sich die Augen der Kleinen mit Tränen füllten. Ohne zu wissen, was sie tat, ließ sie ihre Hand in die des Abbés gleiten; teils um Schutz zu suchen, teils aus Betrübnis, weil sie sich nicht bedankt hatte. Er drückte die kleine Hand fest, Blut von seinem Blut, so schien es ihm.

«Madame, sie war nicht undankbar», sagte er. «Noch nie ist Dankbarkeit reizender ausgedrückt worden.»

Seine gewählte Art zu sprechen ärgerte Mutter Sprigg. Er war ihr äußerst unsympathisch. Ein Ausländer. Außerdem verletzte es sie, wie die zwei so dastanden, als seien sie gegen sie verbündet. Sie sah von einem Gesicht zum andern und bemerkte als erschwerenden Umstand, daß beide dunkelgraue Augen hatten.

«Hol deinen Mantel, Stella», sagte sie kurz. «Es ist Zeit für die Julfeier.»

4

Die vergnügte Gesellschaft zog in den Obstgarten, geführt von Vater Sprigg, der die Gewürzbierterrine, gefüllt mit Most und Äpfeln, trug; Madge folgte ihm mit einem Brett voller Gläser. Da die Dunkelheit jetzt einbrach, wurden Amos, der neue Schafhirte, und Dick, der neue Knecht, sowie zwei der Gäste mit brennenden Laternen ausgerüstet. Stella, verständig, wie sie es gewohnt war, klebte an Mutter Sprigg wie eine kleine Napfschnecke, und der

Abbé stand neben dem Doktor und genoß die Schönheit des Schauspiels.

Alle hatten sich im Kreis um den alten Duke of Marlborough aufgestellt und standen so einen Augenblick lang ganz ruhig. In der plötzlichen Stille konnten sie eine Eule schreien hören, den fernen Stundenschlag einer Kirchenglocke und einen sonderbar langen, anschwellenden Seufzer; das war die Flut, die an den Strand von Paignton anschlug. Aber in dem fremdartigen Zwielicht klang es, als ob die Erde selbst aufseufzte. Das harte Gras war bereits von schwerem Tau versilbert, und die bewegungslosen Äste der Apfelbäume bildeten verschlungene Muster in Silber und Schwarz gegen das dunkle Flaschengrün des Himmels. Das Laternenlicht warf einen warmen Schimmer über die gesunden, wettergebräunten Gesichter der Landleute; sie waren auf einmal so aufmerksam und friedlich. Woran dachten sie wohl alle? fragte sich der Geistliche. Vater Spriggs durchfurchtes, bärtiges Gesicht – wie er so dastand und die große Terrine hielt, in der die Bratäpfel im Most zischten, während ein Duft daraus aufstieg, beinahe wie Weihrauch – war so in sein Tun vertieft wie ein Priester beim Gottesdienst. Alle schauten auf den Apfelbaum, der nicht mehr ein Baum zu sein schien, sondern ein alter, weiser heidnischer Gott der Fruchtbarkeit und Hüter dieses Hofes. Er sorgte dafür, daß die Ernte nicht mißriet, die Quelle nicht versiegte, daß die Mutterschafe ihre Lämmlein nicht verwarfen und die Bäume ihre Früchte rechtzeitig trugen. Jemand begann zu singen, und eine Stimme nach der andern fiel in den Gesang ein. Die Anfangsworte «Gesundheit dem guten Apfelbaum» waren nur Knittelverse, aber die begleitende Weise schien dem Abbé viel älter als die Worte. «Wassail» war ein Sachsenwort. War das Lied so alt? – Es schien ihm wahrscheinlich.

Der Gesang verstummte, die Männer und Frauen nahmen jeder ein Glas, tauchten es in das Gefäß und tranken auf das Wohl des Gottes. Danach trug Vater Sprigg die Bowle zum Apfelbaum und leerte den Rest des Inhalts als feierliches Trankopfer über die verkrümmten Wurzeln. Dann war alles vorbei, und Lachen und Fröhlichkeit nahmen ihren Fortgang.

Die Leute zogen in die Küche zurück, sie war dunkel und still mit dem alten Sol neben dem absterbenden Feuer. Niemand sprach, während Vater Sprigg und Amos den Julknorren vom Hofe holten und auf die Feuerstätte legten. Es war ein Ast der leichtbrennenden

Esche, den man sorgfältig getrocknet hatte, damit er schneller Feuer fing. Vater Sprigg schichtete kleine Scheiter herum, und Stella arbeitete mit aller Kraft am Blasebalg. Augenblicklich schlugen die Flammen den Kamin hinauf. Inzwischen war Mutter Sprigg zum Backofen gegangen, entnahm ihm das heiße, duftende, goldigbraune Weihnachtsbrot und legte es auf das mit Stechpalmen geschmückte Holzbrett. Aus einem Topf von einem Regal holte sie ein verschimmeltes graues Stück hervor, der letzte Rest des vorjährigen Weihnachtsbrotes, und warf es in die Flammen. Die bisher schweigende Gesellschaft brach in muntere Beifallsrufe aus. An Feuer und Brot hatte es im vergangenen Jahr nicht gemangelt, und das Verbrennen der letzten Brotkruste in den Flammen des neuen Julknorrens sicherte beides auch im kommenden Jahr.

Dann zündeten Mutter Sprigg und Madge alle Kerzen an. Jedermann wurde ungemein fröhlich, aß und trank, lachte und schwatzte so recht von Herzen. Der Doktor merkte, daß die Unterhaltung bald nicht mehr nach des Abbés Geschmack sein würde. «Wir wollen uns wegstehlen», sagte er. «Stella, komm mit uns bis zum Gartentor.»

Diese war auch froh, davonschlüpfen zu können. Sie liebte die Apfelbaumfeier und das Anzünden des Julknorrens, nicht aber die lärmende Stunde, die darauf folgte. Sie schien die stillen Augenblicke des Trankopfers und der emporzüngelnden Flammen zu zerstören. In ihren Mantel gehüllt, schritt sie sittsam zwischen den beiden älteren Herren den Gartenpfad entlang. Der Mond war nun aufgegangen, hell blitzten die Sterne. Kein Lüftchen war zu spüren.

«Stella», sagte der Abbé, «die Nähkassette gehörte einer sehr alten Dame, einer Freundin von mir, die in Torre lebt. Sie gab sie mir für dich. Willst du einmal mit mir gehen und sie besuchen?»

«Danke, Sir, ich komme, wann immer Sie es wünschen», gab die Kleine zur Antwort. Dann machte sie eine Verbeugung. «Gute Nacht, Sir. Frohe Weihnacht.» Nun wandte sie sich dem Doktor zu und knickste nochmals. «Gute Nacht, Sir.»

Sie stand auf der obersten Stufe und sah zu, wie die Herren in den bereitstehenden Wagen kletterten. Plötzlich war sie weit weg von ihnen. Das kleine erhobene Gesichtchen sah weiß aus im Mondlicht, und obwohl sie lächelte, war es nicht das Lächeln eines Kindes. Der Mantel fiel in geraden Falten herab. Hinter ihr strömte warmes Licht aus der offenen Wohnzimmertür, aber es schien nichts mit ihr zu tun zu haben. Sie gehörte zu den Schatten des Gartens, zu der Ruhe und den eigenartigen Formen der gestutzten Eiben. Der Abbé, dem der Abschied von ihr schwer wurde, dachte an Märchen von Meernymphen und Waldgeistern, die ihre eigene Welt verließen, um Pflegekinder von Bauersleuten zu werden, und wie sie ihnen große Freude brachten, manchmal aber auch Kummer.

«Sie lebt in einer Welt, die nicht ihre eigene ist», sagte er zu Dr. Crane, als sie abfuhren.

Leicht erschrocken sah ihn der Doktor scharf an. «Selbst wenn es stimmt, fühlt sie sich doch völlig glücklich darin.»

«Sie sind immer glücklich», bemerkte de Colbert, «weil sie die Möglichkeit haben, in mehr Welten zu leben als in einer einzigen.»

Auf dem Heimweg sprach keiner ein Wort. Des Doktors Gedanken kreisten um Zachary, der Abbé dachte an Thérèse.

7. Kapitel

I

Stella wurde an der Küchentür von Mutter Sprigg empfangen. «Geh zu Bett, Kind», sagte sie. «Nimm eine Tasse Milch und einen Bratapfel und geh zu Bett, sonst bist du morgen nicht ausgeschlafen. Sol ist schon gegangen.»

Aber Stella, ohne daß Mutter Sprigg es sah, verschaffte sich mehr als eine Tasse Milch und einen Apfel. Sie holte sich einen großen Steingutteller von der Anrichte, schlüpfte zwischen die fröhlichen Gäste und tat Tauben- und Kaninchenpastete, Schinken, Rinderbraten und Kuchen darauf. All das stellte sie auf den Steinboden des dunklen Ganges, der in den Hof führte. Dann kehrte sie wieder um und holte nicht nur eine Tasse Milch, sondern den ganzen Topf voll, einen Bratapfel mit dickem Rahm in einem rosaglasierten Schüsselchen und füllte die Tasche mit Zuckerstückchen. Wenn der Abbé sie in diesem Augenblick gesehen hätte, er würde sie nicht mit überirdischen Wesen verglichen haben. Sie spritzte vor echt irdischer Unart, als sie Hodge rief und die Küchentür hinter sich schloß.

Die Weihnachtsgesellschaft im Stall benahm sich nicht so lärmend wie die in der Küche, stand aber der letzteren nicht an Genießen nach. Stella holte Daniel vom Hof herein und zündete die Stalllaterne mit dem Feuerzeug an, das zu diesem Zweck immer dort aufbewahrt wurde. Seraphine und ihre Jungen befanden sich bereits im Stall; sie waren hierher verbannt worden, um nicht unter die vielen trampelnden Füße in der Küche zu geraten. Außerdem waren noch versammelt Sadrach, Mesach und Abednego, die Stallkatzen, Moses und Abraham, die Ochsen, die Mähre Beß und die zwei kleinen Packpferde Sem und Ham. Während die Hunde von dem gemusterten Teller fraßen und die Katzen die Milch aus der Schale leckten, fütterte Stella die Ochsen und Pferde mit Zucker. Wie gern hatte sie es, wenn die warmen, weichen Schnauzen auf ihrer Handfläche schnupperten. Sie streichelte den Tieren den Hals, sprach ein wenig mit ihnen und wünschte ihnen schöne Weihnachten. Dann setzte sie sich auf einen Heuhaufen neben die Katzen, Hodge und Daniel, nahm ihren Löffel aus der Tasche und aß den Bratapfel mit dem dicken Rahm aus der rosa Schüssel. Zehn Minuten später waren Teller, Schale und Schüssel so sauber geschleckt, daß Stella fand, es sei ganz unnötig, sie am nächsten Morgen zu waschen. Sie stellte das Geschirr ordentlich zusammen und legte sich auf das Heu. Hodge streckte sich zu ihren Füßen, und Daniel rollte sich an ihrer linken Seite zurecht. Seraphine mit den Jungen lag dicht dabei in ihrem Körbchen, Sadrach, Mesach und Abednego, die arme, übel zugerichtete Gesellschaft zu ihrer Rechten.

Stella hatte ihre kindliche Empfindsamkeit für Farben, Gerüche und Laute noch nicht abgestreift. Das orangefarbene Licht der Laterne, die warmen, samtenen Schatten des Stalles, das zufriedene Schnurren der Katzen und Schnaufen der Ochsen, der Geruch der sauberen Tiere und des Heus schien sich zu einem warmen Mantel der Ruhe und Zufriedenheit ineinanderzuweben. In diesen eingehüllt, lag sie still und ließ ihr Inneres von dem tiefen Frieden ergreifen, in dem ihr Wesen wurzelte wie ein Baum. Das Bewußtsein dieses Friedens war ihr höchstes Glück. Manchmal kam es als vertieftes Echo äußerer Stille, wie eben jetzt; wie eine Glocke, die fern unter dem Meer tönt, als Antwort auf eine Kirchenglocke über der Erde, und das waren Augenblicke, in denen das Glücksgefühl länger anhielt. Aber es kam auch zuweilen in Zeiten des Kummers und der Spannung. Obgleich sie es dann nur wie ein Berühren empfand, gab es ihr doch Kraft genug, sich zu fassen – es wirkte weit über den kurzen Augenblick des beseligenden Empfindens hinaus. Mit der einen Hand streichelte sie Hodge, mit der andern kraulte sie Sadrach hinter den Ohren. Die Tiere, dachte sie, spürten den Frieden auch. Ihrem Gefühl nach wußten sie mehr um ihre Wurzeln als die menschlichen Wesen. Sie stürmten nicht soviel hin und her, nahmen sich Zeit, stillzustehen. Und Zachary, fühlte er den Frieden auch? Sie sah zu dem Fensterviereck empor, wo sie ihn das erste Mal erblickt und sich so geängstigt hatte, bis Hodge sie beruhigte. Nun war der Fremde von dem Fenster derart ein Teil ihrer selbst, daß es kaum einen wachen Augenblick gab, an dem sie nicht seiner gedachte, oder einen Traum, durch den sich seine schlanke, hochaufgeschossene Gestalt nicht bewegte.

Sie schloß die Augen. Es war ein langer, ermüdender Tag gewesen. Das Schnurren der Katzen, das Schnaufen und Kauen der Pferde und Ochsen waren einschläfernde Laute. Immer mehr versank sie in die Tiefe des Friedens; die grünen Wasser schlossen sich über ihr. Aber sie hatte keine Angst, denn sie wußte, daß etwas sie aufhalten würde, ehe sie ins Nichts fiel. Der Stillstand trat nicht plötzlich ein; ganz langsam wurde sie gewahr, daß sie dem Glokkengeläut entgegenging, ohne daß ihre Füße bewußt den Boden berührten. Und es war nicht die Erde, sondern silberner Sand mit hellen Muscheln darin. Der Seetang um sie herum war mit Blumen und Sternen durchsetzt; die sonderbaren Wesen, die vorbeischwebten, sich durch die Baumstämme wanden, waren golden, silbern, durchsichtig und leuchtend. Das Licht war nicht wie auf dieser Welt; ein tiefes Grün, klar, ohne Wärme, aber nicht kalt. Die Bäume sagten Stella, wo sie sich befand, die Bäume und das Läuten der Glocke. Obgleich die Stämme wie poliertes Elfenbein aussahen und ihre Zweige statt Blättern lebende Blüten und Sterne trugen, wußte sie, daß diese Bäume einst in Luft und Sonnenschein standen, daß die Glocke über grüne Felder und rote Devonerde geläutet hatte. Sie war nicht weit weg von daheim. Aus diesen friedvollen Tiefen, über die sie nun leicht dahinging, stammten die Hirschgeweihe in den Netzen der Torbay-Fischer. Männer hatten in diesem Wald gejagt; ihre Hornstöße und das Bellen der Meute waren die Musik des Ortes, und das Läuten der Vesperglocke hatte sie am Tagesende zusammengerufen.

Nun war von den alten Klängen nur mehr die Glocke geblieben

und Stella das einzige Lebewesen in dieser sonderbaren Welt, das ihrem Ruf folgte. Sie stand still, sah sich um und gewahrte den Abdruck ihres einsamen Fußes auf dem silbernen Sand. Trotzdem fühlte sie sich nicht allein, denn sie wußte, es war nicht das Auf- und Abwogen des Meeres, das die Glocken läuten machte. Das Wasser war völlig ruhig, denn weit oben, über ihrem Kopf, auf der Oberfläche der See, lag die «windlose Stille des Sturmes». Irgendein Mensch zog am Glockenstrang.

Sie ging weiter, bis ein befremdender Anblick sie zum Stehen brachte. Erst glaubte sie, daß Gerippe eines riesigen Tieres auf dem Meeresgrund liegen zu sehen. Bei näherem Hinschauen stellte sich jedoch heraus, daß es die Trümmer eines Schiffes waren. An seinem Rumpf klebten Muscheln, und roter Seetang wand sich um die Holzrippen. Was für ein Schiff war es wohl? Ein Segler, der den Eremiten nach Torre gebracht hatte, oder jenes Fahrzeug, das einst Rosalindes Geliebten heimführte? In welchem der großen Stürme war es untergegangen? Sie erinnerte sich, wie die Fischer der Torbay und die Landleute glaubten, ein Dämon lebe hier unten, der bei jedem Sturm ein Schiff hinabzöge. Und vielleicht stimmte das; überall gab es böse Dinge außer im Himmel. Aber nicht heute am Weihnachtsabend. Sie hatte keine Angst, als sie das Wrack ansah, nicht einmal, als sie einige menschliche Knochen bemerkte, die, halb begraben im Sand, in der Nähe lagen, weil ihr Shakespeares Verse einfielen:

«Sie sagen, immer, wann die Jahrzeit naht,
wo man des Heilands Ankunft feiert, singe
die ganze Nacht durch dieser frühe Vogel;
dann darf kein Geist umhergehn, sagen sie,
die Nächte sind gesund, dann trifft kein Stern,
kein Elfe naht, noch mögen Hexen zaubern;
so gnadenvoll und heilig ist die Zeit.»

Überall ist man geschützt am Weihnachtsabend. Sie lief weiter und sah plötzlich die Kirche wie eine graue Klippe. Sie war so klein, daß sie nur für zwei Menschen gebaut schien. Langsam schwang die Glocke im Turm, und durch die Tür schimmerte Licht. Sie erreichte den Eingang, überschritt die versandete Schwelle und kniete nieder; sie wußte, daß jemand hinter ihr stand, gerade bei der Tür, und die Glocke läutete, schaute aber nicht um. Wer immer es auch sein mochte, seine Nähe machte sie unendlich glücklich. Erst fühlte sie sich so benommen, daß sie nur auf den Boden starrte, auf dem sie kniete – ein Mosaik von kleinen, wundervollen Muschelschalen. Dann blickte sie empor und fand, das winzige Kirchlein sehe wie eine Höhle aus. Nichts war darin außer den bezaubernd schönen Meerwesen, die sich an Mauern und Decke festhielten. Ein solches Bündel hing wie ein Sternhaufen in der Mitte der Decke, und von ihnen ging das Licht aus. Trotzdem gab es keinen Zweifel, dies hier war eine Kirche. Stella wäre niemals etwas anderes eingefallen, als hier niederzuknien.

Die Glocke verstummte; das Wesen hinter ihrem Rücken, das geläutet hatte, kniete neben ihr nieder und ließ seine Hand in die ihre gleiten – es war Zachary. Sie sprachen nicht miteinander, denn sie horchten gespannt auf das mächtig anschwellende Murmeln rundum. Es ebbte ab und nahm zu wie Wellen, es brach sich an den Mauern, welche die beiden schützten, und entschwand wieder. Es war ein starkes und lebhaftes Anschwellen von Lauten, das aber trotzdem die Ruhe nicht störte, ein Brausen wie Wind, und doch regte sich nichts. Es war die Stimme des Meeres selbst.

«Nähme ich Flügel der Morgenröte und ließe mich nieder zu äußerst am Meer, so würde auch dort Deine Hand mich greifen und Deine Rechte mich fassen ... Wohin soll ich gehen vor Deinem Geiste, wohin soll ich fliehen vor Deinem Angesicht?»

Zachary und Stella sahen einander an und lächelten. Gegenwart war Friede und Friede Gegenwart. Wenn man nur tief genug hinabsinken konnte, um zu wissen, daß es keine Trennung gab, dort unten konnte man sich finden.

Ein Trompetenstoß ertönte aus dem Horn eines schon lange toten Jägers. Die anschwellende Meeresstimme nahm ab, diesmal ohne wieder anzuheben, und Zacharys Finger entglitten ihrem Händedruck. Stella stieß einen schmerzlichen Schrei aus, der sich im Ton der Trompete (die aber gar keine Trompete, sondern ein krähender Hahn war) verlor. «Der Hahn, das ist die Trompete des Morgens.» Es war der Hahn von Weekaborough, und langsam öffnete Stella die Augen.

Sie war nun wieder im Stall, und nur im Traum war sie mit Zachary vereint gewesen. Obgleich sie es nur geträumt hatte, entdeckte sie, daß sie noch ebenso kniete wie in der Kirche auf dem

Meeresgrund. Draußen im Hof krähte der Hahn noch immer. Es mußte Mitternacht sein. Ihr Herz schlug schnell. Diese merkwürdige falsche Dämmerung, die morgens gegen zwei oder drei Uhr einsetzt, wenn der Hahn kräht, die Tiere unruhig werden und erwachen, um sich schauen und dann wieder einschlafen, tritt in der Weihnachtsnacht früher als sonst ein. Dann krähen die Hähne schon um Mitternacht, und auch die andern Tiere wachen auf; beinahe in jedem Land der Welt gibt es eine Legende, die erzählt, daß sie knien und beten.

«Während alle Dinge in tiefer Ruhe lagen und die Nacht in der Mitte ihres raschen Laufes war, kam Dein allmächtiges Wort herab vom Himmel, hernieder vom Thron deiner Herrlichkeit.»

Sie schaute um sich. Hodge und Daniel und die Katzen lagen ruhig, aber sie waren alle wach; im Licht der Laterne glänzten ihre Augen ungewöhnlich hell. Die Ochsen und Pferde konnte sie nicht sehen, spürte aber ihr Wachsein sehr stark. Seit man ihr die Christnachtlegende erzählt hatte, war es immer ihre Sehnsucht gewesen, einmal um Mitternacht im Stall sein zu können, um zu sehen, ob die Tiere wirklich niederknieten. Aber Mutter Sprigg hatte stets darauf geachtet, daß sie um diese Zeit im Bett lag. Und nun war sie endlich hier. Der erste mitternächtliche Glockenschlag klang sehr leise durch die stille Nacht von der Kirche her über den Hügel; sie bedeckte das Gesicht mit ihren Händen und lauschte den zwölf Schlägen. Das Klopfen ihres Herzens schien sich dem Rhythmus anzupassen. Dann begannen alle Glocken zu läuten, und der Christtag war da. Stella nahm die Hände vom Gesicht, ihre Augen begegneten dem munteren Blick von Hodge. Sein Maul stand offen, und er machte den Eindruck, als lache er sie aus. Sie schaute umher – alle Tiere schienen sie auszulachen; nicht, daß sie sich über sie lustig machten, sondern auf freundliche, gutmütige und liebevolle Art. Nun, schienen sie zu sagen, du warst hier, aber du hieltest deine Augen zu, und nun weißt du nicht, ob wir niedergekniet sind. Ich mußte es tun, sagte sie, denn es war eure Stunde, und ich hatte kein Recht, hierzusein.

Sie löschte die Laterne und ging, von Hodge gefolgt, in den Hof, der fast taghell im Mondschein dalag. Zusammen kletterten sie das Strohdach empor und schlüpften durchs Fenster in Stellas Kämmerchen. Warum wohl fiel ihr heute das Klettern schwerer? Wurde sie langsam erwachsen? Nur Kinder kraxelten auf Dächer und

Bäume, erwachsene Frauen nicht. Anscheinend wurde sie eine Frau. Es machte ihr nichts aus. Zachary mußte jetzt eigentlich schon fast ein Mann sein, und so wollte sie eine Frau werden, um zu ihm zu passen. Ängstlich lauschte sie; aber sie hatte Glück, wie damals in der Nacht, als Zachary im Stallfenster aufgetaucht war. Vater und Mutter Sprigg waren noch nicht schlafen gegangen. Sie zog sich aus, schlüpfte ins Bett und rollte sich zusammen wie ein Ball. Das tat sie immer, wenn sie sich besonders befriedigt fühlte. Das mit Zachary war nur ein Traum gewesen, aber der Traum hatte sie glücklich gemacht. Warum hieß es immer «Nur ein Traum»? Der in langem Leiden so geduldige heilige Joseph hatte nicht gesagt: «Nur ein Traum.» Er hatte seine Träume sehr ernst genommen – wie schrecklich, wenn er es nicht getan hätte.

2

Der Christtag nahm seinen gewohnten fröhlichen Verlauf. Er begann mit dem Kirchgang am Morgen. Das Gotteshaus von Gentian Hill sah wie eine grüne Laube aus und war mit sämtlichen Dorfbewohnern in ihrem Sonntagsstaat angefüllt. Letztes Jahr hatte sie noch die Invasion bedrückt, nun war aber dieses Gewicht von ihnen genommen, und obgleich der Krieg immer noch wütete, viele Männer und Söhne abwesend oder gefallen waren, fühlten sich alle im Herzen doch sehr erleichtert. Auf dem Chor oben machte die Musikkapelle einen ohrenbetäubenden, schmetternden Lärm. Die Virtuosen auf den Blasinstrumenten waren rot wie Truthähne, die Streicher renkten sich beinahe die Arme aus; aber bei allem guten Willen gelang es ihnen nicht, den Spektakel unten im Kirchenschiff zu übertönen, denn da sang die Gemeinde die Weihnachtshymne. Als Pfarrer Ash auf der Kanzel erschien und sein Buch öffnete, das für jeden Sonntag im Jahr eine Lehrpredigt enthielt und eine zusätzliche für den Christtag, schlief niemand ein, mit Ausnahme von Job Starberry, dem Küster. Die Weihnachtspredigt war ein Teil von Gentian Hill und als solcher der allgemeinen Aufmerksamkeit wert. Die Mehrzahl der Gemeindemitglieder kannte sie bereits auswendig, bis auf die letzten paar Worte. «Und nun, geliebte Brüder», begann Pfarrer Ash seine Schlußrede, «laßt uns in dieser heiligen Zeit mit den Engeln Gott loben und preisen und unsere Herzen öffnen, um –» Bums, schlug des Pfarrers Buch auf Job Starberrys Kopf herab wie gewöhnlich, so daß noch immer niemand die letzten Worte erfuhr. Aber eigentlich war Stella eher froh darüber, denn so konnte sie sich den ganzen Heimweg über ausmalen, welche Herrlichkeiten einem vergönnt waren, am Christtag sein Herz zu öffnen ... Dem Gott der Liebe. Dem heiligen Jesuskind. Dem Ratgeber und Allmächtigen Vater, dem Friedefürsten ... Es war genug, das Herz fast zu sprengen, wenn man lange darüber nachdachte.

Das Weihnachtsessen in Weekaborough, das man mit einigen einsamen Nachbarn und umherziehenden Landstreichern teilte, die durch die offene Tür eintraten und nicht wieder gehen durften, war großartig. Dampf und Hitze, Lachen, Lärm und Durcheinander erfüllten die Küche. Es war der einzige Teil von Weihnachten, der Stella nicht so sehr gefiel, und die damit verbundene Übermüdung hinterließ stets dunkle Ringe unter ihren Augen. Als die Männer mit ihren Pfeifen und Gläsern um das große Feuer saßen und die Frauen die Teller aufeinanderstapelten und in den Spülraum trugen, flüsterte Mutter Sprigg dem Kind zu: «Wenn du willst, Liebling, kannst du verschwinden. Das Feuer im Wohnzimmer ist hergerichtet, du kannst es anstecken. Hier ist der Schlüssel!»

«Mutter!» seufzte Stella erleichtert und drückte voll Dankbarkeit ihre Hand. Fast nie durfte sie allein im Wohnzimmer sein, weil Mutter Sprigg so große Angst hatte, sie könne etwas zerbrechen oder zerreißen oder irgendwo einen Schmutzfleck hinterlassen. Es war das Allerheiligste und stets abgeschlossen; der Schlüssel lebte in Mutter Spriggs Tasche. Diese betrat es einmal in der Woche, um Staub zu wischen und Metallgegenstände zu polieren oder ein Feuer anzumachen, wenn es feucht im Zimmer war. Manchmal durfte Stella ihr helfen. Aber sobald sie fertig waren, schob sie das Kind hinaus und verschloß die Tür wieder. Stella war betroffen, daß ihre Pflegemutter nun wohl auch fand, sie sei erwachsen und man könne es wagen, sie allein im Wohnzimmer zu lassen. Sie holte Nähkassette und Mustertuch aus dem Schränkchen unter dem Fenstersitz, schlüpfte in den dunklen Vorraum hinaus, öffnete die Wohnzimmertür und ging hinein.

Sie zündete die Apfelholzscheiter und Fichtenzapfen im Kamin an und die zwei großen Kerzen auf dem Sims darüber, setzte sich auf einen der beiden hochbeinigen Stühle neben dem Feuer und sah um sich. Das Wohnzimmer war klein. Den Steinboden bedeckte ein moosgrüner Teppich, grüne Samtvorhänge hingen am Fenster, und die Wände waren mit dunklem Eichenholz getäfelt. Wann immer Stella sich hier aufhielt, meinte sie, im stillen Herzen eines geheimnisvollen Waldes zu sein. Die herrlichen Dinge im Raum erhöhten das Gefühl noch. Die beiden Fußschemel vor den Stühlen mit den hohen Lehnen hatte schon die Mutter von Stellas Pflegemutter mit einem Dickicht von Heckenrosen in Kreuzstich bestickt, kleine weiße Blüten mit blutroten Dornen; jene Art undurchdringlicher Wildrosen, die Dornröschen umgaben. Der ovale Rahmen des Ofenschirms schloß getrocknete und gepreßte wildwachsende Blumen unter Glas ein; Anemonen und Waldsauerklee, Primeln, weiße Veilchen. Auf dem Kaminsims, zwischen den beiden hohen silbernen Leuchtern, stand ein Porzellan-Schäferpärchen mit Hirtenstäben und blumenumkränzten Hüten. Sie waren nur viel zu schön gekleidet, in geblümtem Reifrock, gestickter Weste und Sammetanzug, daß Stella dachte, sie wären wirklich Prinz und Prinzessin, die ihre Hirtenstäbe nur zum Spaß in der Hand hielten. Ein kleines Schreibzeug hob sich von der Holzbekleidung der Wand ab; obenauf lag eine Gänsefeder und eine jener großen Meermuscheln, die für immer das Rauschen der See eingeschlossen halten. An einer andern Wand hing ein alter Spiegel, so uralt, daß man sich in seinem merkwürdig grünen Glas kaum wahrnehmen konnte. Über dem Kaminsims war ein kleines, gekrümmtes Jagdhorn zu sehen, wie es vielleicht dem Prinzen über die Schulter hing, als er die Rosenhecke durchbrach, um Dornröschen zu finden. Das Horn war sehr alt, ebenso wie der Spiegel, und Vater Sprigg wußte nicht, wie es in den Besitz der Familie gekommen war. Ein silbernes Band umschlang es, das stets ebenso blank geputzt glänzte wie die silbernen Leuchter.

Sonst befand sich nichts im Wohnzimmer, und mehr war auch gar nicht nötig. Zum erstenmal fiel es Stella auf, daß dieser Raum nur für zwei Personen geschaffen war, wie die kleine Kapelle unter dem Meer. Es gab zwei Stühle, zwei Fußschemel und zwei Leuchter. Er gehörte dem Prinzen und der Prinzessin auf dem Kaminsims. «Mir und Zachary», sagte sie. Einmal hatte sie Mutter Sprigg gefragt, ob das Zimmer je benützt würde, und diese hatte es bejaht. Wenn eine Braut und ein Bräutigam von der Kirche zurückfuhren, konnten sie für ein paar stille Minuten dort eintreten, ehe sie sich zu den lärmenden Gästen in der Küche gesellten. Und wenn ein Kindlein getauft worden war, lag es nachher hier im Täuflingsstaat in der Wiege. Hatte jemand im Haus das Zeitliche gesegnet, so ruhte er hier im Sarg wie das Kindlein in der Wiege, bis der Leichenwagen kam und den Toten in die Kirche führte. Daher hatte das Zimmer nie eine persönliche Beziehung zu Stella gehabt, bloß zu kleinen Kindern, Brautleuten und Toten – nur sie hatten es bisher benützt. Aber heute abend war es plötzlich ihr Zimmer geworden, ihres und Zacharys. Sie öffnete ihre Nähschachtel, steckte sich den silbernen Fingerhut an, nahm eine Nadel aus dem Brokatbüchlein, rieb sie am Schmirgelkissen, das einer Erdbeere glich, blank, fädelte ein Endchen roter Seide ein und begann zu nähen.

Stella hatte die Vorhänge nicht zugezogen, so sah sie vom kerzenerleuchteten Zimmer aus in das tiefe Blau einer Winter-Abenddämmerung. «Enzianblau», sagte sie vor sich hin. Sie konnte gerade noch die zurechtgeschnittenen Formen der Eiben wahrnehmen und freute sich darüber, denn sie kannte sie alle und liebte sie ebenso wie die Apfelbäume. Bowerly Hill konnte sie von hier aus nicht erspähen, aber sie stellte sich den alten Eibenbaum und die verstreuten Steinblöcke vor, die Schafe, wie sie im blauen Abendschein dalagen, als hätte die Mutter Gottes sie in ihren Mantel gehüllt. Sie dachte sich die Weihnachtshirten in ihrer Mitte. Einer unter ihnen war ein sehr heiliger Mann. Er saß auf einem der Steine, hielt seinen Mantel zu und sah nach dem Meer hin. Weil er ein heiliger Mann war, lagen die Schafe dicht um ihn herum. Die Weihnachtssterne leuchteten hell über seinem Kopf, und er hielt einen Hirtenstab in der Hand.

Dann vergaß Stella alles weitere, weil das Zimmer zu sprechen anfing, wie es ein Raum immer tut, wenn sich jemand darin niederläßt und meint, er gehöre hinein. Das kleine Feuer neben ihr flüsterte, und die Meermuschel murmelte. Das Kleid der Schäferin raschelte, als sie sich zu dem Schäfer beugte, der ein leises Liedchen summte. Dem Horn am Holzpaneel entströmte eine kleine Tonfolge, und die Kerzenflammen hüpften und lachten. All die zahllosen Leute vereinigten sich zu der Stimme des Raumes. «Ja», sagte Stella, «danke, ich werde es nicht vergessen.» Und sie stieß einen erfreuten Seufzer aus, denn was sie gehört hatte, besänftigte ihren zornigen Kummer um Sol. Ihre Kindheit glitt von ihr ab, und sie nahm nicht mehr so klar auf wie sonst. Sie konnte sich erinnern, wie sie einst die Füße einer Fliege auf der Fensterscheibe zu hören vermochte und den Gesang der Sterne. Heute abend hatte sie sehr genau aufpassen müssen, um zu verstehen, was das Zimmer sagte, und vielleicht würde sie es mit der Zeit vergessen. Aber sie wollte doch dessen eingedenk bleiben, daß es ihr etwas mitgeteilt hatte, was ihr wieder Zuversicht gab: das klare Bewußtsein der Dinge, wie man es in der Kindheit fühlte, kehrte zurück, sobald man aufgehört hatte, alt zu sein. Man hörte und sah wieder, nur noch klarer als vorher. Und es war gewiß schön, eine Frau zu sein, es entschädigte für vieles andere. Stella dachte an die Braut und den Bräutigam, die hier nach der Trauung zusammenstanden, und an das Kind in der Wiege, und sie lächelte beim Nähen.

3

Der Mann unter dem Eibenbaum, der, in seinen Mantel gehüllt, auf das Meer hinausblickte, seufzte und stand widerwillig auf. Damit gehorchte er seinem Gewissen, das ihm bedeutete, Sitzen im Freien im Dezembernebel sei nicht gerade das Klügste für einen Mann, der eben erst eine schwere Krankheit überstanden hatte. Der Doktor würde ihm zweifellos den Weg hierher verboten haben, wäre er bei seinem Fortgehen daheim gewesen. Aber der Abend war so mild wie im Frühling, und meistens schadeten einem die Sachen nicht, die man gerne tat. Er mußte an diesen Ort der Kraft zurückkehren, hier ein wenig sitzen und seine Nerven stärken, der Stille lauschen, die eine unhörbare Musik umhüllte, und seine Finger auf das Zeichen im Stein legen. Im Begriff, aufzustehen, bemerkte er, daß sich die Schafe um ihn geschart hatten. Wie merkwürdig, dachte er. Er hatte sich von Dr. Crane einen Stock ausgeborgt, der ihm das Steigen erleichterte, und als er sich darauf stützte, sah er wie ein Schäfer inmitten seiner Herde aus.

Indes er den Hügel hinabschritt, sah er den warmen Glanz des Kaminfeuers und Kerzenlicht aus dem kleinen Wohnzimmer scheinen. War Stella dort? Er überquerte die Straße und ging die Stufen hinauf in den Garten. Lautlos bewegte er sich zwischen den Eibenbäumen, bis er in das grüne Zimmerchen hineinspähen konnte. Sie war da; den dunkeln Kopf über die Näharbeit gebeugt, sah sie wie eine Märchenprinzessin in ihrer Kemenate aus. Die offene Nähkassette stand auf dem Schemel neben ihr, das Kerzenlicht ließ einen silbernen Schein auf einem Horn aufblitzen, das an der Wand hing. Er liebte wieder, die Seele brannte ihm in den Augen, als er das Kind beobachtete. Wohl zehn Minuten stand er regungslos, dann errötete er, wie er es als Liebender getan hätte. Mit welchem Recht belauschte er die Kleine? Was er eben tat, war abscheulich. Er wandte sich rasch ab, dann drückte er sich mit einem überraschten Ausruf wieder in den Schatten der Bäume.

Wer war das, der die Stufen emporstieg und die Klinke des Gartentors herabdrückte? Der aufgehende Mond glitzerte auf dem silbernen Helm, und eine rote Rose stak ihm keck hinter dem Ohr. War es der Besitzer des Märchenhorns, der kam, um es von seiner Schönen zurückzufordern? Der Ritter schlenderte den Gartenweg hinauf, und der Abbé konnte eben noch feststellen, daß er ein rotes Kreuz auf seiner Brust trug, ehe seine erschreckte Aufmerksamkeit vom Anblick eines grünen Drachens gefesselt wurde, der im Tor hängengeblieben war. Sein Schwanz hatte sich in der untersten Eisenstange eingeklemmt, und er fluchte laut, als er ihn freizumachen versuchte. Stella hörte das, sah durchs Fenster, sprang auf und stürzte zur Haupttür. Beseligt klatschte sie in die Hände. «St. Georg!» rief sie. «St. Georg, für ein glückliches England! Frohe Weihnacht!»

«Fröhliche Weihnachten für uns alle in Weekaborough», schrie St. Georg aus Leibeskräften in breiter Devon-Mundart. «Wie geht's dir, Jungfer Stella? Bist ja mordsmäßig gewachsen und hübsch geworden.»

Der Abbé war nun im Bilde, lächelte und zog sich in den Dämmerschatten zurück, um den vergnüglichen Auftritt bis zu Ende beobachten zu können. Nie würde er diesen Anblick vergessen – das in Mondschein gebadete Haus, dessen schöne hohe Kamine zu den ersten Sternen emporstrebten, die weitoffene, gastliche Tür mit dem herausströmenden Licht, die hellen Gestalten der Masken, die hintereinander durch die dunklen Eiben schritten und von dem kleinen Mädchen im geblümten Kleid bewillkommt wurden. Jeder der wohlbekannten Gestalten machte sie einen tiefen Knicks – St. Andreas, St. Patrizius, St. David, Saladin und dem König von Ägypten, dem Prinzen von Dänemark mit dem geschwärzten Gesicht, dem buntscheckigen Narren mit seinen Schellen, dem alten Weihnachtsmann und dem tapferen Slasher und anderen sonderbaren Wesen, die wie Gespenster verkleidet waren. Ein Trompeter im scharlachroten Mantel bildete die Nachhut. Diese letzte Maske blieb vor der Haustür stehen, drehte sich um und blies auf der Trompete. «Zur Erinnerung an die Heiligen Kriege», rief er, «und die fröhlichen Weihnachtsfeste.» Dann verschwand er mit einem letzten Schwung seines roten Mantels im Innern des Hauses, und die Tür fiel ins Schloß.

Der Abbé ging langsam heimwärts und überlegte, was für ein Mummenschanz jetzt in der Küchenhöhle in Weekaborough wohl aufgeführt werde. Irgendein seltsames Durcheinander, zusammengestellt aus Kreuzrittern, den drei Weisen aus dem Morgenland, den Märchengestalten und Heiligen, etwas aus ganz verschiedenartigem Garn gewoben, das jahrhunderteweit zurückreichte, weshalb niemand wußte, was es bedeutete. Aber diese Landleute machten sich weiter keine Gedanken über den Sinn der Dinge. Es war der Fluch des Zuviels an sogenannter Bildung, dachte der Abbé, daß man mehr und mehr dazu neigte, Zuschauer im Drama des Lebens zu sein statt Schauspieler. Jene Menschen, die im Festaufzug der Erde selbst mitwirkten, zergliederten nicht. Sie leisteten bessere Arbeit, indem sie ihre höchst befriedigenden, vollblütigen Rollen spielten.

«Was Sie sagten, ist wahr», bemerkte der Abbé an diesem Abend zu Dr. Crane. «In diesem Land liegt die Märchenwelt ganz erstaunlich nah an der Oberfläche.»

Drittes Buch

Die Kapelle

1. Kapitel

I

Der Sonnenschein eines Maimorgens füllte Mrs. Loraines Wohnzimmer, in dem sie und Stella beim Nähen saßen. Die alte Dame arbeitete an einem roten Flanellunterrock und Stella an ihrem Mustertuch.

«Heute sind es gerade sechs Monate her, Stella, seit du zu mir kamst», sagte Mrs. Loraine.

«Ja, Madame», entgegnete Stella, «und zwei Jahre und vier Monate, seit mon Père mich zum erstenmal zu Ihnen brachte.»

Sie schauten einander an und lachten. Es schien ihnen ganz unglaublich, sich noch vor zwei Jahren nicht gekannt zu haben, da sie nun doch bereits wußten, daß sie für immer Freundschaft geschlossen hatten.

«Es gibt gerade sieben Leute in der Welt, von denen ich das fühle», begann Stella wieder.

«Was fühlst du für wen, Kind?» fragte Mrs. Loraine. Sie konnte den raschen Gedankenflügen Stellas nicht immer folgen – es war, als hätte sie einer Schwalbe nacheilen wollen. Aber sie fand, daß es ungemein verjüngend wirkte, sich in dieser Weise anzustrengen; sie hatte ganz vergessen, welcher Ansporn die Gesellschaft eines jungen Menschen sein kann. Stella stieß in jeden neuen Tag vor wie ein Forscher in unentdecktes Land. Ihr eigener Geist wie ihre Seele und die Welt um sie waren voller Wunder, denen es eines nach dem andern mit Erstaunen und Freude zu begegnen galt. Für Mrs. Loraine, die das Entdeckte mit ihr teilte, waren es bekannte, doch vergessene Schätze. Einst hatte sie diese Juwelen selbst einmal gefunden, hin und her gewendet, sie angestaunt und dann unverstanden beiseite getan. Nun, da sie jene in Stellas Gesellschaft wiedersah, begann sich ihr Verständnis zu vertiefen. In ihren alten Tagen kehrte sie so zu derselben Stelle zurück, von der sie einmal ausgegangen war, und entdeckte, daß das unmittelbare Erleben der Jugend und die Weisheit des Alters zwei Schlüssel für dieselbe Tür waren.

«Daß ich sie für immer und ewig kennen werde», antwortete Stella, ließ ihre Arbeit fallen und begann an den Fingern aufzuzählen. «Vater und Mutter Sprigg, Sol, Dr. Crane, mon Père, Sie, Madame, und Zachary.»

Mrs. Loraine wußte alles über Zachary. Stella hatte ihr in Wirklichkeit nicht sehr viel über den jungen Seemann erzählt, der nun unter Hardy in Südamerika diente, aber sie hatte das Wenige so erzählt, daß sich die alte Dame Zacharys als einer lebendigen Wesenheit in ihrem Hause bewußt war. Sie staunte darüber, daß die Liebe einer Dreizehnjährigen für einen Jungen, den sie nur zwei Jahre gekannt hatte, eine so beschwörende Macht haben konnte. Aber es war tatsächlich so. Trat Stella ins Haus, kam Zachary ebenfalls herein. Es würde Mrs. Loraine kaum erstaunt haben, sollte sie ihn eines Tages auf der Treppe oder im Garten antreffen; sie würde ihn sofort erkannt haben.

«Woher weiß man so etwas über manche Menschen?» fragte Stella.

Mrs. Loraine, die sich erinnerte, daß ihr das Bewußtsein einer ewigen Verwandtschaft wie ein Lichtstrahl an ihrem vierzehnten Geburtstag gekommen war (Stella war ihr also voraus, wie immer), legte die Näherei nieder und dachte darüber nach. Alle beide legten sie immer ihre Arbeit hin, wenn sie ihre Köpfe über Stellas öeueste Entdeckung beugten.

«Ich denke, es ist so eine Art Wiedererkennen, Stella», entgegnete die alte Dame dann langsam. «Ich glaube, daß Gott etwas erschafft, was man geistige Familien nennen könnte. Menschen, die physisch miteinander verwandt sein mögen oder auch nicht, aber den ganzen Weg zusammen gehen. Und er ist lang.»

Stella nickte. Man ging durch eine Tür, wenn man starb. Doch es war nur erst eine. Es mochte noch mehrere geben. Aber das Fremdsein auf der anderen Seite würde wohl nicht so arg sein, wenn man Verwandte bei sich hatte, von denen etliche einen bis zum Eingang brachten, während man den übrigen auf der andern Seite begegnete. Und sie sah, daß Mrs. Loraine recht hatte mit diesem Wiedererkennen. Zachary, mon Père und Mrs. Loraine hatte sie nie als Fremde betrachtet. Auch ihre Mutter würde ihr nicht fremd erscheinen, käme sie einmal zur Tür herein.

Nun vertieften sie sich wieder in ihre Handarbeiten. Während Stella stichelte, verfolgte Mrs. Loraine Schritt um Schritt den Weg, der das Kind zu ihr geführt hatte. Beim ersten Zusammentreffen war das gegenseitige Wiedererkennen rasch und freudig gewesen. Außerdem hatte sie bemerkt, daß hinter der Kleinen scheuem Entzücken über ihr Haus, das Wohnzimmer und dessen Kostbarkeiten sehr viel mehr steckte als kindliche Neugier. Es war wie ein frohes Heimkommen. Dem Abbé war es ebenfalls aufgefallen. «Sie fühlt sich hier in ihrem richtigen Rahmen», hatte er später zu Mrs. Loraine gesagt.

«Ist denn ihr eigenes Heim nicht die richtige Umgebung?»

«Sie liebt es», war seine Antwort. «Wenn Sie sich erinnern, in den alten Geschichten haben die Feenkinder der menschlichen Pflegeeltern ihr Heim stets gern, obgleich es nicht immer in ihrer Macht liegt, dort lange zu verweilen.»

Mrs. Loraine und Stella sahen sich häufiger, und zwei Jahre später erlebte die Kleine ihren ersten richtigen Abschied von Vater und Mutter Sprigg. Es war zwar kein sehr ernsthafter Abschied, denn sie verbrachte immer noch das Wochenende in Weekaborough. Aber von Montag bis Freitagabend lebte sie bei Mrs. Loraine, und Mutter Sprigg war zu Beginn dieses Abkommens vor Herzweh beinahe gestorben.

Stella hatte selbst den ganzen Plan ausgeheckt.

«Ich wollte, du brauchtest nicht heimzugehen», rief Mrs. Loraine eines Tages beim Abschiednehmen, nachdem der Abbé das Kind für ein Teestündchen gebracht hatte. Es war ein richtiger Verzweiflungsschrei gewesen, denn der einsame Abend lag vor ihr, und die seltenen Besuche des kleinen Mädchens bedeuteten der alten Dame unendlich viel.

Während sich Stella ihr Häubchen zuband, überlegte sie. Weekaborough würde immer ihre liebste Heimstätte auf Erden sein, und nie könnte sie sich eine andere Pflegemutter denken als Mutter Sprigg. Doch da war etwas um Mrs. Loraine und in ihrem kleinen Haus, irgendeine ganz besondere Schönheit, die etwas in Stella befriedigte, das bisher leer ausgegangen war. Außerdem gab es keinen Zweifel, daß Mrs. Loraine sie sehr brauchte. Araminta hatte viel mit dem Haushalt zu tun, weshalb ihr nicht viel Zeit blieb, bei ihrer Herrin zu sitzen, und wenn sie ihr Gesellschaft leistete, war sie übler Laune. Wie gewöhnlich schoß Stella gerade auf ihr Ziel los.

«Möchten Sie, daß ich bei Ihnen bleibe, Madame?» hatte sie gefragt.

«Ja, Stella.»

«Nun, ich könnte nicht immer bei Ihnen sein, wegen Mutter Sprigg, aber ich würde die halbe Zeit bei Ihnen und die andere Hälfte in Weekaborough verbringen.»

«Wir wollen uns die Sache überlegen», mischte sich der Abbé in das Gespräch, und an jenem Abend war die Angelegenheit nicht mehr berührt worden.

Dann hatte Mrs. Loraine sie mit Mr. de Colbert besprochen, de Colbert wiederum mit dem Doktor, und dieser unterbreitete sie mit viel Mut Vater und Mutter Sprigg.

«Meine Stella eine kleine Jungfer?» hatte Mutter Sprigg hervorgestoßen. «Ich bin erstaunt, Doktor, daß Sie an so etwas überhaupt nur denken. Ihr Vater und ich haben sie zu etwas Besserem erzogen, und ich wäre Ihnen dankbar, wenn wir die Sache als erledigt betrachten könnten.»

Vater Sprigg hatte sich bedeutend kräftiger ausgedrückt und dazu viel länger gebraucht.

Als sich der Arzt endlich Gehör verschaffen konnte, erklärte er den beiden Alten, daß Mrs. Loraine, obgleich sie dem Kind ein kleines Taschengeld für seine Hilfe geben wollte, Stella nicht als Dienstmädchen, sondern als Adoptivenkelin betrachten würde. Ihre Pflichten sollten nur leichte sein, Staub wischen, Porzellan waschen und die Blumen herrichten. Und Mrs. Loraine beabsichtigte, sie Fertigkeiten zu lehren, die sie in Weekaborough nicht lernen konnte; zum Beispiel auf dem Spinett spielen und die Kunst feiner Konversation auf Französisch und Englisch.

«Und wieviel Zeit würde dann für ihre Stunden bei Ihnen übrigbleiben, Doktor?» hatte Mutter Sprigg gefragt.

Sie glaubte, Dr. Crane nun an seiner schwachen Stelle getroffen zu haben, aber er hatte einfach erwidert, daß er hochbeglückt wäre, wenn Stella nur einen Tag der Woche zu ihm käme. «Ich habe ihr bereits die beste aller Kenntnisse beigebracht, die Liebe zum Studium», sagte er, «und ein Tag in der Woche genügt, um diese Liebe in ihr wachzuhalten.»

Der Gedanke, daß seine Stella einmal französisch plaudern und auf dem Spinett spielen könnte wie eine feine Dame, eroberte Vater Sprigg schließlich vollständig. Er war zu großherzig und vielleicht auch zu phantasielos, um, wie Mutter Sprigg, Vorteilen zu grollen, die Stella und sie einmal trennen könnten. Endlich willigte Mutter

Sprigg ebenfalls ein. Sie war eine geborene Mutter, und wenn ihre Besitzliebe auch stark war, so überwog die Zuneigung zu dem Kinde dennoch.

Das war der Hergang der Dinge gewesen, und in den vergangenen sechs Monaten war die Kleine an Körper, Geist und Seele erstaunlich gewachsen.

2

Stella machte die letzten Stiche an einem grünen Delphin mit goldenen Flossen, und Mrs. Loraine beendete ihre Näherei an einem Flanellunterrock. Dann legte sie die Füße aufs Sofa, während Stella ihr aus einem französischen Fabelbuch laut vorlas. Die Geschichten waren so einfach wie möglich geschrieben, in kurzen, klaren Worten, gerade passend für ein etwas schwieriges Alter. Dank dem guten Fundament in Latein, das Dr. Crane gelegt hatte, lernte die Kleine das Französische mit erstaunlicher Leichtigkeit und korrekter Aussprache. Die alte Dame konnte sich nicht genug darüber wundern. Sie verstand nicht, wieso ein Bauernkind derart leicht lernte, wenn es auch noch so eigen und sensibel war wie dieses. Nun begriff sie, warum der Abbé, nachdem er Stella getroffen, nicht mehr von ihr loskam. Stella war jemand, den man, einmal gefunden, festhalten mußte. Sie gehörte zu den seltenen Wesen, die des Allmächtigen Erschaffung der Menschheit rechtfertigen.

Araminta kam und brachte ein Glas Wein für Mrs. Loraine, eine Schale Milch für Stella, zwei Königskuchen und die Nachricht, daß der Mietwagen draußen wartete. Mrs. Loraine machte jetzt hie und da eine kleine morgendliche Ausfahrt, und heute wollte sie mit einem Korb voll guter Sachen die Armenhäuser von Cockington aufsuchen. Sie war genötigt gewesen, etwas von ihren Schätzen zu verkaufen, um diese Fahrten bezahlen zu können; aber sie fand, daß sie Stella guttaten. Manchmal, so wie heute, hatte die Spazierfahrt einen wohltätigen Zweck, und Stella wurde in der Kunst unterrichtet, wie man das Leben der bescheidenen Armen erleichtert. An anderen Tagen wurden gesellschaftliche Besuche gemacht, und Stella saß dann still und stumm auf ihrem Stuhl (denn junge Leute durften bei Besuchen zwar gesehen, aber nicht gehört werden), die Hände im Schoß gefaltet, ihre Füße nebeneinander auf einem Fußschemel. Mit Staunen erfuhr sie dabei, über welche Themen man mit Schicklichkeit in vornehmen Kreisen plaudern durfte und in welcher Art, und später (von Mrs. Loraine), warum man das so festgelegt hatte. Es war der einzige Teil ihrer Erziehung, der sie kalt ließ. Sie fand es närrisch, daß man die Niederkunft einer Dame (vorausgesetzt, daß keine Herren zugegen waren) besprechen durfte, aber die eines Schafes nicht. Und ihrer Meinung nach war es falsch, eine beredte Zunge über Gebühr zu loben, auch wenn sie noch so dummes Zeug schwatzte. Die Gründe, die Mrs. Loraine für diese Wunderlichkeiten vorbrachte, daß Schafe keine Gesprächsgegenstände wären, weil sie untergeordnete Wesen der Schöpfung seien und daß Nichtreden unmanierlich sei, weil es unbehaglich auf andere Leute wirke, konnten sie nicht überzeugen. In ihrem Innern dachte sie, daß diese Leute jedenfalls nie kleine Lämmer auf Bowerly Hill besessen und sich im Paradies gefühlt hatten, noch waren sie neben Sol in der Kaminecke gesessen und hatten Trost und Erquickung durch das gefühlt, was er nicht aussprach. Obwohl ein Teil ihres Selbst vornehme Gesellschaft gern mochte, gab es eine andere Seite in ihr, die immer nach dem gesunden Menschenverstand und dem gemütlichen Schweigen von Weekaborough hungerte.

Die beiden nahmen die kleine Zwischenmahlzeit ein und gingen dann nach oben, um ihre Kopfbedeckungen zu holen, während Araminta den fertigen Unterrock zu den Päckchen mit Tee, Pfefferminz und Zucker in den Korb verstaute. Sehr zu Mrs. Loraines Überraschung hatte Araminta gegen Stellas Anwesenheit im Haushalt nichts einzuwenden gehabt. Sie mochte das Kind gern, es machte ihr Vergnügen, das Spinett wieder gespielt zu hören, und vor allem erfreute es sie, die Zedernholzkassette an ihrem üblichen Platz auf dem Tischchen zu sehen, wenn auch Stella sie nun benutzte und nicht Mrs. Loraine.

Die Kalesche war vom Wirtshaus «Krone und Anker» gemietet, und man konnte nur schwer feststellen, wer älter war, die Chaise selbst mit ihren mottenzerfressenen Kissen, das halbblinde weiße Pferd, das sie zog, oder der taube Kutscher auf dem Bock, in seiner senffarbenen Livree mit den abgenutzten Messingknöpfen. Die ganze Equipage bewegte sich so langsam, daß man zu Fuß schneller vorwärts gekommen wäre. Doch an einem Maimorgen empfand man es nicht als Strafe, so im Schneckentempo durch die Landschaft zu rollen und Zeit zu haben, sich an jeder Blume, jedem Baum am Wegrain zu ergötzen. Heute war das Dach zurückgeschlagen, weil es gutes Wetter war. Nur eine leichte Decke lag über den Knien der beiden, und Mrs. Loraine hielt den Sonnenschirm aus grauer Seide mit silbernen Fransen aufgespannt.

«Sie sehen wunderschön aus», sagte Stella treuherzig; und wirklich, in ihrem grauen Mantel und der grauen Samthaube, sehr aufrecht sitzend, machte Mrs. Loraine einen beinahe königlichen Eindruck. Stella, die einen neuen grünen Mantel und ein ebensolches Häubchen, mit kleinen Maßliebchen geschmückt, trug, hielt sich mit der leichten, vornehmen Anmut gerade, die sie unbewußt von ihrer Wohltäterin übernommen hatte. Auch sie war ein sehr erfreulicher Anblick.

Während sie langsam losfuhren, sah das Kind zurück nach dem kleinen weißen Haus mit der blauen Eingangstür und dem Messingtürklopfer, nach dem Garten mit der Fülle süßduftenden Goldlacks. Auch zur Kirche von Torre und dem Brunnen der Heiligen Elfrieda mit dem steinernen Bogengang schaute sie hin. Die Wiesen zwischen dem Dorf Torre und der Küste leuchteten gelb von Butterblumen; Spierstauden umrahmten sie. Der Seewind blies über ihre Köpfe und brachte einen süßen Wohlgeruch mit, der Stella genießerisch das Näschen heben ließ. Diesen Weiler von Torre betrachtete sie nun auch bereits als zu ihr gehörig und liebte ihn. Jetzt war sie nicht mehr bloß in Gentian Hill, Weekaborough und Bowerly Hill zu Hause, ihr Heim hatte sich erweitert und Torre, die Abtei, die St.-Michael-Kapelle, Torquay und die Kirche auf dem Meeresgrund aufgenommen, die sie freilich nur im Traum besucht hatte.

«Und Cockington», sagte sie zu Mrs. Loraine.

«Was, mein Liebes?»

«Von heute an werde ich auch zu Cockington gehören.»

«Du bist aber schon früher dort gewesen, Liebling.»

«Nur vorbeigefahren. Ich war nicht im Park, wie wir es heute sein werden. Glauben Sie, daß wir Madame Mallock sehen werden?»

«Hoffentlich nicht auf der Straße, Schatz», bemerkte Mrs. Loraine trocken.

Madame Mallock, die Herrin des Ritterguts Cockington, war für Stella so etwas wie eine Märchengestalt. Immer noch jung und stürmisch, fuhr sie durch die schmalen schmutzigen Straßen in einer mit sechs Pferden bespannten vergoldeten Kutsche, so schnell es die Umstände nur erlaubten. Ihr zu begegnen, war eine gefährliche und verwirrende Angelegenheit, denn ihr Wagen nahm die ganze Breite einer Devoner Straße ein, von einer Hecke zur andern, und die sechs Pferde konnten meistens nicht schnell genug gezügelt werden. Aber die Kleine liebte es, mit ihr zusammenzutreffen, obgleich es bedeutete, daß man die Chaise zurückführen mußte oder in einen Graben fuhr und dort steckenblieb. Die vergoldete Kutsche mit Madame Mallock im Innern, in Samt und Seide und mit blitzenden Juwelen in den Ohren, beschäftigte ihre Gedanken und Träume noch wochenlang.

Doch heute trafen sie niemand, als sie so langsam über die ausgefahrenen Geleise der Robber Lane dahinholperten. Flammende Eichenbäume im Frühlingslaub wölbten sich über ihren Köpfen, und die steilen Dämme zu beiden Seiten waren mit Glockenblumen und rosa Lichtnelken bedeckt. Als sie anhielten, um durch einen Torweg die Aussicht zu bewundern, konnten sie den Gesang der Vögel hören, der so leidenschaftlich von der Erde aufbrauste, daß der Schall der Wellen am Ufer darin unterging.

Sie fuhren durch das Dorf Cockington mit seinen weißgetünchten, strohgedeckten Häuschen und an der Hufschmiede vorbei, vor der sich ein großer Teich ausbreitete. Ein Bach floß an der einen Seite der Dorfstraße entlang, und das Murmeln des Wassers schien ein Teil des Ortes zu sein. Der Name Cockington bedeutete eine Niederlassung in der Nähe von Springquellen. Dann bogen sie durch das Tor in den Park ein. Kirche, Armenhäuser und Schloß lagen innerhalb des Parkes, und Besucher durften nach Herzenslust darin umherfahren.

Die Mehrzahl des berühmten Rotwildes von Cockington war von dem gegenwärtigen Besitzer des Herrenhauses bereits verkauft worden, aber einige Tiere ästen noch unter den großen Bäumen. Ihre gefleckten Leiber glänzten herrlich im Sonnenschein. Die Bäume lichteten sich, das Schloß wurde sichtbar. Stella stieß einen leisen Laut des Entzückens aus. Natürlich wußte sie nicht, daß Hodges vornehmer Vater hier gelebt hatte, aber plötzlich, als die Chaise so daherrumpelte, mußte sie an den Hund denken. Während der Zeit, die sie bei Mrs. Loraine verbrachte, fehlte ihr Hodge immer schrecklich.

Das Herrenhaus war ein schönes dreistöckiges Gebäude mit

einem Hof an der Front. Zur Linken führte ein Torweg nach dem Lustgarten, und jenseits befand sich die Kirche. Rechter Hand waren die Hundezwinger, Stallungen und die Armenhäuser.

«Waren Sie schon einmal in der Kirche, Madame?» fragte Stella eifrig; der prachtvolle normannische Turm, der über die Bäume ragte, belebte ihre Einbildungskraft.

«Meine Liebe, ich bin Katholikin», erwiderte Mrs. Loraine streng.

«Aber waren Sie schon im Schloß, Madame?»

«Mr. Roger Mallock ist ein Geistlicher der Kirche von England», antwortete Mrs. Loraine mit dem gleichen Ernst, «und die Katholiken der Nachbarschaft werden hier nicht sehr oft eingeladen. Aber ich war einmal dort. Es ist sehr schön innen. Da gibt es eine Minnesängergalerie, Liebes, einen mit Holz verkleideten Speisesaal und wunderbare italienische Zimmerdecken. Eine davon zeigt die Göttin Flora in einer Blumenlaube. Und in dem einen Raum ist eine Tapete, die von einem eroberten französischen Schiff stammt. Sie stellt die Landung von Kapitän Cook auf einer tropischen Insel dar und ist völlig mit Palmen und nackten Wilden bedeckt.»

«Oh!» stieß Stella begeistert hervor.

«Ich finde sie höchst unanständig, Liebe», bemerkte Mrs. Loraine trocken, «obgleich sie zweifellos zu der Göttin Flora paßt und der vergoldeten Kutsche und dem Sechsergespann.»

Ihre liebenswürdigen Lippen zogen sich zu einer geraden Linie zusammen, und Stella streifte der Gedanke, wie eigenartig es doch war, daß verschiedene Ansichten über Gott sogar die nettesten Menschen einander unsympathisch machten.

Der Wagen hielt vor den Armenhäusern. Es gab deren sieben, und sie waren zweihundert Jahre alt. Die Mallocks saßen erst verhältnismäßig kurze Zeit auf dem Gut, seit etwa einhundertfünfzig Jahren. Vorher lebten die Careys hier, und ein Sir George Carey hatte in seinen alten Tagen die Armenhäuser gebaut, weil ihm plötzlich dämmerte, daß er vielleicht nicht so gut gewesen sei, als er hätte sein sollen. «In reiferen Jahren beschloß er, den Rest seiner Tage Gott und sich selbst zu leben», hatte sein Chronist über ihn geschrieben, «und da er wußte, wie wohlgefällig Gott Nächstenliebe und gute Taten sind, beschloß er, etwas für die Armen zu tun.» So baute er die Armenhäuser. Jedes hatte zwei Räume, und ein einziges Dach bedeckte alle. Aber jedes der Häuschen besaß seinen eigenen kleinen Gemüsegarten, der von einer Steinmauer umgeben war. Die Bewohner konnten entweder Männer oder Frauen sein. Der Gutsbesitzer gab ihnen einen Schilling in der Woche und zu Weihnachten ein gutes Kleid und ein neues weißes Hemd.

Die alte Frau, der ihr Besuch galt, hieß Wilmotta Bogan, stets Großmutter Bogan genannt. Es war mit ihr bergab gegangen im Leben, und zwar recht lange und tief, wie man sagte. Schließlich jätete sie Unkraut in den Gärten der besseren Leute, bis sie zu alt wurde, um sich zu bücken. Madame Mallock hatte Mitleid mit ihr und versorgte sie in einem der Armenhäuser. Hie und da hatte sie auch bei Mrs. Loraine gejätet, und deshalb vergaß diese sie jetzt nicht, obwohl sie die Alte nicht sehr gern mochte.

«Du mußt dir nichts draus machen, was die Großmutter sagt, Liebes», flüsterte Mrs. Loraine Stella zu, als sie die Chaise verließen. «Und dich auch nicht um die Art kümmern, wie sie dich ansehen wird. Manchmal sagt sie erstaunliche Sachen. Sie ist – wunderlich. Und weil sie Kinder nicht gern hat, wird sie wohl ein wenig kurz mit dir sein.»

Sie durchschritten das schmale Weglein durch Großmutter Bogans Kräutergarten; ihre weiten Röcke streiften die Pflanzen und entließen Schwaden Wohlgeruchs in den Sonnenschein. Mutter Sprigg war kräuterkundig, und Stella sah sofort, daß Granny Bogan es ebenfalls sein mußte, denn die neun symbolischen Kräuter wuchsen in ihrem Garten: Nieswurz, Rosmarin, Lavendel, Salbei, Schwarzwurz, Raute, Wermut, Majoran und Eisenkraut. Auch anderes gab es noch, Verbenen, Pfefferminz und Kamillen und einige weitere Pflanzen, deren Namen Stella nicht kannte, aber vor allem Minzen. Jedes der Häuschen besaß eine schmale, niedere Eichentür, in die dicke, alte Steinmauer eingelassen. Zu beiden Seiten dieses Eingangs und darüber befanden sich zwei kleine rhombenförmige Fenster aus altem, grünem Glas. Wilmotta Bogans Tür stand angelehnt. Durch den Spalt drang Dampf, ein würziger Geruch und leises Wimmern. Mrs. Loraine klopfte etwas zaghaft und flüsterte Stella dann zu: «Nun müssen wir warten, bis sie bereit ist.»

Sie warteten zehn Minuten, dann hörte das Wimmern auf. Leichte Schritte trippelten über den Steinboden, und die Tür wurde geöffnet. Stella, die, wie alle Kinder, gewohnt war, zu Erwachsenen aufzuschauen, fand sich zu ihrem entzückten Erstaunen einer gleichgroßen alten Frau gegenüber, blickte in deren klare

Augen und war überzeugt, sie schon einmal irgendwo gesehen zu haben. Trotzdem schien es nicht ganz richtig, Großmutter Bogan alt zu nennen. Hatte sie auch die faltige, pergamentene Haut, die Nußknackernase und das Kinn der Achtzigjährigen, so waren ihre schwarzen Knopfaugen doch so glänzend, der Rücken so gerade und ihre winzige Gestalt so zierlich, daß sie eher wie ein Kind aussah denn wie eine alte Frau. Sie trug ein weites, dunkelbraunes, faltenreiches Gewand, eine weiße Schürze und Morgenhaube sowie einen roten, über der Brust gekreuzten Schal und sah außerordentlich adrett und sauber aus. Aber der Zusammenprall mit ihrer Wesensart löste meist Furcht aus, da sie beißend scharf sein konnte, weshalb der Unvorbereitete sich in Eile zurückzog, sobald sich ihre durchdringenden Augen in sein Gesicht bohrten und ihr kicherndes, spöttisches Lachen wortlos die Meinung verriet, die sie soeben über ihn gefaßt hatte. Doch Mrs. Loraine und Stella standen fest. Erstere, weil sie bereits durch Erfahrung abgehärtet war, und Stella sah auf einem andern Weg, nicht dem des Wissens, sondern des Instinkts, ebenso klar wie Granny Bogan und wußte gleich, daß diese aufregend alte Frau gar nicht so erschreckend war, wie sie aussah. Zweifellos hatte sie zuviel in ihrem Leben erfahren. Das Böse war jedoch mit ungeheurer Mühe von ihr beiseite gestoßen worden, und nun war sie frei davon. Stella sah Wilmotta Bogan an und machte einen Knicks; sie spürte, daß sie ihr Achtung entgegenbrachte, doch war ihr der Grund noch nicht klar.

Granny Bogan, gewohnt mit vornehmen Leuten umzugehen, führte die beiden in die Stube und fuhr mit der Schürze über einen Stuhl. Indes wurde die Demut dieses Tuns von ihrem sonstigen Benehmen nicht geteilt. Wie sie so vor ihrem Besuch stand, die kleinen Krallenhände über der Taille gefaltet, einen spöttischen Zug im Gesicht, war es eher die würdevolle Mrs. Loraine, die sich im Nachteil befand. Dem Kessel auf dem Feuer entströmte ein stechender Geruch, und sie nieste.

«Zum Wohlsein, Ma'am», gratulierte Großmutter Bogan. «Da sind Sie einen Teufel losgeworden.»

Mrs. Loraine lachte. «Setzen Sie sich nieder, Großmutter», sagte sie.

Die alte Frau nahm auf dem zweiten der Stühle Platz und beobachtete Stella, die den Flanellunterrock aus dem Korb nahm nebst den Päckchen Tee, Pfefferminz und Zucker.

«Danke, Ma'am», sagte sie lebhaft und verstaute alles in dem Wandschrank neben dem Feuer. Es klang dankbar, aber nicht unterwürfig. Wenn die Besitzenden gern die Armen beschenkten, mochten sie es tun. Es machte ihnen Freude und brachte keinen Schaden. Aber Wilmotta Bogan mochte Mrs. Loraine gern; wenn sie auch vor Lachen gackern konnte über die kleinen Heucheleien und Selbsttäuschungen, mit denen sogar die Tapfersten sich vor zuviel Selbsterkenntnis schützen müssen. Sie bemerkte aber auch die verborgene Freundlichkeit sehr gut, und ein natürlicher, weicher Glanz kam in ihre scharfen blanken Augen, als sie sich wieder setzte und sich nach dem Rheuma der Besucherin erkundigte. Nun folgte eine Unterhaltung über dieses Leiden, und Stella, die auf einem dreibeinigen Schemel saß, schaute sich um.

Das kleine, niedrige, mit Steinfliesen bedeckte Zimmer blitzte vor Sauberkeit. Ein helles Feuer brannte auf dem Herd, und in dem großen eisernen Kessel, der darüber hing, brodelte irgendein seltsames Gebräu. Auf einer Flickendecke vor dem Herd saß eine schwarze Katze, die sich nicht im mindesten um die Anwesenden kümmerte. Die Einrichtung bestand aus einem Küchenschrank, einer alten Eichenkommode, die auch als Tisch diente, den beiden Stühlen und dem Schemel. An den Balken hingen solche Mengen von Kräuterbüscheln, daß man die Zimmerdecke kaum sehen konnte; auf den Simsen der beiden kleinen Fenster standen Töpfe mit roten Geranien.

Aber die Dinge auf dem Küchenschrank waren es, die Stella besonders fesselten. Neben den wenigen Töpfen, Pfannen und einigen Stücken hellen Porzellans gab es da gläserne Krüge mit merkwürdig aussehenden Flüssigkeiten, Bündel komischer Wurzeln, eine Schlangenhaut und mehrere glänzende Blechbüchsen, die gewiß Schätze enthielten, zu kostbar, um so ohne weiteres betrachtet zu werden. Sie bemühte sich, nicht allzu aufdringlich hinzustarren. Es hatte nicht erst Mrs. Loraines Belehrungen bedurft, daß es unmanierlich sei, anderer Leute Besitz allzugenau in Augenschein zu nehmen, wenn die Neugierde auch noch so groß sei.

«Eine gestohlene Kartoffel in der Tasche würde Sie heilen, Ma'am», bemerkte Granny Bogan eben.

Mrs. Loraine lachte. «Ich pflege nicht zu stehlen, Großmutter.»

Die Alte zog ein verschrumpftes Etwas aus ihrer Tasche. «Als ich das letzte Mal auf dem Gut Unkraut jätete, nahm ich eine Tasche voll mit», sagte sie. «Ich habe noch ein halbes Dutzend davon. Nehmen Sie sie, Ma'am. Und ich gebe Ihnen eine Flasche von meiner Eisenkrautmixtur. Ein Löffelchen voll in ein Weinglas mit Wasser am Abend und in der Früh.»

Mrs. Loraine errötete ein wenig, aber sie nahm die Kartoffel und ein kleines Fläschchen, das aus einem der Glaskrüge auf dem Küchenschrank gefüllt wurde. «Dr. Crane würde mich schön auslachen!» meinte sie, zu Stella gewendet.

«Nein», antwortete das Kind. «Er benutzt selbst Eisenkraut und sagt, es wäre das heilige Kraut der Druiden. Auch Nieswurz verwendet er. Schon die Griechen hätten sie gebraucht.»

«Kennst du den Doktor, Kleine?»

«Ja, Ma'am», erwiderte Stella. «Ich wohne in Gentian Hill.»

«Er ist ein guter Mensch. Hat mir einmal geholfen, als ich in Not war. Ohne ihn hätte ich meinen größten Schatz verloren.»

«Was war das, Ma'am?» fragte Stella begierig.

Doch Großmutter Bogan öffnete eine der Blechbüchsen auf dem Küchenschrank, stand mit dem Rücken gegen Stella und schien nichts gehört zu haben. Als sie sich umkehrte, hielt sie ein Musselinsäckchen mit getrockneten Blättern in der Hand. «Nimm es, Kind», sagte sie. «Du blickst weit, aber es können Zeiten kommen, in denen du noch weiter wirst sehen müssen, vielleicht in die Zukunft oder in das Herz deines Liebsten. In einer Vollmondnacht tauche einige von diesen Blättern ins Wasser eines Zauberbrunnens ein, benetze deine Augen damit, und im Schlaf wirst du dann sehen, was du sehen möchtest. Aber du mußt von ganzem Herzen lieben.»

«Danke, Ma'am», erwiderte Stella und nahm das Säckchen. «Ist es Gnadenkraut? Raute?»

«Wieso kennst du es, Kind?»

«Meine Mutter in Weekaborough Farm zieht es und benutzt es gegen Augenweh. Aber ich glaube nicht, daß es irgend jemand auf dem Hof verwendet, um in die Zukunft zu sehen.»

«Nicht viele wissen, wozu es gut ist», fuhr Granny Bogan erklärend fort, «und du darfst nur das Wasser einer Zauberquelle bei Vollmond nehmen und mußt deinen Freund sehr lieben. Manches Mädchen glaubt, einen Mann wirklich gern zu haben, und dabei liebt sie die ganze Zeit nur sich, sich selbst in dem Staat, mit dem er sie umgibt, mit seinem Ring am Finger und einem glatten Körper, so weich wie ein Kätzchen unter seinen Liebkosungen und –»

Mrs. Loraine stand hastig auf und meinte, sie müßten nun gehen.

«So ein Mädchen würde nichts sehen und wenn sie die ganze Nacht ihre Augen badet», versicherte die Alte. «Müssen Sie schon gehen, Ma'am? Ich danke Ihnen vielmals für alle guten Sachen, und behalten Sie ja die Kartoffel in der Tasche. Was dich anbelangt, Kind – komm wieder, und komm allein.»

«Stella darf nicht allein herumlaufen, Großmutter», sagte Mrs. Loraine entschieden. «Sie ist ja noch ein Kind.»

«Sie wird bald eine Frau sein», gab die Alte zur Antwort. «Sehen Sie nur die runden kleinen Brüste, die sie bereits hat, und der Zug um die Augen, der besagt ...»

Mrs. Loraine schob Stella ziemlich aufgeregt aus dem Häuschen und durch den Kräutergarten. Sie beschuldigte sich ernsthaft. Daß Großmutter Bogan, die im allgemeinen junge Leute nicht gern mochte, diese peinliche Vorliebe für Stella gefaßt hatte, war höchst unangenehm.

«Sie ist eine wunderliche alte Frau, Liebes. Vergiß sie», sagte sie, als der Wagen sich wieder in Bewegung setzte. «Und an deiner Stelle würde ich das Rautenbündel wegwerfen.»

«Werden Sie die gestohlene Kartoffel auch wegwerfen, Ma'am?» fragte Stella liebenswürdig.

Mrs. Loraine hatte Sinn für Humor. Sie sahen sich an und lachten. Man war damals noch nicht so aufgeklärt wie heute. Selbst die Gebildeten hatten den Glauben an Zauberkräfte noch nicht ganz verloren.

2. Kapitel

I

Erst am Johannistag, der in diesem Jahr auf einen Freitag fiel, und als Stella wieder bei Mrs. Loraine war, fiel ihr ein, daß sie nochmals nach Cockington gehen wollte, aber diesmal allein. Sie wachte schon beim Morgengrauen auf; es war gegen vier Uhr, und ihre erste kleine Pflicht begann nicht vor acht. Dann mußte sie eine Tasse Schokolade auf einem silbernen Tablett in Mrs. Loraines Schlafzimmer tragen. Rasch zog sie ihr lavendelfarbenes Kattunkleid an, nahm den Mantel und schlich lautlos die Treppe hinab. Ihr Gewissen regte sich nicht, denn nie hatte sie Mrs. Loraine versprochen, nicht nach Cockington zu gehen, und ihrer Freude an Abenteuern zufolge war sie gewohnt, Seitensprünge zeitig am Morgen zu unternehmen. Aber sie vermißte Hodge, denn dies war der erste, den sie ohne ihn machte. Araminta hatte die Vordertür zugeschlossen und den Schlüssel mit ins Bett genommen; doch Stella öffnete das Fenster des Vorraums, kletterte hindurch und landete in einem Beet Glockenblumen. Der Garten war bezaubernd, duftete nach taufeuchten Levkojen, Goldlack und Nelken, und da die Vögel noch kaum erwacht waren, konnte sie das Meer hören.

Sie lief über die Straße zu dem heiligen Brunnen, setzte sich auf den niederen Rand und wusch mit den Händen ihr Gesicht. Das Wasser war eiskalt, und die hellen Tropfen, die von ihren Fingern fielen, sahen wie Diamanten aus. Die Schafe im Kirchhof von Torre schliefen noch; sie konnte ihre zusammengekauerten Gestalten zwischen den Grabsteinen erkennen, ohne die Schafe von den Gräbern deutlich unterscheiden zu können. Ein grauer Nebel hüllte die Bäume ein. Doch der Turm der Kirche und die St.-Michael-Kapelle auf ihrem Felsgipfel strebten darüber hinaus und fingen die Flammen der ersten Sonnenstrahlen an ihren Spitzen auf. Abgesehen vom Seufzen des Meeres war es so still, daß man die Tropfen hören konnte, die von ihren Fingern herab das Wasser berührten, und den Fall eines Rosenblattes von einem Busch neben dem Brunnen. Eine wilde Lust überkam sie. Als kleines Kind, fiel ihr ein, stürzte sie sich zuweilen in Vater Spriggs Arme oder tauchte im süßen Heu unter. Irgend so etwas wollte sie jetzt auch tun, sich in diese Herrlichkeit des Mittsommermorgens werfen und darin aufgehen. Da das aber nicht möglich war, rannte sie wie eine Verrückte die Robber Lane hinunter, der Mantel flatterte hinter ihr drein, die Locken flogen, und im Laufen peitschte die Luft ihr nasses Gesicht. Sie rannte, bis sie die Yaffracombe-Wiese erreichte; dann merkte sie, daß sie nicht mehr konnte, und setzte sich auf den Zaun, um Atem zu schöpfen. Sie schaute über das Gras und den Thymian, die sich zwischen Straße und Meer ausbreiteten.

Da sah sie ein anderes junges Geschöpf, von ebensolchem Rausch besessen wie sie selbst – ein Hase tummelte sich kaum in Wurfweite von ihr. Er schien völlig verrückt, drehte sich im Kreis auf einem Hinterbein, die Ohren wehten wie Fahnen, dann wälzte er sich von einer Seite auf die andere, sprang mit allen vieren in die Luft, kam wieder herab und machte einen Purzelbaum, raste von neuem im Kreis herum, fiel wie tot nieder, stand pfeilgeschwind wieder auf und begann das ganze Programm von neuem. Stella lachte, bis sie Seitenstechen bekam. Schon früher hatte sie Hasen gesehen, die sich verrückt benahmen, aber nicht so toll wie dieser hier; und nicht im Juni, sondern im März. Was machte er nur jetzt? Er hatte einen letzten Purzelbaum geschlagen und war im Hagedorndickicht verschwunden.

Stella sprang vom Zaun herunter und stürzte über die Wiese nach dem Dickicht, ungeachtet des Taus, der ihre Schuhe aufweichte und das Kleid durchnäßte. Als sie ankam, war der Hase fort. Hatte er sich unter die Wurzeln eines Baumes verkrochen, wo die Kobolde hausten, oder in die Lüfte geschwungen, um sich zu den Lerchen zu gesellen, die bereits oben im feinen blauen Dunst sangen? Sie war bereit, das eine wie das andere zu glauben. Keine Spur von ihm war zu entdecken. Aber als sie durch die Wiese zurückging, fand sie etwas anderes – einen Feenring auf dem Gras, der sich um einen grauen Felsen abzeichnete. In der Mitte, nahe dem Felsblock, wuchs ein Büschel Enzian. Stella sank auf die Knie und jauchzte vor Freude. Sie wuchsen daheim auf dem Friedhof, und früher einmal gab es einen Fleck davon auf Bowerly Hill, aber er war verschwunden. Wer hätte gedacht, daß er so nah am Meer wuchs. Sie pflückte keine der blauen Blüten, denn die gehörten den Feen. Doch stellte sie sich in den Ring, sprach drei Wünsche aus, kletterte dann über den Zaun und lief die Straße nach Cockington hinab.

Als sie den Park erreichte, stand die Sonne voll am Himmel, und die bisher so stille, eingehüllte Welt erwachte schnell zu Musik und Bewegung. Eine Brise wehte vom Meer her, und die schweren Ulmen- und Kastanienäste schwangen über den tanzenden Blumen und Gräsern des Parks. Die Vögel sangen aus voller Kehle, und ein Bächlein murmelte, das durch den Park eilte, laut und fröhlich. Wasser, Wind und Vogelsang bildeten an diesem ruhigen Ort das Echo einer großen klingenden Symphonie, die rund um die Erde ertönte, sobald sich der Mantel der Nacht hob. Alle Dinge stürzten sich wieder ins Leben mit klingenden Glocken und schlagenden

Flügeln, Singen, Lachen und wandernden Füßen. Bis zu den Knien in Gras und weißen Wucherblumen stand Stella und lauschte; ein wenig schwankend, wie die Blumen und Bäume. Ihre innere Stimme sang laut, obgleich die Lippen schwiegen, und jeder Puls ihres Körpers schlug im Takt zu der Melodie.

Der Wind erstarb so schnell, wie er aufgesprungen war, die Vögel gingen ihren Beschäftigungen nach, und der Klang des Wassers tönte nur mehr wie das Läuten einer Feenglocke. Das Gras stand wieder reglos, und die Hirsche wechselten ruhig mit gesenkten Köpfen von der Sonne in den Schatten, während sie das Gras abrupften. Ein leises Kichern tönte hinter Stellas Rücken. Mit einem Angstschauer drehte sie sich um und erwartete, irgend etwas Unbekanntes zu erblicken, Puck oder einen jener eigenartigen grünen Kobolde, denen konische Holzhüte wie winzige Heuschober auf dem Hinterkopf saßen. Als Kind hatte sie die oft gesehen. Obgleich sie nie versucht hatten, ihr ein Leid anzutun, war sie bei ihrem Anblick immer davongelaufen. Aber es war Großmutter Bogan, in einer verschlissenen rostfarbigen Sonnenhaube und dem erdfarbenen Mantel, ihrem Jätaufzug. Sie trug einen großen Korb. Ihr Auftauchen inmitten des Baldrians und der Spierstauden, die an den Rändern des Bächleins wuchsen, war so unerwartet, daß Stella sich einen Augenblick fragte, ob sie wirklich ein Mensch sei. Die Kobolde hatten genau diese gemmenartigen, scharfen Augen gehabt.

«Wäschst du dein Gesicht im Tau, mein Mädchen?» erkundigte sich die Alte.

«Ich habe es schon in der heiligen Quelle gewaschen, Ma'am», gab Stella zur Antwort und knickste.

«St. Elfrieda heilt Brandwunden, aber keine Pickel», entgegnete die Alte. «Feentau ist das Beste dafür.»

«Aber ich habe keine Brandwunden und auch keine Pickel», wandte Stella ein.

«Vorbeugen ist besser als Heilen», erwiderte Granny Bogan, «und wo willst du einen Mann finden, der ein Pickelgesicht küßt?»

Stella, um des lieben Friedens willen, tauchte die Hände ins Gras und rieb das Gesicht dann so lange, bis ihre Wangen rosig glänzten.

«So ist's recht», bemerkte Großmutter Bogan. «Rosen wird er gerne küssen, wenn er wiederkommt, aber nicht Pickel. Rosalinds Rosen.»

«Rosalind?» fragte Stella verwirrt. «Aber Rosalind starb doch vor vielen Jahren.»

«Sie stirbt nie», antwortete die alte Frau. «Immer gibt es Mädchen, die auf ihren Liebsten warten, Geduld lernen in den langen Tagen. Und er ist irgendwo in der weiten Welt, schmeckt die Bitternis des Getrenntseins und kämpft wie David, der Schafhirte, mit den wilden Tieren. So ist's und wird es stets sein. Er muß seine Sehnen stärken für die Mannesliebe und Arbeit. Und immer betet der heilige Eremit wie Moses auf dem Berggipfel oder hoch oben im Wachtturm, und der Teufel soll ihn holen, wenn er seine Arme sinken läßt. Denn dann verliert das Mädchen die Geduld und der Junge seine Kraft, und wenn sie zusammenkommen, wird ihnen Leid zustoßen, denn ihre Kinder werden schielen und hinken, und es wird Ratten in den Heuschobern und Mehltau auf dem Weizen geben.»

Wilmotta Bogan äußerte diese schreckliche Prophezeiung wie eine Art Zauberformel, und die ganze Zeit schoß sie neben dem Bächlein auf und ab wie eine Libelle und füllte ihren Korb mit Baldrian.

«Wozu brauchen Sie Baldrian, Großmutter?» wollte Stella wissen, während sie ihr pflücken half.

«Baldrian?» wiederholte Granny Bogan. «Ich halte es nicht mit diesen Phantasienamen. Die Pflanzenkenner nennen es Kapaunschwanz oder Allesheil. Wenn du die Blätter auf frische Wunden legst, mein Herzchen, heilen sie im Handumdrehen.»

Sie waren dem Bach bis zu den Mauern der Kirche von Cockington gefolgt, wo er sich abbog und in den Wäldern verschwand.

«Wenn du den Schatz sehen willst, den mir der Doktor gerettet hat, Liebes, er ist im Kirchturm versteckt», schlug die Alte vor.

«Im Kirchturm!» entfuhr es Stella.

«Meine Nachbarn in den Armenhäusern kümmern sich nicht nur um ihre eigenen Angelegenheiten», erwiderte Wilma Bogan. «Ich bewahre nichts auf, was mir Unannehmlichkeiten bringen könnte. Aus dem Schnitt deines hübschen Mundes sehe ich, mein Schatz, daß du schweigen kannst.»

«Danke für Ihr Vertrauen, Ma'am», entgegnete Stella ernsthaft. Aber sie fragte sich, warum Großmutter Bogan sie auf diese Art in ihre Geheimnisse einweihen wollte. Als sie den Weg entlang zur Kirchentür schritten, klärte die alte Frau sie auf.

«Wenn ich einmal sterbe, mein Herz, habe ich keine Seele, der ich meinen liebsten Besitz zurücklassen könnte», sagte sie. «Seit Jahren sehe ich in die Gesichter aller jungen Mädchen, die mir unter die Augen kommen, um eins zu finden, das Klugheit und Kraft genug besitzt, um weiter zu sehen als die andern. Du bist das Mädchen, mein Liebes. Du sollst die beiden Bücher haben und auch das andere und meinen Segen dazu. Nun sieh mich nicht so erschreckt an, Kind. Einmal war ich eine schwarze Hexe, aber ich warf das Böse von mir, und nun bin ich eine weiße und kann niemand mehr ein Leid antun. Frage deinen Freund, den Doktor. Er wird es dir bestätigen.»

2

Sie waren bei der grauen, ehrwürdigen Kirche von St. Georg und Sta. Maria in der Siedlung nah bei den Quellen angelangt. Von den bunten Glasfenstern sahen die Apostel Jakob und Johann, Peter und Andreas und St. Martin mit dem Schwert gütig auf die beiden herab. Die hellen Farben ihrer Gewänder warfen bunte Flecken auf die ausgetretenen Steinfliesen. Die Mauern waren getüncht und mit Totenschildern und Wappen bedeckt. Der Kirchenstuhl des Gutsbesitzers war sehr groß und hatte so hohe Wände, daß er die ganze Kirche beherrschte. Außerdem war er heizbar und hatte schön gepolsterte Sitze und Kissen.

«Die gnädige Frau Mallock hat es gern warm und bequem», erklärte Großmutter Bogan.

Sie schien es gar nicht eilig zu haben und war recht erfreut, sich niedersetzen zu können und auszuruhen, während Stella die Kirche durchforschte. Sie besaß eine Galerie für die Musiker und eine schöne holzgeschnitzte Chorschranke, die das Weinlaubmuster der Devoner Trauben zeigte. Stella zählte sechzehn Vögel im Gerank, und drei darunter erregten ihr besonderes Interesse. Einer pickte an einer Traube, ein anderer tötete eine Raupe, und der dritte hielt den Schnabel weit offen, als sänge er laut. Unter dem singenden Vogel befand sich ein Relief der gekrönten Madonna, ihr Kind auf dem Arm und eine Lilie in der Hand. Stella war überzeugt, daß sich eine Geschichte an diese Vögel knüpfte, aber Großmutter Bogan kannte sie nicht. Die Kleine beschloß, den Abbé zu fragen. Er würde es wissen.

Nachdem sie die Kirche untersucht hatte, kletterten sie die Treppe zum Turm hinauf. Auf halbem Wege stand die Alte still und öffnete eine niedrige Tür, hinter der sich ein leerer Raum befand. Er sah wie eine Zelle aus, nur ein kleines Fenster ließ das Licht herein; es gab auch eine Feuerstätte, und der Kamin war in die dicke Turmmauer eingebaut. Tief unten an der Tür sah man ein Loch, groß genug, um Essen und Trinken durchzureichen, dahinter eine kleine Nische für das Abstellen des Geschirrs. Weiter befand sich in der Zelle noch ein Eichenbolzen, und rechts und links von der Tür waren Trägerhaken angebracht, in die man den Barren schieben konnte, um den Raum abzuschließen. Außerdem war nur noch ein Tisch in dem Kämmerchen und ein dreibeiniger Schemel.

«Hier muß jemand gewohnt haben!» rief Stella.

«Irgendein Einsiedler, wahrscheinlich», meinte Wilmotta Bogan, «oder ein papistischer Priester, der sich vor seinen Feinden versteckte. Nun betritt niemand mehr diesen Ort außer mir und dem heiligen Eremiten.»

«Was für ein heiliger Eremit, Ma'am?» fragte Stella.

«Der, den sie den Abbé nennen», erwiderte sie. «Einmal kam ich hierher und sah ihn mit einem Buch am Fenster sitzen. Er ist der wahre Leser – nicht einmal meinen Tritt hat er auf der Treppe gehört, auch nicht das Öffnen der Tür. Am andern Tag spazierte er durch den Park, in der Richtung nach dem Turm, und einmal gingen wir aneinander vorbei. Er wollte in die Kirche, und ich verließ sie eben. Wir schauten uns an; er sah, was er sah, und ich ebenfalls. Daraufhin zog er seinen Hut, verbeugte sich wie ein Hofmann, und ich machte eine ganz tiefe Verneigung ... Wir haben den Weg des Bösen verlassen, er und ich.»

Der Gedanke, daß mon Père bösen Wegen gefolgt war, überraschte Stella, beeinträchtigte aber in keiner Weise ihre Liebe zu ihm. Je schlechter man gewesen war, desto besser konnte man nachher werden, hatte der Doktor einmal zu ihr gesagt. Denn es bewies, daß man die Kraft in sich hatte, eine Sache gründlich durchzuführen.

Großmutter Bogan stand an der Feuerstätte und hob den Arm zum Kamin auf. Das wunderte Stella gar nicht weiter. Jedes Bauernhaus in Devon hatte lose Steine im Kamin und im Innern ein Fach, in dem man geschmuggelten Branntwein aufbewahrte. Nicht daß sie glaubte; ein Klausner oder ein verfolgter Priester habe französischen Branntwein besessen, aber vielleicht hatten sie hier ihr Brevier oder geheime Papiere versteckt.

Großmutter entnahm dem Kamin zwei Bücher und etwas, das in ein Stück Leinen eingewickelt war. Sie legte die Dinge auf den Tisch, entfaltete liebevoll das Leinen, und was sich da zeigte, schien Stella auf den ersten Blick eine sehr große knorrige Pastinake zu sein. Dann machte sie einen hastigen Schritt rückwärts, denn bei näherem Betrachten sah das Ding wie ein totes kleines Kind aus.

«Du brauchst nicht zu erschrecken, Kleines», lachte Großmutter. «Es ist nichts anderes als ein Alraun.»

Aber daraufhin trat Stella noch einen weiteren Schritt zurück, denn sie wußte, was Alraunen bedeuten. Madge hatte ihr davon erzählt. Sie wuchsen in Deutschland. Über der Erde hatten sie ein breites grünes Blatt und eine gelbe Blüte und sahen ganz harmlos aus. Aber unter der Erde hatten die Wurzeln menschliche Form und schrien laut, sobald man sie aus dem Boden grub. Wenn man sie gut behandelt, mit Wein wäscht, in Seide kleidet, in ein Körbchen legt, freitags badet und ihnen jeden Neumond ein neues weißes Hemdchen anzieht, wirken sie wie Hausgeister, sagen die Zukunft voraus und geben Ratschläge. Aber da sie nur in Deutschland wachsen, ist es schwer, ihrer habhaft zu werden. Nur Hexen besitzen Alraunen und gewöhnlich nicht für gute Zwecke.

«Sie hat schon lange nichts Böses mehr verbrochen, Kind», sagte Großmutter Bogan. «Nicht mehr, seit ich es aufgegeben habe, Nadeln in Wachsbilder zu stecken und Zauberkünste zu treiben. Als ich noch eine schwarze Hexe war, wohnte ich in einem Häuschen in Smoky und hatte einen Strumpf voller Goldstücke, die mir Männer und Frauen gaben, damit ich all denen, die sie haßten, Böses antäte. Dann kam einmal, in einer finsteren Nacht, ein Bauer, der meinte, ich hätte seine Schweine verhext – und es war auch wirklich so. Er kam mit seinem Lümmel von Sohn, schlug mich beinahe tot und nahm meinen Strumpf mit den Goldstücken und den Alraun. Ich lag stöhnend in meiner Hütte, niemand kam mir nahe, denn sie hatten alle Angst vor mir. Ich wäre gestorben, wenn Dr. Crane nicht gehört hätte, was geschehen war. Obgleich ich ein Nichts für ihn war, kam er und bemühte sich um mich. Jeden Tag erschien er, und wennschon er meine bösen Praktiken nicht schätzte, behandelte er mich doch so liebevoll wie ein Sohn seine Mutter. Aber vor lauter Weinen und Jammern um meinen Alraun, den ich wie ein

Kind liebte, wurde mein Zustand nicht besser. Deshalb ging der gute Doktor zu dem Bauern und brachte ihm soviel Gottesfurcht bei, schalt ihn einen Dieb und Mörder, daß der Mann den Alraun zurückgab. Und danach jagte der Doktor auch mir die Angst vor Gott ein. Er stand an meinem Bett, donnerte mich an, drohte mir mit ewiger Verdammnis, bis ich vor Schrecken zitterte und gelobte, der Schwarzen Magie abzuschwören und bis ans Ende meiner Tage eine weiße Hexe zu sein. Und es gelang, trotzdem der Kampf so hart war, daß er mich beinahe umbrachte. Aber es war nicht nur die Angst allein, durch die ich mich vom Bösen abkehrte, ebensosehr war es die Liebe zu dem Doktor. Er ist ein guter Mann. Wenn ich in sein häßliches Gesicht sah und ihn reden hörte, begann ich mehr Freude am Licht zu fühlen als an der Finsternis. Als ich mich wieder erholte, überredete er die Besitzer der Umgebung, mir Arbeit als Jätfrau zu geben. Denn eine weiße Hexe mit ihren Heilkräutern nimmt weniger Geld ein als eine schwarze durch ihre Wundermittel und Zaubersprüche. Er hielt seine Hand über mir, bis sich mein übler Ruf verlor. Seit ich hier in den Armenhäusern wohne, kommt er mich immer hie und da besuchen. Er ist nicht der Mann, der seine Freunde vergißt.»

«Aber Sie haben den Alraun immer noch?» fragte Stella.

«Er bekommt jetzt kein Weinbad mehr und kein neues Seidenhemd», erwiderte Großmutter Bogan, «und seit der Doktor mich rettete, habe ich nie mehr den bösen Geist beschworen, Unheil zu bringen. Jetzt tue ich nichts anderes mehr damit, als ihm von Zeit zu Zeit eine nützliche Frage zu stellen und ein wenig Pulver abzukratzen, um es mit einem beruhigenden Sirup zu mischen, für alle, die einen tiefen Schlaf nötig haben.»

Stella dachte an Shakespeare: «Mohn und Alraun und all die lindernden Tränke der Welt.» Dennoch war ihr der Alraun nicht sympathisch und auch der Gedanke nicht, daß er eines Tages in ihren Besitz käme. Sicher gehörte der böse Geist, den Großmutter Bogan einst hineinbeschworen hatte, zu «ihnen», war einer aus jener schrecklichen Gesellschaft, die Sol mit seiner Rassel herbeirief. Sie war froh, als die Alte ihn wieder einwickelte und sich zu den Büchern wandte.

Sie saßen nun auf dem Fenstersitz und dem dreibeinigen Schemel und untersuchten die Folianten. Der erste war ein abgegriffener, in Leder gebundener Band, von jener Art, wie sie feine Damen als

Tagebuch benutzen. Aber Großmutter Bogan hatte nicht ihre Erlebnisse hineingeschrieben, sondern Rezepte: wie aus Kräutern heilende Medizinen, Salben und Hautwässer zuzubereiten seien. Es gab viele Seiten darüber, alle in einer spinnwebfeinen Handschrift geschrieben, ebenso klar und schön wie Mrs. Loraines.

«Was für eine wunderbare Schrift», murmelte Stella.

«Ich war einmal eine Dame», sagte die alte Frau kurz, und fuhr dann fort, während sie Blatt um Blatt wendete, «es gibt keine Krankheit in der Welt, mein Schatz, gegen die Gott der Herr nicht ein Heilmittel in der guten Erde wachsen ließ. Und wenn du einmal eine verheiratete Frau bist und eine Schar Kinder hast, findest du in diesem Buch Arzneien gegen jede Krankheit, die sie befallen sollte. Du wirst nie ein Kind verlieren, Liebes, wenn du dieses Buch nicht verlierst.»

«Ich werde es immer sorgfältig aufbewahren», versprach Stella. «Aber, Großmutter, wie haben Sie gelernt, all diese Heilmittel zu brauen?»

Die Alte stieß ihr gackerndes Lachen aus. «Von Kind an liebte ich alle Blumen und Kräuter und was auf der Erde wuchs», sagte sie. «Ich habe viel von dem klugen alten Gärtner auf dem Besitz meines Vaters gelernt und noch mehr von unserer Wirtschafterin, die sehr pflanzenkundig war. Aber die wertvollsten Rezepte erfuhr ich von den guten Geistern selber, von denen, die die Obhut über alle Heilpflanzen und die neun geheimen Kräuter haben.» Stellas Augen wurden immer größer, und ihr Mund stand leicht offen. «Du bist doch als Landkind geboren und auferzogen, nicht wahr? Hast du nie die Wichtelmännchen gesehen?»

«Manchmal die Kobolde – als ich noch klein war», flüsterte Stella.

«Und die andern nicht? Nun, sie sind schwer zu sehen. Ich sah sie, als ich noch jung und unschuldig war; nichts anderes als Schatten, die auf Blumen fallen, aber ich wußte, daß sie es waren. Ich saß für gewöhnlich im Kräutergarten mit dem Buch im Schoß, die Gänsefeder in der Hand und mein Tintenhorn zur Seite. Und es wurde mir klar, wie man die Kräuter rings verwendete. So schrieb ich auf, was ich wußte. Sie haben keine Stimmen, die wir hören können, aber sie machen sich verständlich, wenn sie Lust dazu haben.»

Großmutter Bogan schloß das Kräuterbuch und öffnete das andere. Sein Ledereinband war so fleckig und verschimmelt, daß es aussah, als sei das Buch in eine Baumrinde gebunden, und die dikken, steifen Blätter hatten die Farbe von Herbstlaub. Der mittlere Teil jeder Seite war ebenfalls mit einer sehr schönen Handschrift bedeckt, aber die Tinte war derart verblaßt und die Buchstaben so merkwürdig geformt, daß Stella nicht klug daraus wurde. Sie merkte nur, daß es in Latein geschrieben war. Auf den Rand der Seiten hatte der Schreiber reizende kleine Bilder von Vögeln, Tieren und Blumen gezeichnet, manche davon in zarten Farben getönt.

«Was ist es, Großmutter?» fragte Stella.

«Ich kann es dir nicht sagen, Kind», antwortete die alte Frau. «Es braucht sehr gute Augen und ausgezeichnete Kenntnis der lateinischen Sprache, um es zu entziffern, und ich hatte keines von beiden, als ich es vor zwei Jahren hier in dem Kaminschränkchen fand. Das war, als ich in die Armenhäuser einzog und hierherkam, um ein sicheres Versteck für meinen Alraun und das Kräuterbuch zu suchen. Ich dachte mir, es müsse doch ein Loch im Kamin geben, und so war es auch, und das Buch lag darin. Kaum daß ich es in den Händen hielt, wußte ich, daß es ein gutes Buch war. Aber der Alraun befahl mir, es niemandem zu zeigen, weil die Zeit dafür noch nicht gekommen sei. Nimm es, Kind. Halte es und wende die Seiten um.»

Stella nahm das Buch und hielt es ein Weilchen in den Händen. Ja, es war ein gutes Buch. Ihr war ebenso zumute, wenn sie das Weekaborough-Gebetbuch zur Kirche trug, ruhig und in guter Stimmung. Dann blätterte sie weiter und war entzückt von dem Reiz der kleinen Bilder. Eines stellte ein Büschel Enzian dar, der neben einem bemoosten Stein in der Mitte eines Feenringes wuchs, genauso wie heute morgen in der Wiese, und ein anderes zeigte Schafe unter einem Eibenbaum. Ein drittes einen Hasen, der Purzelbäume schlug.

«Machen sie immer Luftsprünge am Johannistag?» begehrte Stella zu wissen.

«Natürlich, Kind. Der Johannistag ist ein großer Tag für die Vögel und Tiere, für die Blumen und Wichtelmännchen. Es ist ihr Fest, der Höhepunkt von Wärme und Wachstum – die ganze Erde hüpft und singt vor Freude. Du hast es heute morgen im Park verspürt, hast dich im Takt zu der Musik hin und her gewiegt, tief in den Blumen. Nun schließ das Buch, es gehört dir, und lauf nach

Torre zurück zum Frühstück. Und hier hast du den Alraun und das Medizinbuch. Sie gehören dir ebenfalls, versteck sie unter deinem Mantel, nimm sie heim und verwahre sie gut.»

«Nein, Ma'am, nein!» rief Stella zurückschreckend. «Sie sind noch Ihr Eigentum, nicht meines.»

«Ich werde dies Jahr nicht überleben», äußerte Großmutter Bogan gelassen. «Heute nacht kann ich ruhiger schlafen, wenn ich weiß, daß sie sicher verwahrt sind.»

Aber Stella zögerte immer noch. Sie hatte Angst vor dem Alraun und dem Einen von «ihnen», der hineinbeschworen worden war. «Könnte man sie nicht hierlassen, Ma'am?» bat sie.

«Es wäre mir leichter, Liebes, wenn du sie mit dir nehmen wolltest», beharrte Großmutter Bogan. «Aber rede davon zu niemand, Kind, ausgenommen vielleicht zu dem Doktor und dem heiligen Eremiten.»

Dann stand die Alte rasch auf, als wäre die Angelegenheit erledigt, verließ das kleine Turmzimmer und ging die Treppe hinab.

3

Stella kam zu rechter Zeit heim, um Mrs. Loraine wie gewöhnlich ihre Tasse heißer Schokolade zu bringen, und diesen ganzen Johannistag hindurch war sie äußerlich so heiter und vergnügt wie immer. Aber im Innern stürmten ihre Gedanken durcheinander, und sie sehnte sich nach dem Abend, wenn Dr. Crane sie holen und nach Weekaborough heimfahren würde.

Der heißersehnte Augenblick kam endlich; sie saß neben ihm im Wagen, und Äskulap fuhr sie in flinkem Trab nach Hause. Vergnügt sah sie zu dem Doktor auf. Er trug an diesem Mittsommerabend eine Rose im Knopfloch, sein Hut war heute flotter aufgebogen denn je, und wie er so lächelnd auf die Kleine herabsah, wurde ihr ganz warm ums Herz. Zu ihren Füßen stand der Weidenkorb, in dem sie ihre Kleider und kleinen Habseligkeiten (die Nähkassette und die mit Muscheln besetzte Schachtel von Mutter Sprigg) von Weekaborough nach Torre und wieder zurück verfrachtete. Der Korb hatte einen Deckel, und an diesem Abend schloß er nicht ganz.

«Beförderst du heute mehr Schätze zurück?» fragte Dr. Crane mit einem Blick auf den Korb.

«Ja», erwiderte Stella, «einen Alraun und zwei Bücher.»

«Du meine Güte!» stieß der Arzt hervor.

Das Kind sprudelte nun alles in einem Atem heraus, und der Doktor hörte wortlos und aufmerksam den langen, steilen Weg vom Meer bis zu den Hügeln hinauf zu.

«Kein Grund zur Angst, mein Herz», sagte er, als sie fertig war. «Ich kenne Großmutter Bogan; jetzt ist sie eine ebenso gute wie kluge Frau. Nie würde sie dir etwas geben, das dir Schaden tun könnte.»

«Aber der Alraun!» rief Stella. «Was *ist* ein Alraun?»

«Die Wurzel einer hübschen gelben Blume, die Mandragore heißt und in Deutschland wächst.»

«Aber Großmutter Bogan sagt, daß sie einen bösen Geist hineinbeschworen habe.»

Sie waren auf der Höhe des Hügels angelangt, und der Doktor lenkte den Wagen zum Straßenrand, zog die Zügel an und ließ Äskulap ein wenig grasen. «Laß uns einen Blick auf meinen alten Freund Mandragore werfen.»

Stella langte in den Korb und zog den in ein Leinen gehüllten Alraun hervor; das Heilmittelbuch hatte sie in ihr sauberes Nachthemd gewickelt und das gute Buch in ihre schönste Schürze.

«Da haben wir ihn ja», sagte der Doktor, befreite den Alraun aus seiner Hülle und setzte ihn auf seine Knie wie ein kleines Kind.

«Sagen Sie nicht ‹er›!» bat Stella. «Es klingt, als wäre das Ding lebendig.»

Der Doktor lachte und verpackte die Wurzel wieder. Dann fuhr er ernst fort. «Nun hör zu, mein Schatz. Kennst du deinen Shakespeare? ‹Nichts ist gut oder schlecht, es sei denn, daß Gedanken es so machen.› Das gilt für die Wurzel und die ganze Angelegenheit. Die Welt um dich herum ist mit gegensätzlichen Kräften geladen – mit Engeln und Teufeln. Gut und Böse, Licht und Finsternis – nenne sie, wie du willst –, und was du von Dingen und Menschen denkst, das werden sie. Denke schlecht von jemand, und du hast den traurigen Ruhm, einen Teufel aus ihm gemacht zu haben. Glaube, daß in diesem Stück Wurzel ein Dämon sitzt und du befähigst es, Übles zu bewirken. Andersherum läuft die Sache natürlich gleich. Ist das der Dame klar?»

«Ja», sagte Stella und legte den Alraun wieder zurück in den Korb, ohne jegliches Anzeichen von Angst. «Er soll meine Puppe sein. Eine gute Puppe. Ich behalte ihn in meinem Zimmer, um die Mäuse zu verjagen.»

Der Doktor lachte und nahm das Buch mit den Rezepten auf. Äskulap ging langsam weiter, rupfte Gras aus, wo es ihm gerade gefiel, aber sein Herr war zu sehr in Gedanken versunken, um zu merken, was er tat. Schließlich klappte Dr. Crane das Buch zu und gab es zurück. «Bald wirst du mehr über die heilenden Kräfte der Erde wissen als ich», sagte er kurz.

«Großmutter Bogan erzählte, die Wichtelmännchen hätten sie in der Kräuterkunde unterrichtet», erwiderte Stella. «Ist das möglich? Gibt es wirklich gute Gnomen, oder leben sie nur in unserer Einbildung?»

«Was meinst du, wie Shakespeare darüber denken würde?»

«Ich könnte mir vorstellen, daß er an sie glaubte», entgegnete Stella langsam.

«Ich mir auch.»

«Dann sind sie also wirklich?»

«Warum nicht?»

«Können Sie mir nicht etwas Bestimmtes über sie sagen?» fragte Stella ein wenig ungeduldig.

«Kannst du es nicht?» fragte der Arzt zurück. «Du stehst der Kindheit näher als ich, und Kinder sind in diesen Dingen am erfahrensten.»

«Ich bildete mir früher immer ein, Kobolde zu sehen», sagte Stella, «und dann lief ich davon.»

«Und Großmutter Bogan bildete sich ein, daß die Wichtelmännchen ihr die Geheimnisse der Kräuter offenbarten. In beiden Fällen brachten die Gedanken ein Ergebnis zustande. Du liefst davon, und Großmutter schrieb medizinische Rezepte nieder. Daher muß doch etwas dran sein.»

Und das war alles, was er in Sachen der guten Wichte äußerte. Indem er sie so entließ, nahm er das zweite Buch zur Hand. Es beschäftigte ihn ebenso wie das erste; so sehr, daß Stella dachte, sie würden an diesem Abend nicht mehr heimgelangen, und ihn am Ärmel zupfte. Er wandte sich um und sah sie mit merkwürdig abwesenden Augen an, dann legte er das Buch sanft in ihren Schoß.

«Es gehört dir, mein Liebes.»

«Was ist es?» fragte sie. «Großmutter Bogan meinte, daß es ein gutes Buch sei, aber sie konnte die Schrift nicht lesen.»

«Eine Art alter Geschichte über unsere Gegend hier, Stella, mehr kann ich nicht herausfinden. Die Schrift ist schwer zu entziffern, und ich bin kein großer Lateiner, wie du weißt. Griechisch war meine erste Liebe. Gib sehr acht auf das Buch, und wenn sich die Gelegenheit bietet, zeige es deinem Freund, dem Abbé. Er versteht Latein sehr gut.»

Dann streifte er Äskulap mit der Peitsche; sie fuhren in raschem Tempo bis Weekaborough und landeten gerade bei Sonnenuntergang am Gartentor. Den Korb in der Hand, schoß Stella wie eine Schwalbe den Weg hinauf, durch die geöffnete Haustür und durch die Halle in die Küche, gerade in Mutter Spriggs Arme.

Da waren sie versammelt, Vater und Mutter Sprigg, Sol, Madge, Hodge und Seraphine. Stella flog von einem zum andern, als hätte sie alle seit Jahren nicht mehr gesehen. Der Schein des Feuers erhellte die große Küche, die Schatten spielten Verstecken in den höhlenartigen Vertiefungen der Mauern und unter den niederen Dekkenbalken. Die Messingtöpfe und Pfannen blitzten und blinkten; ein köstlicher, alles durchdringender Geruch von Kaninchenpastete verbreitete sich im Raum. Bald würde man die Kerzen anstecken, und das Abendessen konnte beginnen. Und schließlich öffnete Vater Sprigg die Bibel und las das Abendkapitel, und das Wunder von oben würde auf alle herabfallen. Wohin Stella ging und was sie auch tat, Weekaborough würde stets ihr Zuhause sein.

3. Kapitel

I

Zachary lag mit geschlossenen Augen in seiner Hängematte, die Arme unter dem Kopf verschränkt. Er konnte das Knistern des Feuers hören, das Spiel der Lichter auf den Messingpfannen sehen und Stellas dunklen Kopf, anerkennend über die Kaninchenpastete gebeugt. Tatsächlich konnte er die Pastete riechen, ihr Duft erhob sich siegreich über den abscheulichen Gestank des hinteren Cockpits. Zachary zog verständnisvoll die Nase hoch.

«Worüber grinst du, du Esel?» brummte eine mürrische Stimme.

Zachary öffnete die Augen und sah belustigt auf den riesigen Berg Knochen, Lumpen und schlechter Laune, der in der Hängematte neben ihm unordentlich durcheinanderlag. Es war Seekadett Michael Burke, der nun Cobbs leergelassenen Platz in seinem Leben bezogen hatte. Zachary empfand nicht die gleiche Liebe für ihn wie für den unvergeßlichen Cobb, aber der Nachfolger hatte zum mindesten die schmerzende Leere ausgefüllt. In dieser Freundschaft waren die Rollen des Beschützers und Schützlings vertauscht. Zachary hielt nun ein väterliches Auge über den andern. Es kommt oft vor in der Welt, daß der Tod dazwischentritt, ehe man seine Schulden bezahlt hat, und deshalb bleibt nichts anderes übrig, als dies einem andern zugute kommen zu lassen. Mike ähnelte, abgesehen von seinen roten Haaren, Cobb nicht im mindesten. Aber indem Zachary sich bemühte, Mike so wenig Dummheiten als möglich machen zu lassen, meinte er Cobb zu helfen und fühlte sich in diesem alles andere als leichten Dienst glücklich.

Mike war der geborene Unglücksrabe. Selbst seine Tugenden brachten ihm keinen Segen, da sie mit Lastern gepaart waren, die friedliche Möglichkeiten zerstörten. Sein Mut, von Jähzorn und großer Unverfrorenheit sekundiert, führte nur zu Streit und Widerwärtigkeiten jeder Art. Und sein Gerechtigkeitssinn – an sich ein schönes Ding – erlaubte ihm nicht, die damaligen brutalen Strafen auf eine Weise hinzunehmen, welche die beleidigten Gefühle der Vorgesetzten besänftigte. Seinem Haß gegen jegliche Form von Heuchelei stand eine schlagfertige und scharfe Zunge zur Verfügung, doch nicht die Fähigkeit, sich über Späße fröhlich hinwegzusetzen. Er hatte eine harte, bittere und freudlose Jugend gehabt. Obgleich Zachary in seiner Kindheit auch nicht auf Rosen gebettet worden war, hatte er es doch verstanden, Freude zu suchen und zu finden. Aber die Beständigkeit von Gottes Liebe, die Schönheit der Natur, das unbesiegbare Verlangen des Menschen nach Ehre bedeuteten Mike nichts. Er war der geborene Städter, ein Polterer und Genießer. Er liebte Geräusche. Alle Schätze, die er in seinem Seemannsleben gesammelt hatte, waren Lärminstrumente. Die verhaßte Rassel, die Sol Zachary gegeben hatte, blieb seine Wonne. Die Interessen der beiden Freunde waren derart verschieden, daß sie sich oft über ihre Freundschaft wunderten. Aber beide waren irische Edelleute. Sie hatten die gleichen ungeschriebenen Gesetze.

«Über den Duft von Kaninchenpastete», antwortete Zachary.

«Ich kann nichts riechen außer dem gewohnten scheußlichen Gestank.»

«Die Pastete, die ich roch, war in Devonshire.»

«Was bist du für ein verfluchter Narr», brummte Mike und rollte sich schlafgerecht zusammen.

Er war ein paar Monate älter als Zachary. Seine schlenkernde Sammlung starker Knochen war kärglich mit Fleisch bedeckt, und wenn er stand – groß, mit abfallenden Schultern und ungelenk –, drohten sie auseinanderzufallen. Aber er war außerordentlich kräftig und stählern, und jeder scheute einen Kampf mit ihm. Das knochige, häßliche Gesicht mit den unregelmäßigen Zügen war nicht ohne Reiz, denn seine grünen Augen sahen ehrlich in die Welt und hatten den vertrauensseligen Ausdruck eines Kindes. Es war sein unausrottbarer Glaube an die Menschen, der ihm so viele Schwierigkeiten eintrug. Immer erwartete er, daß die andern ebenso grundanständig seien wie er selbst, und wenn das nicht der Fall war, konnte er nicht immer der Versuchung widerstehen, sie niederzuhauen. Infolge dieses Mangels an Hemmungen waren seine Kleider meist zerrissen, aber er trug sie mit der unbeholfenen Eleganz, die ein Teil seiner Herkunft und Erziehung war. Zachary hatte ihn nie mit einer Frau zusammen gesehen, konnte sich aber vorstellen, daß er sich gegebenenfalls höflich zu benehmen verstand.

«Wir sind auf der Themse, Mike», murmelte Zachary. «Morgen London. Nächste Woche Gentian Hill.»

Ein Schnarchen war die einzige Antwort. Mike schlief, und Zachary war frei, nochmals in der himmlischen Lust seiner Träume unterzutauchen. Diese stürmische Einbildungskraft war nicht immer paradiesischer Natur, sie konnte ebensogut ein Instrument des Teufels werden. Aber heute nacht, wo er sich auch hinwenden mochte, überall war der Schauplatz erfreulich.

Er stellte sich die Sommernacht draußen vor, mit den Sternen über den gelockerten Segeln; er konnte die ruhigen Gestalten der Männer auf Wache sehen, matten Laternenschein auf ihren gespannten Gesichtern. Dann hörte er das Klatschen des Wassers an der Breitseite des Schiffs und ein ständiges schwingendes Summen in der Takelage. Und weiter sah er zur Rechten und Linken des schimmernden Wassers die dichte Dunkelheit, die England war, und die vorbeigleitenden Uferlichter. Endlich kamen sie heim. Heim. Nächste Woche würde er in Gentian Hill sein.

In Weekaborough hatten sie um diese Zeit ihr Abendbrot gegessen, saßen mit gesenkten Köpfen um den Tisch, und Vater Sprigg, die Brille auf der Nase, las laut aus dem Guten Buch vor: «Dort lassen die Frevler ab vom Toben, dort finden Ruhe, deren Kraft ermattet. Allzumal rasten die Gefangenen, sie hören nicht des Treibers Stimme. Dort sind gleich die Kleinen und die Großen, und frei ist der Knecht von seinem Herrn.»

Als die goldenen Worte aus der Luft fielen, hob Stella den Kopf und sah nach dem alten Sol in der Kaminecke. Ihre Augen trafen sich, und Sol lächelte. So war er doch noch nicht zur ewigen Ruhe gegangen. Zachary freute sich, ihn wiederzusehen.

Er verließ die Freunde in der alten Küche und begab sich hinaus. Die Schafe schliefen unter der Eibe auf Bowerly Hill, und ein Duft von Heu und Klee lag süß in der Luft. Er ging den Taffety Hill hinauf, wo er das erste Mal das Lied vom Pflügen gesungen hatte, durchschritt das Tor der Danmonian Hecke und wandte sich hügelabwärts nach dem Dorf. Lichter brannten in den Häuschen rund um die Kirche auf der kleinen Anhöhe, und ein Duft von Geißblatt umfing ihn. Er schlenderte den kurzen, mit Steinplatten belegten Weg zur Haustür des Doktors hinauf, drückte die Klinke herab und ging hinein. Die Nacht war ein wenig kühl geworden, ein schwaches Feuer brannte im Kamin des Studierzimmers. Der Doktor sah von seinem Buche auf, lächelte, wie ein Mann seinem einzigen Sohn zulächelt, und deutete mit dem Pfeifenstiel nach dem Stuhl gegenüber. Sie saßen und plauderten und gedachten der Zeit, als sie das letzte Mal in diesem Zimmer miteinander gesprochen hatten. Zachary sagte, daß nun alles mit ihm in Ordnung sei. Er hatte das Wissen gefunden, das zu suchen er ausgezogen, ahnte jetzt, was Ehre war und wie man mit der Angst fertig wurde. Allmählich hatte er auch gelernt, Abstoßendes zu ertragen und ihm zu entfliehen. Seine Reise war hart und lang gewesen, und der Wind, der ihn fortgetrieben, hatte das Lämpchen seines Glaubens entfacht. Alles das war ihm klargeworden, und nun kam er heim.

«Alles?» fragte der Doktor, und der leichte Sarkasmus in seiner Stimme verbarg nicht den mitleidigen Unterton.

Zachary in seiner Hängematte gingen plötzlich die Augen auf. Alles? Natürlich nicht. Kein Mensch auf dieser Erde konnte das je von sich behaupten. Er hatte nicht gelernt, seinen Schrecken vor dem Eingeschlossensein zu bemeistern. Wie hieß es nur in dem Kapitel über die Gefangenen? «Denn was ich fürchte, das kommt über mich, wovor ich schaudere, das trifft mich.»

Der begrenzte Raum des Cockpits wurde eng und enger, umgab ihn wie eine Gefängniszelle, die niedere Decke schien sich auf seinen Kopf zu senken. Kalter Angstschweiß brach ihm aus, seine Fingernägel gruben sich in die Handflächen. Dann bezwang er mit großer Willensanstrengung diese krankhafte Furcht, richtete seinen Geist von neuem auf den Gedanken der Heimkehr. Welches Hindernis konnte sie aufhalten? England war hier, draußen, seine Lichter glitten in der Finsternis an ihm vorüber.

Zachary entspannte sich wieder, seine augenblickliche Panik schwand. Nichts war imstande, die Rückkehr nach Weekaborough in der nächsten Woche zu verzögern. Trotzdem wünschte er, es wäre nicht nötig, erst noch drei Tage mit Mike in London zu verbringen. Mike mußte pflichtgemäß seinem verhaßten Vormund in Weymouth einen Besuch abstatten, und obgleich er das Land verabscheute, zog er doch Zacharys Vorschlag in Betracht, später Gentian Hill aufzusuchen. Indes schwor er, keine dieser beiden Absichten auszuführen, ehe er nicht in der Stadt ausgetobt hatte. Und Zachary war es klar, daß er ein Auge auf ihn haben mußte. Es war eine Freundschaftspflicht, der er sich nicht entziehen durfte. Diesen Dienst schuldete er in erster Linie Mike, aber durch ihn auch Cobb.

In Gentian Hill wußten sie nicht, daß er bereits an der Küste Englands segelte. Sie vermuteten ihn immer noch im Mittelmeer, wohin sein Schiff nach dem Dienst in Südamerika zurückgekehrt war. Zachary hatte ihnen mitgeteilt, daß er wohl noch eine Zeitlang dort bleiben würde, und dann beschädigte ein Sturm die Fregatte so schwer, daß sie Order bekam, heimzufahren, um ausgebessert zu werden. Er lächelte, als er sich die Freude seiner unangemeldeten Heimkehr ausmalte. Und weiter wanderte sein Sinn die Jahre seit dem Sieg von Trafalgar zurück. Not, Müdigkeit und Langeweile, Stürme und Fieber, das Gefühl der Hoffnungslosigkeit und Verzweiflung, als Monat um Monat verstrich und sie immer noch nicht heimgeschickt wurden, zogen an seinem Geist vorbei. Dennoch war diese finstere Zeit die beste seines Seemannslebens gewesen, weil ihm zum erstenmal das Gefühl aufstieg, dorthin zu gehören, wo er war. Er hatte gelernt, wie man dies Leben zur See anpacken mußte, und mit seiner neuen Einstellung hatte er sich sozusagen eine Art Höhle zurechtgebaut, in die er hineinpaßte wie der Vogel in sein Nest, das er sich durch den Druck der Brust bewohnbar macht. Noch immer haßte er den Beruf eines Seemannes und war nun trotzdem auf geheimnisvolle Weise einer geworden. Manchmal durchfuhr ihn der merkwürdige Gedanke, daß die See nicht mehr sein Feind, sondern sein Freund war.

Zum erstenmal hatte diese Vorstellung ihn in einer Christnacht erfaßt, als ihn ein eigenartiger Traum beglückte. Er war mit schrecklichem Heimweh zu Bett gegangen. Die Nacht war böse, naß und kalt, das Schiff rollte hin und her wie ein Tümmler, und ein tödlicher Sturm heulte in der Takelage. Die ganze Besatzung hatte Heimweh, war seekrank und schlechter Laune. Der Gestank und Lärm im hinteren Cockpit schien ärger denn je. Er war etwa eine Stunde lang in der Hängematte hin und her geworfen worden. Dann meinte er, sein seelisches Elend nicht mehr bändigen zu können – er mußte alle Willenskraft aufbieten, um den Körper stillzuhalten. Aber die mühsam erkämpfte und errungene körperliche Beherrschtheit brachte auch Frieden in den Sturm seiner Gedanken. Friedliche und geruhsame Szenen kamen ihm in den Sinn, in deren Mitte Stella mit ihrer Gabe stiller Heiterkeit stand.

Er sah sie, wie er sie bei ihrem ersten Zusammentreffen erblickt hatte, im warmen Schein des laternenbeleuchteten Stalles, als sie die Katzen fütterte und dann zu ihm aufschaute, die Hand auf Hodges Rücken, mit ihrem geraden, klaren Blick, der ihn ihrer Treue versicherte. Dann sah er sie wieder im Mondlicht neben sich im Gras, als sie ihn fragte, woher er käme. «Vom Mond», hatte er geantwortet, und sie lachte und nannte ihn Zachary Mond. Er drehte ihre Hand um und drückte die seine dagegen, Handfläche gegen Handfläche, als wären sie die beiden Schalen einer Muschel. Schließlich sah er sie beim Abschied wieder. Ihr Kinn lag auf dem obersten Balken des Tores, eine Reihe kleiner Fingerspitzen zu beiden Seiten, und Hodges haarige Schnauze preßte sich durch die unteren Stäbe.

Und dann schaute er noch einmal durchs Stallfenster. Da lag sie träumerisch, in ihrem roten Mantel, zusammengerollt im Heu. Sie blickte zum Fenster hinauf, und er meinte, sie sähe ihn dort und lächelte. Darauf schloß sie die Augen. Er gewahrte die langen dunklen Wimpern, die wie aufgebogene Fächer über ihren Wangen lagen, und die kindliche Wärme, die in ihr Gesicht stieg, während sie schlief. Danach fiel auch er in Schlaf, und jener seltsame, wunderschöne Traum von der Kirche auf dem Meeresgrund folgte. Er hatte dagestanden, die Glocke geläutet und gewußt, daß die Glocke seine eigene Stimme war, die sie rief. Und sie war gekommen, und beide hatten an dem kleinen heiligen Ort gekniet, ihrem ureigenen Zufluchtsort in der Tiefe der See. Und zum erstenmal hatte er die wahre Stimme des Meeres vernommen, mächtig, dröhnend, aber hier unten, auf dem stillen Grund, eher beruhigend als drohend. Und endlich hatte er gewußt, daß die See nicht sein Feind war. Beim Krähen des Schiffshahns war er aufgewacht, und der Sturm hatte sich gelegt. Wohl hatte er noch geseufzt und sich auf die andere Seite gerollt, er verspürte immer noch schreckliches Heimweh, doch dann konnte er ohne Bitterkeit lächeln und war wieder eingeschlafen.

Und jetzt lächelte er ebenfalls und schlief. Das Schiff segelte die glatte Themsemündung entlang. Im Osten graute der Morgen.

2

Die folgenden zwei Tage verliefen ohne besondere Vorkommnisse, wenn auch für Zachary mit viel zuviel Lärm und einer großen Menge Ärger. Mikes Ansichten über Vergnügen unterschieden sich sehr von den seinen, und er war höchst ungeduldig, dieses Tollhaus London möglichst bald zu verlassen und die Kutsche nach Devonshire zu besteigen.

Mikes Sturmwind-Methode, hin und her zu rasen, ließ ihn jedoch einen Blick aus der Vogelperspektive auf das London jener Zeit tun, den er nie mehr vergaß. Ob sie in einer Droschke über das Steinpflaster ratterten oder sich ihren Weg durch die Menschenmenge erkämpften, nie versagten Mikes rauhe Stimme und Dreschflegelarme ihr Weiterkommen mit meteorischer Schnelle. Häuser, Geschäfte, Paläste, Hütten, Wagen, Männer, Frauen, Katzen, Hunde, Pferde, Farben, Gerüche und Spektakel flossen gleich den Bildern, Lauten und Düften eines wirbelnden bösen Traums an ihnen vorüber. Dabei drangen sie so tief in Zacharys Augen, Nase und Ohren ein, daß er sich von den erhaltenen Schlägen dauernd aus dem Gleichgewicht gebracht fühlte. Die livrierten Kutscher der vergoldeten Wagen auf ihren Sitzen, die schön gepuderten Damen und bezopften Herren warfen gerade nur einen flüchtigen Blick auf sie, eilten ihren Weg wie helle Trugbilder einer anderen

Welt durch die dichte Masse der Bettler, Taschendiebe, Schreiber, Geschäftsleute, der Kauf- und Schaulustigen, die durch die engen Straßen drängten. Straßenverkäufer priesen ihre Waren an, zerlumpte Knirpse verhöhnten die jungen Herren in Zylinder, Krawatte und Monokel, die mit der Eleganz von Pfauen auf dem Pflaster einherstolzierten. Hunde rauften sich in der Nähe der Marktstände, und durch die offene Tür jedes Gasthauses drang der Lärm von Gesprächen und der Geruch von Bier und Roastbeef. In der Nacht verwandelte sich die Stadt in eine tumulterfüllte dunkle Höhle, die flackernde, rauchende Lichter nur mühsam beleuchteten. Die Laternen auf den schwankenden Kutschen, die Pechfackeln der Fackelträger, die Kandelaber in den Hausfluren der Vornehmen und die Feuerwerke von Vauxhall brachten nicht mehr zustande, als hie und da die Düsternis launenhaft aufzuhellen. Zachary haßte London bei Nacht noch mehr als am Tage. Er dankte Gott, als Mike ihn am Samstagabend zu einem Abschiedsbummel aus seinem Zimmer zerrte, dem wirklich letzten. Morgen war Sonntag, und Montag würden sie auf dem Weg nach Hause sein.

Aber vom Beginn der Abendunterhaltung an fühlte er sich unbehaglich. Als erstes bestand Mike darauf, Zacharys Rassel in die Tasche zu stecken. «Laß das verfluchte Ding in Ruhe!» drängte Zachary gereizt. «Leg es dahin, wo du es hergenommen hast, Mike. Es bringt kein Glück. Es gehört mir. Gib es zurück, sag ich dir!»

Doch Mike war in keiner entgegenkommenden Stimmung und stürmte die Treppe hinunter auf die Straße, mit der Rassel in der Tasche. Zachary folgte ihm schlechtgelaunt, und sie gingen wortlos in das Speisehaus, das Mike auserkoren hatte. Beim Verschlingen des Beefsteaks mit Zwiebeln, dem sie Porter nachschütteten (worauf sich bei Zachary beginnende Verdauungsstörungen meldeten), schien ihm seine Heimat plötzlich noch sehr fern zu liegen. Jene Welt von Weekaborough, wo die Menschen ruhig zum Gesang einer uralten Weise pflügten und ihre Schafe auf einem Märchenhügel hüteten, hatte nichts gemeinsam mit diesem lärmenden Irrenhaus, in dem er sich befand. Dort war das Leben ein Ganzes, eine Tätigkeit griff ordnungsgemäß in die andere über und fügte alles zu einer tief befriedigenden Einheit. Hier war das Leben zersplittert. Man hatte das Essen, das man aß, weder selbst gezogen noch gekocht und verzehrte es in Gesellschaft von Menschen, die einem fremd waren. Dort war jeder Fußbreit Erde, über den man ging, vertraut. Hier dehnte sich außerhalb dieses heißen, lärmenden und vollgestopften Wirtshauses die finstere Höhle Londons aus, mit noch dunkleren Gruben, in die ein Mensch fallen konnte, ohne je wiedergefunden zu werden. Er hatte im Vorbeigehen einige solcher Löcher gesehen, Elendshütten, so niederschmetternd, daß die unglücklichen Wesen, die daraus bei Anbruch der Nacht hervorkrochen, kaum menschlich schienen.

«Was ist los mit dir?» erkundigte sich Mike mit vollem Mund.

Zachary riß sich zusammen. Er befand sich hier, um Mikes erregbares Gemüt und hitzige Zunge im Zaum zu halten und ihn vor Unannehmlichkeiten zu bewahren. Bisher war ihm das gelungen. Es würde geradezu einfältig sein, wenn ihn in dieser letzten Nacht seine Wachsamkeit verließe.

Die Tür flog auf, und ein halbes Dutzend randalierender junger Nachtschwärmer drang herein, Offiziere auf Urlaub wie sie. Die Neuankömmlinge sahen sich erst ein wenig um, bemerkten dann zwei der ihren, die besonders saftige Beefsteaks verzehrten, und stürzten sich mit lautem Hallo auf die beiden.

Bis in die frühen Morgenstunden verlief die Nacht großartig geräuschvoll und ziemlich harmlos. Jeder hatte massenhaft Geld, und die Unterhaltungen der Stadt waren vielseitig. Und alle außer Zachary besaßen eine unverwüstliche Verdauung und unermüdliche Energien. Drohten diese einmal zu erlahmen, so wurden sie gleich durch flüssige Kraftzufuhr aufgefrischt. Im Verlauf von Besuchen in Leicester Fields, Haymarket und Vauxhall Gardens drehten sie zwischendurch ein paar Türklinken ehrbarer Haustüren ab, miauten wie Katzen und spielten Bockspringen von einem Steinpfosten zum andern auf dem Pflaster.

Es war diese letzte Belustigung, die das Unheil heraufbeschwor. Bockspringen bedeutete das Vorrecht der Straßenjungen und nicht der feinen Herren. Eine Reihe Steinpfosten stand einladend in der Nähe einer Gasse, die zu den von Zachary so gefürchteten Gruben der Finsternis führte. Er bemerkte Pfosten und Gasse und ahnte Böses, noch ehe Mikes vorwärtsstürmende Gestalt das Bataillon seiner Kameraden in Bewegung brachte. Als bestünde eine Art geheimnisvollen Nachrichtendienstes zwischen den Pfosten und den Elendsvierteln jenseits der Gasse, brach innerhalb fünf Minuten eine Bande junger Rowdies aus der Dunkelheit hervor, brüllte Tod und Verdammnis, und der Kampf hub an.

Raufereien zwischen bevorrechteten jungen Leuten und den Enterbten der Unterwelt waren in den Straßen Londons an der Tagesordnung und wurden wenig beachtet. Auch diese wäre wie üblich ausgegangen, was soviel hieß, daß sich die Streithähne mit blutender Nase und blauen Augen getrennt haben würden, wäre Mike nicht auf einmal die Rassel in den Sinn gekommen. Er hatte eben zwei Widersacher zu Boden geschlagen, und in der Kampfpause suchte ihn der gloriose Einfall heim, daß das großartige Getöse vielleicht die Feinde abschrecken und die betäubten Köpfe seiner Genossen klar machen würde. Sie waren im Augenblick entschieden schlecht dran. Er zog den Schatz aus der Tasche, wand die Schnur um seinen Finger und schwang ihn. Erst geschah nichts, dann begann das leise Surren, es folgte der sausende Wind, lauter und lauter, bis das mächtige Brüllen allen Schlachtenlärm übertönte. Die Wirkung auf den Feind war unmittelbar, aber nicht in der von Mike beabsichtigten Weise. Die Strolche waren keine Landburschen, keiner von ihnen hatte je eine Rassel gesehen oder gehört. Sie sahen das kleine braune, wirbelnde Ding am Ende des Stricks, ein völlig unbekanntes, einzigartiges Lärminstrument – das mußte erobert werden. Sie schüttelten ihre übrigen Gegner von sich ab und stürzten sich auf Mike. Der Angriff war selbst für diesen zu stark, er strauchelte und fiel. Ein großer zerlumpter, einer Vogelscheuche ähnlicher Lümmel sprang auf ihn zu und riß ihm die Rassel aus der Hand. Als er sich umwandte, fiel das Licht einer Fackel auf das Gesicht, es war wild und düster, abgemagert vom Hunger und verquält vom Elend. Die dunklen Augen flammten vor Wut. Etwas in diesen Zügen erinnerte Zachary an Vergangenes. Er sah sich selbst, wie er in der Nacht ausgesehen hatte, als er das Stallfenster in Weekaborough erklomm. Und nicht nur sich selbst sah er. Dies Gesicht spiegelte die ganze traurige Heimatlosigkeit aller Vagabunden wider, die je gelebt hatten, noch lebten und leben würden. Aller jener, die nie die geringste Möglichkeit fanden, ihr Schicksal zu verbessern. Dann war der Bursche unversehens mit der Rassel in der dunklen Gasse verschwunden. Und nicht nur mit der Rassel, sondern auch mit Mikes Geldbörse.

Blitzschnell stand Mike wieder auf den Füßen, raste ergrimmt hinter ihm drein und Zachary hinter Mike. Die noch kampffähigen Gefährten hefteten sich an seine Fersen wie eine losgelassene Meute.

Schon beim ersten Ton der Rassel war Zacharys Herz erstarrt. Es war ihm nie gelungen, sich von den abergläubischen Gefühlen, die sie betrafen, loszumachen ... Der Wind, der Wind und böse Geister, die auf dem Wind eilends daherritten. Gott möge ihnen nun helfen, denn sie hatten die Straßen verlassen und stürzten kopfüber in eines jener finsteren Löcher, in die man fallen kann, um nie wiedergefunden zu werden. Weiter und weiter ging die Jagd, immer tiefer in Nacht und Sumpf. Jetzt sprang der erste der beschworenen Dämonen auf Zachary los und klammerte sich an ihn. Es war sein eigener, ihm nur zu bekannter Dämon – die Angst, die er bezwungen zu haben glaubte. Er sog ihn aus wie ein Vampyr, zog die Kraft aus seinen Gliedern und die Willensstärke aus seiner Seele. Kehr um! Was geht's dich an? Du hast Mike doch befohlen, diese verfluchte Rassel daheim zu lassen. Was auch geschieht, es ist seine Schuld, nicht deine. Geh zurück! Mach dich fort, solange es noch Zeit ist!

Aber er lief weiter, behielt Mike im Auge und trachtete, sie zu erreichen. Mike in seinem gefährlichen Zorn und die wilde Physiognomie dieser düsteren Vogelscheuche von einem Burschen, die ihn so betroffen hatte. Im Laufen ward ihm unklar bewußt, daß er unheimliche, nachtschwarze Gassen durcheilte. Schmutz auf dem Boden ließ ihn ausgleiten und stolpern, scheußliche Unterweltkreaturen brüllten aus dunklen Hausgängen hinter ihm drein. Es gab kein Licht in diesem schrecklichen Viertel, nur ab und zu den Schimmer einer tropfenden Talgkerze in einem zerbrochenen Fenster. Doch der Mond war aufgegangen. Sein matter Schein beleuchtete die zwei fliehenden Schatten vor ihm, und er wußte, er durfte sie nicht aus den Augen lassen. Sonst wären sie für immer verloren und er mit ihnen. Ihm schien, sie befänden sich alle drei nun allein auf der Welt, denn sie hatten die andern weit zurückgelassen. Die Gestalten in den Hausgängen wirkten jetzt wie Gespenster. Er fiel in einen Haufen Unrat, riß sich hoch und lief weiter. Und nun begann die Angst ihn zu verlassen. Sie brannte nieder durch irgendein Feuer, das der ihn weitertreibende Wind angefacht hatte. Das Blut durchströmte wieder warm die Glieder, und sein Geist war klar.

Der Ausgang des Ganzen traf mit überraschender Schnelligkeit ein. Sie erreichten das scheinbare Ende einer Gasse, eine Tür in einer Mauer schloß sie ab, und der düstere Bursche, der alle Vagabunden der Welt verkörperte, warf sich gegen diese. Er hatte erwartet, daß sie nachgeben würde, offenbar war sie jedoch von jemand auf der andern Seite verriegelt worden. Er sprang zurück, versuchte nochmals, sie einzudrücken, aber vergebens. Nun war nichts mehr zu machen. Er war halb verhungert und besaß nicht die Kräfte seiner Verfolger. Dennoch stellte er sich mit dem Rücken gegen die Tür und erwartete sie mit geballten Fäusten. Die Rassel und die Geldbörse hatte er in den Taschen seiner zerrissenen Hose verstaut, sich ärgerlich bewußt, daß sie voller Löcher waren. Den Rücken fest in die Tür gepreßt, würde er eher sterben, als die Sachen freiwillig herausgeben.

«Laß ihn in Ruhe, Mike!» schrie Zachary. «Verflucht noch mal, laß ihn in Ruhe!»

Doch Mike war von seinem ihm eigenen Dämon, einem höllischen Jähzorn, erfaßt, der ihn nicht mehr losließ. Er blickte sich um, und Zachary sah das Gesicht, hochrot vom Trinken, von Haß und Erbostheit, und den blutrünstigen Ausdruck der Augen, der ihn ganz fremd erscheinen ließ. Es war nutzlos. Mike würde den andern töten, wenn er konnte. Er lief davon, aber Zachary war schneller und warf sich zwischen die beiden. Den finsteren Burschen hatte er hinter sich gestoßen.

Mike sah ein dunkles, schmales Gesicht vor sich; er taumelte, als eine Faust seine Kinnlade traf, und erfaßte erst gar nicht, daß es Zachary war, mit dem er kämpfte und sein richtiger Gegner verschwunden war. Als ihm diese Tatsache dämmerte und er merkte, daß Zachary ihn seiner Beute beraubte und ihm den Kinnhaken versetzt hatte, gesellten sich zu der unbändigen Wut, die seiner Herrschaft längst entglitten war, noch bitteres Gekränktsein. Seine Schläge fielen so hart und schnell, daß Zachary nochmals panischer Schrecken überfiel. «Hör auf, Mike!» keuchte er. «Mike, ich bin es, Zachary. Mike!»

Aber es nützte nichts. Es gab nichts mehr, als sich für sein Leben zu wehren. Seine Furcht legte sich, und er kämpfte. Der Mond stand hell über der Gasse, so war das Licht nicht schlecht. Als Ringer reichte er nicht an Mike heran, aber er war nüchtern und Mike nicht, darum kam ihm nun des Müllers Training zustatten. Er bemerkte den Ring der Zuschauer um sich und Mike, die aufmunternden Zurufe, das Pfeifen und Stampfen, Geschrei und Stöhnen. Unbestimmt fühlte er sich wieder auf den Rasenplatz der Ringer bei Torre versetzt, als er sich gegen Sam Bronescombe verteidigte. Irgendwo in der Menge beobachtete sein Adoptivvater den Kampf.

In diesem Treffen, das er für den Untergrundschelm gegen den Flegel ausfocht, mußte er seinen Mann stellen, sonst würde ihm der Doktor nicht erlauben heimzukommen. Er hatte ganz vergessen, daß es Mike war, dem er entgegentrat und den zu beschützen er in London geblieben war.

3

Und nun lag Mike zu seinen Füßen, den Kopf in einer Blutlache, ein wüstes Durcheinander von Armen und Beinen, ganz wie Zachary die toten Männer auf der «Victory» liegen sehen hatte, ehe man sie über Bord warf. Mike war tot. Seine Augen waren geschlossen, und das Gesicht hatte im Mondlicht eine grünlichgraue Farbe angenommen. Mike war tot, und er hatte ihn umgebracht. Während des Kampfes war er taub gegen alles gewesen, was sich um ihn zutrug. Er hatte weder den schrillen Pfiff noch die polternden Fußtritte der Rowdies gehört, die vor den heraneilenden Polizisten flohen.

«Ich habe ihn getötet», sagte Zachary ruhig, als die Handschellen an seinen Gelenken zuschnappten. «Ich habe ihn getötet, damit er den andern Burschen nicht ermorden sollte.»

Er sah niemand an, nur Mike. Selbst als sie ihn die Gasse hinunter fortführten, sah er einzig Mike, und die Stimme in seinem Kopf sprach mit ihm. Ich konnte nicht zulassen, daß du ihn ums Leben brachtest. Du solltest dich schämen, einen halbverhungerten Kerl totschlagen zu wollen, der nie in seinem Leben eine Chance gehabt hat. Du hast dich nur auf ihn gestürzt, weil du wieder einmal schrecklich wütend warst und nicht gewußt hast, was du tust. Später würde es dich vor dir selber gegraut haben, wenn du ihn getötet hättest. Ich habe dich aufhalten müssen. Ich mußte es tun, Mike. Was sonst hätte ich tun sollen?

Dann lag er auf dem Boden eines schwarzen, schmutzigen Fuhrwerks, so wie man ihn hineingeworfen hatte, und rumpelte darin über das Pflaster. Drei andere Männer und eine Frau waren noch mit ihm. Die Frau schluchzte, und einer der Kerle fluchte, die beiden übrigen verhielten sich still. Zachary starrte noch immer auf Mikes Gesicht mit den geschlossenen Augen. Das war merkwürdig. Die Augen Toter standen immer offen, bis jemand sie zudrückte – und niemand hatte das mit Mikes Augen getan. Sein Verstand begann sich wieder zu regen. In den nächsten fünf Minuten sah er nicht mehr Mikes Gesicht, sondern die zusammengedrängten Gestalten der schluchzenden Frau, des fluchenden Mannes und der beiden andern, die sich ruhig verhielten. Er richtete sich mit Hilfe seiner Hände vom Boden auf und hörte das Klirren seiner Ketten. Es ging also ins Gefängnis. «Denn was ich fürchte, das kommt über mich, wovor ich schaudere, das trifft mich.»

Man hatte ihm einiges über die Gefängnisse Londons erzählt. Es waren Orte von unbeschreiblichem Schmutz und Grauen, in die man für irgendwelche Missetat geworfen wurde: Schulden, Diebstahl, Totschlag, oder was immer es sein mochte. Wochen- und monatelang mußte man dort warten, bis einem der Prozeß gemacht wurde ... Manchmal vergaßen sie einen überhaupt ... Und wenn sie sich erinnerten, war das Gesetz so, daß fast immer gehängt wurde. In seinem Hirn wirbelte alles durcheinander. Doch er hatte Mike davor bewahrt, diesen armen Teufel umzubringen, obgleich es auf Kosten dessen ging, daß er Mike selber töten mußte. Aber war Mike wirklich tot? Er wußte es nicht. Wenn man ihn in diesem lichtlosen Abgrund vergaß, in den er gefallen war, würde er es nie erfahren.

4. Kapitel

I

Der Mond, der Zacharys Kampf gegen Mike beschienen, hatte Stella beinahe die ganze Nacht in ihrer kleinen Kammer in Weekaborough wachgehalten. Sie war nicht gewohnt, von ihrem Freund, dem Mond, so behandelt zu werden – sie fühlte, daß er etwas beobachtete, das Zachary zustieß, und es ihr sagen wollte. Als sie endlich in unruhigen Schlaf fiel, sah sie Zachary wieder als den Jungen vom Mond, mit seinem Bündel auf dem Rücken. Es drückte ihn so schwer, daß er taumelte.

Am folgenden Morgen stand sie mit übernächtigten Augen und verängstigt auf; nicht einmal der Gedanke, daß es Sonntag war, ihr liebster Tag, konnte sie erheitern. Und die Nachricht, die Madge ihnen beim Frühstück brachte, daß Sol (der die letzten vierzehn Tage das Bett nicht mehr verlassen hatte) sich besonders elend fühlte, machte sie noch niedergeschlagener.

Weder sie noch Mutter Sprigg gingen an diesem Morgen zur Kirche, denn sie sorgten sich sehr um Sol. Nachdem Mutter Sprigg den Alten frisch gebettet und sich ihre eigene Meinung über seinen Zustand gemacht hatte, ging sie hinunter, um einen Apfelkuchen zu backen und sein Leichentuch fertig zu säumen. Seit einer Woche arbeitete sie daran und verzierte es mit feinsten Stichen. Niemand auf Weekaborough betrachtete das als krankhaft, sondern lediglich als angemessen. Sol selbst war entzückt gewesen, als Madge ihm mitteilte, er bekäme ein Leichentuch, das des Königs von England würdig wäre. Er wollte es gern sehen und war über den Anblick höchlichst erfreut.

Stella saß inzwischen an Sols schmalem Bett in der kleinen Dachkammer, die man «das Juhee» nannte. Das einzige Fensterchen sah nach Bowerly Hill. Es war ein netter kleiner Raum, der aus lauter komischen Ecken und Winkeln bestand, im ganzen kaum größer als ein Schrank. Sols Bett mit der Flickensteppdecke, ein Tisch und der Schemel, auf dem Stella saß, füllten es vollständig aus. Es war hell von Sonnenschein und sehr still und friedlich. Die Mäuse störten Sol ein wenig, als er bettlägerig geworden war; aber Stella hatte dieser Plage abgeholfen, indem sie den Alraun auf das Fenstersims stellte. Sie hatte ihm die Kleider angezogen, mit denen einst ihre Stoffpuppe verschönert worden war, und Sol belustigte sich sehr an dem Anblick. Oft hörte man ihn mit dem Alraun reden und Fragen an ihn stellen. Und entweder vernahm er Antworten oder bildete sich welche ein; jedenfalls war er von ihnen äußerst befriedigt.

Er hatte es auch gern, wenn man ihm vorlas, und an diesem Morgen saß Stella mit dem offenen Gebetbuch von Weekaborough auf den Knien und las ihm die Gebete und Psalmen, die Pfarrer Ash gerade eben der Gemeinde in Gentian Hill vordonnerte. Das Gefühl des Gebetbuchs in ihren Händen, der Klang der Worte, die sie las, machte die Kleine mit einmal wieder glücklich. Sol schien die meiste Zeit zu dösen, aber sie hatte den Eindruck, als teile sich ihre Freude ihm mit, denn er lächelte, während er schlummerte. Ein- oder zweimal, als die Worte gerade besonders machtvoll tönten, öffnete er die Augen, und sein heller Blick traf den ihren, wie ehedem, wenn Vater Sprigg in der Küche aus dem Guten Buch vorlas.

Die geheimnisvolle ewige Schönheit, die sich durch den Klang mitteilte, sich in Farbe, Gestalt und Licht kleidete und trotzdem nie wirklich gesehen oder gehört werden konnte – wie kettete sie zwei Menschen fest aneinander, die plötzlich in gleicher Weise etwas zu sehen oder zu hören vermochten. Nie mehr konnte man sich von diesem Menschen gänzlich getrennt fühlen. Bis an ihr Lebensende würde sie sich erinnern, daß sie mit Sol eins gewesen war, sobald das Licht sie gemeinsam umschloß.

2

Aber als sie nicht mehr neben dem Alten saß, verließ sie der Frieden und das Glücksgefühl, und sie war wieder den ganzen Tag recht unglücklich. Auch sehr einsam, denn sie konnte von ihrer Angst um Zachary zu niemandem sprechen. Vater und Mutter Sprigg, hätte sie ihnen davon erzählt, würden sie ermahnt haben, doch nicht so wunderlich zu sein.

Am Abend kamen einige von Vater Spriggs alten Bekannten, ihn zu besuchen. Der Tabakrauch war derart dick und die Unterhaltung so laut, daß Stella und Hodge aus der Küche über den Hof auf die Pizzle-Wiese flohen. Das Abendlicht beleuchtete gleichmäßig und golden Gras und Blumen. Die schwarzen Schweine lagen behaglich zwischen Storchschnabel und Wicken, eine Art Glorienschein aus goldigem Dunst schien jedes einzelne zu umgeben. Nicht der leiseste Wind ging. Kein Laut, nur das Plätschern des Bächleins war zu vernehmen, das von den Quellen unter dem Hagedorn in der fernen Ecke sich über die Wiese nach dem Brunnentrog schlängelte und dann unter der Erde verschwand, um den Ziehbrunnen im Hof und den Ententeich im Obstgarten zu füllen. Die Wiese stieg etwas an bis zu dem Weißdorn. Stella erklomm sie mit bleiernen Füßen und schwerem Herzen. Sie war traurig wegen Sol und besorgt um Zachary. Hodge schlich an ihrer Seite, den Schwanz zwischen den Beinen, und teilte ihren Kummer.

Sie fühlten sich wohler, als sie sich unter dem Hagedorn niederließen, denn sie hatten diesen Ort gern. Der Baum war sehr alt, mit sonderbar verschlungenen Wurzeln und weitausladenden Ästen, wie die Eibe auf Bowerly Hill und die Apfelbäume im Obstgarten. Er schien ein Lebewesen von kraftvoller, eigener Persönlichkeit zu sein. Stella hielt ihn für einen Zauberer, so etwas wie Großmutter Bogan. Ähnlich wie die Schweine, umgab auch ihn heute ein goldener, dunstiger Schleier. Auch auf dem Wasser, das aus der dunklen Erde hervorquoll, über seine Wurzeln rieselte und sich in einen kleinen runden, von Vergißmeinnicht umrandeten Tümpel ergoß, lagen helle goldene Flecken.

Stella saß mit dem Rücken an den Baum gelehnt, die Füße in den Vergißmeinnicht. Hodge lag neben ihr, seine Schnauze an ihre Knöchel gedrückt. Sie schloß die Augen und horchte auf den lieblichen Ton des Wässerleins, wie es den Tümpel durchfloß und in einem kleinen Gefälle über bemooste Steine zum Bach wurde. Seit Menschengedenken glaubten die Leute, daß Feen diese Quelle besonders gern hätten. Nicht die Kobolde, der Schrecken ihrer Jugend, sondern die Guten Geister, von denen Großmutter Bogan versicherte, sie hätten ihr die Kräuterkunde beigebracht. Stella hatte sie nie an der Quelle gesehen. Aber stets verließ sie ihr Einsamkeitsgefühl, wenn sie allein hier saß. So auch jetzt. Ihr Rücken, an den Baumzauberer gedrückt, lehnte am Knie eines lebenden Wesens. Es war so leicht zu glauben, daß es kleine freundliche Geschöpfe um sie herum gab, an der Quelle, im Gras, in den Blumen und im goldenen Licht. Sie öffnete die Augen nicht, weil sie aus früheren Erfahrungen wußte, daß sie dann nichts sehen würde und das Gefühl von stiller Gesellschaft sofort verschwand. Nur wenn man sich auf den Glauben allein verließ, fühlte man die kleinen Wesen um sich. Wollte man ihr Vorhandensein beweisen, dann gerade waren sie nicht da.

Irgendwo läutete eine Glocke, sehr schwach, wohl weit entfernt, aber klar und anhaltend, als riefe eine Stimme. Ganz wie jene Glocke, die Zachary auf dem Meeresgrund geläutet hatte. Obgleich sie die Augen nicht öffnete, arbeitete ihr Bewußtsein schnell, als habe sie eine kleine Weile geschlafen und sei wieder erwacht. Nun hörte sie keinen Glockenton mehr, nur das fallende Wasser. Aber sie *hatte* ihn gehört, und es war Zachary gewesen, der sie gerufen, als sie schlief, so wie er es damals getan. Sie schlug die Augen auf. Der Goldstaub war aus der Luft verschwunden, und die Schatten waren lang, blau und eigenartig, wie die Schattenfinger der Nacht, die sich ausstreckten, um nach der Welt zu fassen ... Nacht ... Wenn sie lange und tief schliefe, würde sie dann von Zachary träumen und erfahren, warum er nach ihr rief?

Stella schlüpfte mit der Hand in die Tasche und fühlte darin das Musselinsäckchen mit der Raute. Sie hatte es eingesteckt, als sie vor zwei Tagen Torre verließ, denn sie nahm es immer mit sich, wenn sie fortging. Es fiel ihr ein, daß Großmutter Bogan geraten hatte, sie solle die Blätter ins Wasser einer Feenquelle tauchen und damit in einer Vollmondnacht die Augen baden. Heute nacht war Vollmond und hier, neben ihr, die Zauberquelle. Stella nahm das Säckchen aus der Tasche und öffnete es. Dann schöpfte sie etwas von dem klaren, funkelnden Naß in die hohle linke Hand, schüttelte ein paar Rautenblätter hinein und badete ihre Augen. Als sie dies getan, war ihr etwas ungemütlich. Bedeutete das blinden Aberglauben? Was würde mon Père dazu sagen? Er würde ihr empfehlen, zur St.-Michael-Kapelle zu gehen und dort zu beten; wie einst, als sie so unglücklich wegen Zachary war. Und das wollte sie auch tun. Morgen würde sie hinaufeilen, sobald sie wieder in Torre war. Tat sie unrecht, inzwischen die Hilfe der Feen anzurufen? Sicher nicht. Denn wenn es sie gab, waren sie gute Geister, und Gott hatte sie geschaffen, ihnen die Quellen und Flüsse, die Geheimnisse der Kräuter und Blumen anvertraut. Und der Doktor hatte einmal gesagt, daß in dieser rätselvollen Welt, wo menschliche Wesen kaum ein Tausendstel von dem sehen und wissen, was um sie herum vorgeht, alle Kreatur nur dazu da ist, um sich gegenseitig zu ergründen und einander zu helfen.

Beruhigt stand Stella auf, machte der Quelle eine Verneigung in Gedanken an die Feen und rannte mit Hodge heim zum Abendbrot und um schlafen zu gehen.

3

Am nächsten Morgen saß Stella im Wagen des Doktors, die Zügel in der Hand, das Reisekörbchen zu ihren Füßen. Der Arzt war im Hause drinnen, um nach Sol zu sehen, aber er würde gleich fertig sein und sie nach Torre zurückbringen. Sie hatte ihren Pflegeeltern und Madge schon Lebewohl gesagt. Nur Hodge saß noch auf dem obersten Wagentritt und kratzte sich, denn es juckte ihn. Während dieser Tätigkeit heftete er den Blick ängstlich auf das Kind.

«Nur ein paar Tage, Hodge, dann bin ich wieder da», versicherte ihm Stella.

Aber es war nicht nur der Abschied, der Hodge betrübte. Ihr

Aussehen gefiel ihm heute ganz und gar nicht. Obgleich der Tag heiß war, zitterte sie in ihrem geblümten Musselinkleidchen, und ihr Gesicht, von ihrem Häubchen beschattet, war blaß vor Müdigkeit, und dunkle Ringe zeichneten sich unter den Augen ab. Das Gesicht von jemand, der schlaflos gelegen, obgleich Hodge (der selbst wegen des Dinges, das ihn biß, eine unruhige Nacht verbracht hatte) genau wußte, daß sie tief geträumt haben mußte.

Die Haustür klinkte zu. Dr. Crane kam den gepflasterten Weg zwischen den Eiben herunter und zog sich die Fahrhandschuhe an. Er streichelte Hodge, kletterte in den Wagen neben Stella und nahm die Zügel. Sie fuhren rasch, durchschnitten die honigduftende Luft wie Schwimmer den Schaum einer warmen blauen See. Sonst machte es ihr solchen Spaß, dem weichen Wind die Stirn zu bieten. Heute jedoch konnte der Doktor in Stellas Gesicht keinen fröhlichen Zug entdecken.

«Was ist los, Stella?» fragte er. «Ist es wegen Sol?»

Sie schüttelte den Kopf. «Das macht mir jetzt nicht mehr so viel aus wie früher. Ich glaube, es wird ihm dort gefallen. Aber Zachary gefällt es da nicht, wo er jetzt ist.»

«Er hat das Meer nicht gern, gewiß, aber er wird bald heimkommen», antwortete der Doktor.

«Er war nicht auf dem Meer in dem Traum, den ich heute nacht hatte», antwortete Stella. Er war an einem entsetzlichen Ort. Dort war es so finster, es gab kein Licht, außer dem Laternenschein, der durch ein Eisengitter hoch oben in der Mauer fiel. Aber ich konnte sehen, daß es dort schmutzig war und wie ein Gefängnis aussah. Eine Menge Männer waren da, und es muß Nacht gewesen sein, weil einige zu schlafen versuchten. Aber sie hatten kaum genug Platz, um sich hinzulegen, und keine Betten, nur Holzklötze auf dem Boden, um die Köpfe daraufzutun. Einige waren fast nackt und die übrigen in Lumpen. Manche sahen überhaupt gar nicht mehr menschlich aus.» Sie brach ab, zitterte im heißen Sonnenglast und fuhr fort: «Zachary war auch da. Er schlief nicht, weil für ihn kein Platz zum Niederlegen war. Er saß an die Mauer gelehnt, gerade unter dem Gitter, und die Mauer war feucht. Ich konnte die Feuchtigkeit in dem Licht glänzen sehen, das durch das Gitter drang, und habe Zacharys Gesicht erkannt. Es war zerschunden und ein Auge geschwollen, als hätte er eine Rauferei gehabt. Aber nicht die Beulen machten, daß es so schrecklich aussah ...»

«Was war es denn?» forschte der Doktor.

«Der Ausdruck darin. Er hatte Angst. Er sah aus wie Christian auf dem Bild in Mrs. Loraines ‹Pilgerreise›, als er in der Stadt der Zerstörung im Kerker liegt. Und ich sah bis in sein Herz hinein und was er dachte und fühlte. Er denkt, daß er nie wieder herauskommen wird. Er hatte Angst, wahnsinnig zu werden. Und er sehnte sich schrecklich nach Ihnen und mir. Aber er wußte, daß es dort, wo er sich befindet, keinen Weg gibt, um uns zu benachrichtigen. Ich versuchte ihm zuzurufen, daß ich bei ihm sei, aber ich brachte keinen Ton hervor. Und ich wollte zu ihm laufen, aber meine Füße konnten sich nicht bewegen ... Dann wachte ich auf.»

«Du hast Alpdrücken gehabt», sagte der Doktor. «Was hast du zu Abend gegessen? Kaninchenpastete?»

«Milch, Brot und Honig. Und es war kein Alpdrücken. Ich habe die Augen mit Raute und dem Wasser aus der Zauberquelle gebadet, wie Großmutter Bogan mir geraten hat, wenn ich in das Herz meines Freundes sehen wolle.»

«So ist also Zachary dein Verehrer?» fragte der Doktor leichthin.

«Ja. Er liebt mich», erwiderte Stella. «Wo ist er?»

«Auf See in seiner Fregatte. Du hast Alpdrücken gehabt.»

«Nein. Ich habe meine Augen mit der Raute gebadet.»

«All der Hokuspokus, den Großmutter Bogan dir erzählt hat, ist nur ein Märchen, mein Schatz.»

«Aber es gibt Feen, und was sie sagen, ist wahr», entgegnete Stella.

«Das ist Ansichtssache! Und nun höre. Wenn Zachary irgend etwas geschehen wäre, würde man mich benachrichtigt haben. Die Vorgesetzten kennen meinen Namen als den seines Adoptivvaters. Du hattest Alpdrücken. Zuviel frischgebackenes Brot und Honig ist sehr schwer verdaulich, wie ich dir schon oft gesagt habe.»

«Es war sehr altes Brot. Vom letzten Donnerstag. Bitte, Sir, Sie müssen nach London gehen und Zachary suchen.»

«Warum nach London?» begehrte der Doktor erstaunt zu wissen.

«In einer der Predigten, die Pfarrer Ash liest, heißt es, London ist die Stadt des Verderbens.»

«Stella, nimm doch Vernunft an. Nur weil du zuviel Brot und Honig gegessen hast – altes Brot kann ebenso unverdaulich sein wie frisches –, irgendwelche beängstigende Bilder in Mrs. Loraines ‹Pilgerreise› gesehen hast und Alpdrücken kriegtest, soll ich meine

Patienten links liegenlassen und eine vergebliche Jagd nach London unternehmen – bloß damit die liebe Seele Ruh hat? Der alte Sol ist wirklich ernstlich krank, Mrs. Baxter im Dorf bekommt dieser Tage ein Kind, Jo Stanberry hat ein Geschwür, das man sehr bald aufschneiden muß. Und dann ist da ein kleines dreijähriges Mädchen mit Scharlach, das ich alle paar Stunden besuchen muß.»

Stella war eine Weile still, dann sagte sie: «Nein, Sie können nicht gehen. Sol und Mrs. Baxter, Jo Stanberry und das kleine Mädchen würden alle sofort sterben, und das wäre nicht recht. Aber mon Père könnte nach London statt nach Exeter fahren.»

«Reist mon Père nach Exeter?»

«Ja, Sir George hat gesagt, er könne Urlaub nehmen.»

«Hat er einen besonderen Grund, um nach Exeter zu gehen?»

«Er möchte einen Mann besuchen, der dort wohnt und ein Buch drucken wird, das er geschrieben hat.»

«Und glaubst du, daß Monsieur le Comte de Colbert alle seine Pläne umstoßen wird, weil ein kleines Mädchen einen Alptraum hatte?»

«Mon Père würde alles in der Welt für mich tun, solange es meiner Seele nicht schadet», sagte Stella einfach und überzeugt.

Der Doktor war überrascht, er klemmte sein Augenglas fester, sah das Kind an und fühlte etwas wie leise Eifersucht, die er aber gleich unterdrückte. Er fragte sich, welchen Grad von Vertraulichkeit diese erstaunliche Freundschaft zwischen dem französischen Aristokraten und dem englischen Landkind bereits erreicht habe. «Leidet mon Père an irgendwelcher Angst um dein Seelenheil?» erkundigte er sich trocken.

«Er möchte, daß ich eine andere Art Glauben hätte», sagte Stella. «So wie Mrs. Loraine und er selber und – Zachary.» Wut und Unwillen ließ Dr. Crane das Blut unter die Hutkrempe steigen, aber er beruhigte sich wieder, als Stella rasch fortfuhr: «Er hat mir das nicht selber gesagt. Mrs. Loraine hat es gemeint.»

Nun, warum nicht, dachte der Doktor dann rasch. Das Kind weiß jetzt, daß es von Zachary geliebt wird. Ihre Verbindung – wenn es dazu käme – sollte so vollkommen als möglich sein.

«Mon Père wird gehen», ließ sich Stella weiter hören.

Der Doktor war dessen nicht so sicher. Er zweifelte sehr, ob der Glaube an Märchen irgendeinen Teil der geistigen Ausrüstung des Abbés bilde. Er konnte sich auch nicht vorstellen, daß ein Seelenhirte ein kleines Mädchen dazu ermutigen würde, ihre Angstträume ernst zu nehmen. Aber vielleicht gab es ein anderes Motiv, das einen Geistlichen bewog, und bei dem Gedanken daran verzog sich sein Gesicht in etwas boshaftem Vergnügen.

«Stella», sagte er, «wenn du Mr. de Colbert deinen Traum erzählt hast, richte ihm noch folgendes aus. Frage ihn, ob er nach Newgate zu gehen wage, um dort nähere Bekanntschaft mit dem Schmutz und der Dummheit der Menschen, mit den Dieben und Mördern zu machen. Sage ihm, er solle sich an eine Unterhaltung erinnern, die wir einmal darüber hatten. Erzähle ihm von dem besonderen Teufel, den jeder hat, und daß ich ihm viel Glück wünsche, wenn er diese Gelegenheit wahrnimmt, einen guten Kampf zu kämpfen. Das muß dir eine eigentümliche Botschaft scheinen, mein Herz. Wollen mal sehen, ob du sie richtig behalten hast.»

Stella wiederholte den Wortlaut dreimal, bis er genau stimmte, und dann, die imposante Fläche der Bucht vor Augen, kutschierten sie den Hügel von Torre hinunter. Es war ein wundervoll strahlender Morgen. Zu strahlend. Der starre Glanz des Lichts verhieß Gewitter. Dr. Crane war jetzt still, nicht mehr belustigt. Wieder und wieder sah er in das angespannte weiße Gesicht des eigenartigen kleinen Elfenwesens neben sich. Hatte Großmutter Bogan recht vermutet, besaß das geliebte Kind wirklich außergewöhnliche Seelenkräfte? Wenn ja – aber er hörte auf, länger über sie nachzudenken. Sein ganzes Sinnen war auf Zachary gerichtet, als sie Robbers Lane hinabfuhren ... Mein Sohn. Mein Sohn ... Seine Liebe für Stella würde sich nie vermindern, doch zog es sie jetzt ein wenig von ihm fort, weg zu dem Mann, den sie mon Père nannte. Indes Zachary mit jedem Tag und jeder Nacht ein festerer Besitz seines Geistes und Herzens wurde. Er würde nicht mehr viel Ruhe haben, bevor sie nicht beide wieder an seinem Kaminfeuer beisammensäßen ... Jäh riß er sich zusammen. Lächerlicher Unsinn. Nichts als der Alptraum eines Kindes. Dies Gewitterwetter brachte einen auf Phantastereien. Er lächelte, während er sich fragte, wie der Alptraum, das Wetter und seine Nachricht auf mon Père wirken würden.

4

Der Morgen blieb weiter zu heiß und zu hell. Mittags sammelten sich Wolken am Horizont, und am Abend braute sich ein Sturm zusammen. Mrs. Loraine ging wegen eines Kopfwehs zeitig zu Bett und hieß Stella dasselbe tun. Doch anstatt sich in ihrem Zimmer auszukleiden, setzte die Kleine ihre Haube auf und zog ein Paar feste Schuhe an. Sie haßte Stürme, und das Grollen des Donners in der Ferne ließ ihr Herz laut schlagen. Mrs. Loraine war jedoch den ganzen Tag unpäßlich gewesen und hatte sie gebraucht. Darum war es nicht möglich, daß sie eher zur St.-Michael-Kapelle gehen konnte. Und es mußte jetzt geschehen. Daheimbleiben würde soviel bedeuten, wie Zachary im Stich lassen. Rosalind hatte ihren Liebsten niemals enttäuscht, und auch sie würde es nicht tun.

Zweimal strauchelte sie und fiel beinahe aus reiner Müdigkeit, als sie die Straße hinauflief, die zum Kapellenhügel führte. Ein schrecklicher Tag lag hinter ihr. Der Traum hatte sie unablässig verfolgt. Mrs. Loraine, sonst immer so sanft, war des Kopfwehs wegen schwierig gewesen. Und Araminta war so mürrisch wie nur irgend möglich, und das war in der Tat sehr mürrisch. Als sei das nicht genug, hatte auch noch mon Père, der doch immer montags erschien, es für richtig gehalten, an diesem Tag nicht zu ihnen zu kommen, obwohl sie ihn doch so sehr herbeigesehnt hatte.

Der steile Anstieg des Kapellenhügels strengte ihren müden kleinen Körper aufs äußerste an; so mußte sie sich denn auf halbem Wege niedersetzen, um auszuruhen. Den Rücken an den Felsen gelehnt, schaute sie nach der See aus. Die Bucht, die am Morgen so blau und funkelnd dagelegen, sah nun wie Blei aus. Obschon nicht der leiseste Wind ging, gab eine schwere, saugende Dünung der Stimme des Meeres einen häßlichen Nebenton, wenn es gegen die Felsen brandete. Die bedrohliche Ruhelosigkeit der See bei Gewitter erschreckte Stella stets. Kein Wind und doch diese seltsame Bewegung. Es war nicht geheuer. Dazu die Wolken so schwarz und lastend, vereinzelt von fahlem Licht umrandet. Jeden Augenblick wurde es finsterer. Es wird in der Kapelle dunkel sein, dachte Stella, als sie sich weiterzuklettern anschickte, dunkel und zum Fürchten.

Doch als sie näher kam, war sie erstaunt, aus den Fenstern Licht scheinen zu sehen, ein warmes, orangefarbenes Leuchten, das schön und tröstlich war. Die Müdigkeit verließ sie, rasch erklomm sie das letzte Wegstück und kam zur Kapellentür. Beim Hineinspähen sah sie in einer der Nischen der Nordwand eine Laterne brennen, und vor dem Platz, wo einmal der Altar gestanden hatte, kniete ein weißhaariger Mann im Gebet. Sie stieß einen Schrei des Entzückens aus. Er wandte sich um und sah sie, stand auf und breitete die Arme aus, und sie lief über den felsigen Fußboden geradewegs in sie hinein. Es war mon Père. Zum erstenmal hielten sie sich so umarmt. Aber es schien ihnen ganz natürlich, so daß keiner davon überrascht war.

Der Abbé schaute auf Stella nieder. «Du hast Kummer, mein Kind?» fragte er.

«Ja, mon Père», erwiderte sie.

Dann setzten sie sich auf das Felsstück, wo sie bei ihrem ersten Zusammentreffen saßen, und die Kleine sprudelte die ganze Geschichte heraus. Schließlich wiederholte sie des Doktors Auftrag, Wort für Wort. Der Abbé nickte.

«Werden Sie gehen, mon Père?» fragte sie ängstlich.

«Gewiß», antwortete er kurz.

Die Botschaft war wie ein Trompetenstoß, aber Dr. Crane hatte ihn falsch beurteilt, denn er wäre auch ohne sie gegangen. Des Kindes Geschichte von Feen und Augenwasser überging er als Unsinn, doch ihren Traum nahm er ernst. Denn er hatte nicht vergessen, wie sie es vorher wußte, als es nicht gut um Zachary stand. Besser als der Doktor kannte er die Kraft und das Geheimnis des Verbundenseins, das zwischen Mann und Frau besteht, weil er es selbst erfahren hatte. Obgleich er niemals geahnt – und dabei lächelte er ein wenig –, daß es sich schon zeigen könnte, wenn die Frau noch ein Kind war.

Stella sah das Lächeln und legte ihre Hand auf sein Knie. «Wird alles gut werden, mon Père?»

«Ja, Stella. Wie schlimm auch immer der Sturm sein mag, in den Zachary hineingerissen ist, selbst wenn er Schiffbruch erlitten hätte, er wird wieder sicher ans Land kommen.»

«Aber er ist von keinem Sturm überrascht worden, mon Père.»

«Die Stürme der Natur sind nicht die einzige Art Sturm, mein Liebes.» Er schaute sich in der Kapelle um, die inzwischen so dunkel geworden war, daß sie ohne die Laterne einander kaum gesehen hätten. «Immerhin werden wir jetzt sehr bald ein Unwetter erleben, denke ich. Und ein schlimmes dazu.»

Einer der plötzlichen Windstöße, die meistens einen Sturm einleiten, fegte um die Kapelle und klang genau wie Zacharys Rassel, die «sie» herbeirief. Wortlos, weil es das Selbstverständlichste an diesem Ort war, knieten sie nieder und beteten für alle jene, die sich in Gefahr befanden. Wenigstens der Abbé betete, Stella dagegen war so erschrocken, daß ihr trockener Mund voll Staub zu sein schien. Ihre kalte Hand zitterte in der des Abbés, und es kamen ihr keine Worte in den Sinn.

«Ängstlich, Stella?» neckte er sie, als sie wieder aufstanden. «Ich dachte, du hättest nie Angst.»

«Ich fürchte mich vor Ratten, Gewitter und ‹ihnen›», erwiderte Stella, während sich ihre Wangen beschämt röteten. «Mir war so bange, daß ich nicht einmal für Zachary beten konnte.»

«Zeige kein Zeichen von Furcht und bring sie Gott dar, für Zachary. Die kostbare Gabe wird ein annehmbareres Gebet sein als bloßes Wiederholen von Worten», sagte der Abbé langsam.

Die Kleine sah zu ihm auf, ihre Augen glänzten vor Freude über die ihr neue Vorstellung. Er beglückte sie jetzt hie und da mit neuen Ideen. Und immer sprach er dann sehr langsam, als wolle er jedes Wort unterstreichen, so daß sie seine Gedanken sorgsam für späteren Gebrauch aufheben konnte. In plötzlicher Erkenntnis wußte sie, daß dieser eine allein, falls er verwirklicht würde, imstande war, das ganze Leben zu verwandeln.

Als sie den steilen Pfad hinuntergingen, waren sie sehr froh über des Abbés Laterne, denn ohne sie hätten sie den Weg über die Felsen wohl kaum gefunden. Das Rollen des Donners ließ sich jetzt ganz nah vernehmen, und die Blitze jagten über die unruhige See. Aber es regnete noch immer nicht. An Mrs. Loraines Tor hielt der Abbé an. «Wir wollen uns hier Lebewohl sagen, Stella. Ich gehe noch an den Strand.»

«Mon Père!» wunderte sich Stella. «Gehen Sie nicht heim, bevor der Sturm ausbricht?»

Lächelnd sah er auf sie hinunter. «Ich bin nicht wie du, Stella. Mich freut das Gewitter. Ich kann stundenlang stehen und dem Blitzen überm Meer zusehen.»

Ein kurzes Weilchen kämpfte sie noch, besann sich dann aber und legte ihre Hand in die seine. «Ich komme auch», sagte sie.

Einen Augenblick dachte er daran, sie ins Bett zu schicken, wo sie sicherlich zu dieser Stunde und bei dem Wetter am besten aufgehoben war. Dann aber nahm er ihre Hand fester in die seine, und sie gingen zusammen die Straße hinab, denn er konnte ihr die Bitte nicht abschlagen. Schwach erinnerte er sich an die alte Legende, die er einmal gehört, die Geschichte von einem Mädchen, dessen Mut ihren Liebsten vor dem Ertrinken gerettet hatte. Aber woran er sich nicht schwach, sondern schmerzhaft deutlich erinnerte, war Thérèses Furcht vor Gewittern. Es war ihre einzige Angst, denn Ratten machten ihr nichts. Er dagegen haßte Ratten und Ungeziefer jeder Art und all den Schmutz des Verderbens – mit dem er aber, aus Liebe zu Stella, in den nächsten Tagen nähere Bekanntschaft zu machen beabsichtigte.

Der Strand hatte sein vertrautes Aussehen gänzlich verloren und war irgendein schrecklich toter Landstrich eines schwer betroffenen Sterns geworden. Die Felsen lagen farblos unter den bleichen Blitzen und glichen den Knochen vorgeschichtlicher Tiere, die aus dem Sand ragten. Der Wind nahm ständig zu, heulte in den höheren Luftschichten, als sausten große beschwingte Dämonen über ihren Köpfen dahin, ließ aber die Erde selbst in wartender Stille. Stella dachte, daß sie diesen Wind weniger fürchten würde, wenn er ihre Röcke peitschte und an ihren Haubenbändern risse. Das Brausen oben und die Stille unten ließen einen fragen, was geschehen würde, wenn die großen Schwingen einmal zu tief herunterkämen. Sie wagte nicht, zum Himmel aufzuschauen, weil sie sicher war, «sie» dann zu sehen. Meereswogen und Windesbrausen wurden immer stärker. Die Wellen krachten und brachen sich zu ihren Füßen, schleuderten weißen zerrissenen Gischt in ihre Gesichter. Beim Widerhallen des Donners ging ein Zittern durch Stellas Körper, und jedesmal, wenn der Blitz aufflammte, faßte sie unbewußt des Abbés Hand ein wenig fester. Ihre andere Hand ergriff das Medaillon, das sie unter dem Kleid hervorgezogen hatte. Immer wenn es ihr an Mut fehlte, drückte sie es so an sich, weil sie wußte, daß ihre Mutter tapfer gewesen war.

Und sie hielt stand und würde durchgehalten haben, solange der Abbé dablieb, hingerissen von dem wilden Schrecken des Schauspiels. Aber sie wurde durch einen plötzlichen Riß in dem schwarzen Himmel, dem ein Donnerkrachen und herabstürzender Regen folgte, befreit. Es kam ganz unerwartet. Hagelschauer trieben vor dem Sturmwind her und brachten auf einen Schlag die Welt wieder ins Gleichgewicht. Der Wind war jetzt nur noch Wind, der an ihren

Kleidern riß, den Regen gegen die Gesichter trieb. Die Felsen sahen wieder wie immer aus, und vom Regen gepeitscht brachen sich die Wellen weniger heftig. Ehe sie naß werden konnte, hatte der Abbé Stella in die Arme genommen, seinen Mantel um sie geschlagen und den Sturm im Rücken, durcheilte er jetzt mit langen Schritten die Straßen, die nach Torre führten. Er war wütend auf sich, daß sie zu lange geblieben waren, aber sie lachte, alle Furcht war verschwunden. Seine Arme umfaßten sie wie Eisen, stärker noch als die Vater Spriggs, und gaben ihr ein Gefühl der Sicherheit, wie sie es nie zuvor gekannt hatte. Nun wußte sie, wie den Küchlein zumute ist, wenn sie unter die elterlichen Flügel eilen. Ihr Lachen endete in einem Aufatmen vollkommenen Zufriedenseins.

Als sie Mrs. Loraines Haus erreichten, öffnete der Kaplan die Haustür und setzte Stella behutsam in dem kleinen Vorraum nieder, während er selbst, mit völlig durchnäßten Kleidern, auf der Matte stehenblieb. Araminta erschien mit einer Kerze und im Zustand höchster Entrüstung.

«Lieber Himmel, Sir, haben Sie das Kind bei solchem Wetter mitgenommen?»

«Ich bitte von ganzem Herzen um Entschuldigung», antwortete der Abbé bedrückt.

«Ich bin nicht naß, Araminta», setzte Stella hinzu. «Monsieur de Colbert hat mich getragen.»

Sie nahm die Haube ab und sah lächelnd zu ihm auf. Er aber erwiderte ihr Lächeln nicht. Sein Gesicht im Kerzenlicht sah grau aus, und er stand wie versteinert da, während er das goldene Medaillon um Stellas Hals anstarrte.

«Was fehlt Ihnen, Sir», fragte Araminta scharf. «Hat der Blitz Sie erschlagen?»

«Stella, das Medaillon», stieß er rauh hervor. «Woher hast du es?»

Die Strenge seines Tons war fast bedrohlich und ließ sie so zusammenfahren, daß sie unbewußt die Hände aufhob, um ihren Schatz zu verbergen. «Mutter Sprigg hat es mir gegeben», flüsterte sie.

De Colbert hielt sich mit der Hand an der Wand. «Narr!» rief er sich zu. Goldmedaillons waren keine Seltenheit. Dasjenige, das er für Thérèse ausgesucht hatte, war ein billiges gewesen, obgleich es das Beste war, das er sich damals leisten konnte. Wahrscheinlich hatte es in dem Laden noch ein Dutzend weitere von gleichem Aussehen gegeben. Er brachte ein Lächeln zustande und beugte sich zu dem erschrockenen Mädchen, das ihn immer noch bestürzt musterte. «Leb wohl, Stella. Ich werde Ende der Woche in London sein.»

Die Haustür fiel zu und er war davon.

«Nein, so was!» sagte Araminta.

Stella stand ein Weilchen ganz still und fühlte sich ausgesprochen merkwürdig. Sie spürte, daß der Comte de Colbert für immer verschwunden war, wie der Eremit nach jener Nacht, als er und Rosalinde ihren Geliebten aus dem Unwetter retteten. Wenn er wieder zu ihr käme, würde er nicht als Comte de Colbert, sondern als etwas ganz anderes erscheinen. Sie nahm die Hände von dem Medaillon und steckte es mit einem glücklichen Aufatmen wieder hinter ihr Kleid. Zachary, wußte sie, war schon in Sicherheit.

5. Kapitel

I

Das Wetter änderte sich nach dem Sturm, der einer der schlimmsten seit Menschengedenken gewesen war, und der Abbé reiste nach London in Wind und Regen. Es war ihm gelungen, sich einen Platz im Innern der Kutsche zu sichern. Und nun saß er in seinem Winkel, in den Mantel gehüllt gegen den eisigen Durchzug und die Regentropfen geschützt, die durchs Dach sickerten und gleichmäßig auf seinen Hut tropften. Der Wagen war mehr als voll und die Gesellschaft nicht nach seinem Geschmack. Er war über sich selbst erstaunt. Sein Besuch in Exeter war sehr nötig, und es war geplant gewesen, daß er dorthin mit einem Freund der Careys in einem privaten Landauer reisen sollte. Und nun fuhr er hier nach dem London schmerzlichster Erinnerungen in einem öffentlichen Fuhrwerk von zweifelhafter Sauberkeit, das nicht wasserdicht war und nach Pferdedung roch. Er mußte sich von der Masse der Mitreisenden drücken lassen, die hörbar Zwiebeln und Brot verspeisten, während sie über die Regierung in Ausdrücken fluchten, die das zarte Trommelfell seiner Ohren aufs schmerzhafteste peinigten.

Und warum? Weil ein kleines Mädchen, das er liebte, einen Alptraum gehabt hatte und ein Landdoktor ihm eine mündliche Herausforderung sandte, die sein Stolz ihm nicht erlaubte zurückzuweisen. Er war auf und davon zu einem ganz fruchtlosen Unternehmen aufgebrochen, ohne irgendwelche zwingenden Gründe. Welch ein Tor war er! Er mußte an jener Verstandesschwäche leiden, von der er gehört hatte, daß sie alle befiel, die zu lang in dem feuchten, milden Klima von West Country lebten, zwischen den runden, grünen, märchenbevölkerten Hügeln.

Jäh richtete er sich auf. Seine Stimmung war bloß ein Rückschlag, den er ja nun mit der Zeit wirklich bald kennen sollte. Man faßte Entschlüsse auf Grund einer Intuition, die etwas Wahrhafteres ist als der gewöhnliche Menschenverstand. Man sonnte sich darin, und am nächsten Tag schwang das Pendel zurück und die Herrlichkeit entschwand. Aber die Eingebung blieb, was sie war – etwas Wirkliches. Auf jeden Fall gab es nichts, das er nicht für Stella tun würde.

Unversehens kam ihm aber etwas anderes in den Sinn, eine Kleinigkeit, die sie sich gewünscht hatte. Zehn Tage waren vergangen, seit sie ihm das Buch gegeben, das Großmutter Bogan im Turm der Kirche von Cockington gefunden hatte. Sie bat damals, daß er die Geschichte für sie übersetze. Er wollte die zarte Handschrift indes mit Muße entziffern, und diese langweilige Kutsche war jetzt der richtige Ort dafür. In der einen Tasche des Reisemantels befand sich sein Brevier, in der andern das alte Buch. Er nahm es heraus, öffnete es und betrachtete mit Entzücken die reizenden kleinen Bilder der Enziane auf der ersten Seite. Sogleich war sein Ärger über das Geschwätz der Mitfahrenden, den Geruch der Zwiebeln, den Regen und eisigen Durchzug vergessen. Als die Zeit für das nächste Gebet gekommen war, vergaß er sogar sein Brevier. Das Buch begann mit der Legende, die ihm seinerzeit am Strand wieder eingefallen war. Aber das war nur der Anfang der Geschichte, die ihn den ganzen Tag nach London beschäftigte.

Wirts- und Gasthäuser und alle Orte, die von Menschen überfüllt waren, denen der Abbé kein besonderes Interesse entgegenbrachte, haßte er. Deshalb bedeutete es ein Glück für ihn, ein Zimmer in dem Hause mieten zu können, wo er in jenen bittern Tagen nach seiner ersten Rückkehr von Irland gewohnt hatte, Die gleiche Wirtin wie damals führt es, eine brave, saubere Frau, die ihn nicht mit allzuviel

Geschwätz belästigte. Das Haus war groß und altersschwach, und das Viertel, worin es lag, war nicht vornehm; aber der Abbé mochte seine hohen Kamine gern, ebenso das wellige braune Dach, auf dem Moos wuchs, das Fächerfenster über der Tür und die alten, ausgetretenen Stufen der schmalen Stiege, die sich im Dunkeln um den eichenen Treppenpfosten wand – von dem engen Eingang immer weiter hinauf bis zu seinem Kämmerchen. Dieser Raum war achteckig und so klein, daß die vierpfostige Bettstelle mit den Vorhängen aus rotem Rips ihn beinahe ausfüllte. Die Holzverkleidung der Wände war apfelgrün gestrichen und verbarg geschickt einen Kleiderschrank. Am Fenster standen ein Tisch und ein Stuhl, auf dem Kaminsims befand sich ein Messingleuchter.

Unten auf der Straße war ein kleiner Markt mit Verkaufsständen für Blumen und Gemüse. Zwischen den beiden gegenüberliegenden Häusergiebeln konnte man ein paar grüne Baumäste und den schlanken Turm einer Kirche sehen. Es war ein Winkel Londons, aus dem ländliche Gerüche und Laute noch nicht ganz verschwunden waren. Am Fenster stehend, erinnerte sich der Abbé, wie sich im Frühling der Vogelsang unter das Glockenläuten mischte und daß man an Winterabenden die Hörner der heimkehrenden Jäger hören konnte. Der herbstliche Geruch von feuchter Erde und Feuerrauch aus versteckten Gärten kam ihm in den Sinn, der Chrysanthemenduft aus den Blumenständen. Nun, wenn er eine Zeitlang den Schmutz von London ertragen mußte, so war er froh über diesen ruhigen Zufluchtsort, der wie ein grünes Nest hoch oben in der reinen Luft hing ... Und er besann sich, wie es hin und her schwankte, wenn der Wind blies; denn das nette, schwach gebaute alte Haus, mit den lockeren Ziegeln und morschen Balken, wankte rasch dem Verfall entgegen ... Es würde ein sehr passender Ort sein, um für Stella bei Mondlicht und dem Schein der Kerze im Messingleuchter die Geschichte der Liebenden von Gentian Hill zu übersetzen.

2

Der Abbé vergeudete keine Zeit. Am selben Morgen noch suchte er das Gefängnis von Newgate auf. Dort mischte er sich unter die mitleiderregende Menge von Freunden der Gefangenen, die vor der Tür warteten. Infolge seines ehrwürdigen Aussehens wurde er als erster hineingelassen und sogleich in den Warteraum geführt, wo man die Besucher gründlichst visitierte. Mit kaltem Widerwillen ließ er die Prozedur über sich ergehen, obgleich man ihm in seinem Fall nicht die Kleider auszog, sondern lediglich seine Taschen durchsuchte.

«Was erwarten Sie, bei mir zu finden?» fragte er den Gefangenenwärter, der sich mit ihm befaßte.

«Gift oder ein Stück Strick, Sir», war die Antwort. «Sie würden staunen, wie scharfsinnig manche Verwandte von Häftlingen sind, um sie mit Werkzeug zu versehen, damit sie sich davonmachen können. Und das, obgleich sie wissen, daß sie selbst in den Kerker geworfen werden, wenn man etwas bei ihnen findet.»

Der Abbé sah sich grimmig in dem schmutzigen, düstern Zimmer um, in dem er stand. Donnerbüchsen auf beweglichen Wagen sicherten es, an den Wänden hingen Ketten und Handschellen. «Die irdische Hölle» nannte man diesen Ort. Der Abbé wußte, wie grausam die gegenwärtigen Strafgesetze in England waren und für wie leichte Vergehen Männer und Frauen gefoltert und gehängt wurden. Scharfsinnig wie er war, konnte er sich den fürchterlichen Schauplatz sehr genau vorstellen, den er nun zu Gesicht bekommen würde. All das Grauen der Vergangenheit, das er getrachtet hatte zu vergessen, würde wieder aufleben. Dann erinnerte er sich plötzlich der Aussicht von Beacon Hill an jenem Weihnachtsabend – Stella im grünen Wohnzimmerchen und die Masken, die im Mondlicht durchs Gartentor stürmten. Auch das war England – und Leben.

Er ging mit einem zweiten Wächter einen gepflasterten Korridor entlang bis zu einer Tür, die dieser aufriegelte und öffnete. Nun befand er sich in einem langen schmalen Durchgang, dessen Wände aus eisernen Barren bestanden. Auf der einen Seite war ein Hof, um den man das Gefängnis gebaut hatte, wo sich die Gefangenen Bewegung verschaffen durften. Auf der anderen Seite, hinter einem doppelten Gitter, lag die erste Gefängnisabteilung.

Es war noch viel ärger, als er sich vorgestellt, und rief die Vergangenheit stärker zurück, als er gedacht hatte. Unwillkürlich machte er ein paar Schritte nach rückwärts, gegen die Barren, die den Hof einschlossen. Eine Welle ekelhaftester Gerüche überschwemmte ihn, und ein paar Augenblicke lang konnte er fast nichts erkennen. Ein Brausen war in seinen Ohren, und er fühlte sich zu Tode erstarrt. Dann faßte er sich, trat vorwärts, als sich eben die Tür wieder öffnete und der erste Haufen Menschen, der am Gefängnistor gewartet hatte, hereinströmte. Sie schrien den Eingesperrten hinter dem Doppelgitter zu, drängten und stießen den Abbé, warfen ihn gegen die Barren, so daß er sich daran klammerte, um nicht zu fallen.

Schwer keuchend zwang er sich, die Insassen dieses furchtbaren Käfigs genau zu betrachten. Die meisten unter ihnen sahen unmenschlich aus, und viele waren kaum bekleidet. Der Schmutz und das Gepferche, der Lärm und Gestank waren entsetzlich. Viele der Männer waren betrunken, denn durch Bitten und Betteln konnten sie sich im Gefängnis Schnaps verschaffen. Das Betteln hatte bereits begonnen. Sie schoben hölzerne Löffel an langen Stecken durch das Doppelgitter, und die Besucher – etliche unter ihnen waren fast ebenso zerlumpt – legten aus Mitleid ein paar Geldstücke darauf. Aber nur die Stärksten konnten das Geld behalten, denn jeder mußte um seinen Besitz kämpfen. Viele waren selbst für einen Versuch zu schwach und kamen gar nicht erst ans Gitter. Unter diesen Schwächeren gab es auch junge Leute, und gerade hier suchte der Abbé nach Zachary. Seine Augen wanderten langsam von einem abgemagerten Gesicht zum andern. Aber er fand ihn nicht. Erleichtert wandte er sich um, drückte sich durch die Menge der Besucher und begegnete dem Wärter wieder, der ihn eingelassen hatte.

«Sind das die Verurteilten?» fragte er.

«Ja, Sir. Für die Galeeren oder Botany Bay bestimmt.»

«Wofür angeklagt?»

Der Schließer zuckte die Achseln. «Haben vielleicht einen Strick eingeschmuggelt. Einen Dieb unterschlüpfen lassen oder Gestohlenes angenommen. Lauter kleinere Vergehen.»

«Sind sie schon lange hier?»

«Seit Monaten, Sir. Manche warten auf ihren Prozeß und dann wieder auf das Verschicktwerden auf die Galeeren.»

«Wo sind die Männer, die zum Galgen verurteilt sind?»

«In Zellen, Sir. Die können Sie nicht sehen.»

«Und die noch nicht untersuchten Fälle?»

«Auf der andern Seite des Hofes, Sir.»

Der Abbé schritt langsam dorthin. Im Gehen bemerkte er die Militärposten auf dem Dach. Er vermutete, daß die Zeit für körperliche Bewegung herangerückt sei; man würde schießen, sobald es Unbotmäßigkeiten gäbe. Noch einmal kämpfte er die Übelkeit nieder. In Frankreich hatte er schrecklichere Szenen mitgemacht als die eben erlebte. Aber während eines Bürgerkrieges. Sie gehörten nicht zum normalen Leben eines Landes, das Frieden in seinen Grenzen hatte. Es war der organisierte Greuel dieser wilden Tierschau, der ihn so erschütterte, wie noch nie etwas in seinem Leben.

Er erreichte die andere Seite, wo sich der Gewahrsam der noch nicht Verhörten befand. Der Anblick war so ziemlich der gleiche, nur nicht ganz so schrecklich, weil diese Männer noch nicht so lange hier waren und manche noch einen Funken Hoffnung nährten. Trotzdem war es schlimm genug. Wenn das hier die Szene darstellte, die Stella im Traum erlebt hatte, dankte er Gott um ihretwillen, daß Träume beim Erwachen ein wenig von ihrer Deutlichkeit verlieren, mögen sie nun Grauen oder Freude betreffen. Noch einmal drückte er sich an das Doppelgitter. Sein angstvoller Blick wanderte von Gesicht zu Gesicht aller derer, die sich auf der andern Seite gegen die Stangen preßten. Aber obgleich er, wie ihm schien, eine unabsehbare Zeit hier verbrachte, konnte er Zachary nicht entdekken. Ermattung und Entsetzen drückten ihn völlig nieder. Alles war vergebens gewesen. Der Junge war nicht hier.

Eben wollte er sich abwenden, da mahnten ihn die blassen, entstellten Gesichter, die wogende Bewegung, der Lärm an etwas ... An das Meer ... Es war das Meer des Elends, das gegen die Barren anschlug, nur einige Fußbreit von ihm entfernt – wie sich die Wellen in jener Nacht am Ufer gebrochen hatten, weiß und zerrissen unter den blendenden Blitzen. Die furchtbare See kam näher, bäumte sich auf, krachte über seinem Kopf zusammen. Er ertrank in der Finsternis, sank zusammen unter dem Grausen. Mein Gott, verlor er das Bewußtsein? Mit aller Willenskraft riß er sich hoch, wandte sich wieder dem zu, dem er entfliehen wollte, und klammerte sich fester an die Stäbe. War er ein schwächliches Weib, ein unerfahrener Junge, um sich derart von einem furchtbaren Anblick überwältigen zu lassen? Er erinnerte sich an die Sturmlegende und den ertrinkenden jungen Mann, der gerettet worden war. Lebhaft dachte er an Stellas Mut angesichts des Wetters, wie sie ihre Angst überwand. Er hielt stand. Sein Blick wurde klarer, und durch eine plötzliche Lücke im Gedränge – als ob eine Welle sich überschlug und teilte – sah er ein Bild, das er nie mehr vergessen sollte.

Unter einem Gitter, hoch oben in der Mauer, stand ein hölzernes Waschbecken, um das sich vier oder fünf Männer drängten, die ihre Kleider zu waschen versuchten. Das Wasser im Zuber war schmutzig, die Lumpen, welche die Leute darüber auswanden, fast ebenso. Aber der Anblick ging dem Abbé unsäglich zu Herzen, denn hier kämpften ein paar Männer um ein wenig Anstand, noch nicht zu Wilden geworden wie die übrigen. Einer von ihnen, bis zur Mitte entkleidet, kehrte dem Abbé den Rücken. Es war ein großer Junge mit dunklem wirrem Haar und schmalem braunem Rücken, an dem die Rippen hervorstanden. Er drehte sich halb um, während er sein Hemd auswand; jedoch ehe de Colbert sein Gesicht sehen konnte, schloß sich die Lücke im Gedränge wieder, und er war verschwunden. Vielleicht war es Zachary, vielleicht auch nicht. Auf jeden Fall wollte der Abbé diese Hölle über der Erde nicht verlassen, ohne Gewißheit zu haben.

Innerhalb der nächsten zwanzig Minuten machte er eine der merkwürdigsten Erfahrungen seines Lebens. Als er sich so vor dem Gitter auf und ab bewegte, immer wieder versuchte, nochmals einen Blick auf diesen Jungen zu werfen, begann er einige der Gesichter zu erfassen, die vor ihm auf- und untertauchten. Ein plumper Rohling von einem Burschen besaß die blauesten irischen Augen, die er je gesehen. Ein anderer, ein Junge mit den Zügen eines verdorbenen alten Mannes, hatte einen Mund so empfindsam wie Stellas. Das Gesicht eines Buckligen und Verwachsenen, voller Blatternarben, fesselte den Abbé, weil es sich plötzlich zu einem Grinsen aufheiterte. Er bemerkte andere Augen, andere Münder, weitere Versuche zur Fröhlichkeit. Wenn er bisweilen einige Münzen in die Holzlöffel gleiten ließ, trafen seine Augen diejenigen eines armen Teufels, der den Löffel hielt, und er hatte das Gefühl, daß dies unbedeutende Tun gar nicht belanglos war, sondern wirkliches Eindringen seiner selbst in das Wesen des Menschen vor ihm. Anscheinend waren diese Männer keine Fremden, und er verteilte seine bescheidenen Gaben an Freunde. Als die erschreckende See über seinem Kopf zusammenschlug, fühlte er sich gleich danach in ruhigerem Wasser. Jetzt befand er sich draußen im Meer, war ein Teil davon, nicht länger der einsame Betrachter am Strand. In einem jähen Gefühl panischer Angst wurde ihm klar, daß er nie wieder an die Küste zurückkonnte. Dann folgte das gelassene Wissen, es auch gar nicht zu beabsichtigen. Und während der ganzen zwanzig Minuten betete er wie noch nie zuvor. Jeder Blutstropfen seines Körpers ergoß sich wie Wasser für alle diese Männer hinter dem Gitter, aber ganz besonders für einen unter ihnen.

Ganz plötzlich sah er ihn wieder. Er hatte seine bescheidene Wäsche beendet und hängte das Zeug an einen Nagel zum Trocknen. Nun lehnte er wieder an der Mauer und zitterte vor Kälte ohne Hemd. Es war Zachary, aber so verändert, daß der Abbé zuerst fast zweifelte. Dann erkannte er an dem verstörten jungen Mann, dessen Augen matt und dunkel vor Hoffnungslosigkeit dreinschauten, mit häßlichen Linien der Erschöpfung, die sich tief in sein Gesicht gruben, einige schwindende Überreste der Schönheit wieder, die ihn an dem Kind des Königs so berührt hatten. Ein wenig von der Geschmeidigkeit eines Füllens war noch vorhanden, der Mund war der gleiche, und die Nasenflügel zitterten wie bei einem erschreckten Vollblüter. Zachary, der, wie der Jüngling aus der Legende, weit in die Welt gezogen war, Erkenntnis zu finden, hatte sie bestimmt erlangt; zu schnell, zu viel.

Zachary sah nicht in die Richtung des Spähenden; schon kamen die Wärter durch den Gang und schrien das Ende der Besuchszeit aus. «Zachary!» rief der Abbé. Aber seine Stimme drang nicht bis zu dem Jungen. Dann waren auch bereits die Schließer mitten unter ihnen, packten die Besucher an den Schultern und zerrten sie derb von den Gittern weg. Verzweifelt dachte de Colbert an das Zusammentreffen mit Zachary in seinem Wohnzimmer, nach dem Ringkampf, und wie schnell sie einander vertraut gewesen waren. Nichts, was sich inzwischen ereignet, hatte vermocht, diese plötzliche Neigung zu zerstören, die sie wie eine Brücke verband. Sie mußte noch vorhanden sein. Es war nicht schwierig, denn in den letzten zwanzig Minuten war er aus der Festung, die er um sich gebaut, herausgetreten wie nie zuvor. Zachary wandte den Kopf, und ihre Augen trafen sich gerade in der Sekunde, als der Schließer seine Hand auf des Kaplans Schulter fallen ließ, ihn vom Gitter wegriß. Es machte nichts aus. Unfaßbare Freude erleuchtete Zacharys Gesicht, und de Colberts Züge überflog jener Lichtstrahl – gleich einem Rapier, das in der Sonne glänzt –, der den Jungen bei ihrem ersten Zusammentreffen so überrascht hatte. Der Abbé, zurückgedrängt wie alle andern, vom Stock des Wärters bedroht, konnte die Tränen sehen, die dem Jungen über das Gesicht rannen; Tränen eines Kindes, das aus einem bösen Traum erwacht ... Zachary wußte nun, er war in dem Loch nicht vergessen, in das er gefallen ... De Colbert winkte mit dem Hut, während er sich umwandte, und machte sich auf den Weg in die Außenwelt.

3

Der Abbé verfügte über alle Möglichkeiten des Aristokraten, mit einem Minimum an Schwierigkeiten das zu erlangen, was er wollte. Trotz seines Priesteramts war der alte Hochmut in ihm keineswegs erstorben. Immer noch besaß er die Gewohnheit zu befehlen, eine scharfe Zunge und seine einschüchternde Erscheinung. Bald hatte er sich die nötigen Empfehlungen verschafft, und drei Tage später erlaubte ihm der Direktor des Gefängnisses, mit Zachary zu sprechen. Die beiden wurden in eine Zelle eingesperrt, worin man Verbrecher vor dem Gehenktwerden einschloß. Sie saßen zusammen auf einer Steinbank, und gespannt lauschte der Abbé Zacharys ausführlicher Geschichte. Da sie wenig Zeit hatten, durften sie sich keine unnötigen Worte leisten. Indes so verwirrt und bestürzt Zachary auch aussah, die Tatsachen des Falls waren ihm doch vollkommen gegenwärtig. Er wußte genau, was er getan hatte und was nicht und was ihm bevorstand. «Wenn ich Mike getötet habe, wird man mich auf Totschlag verurteilen. Habe ich ihn nicht umgebracht, nur für Mißhandeln. Aber ich werde monatelang auf mein Verhör warten müssen. Das ist hier die Regel.»

«Ich kann erreichen, daß dein Fall rasch untersucht wird. Aber erst muß ich herausfinden, was mit Mike geschehen ist.»

«Ich wüßte so gern, daß ich Mike nicht ums Leben gebracht habe», sagte Zachary. Er sprach ruhig, doch der Abbé merkte, wie unglücklich er war.

«Lebendig oder tot, jedenfalls ist seine Seele nicht von Mord befleckt», warf der Kaplan ein.

«Nein», erwiderte Zachary. Dieser Tatbestand war sein einziger Trost. Das und die Anwesenheit de Colberts neben ihm. «Der Doktor – mein Vater –», fuhr er fort, dann schwieg er.

«Ich werde ihm heute abend schreiben. Er wird stolz auf dich sein.»

«Ist es ein Grund stolz zu sein, wenn sein Sohn wegen Totschlags gehängt wird?» fragte Zachary bitter.

«Unter diesen Umständen, ja», entgegnete der Abbé kurz.

«Und Stella», sagte Zachary, dann schwieg er nochmals. Er konnte nicht über sie reden.

«Es gibt wenige Dinge, die das kleine Mädchen nicht versteht», äußerte der Abbé. «Sie ist nur den Jahren nach ein Kind.»

Und dann erzählte er Zachary die Geschichte ihres Traumes, vergaß auch Großmutter Bogan nicht, die Raute und die Feenquelle. Ihm bedeuteten jene Dinge nur zufällige Nebenumstände, aber in dieser schrecklichen Zelle erwähnte er sie gern. Die Märchenwelt mochte in der unglücklichen Angelegenheit belanglos sein, jedoch reinigte der Gedanke daran die Luft. Plötzlich lachte Zachary entzückt und liebevoll auf, was den Abbé fast aus der Fassung brachte; denn es war sicher das erste Mal, daß ein Mann in dieser Zelle lachte.

«Sie ist eine kleine weiße Hexe!» frohlockte Zachary. Ein Strahl der sommerlichen Sonne drang durch das Gitterfensterchen und zeichnete auf die gegenüberliegende Mauer einen dünnen Lichtstreif. Darin sah der Junge das Bild des alten Baumes. Das Wasser der Wichtelquelle sprudelte darunter hervor; er erblickte das klare Tümpelchen mit den Vergißmeinnicht rundum und Stella und Hodge, die dort im Goldstaub des Sonnenuntergangs saßen. Er erinnerte sich, wie eine Handvoll dieser Helle an seinem ersten Abend hier durch das Gefängnisgitter gedrungen war und wie seine Seele angstvoll nach Stella gerufen hatte. Er meinte, die kleine weiße Zauberin müsse ihn gehört haben.

Ein Schlüssel knarrte im Schloß, und der Abbé dankte Gott, daß er gerade noch Zeit gehabt, die Feen in das Gefängnis von Newgate einzulassen.

6. Kapitel

I

In der Folge verbrachte de Colbert seine Tage, indem er die Straßen Londons auf und ab lief und sich für Zachary bemühte. Abends zog er sich dann in sein hohes grünes Nest zurück und übersetzte Stellas Buch ins Englische. Täglich hörte er eine Messe und sprach seine Gebete. Die Dunkelheit von Schmutz und Elend, die funkelnden Farben des Märchenlands und das klare weiße Licht seines festen Glaubens verwoben sich in jener Zeit zu einem sonderbaren Teppich. Nichtsdestoweniger ist es der Stoff des Lebens, sagte er sich,

Das Märchen …

und von nun an würde er es in seiner Ganzheit annehmen, nicht mehr der Dunkelheit fernbleiben, und auch nicht die schimmernden farbigen Lichtlein verachten. Noch fühlte er sich nicht bereit für das allumfassende weiße Licht allein, denn immer noch war er ein Sünder und Träumer.

Nach verzweifeltem Suchen und vielen Erkundigungen fand er endlich die Wachleute heraus, die Zachary festgenommen hatten. Außerdem entdeckte er, daß dazumal in England eine Methode, die Ordnung aufrechtzuerhalten, ebenso auffallend fehlte, wie eine gerechte Anwendung der Gesetze und Nüchternheit der Beamten. Die Männer erinnerten sich nur schwach, daß ein dunkler junger Bursche einen andern rothaarigen Kerl getötet hatte, weshalb sie den einen ins Gefängnis, den andern in die Leichenhalle ablieferten. Als sich des Abbés strenge Augen auf sie hefteten, seine Fragen scharf auf ihre wirren Köpfe prasselten, wurden sie etwas unsicher wegen der Leichenhalle. Immer mehr in die Enge getrieben, gestanden, sie, daß sie damals etwas angeheitert gewesen seien. Nach weiterem tiefem Nachdenken besannen sie sich plötzlich, daß die Leiche Lebenszeichen von sich gegeben habe, ehe sie ihren Bestimmungsort erreichte, worauf sie den Mann ins Spital eingeliefert hätten. «Welches Krankenhaus?» fragte de Colbert. Sie meinten, es sei das Guy-Spital gewesen. Darauf wurde einer der Leute noch von einem ganz besonderen Gedankenblitz heimgesucht, griff in die Tasche und zog zwei sonderbar geformte Holzstücke hervor, um die ein Stück Strick gewickelt war. «Hab es auf dem Pflaster gefunden, wo die Burschen sich rauften», sagte er. «Und aufgehoben und behalten, weil es so merkwürdig aussieht.»

«Was ist es?» fragte der Abbé.

«Ich weiß es nicht, Sir. Hab nie so ein Ding gesehen. Schaut aus wie eine Art Kreisel.»

De Colbert steckte das Spielzeug ein. Vielleicht würde es noch nützlich sein ... Dann ließ er in jede der schmutzigen Handflächen ein Goldstück gleiten, erinnerte die Leute, daß sie als Zeugen gerufen würden und er günstige Aussagen für den Gefangenen erwarte. Überzeugt, daß sie ihn nicht im Stich lassen würden, verabschiedete er sie.

Unmittelbar nachher ging er ins Guy-Spital und fand dort die Abteilungen nur um weniges grauenerregender als die von Newgate. Der Schmutz war erschütternd, der Gestank ebenso schlimm, die Hitze unerträglich. Und von neuem lehnte er sich gegen die Art auf, wie die leidenden Menschen zur Schau gestellt wurden. Die Ärzte in Zylinderhüten und mit den schmutzigen Überröcken, die sie nur für die Spitalarbeit trugen, machten ihre Runden, gefolgt von einer Horde Medizinstudenten. Jeder Kranke wurde vorgeführt und wie ein fühlloses Teilstück unter dem Mikroskop besprochen. Die Füße der Studenten hallten laut über die unbedeckten Böden, ihre Stimmen und ihr Lachen waren durchdringend. Wenn sie Rücksicht und Anteilnahme ihr eigen nannten, so hielten sie diese jedenfalls sorgfältig verborgen. Der Abbé konnte sich nicht vorstellen, wie die leidenden armen Teufel in ihren schmutzigen Betten sich bei solcher Behandlung erholen sollten. Wahrscheinlich erwartete man das auch gar nicht. Sie befanden sich nicht hier, um geheilt, sondern um beobachtet zu werden und als Versuchsobjekte zu dienen. Der Abbé kochte vor Wut. Als er Newgate betrat, übermannte ihn eher Entsetzen als Ärger, aber seither hatte sich etwas in ihm verwandelt. Er war nicht länger mehr Zuschauer am Strand. Kopfüber hatte er sich ins Meer gestürzt – diese armen Kerle waren seine Freunde.

In den Spitalbüchern gab es keinen Michael Burke. Der Pförtner klärte den Abbé freundlich darüber auf, daß nicht jeder junge Lump, der von einer Straßenrauferei eingeliefert wurde, imstande war, seinen Namen zu sagen – wenn er überhaupt einen besaß. Der Herr könne sich jedoch ruhig hier umsehen und selbst schauen, was da zu finden sei. So wanderte der Kaplan denn eine volle Stunde durch die einzelnen Abteilungen, verweilte an jedem Bett, in dem ein rothaariger Junge lag, und fragte, ob er Michael Burke hieß. Einige der Rothaarigen waren unfähig, ihm zu antworten; darunter befand sich auch ein magerer Bursche mit wirren, glanzlosen grünen Augen und einem anmaßenden Kindermund, der einen Verband um den Kopf trug. Nachdem der Kaplan sich alle Männer und Jungen im Spital angesehen hatte, kam er wieder zu dem grünäugigen Burschen zurück. Ihm gefiel das häßliche Gesicht. Es lag etwas Feuriges darin. Er setzte sich auf den Bettrand und fragte ihn nochmals, ob er Michael Burke heiße. Es erfolgte keine Antwort; aber die grünen Augen wandten sich ihm zu, und plötzlich erhellte sich sein Gesicht zu einem Ausdruck deutlicher Freude. Wie das eines Mannes, der wochenlang unter wilden Tieren auf einer einsamen

Insel ausgesetzt, nun plötzlich seinesgleichen findet. Der Abbé zog die Rassel aus der Tasche und hielt sie in der geöffneten Handfläche. Der Junge lächelte, seine Augen blitzten beglückt auf wie bei einem Kind, das nach langer, schmerzlicher Trennung sein Lieblingsspielzeug wiederfindet. Darauf legte der Abbé das Ding in die riesige rote Hand, die auf der schmutzigen Decke ruhte. Die Finger des Jungen umschlossen es, und er schlief ein.

De Colbert seufzte verzweifelt, blieb jedoch wo er war. Geduldig saß er auf dem Bettrand, bis die Besuchsstunde vorbei war und ein gereizter Pfleger ihn daran erinnerte, den Raum sofort zu verlassen.

«Welcher Art sind seine Wunden?» erkundigte sich der Abbé.

«Quetschungen, ein paar ausgeschlagene Zähne, Gehirnerschütterung und einige Risse am Kopf. Wahrscheinlich eine Straßenprügelei, und dann ist er mit dem Kopf auf einen spitzen Stein gefallen. Schaut aus wie ein richtiger Raufbold, hat aber genug abbekommen. Die Zeit ist um, Sir, wollen Sie bitte gehen.»

«Wird er leben?» fragte de Colbert, ohne sich zu rühren.

«Leben!» stieß der Pfleger verächtlich hervor. «Schädel und Fell eines Ochsen. In drei oder vier Tagen kann er sich wieder an alles erinnern.»

Der Abbé stand auf. «Ich werde in drei Tagen nochmals kommen», bemerkte er kurz und verließ das Spital.

Er war höchst befriedigt, daß er Mike gefunden hatte und nun die Frage des Totschlags geklärt war. Sogleich besuchte er einige wichtige Persönlichkeiten der Gerichtswelt. Die Empfehlungsbriefe, sein Stand und seine Miene kühler Autorität verschafften ihm sofortigen Zutritt und Aufmerksamkeit. Zwei Abende später befand er sich mit einem erfahrenen Richter, nach einem ausgezeichneten Souper, in dessen Bibliothek. Nachdem ihm dieser versprochen hatte, daß Seekadett Anthony Mary O'Connell zu gerichtlichem Verhör vorgelassen und hernach so schnell als möglich in Freiheit gesetzt würde, unterhielt er sich mit dem hohen Herrn noch bis nach Mitternacht.

Dabei stellte sich eine merkwürdige Tatsache heraus. Der Richter und seinesgleichen standen nicht, wie er entdeckte, dem Schmutz und der Rechtlosigkeit Londons, dem erschreckenden Durcheinander und Elend der Gefängnisse völlig gleichgültig gegenüber. Sie sahen ein, daß es zuwenig wachhabende Beamte gab und diese unzulänglich waren; sie beklagten die Grausamkeit des Gesetzes und wußten, daß viele der Opfer irrtümlich verurteilt und unschuldig hingerichtet wurden. Aber was sollte man machen? Man ließ in England den Dingen ihren Lauf, bis sie in einen solchen Engpaß gerieten, daß die öffentliche Aufmerksamkeit erwachte. Die öffentliche Meinung der Engländer war eine Art schlafender Riese – es brauchte viel, um sie zu wecken, jedoch einmal aufgerüttelt, war sie mächtig.

«Sind Anzeichen vorhanden, daß sie einmal in der Sache der Gefängnisse erwacht?» fragte der Abbé trocken.

Der Richter zuckte die Achseln. «Wir befinden uns im Krieg. England kämpft noch immer um sein Leben, und die Regierung ist zu sehr mit auswärtigen Angelegenheiten beschäftigt, um den inneren Reformen viel Aufmerksamkeit zu schenken. Doch die Bürger von London sind nicht gedankenlos. Ich kenne viele Fälle, wo menschenfreundliche Männer einen Dieb laufen ließen, wennschon sie ihn der Gerichtsbarkeit hätten ausliefern können. Lediglich weil sie ihr Gewissen nicht damit belasten wollten, ein menschliches Wesen an den Galgen zu bringen. Wachmänner tragen oft das ihre zur Flucht bei. Das Geschworenengericht besteht auf mildernden Umständen, um das Urteil auf Nichtschuldig zu erreichen, und Richter lassen Gnade walten. Wenn dem nicht so wäre – bei der gegenwärtigen Lage des englischen Gesetzes, das die Todesstrafe für die meisten Vergehen vorsieht –, hätten wir täglich ungefähr vier Leute am Galgen; Old Bailey* allein würde jährlich etwa hundert Opfer liefern. Die öffentliche Meinung rührt sich, zweifelsohne, aber sie braucht Führung. Wir haben Männer und Frauen nötig, die unerschrocken genug sind, um die Kerker zu besuchen, den Greueln dort gegenüberzutreten, die Verhältnisse gründlich zu erkunden und dann in der Öffentlichkeit laut auszusprechen, was sie mit eigenen Augen gesehen haben. Indessen sind solche Menschen selten. Wer nie gefoltert worden ist, dem tun die Gefolterten ungemein leid, aber im allgemeinen begnügt man sich mit Mitleidsgefühlen. Jene, die selbst viel Leid durchgemacht haben, die Innenseite kennen, nicht bloß als Zuschauer, gehören meist der untergeordneten, stimmenlosen Klasse an und sind machtlos.

Beide Männer schwiegen. Es war spät und kein Laut vernehmbar, außer dem fernen Rollen heimkehrender Kutschen auf dem

* Kriminalgerichtsgebäude Londons.

Pflaster und dem Säuseln des Windes in den Bäumen des richterlichen Gartens. Charles de Colbert war ein Mann, der viel gelitten hatte. Er kannte mancherlei Arten der Folter von der Innenseite. Aber nicht die Schwierigkeit, einen Entschluß zu fassen, machte ihn stumm. Beinahe unbewußt hatte er ihn bereits gefaßt, in dem Augenblick, als die Wellen über seinem Kopf zusammenschlugen. Er sprach nicht, weil er sich wunderte, wie er so lange zaudern konnte ... Gelitten zu haben, um dann zu eigener einsamer Sicherheit ans Ufer gekrochen zu sein, während andere weiter ertranken ... Leichte Röte färbte seine Wangen, und der Richter, der ihn neugierig betrachtete, erkannte in seinem Gesicht den Ausdruck tiefer Scham.

2

Während der folgenden Wartetage besuchte der Abbé Zachary in Newgate und Mike im Guy-Spital. Eine Unterhaltung mit Zachary war praktisch unmöglich. Aber es war ihm geglückt, dem Jungen die Nachricht zuzurufen, daß Mike lebe, sich erhole und Freiheit nurmehr eine Angelegenheit von Zeit und Geduld sei. Er legte kleine Päckchen mit Eßwaren auf den Holzlöffel, den Zachary durchs Doppelgitter stieß. Hastig verstaute sie der Junge in seinen Taschen und wollte nichts vor dem Abbé verzehren. Täglich ähnelte er mehr und mehr einer Vogelscheuche. Sein Körper war mit Quetschungen und Wunden bedeckt, eine Folge der dauernden Handgemenge. Doch nun, da er wußte, daß Mike lebte, waren seine Augen ruhig. Weder im Gesicht noch in der Haltung lag irgendein Zug von Duckmäusertum oder Verdorbenheit, und wenn er jetzt sein Hemd nicht mehr wusch, geschah das nur, weil er es nicht mehr besaß. Der Abbé sorgte sich, daß er erkranken könne; das war aber auch seine einzige Befürchtung. Anscheinend hatte der Junge herausgefunden, wie man inmitten dieser Unreinheit leben könne, ohne Schaden zu nehmen. Wenn Zachary vor dem Auftauchen des Kaplans irgendwelche Angst ausgestanden und nicht zu meistern vermocht hatte, so war die nun überwunden und besiegt. Und niemals mehr, nach dieser Erfahrung, würde er, wie Charles de Colbert, ans Ufer kriechen und andere Männer ruhig ertrinken lassen. Der Abbé wußte ganz genau, wohin seine Eßgaben wanderten und wohin Zacharys Hemd verschwunden war. Zu den andern Burschen. Das bewies ihm alles. Charles de Colbert, in seiner Jugend und an diesem Ort, würde das Essen selber verschlungen und wie ein Löwe um sein Hemd gekämpft haben. Indem er sich demütig vor dem Jüngling beugte, fragte er sich, ob die Abgeschiedenheit, in die er sich eingemauert hatte, wohl je gesprengt worden wäre, hätte der Doktor an jenem Herbstabend in Torre Zachary nicht in sein Wohnzimmer gebracht. Möglicherweise verdankte er die Unsterblichkeit seiner Seele dem Gefangenen hinter dem Gitter.

Mike erholte sich rasch. Der Schmutz, Lärm und Gestank des Spitals störten ihn nicht im mindesten. Nur seine eigene Untätigkeit machte ihn wütend, und weil er ein so heillos wilder Patient war, erhielt der Kaplan die Erlaubnis, ihn sobald als nur möglich herauszunehmen. Am Abend, bevor er Mike vom Spital holte, ging er zu dem Gasthof, in dem Zachary und Mike gewohnt hatten, als sie nach London kamen, bezahlte ihre Rechnungen und erkundigte sich, ob ihre Sachen noch vorhanden seien. Die Wirtin, eine ehrliche Frau, hatte das Unheil geahnt, das die beiden Jungen betroffen, und ihr Hab und Gut eingepackt und sorgfältig verwahrt.

Allein in seinem grünen Zimmer, legte der Abbé Mikes Kleider zurecht, aber jene von Zachary versorgte er zusammen mit seinen eigenen im Wandschrank. Er lächelte über den Unterschied zwischen Mikes Lumpen und Zacharys ordentlich geflickten Hemden und Socken und die Art, wie jeder seine Freizeit in den Pausen zwischen Schlachten und Sturm verwendet hatte. Mikes zerrissenes Zeug war um verschiedene Lärminstrumente gewickelt, die er in fremden Ländern aufgetrieben hatte; eine Mundharmonika aus Spanien, eine Concertina aus Italien, eine korsikanische Klapper, um Vögel zu verscheuchen. Zachary hatte seine Hemden um die geliebten Bücher gelegt. Mit der Achtsamkeit eines leidenschaftlichen Bücherliebhabers stellte der Abbé sie sorglich neben die eigenen. Dann nahm er, ganz mechanisch, den kleinen Shakespeare wieder auf, um sich Druck und Papier näher anzusehen. Wie jemand, der Kinder liebt, über ihr Haar streichen muß, so fährt ein Bücherfreund unwillkürlich mit dem Finger über die Seiten, während er das Satzbild betrachtet. Die sommerliche Brise drang durchs offene Fenster, erfaßte ein Zettelchen, das zwischen den Blättern lag, und wehte es zu Boden. Der Abbé nahm es, warf einen Blick darauf, und sogleich drehte sich das Zimmer um ihn.

«Liebe ist die Gottheit, die Frieden unter die Menschen bringt, das Meer beruhigt, die Windstille vor dem Sturme, Ruhe und Schlaf den Bedrückten schenkt. Die Liebe singt aller lebenden Kreatur, besänftigt die gequälten Gemüter der Götter und Menschen.»

Erst Stellas Medaillon und nun dies. Er riß sich zusammen. Das Nebeneinander der beiden Dinge war nichts Außergewöhnliches. Thérèses Medaillon war eines unter vielen gleichen gewesen. Und es gab Tausende von Männern, die für die Worte aus dem «Gastmahl» Verständnis hatten. Er erkannte Dr. Cranes kräftige Handschrift wieder. Der Doktor hatte diese Worte für den Sohn, den er liebte, herausgeschrieben, so wie er für die geliebte Frau. Er tat das Stück Papier wieder an den Platz zurück, und sein Blick fiel auf einige Worte, die Zachary schwach unterstrichen hatte. «Angst und erschlagen werden.» Ihm war zumute, wie damals im Garten, als er durchs Fenster geschaut und Stella bei der Näharbeit im grünen Zimmer beobachtet hatte – er schämte sich.

Der Abbé legte das Buch zurück und sah sich in seinem eigenen Kämmerchen um. Er hing sehr an dem einfachen stillen Raum. Ob er ihn wohl ständig mieten könne, wenn er Devonshire verlassen haben würde, um nach London zurückzukehren? Und dort bis an sein Lebensende für jene zu arbeiten, die der Doktor ihm als die «Schmutzbefleckten, die Unwissenden und Bösen, die Diebe, Mörder und Dirnen» bezeichnet hatte – «die so oft bei näherer Bekanntschaft sich als die Besten von uns herausstellen.» Es war die reinste Ironie – endlich hatte er nun in Devonshire Liebe, Freundschaft und Freude gefunden und plante sofort, all das zu verlassen. Aber es gab für ihn keine Wahl.

Der Himmel hinter den gegenüberliegenden Giebeln war pfirsichfarben, und es dämmerte bereits im Zimmer. Der Kaplan zündete die Kerze an und setzte sich nochmals an die Arbeit, Stellas Märchengeschichte zu übertragen.

3

Am nächsten Tag holte er Mike in einer Droschke ab und bettete ihn auf sein eigenes Lager mit den kastanienbraunen Vorhängen. Da es im Haus kein freies Bett mehr gab, schlief er auf einem Strohsack am Boden. Mike widersetzte sich wütend, erreichte aber gegen die eiserne Entschlossenheit seines Gastgebers nichts. Der Abbé versicherte ihm, daß er auch unter diesen Umständen ausgezeichnet ruhe.

«Ich habe, als ich noch bei der Armee war, in fremden Ländern gedient», beruhigte er den erstaunten Mike, der sich – wie alle jungen Leute – nicht vorstellen konnte, daß irgendeine dieser ältlichen Vogelscheuchen je einmal so jung und schneidig wie er selber gewesen war. «Und habe die Revolution durchgemacht. Da mußte ich lernen, im Graben, hinter einem Heuschober oder auf dem nackten Boden zu schlafen – wo immer auch. Es ist lediglich eine Frage der Gewohnheit. Auch die Schlafmenge ist eine Übungssache.»

Der Abbé hatte sich ersichtlich an ein Minimum von Schlaf gewöhnt. Als Mike in Schlummer sank, war das Letzte, was er sah, der Anblick seines Gastgebers, der am Fenster sitzend neben der brennenden Kerze schrieb. Als er aufwachte, war der Kaplan bereits zur Messe gegangen, und Mike wartete geduldig, bis er mit frischen Brötchen und Butter, die er auf dem Heimweg erstanden, wiederkam. Dann brachte ihre Wirtin starken heißen Kaffee, und beide frühstückten gemeinsam in dem stillen grünen Zimmer.

Obgleich sich Mike im Spital fürchterlich ungeduldig gebärdet hatte, war er hier das völlige Gegenteil, trotz seiner großen Sehnsucht, Zachary wiederzusehen. Das friedliche Zimmer beruhigte ihn, die große Güte des Priesters und die aufdämmernde Erkenntnis, daß seine Freundschaft mit Zachary nun in ein neues Stadium getreten war, taten ihm wohl.

Die Tatsache, daß Zachary ihn beinahe getötet hatte, erweckte keineswegs Groll in ihm, sondern tiefen Respekt. Jeder Bursche, der das in ehrlichem Kampfe zuwege brachte, war ein Teufelskerl. Und ohne Zachary hätte er den armen Schelm, der mit Rassel und Börse davongelaufen war, umgebracht. Er wußte, wie er war, wenn Trunkenheit und der Dämon seines heftigen Temperaments mit ihm durchgingen. Zachary hatte ihn im Laufe ihrer Kameradschaft von allerhand unrühmlichen Taten abgehalten, aber niemals von einer so hassenswerten, wie diese gewesen wäre. Die Größe von Zacharys Dienst, seine eigene Dankbarkeit, die scheußliche Zeit, die er selbst im Spital und die Zachary jetzt noch in Newgate durchmachen mußte, hatten das Band ihrer Freundschaft so gefestigt, daß ihm diese nun wie ein Fels erschien, auf dem er sein bisher chaotisches Leben neu aufbauen konnte. Er schwor sich, in Zukunft zu versuchen, die verfluchtesten Dinge zu tun, die Zachary von ihm verlangte, und alles von seinem Standpunkt aus zu betrachten. Mikes Denken war von derselben Geradlinigkeit wie sein Betragen.

Und dieser alte trockene Stock von Priester war wohl ein ebensolches Vorbild wie Zachary; unfehlbar klug und höflich. Aber niemand wird so geboren. Mike wußte das ganz genau. Diese Art Ruhe stellte sich nur ein, wenn man Kämpfe durchfochten hatte, vor denen Mike, beim bloßen Gedanken daran, schon graute. Nach vielem ungewohnten Grübeln kam er zum Ergebnis, solche Sieger seien recht seltene Vögel und würden es immer sein. Für die übrige Menschheit wäre es aber nicht so dumm, sie als das zu nehmen, was sie wirklich sind, nicht als die Narren, die sie scheinen, und die Bescheidenheit aufzubringen, das zu tun, was sie sagen ... Er würde die Rassel wegwerfen und nach Gentian Hill mitgehen.

Aber der Abbé bestand darauf, er müsse erst seinen Vormund besuchen, wie es seine Pflicht sei. Ehe Mike abfuhr, nahm er ihn nach Newgate mit, um Zachary wiederzusehen; er mußte lachen, als sich die beiden durch das Gitter fröhliche Grobheiten an den Kopf warfen. Mike sprang an den Barren hoch wie ein Hund, der sich auf seinen Herrn stürzt, und wie er seinen Hinterteil hin und her schwang, konnte man beinahe glauben, es sei ein Schwanz daran. Zacharys hageres Gesicht war von solchem Glück verklärt, daß die Schrecken des Ortes in diesem Licht nahezu schwanden, wie Nebel, den die Sonne aufsaugt.

Achtundvierzig Stunden später kletterte Mike auf die Kutsche, die nach Bath fuhr. Mundharmonika, Concertina und Klapper waren sorgfältig zwischen seinen Hemden verstaut, aber die Rassel verbrannte im Küchenfeuer der Wirtin.

Fünf Tage danach beherbergte das Bett des Kaplans nochmals einen Jungen, und jetzt war es Zachary. Der Richter hatte Wort gehalten. Nach einem Verhör, das reine Formsache war, und in dem die Wachbeamten sehr günstig aussagten, wurde Zachary freigelassen.

Während drei Tagen und Nächten schlief er unausgesetzt und wachte nur auf, wenn der Abbé ihn weckte, um ihn zu füttern. Er war so betäubt und schlaftrunken, daß er gar nicht recht wußte, wo er sich befand. Anfänglich schien er zu glauben, in seinem Zimmer im Doktorhaus zu sein, bei Tom Pearse, und fühlte sich restlos glücklich. Als er zu sich kam und erfaßte, wo er in Wirklichkeit war und wer für ihn sorgte, fühlte er sich nicht weniger glücklich, obschon einigermaßen erschrocken.

«Ich kann nicht in Ihrem Bett schlafen, Sir», war sein erster Einwand.

«Du wirst bleiben, wo ich dir sage», erwiderte der Abbé kurz. «Mike hat getan, was man ihm befahl, und du wirst es auch tun.»

Zachary lächelte und schlief wieder ein. Der Pfarrer ging fort, um Schaffleisch und Gemüse zu kaufen, aus denen die Wirtin eine nahrhafte Suppe kochte. Sie war sehr aufgeregt, als ein zweiter kranker Junge in ihr Dachzimmer einzog, und der Abbé mußte das Einkaufen selber besorgen, um sie zu beruhigen, ebenso das Fegen und Staubwischen des grünen Zimmers. Er lächelte grimmig, als er die sonnige Straße mit dem Marktkorb am Arm entlangschritt, und stellte sich einen Augenblick das schallende Gelächter des Doktors vor, mit dem dieser ihn begrüßen würde, wenn er ihn jetzt so sähe.

Obgleich er lächelte, ärgerte er sich aber ein wenig über den Doktor; er hätte wohl früher auf dem Schauplatz erscheinen und ihn von seinen Obliegenheiten befreien können. Der Kaplan hatte sich an Sir George Carey wenden und ihn um Verlängerung des Urlaubs bitten müssen. Trotzdem nochmals ein anderer Priester für ihn eingesprungen war, fiel Sir Georges Zustimmung nicht allzu freundlich aus. Der Abbé unterrichtete den Doktor darüber und hielt ihn weiter auf dem laufenden. Dr. Crane hatte geantwortet, daß er so bald als möglich käme, aber mehrere ernstlich kranke Patienten habe, die er nicht verlassen könne. Außerdem meinte er noch, Sir George schade ein bißchen Ärger gar nicht und alles, was Zachary brauche, würde von dem Abbé viel besser und wirksamer erledigt als von ihm selbst. Dann schloß er noch einen Brief für seinen Sohn bei, mit der Bitte, ihn zu übergeben sobald es ratsam sei.

Der Doktor schrieb liebenswürdig und dankbar und war zweifellos ungeduldig, seine Kranken bald zu verlassen und sich auf den

Weg nach London zu machen. Aber es lag ein belustigter Unterton in seinen Worten, die andeuteten, wie sehr ihn der Gedanke an den Kaplan als Krankenschwester zweier Jungen mit herzlicher, etwas spitzbübischer Freude erfüllte. Das grimmige Lächeln des Abbés verwandelte sich in ein richtiges Lachen, das erste seit vielen Jahren. Nun, es belustigte auch ihn selber. Er hatte nicht gewußt, daß er so tüchtig im Waschen und Füttern junger Leute war, daß er so gut Zimmer fegen, Staub wischen und Einkäufe machen konnte. Seine eigene Leistungsfähigkeit erwärmte ihm das Herz, ebenso wie es das Vertrauen der beiden Jungen getan hatte. Lange hatte er Thérèse in ihrer Krankheit gepflegt und ihr geholfen, das Kind zu betreuen, aber er glaubte, die alte Zärtlichkeit sei verlorengegangen. Anscheinend war das nun doch nicht der Fall, und ihr Wiederauftauchen glich einem neuen Frühling. Als er so, ein wenig widerwillig, halb abgewandt von dem Metzger stand und den würdigen Mann mit dem Blick seiner kalten Augen lähmte – denn wie zahm er auch geworden, verabscheute sein wählerischer Geschmack rohes Fleisch immer noch –, erinnerte er sich plötzlich des Tages in Torre, an dem das Eis seines Herzens barst ... Nun war es geschmolzen und er lebte ... Er warf das Fleisch in den Korb und wanderte heim zu Zachary, der gewiß inzwischen erwacht und bereits wieder hungrig war; lange hielt er es nicht aus, fern von ihm zu sein. Er war wie eine Amsel, deren einziges langbeiniges unerfahrenes Junges im grünen Nest nach Futter schreit.

7. Kapitel

I

Sie waren überraschend glücklich zusammen. Wie Elisa und der Sohn der Sunamitischen Frau, als der Junge aufwachte, dachte Zachary am Abend dieses Tages. Er lag, die Arme hinter dem Kopf verschränkt, und beobachtete den Abbé. Draußen vor dem Fenster dehnte sich die blaue Dämmerung; vor zehn Minuten war die Kerze angezündet worden. Sie beleuchtete den weißen, gesenkten Kopf des Kaplans, sein in Gedanken vertieftes Gesicht und die feine

Hand, die mit der Gänsefeder über das Papier fuhr. Alles übrige im Zimmer war in Schatten gehüllt.

Zachary seufzte genießerisch. Er hatte ein ausgiebiges Abendbrot verzehrt, war dann wieder eingeschlafen und äußerst erquickt erwacht. Einen kurzen Augenblick lang fühlten sich Geist, Körper und Seele so wunderbar ruhig, so abgestimmt auf Stunde und Ort, daß ihn ein Befreitsein durchflutete, als wäre er eine in lichte Höhen schwebende Seele. Die Kerzenflamme war wie ein Stern, und weitere Sterne standen am Abendhimmel über den Wipfeln der Bäume. Das kleine grüne Zimmer befand sich hoch oben über der Welt, so daß Zachary meinte, er treibe inmitten der Sterne umher, im eigenen Luftkreis eingeschlossen, wie Licht in einer Seifenblase. Wäre er nicht so müde, könnte er die Hand ausstrecken und den nächsten Stern wie eine Blume pflücken. Er schloß die Augen und versuchte, diese Sekunde höchster Vollkommenheit festzuhalten. Aber die Absicht allein vernichtete sie. Die Seifenblase zerrann, und er befand sich jäh außerhalb seines Hochgefühls, tief unten in jenem Zustand völliger Unzulänglichkeit, der erdgebundenen Sterblichen die Blicke in himmlische Seligkeit zerstört, kaum daß sie ihnen geschenkt werden. Erinnerungen an Newgate stiegen in ihm auf, und von neuem stellten sich Verdauungsschmerzen ein ... Er hatte wieder zuviel gegessen. Zachary wandte den Kopf vom Licht ab, kämpfte gegen das lächerliche Verlangen zu weinen und nieste stattdessen.

«Und das Kind nieste siebenmal und dann öffnete es die Augen», zitierte der Abbé und steckte den Korken in die Tintenflasche.

Zachary lachte unsicher. Die beiden hatten sich so innig befreundet, daß der Gedanke des einen oft sein Echo im Denken des andern fand.

«Ich maße mir nicht an, dem Prophet Elisa zu gleichen», fuhr der Abbé fort. «Es ist lediglich die bescheidene Einrichtung dieses Zimmers – ein Bett, ein Tisch, ein Schemel und ein Leuchter – die mich an jenen kleinen Raum in der Mauer denken ließen.»

Zachary überfiel die lebendige Erinnerung an den Abend, als der Abbé ihn hierhergebracht hatte und er wirklich sehr krank war. «Und er schloß die Türe hinter den beiden und betete zu Gott», sagte er. Irgendwie gelang es ihm, in diese ruhig gesprochenen Worte den Ausdruck so tiefer Dankbarkeit zu legen, daß es nichts weiter bedurfte.

De Colbert stand auf und berührte den Jungen sanft an der Schulter; es war eine Gebärde vollkommensten freudigen Eingehens. «Ich hatte keine Ahnung, daß du in der ersten Nacht schon alles so genau beobachtet hast», sagte er leichthin.

«Ich glaube, ich beobachte immer alles zu genau», erwiderte Zachary. «Es ist ein Fehler.»

«Warum?»

«Es ist nachher schwerer zu vergessen.»

«Du scheinst gedrückt zu sein, mein Lieber.»

«Und einen Augenblick vorher war ich ein schwebender Stern», klagte Zachary bitter.

«Rekonvaleszenz», stellte der Abbé fest und rückte Tisch, Kerze und Schemel an das Bett heran. «Jetzt bin ich fertig mit der Abschrift dieser Erzählung für Stella. Ich habe sie in modernes Englisch übersetzt, so einfach wie möglich, leicht faßbar für sie. Möchtest du sie gern hören?»

Zachary errötete vor Freude, zögerte aber. «Sollte Stella sie nicht als erste hören?» fragte er.

«Es ist ebensogut deine Geschichte wie die ihre.»

«Meine Geschichte?»

«Und meine», sagte der Abbé und putzte den Kerzendocht.

«Nun wappne dich erst einmal mit Geduld, denn der Anfang ist dir bereits bekannt.»

2

Es war der Bericht des Eremiten, den die Mönche von Torre vom Schiffbruch errettet hatten; vertraut und doch neu, weil von einem andern Gesichtspunkt aus erzählt wurde, von dem Einsiedler selbst. Er beschrieb seine Angst während des schrecklichen Sturmes, sein Gebet um Befreiung und das Gelübde unter dem Druck der Angst, knapp ehe die Wellen ihn vom Schiff fegten und Finsternis ihn umfing. Dann beschrieb er das Erwachen aus dem Dunkel und wie er sich als Kranker in der Abtei von Torre befand. Weiter sprach er ein wenig über die seelischen und körperlichen Schmerzen, die er damals ausstand, und über die große Güte der Mönche während des langsamen Wiedergenesens. Dann gedachte er der Verzweiflung, die ihn übermannte, als er sich seines Gelübdes erinnerte. «Denn ich war ein Mann dieser Welt», schrieb er, «ein großer Sünder, ein Mensch schwachen Glaubens, und jenes Gebet um Befreiung während des Sturmes war beinahe das erste meines Lebens. Wer war ich, daß ich wagte, meine unwürdige Seele Gott zu weihen, den ich mein Leben lang durch Unglauben und Sünden ständig beleidigt hatte? Wie war es möglich, den Rest meiner Tage im Gebet für andere zu verbringen, da ich bisher doch überhaupt kaum gebetet hatte? Und wenn, dann nur für mich. Wie sollte ich die Einsamkeit eines Klausner-Daseins aushalten, die Mühsal, das Aufgeben von allem – ich, der ich alle meine Tage bequem gelebt hatte, Standesstolz, Ehre und Ruhm kannte und zu diesen Dingen zurückkehren konnte, wenn ich wollte? Ich konnte es nicht. Es war unmöglich.»

In dieser Seelenqual ging er, wie er sagte, eines Tages auf eine der Wiesen, die sich zwischen Abtei und See ausbreiten. Müdigkeit übermannte ihn, und er setzte sich auf einen Felsblock, um auszuruhen. Die Schönheit der Welt um ihn, der tiefblaue Himmel mit den Silberwolken, das hellglänzende Meer, das sanft wiegende Gras der Wiese dünkten ihn plötzlich unerträglich, ein Hohn auf seine Pein. Er schloß die Augen vor all den Farben. Aber es war die Zeit der Lerchen, und er konnte sich ihrem Singen nicht verschließen. Er steckte die Finger in die Ohren. Diese Gebärde schien ihm aber derart erbärmlich und kindisch, daß er sie wieder herausnahm. In dieser Sekunde packte ihn die aufjubelnde Musik und hob ihn in die Höhe. Er fühlte sich durchbohrt, gefangen, durch sein Gelübde an das harte Holz des Unmöglichen geschlagen. Da saß er, steif, wie angenagelt. Eine Angst, stärker als jene während des Schiffbruchs erzeugte einen üblen Geschmack in seinem Mund und jagte ihm Schweiß den Rücken hinunter. Das andere war die Furcht vor dem Tod gewesen, die rasch vorüberging – das hier die Angst vor dem Leben. Er zählte erst fünfundvierzig Jahre, und das unmögliche Dasein, das er gelobt, konnte noch sehr lange dauern.

Wenn ihm doch ein Zeichen gewährt würde, dachte er. Irgendeine Stimme oder himmlische Vision, um seinen ringenden Glauben zu stählen. Der Mensch kann das Unmögliche nicht kalten Blutes hinnehmen. Ein Wort muß gesprochen werden ... Irgend etwas ... Er wartete, nichts geschah.

Aber die kalten Eisennägel hielten ihn immer noch fest, und etwas von ihrer Härte teilte sich ihm mit. Gut also, es gab nichts; nur sein Gelübde und das harte Holz am Rücken.

Er öffnete die Augen, ein Glanz himmlischer Bläue blendete ihn. Verwirrt schloß er sie und öffnete sie nochmals. Was war das? Nur ein Büschel Enziane, die neben ihm auf dem grauen Felsblock wuchsen, wie ein Stücklein Himmelsblau, das auf die Erde gefallen. Es mußte all die Zeit dagewesen sein, aber er hatte es nicht geachtet. Einfältig blickte er auf die Blumen und wurde gewahr, daß jemand neben ihm stand. Es war Bruder Thomas, ein sehr alter Laienbruder, der ehemals für die Brüderschaft gekocht hatte. Nun war er zu alt für jegliche Arbeit. Er konnte nurmehr auf der Bank an der Abteimauer sitzen, die Hände auf den Knien, und wie eine Katze nach der Sonne blinzeln. Manchmal, so wie jetzt, machte er einen kleinen Spaziergang in die Wiesen und sah auf das Meer hinaus.

Aber es war nicht das Meer, das er jetzt betrachtete, sondern das Büschel Enziane, und in seinem Hals begann es eigenartig zu rasseln, wie immer jetzt in den alten Tagen, wenn er ein paar mühsame Worte hervorstoßen wollte.

«Das ewige Wort fiel vom Himmel herab, von des Allmächtigen Thron», krächzte er, wandte sich ab und wanderte langsam gegen die Abtei zurück.

Der andere blieb, wo er war, und starrte auf den Enzian. Aus der Höhe des Himmels in die tiefsten Tiefen seiner Not war dies Wort der Zuversicht gesunken. Was brauchte es mehr? Nichts. Es genügte.

Und es genügte weiter, stützte ihn während der langen harten Wochen, in denen er die Kapelle erbaute, und der noch schwereren Jahre, die er darin betete. Zu keinem Menschen sprach er davon, wie sauer es ihm wurde, das Leben des Gebets zu erlernen. Für eine Natur seiner Art war es ein mühseliges Dasein, so ganz allein auf dem Berggipfel. Er wurde dafür belohnt. Aber auch davon sprach er zu niemand. Trotzdem war er froh, als er zwölf Jahre später krank wurde und die Mönche von Torre ihn hinunter in die Abtei brachten, um dort zu sterben. Er zählte noch nicht sechzig Jahre, sah aber wie ein alter Mann aus, weißhaarig und mit einem langen Bart.

Zwei Wochen lang lag er sterbend im Krankenzimmer der Abtei, versank aber nicht mehr in Andachtsübungen, wie das die Mönche von ihm erwartet hatten, sondern beobachtete genau alles, was um ihn vorging. Von seinem Bett in der Ecke aus verfolgte er mit den Augen den Krankenbruder und seine Gehilfen bei der Arbeit. Er sah leidende Männer, Frauen und kleine Kinder kommen und gehen, schaute den Brüdern zu, die sie verbanden, ihnen Heilmittel verabfolgten, Ratschläge gaben und sie pflegten. Viele darunter besaßen ein Heim, wohin sie zurückkehren konnten, und Familien, die sich ihrer annahmen. Aber andere, Landstreicher, herumziehende Spielleute, wandernde Kesselflicker und freundlose alte Männer waren nicht so bevorzugt. Diese wurden im Krankenzimmer in Betten untergebracht, lagen um ihn herum, seine Schmerzensbrüder. Während er auf all das achtgab, durchdrang den Eremiten eine Flut bitterer Reue, weil er selber nie für die Kranken und Leidenden gearbeitet hatte. Fünfundvierzig Jahre seines Lebens hatte er vergeudet, nur überlegt, was ihm selber Freude machte. Wohl diente er damals treu und tapfer seinem König und der Heimat. Viel mehr aber wegen eigenen Ruhms und um eigener Ehre willen. Und die kurze Spanne Zeit, die er Gott geweiht, war gänzlich in Gebet verbracht worden. Es stimmte schon, daß er für die Leidenden gebetet hatte, denn im Laufe der Zeit umfaßte seine Fürbitte nicht nur jene, die der Sturm auf dem Meer in Not brachte, sondern auch andere arme Menschen, die unter dem Sturm von Sorgen, Schmerz und Versuchung litten. Aber er hatte niemand mit seinen eigenen Händen gedient, und das war ihm ein bitterer Kummer in der Todesstunde.

Während er nachts schlaflos lag, dachte er an die Menschen, die vielleicht in ihrer letzten Stunde wie er gefühlt hatten oder fühlten. Er dachte an die Kreuzritter, die für die heiligen Stätten kämpften, wenig Zeit für ein Gebet hatten und möglicherweise nicht allzu zart besaitet waren. Er gedachte der Gelehrten und Lehrer, deren Beschäftigtsein mit den Dingen des Geistes sie zu armseligen Stümpern in allen übrigen Lebensgebieten machte. Er dachte an den Krankenbruder selbst, der ihm eines Tages gesagt hatte, wie er oft viel zu müde sei, um den eigenen Gebetsworten Aufmerksamkeit zu schenken, wenn die Zeit des Gottesdienstes mit den andern Brüdern herankam. Und dann gedachte er der verschiedenen tragischen Schicksale, die er kannte, in denen es nichts als Schmerz gab. Und für all die litt er. In diesem Leben hatten Kampf und Leiden, Beten, Lehren und Heilen einander die Waage zu halten. Dies Dasein konnte auf Erden nicht nochmals gelebt werden. Für manche Sterbende war vielleicht der alte Glaube ein Trost, daß die Seele immer wieder auf die Erde zurückkehrt, der Kämpfer zum Beter wird, der Lehrer wiederkommt, um zu heilen. Einst hatte auch er fest daran geglaubt, aber jetzt konnte er es nicht mehr. Nur einmal hatte sich ein vollkommenes Leben hienieden verwirklicht, aber es war nicht wiedererstanden. Warum sollten wir es dann? Nun lehrte und heilte das Wort, kämpfte und litt durch den fügsamen Willen anderer Menschen.

Indem er all das überlegte, fühlte er sich nach und nach völlig beruhigt und wohl in dem Gedanken an diese Einheit der Menschen untereinander und mit ihrem Gott. Von allen Täuschungen, denen Menschen ausgesetzt sind, ist diejenige der Weltflucht die schlimmste. In den letzten Wochen seines Lebens war diese Erkenntnis dem Eremiten immer klarer geworden. Während er den Krankenbruder beobachtete, wie er die Wunden eines Leidenden wusch, wußte er, daß es seine eigenen, untätig auf der Bettdecke ruhenden Hände waren, die arbeiteten. Seine eigene andächtige Seele verschmolz sich mit der Seele dieses müden, geplagten Mannes, er betete für sie beide.

Wenn er die besonderen Bindungen zwischen Männern und Frauen auf dieser Welt bedachte, fand er darin eine andere, menschlichere Art der Einheit – gegenüber jener größeren, göttlicheren –, denn sie beruhte auf der Gleichheit der Gemütsart und der Umstände. Er dachte an die Gesellschaft der Märtyrer in der Apokalypse, an jene, die auf weißen Rossen reiten, in feines Leinen gekleidet, weiß und rein. Das Heer ist dasselbe, aber es gibt verschiedene Abteilungen von Reitern innerhalb der Armee. Diejenigen, die schwerer gelitten haben, sind in einem tieferen Verstehen verbunden, den andern unfaßbar, die nicht ähnliches erduldet. Liebende begreifen einander und die Männer des Gebets ebenfalls; ihr Zusammenhang ist kein Hindernis für die größere allgemeine Einheit, eher eine Bereicherung, wie die Edelsteine im Reif eines Königs.

Während der letzten Stunden seines Lebens dachte der Eremit an die Menschen, die in kommenden Jahrhunderten in der Kapelle, die er auf dem Hügel erbaut, knien würden, wo er gekniet hatte, die Männer des Gebets waren und seinesgleichen. Er flehte darum, daß sie weniger Jahre im Dienst für das eigene Selbst vergeuden möchten als er. Daß nicht nur ihr Geist, sondern auch ihre Hände für Gott arbeiten möchten. Er fühlte sich eins mit diesen Männern in seiner Todesstunde, und die allerletzte Bewegung, die man ihn machen sah, war das Erheben seiner Hände, als brächte er sie einem andern dar, damit er sie nähme und benütze.

3

Der Abbé hörte auf zu lesen und zwickte nochmals den Docht der Kerze ab, aber Zachary blieb stumm. Ihm war nicht, als habe der Abbé eine alte Legende vorgelesen, vielmehr von sich selbst erzählt. Wenn jemand einem seine eigene Geschichte bekanntgibt, ist nicht viel hinzuzufügen; eine Art Scheu läßt die Zunge schweigen.

«Das erste Kapitel trägt ein Datum», sagte der Abbé, «im Jahre 1274; das ist, glaube ich, rund hundert Jahre, nachdem die Abtei gegründet wurde. Der Eremit setzt seine Erzählung Anno 1582 fort.»

Zachary öffnete den Mund, er wollte protestieren. Das war ja mehr als dreihundert Jahre später. Es konnte nicht derselbe Mann sein. Dann schloß er den Mund wieder bei dem Gedanken, in welchem Sinn es derselbe Mann war.

«Das erste Kapitel ist natürlich eine Rückschau», sagte der Abbé. «Die ganze Geschichte ist zur selben Zeit geschrieben worden, im Jahre 1582.»

Dann wendete er eine Seite um und begann von neuem zu lesen.

«Ich, Bruder Johannes, Krankenpfleger der Abtei von Torre zur Zeit ihrer Auflösung, bin seit vielen Jahren ein Flüchtling», stand geschrieben. «Jedoch ein von Glück begünstigter. Denn in diesem kleinen Turmzimmer der Kirche von Cockington habe ich nochmals eine Zelle gefunden, in der ich verweilen kann. Mein Brot verdiene ich durch Korbflechten, das ich erlernt habe, und die Gläubigen in ihrer Güte bringen mir so manche Gabe, um mir weiterzuhelfen – Kerzen zur Beleuchtung, Holz für ein Feuer, so daß ich behaglich leben kann, was mich zuweilen beinahe sündhaft dünkt. Aber an den langen dunklen Winterabenden, wenn meine Arbeit getan ist, liegt der langsame Lauf der Zeit oft schwer auf meinen Händen, und so erzähle ich mir wie ein Kind Geschichten. Und wie Kinder es manchmal tun, schreibe ich sie nieder und zeichne kleine Bilder auf den Rand der Seiten. Das Buch, das ich benütze, gehörte

Bruder Simon von der Abtei; er wollte darin eine neue Abschrift des Psalters niederlegen. Nachdem uns die Soldaten des Königs aus der Abtei vertrieben, kam ich eines Tages zurück und fand es immer noch in seinem Pult. Ich nahm es an mich, zusammen mit ein paar Schreibfedern, Farben und Pinseln. Um eine Erinnerung an ihn zu haben, nahm ich diese seine Schätze mit mir; denn er war mein Freund gewesen. Aber immer schon sehnte ich mich auch im stillen danach, die Kunst des Schreibens und Illuminierens pflegen zu können, und nun ist mein Wunsch erfüllt worden.

Ich will nicht viel über die Auflösung unserer Abtei schreiben; denn selbst jetzt, nach so vielen Jahren, ist die Erinnerung zu bitter, um lange dabei zu verweilen. Die schöne Kirche und Bibliothek sind zerstört, die Kinder aus der Schule vertrieben und die Kranken aus dem Krankenzimmer, die Brüder verbannt – ich kann mich darüber nicht äußern. Es genügt zu wissen, daß von allen Weißen Chorherren vom Orden des Hl. Norbert ich allein hier als Flüchtling zurückgeblieben bin. Ich hätte in ein Kloster ins Ausland fliehen können, wie so viele der Unseren es getan; ich hätte den Weg zurück in die Welt einschlagen können, wie manche andere. Aber ich blieb hier, und es gab drei Gründe für diese Wahl.

Der erste war das Gelübde, das ich als junger Mann getan hatte: Ich, Bruder Johannes, weihe mich der Kirche von Torre. Ich habe mich damals nicht nur Gott, nicht nur der Kirche geweiht, sondern auch diesem Fleck Erde; ihm gehöre ich bis zu meinem letzten Atemzug. Und der zweite Grund ist meine große Liebe zu den Männern und Frauen, die in den Fischerhütten an der Küste leben und in den Dörfern inmitten der grünen runden Hügel. Ich habe sie als Kinder in die Abteischule kommen sehen, habe ihr Wachstum beobachtet, sie gepflegt, wenn sie krank waren. Sie sind meine Kinder, und ich kann sie nicht verlassen. Solange ich hier lebe, kann ich sie besuchen, wenn ihnen etwas fehlt, kann ihnen zureden, sie pflegen, unterrichten und für sie beten. Nun habe ich mehr Zeit zum Beten, und obgleich ich das nicht mehr in der Abteikirche tun kann, steht immer noch die Kapelle des Hl. Michael, wo vor drei Jahrhunderten der Einsiedler lebte und zwölf Jahre hindurch betete. Warum schreibe ich über ihn in dieser distanzierten, zurückhaltenden Art? Er ist so sehr ein Teil meiner selbst geworden, daß ich zu Beginn dieser Geschichte von ihm schrieb, als wäre er tatsächlich ich selbst. Ich bleibe ja seinetwegen da. Er ist der Hauptgrund meines Hierbleibens. Seine Seele, die ein Teil der meinen ist, gehört auch als ein Bestandteil zu diesem lieblichen Flecken Erde. Sie ist verbunden mit allen Männern und Frauen, die hier leben, und wird es sein bis in alle Ewigkeit.

Ich hörte seine Geschichte, als ich, ein junger Novize, in die Abtei eintrat; denn einer der Mönche hatte einen kurzen Auszug nach seinem Tode aufgezeichnet. Während ich den Bericht las, spürte ich sofort, daß dieser Mann mein Freund war. Nur infolge dieses Freundschaftsgefühls nahm ich zur Zeit meiner Gelübde den Namen an, den er gewählt hatte, als er Einsiedler wurde – Johannes. Als Jahr um Jahr vorbeiging, vertiefte sich das Gefühl der Freundschaft in ein geheimnisvolles Empfinden von Wesensgleichheit. Meine Phantasie, die zuerst nur am Umriß der Geschichte verweilte, umgab dessen dürre Knochen nach und nach mit lebendigem Fleisch und Blut. Doch war es wirklich nur Einbildungskraft? Als ich den Enzian fand, den er in der Kapelle aus dem Stein gehauen hatte, wußte ich sogleich, was er bedeutete. Ich sah den Fleck lebendigen Blaus neben dem grauen Felsblock in der Wiese, hörte die Worte, die der alte Bruder Simon gesprochen hatte, und in mein Herz drang die gleiche lebendige Erkenntnis, die ihm in den harten Jahren seines Gebets Kraft gegeben hatte. Und es war ebenso, als ich von seiner Anteilnahme an der Arbeit im Krankenzimmer las, während er dort im Sterben lag und wie er die Hände erhob. Ich wußte mir beides zu erklären. Seine Hände waren mir gegeben worden, und ich mußte sie in seinem Sinne benutzen. Ich erzählte dem Vater Abt von der Pflicht, die mir auferlegt worden, und er bestimmte mich zum Krankenpfleger.

Diese Arbeit fiel mir anfangs nicht leicht; denn ich war eigentlich ein Gelehrter und fand es schwer, dem Studium den zweiten Platz in meinem Leben einzuräumen. Dennoch befriedigte mich das Bewußtsein, daß andere der Geistesarbeit nachgehen würden, für die mir keine Muße übrigblieb und daß die Menschen in ihrem Streben eine Einheit sind. Vielleicht betritt eines Tages ein Diener Gottes diesen Ort, der sich eins fühlen wird mit den beiden Wesen, die ich bin, und möglicherweise wird er die wissenschaftliche Arbeit, der ich entsagen mußte, ebenso pflegen dürfen wie das Heilen und Beten. Wenn dem so ist, möge Gottes Segen auf ihm ruhen, und so er dies Buch liest, gedenke er meiner als seines Bruders und Freundes.

Und John und Rosalind, werden auch sie in den kommenden Jahren gute Freunde unter den Liebespaaren finden? Zweifellos. Denn die Gesellschaft der jungen Ritter, die in die Welt ziehen, um zu lernen und zu leiden, ist eng unter sich verbunden, und ebenso steht es um die Jungfrauen, die lange Jahre des Wartens Geduld lehren. Ein anderer Mann wird die Pflügerweise über die Hügel klingen lassen, wo John sie jetzt singt in den Jahren seiner Erfüllung, und eine andere Frau als Rosalind wird im Zwielicht in die Türe des Bauernhauses treten, ein Kind im Arm, das Licht der Feuerstelle im Rücken, und auf die Fußtritte des heimkehrenden Mannes horchen.

Es war in der Kapelle des Hl. Michael, als ich John zum erstenmal erblickte, und ich muß heute noch lachen; denn er meinte, ich sei ein Traum, während ich ihn für eine Erscheinung hielt. Junge und alte Männer träumen Träume und sehen Visionen, und oft sind sie wahrer als sie glauben.

All die Jahre hindurch war es meine Gewohnheit, in der Nacht der Geburt des Hl. Johannes des Täufers, dessen Namen sowohl mein Freund als ich annahmen, als wir der Welt entsagten, die Kapelle des Hl. Michael zu besuchen und dort die ganze Nacht zu beten. Und weil es eine frohe Gelegenheit ist, nahm ich zwei Lichter, die für mich zwei Seelen bedeuten, und zündete sie in den beiden Nischen der nördlichen Mauer an, damit es hell um mich sei, während ich betete. Obgleich die kurzen Juninächte oft so von Mond und Sternen strahlen, daß meine Lichter sich daneben beinahe trüb ausnahmen.

Aber während einer Nachtwache, einige Jahre nach der Auflösung der Abtei, war dem nicht so. Zwar war es warm, aber der Himmel bedeckt und dunkel. Nachdem ich die Kapelle betreten hatte, konnte ich erst gar nichts sehen und ich mußte mich zu den Nischen hintasten. Als ich so dastand, die beiden Laternen anzündete, spürte ich, daß ich mich nicht allein in der Kapelle befand. Aber das Gefühl, nicht allein zu sein, beschleicht mich sehr oft an dem heiligen Ort. Deshalb blickte ich nicht umher, sondern wandte mich gleich dem grauen Steinaltar zu, kniete nieder und betete.

Ich weiß nicht, wie lange ich betete, eine Stunde oder zwei, als mich ein leises Geräusch hinter mir beunruhigte. Diesmal sah ich mich um – ein schöner Jüngling stand im Licht der Laterne. Er war groß und schlank, jedoch kräftig gebaut, mit feinen Gesichtszügen und starkem dunklem Haar. Er hielt sich sehr gerade und trug ein

Schaffell um die Schultern. Genau wie auf manchen alten Bildern der Hl. Johannes als Knabe wachsam hinter Unserer Lieben Frau und dem Kinde steht. Einen Augenblick betrachteten wir uns. Seine Augen weiteten sich vor Erstaunen. Er rührte sich jedoch nicht.

‹Was ist Euer Name, junger Herr?› fragte ich. Während meine Lippen die Worte formten, wunderte ich mich, daß ich zu sprechen wagte. Aber ich mußte es wissen.

‹John›, antwortete er sanft.

Und dann senkte ich den Kopf vor der ersten himmlischen Erscheinung, die mir je gewährt worden war.

Ja, sie kommen vom Himmel, diese Visionen. Auch dann, wenn wir die herrlichen Erscheinungen näher betrachten und entdecken, daß sie irdisch sind. Ein Fleck blauen Enzians, eines Knaben Schönheit, ein fliegender wilder Schwan, was sind sie anderes als das Wort Gottes?

‹Herr!› sagte er. ‹Herr!› Es war die menschliche Verzweiflung in seiner Stimme, die mich ihn nochmals genauer anschauen ließ. Da sah ich, was er war – ein eher scheuer junger Bursche, der auch mich für ein Nachtgesicht gehalten hatte. Und vielleicht war ich sogar ein eher erschreckender Anblick; denn Bart und Haare waren gebleicht, und ich trug meine abgerissene alte Mönchskutte mit einer Schnur um die Mitte. Ich ging auf ihn zu und gab ihm die Hand, damit er warmes Fleisch und Blut fühle; dann setzten wir uns auf den alten grauen Felsen nieder, der durch den Boden der Kapelle stößt.

‹Warum bist du hier, mein Sohn?› erkundigte ich mich.

‹Ich kam her, um zu beten›, erwiderte er.

‹Bist du in Not, mein Sohn?›

Er antwortete nicht, und sein Mund nahm einen eigenwilligen Zug an. Ich stellte ihm weiter keine Fragen; denn die Jugend leidet an gar manchen stürmischen Kümmernissen, über die sie mit alten Leuten nicht sprechen kann und die das Alter nur durch Gebet zu erleichtern vermag. Ich sagte: ‹Und als du gebetet hattest, konntest du schlafen?›

‹Ja›, erwiderte er, und dann lächelte er mich in derselben erstaunten Art an, als habe der Druck meiner Hände ihn nicht überzeugt, daß ich aus Fleisch und Blut sei.

‹Ich hatte daran gezweifelt.›

‹Woran?› fragte ich.

‹An der Geschichte des Mannes, der vom Schiffbruch errettet wurde, diese Kapelle baute und für die Menschen in Seenot betet.›

‹Er lebt›, sagte ich, ‹und du kannst ihm dankbar sein für seine Gebete.›

Er sah mich nochmals an, und das Staunen in seinen Augen wurde von Schlaf getrübt. ‹Du bist nur halb erwacht, mein Sohn›, redete ich ihm zu, leg dich nieder und ruhe dich weiter aus.›

Das tat er und sank sogleich in tiefen Schlaf. Ich wunderte mich, daß er so gut schlief an diesem sonderbaren Ort, nur sein Schaffell als Schutz gegen den harten rauhen Steinboden. Aber Jugend, wenn sie sehr ermüdet ist, schläft überall. Eine Zeitlang beobachtete ich ihn, seine Schönheit machte mich staunen; neben ihm bemerkte ich ein kleines geschnitztes Jägerhorn mit einem silbernen Band. Gegen Morgen, nachdem ich nochmals gebetet hatte, löschte ich die Laterne und verließ die Kapelle. Der Junge schlief noch immer. Ich wußte, wenn er aufwachte, würde er glauben, ich sei ihm im Traum erschienen.

Mehr als ein Jahr ging vorüber, ehe ich John wiedersah, nochmals bei der Kapelle. Man schrieb Anfang Dezember, es war mild und warm, wie so oft in dieser Jahreszeit im Westland. In den Häuschen und Bauernhöfen begannen die Kinder schon von Weihnachten zu reden, verfertigten ihre kleinen Geschenke und versteckten sie in geheimen Ecken, fädelten helle Beeren zu Ketten als Christbaumschmuck.

An einem späten Nachmittag, als sich eben das Zwielicht zur Nacht verdunkelte, ging ich in die Kapelle, um zu beten. Ich war müde und traurig an diesem Tag und schleppte mich mit gesenktem Kopf nur langsam den Weg hinauf. Fast auf der Höhe angelangt, hielt ich, um Atem zu schöpfen, sah auf, und der Anblick, der sich mir bot, war so entzückend, daß Müdigkeit und Trauer von mir abfielen wie ein Mantel. Ein Märchenbaum, dachte ich, ein Feenbaum, geschmückt mit himmlischem Licht. Aber es war nur die alte, sturmgekrümmte Eibe, die damals neben der Kapellentür wuchs, durch den Zauber der Stunde in etwas Wunderliebliches verwandelt. Hinter den dunklen Ästen war der Himmel in kühles Grün getaucht, das in Enzianblau überging. Die wenigen Sterne, die darin blinkten, schienen durch die Zweige, als wären es silberne Lichter, die man daran befestigt. Die Mondsichel hing auch an einem Zweig, oder wenigstens dachte ich so; denn als ich näher hinsah, war es ein Jagdhorn. Unter dem Zweig, an dem das Horn hing, standen ein Junge und ein Mädchen, die Kleine kaum älter als ein Kind. Eine brennende Laterne auf dem Boden beleuchtete die zarte Schönheit ihrer ernsten Gesichter und die fließenden Farben ihrer Märchengewänder. Ich meinte, ihr Kleid sei aus Rosen und Silber, und sein zartgrünes Wams sei scharlachrot gesäumt. Aber ich war nicht ganz sicher, denn die beiden Gestalten hatten etwas Durchsichtiges an sich, sie schienen aus Sommerfäden zu bestehen, die meine gehemmten, erdgebundenen Sinne nicht erfassen konnten. Sie waren der Geist der Jugend selbst, dort unter dem Baum, zerbrechlich, unschuldig, kaum gesehen, sogleich verschwunden – wie ein Regenbogen oder das Aufblitzen der Flügel eines Eisvogels neben einem Bach.

Trotzdem werde ich nie ihre Gesichter vergessen. Denn das verwirrende erste Leid der Jugend ist etwas, das vom Alter fast nicht ertragen wird. Das elfenfeine Antlitz des Mädchens war von Kummer blaß unter der dunklen Wolke seines Haares. Ihre Wange lag auf der Brust des Geliebten, das Gesicht ein wenig gegen mich gewendet, so daß ich den schmerzlichen Zug um den Kindermund sehen konnte. Die großen Frauenaugen waren ohne Tränen, aber von selbstloser Angst beschattet. Der Junge hatte die Arme um sie geschlungen, ihre Hände klammerten sich an seine Schultern; aber sie wäre nicht gefallen, auch wenn er sie losgelassen hätte. Obgleich die weichen Linien ihres Körpers und des Gewandes, das sie beide umfloß, so überaus anmutig waren, lag eine gewisse Festigkeit über ihrer Gestalt. In diesem Abschiedskummer war mir weniger bange um sie als um ihn. Er war John, älter, aber immer noch, wie mir schien, ein Träumer, den die rauhen Wirklichkeiten des Lebens mit brutaler Gewalt treffen würden. Ihr Gesicht trug den Ausdruck der Ruhe, die über großen aufgesparten Kräften liegt, wie Eis über tiefem Wasser; seines den einer großen Anspannung, von der Höchstes gefordert wird. Er begann ihr ins Ohr zu flüstern: Ich komme wieder. Ich werde wiederkommen. Vergiß nicht, Rosalind, vergiß mich nicht. Sie antwortete nicht, sah aber zu ihm auf und hob die Hände wie eine Mutter, um seinen Kopf zu dem ihren herabzuziehen. Ich schämte mich. Was machte ich hier? Schnell kehrte ich um, ich wollte nicht sehen, wie sie sich küßten, und schritt den Weg zurück, den ich gekommen war. Ich hatte die ganze Nacht in der Kapelle Wache halten wollen, statt dessen wachte ich hier, in meinem Turmzimmer, und es war die erste von vielen, die ich dem Jungen und dem Mädchen unter dem Märchenbaum widmete.

4

Drei Jahre vergingen, ehe ich die beiden wiedersah, und auch diesmal im Dezember. Es war bitterkalt, ein heftiger Wind wehte vom Meer herüber. Trotzdem wanderte ich bei Anbruch der Nacht zur Kapelle. Den ganzen Tag war ich rastlos und voller Sorgen gewesen, fühlte den kommenden Sturm, und ein Traum, den ich gehabt hatte, quälte mich. Ich hatte Johns Körper willenlos im Tal einer mächtigen, turmhohen grünen Woge dahintreiben sehen. Die Welle hatte ein teuflisches Aussehen und weiße Klauen wie ein Ungeheuer. Als sie sich über Johns leblosem Gesicht aufbäumte, war ich in meinem Turmzimmer aufgewacht und schrie laut auf vor Schrecken und Wut. Die Stunden des Tages rannen bleiern, doch bei Anbruch der Nacht, mit meiner brennenden Laterne in einer der Nischen und in der Reglosigkeit meines Körpers vor dem Altar, fühlte ich den Einsiedler und seinen Frieden um mich. Sein Gebet durchströmte meine Seele wie eine Kraftquelle.

Es war merkwürdig, daß der Klang ihrer leichten Schritte durch den immer zunehmenden Wind an mein Ohr drang. Ich horchte auf und sah mich um – da stand sie im Türbogen. Wie lieblich sah sie doch aus, diese Rosalind! Sie war nun groß, das Kind hatte sich zur Jungfrau entwickelt, aber das Elfengesichtchen beibehalten sowie die gleiche Kraft, die ihren schlanken Körper elastisch aussehen ließ wie eine Silberbirke, die der Sturm wohl zu biegen vermag, nicht aber zu brechen. Der Wind hatte ihre Wangen zart gerötet, und die Kapuze ihres blauen Mantels war von dem dunklen Haar geglitten. Unter dem Mantel trug sie ein tief karmesinrotes Kleid, und im Halsausschnitt funkelte ein Edelstein. Ihre braune Hautfarbe zeigte, daß sie auf dem Lande aufgewachsen war, aber sie machte nicht den Eindruck eines Bauernmädchens. Einen Augenblick stand sie wie eine kleine Königin da, dann verbeugte sie sich und senkte den Kopf.

In ihren Augen waren Schreck und Verwirrung zu lesen, als sie sich wieder aufrichtete, und ich fragte mich, ob auch sie, wie John in jener ersten Nacht, mich für eine Erscheinung oder einen Traum hielte. Aber ich konnte nicht warten, um ihr zu erklären, wer ich sei; bei ihrem Anblick wußte ich sofort, was wir tun mußten.

‹Der Sturm von heute Nacht wird der ärgste sein, seit die Kapelle erbaut ist›, sagte ich, ‹und Johns Schiff wird bald in der Bucht eintreffen. Hast du den Mut, mit mir zum Strand hinunter zu gehen, trotz des Sturmes? Seine Rettung hängt von dir ab!›

Sie fragte mich nicht, wieso ich dies wußte, noch hätte ich ihr darauf antworten können. Sie nickte bloß und wandte sich wieder in das Wetter hinaus, von dem sie hergekommen. Ich folgte ihr, und wir stiegen gemeinsam den Berg hinab.

‹John war auf See, um gegen die Spanier zu kämpfen›, sagte sie. ‹Es sind nun drei Jahre her, seit er fortging.›

‹Und du hast ihn nicht vergessen?›

‹Wie könnte man ihn vergessen!› antwortete sie stolz.

Dann packte uns der wütende Sturm, und wir sprachen kein Wort mehr. Aneinandergedrückt erkämpften wir uns den Weg nach der Küste. Die Wellen donnerten an den Strand, der Gischt spritzte uns ins Gesicht und brannte wie Feuer, es war bitterkalt. Die Wolken jagten wie Geisterpferde in vollem Galopp, zerbrachen die Sterne auf ihrer Jagd über den Himmel. Wir fanden Schutz hinter einem vorstehenden Felsstück, wo wir uns während der Wache zwischendurch verkrochen und ein wenig plauderten.

‹Unten am Meeresgrund liegt ein Wald begraben›, sagte Rosalind. ‹Die Fischer finden manchmal Teile von Hirschgeweihen, wenn sie ihre Netze hochziehen. Es ist ruhig unten, jetzt aber bewegt sich das Wasser auch dort ein bißchen, wegen des Sturmes, und die Glocke der Kirche im Wald läutet. Wir würden sie hören, wenn der Wind nicht so stark wehte. Ehemals ritten Jäger durch den Forst und bliesen in ihre Hörner, wie John einmal in den Berry Pomeroy Wäldern.›

‹Auf einem Hügel dort im Wald steht ein Schloß›, sagte ich.

‹Da wohne ich›, antwortete sie.

‹Unweit davon sah ich ein Bauernhaus, mitten in Obstgärten. Die Fenster gehen auf einen grünen Hügel, wo Schafe weiden.›

‹Das ist Johns Heim. Ehe er fortging, hütete er die Schafe auf dem Hügel.›

In der Finsternis des Sturmes, teils aus Rosalinds Erzählungen, teils aus eigenem Einfühlungsvermögen und meiner Phantasie setzte ich Stück und Stück der Geschichte zusammen, die ich jetzt schreibe. Spätere Berichte aus der Gegend bewiesen mir nachträglich die Wahrheit. Jedoch in jener Nacht drängte sie sich mir in einer Reihe so lebendiger Bilder auf, daß sie mir ebenso wirklich erschien wie das Erscheinen des Enzians, als Johannes die Augen öffnete.

Das erste Bild, das ich erblickte, war ein junges Mädchen, das sich aus dem Fenster eines Schloßturms beugte. In der Tiefe schimmerte das Frühlingsgrün der Wälder, und unter dem grünen Blättermeer konnte sie die Jagd verfolgen. Das Kinn in die Handflächen gestützt, sah sie hinab auf die schwankenden Baumkronen; da und dort leuchtete ein blühender wilder Kirschbaum daraus hervor. Der Anblick erinnerte sie an sich überstürzende grüne Wellen, schaumbedeckt und wunderbar ... Tief auf dem Meeresgrund ging die Jagd weiter ... Warm schien die Sonne auf ihr Antlitz und vielleicht träumte sie ein wenig, denn der Ton eines Hornes schreckte sie auf. Er klang silberhell und ganz nahe und durchdrang schmerzhaft ihr Herz. Wer kam den Hügel herauf? Ein Wassermann aus den Tiefen der See, der auf einem weißen Rosse ritt? Ein Jäger aus dem Märchenland? Der Prinz, der durch den Wald geeilt war, um Dornröschen in ihrem Turm zu wecken? Ihre Wangen röteten sich, und die Augen glänzten, als sie wartend lauschte. Die Blätter teilten sich, und er tauchte aus der grünen See heraus, ein sonnverbrannter Jüngling auf einem scheckigen Pony. Er trug einen Mantel aus Schaffell, und ein Horn hing über seiner Schulter. Singend ritt er den grünen Hang unter der Schloßmauer hinan, sah aber nicht empor. Auf dem Fenstersims neben Rosalind stand eine Schale mit Frühlingsblumen, Enziane, Lichtnelken und Glockenblumen. Sie nahm die Blumen aus dem Gefäß und warf sie auf den Jüngling herab, als er unter dem Fenster angelangt war. Er schüttelte den Kopf wie ein junges Fohlen, als die nassen Blüten auf ihn fielen, hielt das Pony an und sah lachend in die Höhe. Aber als er das Mädchen im Fenster erblickte, lachte er nicht mehr und auch sie nicht. Eine ganze Minute lang blickten sie sich wortlos an, dann fragte er sie: ‹Wie heißt du?›

‹Rosalind.›

‹Mein Name ist John.›

Das genügte. Indem sie sich ihre Namen sagten, gelobten sie einander Treue.

‹Kennst du Bowerly Hill?› fragte er.

‹Ist es der Hügel mit der verfallenen Steinmauer auf der Höhe? Jemand baut ein kleines Haus aus den Steinen.›

‹Ich baue eine Hütte für einen Schafhirten›, sagte John. ‹Morgen, bei Sonnenuntergang, werde ich mit den Schafen oben sein.›

Eine Handvoll Enziane und Sternblumen flatterten auf die Mähne des Ponys. Ohne das Mädchen nochmals anzusehen, machte der Jüngling einen kleinen Strauß aus den Blüten, steckte ihn an seinen Schaffellmantel und ritt von dannen, verschwand unter dem Meer der grünen Blätter. Sie hörte den Klang seines Horns in der Ferne verhallen.

Das Schloßfräulein ging am nächsten Tag bei Sonnenuntergang auf den Bowerly Hill, zur Zeit, als die Möwen heimwärts gegen die See flogen. Hinter der grauen Steinmauer der Hütte, die der Junge baute, sprachen sie eine Weile und küßten einander. Dieser Kuß gab ihnen Mut. Gemeinsam durchstreiften sie die Gegend, er auf seinem gescheckten Pony, sie auf ihrem kastanienbraunen Zelter. Beide waren sie mutterlose Kinder, und ihre überbeschäftigten Väter erfuhren von nichts. Wenn andere Leute ihnen begegneten, behielten sie ihr Wissen für sich.

Die beiden hatten zwei Lieblingsplätze, an denen sie sich trafen; Bowerly Hill und die Kapelle des Hl. Michael, wo John glaubte, einmal den alten Einsiedler im Traum gesehen zu haben. Schon immer hatte er diese Kapelle geliebt. Zum erstenmal entdeckte er sie, als er, ein kleiner Junge, von daheim fortgelaufen war, weil ihn sein harter, liebloser Vater ohne Ursache geschlagen. Ein unbestimmtes Verlangen befiel ihn, fortzugehen, Seemann zu werden. Aber als er die Küste bei Torre erreichte, erblickte er die Kapelle auf dem Berg und kletterte hinauf, um zu erkunden, wie sie innen aussah. Es war friedlich und still darin. Er setzte sich nieder, ruhte aus, und in der Stille ward ihm irgendwie klar, daß die Zeit für das Meer noch nicht da sei. Sie würde aber später kommen. Nun mußte er wieder zurück und seines Vaters Ungerechtigkeit und das lieblose Heim weiter ertragen. Und er war nach Hause gegangen, hatte mit zusammengebissenen Zähnen ausgeharrt, bis er Rosalind fand, die sein Leben mit Freude erfüllte.

Und jetzt, da sie sich dort trafen, liebte er die Kapelle mehr denn je. Die Hütte, die er auf Bowerly Hill aus den Steinen der alten Mauer baute, angeblich für die lammenden Schafe, wurde in seiner Seele zu einer zweiten Kapelle und er zu einem zweiten Einsiedler, indem er sie baute. Um sie der andern möglichst ähnlich zu machen, grub er einen jungen Eibenbaum aus dem Garten von Weekaborough aus und pflanzte ihn ein. Und damit er heilig sei wie die Kirchhofeiben, schnitt er das Zeichen des Kreuzes in die Rinde. Und schließlich, damit alles möglichst der andern Kapelle gleiche, meißelte er auf einen der Steine einen Enzian.

Zu dieser Zeit stutzte er auch die Eiben des Gartens in die wunderlichen Formen zurecht. Er verstand sich auf Baumschnitt wie auf alle übrige Gartenarbeit. Sein Vater hatte kein Interesse für den Garten, es war ihm gleichgültig, was er darin machte. John war Gärtner, Bienenvater, Schafhirte, alles in einem, und sang das Pfluglied über die Hügel, während sein Vater das Vieh besorgte, die Ernte und die Arbeiten auf dem Hof.

Ein Jahr ging vorüber, und das Glück seiner Liebe zu Rosalind begann sich in Schmerz und Verwirrung zu verwandeln. Sie war immer noch kaum mehr als ein Kind, während er zum Mann heranwuchs und sich klar war, daß es nur zwei Dinge für ihn zu tun gab: entweder mußten sie sich trennen oder heiraten. Aber wie konnte er sie heiraten, da er ein Bauernsohn und sie ein feines Fräulein war? Seine Mutter war zwar ebenfalls eine Dame gewesen, die von zu Hause fortgelaufen war, um seinen Vater zu heiraten. Er fühlte ihr Blut in seinen Adern und besaß auch noch das schöne Jagdhorn, das sie ihm vermacht hatte. Aber immerhin, er war nur ein Bauernsohn.

Er ging in einer warmen Sommernacht bei Mond- und Sternenlicht auf den Bowerly Hill und setzte sich neben die halbfertige Hütte. Hinter ihm stand der junge Eibenbaum wie eine hohe Lanze in der Erde, und vor ihm breitete sich ein silbernes Band aus. Es war die ruhige See, die den Horizont abschloß. Und hier focht er seinen Kampf aus und faßte seinen Entschluß. Er würde das tun, was er als Knabe bereits gewollt hatte – ein Seemann werden. England befand sich mit Spanien im Krieg und brauchte dringend Matrosen. Er würde nach Plymouth gehen und sich an Bord eines Schiffes begeben. Wenn sie dort an seinen Kenntnissen zweifeln sollten, würde er sagen, er sei ein erfahrener Trommler. Und das war er. Seines Vaters Vater war als Schiffstrommler nach Indien und wieder zurück gesegelt, und seine Trommel lag nun auf dem Dachboden in Weekaborough. Seit seiner ersten Kindheit hatte sich John darauf geübt. Wenn er hierblieb, im Schutz dieser grünen Hügel wie ein Schaf in der Hürde, würde er immer nur ein träumerischer Hirte bleiben. Ging er jedoch aufs Meer, kämpfte und sah die Welt, könnte er vielleicht als ein Mann heimkehren, den Rosalind heiraten durfte.

Obgleich nur ein einfacher Jüngling, spürte er schlummernde Kräfte in sich. Er wußte, daß er von seiner Mutter ein gewisses Feingefühl geerbt hatte, das sein Vater nicht begriff, ebensowenig wie seinen Sinn für richtige Lebensart und klare Gedanken. Manchmal, wenn er sein Bild im Spiegel des grünen Wohnzimmers betrachtete, fiel ihm auf, daß sie ihm vielleicht auch ein wenig von ihrer Schönheit mitgegeben hatte. Und so mußte er denn fortgehen, aus der friedlichen Abgeschlossenheit seiner Schafhürde heraustreten und das Leben dort kennenlernen, wo die Himmel sich auftun und die Männer den Schrecken des Todes und dem Mut in all seiner Gewalt begegnen. Aber es war kein leichter Entschluß; denn er liebte diesen Fleck Erde heiß, und der Gedanke an ein jahrelanges Getrenntsein von Rosalind, die ja noch ein ganz junges Mädchen war und ihn leicht vergessen konnte, quälte ihn namenlos.

Und außerdem war er auch nicht besonders mutig. Die Schafhürde behagte ihm besser als die aufgerissenen Himmel. So war der Kampf, den er auf der Hügelhöhe ausfocht, der härteste seines Lebens.

Die Gegend war gewohnt, daß der Ton von Johns Horn über den Hügeln zu vernehmen war. Nun hörten die heimkehrenden Bauern eine Zeitlang am Abend den Klang fernen Trommelns und wunderten sich, woher er kam. Von Bowerly Hill, wo sich John in der alten Kunst der Seemänner von Devon übte.

Dann nahm er Abschied von Rosalind und segelte fort, auf die andere Seite der Welt. Jahrelang ertrug er ein Leben, das ihn schier die Hölle dünkte. Aber in den Abständen zwischen Schlachten und Stürmen, Wunden, Fiebern, Hunger und Durst, lernte er sehr viel mehr als Mut, Kriegskünste und den Seemansberuf. Er segelte unter einem guten Kapitän, der ihm sehr zugetan war und ihn schließlich zu seinem Adjutanten machte. Ein Kaplan befand sich an Bord, der ihm Bücher zu lesen gab, wenn er krank war, und der ihn in die Freuden der Gelehrsamkeit einführte. Als er von Devon fortfuhr, war er ein Trommler und aß mit der Mannschaft. Bei seiner Heimkehr nahm er die Mahlzeiten mit dem Kapitän ein und hatte sich das Benehmen eines Herrn angewöhnt sowie dessen Art zu denken. Trotzdem wollte er weiter ein Bauer bleiben; freilich die Art Landmann, die Rosalind heiraten durfte. Aber nun waren drei Jahre vergangen – hatte sie ihn vergessen und einen anderen Mann geheiratet? Während der Wochen seiner Heimfahrt drückte ihn der Gedanke an ihren Verlust wie ein Alp, der seinen Höhepunkt in der letzten Nacht erreichte, als ein Sturm an der Küste von England sein bereits seeuntüchtiges Schiff erfaßte. Dadurch veränderte sich aber auch die Furcht um ihren Verlust. Während er mit der übrigen Mannschaft um das Leben des Schiffs kämpfte, quälte ihn nun die Vorstellung, daß Rosalind ihm treu geblieben sei, er jedoch, nur wenige Meilen von ihr entfernt, sie durch den Tod verlassen und ihr dadurch Kummer bereiten mußte.

Und nun führt mich meine Erzählung noch einmal zu der sturmgepeitschten Küste bei Torre. Fischer besitzen, wie alle Leute, die nahe der See wohnen, einen merkwürdigen, besonderen Sinn, der sie fühlen läßt, wenn sich ein Schiff in Seenot befindet, ehe sie das Donnern der Kanone hören oder durch den brausenden Gischt einen Blick auf das verwundete Wild werfen können, das durch die weißen Reiter des Meeres zu Tode gehetzt wird. So wunderte ich mich nicht, als wenige Minuten später, ohne jegliches Notsignal, Rosalind und ich nicht mehr allein am Strand waren. Eine Anzahl Männer hatte sich versammelt, die unruhig ihre Augen anstrengten, um nach dem auszuschauen, was noch unsichtbar war. Rosalind und ich gesellten uns zu ihnen, und sie war es, die als erste das getroffene Schiff sah. Ein Stöhnen entrang sich der Brust der Fischer, als auch sie es erblickten. Der Hauptmast war verschwunden, und das Schiff rollte hilflos hin und her. Die Flut und der Wind wurden immer stärker. Der Mond war voll aufgegangen, und zu unserer Rechten sahen wir die riesigen Sturzwellen sich an der Seemauer der Abtei Torre brechen, wie sie den weißen Schaum in Mengen hochschossen und dann in die Wiesen hinter den Ulmen und Eschen hinabfielen. Wenn es irgendeinem Menschen gelang, das Schiff bei dieser schrecklichen See zu verlassen, würde seine Rettung beinahe unmöglich sein. Aber immer mehr Männer und Frauen eilten zum Ufer, und der alte Kampf, den sie nur zu gut kannten, begann von neuem. Rosalind und ich wurden nun getrennt, aber ich sah sie ebenso hart arbeiten wie die andern. Sie half die Boote den Strand hinabzerren, als hätte sie Manneskräfte. Doch nur wenige Boote konnten vom Ufer abstoßen; die übrigen liefen voll, und wir hatten alle Mühe, die Retter zu erretten.

Ich kann mich nicht mehr erinnern, wie viele Menschen aus dem Schiffbruch mit dem Leben davonkamen, weiß jedoch, es waren ihrer sehr wenige. Aber ich besinne mich, wie Rosalind John rettete, denn es schien mir damals, als sei dies ein Wunder; so empfinde ich es auch heute noch. Ich beobachtete, wie sie den Strand entlang gegen Torre Abbey lief. Die Küste war nun verschwunden; denn das Meer hatte die Wiesen erreicht. Im hellen Mondlicht sah ich den Schein ihres blauen Mantels, der ihr von den Schultern flatterte wie Flügel, das grüne Gras, den fliegenden silbernen Gischt, ein schöner und eigenartiger Anblick. Ich folgte ihr, aber der Wind tobte so stark, daß ich mich kaum gegen ihn stemmen konnte. Trotzdem lief sie, als wäre die Kraft ihrer Flügel größer als die Macht des Windes. Es gibt so viele alte Geschichten von kleinen Kindern, die aus großen Höhen herabfallen und langsam durch die Luft gleiten, als hätten sie Flügel. Und andere berichten von Heiligen, die sich, schnell wie Vögel, von einem Ort zum andern begeben haben, wenn es erforderlich war. Als wären ihnen Kräfte verliehen, die nicht von dieser Erde sind, sondern sich vielleicht erst später einstellen. Bis zu jener Nacht hatte ich all diesen Erzählungen keinen Glauben geschenkt.

Endlich erkämpfte ich mir meinen Weg bis ans Ende der Wiese, wo sie an den Bereich der Abtei von Torre grenzt. Da lag Rosalinds blauer Mantel im Gras, als hätte sie ihre Flügel nun nicht mehr nötig. Obgleich ich auf der Wiese stand, umspülte Meerwasser meine Füße, und die Wellen brachen sich nur wenige Fußbreit von mir. Der Mond trat hinter einer Wolke hervor, und ich erblickte Rosalind wieder, die bis zur Hüfte im Wasser stand. Sie sah wie eine wilde Seejungfrau aus; ihre Röcke trieben auf dem Wasser um sie herum, und das dunkle Haar flatterte im Wind.

Eine riesige Woge glitt mit gleichmäßiger, aber furchtbarer Schnelligkeit auf sie los, ein großer grüner schaumgekrönter Bogen stieg höher und höher. Im nächsten Augenblick würde er den Gipfel erreicht haben und donnernd zusammenbrechen. Sie beugte sich ihm ein wenig entgegen, die Arme ausgestreckt; ich wußte, was sie in dem Halbrund erblickte, denn es war die Welle meines Traumes. Ich trachtete, mich bis zu ihr hinzuarbeiten, durch die weniger starken Wellen, aber ich war wie in einem bösen Traum befangen, meine Füße schwer wie Blei, und mein Herz klopfte vor Angst. Sie würde nicht standhalten; der stärkste Mann könnte dem Anprall dieser Welle nicht widerstehen. Sie türmte sich über ihrem Kopf, das Getöse die ganze Küste entlang betäubte meine Ohren, und der fliegende Gischt machte mich blind, während ich vorwärts zu gehen trachtete. Als ich wieder sehen konnte, stand sie noch immer; ihre Arme umschlangen den Körper eines Mannes, der zerschmettert worden wäre, hätte sie nicht dagestanden, um ihn zu retten.

Ich erreichte sie, und gemeinsam zerrten wir den Mann auf die Wiese. Als ich in sein Antlitz schaute, erkannte ich nur schwer den schönen Jüngling wieder, den ich zuletzt beim Schein der Laterne unter dem Eibenbaum in der Nähe der Kapelle beobachtet hatte. Aber ich sagte nicht: ‹Er ist tot›, denn ich wußte das Ende dieses Wunders noch nicht gekommen. Rosalind sprach kein Wort und handelte, als wäre die Geschwindigkeit des Fluges noch in ihr. Sie öffnete das Tor, das von der Wiese in den Park führte. Dann breitete sie ihren blauen Mantel auf dem Boden aus. Wir legten John darauf und trugen ihn durch den Park in die Abtei, so wie vielleicht einst die Mönche Johannes getragen haben. Der Wind sauste in den Bäumen, und hinter uns schlugen die Wellen an den Steinwall. Hier und dort beleuchtete das Mondlicht Rudel erschreckter Hirsche, die sich zusammendrängten; ihre Geweihe glänzten silbern. Vor uns zeigten die Lichter der Abtei den Weg an, den wir einschlagen mußten.

Er schien mir sehr lang; ich war erschöpft von der schweren Last, und als wir die große Halle der Abtei erreichten, sah ich nurmehr ein ungewöhnliches Durcheinander von Lichtern und hin und her eilenden Gestalten. Denn John war nicht der einzige Schiffbrüchige, der an diesem Abend in die Abtei gebracht wurde. Der Kampf, an der Küste des Meeres begonnen, wurde hier in der Halle fortgesetzt. Außerdem überwältigte mich auch das Wiedersehen mit dem Ort, an dem ich so lange als Mönch gelebt und der nun kein Kloster mehr, sondern ein Privathaus war. Meiner Last ledig, setzte ich mich, so glaube ich, in eine Ecke, stützte den Kopf in die Hände, um wieder in den Besitz meiner Kräfte zu gelangen. Als ich nach einer Weile aufschaute, bemerkte ich unweit von mir John ausgestreckt auf dem Fußboden; ein starker, geschickter Fischer bemühte sich um ihn. Rosalind kniete an seiner Seite und beobachtete angestrengt das Antlitz des Bewußtlosen, das ihr zugekehrt war. Ich stand auf und ging zu ihr, berührte sie an der Schulter und sagte einiges; aber sie sah und hörte mich nicht. Für diese beiden konnte ich im Augenblick nichts mehr tun. So wandte ich mich um und versuchte, andern zu helfen.

Das erste graue Morgendämmern drang durch die hohen Fenster, als ich zu den zweien zurückkehrte: ich fand John bei Bewußtsein und in warme Decken gehüllt, Rosalind pflegte ihn. Beiden ging es gut, sie waren gänzlich voneinander in Anspruch genommen. Dankbar machte ich das Zeichen des Kreuzes über sie und wollte heimwärts wandern.

Aber an der Tür zögerte ich noch ein Weilchen und schaute zurück; denn sie waren mir so lieb wie eigene Kinder geworden, und nur ungern verließ ich sie. Da sah ich Rosalind mir folgen. Sie machte mir eine Verneigung, wie damals in der Kapelle, dann nahm sie meine Hand und sagte ein wenig erregt: ‹Ihr habt uns so sehr geholfen. Warum? Wer seid Ihr?›

‹Johannes›, erwiderte ich. ‹Er hilft und tröstet alle, die in die Kapelle kommen. Er wird es weiter tun, solange die Kapelle steht.›

Ich segnete sie nochmals und ging in die Dämmerung hinaus, die nun still und schön war, seit sich der Sturm gelegt. Noch einmal blickte ich zurück, sie lehnte an der Tür und rieb sich die Augen wie ein müdes, verwirrtes Kind. Ich wußte, daß ich sie und John nie mehr wiedersehen würde; obgleich sie für immer in meinem Gebetskreis eingeschlossen waren. Sie und alle, deren Leben in den kommenden Generationen sich nach ihrem Vorbild gestalten würde. Und ich wußte auch, daß sie bis an ihr Lebensende mich für einen Besucher aus dem Paradies halten würden, gesandt, um ihnen in der Not zu helfen. Rosalind zum mindesten, John würde vielleicht etwas vorsichtiger urteilen. Aber sie würden Johannes nie vergessen, ihn achten und ihre Kinder lehren, bis zu ihrem Tod dasselbe zu tun. Durch sie würde die Legende über ihren Tod hinaus fortleben. Und das war es, was ich wollte.

Nun sind viele Jahre vergangen, ich bin ein sehr alter Mann geworden und werde bald sterben. Was ich erwartet, ist eingetroffen – ich habe das junge Paar nie mehr gesehen, obgleich ich von ihnen und ihrem Glück hörte. Nach den Stürmen in ihrer Jugendzeit lebten sie noch lange und glücklich miteinander, wie es in den alten Märchen heißt. Und nun ist meine Geschichte zu Ende; ich lege das Buch weg, in den kleinen Schrank im Kamin. Wenn bestimmt ist, daß es einmal gefunden werden soll, wird es geschehen. Wenn nicht, wird es ungelesen bleiben. Ich bin es zufrieden, so oder so. Und ich bin auch zufrieden bei dem Gedanken an meinen nahen Tod. Meine Seele wird der Seele des Eremiten in das Paradies folgen, aber Johannes wird diesen Fleck Erde zwischen Hügelgrün und Meer niemals verlassen.»

5

Als der Abbé zu Ende gelesen, war das Licht fast ganz herabgebrannt. Er und Zachary sprachen kein Wort, bis eine frische Kerze die alte ersetzte und hell aufleuchtete.

«Wie dies neue Licht strahlt die alte Geschichte in unsere Tage und zu guter Zeit», sagte der Abbé ruhig.

«Sie ist wunderschön, aber etwas sonderbar», entgegnete Zachary.

«Warum sonderbar? Die Geschichte ist tief verwurzelt in diesem Flecken Erde. Es ist ganz richtig, daß sie wieder auflebt und vielleicht weiter aufleben wird wie die Enziane. Und außerdem, Zachary, sind die Erinnerungen eines jeden von uns nicht so einzigartig wie wir glauben. Wir müssen lernen, wie es schon unsere Väter taten, und leiden, wie sie litten.»

«Es erklärt vieles», bemerkte Zachary. «Wenn meine Liebe zu Stella das Wiederaufleben einer alten Zuneigung ist, dann muß ich mich nicht mehr wundern, weshalb sie so plötzlich aufflammte.»

«Meine Zuneigung zu dir auf den ersten Blick ist damit ebenfalls verständlich geworden», erwiderte der Abbé. «Desgleichen das Echo des Jagdhorns über Bowerly Hill und das Rollen der Trommel.»

«Rosalind und John verbrachten ihr Leben auf Weekaborough», murmelte Zachary befriedigt. «Jene zwei alten Gräber auf dem Kirchhof, mit den eingemeißelten Enzianen, müssen ihre Gräber sein.»

«Möglich ... und hast du jetzt Lust zu schlafen?»

«Schlafen? Nach dieser Geschichte? Nein.»

«Dann erzähle mir, wie du Stella gefunden hast.»

Zachary erzählte, und dann wandte sich das Gespräch der Liebe und ihrem Mysterium zu. «Liebe singt allen Dingen, die leben und sind, besänftigt die gequälten Gemüter der Götter und Menschen», murmelte Zachary und unterdrückte ein Gähnen, denn entgegen seinen Erwartungen wurde er langsam schläfrig.

«Enthalten in einer Buchstelle, die auf einem Zettel in deinem Shakespeare steht», ergänzte de Colbert. «Er fiel heraus, als ich das Buch verwahrte.»

«Der Doktor schrieb sie für mich ab, als ich in See ging», erwiderte Zachary. «Er dachte, es würde mir Freude machen, weil die Zeilen auf dem Zettel standen, der in Stellas Medaillon lag.»

Er murmelte wie ein Kind, das im Begriff war einzuschlafen, und diesmal gähnte er kräftiger. Er lag auch im Bett wie ein Kind, auf der einen Seite zusammengerollt, seine Wange in der Armbeuge vergraben; die dunklen Wimpern bildeten große runde Schatten auf den hohlen Wangen. Er bestand ganz aus Höhlungen und Rundungen, vollkommen gelöst, trieb er langsam der Bewußtlosigkeit entgegen. Doch unversehens straffte er sich und stützte sich auf den Ellbogen, völlig erwacht. Was war geschehen? Der Abbé hatte seinen Stuhl wieder ans Fenster gerückt und saß mit dem Gesicht im Schatten, doch hatte er sich weder bewegt noch gesprochen. Nichts hatte sich gerührt im Zimmer, kein Laut, und doch durchzitterte es ein beinahe unerträglich starkes Gefühl, wie jene Angst, die ihn vor Trafalgar fast ersticken ließ. Er saß in seinem Bett auf, und Mitleid überflutete ihn. Er wußte, was es bedeutete, leidenschaftlich zu fühlen. Seine außerordentlich frühreife Anteilnahme traf den Mann im Stuhl wie ein Zug wiederbelebender Luft. Ihre Stellungen hatten plötzlich gewechselt. Es war Zachary, still und geduldig wartend, der nun der Ältere der beiden zu sein schien.

Endlich bewegte sich der Kaplan und lehnte nach vorne, die gefalteten Hände zwischen den Knien. «Hat der Doktor dir irgend etwas über Stella gesagt, als er dir diesen Zettel gab?» fragte er. Seine Stimme klang zurückhaltend, trocken und bestimmt, und Zacharys war ebenso klar, als er zur Antwort gab: «Dr. Crane erklärte nur, warum sie von Vater und Mutter Sprigg adoptiert wurde.» Die Nähe eines Augenblicks der Erfüllung hat etwas so Einigendes, daß den beiden Männern die Stimme des andern wie aus der eigenen Seele zu kommen schien. Als wären sie in eins verschmolzen durch die Not des einen und das vollkommene Verständnis in der teilnehmenden Liebe des andern.

«Erzähl mir alles, was du über diese Adoption weißt», sagte de Colbert.

Zachary erzählte. Er tappte immer noch vollkommen im dunkeln, war sich jedoch bewußt, daß jeder seiner leisen Sätze, so ruhig und gleichmäßig gesprochen wie das Ticken einer Uhr, den Abbé um ebenso viele Jahre älter machte. Denn der unerwartete Einbruch der Freude kann im ersten Augenblick ebenso beängstigend sein wie der des Kummers, vielleicht noch mehr, weil er nicht dessen lähmende Wirkung besitzt. In den Tiefen seiner Seele erwartet jeder Mensch das Glück einmal, irgendwo, irgendwie. Wird er dann plötzlich von Licht übergossen, so erstarrt er nicht vor Unglauben, wie dies geschieht, wenn der Himmel sich verfinstert und die Fluten herabstürzen. Zachary fühlte aber, daß seine Geschichte zu einer Freude führte. Diese Gewißheit kam ihm deutlich und nahm stetig zu nach dem Aufruhr der ersten Angst. Er beendete seinen Bericht und wartete, aber nicht auf eine Antwort, lediglich um zu überlegen, was er weiter tun könne. Es war gut, diesem Mann nützlich zu sein, der sich so selbstlos für ihn eingesetzt hatte.

Der Kaplan rührte sich, öffnete seine Hände, reckte die Arme und ließ sie mit einer Gebärde der Erleichterung auf die Stuhllehne fallen. «Vor Jahren besaß ich Frau und Kind», sagte er zu Zachary. «Ich dachte, ich hätte sie beide im Schiffbruch der ‹Amphion› verloren. Nun glaube ich – daß ich noch ein Kind habe.»

Das Licht des Mondes und der Kerze schienen Zachary außergewöhnlich hell. Es machte ihn halb blind. Er schloß die Augen und öffnete sie wieder. Der Abbé hatte sich im Stuhl umgewandt, das volle Mondlicht fiel nun auf sein Antlitz. Aber Zachary sah es nicht; er erblickte statt dessen Stellas Gesichtchen im Mondschein, das Kinn auf den Spitzen der Gartenpfosten. «Was für ein Dummkopf bin ich doch gewesen», sagte er leise. «Einzig Sie und Stella haben so dunkle, graue und glänzende Augen, deren Blick man nur schwer aushalten kann. Und die Form Ihrer Hände und – so vieles andere.» Er schwieg. Nun wußte er, was er zu tun hatte. «Die Nacht ist beinahe vorbei, glaube ich. Sie haben mir einmal gesagt, daß Sie gerne in der Morgendämmerung ein wenig ausgehen.»

De Colbert stand rasch auf. Das war es, was er brauchte. Hinausgehen, allein durch die Straßen wandern. Aber erst trat er an das Bett und schaute auf Zachary herab. «Von niemand anderem, nicht einmal von deinem Vater, dem Doktor, hätte ich diese Nachricht erfahren wollen», sagte er.

Dann war er spurlos verschwunden, hatte lautlos die Tür hinter sich geschlossen. Zachary hörte gerade noch, wie er im Hinausgehen murmelte ... «Sie lebt ... O lebt sie, so ist's ein Glück, das allen Kummer tilgt, den ich jemals gefühlt.»

Es war damals, als er nach dem Ringkampf auf des Abbés Studiertisch lag, als Zachary ihn das erste Mal diese Worte zitieren hörte. Wieviel Stoff zum Nachsinnen! Aber so allein darüber nachzudenken war er im Augenblick zu müde; er war viel zu müde, um über irgend etwas nachzudenken. Er drehte sich auf die andere Seite, bettete seine Wange in die Armbeuge und schlief sogleich ein.

6

Mehrere Stunden später weckte ihn Kaffeegeruch und das Klappern von Geschirr. Als er sich jedoch umdrehte und die hohe schwarze Gestalt des Kaplans am Fenster zu sehen erwartete, erblickte er statt dessen den rauhen Kopf und die gekrümmten abfallenden Schultern Dr. Cranes.

«Vater!» Er schrie es beinahe.

Der Doktor grunzte eine Bestätigung des Grußes, wandte sich aber nicht um. «Jedem Ding seine Zeit», sagte er. «Ich muß jetzt diesen Kaffee machen. Ich habe dich angesehen, während du schliefst. Du kommst durch.»

Zachary lächelte. Reichtum und Wärme der tiefen Stimme des Doktors schien alle Pracht der englischen Landschaft zu ihm hereingebracht zu haben. Das heiße Glühen der Kornfelder, Bienensummen, Kleeduft. «Du kommst durch.» England hatte das gesprochen. Er liebte es und diente ihm. Er war froh.

Der Doktor war nun fertig mit seinen Vorbereitungen für das Frühstück, kam ans Bett und sah auf Zachary herunter. «Erwacht siehst du noch besser aus, mein Sohn», sagte er, und die Wärme seiner Stimme vertiefte sich zu rauher Zärtlichkeit. Seine Augen zwinkerten hell, und das sonnverbrannte häßliche Gesicht strahlte vor Stolz. Dann wechselte er plötzlich den Ton. «Steh auf, du fauler Kerl! Frühstücken im Bett wie eine Modedame! Und wenn du das hier überhaupt Frühstück nennst: Kaffee und Semmeln! Verflucht noch mal! Ich könnte ein paar Spiegeleier und ein Stück Schinken vertragen.»

Vergnügt lachend stand Zachary auf. Seine Beine wurden zwar

schwach, als er zum Wandschrank ging, wo der Abbé seine Kleider verwahrte, aber der Doktor stützte ihn mit einem eisernen Griff am Oberarm. Dies Zupacken gab ihm plötzlich mehr Kraft als alles Verwöhnen des Kaplans. «Trotzdem, bei Gott, war er gut zu mir», murmelte Zachary, «aber er ist nicht wie Sie.»

Den einen Arm um seinen Sohn geschlungen, öffnete der Doktor den Schrank und zog Zacharys Kleider heraus. Dann half er ihm beim Anziehen, drückte ihn in den Stuhl, setzte sich aufs Fensterbrett und goß den Kaffee ein.

«Ich kam, sobald ich konnte», sagte er. «Das weißt du. Ich kam gestern abend so spät an, daß mir nichts anderes übrigblieb, als im Gasthof ins Bett zu fallen. Als ich mich heute morgen hierher aufmachte, traf ich Monsieur de Colbert vor der Bäckerei. Nach einem kurzen Gespräch gingen wir beide wieder in den Gasthof zurück. Heute früh fuhr eine Kutsche nach West Country ab. Er hat sie gerade noch erreicht. Im Hof des Gasthauses nahm ich die Semmeln und er meine Tasche. Es waren ein paar notwendige Kleinigkeiten für die Reise drin, Rasierzeug usw. Auch ein Buch über Leberleiden, das ihn nicht weiter interessieren wird. Ich muß mich nun mit seinem Rasierzeug abfinden und dem Brevier, das wiederum mich nicht sonderlich interessiert.»

«Stellas Märchengeschichte wird Sie aber interessieren», sagte Zachary leise. «Hat er Ihnen von ihr gesprochen?»

«Ja. Zwischen dem Bäckerladen und der Kutsche hat er mir allerhand erzählt. Ich muß sagen, als ein Franzose, der so unter seinen teils freudigen, teils leidvollen Gefühlen hin und her taumelt, und trotz der schlaflosen Nacht, ist er immer noch der aufrechte Hofmann geblieben, der gewandt und ziemlich zusammenhängend zu plaudern verstanden hat.»

«Waren Sie sehr überrascht wegen Stella?»

«Ungemein erstaunt natürlich, den Abbé im Besitz einer Tochter zu finden, denn ich hatte ihn nicht im Verdacht gehabt, verheiratet zu sein. Aber gar nicht erstaunt, daß meine Stella eine Prinzessin ist. Nun, vielleicht nicht ganz so vornehm, aber soweit mir bekannt ist, könnte die Kleine manch einen toten Prinzen Vetter nennen.»

Zachary erbleichte.

«Müde?» erkundigte sich der Doktor.

«Nein, Sir.»

Der Doktor sah ihn scharf an. «Sind dir die toten Prinzen auf die

Nerven gefallen? Du hast das Blut irischer Könige in den Adern, mein Sohn. Außerdem bist du lebendig. Das ist ein großer Vorteil für einen Ehemann.»

Zachary lachte. «Sie haben es aber eilig», sagte er.

«Nein, sie hat es äußerst eilig, erwachsen zu sein, die kleine weiße Hexe», entgegnete der Doktor. Dann wurde er plötzlich ernst. «Arme Mutter Sprigg», murmelte er. «Ich wünschte, ich wäre dort, um den Schlag zu mildern, wenn der Abbé es ihr erzählt. Arme Mutter Sprigg.»

8. Kapitel

I

«Stella?» fragte Mrs. Loraine und sah zu dem Abbé auf, als sie nebeneinander in ihrem Wohnzimmer standen. «Müssen Sie sie sofort sehen?»

«Ich möchte sie so bald als irgend möglich sehen, Madame», erwiderte de Colbert. «Sie ist in Torre, soviel ich weiß, denn ich komme eben von Weekaborough, wo man mir sagte, sie sei heute bei Ihnen.»

«So früh am Morgen waren Sie schon in Weekaborough?»

«Ich hatte eine Angelegenheit mit dem werten Ehepaar zu regeln.» Er sprach mit ausgesuchter Höflichkeit, die nur schwach seine wilde Ungeduld verbarg. Sie fand, er sehe aus wie ein Reiher in der Schwebe auf einem Bein, bereit aufzufliegen. Aber als sie nochmals sein Gesicht betrachtete, sah sie es durch einen unerwartet jugendlichen Ausdruck erleuchtet. Der schnell entschwundene Glanz ließ ihr Herz stille stehen und ihre Wangen erglühen. Jäh und überwältigt erinnerte sie sich daran, was es bedeutete, von einem Mann leidenschaftlich geliebt zu werden, und griff mit der Hand nach dem Kaminsims, um sich wieder zu fassen. Daß ihr das geschah und sie noch so lebhaft traf, in ihrem Alter! Es war der Ausdruck in seinem Gesicht – der nun wieder verflogen war. Hatte er ebenso geliebt wie der Mann, an den sie dachte? Sie setzte sich ans Fenster, ihre Knie zitterten ein wenig. Dann hob sie ihre Hände und betrachtete sie, erstaunt, sie welk zu finden. Die Feuer der Jugend sind nicht tot, wenn man alt wird, hatte sie eben entdeckt, nur unterdrückt.

«Stella?» wiederholte der Abbé.

«Sie ist mit Araminta nach den Armenhäusern gegangen. Wir hörten, daß Großmutter Bogan letzte Nacht im Schlafe verschieden sei. Stella wollte einen Blumenstrauß auf ihr Bett legen. Natürlich gab ich Araminta strengen Befehl, das Kind den Leichnam nicht sehen zu lassen.»

«Es würde Stella nicht aufregen, wenn sie ihn sähe», erwiderte der Abbé. «Sie ist auf dem Lande aufgewachsen und würde ihn als das betrachten, was er ist, eine leere Hülle, die das lebendige Samenkorn verlassen hat.»

Er machte das Zeichen des Kreuzes und sprach ein stummes Gebet für Großmutter Bogan; er gedachte des Tages, an dem sie sich getroffen und sich voreinander verbeugt hatten. Dann legte er die Arme über der Brust zusammen, in dem Bemühen, die Ungeduld dort zu beruhigen.

«Sie wissen so viel über Stella», sagte Mrs. Loraine ein wenig wehmütig.

Er beugte sich herab, nahm ihre Hand und küßte sie mit der zeremoniösen Höflichkeit, die man von ihm erwartete. «Das verdanke ich nur Ihrer großen Güte, Madame», sagte er. «Ich wüßte gar nichts, wenn Sie nicht einem kleinen Mädchen Ihre Nähkassette als Weihnachtsgeschenk gegeben hätten. Später, Madame, werde ich Ihnen noch sehr viel zu erzählen haben. Wollen Sie mich nun entschuldigen?»

Sie lächelte und zog ihre Hand zurück. «Sie werden Stella und Araminta auf dem Heimweg antreffen.»

Von einem der Fenster des Wohnzimmers sah sie den Abbé Robbers Lane hinabeilen. Er erinnerte sie nicht mehr an einen Reiher, noch an einen Verliebten, sondern an den Riesen, der Siebenmeilenstiefel trug.

2

De Colbert ging so schnell, daß er Stella und Araminta noch im Park von Cockington antraf, unweit der Kirche. Unter Aramintas gestrengem Auge begrüßten er und Stella sich bloß mit einem höflichen Verneigen. Nur einen kurzen, hungrigen Blick war er auf sie, dann schaute er wieder weg. Kein Wunder, daß ihn ihr Lächeln so gepackt hatte bei ihrem ersten Zusammentreffen, es war ja Theresens Lächeln. Sie hatte die Augen seiner Mutter, die sie ihren Söhnen vererbt. Jede Linie ihres Körpers verriet Rasse, auch ihre schmalen Hände. Sie würde groß sein, wenn sie erwachsen war, groß und sehr schlank. Obgleich er abgewandt stand, sah er sie immer noch.

Er richtete nun das Wort an die Dienerin. «Wollen Sie zu Ihrer Herrin zurückgehen, Araminta? Ich habe die Erlaubnis, jetzt nach meiner Rückkehr aus London, Ihre junge Schutzbefohlene weiter zu betreuen.»

Darauf wandte er sich Stella zu und bot ihr seinen Arm. Sie nahm ihn gelassen, sah aber mit kindlichem Eifer zu ihm auf. «Gehen wir in die Kirche, mon Père? Ich möchte Ihnen die Vögel dort zeigen.»

Araminta knickste und begab sich tiefgrollend heimwärts. Vögel in der Kirche! Soviel sie wußte, gab es keine Vögel in der Kirche. Fledermäuse im Glockenstuhl, vielleicht. Sie hatte immer ihre Zweifel gehabt, ob der Mann bei Verstand sei, das Kind wie eine Prinzessin zu behandeln. Er wird ihr den Kopf verdrehen. Dann gibt es Fledermäuse sowohl in ihrem Glockenstuhl als in seinem. Sie ging nach Torre zurück und machte ihrem Ärger Luft, indem sie die Federbetten klopfte.

«Wird Zachary bald heimkommen, mon Père?» fragte Stella gespannt, als sie allein waren.

Es gelang ihm, sehr langsam bis zur Kirche zu gehen und über Zachary zu reden. Er stand sogar still und versuchte, die Aussicht zu bewundern, während er von Zachary erzählte. Es fiel ihm nicht allzu schwer. In den kommenden Jahren würde er aus eigener Erfahrung verstehen, was sie für Zachary fühlte. Besser als irgend jemand auf der Welt. Sie rührten sich nicht von der Stelle, bis sie alles, was sie wollte, über Zachary wußte.

«Du hast Großmutter Bogan deine Blumen gebracht, Stella?» erkundigte er sich, als sie den Weg zur Kirche einschlugen.

«Ja. Araminta brachte sie für mich hinein, und ich blieb einstweilen im Kräutergarten. Alle Kräuter rochen gut, aber besonders die Raute. Das ist wegen des Hellsehens, wissen Sie.»

«Ich habe mir oft gedacht, daß das Wiedererwachen nach dem Tode so sein müßte wie das Öffnen der Augen bei einem Blindgeborenen», sagte der Abbé.

Stella nickte, und dann gingen sie in die dämmerige, ein wenig nach Moder riechende Kirche und das Seitenschiff hinauf zur Chorschranke. «Großmutter Bogan wußte nicht, was die Vögel bedeuten», sagte Stella. «Bitte, mon Père, wollen Sie es mir sagen?»

Glücklicherweise war er schon früher in der Kirche gewesen und hatte es herausgefunden. «Der Vogel mit der Traube im Schnabel ist die bußfertige Seele eines Menschen, die vom wahren Wein lebt. Derjenige, der die Raupe angreift, ist die gestärkte Menschenseele, die das Böse bekämpft. Der singende Vogel ist die Seele, die Gott über alles lobt. Denke in dieser Reihenfolge an sie, Stella.»

Stellas Augen wanderten von dem singenden Vogel zur Madonna mit dem Kind. «Sie ist wie eine Königin gekrönt», bemerkte sie.

«Das ist so, weil die Kirche schon vor langer Zeit erbaut wurde, als die Leute dieser Gegend noch in dem alten katholischen Glauben lebten und die Muttergottes als Himmelskönigin verehrten.»

«Der alte Glaube – das ist Ihrer und Zacharys.»

«Und deiner, denn du wurdest so getauft.»

Er hatte sich gefragt, wie er wohl beginnen solle, es ihr zu sagen, und nun hatte sich der Anfang ganz leicht ergeben. Ihre Hand zitterte auf seinem Arm. Dann schlüpfte sie von da in seine Hand herab, wo sie noch weiter zitterte, als hätte einer der Vögel von der Chorschranke dort Schutz gesucht. Sie gingen in den Betstuhl der Mallocks und setzten sich auf die Polster. Die hohen Wände umgaben sie so, daß sie nichts von draußen sahen. Sie waren eingeschlossen in ihre eigene geheime Welt.

«Stella, ich habe dir einmal eine Geschichte aus meiner Bubenzeit erzählt. Nun werde ich dir eine erzählen, als ich schon erwachsen war.»

«Ja», sagte Stella und rückte ein bißchen näher an ihn heran. Sie wußte nicht, was plötzlich zwischen ihnen geschehen war; es hatte sie mit der gleichen glücklichen Scheu erzittern lassen wie einst als kleines Kind, wenn sie am Weihnachtsabend im Bettchen lag und wußte, daß die große Haustür weit offenstand, um alle zu empfangen, die herein wollten. Damals lag sie und horchte nach einem Laut auf der Treppe. Würde der Engel Gabriel rasch heraufkommen und mit seinen Flügeln die Holzwand fegen? Würde der heilige Georg langsam – der schweren Rüstung wegen – von Stufe zu Stufe hochsteigen? Oder die Gottesmutter selbst, mit ihrem leichten Schritt wie fallende Blätter? Wer kam jetzt? Als sie dem Comte de Colbert in der Sturmnacht Lebewohl gesagt hatte, wußte sie, wenn er zurückkam, würde er ein anderer sein.

«Als ich ein junger Mann war, hatte ich, ehe ich Priester wurde, eine Frau und ein ganz kleines Töchterchen. Ich mußte nach Irland reisen und sie vorläufig in England zurücklassen. Sie versuchte, mir nachzukommen, aber das Schiff, auf dem sie sich befanden, verunglückte in Plymouth, ehe es in See stach. Beinahe alle Menschen darauf verloren ihr Leben. Ich kam nach Plymouth zurück; man erzählte mir, meine Frau und mein Kind seien tot. Tiefbekümmert ging ich wieder nach Irland und wurde Priester. Nun habe ich erfahren, daß das kleine Mädchen gerettet wurde.»

«Wie hieß das Schiff, mon Père?» Wie verständig sie war, wie herrlich verständig, genau wie Thérèse.

«Die ‹Amphion›. Mein Kind wurde nach Gentian Hill gebracht, und Vater und Mutter Sprigg adoptierten es.»

Wie schroff er das hervorgestoßen hatte! Er war doch ein Narr! Er wagte nicht, die Kleine anzuschauen. Sie legte seine Hand in ihren Schoß und hielt sie mit ihren beiden Händen, die sich warm und ruhig anfühlten, während seine kalt war und zitterte. Endlich wandte er sich ihr zu. Sie sah zu ihm auf, das Gesichtchen warm und gerötet, ihre Augen jedoch so mitleidig, als wäre sie seine Mutter.

«Ich bin so froh, daß Sie es sind, der gekommen ist», sagte sie. Und dann fing sie plötzlich still zu weinen an. Er nahm sie in die Arme, um sie zu beruhigen. Aber bald wurde er gewahr, daß sie nicht des Schocks wegen weinte.

«Sie sind so lange ohne meine Mutter gewesen», schluchzte sie.

«Erinnerst du dich denn überhaupt an sie?» fragte er.

«Nur daran, wie fest mich ihre Arme hielten, in all dem Lärm und Feuer und schwarzen Wasser», sagte sie und begann wieder zu zittern.

Er stand auf, hielt sie noch immer in den Armen und schritt aus der düsteren Kirche hinaus in den Park, wo die Hirsche zwischen den Sonnenflecken hin und her wechselten und der Himmel sich türkisblau über den rauschenden Bäumen wölbte.

«Vergiß Lärm und Feuer und das schwarze Wasser», sagte er beinahe streng, als er sie auf den Boden niederließ. «Es ging schnell vorüber. Alles irdische Leben vergeht schnell, und dann öffnen wir unsere blinden Augen.»

Sie gingen langsam gegen Torre, sprachen kaum ein Wort, doch waren sie glücklich. Der Abbé spürte, wie ihre beiden Seelen zueinanderstrebten, sich berührten und erfaßten und mit jedem Berühren stärker wurden. Er wußte, daß die Liebe zu seiner Tochter und die ihre zu ihm zeitlebens beseligend sein würde. Blind? Ja, das stimmte. Aber irdische Liebe war ein Vorgeschmack jener anderen, die unsere Augen blendete.

An Mrs. Loraines Gartentür stand Stella still und sah zu ihm auf. «Vater», sagte sie plötzlich eindringlich, «ich muß sofort nach Weekaborough gehen.» Ihre Stimme brach ab. «Es war so friedlich im Garten, als Vater Sprigg mich heimbrachte, und Mutter Spriggs Arme umfaßten mich so liebevoll.»

«Wenn wir Mrs. Loraine gesehen haben, nehme ich einen Wagen und bringe dich zu ihnen», sagte er. Nie hatte er sie so geliebt als nach diesen Worten.

3

Auf den Rat von Mrs. Loraine blieb Stella während der Erntezeit in Weekaborough. Teils wegen der Ernte und um Mutter Sprigg zu trösten und teils auch, um dem alten Sol in seinen letzten Tagen auf dieser Erde Gesellschaft zu leisten. Denn Sol war nicht gestorben, als Dr. Crane es von ihm erwartete. Offensichtlich hatte er sich entschlossen, noch die Ernte abzuwarten, aber alle meinten, er würde sterben, wenn das Korn sicher unter Dach war.

Es war nicht leicht gewesen, Mutter Sprigg zu trösten, aber Stella und der Abbé schafften es gemeinsam. Bei Vater Sprigg ging es besser, es beglückte ihn sehr, in seiner kleinen Pflegetochter nun ein Fräulein von Stand zu finden. Das Erscheinen ihres rechten Vaters hatte Stellas Liebe zu den Eltern Sprigg nicht vermindert, sondern im Gegenteil verstärkt. Wenn sie, wie alle Kinder, deren Zuneigung bisher als selbstverständlich hingenommen hatte, so tat sie dies nun nicht mehr. Ihr Gefühl sagte ihr, daß die Tiefe und das Geheimnis der Liebe ihres Vaters zu ihr einen Teil der Tiefe und des Geheimnisses der Natur ausmachte. Sie hatten sie geformt, wie die Blumen von der Wärme, vom Regen und der Erde geformt werden. Seine Liebe flutete auf sie so natürlich und mächtig herab wie Regen und Sonnenschein auf die Blumen. Aber ihrer Pflegeeltern Liebe zu ihr und all ihre Obhut waren kein so natürliches Ding, sondern eine seltene Gabe, ein Ausfluß ihrer selbstlosen Großmut, und Stellas Dankbarkeit ließ ihre Zuneigung von neuem keimen. Nach den ersten verwirrenden Tagen schien sie mehr denn je ihr Kind zu sein, und es gelang ihr, die beiden Alten zu überzeugen, daß es immer so bleiben würde.

Und dem Abbé gelang es, ihnen klarzumachen, daß er ihnen Stella gar nicht entreißen wollte. Er war nun ein Priester und hatte kein Recht auf Heim und Familie. Sobald als möglich würde er Torre verlassen und sich zu neuer Arbeit nach London begeben. Er wollte Stella, sooft als es sich einrichten ließ, besuchen kommen; indessen würde, bis sie heiratete, ihr Heim bei ihnen und Mrs. Loraine sein, wie bisher.

«Und wenn sie Zachary heiratet», bemerkte Vater Sprigg in einem vertraulichen Gespräch mit dem Abbé, «wird ihr Heim immer hier sein. Ich habe keine nahen Anverwandten und werde die beiden zu meinen Erben machen. Ich mag den Jungen gerne. Weekaborough bedeutet ihm mehr als irgendeinem meiner Verwandten. Es ist komisch, Sir, wie er diesen Fleck Erde liebt. Er könnte hier geboren sein.»

De Colbert lächelte. Er war diesen Morgen gekommen, um Stella zu besuchen, und Vater Sprigg hatte sich etwas von seiner Arbeitszeit abgespart, um mit ihm im grünen Wohnzimmerchen zu sitzen, das nun zu seinen Ehren öfter benutzt wurde. Als der Abbé in den Garten hinausblickte, schien er eine schlanke Gestalt zu sehen, die zwischen den Eibenbäumen leicht auf und ab ging. Nicht Zachary, aber ihm ähnlich.

«Glauben Sie, daß sie den Jungen heiraten wird, Sir?» setzte Vater Sprigg das Gespräch fort.

«Ich nehme an», erwiderte der Kaplan.

«Vielleicht in zwei Jahren», meinte Vater Sprigg nachdenklich. «Fünfzehn ist ein gutes Alter zum Heiraten. Meine eigene Frau war siebzehn, als wir heirateten; aber ich hätte sie gerne früher geehelicht. Mit siebzehn hatte sie schon ihren eigenen Kopf. Je jünger sie sind, Sir, desto besser bringt man sie zum Gehorsam. Genau wie bei den Fohlen oder jungen Hunden.»

Der Abbé lächelte nochmals. Er konnte sich nicht vorstellen, daß Zachary Stella gefügig machte. Wahrscheinlich eher umgekehrt.

«Und sie muß katholisch werden, Sir?» fragte Vater Sprigg ein wenig betrübt weiter.

«Ja, ich glaube schon. Sie stammt aus einer katholischen Familie. Und Zachary ist Katholik.» Er schwieg, suchte nach einem Trost für Vater Sprigg. «Die Männer, die Ihr Heim erbauten, waren Katholiken, wissen Sie, und Ihr Vorfahre, dessen Horn dort an der Wand hängt, ebenfalls.»

«Ja, ja», stimmte Vater Sprigg zu. «Und das Pflügerlied, sagt man, stammt auch aus dem alten Glauben. Und der Weihnachtsklotz und das Würzbiertrinken sind noch ältere Bräuche. Und die Erntemaid geht ganz weit zurück.»

Er zog an seiner Pfeife, sah zum Fenster hinaus, und der Abbé folgte der Richtung seines Blickes. Die Schnitter waren eifrig bei der Arbeit auf dem Weizenfeld, zur Rechten von Bowerly Hill. Der Priester beobachtete sie mit Entzücken. Die Schnittersense, größer und breiter als die gewöhnlichen Sicheln, lag in der rechten Hand des Mähders, sein linker Arm umfing das stehende Korn. Der Schwung der Sense, die umfassende Bewegung des linken Armes, das Beugen und Aufrichten des Körpers hatten den Rhythmus von Musik, und der Bogen des goldenen Hügels gegen den blauen Himmel war ein Teil davon.

«Ja, jetzt muß ich wieder an die Arbeit auf dem Feld», sagte Vater Sprigg und klopfte seine Pfeife zum Fenster aus. «Sie finden Stella hinten im Garten, Sir. Dort versteckt sie sich immer, wenn gemäht wird. Sie kann es nicht sehen, wenn die Kaninchen eins auf den Kopf kriegen. Aber sie schaut zu, wenn die Garben gebündelt und aufgerichtet werden.»

Wie uralt ist doch alles, dachte der Abbé, als er mit Vater Sprigg zum Gartentor hinabging. Arish muß vom lateinischen aridus kommen. Von den romanischen Eroberern hatten die Briten gelernt, wie sie ihre Korngarben auf den Feldern aufbauen mußten, damit sie trocken und dürr wurden, ehe man sie einfuhr. Alles in Form einer Pyramide, die Ähren nach innen, um sie vor dem Regen zu schützen. Ein paar Minuten lehnte der Priester am Gartentor und beobachtete die Szene. Dann ging er durch den Gemüsegarten mit den schmalen Weglein zwischen der gestutzten Buchseinfassung und drückte die Klinke der grünen Tür unter dem Steinbogen, der zu dem eingefriedeten Gartenteil führte.

Stella saß auf der Bank, die an der Mauer unmittelbar neben der Tür stand, und nähte an ihrem Mustertuch. Die Nähschatulle stand neben ihr, das Tuch war beinahe fertig. Sie sprang auf, als sie ihren Vater erblickte, machte einen Knicks und senkte den Kopf, um den Segen zu empfangen, den er ihr immer gab. Dann setzten sie sich nieder; der Abbé streckte seine langen Beine aus und seufzte befriedigt, während Stella still weiterstichelte. Ihr Beisammensein war bereits ein so erprobtes und innig verbundenes geworden, daß sie, wenn sie so beieinander waren, stumm bleiben konnten, sobald es sie nach Ruhe verlangte. Und doch sprachen sie in ihren Herzen miteinander. Der Abbé hatte den ummauerten Garten gerne, lieber als irgendeinen andern Ort in Weekaborough, obgleich er das Ganze liebgewonnen und Vater Spriggs Entschluß, Zachary und Stella zu seinen Erben zu machen, ihm Freude bereitete. Seine beiden Kinder würden hier leben, und er durfte an ihrem Heim teilhaben. War er dann einmal zu alt, um weiter für die armen Teufel in London zu arbeiten, wollte er hier seine letzten Tage verbringen. Vielleicht auf dieser selben Bank sitzen und in die Sonne blinzeln, mit einem von Stellas kleinen Mädchen zur Seite, die an ihrem Säumchen nähte. Er würde ihr Geschichten aus seiner Kindheit erzählen, nahm er an; denn zu der Zeit würde sein Geist zwischen den beiden äußersten Enden seines Erdendaseins hin und her zittern, zwischen Anfang und Ende, und die Jahre dazwischen würden vergessen sein.

Die hohen alten Mauern des Gärtchens bedeckten kleine Moospolster, obenauf wuchs rosa und weißer Baldrian. Pfirsich- und Nektarinenbäume standen an der Südseite und in der einen Ecke der alte Maulbeerbaum, in einer andern ein uralter Feigenbaum. Die sechs Bienenstöcke waren ihnen gegenüber auf einem viereckigen Rasenplatz aufgestellt, nicht weit davon lag Mutter Spriggs Kräutergärtlein mit den geheimnisvollen Pflänzlein. Da und dort gediehen Blumen und Büsche, die von den Bienen besonders bevorzugt wurden; eine Buddleja mit ihren roten Quasten, ein paar Rosensträucher und Herbstastern. Es war ein duftender, klösterlicher Platz; wenn man sich darin aufhielt, stand die Zeit still. Hier gab es nie einen andern Laut als das Summen der Bienen.

«Jetzt werden die Herbstbienen geboren», sagte Stella. «Die Sommerbienen leben nur sechs Wochen lang, aber die Herbstbienen so lange, bis die Primeln herauskommen. Sie müssen sich um die Königin, ihre Mutter, kümmern, wissen Sie, den ganzen langen Winter. Sie striegeln sie, glätten ihre Flügel, geben ihr Honig auf den ausgestreckten Zungen, und immer halten sie ihr die Köpfe entgegen, weil sie so von ihnen geliebt wird. Wenn es warm ist, kommt die Königin heraus und fliegt in den Sonnenschein, höher und höher, so hoch sie kann, und folgt den Lerchen. Sie trifft ihren Auserwählten hoch oben am Himmel, und zusammen sehen sie auf die große Welt hinunter. Dann kehrt sie ins Bienenhaus zurück, und wenn sie nicht ihre Kinder in ein neues Heim führt, verläßt sie den Stock nicht mehr. Ich möchte es auch so machen. Wie gerne würde ich die Welt mit meinem Freund sehen und dann für immer heimkommen. Vater Sprigg sagt, daß die Königin zwei Millionen Babies in drei Jahren haben kann; aber ich glaube, das ist ein bißchen zuviel. Ich hätte lieber nur zwei in drei Jahren. Sie ist wie eine Göttin, sie lebt von Geschlecht zu Geschlecht weiter. Ich glaube, Bienen sind eine Art Feen. Sie nähren sich von Nektar aus den Blüten und trinken Tau, genau wie die Feen, und haben durchsichtige Flügel. Sie können auch rückwärts fliegen wie die Feen. Vögel können das nicht. Sie sind sehr klug; sie kennen den Bienenvater. Vater Sprigg kann seine Hand in den Eingang eines Bienenstockes legen, sie krabbeln ihm auf der Hand herum, ohne ihn zu stechen. Nie stechen sie ein Kind, das sie kennen. Mir haben sie noch nie etwas getan. Aber wenn der Bienenvater stirbt, muß man es ihnen gleich sagen: ‹Bienen, euer alter Vater ist gestorben, nun bin ich der neue.› Er muß es aber sehr höflich sagen und jedem Bienenstock eine Verbeugung machen. Wenn er das nicht tut, fliegen sie fort und kommen niemals wieder.»

Der Abbé hatte gesehen, wie John sich zwischen den Eiben bewegte. Als er nun aufschaute, war es Zachary, der von einem Stock zum andern schritt. Bei jedem einzelnen hielt er und senkte den Kopf.

4

Nach dem Tee gingen Stella und Hodge in Sols Zimmer hinauf und beobachteten von seinem Fenster aus das Bündeln und Aufrichten der Garben. Am frühen Morgen schon hatte man sein Bett so zurechtgerückt, daß er alles sehen konnte, was vor sich ging, und so konnte er einen glücklichen Tag verbringen. Bald nach sieben Uhr hatten sich die Nachbarn eingefunden und um acht Uhr in der Küche ein ausgiebiges Frühstück verzehrt. Die Bauernhöfe dieses Bezirks machten den Schnitt der Reihe nach und halfen sich gegenseitig. Zu Beginn der Arbeit ging alles ganz still vor sich, aber nach elf Uhr, sobald die ersten Krüge Bier und Most auf die Felder gebracht wurden, gab es viel Gelächter, Späße und Gesang. Das Zwölf-Uhr-Mittagessen, Fleisch und Gemüse, trug man den Schnittern ebenfalls hinaus. Nachher gab es nochmals Bier und Most, und jedermann wurde tatsächlich äußerst vergnügt. Gegen fünf Uhr war der Weizenschnitt beendet. Alle setzten sich dann in den Schatten der Bäume, verzehrten die Erntekuchen, die Mutter Sprigg eigens für sie gebacken hatte, und spülten sie mit noch mehr flüssiger Erfrischung hinunter. Dann begann das Bündeln der Garben, bis in den Abend hinein.

Stella fand alles ein wenig zu wild und lärmend, wenn sie mit den Leuten draußen war, aber von Sols Fenster aus schaute sie sehr gerne zu. Nun, da das Trauerspiel mit den Kaninchen zu Ende war, fühlte sie sich sehr glücklich. Letzte Nacht, im Traum, war sie wieder an dem fernen Ort gewesen. Sein Friede umgab sie immer noch, und daraus entsprang ein tiefes Freudegefühl, etwas Leuchtendes, das langsam entstand wie die Garbenhaufen, die wie kleine Zelte aus Goldbrokat aussahen, würdig, einen Sultan zu beherbergen.

Es gab keinen Zweifel. Ein großes Glück stand ihr bevor und Sol ebenfalls. Der Gesang der Schnitter, den die Entfernung dämpfte und verschönte, erinnerte sie an den Gesang der Vögel im Frühling, gerade vor Sonnenaufgang, wenn die erste Lerche ihnen gesagt hat, daß sie die Sonne gesehen.

«Sie sind fertig!» rief sie. «Schau, Sol! Vater Sprigg macht die Jungfrau.»

Sol gab ein befriedigtes Grunzen von sich. Sie holte ein zweites Kissen und bettete ihn ein wenig höher, damit er besser sehen könne. Vater Sprigg hatte eine kleine Garbe zurechtgebunden, die schwach an eine menschliche Gestalt erinnerte, und setzte sie auf den Kornhaufen in der Mitte des Feldes. Das war die Erntegöttin, Demeter, wenn schon keiner der Schnitter es wußte. Wäre der Doktor dagewesen, er hätte Theokrit zitiert:

«Oh, laß mich wieder einmal stellen
den großen Fächer auf den Haufen Korns,
indes sie lächelnd steht zu seiten,
Demeter – bei der Dreschertenne,
mit Mohn und Garben in der Hand ...»

Als sie befestigt war, schwangen die Schnitter ihre Sicheln gegen sie in die Luft. Die Sonne glänzte auf dem Metall, und sie sahen wie Halbmonde aus, die sie umwirbelten. «Wir haben's herein! Wir haben's herein!» schrien sie, und das triumphierende Jauchzen hallte über die Hügel wider, um der Gegend zu melden, daß eines weiteren Bauern Korn sicher aufgerichtet stand. Dann trampten sie unter Jubelrufen und singend zum Bauernhaus, wo sie essen und trinken und sich unterhalten würden bis ein Uhr morgens.

Stella half Sol, sich wieder niederzulegen, und mit Hodge zu ihren Füßen saß sie neben ihm, hielt seine Hand und erzählte ihm leise von den Tieren auf dem Hof, von den Hunden und Katzen, den Schweinen, Kühen und Pferden. So hatte sie auch zu mon Père gesprochen, ihm von den Bienen erzählt, ihn in den Zauberkreis einbezogen, der für sie das Königreich von Weekaborough ausmachte. Und nun fühlte sie, daß sie ebenso zu Sol sprechen mußte. Es war, als hüllte man jemand in einen lieben alten Mantel ein, ehe er sich auf eine Reise begab, damit er sich in dem ersten Befremden warm und wohlig fühle. Aber sie wußte nicht sicher, ob Sol sie höre. Seine Augen waren geschlossen, und er lächelte – aber vielleicht nicht über das, was sie ihm erzählte. Seine Hand fühlte sich leicht an, trocken und spröde wie ein Herbstblatt.

«Er schläft», sagte sie, als Mutter Sprigg mit einer Schale Milch und Brot für ihn hereinkam.

Mutter Sprigg blickte auf den alten Mann und seufzte. Sie war froh, daß er so aussah, als schliefe er ins Jenseits hinüber, und daß er mit so wenig Unannehmlichkeiten als nur möglich von dieser Welt Abschied nahm. Er würde ihr sehr abgehen nach all den vielen Jahren.

«Nimm das Brot und die Milch für dein Abendessen, mein Schatz», sagte sie sanft zu Stella. «Und bleibe lieber von der Küche fort, heute abend. Sie sind sehr lustig; es war eine gute Ernte, und sie werden bald noch ausgelassener sein, es gibt noch eine Menge Bier.»

Sie ging hinaus, zog leise die Tür hinter sich zu, und Stella fuhr fort, Sol zu erzählen, während das goldene Abendlicht über den Erntefeldern lag und die erste frische Brise der herannahenden Nacht die Farben des Himmels vertiefte, die Köpfe der niederhängenden Blumen hob und die Blätter leise rascheln machte. Aber allmählich erzählte sie ihm nicht mehr von den Tieren und begann andere Worte zu sprechen, die sich ihr ohne eigenes Zutun mitteilten. Es war, als spräche Sol durch sie und nähme Abschied von der Erde.

«Es ist ein Land der Berge und Auen, die der Regen vom Himmel tränkt. Auf welch Land der Herr, dein Gott, achthat und die Augen des Herrn, deines Gottes, immerdar sehen von Anfang des Jahres bis ans Ende ... Gesegnet sei der Herr für das Köstliche vom Himmel droben und aus der Flut, die drunten lagert; für das Köstliche, das die Sonne hervorbringt und die Monde erzeugen. Für das Beste der uralten Berge und das Köstlichste der ewigen Hügel ... Und lange wie dein Leben daure deine Kraft ... Eine Zuflucht ist der ewige Gott und unten walten ewige Arme.»

Das Licht des Sonnenuntergangs erfüllte die Welt wie Wein in einem durchsichtigen Glas; dann zog es sich langsam zurück, und das kühle Zwielicht war ganz blau und klar. Sol atmete noch immer ruhig, aber Stella fühlte, daß in ihm etwas dahinschwand, zusammen mit dem goldenen Licht. Sie zog ihre Hand zurück, in dem Bewußtsein, daß er sie nicht mehr brauche. Sie und Hodge saßen so still, daß sich eine Maus herauswagte und über die Dielen lief. Bald darauf fingen die Eulen an zu rufen, und ein Streifen Mondlicht fiel auf den Fußboden. Dann kam Mutter Sprigg nochmals, küßte sie und sagte ihr, sie solle zu Bett gehen. So ließ sie Mutter Sprigg und Hodge weiter bei Sol wachen.

5

Aber sie ging nicht zu Bett, sondern hinunter in das kleine grüne Wohnzimmer, wo seit je die Toten in ihrem Staatsgewand gelegen hatten, die kleinen Kinder Hof hielten nach ihrer Taufe und wo sich die Brautleute küßten. Dort zündete sie die beiden Kerzen an. Es war ihr nicht ganz klar, warum sie das tat. Vielleicht eine für Sol und eine für sich selbst, zu Ehren der Freude, die ihnen beiden bevorstand. Dann sah sie aus dem Fenster und auf die Kornhaufen; sie glänzten im Mondlicht und waren nicht mehr goldene Zelte für Sultane, sondern silberne Häuschen für die Feen. Sie bildete sich ein, in jedem eine Tür zu sehen und davor einen Wachtposten. Stella ließ die brennenden Kerzen im Wohnzimmer zurück und rannte in den Garten, über die Straße und auf die Felder. Es war eine stille, herrliche Nacht, fast ebenso hell mit dem Mond- und Sternenlicht wie am Tage. Die Erde hatte so viel Sonne aufgesogen, daß sie immer noch Wärme ausstrahlte, aber die Luft war kühl vom Tau. Kein Laut, nur das ferne Singen in der Küche von Weekaborough und das leise Knacken der Stoppeln unter ihren Füßen, als sie zwischen den Feenhäuschen ein- und auslief. Vor dem in der Mitte stand sie still und machte der Jungfrau einen Knicks, dann sprang sie durch das Gatter nach Bowerly Hill hinauf.

Hier, auf dem grünen Gras inmitten der Schafe, über ihr auf der Anhöhe die alte Eibe, die ihre Äste zu den Sternen hinaufstreckte, änderte sich ihre Stimmung. In die tanzende Freude mischte sich tiefe Scheu. Nun eilte sie nicht mehr, langsam ging sie den Hügel hinan, gesetzt wie eine erwachsene Dame, und raffte ihre geblümten Röckchen, um sie vor dem Tau zu schützen. Der Mond stand groß am Himmel, gerade zur einen Seite des Eibenbaums. Sie konnte den Mann im Mond sehen, mit dem Bündel auf dem Rükken. Bei seinem Anblick stand sie still, und eine beinahe unerträgliche Sehnsucht überflutete sie. «Zachary!» rief sie. «Zachary!» und wußte nicht, daß sie laut gerufen hatte. Eine dunkle Gestalt trat unter dem Eibenbaum hervor, überquerte das Gesicht des Mondes. Er stand da, als käme er gerade von diesem Gestirn, und antwortete:

«Stella! Stella!»

Später meinte sie, daß sie den Hügel hinaufgeflogen sein müsse;

denn sie erinnerte sich an nichts mehr, bis sie unter dem Eibenbaum in seinen Armen lag.

Nach und nach kamen ihr die Dinge wieder zum Bewußtsein; sie fühlte seinen Rock unter ihrer Wange, seine Schultern unter ihren festgeklammerten Händen. Die Eibe über ihnen schien mit Sternen besät wie ein Weihnachtsbaum, und das Stückchen Mond, das zwischen den Zweigen hervorlugte, hatte die Form eines silbernen Horns. Die Schafe umdrängten sie, und am Fuße des Hügels konnte sie das Kerzenlicht in dem kleinen grünen Wohnzimmer flimmern sehen. So stand sie auf den Zehenspitzen, ließ Zacharys Schultern los und zog sein Gesicht zu dem ihren herab. Es war eine merkwürdig unkindliche Gebärde, und ihr sanfter, liebender Kuß war nicht der Kuß eines Kindes. Als Zachary das kleine Mädchen vom Gras weg in seine Arme nahm, um sie den Hügel hinabzutragen, wußte er, daß er nicht mehr lange zu warten hatte, bis sie seine Frau und sein Weib war.

9. Kapitel

Es war ein Sommerabend an der Torbay. Das Licht des Sonnenuntergangs strahlte über die Hügel und überflutete die grünen Täler mit Glanz. Es umsäumte die kleinen Wellen der ruhigen See und die Flügel der Möwen, die von ihren Futterplätzen zu den Felseninseln außerhalb der Küste in ihre Nachtlager flogen, mit Gold. Tagsüber hatte es viel Kommen und Gehen an der Küste gegeben, in Torquay und Torre, Livermead und Paignton, richtigen Verkehr auf den steilen Straßen. Denn die Männer, Frauen und Kinder kamen von den Dörfern auf den Hügeln herunter, um die Schiffe in der Bucht zu bewundern. Selten hatte man so viele gesehen, Schaluppen, Fregatten und Linienschiffe mit wehenden Fahnen; der farbige Anstrich und das vergoldete Holzwerk glänzten in der Sonne. Ein Tag voll Aufregung und Freude lag hinter allen; denn die Schlacht von Waterloo war geschlagen und gewonnen worden. Der Krieg war vorbei, und da draußen in der Bucht an Bord der «Bellorophon» befand sich Napoleon als Gefangener.

Den ganzen Tag über hatten die Fischer gute Geschäfte gemacht, indem sie Schaulustige in ihren Booten um die «Bellorophon» herum ruderten, die «das Ungeheuer» in seinem grünen Rock mit den hellroten Epauletten und dem Zweispitz mit der dreifarbigen Kokarde zu sehen hofften. Nur dank der englischen Gewohnheit, einen besiegten Feind sogleich zu bemitleiden, war er nicht mehr «das Ungeheuer», sondern ein krank aussehender kleiner Mann, der ihnen sehr leid tat. Sie schämten sich auch wegen der einschränkenden Maßnahmen, die man gegen ihn getroffen hatte, und daß die Regierung sich verächtlich weigerte, ihn als Gast Englands zu behandeln. Viele der Frauen trugen sein Abzeichen, die rote Nelke, und als sie ihn auf dem Deck auf und ab wandern sahen, nahmen die Männer ihre Hüte ab.

Aber die Zuneigung war nicht groß genug, um ihre Freude zu verdunkeln ... Der Krieg war vorüber ... Der lang sich hinziehende, ermüdende Krieg, der so oft beendet zu sein schien, um dann nur wieder von neuem auszubrechen. Nun lag die Aussicht auf eine lange Friedenszeit vor ihnen. Sie konnten jetzt ruhig in ihren Betten schlafen und mußten sich nicht mehr um ihre Kinder sorgen. Den ganzen Tag hindurch hatte sich die Freude darüber an Bord der Schiffe und in den Dörfern an der Küste äußerst vernehmbar ausgetobt. Aber nun, bei Sonnenuntergang, war Schweigen eingetreten. Vielleicht durch die wunderbare Schönheit des Augenblicks veranlaßt, oder durch den langsamen, rhythmischen Schlag der Möwenflügel über ihren Köpfen oder auch durch die tiefere Erkenntnis, daß der Frieden mit dem umschlagenden Wind und der Ebbe eingezogen war. Die Menschen am Ufer schauten auf die See hinaus, bestaunten die herrlichen großen Schiffe im Abendlicht und dachten daran, daß die Männer dort draußen nun nicht mehr in Lebensgefahr waren. Und die Seeleute an Bord sahen nach den Wäldern auf den grünen Hügeln, auf die weißgetünchten Häuschen inmitten freundlicher Gärten, mit dem Rauch, der sich aus den Kaminen in die Luft kräuselte – dachten an ihr eigenes Heim und waren glücklich.

In diesen Friedensaugenblick segelten drei Fregatten herein. Sie glitten ganz langsam in die Bucht. Ihr matter Anstrich und abgenutztes Aussehen zeigten, daß sie offensichtlich von sehr weit her kamen. Trotzdem boten sie einen wunderbaren Anblick. Die leichte Brise schwellte ihre Segel, und stolz teilten sie das golden betupfte blaue Wasser, als seien sie sich bewußt, ihre Pflicht wohlgetan zu haben.

Der junge Kapitän auf der ersten Fregatte stand auf der Achterhütte still wie eine Statue; aber sein Gesicht war nicht ganz so starr wie sein Körper. Nichts rührte sich zwar darin, aber es zuckte etwas darüber wie ein Lichtstrahl über Wasser, als das Dorf Torquay sichtbar wurde – im Hintergrund die weichen Hügel, die er so gut kannte, und die von Licht überquellenden Täler. Es hatte sich nicht viel verändert in den letzten elf Jahren. Ein paar Häuschen mehr lagen über die sieben Hügel verstreut, und es gab größeren Schiffahrtsbetrieb im Hafen, das war alles. Die Schönheit des Ortes war unberührt. Dem an die Takelage gefesselten Seekadetten O'Connell war der Anblick wie ein Traumbild aus einer andern Welt erschienen, und so ging es auch jetzt noch dem Kapitän O'Connel, der regungslos auf der Achterhütte stand. Damals hatte er nur mit Abscheu das Seemannsleben ertragen, und jetzt verließ er es traurigen Herzens. Der Krieg war aus, er kehrte von seiner letzten Fahrt heim und war betrübt. Während so vieler Jahre hatte er sich nach dem letzten Augenblick gesehnt, und nun war er trotzdem betrübt. Wahrscheinlich war das immer so. Ein Mann freut sich auf das Ende einer harten und schwierigen Zeit, und wenn es dann da ist, fühlt er Bedauern. Das Seemannsleben der letzten Jahre hatte ihn geformt und bereichert, war ihm ein Freund geworden, und der Abschied von Freunden fällt nie leicht.

Aber der neue Weg, der vor ihm lag, war ein guter Weg und sagte ihm weit mehr zu. Er brachte auch Schwierigkeiten, aber ebenso tiefe, beglückende Freuden. Es würde kein bequemes Leben sein, aber diese Härte gefiel ihm. Entschlossen kehrte er sich von seinen wehmütigen Gedanken ab und schloß Seele und Herz auf, um alles Kommende entgegenzunehmen von diesem goldenen Augenblick bis ans Ende. Wie schön war dies Land, dem er jetzt entgegensegelte, wie unaussprechlich teuer war es ihm. In all den Jahren der Gefahr war es ihm als ein Stück Erde erschienen, für das man ruhig und gerne starb, und nun bedeutete es ihm das Land, für das man gerne lebte. Mit einer Freude, die jeden Tag mit der Sonne, mit Mond und Sternenschein neu heraufzog. Als er ihm gleichmäßig näher glitt, steigerte sich seine Empfindung derart, daß sein Körper zu zittern begann, wie damals, als er gefesselt in der Takelage hing. Doch gleich darauf fühlte er sich entspannt und lächelte, als habe ihn eine Hand berührt. Stella, unten in der Kabine, hatte gewußt, wie ihm zumute war, und ihn wieder ins Gleichgewicht gebracht. Er erlaubte ihr nicht, mit ihm auf der Achterhütte zu sein, das lockerte die Disziplin, und an Bord seines Schiffes – obgleich sonst nirgends – gehorchte sie ihm stets. Es machte aber nicht viel Unterschied, wenn sie nicht beieinander waren; denn sie wußte anscheinend auch so, was er dachte.

Seit ihrem zwanzigsten Geburtstag hatte sie ihn, wenn irgend angängig, auf seinen Fahren begleitet, und er mußte manchen Tadel einstecken, daß er seiner reizenden jungen Frau erlaubte, sich so vielen Härten und Gefahren auszusetzen. Aber es war keine Frage der Erlaubnis. Wenn es ihr möglich war, ihn zu begleiten, blieb sie nicht daheim. Obgleich er sie geheiratet hatte, als sie fünfzehn Jahre alt war – das Alter, von dem Vater Sprigg fand, daß man seiner Frau dann noch Folgsamkeit beibringen könne –, behielt Stella nach wie vor die sanfte Entschlossenheit bei, ihren Willen durchzusetzen. Schelte glitt an ihr ab wie das Wasser am Rücken einer Ente. Ihr unternehmungsfroher Geist hatte das Leben auf dem Meer freudig begrüßt und Zachary mit ihrer Freude angesteckt. Weil Stella gerne zur See war, begann auch er dies Leben zu lieben. Ihr begeistertes Entzücken über die alten herrlichen Städte und Häfen hatte ihm diese in neuer Schönheit gezeigt. Nun, im Anblick der Heimat, nach vier Jahren Fahrt, wußte er, daß sie diese Reisen nie vergessen würden. Ihre Liebe zur Heimat wurde nur noch mehr dadurch vertieft, weil sie auch die weite Welt liebengelernt hatten.

Sie näherten sich dem Hafen, und seine Gedanken wanderten nun zu den Menschen, die sie liebten und die daheim auf sie warteten. Dr. Crane, der immer mehr sein richtiger Vater wurde, mit jedem Jahr, das vorbeistrich. Vater Sprigg, der jetzt alt geworden war und froh, daß Zachary heimkam, um die Last des Hofes von seinen Schultern zu nehmen. Mutter Sprigg, die auch alterte, aber nicht stark verändert aussah. Stellas Vater, der sich immer noch in London für seine leidenden armen Teufel abmühte, seine Kinder nie vergaß und sie nach Möglichkeit aufsuchte. Er liebte sie innig, betete des Abends für sie in dem kleinen grünen Zimmer – das der hochgelegenen Kammer des Elisa glich – und außerdem in der Kapelle des Hl. Michael auf der Spitze des Felsens. Und für diese vier hatten sie eine freudige Nachricht bei der Heimkehr; denn Stella erwartete ihr erstes Kind im Frühling.

Er hörte einen leichten Schritt hinter sich und das Rauschen eines Frauenkleides. Stella, für dieses eine Mal, hatte ihm nicht gehorcht und war zu ihm auf die Achterhütte gekommen. Er drehte sich nicht um, und als sie ihn erreichte, sprach sie kein Wort; denn die Mannschaft konnte sie sehen. Sie stand neben ihm, leicht berührte ihre Schulter die seine, sie war ja nun fast so groß wie er, groß und sehr schlank, aber stark, sowohl körperlich wie geistig. Die Berührung ihrer Schulter stählte ihn. Er brauchte nicht erst den Kopf zu wenden, um zu wissen, wie sie aussah; denn er kannte jeden Zug ihres Gesichtes beinahe auswendig. Nur von ihrer Seele wußte er nicht soviel wie sie von der seinen. Sie war nun glücklich, das war sicher, ihre sonnengebräunten Wangen zeigten eine frische Röte, die grauen Augen waren voll Licht, und sie hielt den Kopf hoch, so daß ihre Kapuze zurückfiel und die kurzen dunklen Locken um ihr Gesicht flatterten.

Die Hügel und besonnten Täler rückten näher, und der erste Atemzug des Landes streifte sie, frisch und voll Blütenduft. Hoch über ihren Köpfen zogen die Möwen dahin, auf ihren weißen Flügeln lag goldenes Licht. Stella nestelte ihre Schulter behaglich an die ihres Mannes, und ihre warmen Hände berührten sich, während sie gemeinsam dem Steigen und Sinken des Schiffes nachgaben. Irgendwo an Land läutete eine Glocke die Stunde. Es war acht Uhr, und sie kamen heim, da die Welt in Frieden war.

Hubert Selby

Letzte Ausfahrt Brooklyn
Aus dem Amerikanischen von Kai Molvig.
318 Seiten. Gebunden und als
rororo 1469

Mauern
Roman.
Aus dem Amerikanischen von Kai Molvig.
rororo 1841

Der Dämon
Roman
Aus dem Amerikanischen von Kai Molvig.
340 Seiten. Gebunden und als
rororo 5295

Requiem für einen Traum
Roman
Aus dem Amerikanischen von Kai Molvig.
317 Seiten. Gebunden und als
rororo 5512

C 739/4

Serientäter

Jerry Oster
Dschungelkampf (2773)
New York Babylon (2758)

Poul Ørum
Der Schatten neben Dir (2657)
Die letzte Flucht (2822)

Jean-Bernard Pouy
Feuer für Jeanne (2852)
Geld für kleine Engel (2861)
Volle Dröhnung (2856)

J. William Reynolds
Eiskalt in Omaha (2836)
Nebraska in der Unterwelt (2779)

Fernando Schwartz
Die Falken (2829)
Die Verschwörung am Golf (2838)

Julian Symons
Ein irres Lachen (2844)
Der 31. Februar (2871)

Werner Waldhoff
Ende der Autobahn (2737)
Das Gesicht unter Wasser (2793)
Querschläger (2730)

L. R. Wright
Die Galerie der Toten (2825)
Tiefer Grund (2847)

thriller rororo

C 2115/11 a